GENADELOZE STAD

www.uitgeverij-m.nl

De website van Uitgeverij-M bevat informatie over auteurs, boeken en voordeelcoupons, nieuws, leesproeven, voorpublicaties en ledenpagina's voor de lezers van *de Thrillerkrant* en *Science Fiction & Fantasy WARP*, en wordt wekelijks ververst en aangevuld.

Matthew d'Ancona

Genadeloze STAD

Oorspronkelijke titel Going East
Vertaling Monique Eggermont
Omslagontwerp Mariska Cock
Omslagbeeld Fotostock

Eerste druk november 2003

© 2003 voor de Nederlandse taal: De Boekerij bv, Amsterdam
Uitgeverij M is een imprint van De Boekerij bv, Amsterdam

ISBN 90 225 3723 4 / NUR 332

Voor Sarah

Niet iedereen heeft gentianen in zijn huis
In de zachte septembermaand, op de trage, trieste naamdag van Sint-
Michiel.

D.H. Lawrence, 'Beierse Gentianen'

Ik geloof dat een deel van mij, of een deel van wie ik ben, een deel van
wat ik doe
Is: krijger zijn – krijger tegen wil en dank, strijder tegen wil en dank.

Asian Dub Foundation, 'Committed to Life'

Een stap, twee stappen, rustig aan. Het is geen gemakkelijke wandeling, helemaal niet gemakkelijk. Elke stap eist zijn tol, elke stap die ze zet, kost inspanning. Haar lippen bewegen intussen, ze mompelen de kleine mantra die ze heeft geleerd. Een stap, twee...

Iedereen die deze slanke jonge vrouw ziet lopen en over enige tegenwoordigheid van geest beschikt, zal zich afvragen wat ze in zichzelf zegt, waarom haar lichaam zo beeft tijdens het lopen. Ze zullen zien hoeveel moeite het haar kost om niet de aandacht op zichzelf te vestigen, en hoe de jongere man naast haar zich moet beheersen om haar niet te ondersteunen. Hij heeft een blauwe tas aan zijn schouder en draagt een oud zwartleren jasje. Zij knippert met haar ogen en loopt pal tegen de zeewind in. Als er een meeuw over haar hoofd scheert, krimpt ze in elkaar alsof ze een klap verwacht.

De pier stroomt vol met de eerste bezoekers van die ochtend, de kinderen rennen naar de attracties en de bejaarden zoeken een aangenaam plaatsje waar ze de rest van de dag kunnen doorbrengen. Een paar daklozen strompelen in de richting van de tarothokjes en de schiettenten, niet om hun geluk te beproeven maar op zoek naar een plaats waar ze om kleingeld kunnen bedelen. Het is een stralende dag en na het optrekken van de mist wordt de kust zichtbaar in al zijn glorie, bespikkeld met hotels en pensions. Een kerkklok slaat ergens het kwartier, maar algauw zal het stadsgeruis volledig worden overstemd door de jankende kermismuziek. Langs de jonge vrouw en haar vriend haast zich een man met een verrekijker, hij rent naar het eind van de pier alsof alle attracties al gaan sluiten in plaats van opengaan, zoals gebeurt nu lenige jongemannen ze in beweging zetten en goedbedoelde vloeken naar elkaar roepen. Niemand merkt haar op.

Niemand behalve Lenny. Hij heeft altijd de rare types in de gaten, die

Lenny. De dronkelappen en de mafkezen en de zelfmoordenaars. Hij heeft er een oog voor: zelfs Reg, de beheerder, is het daarmee eens. Vijftien jaar op de pier, vijf dagen per week – hij heeft alle types al voorbij zien komen. Je krijgt er een oog voor, voor de lastpakken, de herrieschoppers die de dag voor anderen verpesten. Je weet welke dronken meisjes ruzie uitlokken nadat ze in de zweefmolen zijn geweest, welke knul een knokpartij begint, wie van de zwervers zich overal buiten houden en wie dat juist niet doen. De meeste daklozen kent Lenny trouwens wel. Ze maken deel uit van de omgeving, geesten uit de stad, die niemand kent en die de meesten zelfs niet zien. Een van hen, Del, heeft met hem gewerkt in een hotelbar, twintig jaar geleden. Waarschijnlijk dronk hij daar meer dan hij verkocht. Hij slaapt nu onder de gewelven van Brighton in een smerig stinkend hol dat vroeger een snackbar was. Het is wel erg, maar hij bemoeit zich er niet mee. Lenny neemt de dag zoals die komt, hij doet allerlei klusjes op de pier, repareert het een en onderhoudt het ander. Er zijn ergere dingen. Hij denkt verlangend aan zijn eerste theepauze en daarna een glas bier met een stuk pastei in een van de kroegjes aan zee. Hij gaat samen met Bob, zoals altijd, en misschien dat hij op de terugweg een gokje op de paarden doet. Misschien is het wel zijn geluksdag.

Daaraan loopt hij te denken. Toch heeft hij dat vrouwtje in de gaten – je zou haar kunnen aanzien voor een jong meisje, maar haar gezicht draagt de sporen der jaren. Er is iets met haar: ze wil niet opgemerkt worden en al helemaal niets zeggen. Ze draagt een verschoten, suède jasje over een sporttrui en een combatbroek. Onverzorgd, zo te zien. In elk geval ziet ze er verschrikkelijk slecht uit. Waarschijnlijk de hele nacht uit geweest. Maar dat is hier niet ongewoon, met al die clubs en wilde feesten en tenten die de hele nacht open zijn. Dat is niet de reden waardoor ze zo opvalt. Hij ziet dat ze verward is, bang voor iets of misschien wel bang voor alles, terwijl ze nauwelijks merkbaar in zichzelf loopt te praten. Lenny houdt op met vegen en vraagt zich af wat ze loopt te mompelen. De man is iets jonger, eerder nerveus dan angstig. Zenuwachtig, in zijn kaal geworden leren jasje en honkbalschoenen. Hij houdt haar in de gaten, ziet Lenny, maar probeert het niet te laten merken. Van hen tweeën is hij in Lenny's ogen het meest verdacht. Hij heeft iets uitgevreten en zij maakt zich ongerust: zijn vriendin, zijn zus? Geen echtgenote. Dat kun je wel zien. Dat kun je altijd zien.

De man buigt zich naar haar toe en zegt iets, deze keer met onverbloemde nadruk, en ze gaan sneller lopen. Ze verdwijnen uit Lenny's gezichtsveld, en algauw is hij hen vergeten. Uit het oog, uit het hart, zegt zijn moeder altijd. Reg komt in zijn blazer naar hem toe lopen, en vertelt dat ze verderop op de pier moeten gaan schilderen: het is een rotklus, drie dagen werk voor hem en Bob, minstens, misschien nog wel langer. Het weer is in elk geval prima: de kille bries zal niet door zijn trui en zijn uniform heen dringen. Tijd voor een bakkie en een praatje met Bob. Ze moeten erachter zien te komen hoe die schilderklus het best kan worden aangepakt met een minimum aan inspanning en een maximum aan overuren. Dat is een kunst apart, en hij moet er eens goed over nadenken. Hij moet hebben wat Bob noemt 'een strategie, Len'.

Er is een buslading toeristen aangekomen bij de ingang van de pier, en hij probeert zoals altijd te raden waar ze vandaan komen. Amerika? Nee, geen ruitjesbroeken of golfpetjes. Frankrijk? Ze zijn er spraakzaam genoeg voor, dus dat zou kunnen. Nederland? Een heleboel donkerrode jasjes, dat zegt altijd wel wat. Ja, misschien uit Nederland. Een stuk of vijftig, van middelbaar tot bejaard, die de toeristische route volgen. Hij komt er wel achter waar ze vandaan komen als ze langskomen en filmpjes in hun camera doen en kijken of ze kleingeld hebben voor de attracties. Hij zal het horen aan het geroezemoes. Ze zijn de eerste lading toeristen van die dag en hij weet dat hij hierna binnen de kortste keren de tel zal kwijtraken. Hij ziet er elke dag zoveel.

Voordat de zwerm toeristen bij hem aankomt, ziet hij dat de vrouw terugloopt, met de man vlak achter haar. Ze zien er nu anders uit, nog steeds niet op hun gemak, maar minder somber. De vrouw glimlacht niet, maar ze sluit ook haar ogen niet, ze sloft niet meer en ze praat niet meer in zichzelf. De man lijkt zijn blauwe tas te zijn kwijtgeraakt. Weer iets dat straks zes maanden lang bij Gevonden Voorwerpen ligt, denkt Lenny. De man haalt haar in, grijpt haar hand, en bedenkt zich vervolgens. Zij blijft staan en kijkt naar de kustlijn. Ze grijpt de houten reling en schermt haar ogen af om beter te kunnen zien. Dan gooit ze haar hoofd naar achteren en duwt een paar blonde haren uit haar gezicht. Ze staat niet ver van hem vandaan en hij kan haar recht in haar gezicht zien. Geen tranen of zoiets. Fraaie jukbeenderen. Het is een mooie vrouw, beseft hij voor het eerst. Ze kijkt alsof ze zich iets herinnert.

DEEL EEN

Duistere gedachten gingen door Jeremy Taylors hoofd: het was tijd voor de afrekening. Hij strekte en boog zijn lichaam, hij berekende de juiste hoeveelheid kracht en het traject voor de fatale slag, de slag die recht zou doen wedervaren. Hij zette de dodelijke zwaai in. Maar net toen hij op het punt stond de groene croquetbal van zijn zoon Ben de vergetelheid in te sturen, werd zijn moordzuchtige droom verstoord door de stem van zijn vrouw. Op dertig meter van de hoepel en de ballen waar hij boven uittorende, stond Jenny Taylor met in haar ene hand een geruite theedoek en in de andere een doos. Hij hoefde geen tweede keer gesommeerd te worden. En zelfs op deze afstand kon hij aan heel haar houding zien – de positie van haar linkerbeen ten opzichte van het rechter – dat er ook geen tweede sommering zou volgen.

De afgelopen vijfendertig jaar hadden hem geleerd wat die houding van haar inhield. Hij was een expert in de unieke symboliek van haar lichaamstaal en gebaren. In haar mauve vest en witte blouse drukte ze het borrelende ongeduld uit dat zelden de kans kreeg om tot het kookpunt van razernij te geraken. Alles was klaar voor het feestmaal, wist hij, maar het croquetspel was nog niet beslist. De timing van de familie Taylor was, zoals altijd, niet helemaal gelukkig, en hij wenste in een opwelling van irritatie dat het deze keer eens anders zou zijn.

'Kom op, pa,' zei Ben. 'Als je me wilt afmaken, doe het dan.'

De tweeling was achter hun vader gaan staan, hun hamers hoog boven hun hoofd zwaaiend, om te zien wat hij zou doen. De groene bal raakte de blauwe, en was klaar voor de genadeslag. Hoewel de grasmat van het park vreselijk ongelijk was en een belediging voor Jeremy's liefde voor het spel dat hij zich had meester gemaakt op de velden van de universiteit van zijn vader in Oxford, bestond er geen twijfel over zijn kansen. Zelfs zijn zoon kon dat zien en, in de suïcidale opwelling die een speler soms overvalt in een wedstrijd waarin hij geen enkele kans maakt, verlangde hij naar een fraai einde. Zijn vader zette de zwaai in en vervolgens, met zijn blik op de varens, plantte hij zijn hamer in het gras. 'Nee,' zei hij. 'Ik wil je nog even laten lijden. Straks.'

'Straks?' zei Ben. 'Het is al vijf uur. Het is al donker als we klaar zijn met eten. Kom nou, pap. Doe niet zo flauw.'

'Maak hem af, pap,' zei Caitlin. 'Je weet best dat je dat wilt.'

'In godsnaam, pap,' zei haar zusje Lara, 'doe het nu. Maak hem af voordat hij dertig is. Dat is toch al te oud. Verlos hem uit zijn lijden voordat hij een ouwe kerel is.'

'Nee. De verleiding is groot, maar ik vind dat we nu moeten gaan eten. We kunnen het afslachten van Benjamin Taylor, negenentwintig jaar oud, best uitstellen tot na het feestmaal. En ik wil niet worden afgeslacht door jullie moeder. Ze zou een weinig overtuigende alleenstaande moeder zijn.'

Hij strekte zijn arm hoog in de lucht. Hij had nog steeds een indrukwekkende figuur voor een man van tweeënzestig. Met zijn een meter tachtig zag hij er nog goed uit, en hoewel zijn blonde haar snel dunner werd, hadden zijn trekken iets van een tijdloze, Romeinse gedistingeerdheid gekregen. Over het geheel genomen was Jeremy Taylor een man wiens slungelige verschijning door de jaren heen het dreigender voorkomen van een aristocraat had verworven. Nadat hij was afgeleid door de avondhemel waar de eerste roze tinten verschenen, merkte hij op dat er een gaatje zat in de elleboog van zijn kasjmieren trui. Hij keek naar de weg die langs het park liep en zag daar een vrouw in een doorzichtige anorak met een hond, die haar in een razend tempo voorttrok. Het gezicht van de vrouw was verwrongen door een peilloze woede terwijl ze over de stoep naar het café liep waar jongelui buiten zaten te roken en in hun mobieltjes te kwekken. Het café, vroeger de George genaamd, heette nu @Organic: Ben had hem uitgelegd dat dit eerder duidde op een gestage vooruitgang van de buurt dan, zoals zijn vader opperde, op de achteruitgang en het verval van de westerse beschaving. Wat Jeremy hiermee bedoelde en waarvan hij de afgelopen paar jaar de tekenen was gaan bespeuren, was: dat dit niet langer zijn wereld was. Ik ben nu een gast, dacht hij, en niet langer heer en meester. Een nieuwe tijd is aangebroken, een tijd die me niets verschuldigd is...

Met achterlating van de poortjes en de peg gingen de vier Taylors op weg naar de schaduwrijke, overvloedige oase die Jenny het afgelopen uur had gecreëerd met de inhoud van drie rieten manden. De zon, hoewel laag aan de hemel, scheen nog steeds krachtig op het parklandschap en verschroeide het gelige sportveldje achter hun picknickplek. Een handjevol fanatieke zonaanbidders lag verspreid over het kale voetbalveld, de paarsbruine sporen van verbranding liepen kriskras over hun huid als vreemdsoortige tatoeages. Een moeder stond bij de achterste doelpalen met drie kleine kinderen ruzie te maken over een vouwwagentje dat het kleinste kind steeds met indrukwekkende kracht op de grond smeet. Een paar meter verderop lag een man ongestoord te slapen in niet meer dan een kaki short, sokken, sandalen en een plat hoedje met een smalle rand. Zijn ogen waren bedekt door een krant waarvan de pagina's gejaagd opfladderden.

Rechts van de Taylors lag een zwartgroen water te glinsteren dat de benaming 'meer' nauwelijks verdiende, maar wel als zodanig werd aangeprezen op bordjes met goudkleurige letters op een verveloze blauwe ondergrond. Aan de oever vermengde het afval van het parkleven zich met de halmen en stengels van verdorde planten: blikjes, wikkels, folders met reclame voor afgeprijsde artikelen. Een paar zeer hongerige eenden zwommen trillend van optimisme langs, hopend op een hapje, hun vliezen net zichtbaar onder de rimpeling van het water. De tweeling, gekleed in identieke denim jacks, huppelden zoals ze alleen maar deden bij dit soort familiegelegenheden. Bij hun flat in Hammersmith, met hun school- en studievrienden in de buurt, zou een dergelijk ongekunsteld gedrag ondenkbaar zijn geweest. Maar hier was een terugkeer naar de gewoonten uit hun kinderjaren wel geoorloofd. Lara's haar was nu kort, in een bob geknipt, terwijl Caitlin de lange blonde lokken die zo lang hun beider handelsmerk waren geweest, had behouden. Terwijl hun vader toekeek hoe de twee jonge vrouwen hand in hand liepen te babbelen, amuseerde het hem dat hun incidentele pogingen om de navelstreng door te knippen die hen twintig jaar aan elkaar had verbonden, alleen maar benadrukten hoe sterk hun band nog was.

'Eindelijk, Jeremy,' zei Jenny, toen ze bij de deken kwamen die ze op de grond had neergelegd. 'Het werd verdomme tijd. Ik vraag me soms af wat je bezielt.' Ze rekte zich uit om een potje mosterdsaus te pakken, dat ze hem verstrooid aanreikte voordat ze bestek pakte.

'Soms, schat? Dat is een vooruitgang. Ik moet meteen onze huwelijksraadsman bellen met dit verheugende nieuws.'

Ze grinnikte. 'Laat maar. Ik heb hem al de zak gegeven terwijl jij aan het spelen was.'

'O, echt? En ongetwijfeld het geld voor de scheiding betaald van onze gezamenlijke rekening.'

Ben Taylor glimlachte tijdens deze woordenwisseling terwijl hij uit een van de manden de eerste fles champagne pakte. Zo lang hij zich kon herinneren, was dit soort scherts schering en inslag geweest tussen zijn ouders. Ze voelden zich er allebei prettig bij: het was hun manier om – met die typisch Engelse ironie – de opgelopen spanningen van vijfendertig jaar samenzijn in goede banen te leiden. Maar Ben wist ook dat het in de eerste plaats was omwille van de kinderen, een diep ingesleten manier om de vier kinderen Taylor te laten weten dat alles in orde was, zelfs als dat niet zo was.

Op zijn tiende was zijn moeder ziek geworden. Het was hem en zijn zusje duidelijk – de tweeling was toen nog geen jaar oud – dat ze ernstig ziek was. Een donker beest waarde door de onberispelijk gestoffeerde gangen van hun huis, snuffelend aan de deuren en zoekend naar zijn prooi. Een stilte was over de vier verdiepingen gevallen, samen met golven lichte weerzin die werd gedeeld door alle bewoners, maar waarover nooit expliciet werd gesproken. Terwijl hun moeder ziekenhuis in en ziekenhuis uit ging, hadden de twee oudste kinderen, negen en tien jaar, in twee maanden tijd nieuwe, gewelddadige en vreemdsoortige emoties leren kennen. Het huis rook niet langer naar de luxe genoegens van hun moeder: Chanel parfums en geurkaarsen op lege overlopen, maar naar desinfecterende middelen. De warmte van het huis maakte langzaam plaats voor de kilte van een instituut. Hun kinderjuffrouw, Henty, kon hen niet langer recht in de ogen kijken en Ben had haar huilend aangetroffen in de oude kinderkamer die haar kamer was geworden. Henty, die in haar oude bloemetjesrok, met haar wollen sokken rond haar enkels en haar dr. Scholl sandalen tegen de rand van het bed schopte terwijl ze het uitsnikte. Dat was op zichzelf nog geen overtuigend bewijs: Henty huilde al als je haar het idee gaf dat je op een onbepaald tijdstip in de nabije toekomst, maar nu nog niet en misschien wel helemaal nooit, boe kon gaan roepen. Nee, het bewijs van het verschrikkelijke dat er plaatsvond, was op een totaal andere manier geleverd, de volgende dag toen hij zijn vader in zijn studeerkamer had gezien.

In die kamer aan het eind van de gang op de tweede verdieping waren heel wat magische dingen gebeurd. Op zijn vaders knie had hij de beginselen van het schaakspel geleerd en geluisterd naar de verhalen uit de Narnia. Hij had geleerd hoe je kruiswoordpuzzels moest oplossen en wat een *Welsh rarebit* was. Soms, op zondag, liet Jeremy hem daar een stripverhaal lezen, terwijl hij zijn correspondentie bijwerkte. Aan het eind van de middag, als de schemering viel, mocht hij soms een spelletje darts met zijn vader doen, waarbij hij de rode en blauwe pijltjes met een boogje in het bord gooide dat Jeremy op de deur had vastgeschroefd, ondanks Jenny's protest. En het meest ondeugende – verbazingwekkend eigenlijk, nu Ben er achteraf aan dacht – vond plaats als zijn vader hem en zijn zusje de kleine verzameling pistolen, waarvan sommige antiek waren, liet zien die hij had geërfd van zijn oom. Er was een musket bij, een revolver uit de oorlog en nog wat modernere exemplaren, sommige heel kostbaar. Hij legde hun uit hoe die vuurwapens werkten, hoe je ze moest ontmantelen, schoonmaken en met respect behandelen. Hij zei dat zij nooit schietwapens zouden hoeven gebruiken zoals de generatie van zijn eigen vader had moeten doen, maar dat ze er wel iets van af moesten weten. Ben en zijn zusje waren sprakeloos van ontzag bij deze zeldzame gelegenheden, die ze terecht meer beschouwden als een blijk van vertrouwen dan als een roekeloos spelletje. In andere omstandigheden zouden de demonstraties van hun vader iets psychotisch gehad kunnen hebben. Maar hiermee gaf hij duidelijk blijk van zijn vertrouwen in hen – hun moeder mocht er onder geen beding iets van weten – en zijn overtuiging dat ze alles moesten weten over het verleden van hun familie en wat dat tot op de dag van vandaag voor hen betekende. Ze leerden er ook van dat hun vader geheimen kon bewaren. Dit was de basis van het verbond tussen Jeremy Taylor en zijn twee oudste kinderen.

In die tijd, wist Ben nog, hadden de muren van de studeerkamer volgehangen met striptekeningen van *Spy* en foto's van zijn vader die poseerde met beroemde heren: financiers met wie hij werkte en politici met wie hij al bevriend was geraakt tijdens zijn studie. Een skelet, een kerstcadeautje van zijn broer Gus, een chirurg, stond met een maniakale grijns in de hoek, met op zijn hoofd een slappe vilthoed die Jeremy van zijn kinderen had gekregen maar nooit zelf had gedragen. Erachter hing een oud prikbord, met de waarschuwing EIGENDOM VAN DE

UNIVERSITEIT VAN ORIEL: NIET BETREDEN, een herinnering aan een drankzuchtig avondje meer dan vier decennia geleden.

De boekenplanken vertelden iets over Jeremy's leven als literaire pelgrim – van de boeken van Walter Scott, Tolkien en C.S. Lewis uit zijn kinderjaren, via de boeken van Cyril Connolly en Orwell uit zijn tienertijd, tot de eerste uitgaven die hij boven alles waardeerde en die hij nu kon betalen. Boven het bureau hing een oude prent van het Jeruzalem van Constantijn, met daarop het motto *Hierosolyma Urbs Sancta*. Op het bureau stond een ouderwetse groene leeslamp en een prachtig stukje Russisch amber dat hij van Jenny had gekregen toen zij nog diplomaat was, in hun verkeringstijd. En toen Ben die dag binnenkwam zonder te kloppen – en daarmee een strikte regel van het huis overtrad – trof hij zijn vader aan die het amber in zijn handen koesterde als een talisman, alsof hij door dit eeuwenoude stuk te strelen zijn grootste angst zou kunnen bezweren. De blik van de vader ontmoette die van de zoon. Jeremy reageerde woedend omdat Ben het lef had gehad zijn privé-domein te betreden. Hij verstarde en stond op. Ben, die in de deuropening als vastgenageld bleef staan toen hij zich bewust werd van zijn onmiskenbare overtreding, verwachtte een vreselijke uitbrander. Maar de snelheid waarmee zijn vader deze opwelling van patriarchale autoriteit inslikte en weer wegzakte in iets diepers, waarvan Ben de oorsprong slechts kon raden, zei hem genoeg. Er was iets verschrikkelijks gaande in het vredige, welvarende leven van de Taylors: een grimmige vijand naderde. Zonder een woord te zeggen, sloot hij de deur.

Toch hadden zijn ouders in die naargeestige tijd geweigerd hun fort te laten neerhalen. Uitgeput, belegerd en verscheurd hadden Jeremy en Jenny Taylor de vijand bestookt met het wapen waarmee ze die het best konden afschrikken. Wekenlang hadden ze een grap in stand weten te houden die even banaal en ongerijmd als noodzakelijk en troostend was. Jenny had tegenover de kinderen gedaan alsof ze verliefd was geworden op Stanley, de melkman. Omdat Stanley al melk bezorgde in de Boltons zolang de Taylors er woonden – vijftien jaar – was dit een prachtig, onwaarschijnlijk verhaal. Dat zou ook het geval zijn geweest als Stanley de charme had gehad van Lancelot en het voorkomen van Olivier. Helaas voor hem had hij geen van beide. Hij was een man die het zelfs zonder de vrolijke aard moest stellen waarmee menig melkman is gezegend of zich verplicht voelt *ex officio* aan te nemen. Niemand wist zelfs of Stanley, met zijn grijze bakkebaarden, verkreukelde broek en verschaalde bierlucht van de vorige avond, ooit een vrouw zover had weten te krijgen dat ze mevrouw Stanley werd. Maar dat maakte de grap er alleen maar beter op. 'Tja, lieverd,' zei Jeremy dan, en hij schudde zijn hoofd, 'als je die gevoelens hebt, moet je doen wat je denkt dat goed is. Ik zal je niet tegenhouden. Zulke passies gaan iedere redelijkheid te boven.' De kinderen lachten dan, zelfs als in hun ogen de tranen al brandden die zij later in hun kamertje de vrije loop zouden laten. Zulke gesprekken gingen altijd vooraf aan een ziekenhuisopname. En bij Jenny's terugkeer werd het proces nog eens herhaald, deze keer met nog meer zwier.

'En hoe gaat het met Stanley?' vroeg hun vader, na haar laatste opname in het ziekenhuis van Chelsea en Westminster.

'O, Stanley?' antwoordde Jenny, terwijl ze in de spullen van haar toilettas rommelde, met een stok naast haar stoel. 'Die heeft er een eind aan gemaakt, vrees ik. Onbeantwoorde liefde. Arme, lieve Stanley. Die dingen gebeuren nu eenmaal.' Ben en zijn zusje hadden onbeheerst zitten giechelen om deze prachtige ontknoping. Hij had zijn moeders hand de hele middag vastgehouden en was in haar armen op de bank in slaap gevallen in de zitkamer waar ze graag zat te lezen.

Het was een ware marteling voor de melkman om die donderdag begroet te worden door de hele familie Taylor die hysterisch zat te lachen toen Jenny de deur opendeed om hem de rekening over die week te betalen. Zelfs de tweeling, gewiegd in hun vaders armen, kraaiden van plezier. De melkman keek hen op dit moment van pure droefenis zwijgend aan, alsof hij altijd al, met het inzicht van de waarlijk beschroomde, had geweten dat ze hem hadden gebruikt. Zijn gezicht drukte ook de herinnering van een volk uit, van een feodale verplichting die hij en zijn voorvaderen waarschijnlijk al honderd generaties voelden: Stanley wist dat het onontkoombaar was dat hij in huize Taylor werd bespot, dat hij daar niets aan kon veranderen, en dat er nooit een verklaring voor zou komen. Het briefje van twintig pond dat Jenny tevoorschijn haalde, verzachtte het leed, terwijl het er tegelijkertijd zonder enige twijfel nog eens door werd versterkt.

De champagne was goed, merkte Ben op. Een vintage Krug, die zijn vader alleen uit de kelder haalde als hij bijzonder positief gestemd was tegenover het leven in het algemeen of tegenover iemand in het bijzonder. Deze keer was de dertigste verjaardag van zijn oudste zoon de aanleiding geweest voor dit royale gebaar. Hij maakte de eerste fles open met behulp van een theedoek, waarbij maar een klein beetje van de inhoud ontsnapte. Hij schonk vijf plastic flûtes in, zichzelf als laatste.

'Heeft je zus nog gebeld?' vroeg Jenny.

'Ja,' snoof Ben. 'Vanochtend. Jullie weten toch dat ze zei dat ze vandaag vrijaf zou nemen? Zodat ze hier op tijd kon zijn? Nou...'

'Mia zal nooit een dag vrij nemen omdat iemand dertig wordt,' zei Caitlin. 'Ook al is het haar broer. Die heeft het tegenwoordig zo hoog in haar bol.'

'Alleen omdat ze zo klein is,' zei haar tweelingzus, 'en nooit seks met iemand heeft.'

'Hè toe, La,' zei haar vader. 'Hou eens op. Je kunt gewoon niet uitstaan dat je zuster niet zo'n lamlendig, hedonistisch leventje leidt als jij en Cai. Dat betekent nog niet dat ze niet normaal is.'

'Maar het is wel waar. Ze woont bijna op kantoor. Ze is een echte ouwe vrijster. Ik heb haar laatst een kaartje gegeven voor die club –'

'Ja,' zei Lara. 'Cai had een kaartje voor haar, van twintig pond, een optreden van een hele nacht in Clerkenwell, we zijn er allemaal naartoe gegaan. Er waren zelfs een paar vrijgezellen met wie we hadden afgesproken, voor het geval ze tot inkeer zou komen en zich eindelijk eens als een normaal mens zou gedragen. En twee uur voordat we zouden vertrekken, belde ze op om te zeggen dat ze het toch niet redde. Werk. Werk? Het was verdomme zaterdagavond, zeven uur.' Lara schudde haar hoofd in opperste verbazing. Dit was toch niet te geloven, zo'n veronachtzaming van de meest basale kansen die het leven te bieden had.

Jeremy Taylor nipte van zijn Krug en lachte in zichzelf. De tweeling had hem tot last moeten zijn, de nakomertjes, zijn niet-geplande kinderen die in de jaren die hij had willen wijden aan kalme genoegens voor de nodige oproer hadden gezorgd. Toen hij in de veertig was, hadden ze hem 's nachts wakker gehouden, toen hij begin vijftig was, waren ze af en toe dronken geworden zodat hij vaak onaangename autoritjes door Londen moest maken, diep in de nacht. Caitlin en Lara waren door hun adolescentietijd geraasd, ze moesten voortdurend opgehaald worden bij een of ander huis dat de betreffende ouders na hun weekendje uit, bezoedeld door hormonen en wodka, zouden aantreffen. En toch had Jeremy alleen maar plezier beleefd aan de tweeling, niet in het minst omdat hun blik op de wereld zo totaal anders was dan de zijne, die hij deelde met zijn twee oudste kinderen. Ben en Mia waren bereid om draken te verslaan en kruistochten te houden. Ze hadden hun vaders kwellende ambitie geërfd, en ze streden om het hardst met elkaar om zijn voorbeeld te evenaren. De symbiose van de tweeling, daarentegen, was van een hele andere orde: hun intimiteit versterkte slechts hun gedeelde gevoelens van zelfgenoegzaamheid en hun sceptische houding ten aanzien van inspanningen. Van tijd tot tijd dreigde een verliefde man tweespalt tussen de twee meisjes te zaaien – een onmogelijk knappe vrijer had een jaar lang naar hun beider gunsten gedongen voordat hij zich verslagen terugtrok – maar Lara sprak voor hen beiden als ze spottend grijnsde om het idee dat 'een of andere klerelijer', zelfs al was het een vijfentwintigjarige effectenhandelaar die goed was voor een miljoen per jaar, ooit tussen hen zou kunnen komen.

In Hammersmith, in een souterrain achter een zwarte balustrade, waren ze een wanordelijk huishouden begonnen, dat in feite was gebaseerd op allerlei strenge regels en voorschriften. 'Geen honden, geen Italianen, geen goedkope witte wijn' was een van de explicietere regels van het huis, had Caitlin hem ooit uitgelegd. Er waren dingen die zij en Lara wel, en dingen die ze niet toestonden. Jenny en de twee andere kinderen waren bang dat het appartement, met kleren die overal verspreid lagen, niet-geleegde asbakken en zijn gelijkenis met een glasbak op maandagochtend, de ondergang van het tweetal zou betekenen. Ze zouden wegzinken in morsige onbeweeglijkheid, hun leven zou een steeds inhoudlozere cyclus van feestjes, luieren en verloren kansen worden. Maar Jeremy wist wel beter. Hij zag dat de meisjes ook slim en standvastig waren en dat alles goed zou komen, hoe onvoorspelbaar hun levenspad ook zou zijn en, ondanks het feit dat de jaren die voor hen lagen meer hartenpijn voor hen in petto hadden dan zij nu verwachtten. Hij was daarvan overtuigd toen hij naar Lara keek die genadeloos een briljante imitatie weggaf van hoe haar oudere zus twee jaar eerder op een bal had gedanst.

'Zelfs Anthony Foster wilde niet met haar dansen!' zei Caitlin, terwijl haar zusje ronddraaide. 'Kun je nagaan. Anthony Foster. De grootste sukkel van Londen. Ik loop naar hem toe en zeg: "Ant, in godsnaam, dans met mijn zuster. Ze is fantastisch en ze is vrijgezel. Jij bent de ware voor haar." En Anthony draait zich naar me toe, met zijn onwelriekende adem, de man die op de dag van Clare Singletons huwelijk over de bruid braakte, en hij zegt: "Ik zou wel willen, maar ze is stapelgek!" Ik bedoel, wat moet je dan nog?'

Lara schudde instemmend haar hoofd en dronk haar glas leeg. Ze had honger, en een van de dekens stond nu vol lekkernijen ter ere van Bens dertigste verjaardag. Er waren koud vlees, gerookte zalm, een blikje kaviaar (een kerstgeschenk van oom Gus, bewaard voor deze gelegenheid), blini's, salades en haar moeders eigengebakken quiche. Er waren augurken, sausjes, kazen en flessen Badoit. Jeremy knabbelde al aan een cracker met mosterdsaus. Een tweede fles Krug ging rond. Hij merkte op dat het krijsende gezin was vertrokken en de man met de sandalen in dromenland had achtergelaten. De krant was nu helemaal uit elkaar gewaaid en verspreidde zich over het veld.

'Nou,' zei Ben, 'wat telt, is dat ze komt, maar natuurlijk wordt dat laat. Blijkbaar moet haar man...'

'Haar man?' zei Caitlin. 'Nou vergis je je toch stierlijk, Benjaminnetje.'

'Niet zo'n soort man. Die politicus van haar. Die gouden jongen. Hij komt morgen op tv en hij moet nog gebrieft worden. Dus draaft Mia op, met haar potlood en haar notitieblok om hem bij zijn geploeter te helpen. Ze heeft de vragen en antwoorden op papier gezet zodat ze hem die kan toespelen voor hij verdergaat. Hij zou nergens zijn zonder haar.'

'Doet hij het eigenlijk goed?' vroeg Jenny. 'Die – hoe heet hij? – Anderson?'

'Anderton,' zei Ben. 'Miles Anderton. Ja, dat gaat wel. Hij is niet veel ouder dan ik, en nu al regeringssecretaris. Hij staat erom bekend dat hij tekeergaat tegen islamitische activisten en dat hij altijd doordraaft over arme kinderen. Allemaal volgens het script. Hij is een rasopportunist, natuurlijk, en een wereldberoemde wipper; dat zal hem nog wel eens opbreken. Maar hij komt wel in het kabinet, althans dat zegt Mi.'

'Dat moet ze wel zeggen,' zei Lara. 'Ze heeft het over die lui alsof het popsterren zijn, terwijl het gewoon mannen van middelbare leeftijd in stomme pakken zijn.'

'Niet zo stom in Miles' geval, La,' zei Ben. 'Mi zorgt dat hij de beste kwaliteit kleren koopt. Dat was kennelijk de eerste stap. Robinson wilde hem niet op rekening laten kopen tenzij hij beloofde tienduizend pop te besteden aan een nieuwe garderobe.'

'Ik begrijp niet hoe dat werkt,' zei zijn moeder. 'Hoe kan een politicus Z Robinson betalen? De meeste grote bedrijven kunnen zich dat soort belachelijke bedragen niet eens veroorloven.'

'Klopt, mam. Maar het punt is dat hij niet betaalt, of althans dat hij niet zoveel betaalt. Ze laten hem een vriendenprijsje betalen – bijna *pro bono* – want ze rekenen erop dat hij het gaat maken. Miles blijft maar doordrammen over gevaarlijke mullahs en arme kindertjes in een schoorsteen in Barnstaple. Dat wordt opgemerkt door partijmensen, hij krijgt een topfunctie en – presto – Robinson lacht in zijn vuistje. Mia is degene die de contacten legt, dus die is gelukkig. Dat heeft Claude me trouwens verteld.'

Claude. Met een paar glazen achter zijn kiezen en omdat hij jarig was, vond Ben dat hij wel de naam kon noemen van de man die Mia meteen na Oxford had aangenomen, opgeleid in het bedrijf, het hof gemaakt en toen gedumpt. Vooral Jenny, die Claude Silberman al vroeg in deze cyclus van droefenis had ontmoet – op een feestje in Merton, waar ze naartoe was gegaan om haar dochter op een zomerse dag op te zoeken – vond elke fase vermoeiend voorspelbaar. Ze kende types als Silberman maar al te goed: hij deed zo hoffelijk dat het bijna een parodie was, hij was knap op een vrouwelijke manier, en uitermate onbetrouwbaar. Haar lauwe reactie op Mia's vraag wat ze van hem vond, had hem, zo besefte ze later, in de ogen van haar dochter alleen maar aantrekkelijker gemaakt, waardoor ze zich schuldig voelde. Zij en Jeremy vonden Bens besluit om te blijven omgaan met de man die het hart van zijn zusje had gebroken heel zwak, en dat zeiden ze hem ook. Er waren weinig kloven tussen de Taylors, maar Ben had er een geslagen in de rotswand van de familie door bevriend te blijven met deze foute persoon.

'Die?' siste zijn moeder. 'Wat weet die ervan?'

'Hij draagt hoeden,' zei Caitlin. 'De lul.'

'De lul,' echode Lara. 'Het is net iemand uit een slechte jaren-zestig-film.'

Het was waar dat Claude hoeden droeg, een van zijn vele gekunstelde maniertjes die nauwelijks te verdragen waren. Slank en onberispelijk gekleed, had hij de perfecte manieren en het air van onoprechtheid die de ware dandy kenmerken. Hij had de gekmakende gewoonte om steeds 'natuurlijk, natuurlijk,' te zeggen. Maar Ben mocht hem graag.

Ze hadden elkaar leren kennen via zijn zus, maar hun vriendschap had zich algauw onafhankelijk van de wankele romance ontwikkeld. Ze waren op een avond bij wijze van kennismaking wat gaan drinken in St. James, en waren daar betrokken geraakt in een handgemeen met een stelletje Amerikanen. Het ontstaan van de knokpartij was legendarisch en tijdens hun volgende ontmoetingen het onderwerp van bijna theologische debatten. Ze waren het erover eens geworden dat de twee Amerikanen, die aan het tafeltje naast hen zaten in T-shirts en dure bomberjacks, aanstoot hadden genomen aan Claudes spraakzaamheid en hem hadden gevraagd 'op te houden met die kloteherrie'. Claude had, als hij niet zoveel had gedronken, aan hun verzoek kunnen voldoen – 'natuurlijk, natuurlijk' – of de provocatie simpelweg kunnen pareren met wat hij, zoals Ben later hoorde, de 'Silberman-blik' noemde. Maar ze hadden al voor meer dan honderd pond achter hun kiezen – de kosjere wodka was een genot – en waren daardoor doof voor de alarmsignalen die normaal gesproken in hun oren zouden hebben getoeterd.

Claude draaide zich naar hen toe met een ijselijke blik die iets komisch had. 'Hebben jullie het tegen mij? Kijken jullie naar mij? Want ik zie hier verder niemand anders.'

Ben kon niet geloven dat Claude, de gladde adviseur in zijn fatterige overjas en zijn kostuum van duizend pond, ineens was veranderd in Travis Bickle. Hij leek precies op de chauffeur uit *Taxi Driver*, een onwaarschijnlijke imitatie van De Niro waarin alleen nog de mohawk-haarcoupe en het veteranenjasje van de marine ontbraken. Hoe was die metamorfose tot stand gekomen? Ben wist het niet, omdat het meeste van wat hij moest weten, was verzameld in een woud van glazen op de marmeren tafel voor hen. Hoewel de bar schaars verlicht was, kon hij wel zien dat Amerikaan nummer Een – die was begonnen met zijn provocerende opmerking – even verbaasd keek als hij, maar niet half zo geamuseerd.

'Gekke vent, hè?' zei Amerikaan nummer Twee die totaal niet onder de indruk was. 'Gekke, luidruchtige vent.' Ben vond het altijd boeiend dat knokpartijen in het echt zo rommelig en weinig dramatisch begonnen, zonder de choreografie die je verwachtte na een leven lang films en televisie. Kort na deze scherpe reactie – wat natuurlijk helemaal geen scherpe reactie was, maar een opmerking met gewelddadige bedoelingen – was het aan beide tafeltjes stil geworden en hadden alle vier de mannen naar hun handen gekeken, waarbij het Amerikaanse duo nerveus aan de zware ringen om hun vingers zat te friemelen. Daarna, en dat was nog het meest onwaarschijnlijke, was Claude opgestaan en had hij Amerikaan Een keihard op zijn hoofd geslagen. Dit kon niet echt heel veel pijn hebben gedaan, dacht Ben, maar op bewonderenswaardige wijze was het doel bereikt: Amerikaan Een stond voor paal. Een meisje dat vlakbij stond, moest lachen om het bizarre beeld van die slungelachtige, goedgeklede jongeman die zijn potige tegenstander vol verachting een mep verkocht. Het was heel grappig, maar voorspelde ook niet veel goeds.

Een aantal minuten lang (Claude en Ben rekenden later uit dat het niet meer dan zestig seconden geweest konden zijn) sloegen de vier mannen er met weinig behendigheid en veel gevloek op los. Er braken glazen en een stoel ging aan diggelen. Kosjere wodka stroomde op de grond. Ben kreeg een volle vuist in zijn gezicht en voelde geen pijn, maar wel iets warms dat uit zijn neus druppelde. Claude, merkte hij met vreemde afstandelijkheid op, werd op de vloer geschopt door Amerikaan Een en zou behoorlijk gewond zijn geraakt als niet twee grote beveiligingsmannen in Puffa-jacks met het opschrift SANDINO'S BAR van de andere kant van de zaal waren aangestormd om een einde aan het gevecht te maken. Tot hun opluchting zaten Ben en Claude ineens bloedend en met een permanent toegangsverbod buiten in de kou op de stoep, waar ze zich rot lachten. Claude klopte Ben op zijn rug toen die in de goot braakte en zette hem in een taxi. Toen hij voor zijn flat in Primrose Hill wakker werd, kwam hij erachter dat de chauffeur al was betaald, met een royale fooi; zo royaal zelfs dat de man wachtte totdat Ben de hal in was gelopen alvorens hij wegreed.

De volgende ochtend was Ben in een vreselijke conditie wakker geworden; zijn hele lijf deed pijn van de vechtpartij, hij had een kater die hem bijna tot zelfmoord dreef, en hij was ervan overtuigd dat hij minstens vier wetsovertredingen had begaan bij Sandino's. Hij zag in de spiegel een man die hij niet kende, asgrauw als gevolg van de drank, met een blauw oog en een kapotte lip, als een gesjeesde amateur-bokser. Hij vroeg zich af of zijn neus, die vol bloedkorsten zat, was gebroken of alleen maar verschrikkelijk veel pijn deed. Hij leek ook aan een soort spierverlamming te lijden waardoor het heel moeilijk was om koffie te zetten, zijn tanden te poetsen en de krant op te pakken. Toen de telefoon om twee uur ging, nam hij mismoedig aan dat het een smeris van het plaatselijke politiebureau was die hem wilde waarschuwen dat hij en zijn collega's op weg naar hem waren om hem in de kraag te vatten en voor altijd een einde te maken aan zijn vrijheid – misschien dat Ben die laatste minuten van zijn vrijheid zou willen benutten om telefonisch afscheid van zijn ouders te nemen. Maar het was Claude, opgewekter dan mogelijk leek voor iemand die nog geen twaalf uur daarvoor een paar flinke dreunen op zijn hoofd en in zijn maag had moeten incasseren.

'Nou, jongeman, je hebt je sneller hersteld dan ik had verwacht. Je hebt het temperament van je zus, dat zie ik wel, maar je rechtse hoek is beter. Je hebt wel een beloning verdiend. Laten we vanavond hetzelfde nog eens overdoen.' En dat hadden ze, tegen beter weten in, gedaan.

Claude had zijn protégé geïntroduceerd in een milieu dat hij in ieder opzicht opwindend vond. Niet dat nuffige stelletje van Fulham Road met wie Ben in zijn tienerjaren was omgegaan: jongens met crickettruien die Japans bier dronken en droomden van Porsches met blondjes. Claudes wereld was het beste wat Soho en Mayfair te bieden hadden. Hij haalde Ben vrijdagsavonds na zijn werk op en reed met hem naar West End, waar ze met hun vrienden gingen eten. Daarna gingen ze van de ene club naar de andere, van Shaftesbury Avenue via Jermyn Street naar Berkeley Square, waar ze martini's achteroversloegen tot zonsopgang of nog later. Soms strandden ze in een tent in East End, waar Claudes kennissenkring enkele onwaarschijnlijk harde jongens telde die Bens detonerende aanwezigheid in hun midden uitermate grappig vonden. Daarna, soms in gezelschap van een of twee van deze gorilla's, gingen ze naar de marktcafés, die een vergunning hadden om tot in de vroege uurtjes open te blijven, voor een paar laatste biertjes en een snelle hap.

Deze vriendschap had Claudes verhouding met Mia ruimschoots overleefd. Eigenlijk had die relatie helemaal niet zo lang geduurd als ze tegenover haar ouders had doen voorkomen. Wat Ben hun liever niet vertelde, was dat Mia Claude, hoewel hij als vriend rampzalig was en technisch gesproken degene die de verhouding had verbroken, min of meer had gedwongen het uit te maken. Ze had hem meer dan eens duidelijk gemaakt dat ze weinig voor hem voelde en dat het, hoewel hun affaire wel bepaalde behoeften van haar bevredigde, voor haar iets van voorbijgaande aard was, waaraan hij geen hoop mocht ontlenen. 'Natuurlijk, natuurlijk,' had Claude gezegd. Maar zodra hij dit soort dingen te horen had gekregen, had hij geweten dat hij er snel een einde aan moest maken. En dat had hij, in een sushibar in Park Lane op een heldere novemberavond ook gedaan, zonder dat het hun allebei verdriet deed. Ze hadden hun strikt professionele relatie bij Z Robinson met functionele ijzigheid weer opgepakt. Ben wist beter dan wie ook dat dit de beste oplossing was. Hij wist ook dat zijn zus nu smoorverliefd was op een ander, en dat de herinnering aan Claude allang verleden tijd voor haar was. Alleen de andere Taylors dachten dat Mia aan het kortste eind had getrokken.

'*Let other men make money faster, in the air of darkroomed towns,*' zong zijn vader met een redelijke bariton, terwijl hij de laatste fles champagne opende.

'O jee, hij krijgt het op zijn heupen,' zei Caitlin.

'*I don't dread a peevish master, Though no man do heed my frowns,*' zong Jenny. En daarna, samen met haar man: '*I be free to go abroad, Or take again my homeward road –*'

Ze werden onderbroken door een stem die kinderlijk charmant klonk: '*To where, for me, the apple tree, Do lean down low in Linden Lea.*'

'Mi! Schat!' Jenny omhelsde haar dochter in een gebaar van pure, onbeheerste vreugde. Ze had haar, besefte ze ineens, maanden niet gezien, en het beeld van haar kleine blonde meisje, zonder schoenen en in een broekpak met een aktetas in haar hand, vervulde haar van melancholie en opluchting. Ze was afgevallen, dacht Jenny, wat niet zo gek was als je naging wat voor een belachelijk intensief leven ze leidde. Mia deed haar denken aan haarzelf, en dat was een reden voor bezorgdheid. Ze wist dat zij een anker nodig had gehad dat ze had gevonden in Jeremy. Mia dreef, ondanks al haar sociale vaardigheden, op de roerige wateren van het leven met niet veel houvast.

'Hoe ken jij die tekst, Mia Taylor?' vroeg haar vader, die zich naar voren boog om zijn dochter een zoen te geven. 'Er wordt niet van je verwacht dat je dat soort liedjes zingt voor je de veertig bent gepasseerd.'

'Als je het zo stelt dan zingt Mia ze waarschijnlijk al jaren,' zei Caitlin.

'Door naar jou te luisteren als je in bad zit, pap. En hou je mond, rotmeid,' zei ze, terwijl ze haar jongere zusje omhelsde, en daarna Lara die onmiddellijk de nieuwe oorringen van Mia begon te inspecteren.

'Mooi. Heel mooi. Verdacht mooi.'

'O, die... Vind je ze leuk?' Mia speelde nerveus met haar rechteroor-lelletje.

De tweelingen keken naar haar, toen naar elkaar, en toen weer naar haar: 'Vriendje! Vriendje!'

'Anthony Foster!' zei Caitlin triomfantelijk. 'Hij is van gedachten veranderd!'

Ondanks zichzelf moest Mia even lachen en ze gooide haar armen in wanhoop de lucht in. 'God, zo radeloos ben ik niet. Hier ben ik dan, Benj. Dat had ik toch gezegd? Ik snak naar een borrel.'

'Goeie hemel, ben jij niet Mia Taylor? Hebben wij elkaar niet zo'n twee jaar geleden e-mails gestuurd?' Hij glimlachte en sloeg een arm om haar heen. 'Slechts drie uur te laat. Ik ben blij dat je er bent. Is dit goed?'

Er zat nog net een glaasje champagne in de laatste fles Krug. Ze knikte. De voorbereidingen op Miles' televisieoptreden hadden haar uitgeput. Miles, Miles... zou hij het begrijpen? Hij was een geweldig acteur en een gevat politicus. Hij was al opgevallen in de pers, met zijn harts-tochtelijke aanklachten tegen armoede onder kinderen – het reisje naar Liverpool was bijzonder goed verlopen – en zijn felle betoog tegen isla-mitische militanten in Londen. Hij had het lef gehad namen te noemen van moslimleiders in Londen, zoals Omar Aziz en dr. Saffi Moham-med, en het persoonlijk tegen hen op te nemen, live tijdens *Channel 4 News.* Hij liet zich niet gemakkelijk klemzetten. Maar zij wilde meer van hem maken, veel meer. Ze wilde dat Miles schitterde aan het saaie poli-tieke firmament en dat die glans op haar afstraalde. Het was een publiek geheim dat hij bij Z Robinson werd klaargestoomd voor zijn rol in de politiek, en ook – omdat ze het een aantal journalisten had verteld die ze wel, en een paar die ze niet vertrouwde – dat zij degene was die hem daarbij hielp. Er zou aan het eind van het jaar beslist een herverdeling van posten volgen, en Miles moest de sprong maken van goedgebekte slippendrager naar een belangrijke functie. Hij was nog geen afgewerkt product en zag niet in dat zijn antwoorden in interviews, in tegenstel-ling tot de toespraken die zij voor hem schreef, nog te defensief van toon waren, te weinig vurigheid en doeltreffendheid bezaten. Er zouden morgen geen vonken overspringen tijdens zijn optreden, vreesde ze. Maar hij zou voldoende vertrouwen uitstralen om op te vallen bij de broodschrijvers en de wervende fractieleden; meer was er niet nodig. Ze wilde nog een paar verhalen in de landelijke pers zien waarin hij 'rijp voor promotie', 'een rijzende ster' of 'toekomstig leider' werd genoemd. Dan had ze haar doel bereikt. Het zou in de kranten van maandag allemaal voor elkaar komen, tenzij Miles een vreselijke blunder beging tijdens zijn interview.

Ze dronk de champagne in drie slokken op en zocht in de manden of daar nog meer drank in zat. Ze moest een brandwal van warmte opwerpen tussen de spanningen van de afgelopen dag en het feest dat voor haar lag. Haar vader had een mooie Chassagne Montrachet voor de maaltijd klaargelegd, maar Mia zou op dat moment zelfs met een ordinaire supermarktwijn genoegen hebben genomen. Met een zwaar gevoel in haar benen als gevolg van de Krug keek ze uit over het provisorisch aangelegde croquetveld, zag de ballen liggen en besefte dat de wedstrijd op een cruciaal moment was gestaakt. Door de hekken erachter kon ze het groeiende aantal mensen voor de kroeg zien staan, yuppen in T-shirt die hun verbouwde zolderetages waren ontvlucht en zich instelden op een vrije zaterdagavond. Een stelletje met een mediterrane schoonheid zat hand in hand achter glazen witte wijn. Het was zes uur. Gezinnen begonnen zoetjesaan het park te verlaten en liepen langs de oude, vervallen muziektent naar de georgische rijtjeshuizen die uitkeken over de grasvelden en vijvers in de amberkleurige gloed van een avond in oost-Londen. De twee categorieën gingen elk hun eigen weg: de jongeren zochten plezier en rottigheid in de nacht, de ouderen gingen terug naar hun huis om dit soort dingen te vermijden. Mia veegde wat grassprieten van haar jasje, trok het daarna uit en vouwde het gewoontegetrouw netjes op.

Zo vaak, dacht ze, had ze op deze manier met haar familie de dag zien overgaan in de avond, buiten picknickend op een heuvel, in een park, op een strand in Cornwall, aan een Frans meer. Jenny had haar verteld dat het ritueel van hun picknicks afkomstig was Jeremy's familie en dat die traditie haar enorm had gestoord toen ze hem pas leerde kennen. De druïden – zo noemde ze Jeremy's vader en zijn grijs bebaarde ooms – verzamelden zich bij speciale gelegenheden in Kensington Gardens of in het park van St. James. Ze herinnerde zich dit als bijzonder saaie gebeurtenissen, hier en daar opgevrolijkt door momenten van spontaniteit. Toen ze zwanger was van Ben had een van Jeremy's oudooms een zware beroerte gekregen onder een boom in Holland Park, wat aanvankelijk door zijn familieleden werd afgedaan als een onaangename onderbreking van hun *déjeuner sur l'herbe*. Jenny had uiteindelijk eerste hulp gegeven aan de arme man – moeizaam en zelf zwaar hijgend – terwijl een van Jeremy's ooms somber was weg gesloft op zoek naar een openbare telefooncel om een ambulance te bellen. De oude man was die dag niet overleden: hij had het nog vijf jaar uitgehouden voordat hij zijn laatste adem uitblies boven een boek met Chinese spreuken. Toentertijd was Jenny van afschuw vervuld geweest door de onverschilligheid van de familie waarin ze terecht was gekomen en door de gêne die ze voelden omdat een van hen voor chaos had gezorgd tijdens zo'n gelegenheid. Nu, jaren later, vond ze het een hilarisch voorval. En ze besefte hoe belangrijk deze traditie was voor Jeremy, en het geluk waarmee hij die associeerde toen die eenmaal aan de kille greep van de druïden was ontworsteld. Tijdens het grootbrengen van hun kinderen was het *al fresco* eten een bijna heilig onderdeel geworden van hun relatie: verjaardagen, trouwdagen, zelfs droevige gebeurtenissen die vergeten dienden te worden, werden gekenmerkt door picknicks. Het tijdperk van de druïden maakte plaats voor het tijdperk van Jeremy en Jenny. Het ritueel van een nors patriarchaat veranderde in het ritueel van een jongere generatie.

De aanblik van de manden en de flessen deed Mia denken aan deze kleine rituelen, die de leestekens waren geweest van haar opvoeding. Ze herinnerde zich de viering van haar dertiende verjaardag, tijdens een vakantie in Heidelberg: na een ochtend waarop haar vader haar en Ben de gevaren had uitgelegd van studentenduels, met dramatische momenten in een roekeloze imitatie, had de familie zich neergevlijd op een van de veldjes van het stadje om daar *Wurst*, brood en kaas te eten, met bier voor de volwassenen en appelsap voor de kinderen. Een van de tweeling was gestoken door een wesp, wat de festiviteiten in de war schopte en het moment uitstelde dat Mia de taart werd aangereikt. Het was de extreme hitte van die dag die haar vooral was bijgebleven, het schitteren van de bleke steensoort van het stadje onder de brandende zon. Voor haar eenentwintigste verjaardag had Jeremy een aantal feestjes georganiseerd, maar het belangrijkste was dat voor het gezin zelf geweest, met haar oude grootmoeder, in het weiland van Christ Church. Ze hadden zitten kijken naar de studenten die naar de rivier liepen voor Eights

Week en die Pimm's dronken met munt en bornage – op basis van, zoals Jenny nadrukkelijk zei, gemberbier en niet limonade. Haar grootmoeder had haar een zilveren broche gegeven met een onopvallend ontwerp, maar van grote betekenis voor de familie: een geschenk van haar eigen moeder, lang voordat ze Jeremy's vader had ontmoet en was opgeëist door de druïden, zoals Jenny een generatie later. Die gelegenheid, in het zicht van de ramen waarachter Antoine Blanche door een megafoon *The Wasteland* had voorgelezen, omvatte voor Mia het einde van haar jaren in Oxford, veel meer dan het telefoontje van haar studiebegeleider die zomer om haar te vertellen dat ze was geslaagd.

Nu was het gezin dus weer bij elkaar. Henty had het ooit de 'gouden draad' genoemd, de schitterende draad die alle Taylors met elkaar verbond. Jeremy had er de spot mee gedreven toen hij de kinderjuffrouw dit symbool tijdens het naar bed brengen hoorde uitleggen aan de oudste kinderen, maar vanbinnen deed het hem goed. Al zijn werk, de inspanningen die hij zich had getroost om voor hen allen te zorgen en hen gezond en zo gelukkig mogelijk groot te brengen, kwam tot uitdrukking in de woorden van een kinderloze vrouw van middelbare leeftijd uit de Black Country, met aanleg voor sentiment.

Zijn vader mocht dan de vooraanstaande filoloog van zijn generatie en de ster van Oxford zijn geweest, professor Taylor was zonder een cent gestorven, aan het eind van zijn leven gesteund door een bescheiden pensioen van de universiteit en een toelage van zijn kinderen. Jeremy was van de grond af begonnen, in de vaste overtuiging dat Jenny nooit zou hoeven werken en nergens om verlegen zou zitten. Voor hun huwelijk had ze in Parijs gewerkt en hij had haar daar een halfjaar lang bijna elk weekend opgezocht. Ze had in de diplomatieke dienst willen blijven, zei ze, en een vrouw met haar intelligentie zou dat twintig jaar later serieus hebben gemeend. Maar Jenny meende het niet. Haar besluit om met Jeremy te trouwen was een besluit om zich te kunnen terugtrekken uit het strijdperk van telegrammen, toespraken schrijven en het beleid van Buitenlandse Zaken.

Toen ze elkaar hadden ontmoet tijdens een Fitzrovia cocktailparty was ze drieëntwintig en wilde ze alleen maar de vergulde ladder beklimmen totdat ze een belangrijk ambassadeurschap toegewezen zou krijgen. Ze had het over Rome, Bonn, Moskou, Washington, alsof dit niet meer dan vooraf bepaalde pitstops waren die tussen haar en de geruite vlag van de roem lagen. Haar tomeloze ambitie was een van de vele dingen waartoe Jeremy zich aangetrokken had gevoeld. Ze was niet zoals het koele blondje met hoofddoekje met wie hij eerder was omgegaan en wier enige doel in het leven was onderhouden te worden en aangezien te worden voor Jean Seberg. Jenny, een onberispelijke brunette met hakken op precies de juiste hoogte, wist dat ze zich niet hoefde in te spannen om mannen naar zich toe te lokken, en ze besefte vanaf het moment dat ze Jeremy's blik ving in een kamer die gevuld was met de rook van Gauloises en Londens gebabbel, dat ze hem wilde. Maar toen ze hem eenmaal had, wist ze ook dat hij korte metten zou maken met alles wat ze die avond had gezegd. Het ambassadeurschap zou niet voor haar zijn weggelegd, maar een leven van waarachtige tevredenheid, dat zich plotseling leek aan te dienen, kon misschien een acceptabel alternatief zijn.

Jeremy's carrière in de beleggingswereld stond nog in de kinderschoenen toen ze elkaar ontmoetten, maar hij had al wel dat onoverwinnelijke gehad van een man voor wie succes een gegeven was. Maar hij voelde zich totaal anders. Grootgebracht door een man met een uitzonderlijke intelligentie, twijfelde hij hevig aan zijn eigen capaciteiten. Net als zijn vader had hij zijn leven gebaseerd op boeken, maar hij voelde louter afkeer van zichzelf door de ontoereikendheid van de resultaten. Hij keek op naar de intellectuele ivoren toren van de professor en waande zich in zijn schaduw in een nederig stulpje. Pas onder invloed van Jenny's milde berispingen en aanmoedigingen begreep hij hoe ver hij in het Londense zakenleven kon komen, en hoe snel hij dat kon bereiken; dat zijn intellect een praktische toepassing had, en dat alleen al zijn verschijning als man zijn intelligentie ware macht verleende. Tegen zijn veertigste was hij een van de topfunctionarissen bij een beroemde investeringsbank, had hij een groot huis in de Boltons en twee kinderen die een particuliere school bezochten. Hij kon zichzelf wel het een en ander permitteren – vakanties, een sportwagen voor zijn vrouw, die hij in een impuls kocht. De geïsoleerde jeugd die hij had doorgebracht in een riant huis in de buitenwijken van Oxford leek een droom van eeuwen geleden, een vreemde fantasie over gouden stenen en mannen die rustig naar bibliotheken wandelden over perfect onderhouden gazons.

In tegenstelling tot haar vader schaarde Mia zich openlijk achter Henty's idee van 'de gouden draad'. Ze was er meteen mee vertrouwd en door de jaren heen kreeg ze er steeds meer affiniteit mee; ze koesterde het alsof zij was aangewezen als de bewaakster ervan. Het stond voor alles wat eenvoudig en waarachtig was. Maar voor de vroegrijpe tiener die ze al snel werd, had het ook bevredigende ondertonen van mythe en magie, van Ariadne die op Theseus wachtte in het labyrint dat was gebouwd door Daedalus, en van de gouden boog van de *Aeneïde*. Zulke gedachten, troffen haar vader als hopeloos pretentieus en precies het soort onzin dat een dure opleiding een slechte naam gaf; dat was althans wat hij tegen haar vanachter zijn krant zei. 'O, nee, niet dat weer,' zei hij op een keer, toen Mia, terug van school, dit soort toespelingen had gemaakt tijdens het avondeten. 'Je geeft Henty straks nog het idee dat ze een classicus is.' Maar Mia merkte dat zijn zogenaamde onverdraagzaamheid tegenover haar literaire gril niet zwaarder woog dan het plezier dat hij had om het magische idee dat er iets waardevols en vreemds was dat de Taylors met elkaar verbond en het kwaad buitensloot.

Mia was slim genoeg om te zien dat geld daarin een rol speelde. Haar vader had een behoorlijk vermogen tegen de tijd dat zij oud genoeg was om te begrijpen wat dat inhield – om te begrijpen dat niet iedereen in dezelfde luxe leefde of dezelfde dingen kon doen als zij. Haar opleiding had haar een vaag besef gegeven dat het leven dat de Taylors leidden niet voor iedereen was weggelegd; meisjes met een studietoelage kleedden zich anders, spraken anders, schepten minder op over waar ze met vakantie naartoe waren geweest. Pas toen ze in Oxford studeerde, had ze volledig begrepen wat het betekende om bevoorrecht te zijn, en hoe gezegend ze was. Ze haalde dit niet uit wat mensen zeiden, maar uit wat ze niet zeiden; uit de lichte irritatie die ze bij sommigen van haar vrienden constateerde alleen door te zeggen waar ze woonde of waar ze op school had gezeten. 'Jezus, je moest jezelf eens horen – je hebt het maar over spullen die je bezit,' had een medestudente met paarsrode lokken en een stel emblemen op haar jasje in het eerste jaar tegen Mia gezegd toen ze bij de opening van een of andere sociëteit nerveus zat te kakelen over haar achtergrond. Nooit eerder had ze beseft dat haar verschijning en de fortuinlijke omstandigheden die daaruit spraken zo provocerend konden zijn. Aan de andere kant had een serieuze jongen met een John Lennon-brilletje haar, zonder enige uitnodiging of uitleg, meegedeeld dat Max Weber 'eerst en vooral een dialecticus' was. Hij had geprobeerd haar vol te stoppen met warme Blue Nun nadat ze sprakeloos had zitten bijkomen van de aanval van het meisje. Mia had zich voor het eerst een poseur gevoeld, eenzaam op een manier die ze nooit eerder had gekend.

Desondanks wist ze dat de kracht van de Taylors op meer was gebaseerd dan op geld. Haar ouders hadden in de jaren dat ze bij elkaar waren iets opgebouwd, een aambeeld waarop ze hun gezin hadden gesmeed, en dat hadden ze gedaan met meer dan alleen materiële rijkdom. Dit was geen kwestie van sentimentaliteit, had ze gaandeweg beseft, maar van de ongetemde natuur. Jeremy en Jenny Taylor hadden hun vier kinderen beschermd en gekoesterd, met hun tanden ontbloot richting de buitenwereld, vastbesloten hen niet aan opzettelijk kwaad noch toevallig ongeluk bloot te stellen. Nu waren ze allemaal volwassen, of probeerden dat althans te zijn. Maar dat had haar ouders er niet van weerhouden om elk wezen dat hun kroost naderde, aan te vallen. Claude Silberman had geen schijn van kans gehad.

De zes Taylors vierden nu feest; hun gesprekken stokten even terwijl ze de verjaardagslunch nuttigden die – als direct gevolg van Miles Andertons politieke ambitie – was veranderd in een verjaardagsdiner. Caitlin en Lara kibbelden in hun eenlettergrepige geheimtaal over wie er meer kaviaar had, en of quiche meer calorieën bevatte dan pizza. Ben kreeg mosterd op zijn witte katoenen hemd en vloekte zo heftig dat zelfs zijn moeder in de lach schoot. De bourgogne, koel en zacht als zijde, weefde de vroege avond tot een geheel en bracht een milde sfeer teweeg. De croquetwedstrijd raakte in de vergetelheid naarmate het licht verder afnam. Achter de bomen lag het vergeelde speelveld er verlaten bij, nadat de laatste zonaanbidder wakker was geworden en er op zijn sokken en sandalen vandoor was gegaan alsof hij naar een zakelijke afspraak moest. Hoewel het park tot negen uur open was, waren er nog maar weinig mensen en nu de dag zoetjesaan ten einde liep, leek het niet zozeer een openbare ruimte, een plaats waar je samen met andere mensen kon zitten, als wel een particulier eigendom, een fraai landgoed. Een briesje beroerde het wateroppervlak en liet de groene bladeren van de rododendrons vlakbij even huiveren. Maar het was nog steeds warm.

'Dus we gaan echt mee naar jouw huis?' vroeg Caitlin aan Ben.

'Ja, Cai, en doe maar niet alsof je de arme tak van de familie gaat bezoeken om die een plezier te doen. Het was een verdomd duur huis en ik heb er een bom duiten tegenaan gegooid om het op te knappen.'

'Ja, maar het is wel mijlenver weg.'

'Nee, het ligt maar een paar kilometer van Hammersmith en Fulham, en dat rare reepje grond waar jij en je leeghoofdige vriendinnen per se willen wonen. Er zijn vijf slaapkamers, en een woonkamer die groter is dan die hele flat van jullie.'

'En wat is nu precies de bedoeling, Benj?' vroeg Mia. 'Wat heb je gepland voor het middernachtelijk uur waarop je officieel een ouwe lul wordt?'

'Hier opbreken, dan naar mijn honk. We kunnen later nog wat eten, en om middernacht het glas heffen op mijn dertigste. Ik heb een paar flessen goede belletjeswijn weggelegd die pa zelfs zou durven drinken.'

Bens huis hield de gemoederen sterk bezig en was tevens het voorwerp van achterdocht in zijn familie. Mia, die in een maisonnette in Islington woonde, begreep wel waarom hij zo ver in oost was gaan wonen: het was een slimme investering, natuurlijk, maar in de eerste plaats bedoeld om zich te onderscheiden. Zijn financiële dienstverlening – wat dat ook precies inhield – diversifieerde zich in een snel tempo en hij boerde goed, misschien zelfs beter dan tot nu toe. Hij had het tijdens zijn jaren in de City ver geschopt, was voortdurend mannen tegengekomen die zijn vader kenden en hem toelachten, maar inmiddels was het hem gelukt de financiers en het lef te vinden om het alleen af te kunnen. Een klein beetje venture kapitaal – zag ze daarin niet de hand van Claude en een nachtelijke overeenkomst met een halfdronken relatie? – had hem in het zadel geholpen en hij had nu al succes. Het huis was een bewijs van vriendelijke onafhankelijkheid van zijn verleden, en zijn plannen voor de nacht waarop hij dertig werd, maakten daarvan onmiskenbaar deel uit: hij wilde dat zijn familieleden zagen wat hij in zijn eentje voor elkaar had gekregen en dat met hem vieren, net zoals zijn overgang naar echte volwassenheid en het rijk der autarken. Maar de andere vier Taylors dachten dat hij met zijn verhuizing uit hun omgeving óf puur verdorven óf raadselachtig ingenieus was.

Jeremy was op de lange reis vanuit de Boltons twee keer de weg kwijtgeraakt en vroeg zich nu bezorgd af of hij niet met de zes jaar oude Volvo had moeten gaan in plaats van met de nieuwere Bentley. Geparkeerd langs de hekken viel hij op tussen de tweedehands BMW's en gedeukte Golfjes, een in het oog springende totem van weelde te midden van de materialisering van puur verlangen. 'Ik weet het niet, hoor,' zei

Jeremy. 'East End, in het donker. Het klinkt allemaal heel gevaarlijk.'

Ben hapte slechts gedeeltelijk. 'Maak je niet ongerust, pa. Je kunt naar huis met een politie-escorte nadat je vannacht op mijn gezondheid hebt gedronken. Je bent weer terug in de beschaafde wereld voor je het weet. En ik beloof je dat ik je niet weer hierheen sleep tot ik veertig word.'

'Dat is een hele opluchting,' zei Jenny. 'Dat betekent dat ik niet meer bang hoef te zijn dat je vader bladzijden uit het stratenboekje scheurt en als een bootwerker zit te vloeken.' Ze had wel plezier in Bens plannetje, en ze was ook nieuwsgierig hoe hij het huis had ingericht en of iets erop zou wijzen dat er een vrouw in zijn leven was. Zijn flat in Primrose Hill was bijna een parodie op een vrijgezellenflat geweest, waar de uiterlijke kenmerken van zijn besteedbare inkomen – snuisterijen, dure bankjes, een nieuwe keuken – werden gecombineerd met aangekoekt vuil dat in tegenspraak was met zijn luxe bestaan. Nu hij eindelijk geen dagen meer van achttien uur hoefde te maken en goed in z'n slappe was zat, was Ben tot het inzicht gekomen dat hij een thuis nodig had. Hij was zelfs met Jenny begonnen over zijn ontluikende belangstelling voor de kunstmarkt en de plaatselijke galerieën waar hij tegenwoordig kwam. Met zijn gevlekte overhemd, zijn witte katoenen broek en bootschoenen zag hij er nog steeds uit als de tiener die haar al zijn zorgen had toevertrouwd en vaker in haar armen had uitgehuild dan ze aan de anderen vertelde. Maar hij was niet langer die tiener, wist ze. Jenny begreep dat alleen Mia wist wat Ben het afgelopen jaar had voortgedreven, en dat het die avond zijn bedoeling was zijn dierbaren mee te nemen op een tochtje door zijn nieuwe wereld en hun goedkeuring daarvoor te verkrijgen. Het deed haar plezier dat hij, net als Jeremy, zijn eigen weg was gegaan, zij het een weg waarvan zij veel minder wist en waarvan ze nooit helemaal zeker kon zijn.

Mia beet op haar nagels en vroeg zich af hoe ze de kwestie bij Ben moest aankaarten. Hij zou boos zijn, wist ze, maar als ze nog langer wachtte zou hij razend zijn. Ze had eraan gedacht ermee op de proppen te komen toen ze hem eerder had gebeld, maar hij was al genoeg teleurgesteld geweest dat ze later zou komen. Haar plannen voor de tweede helft van de avond zouden die teleurstelling nog groter maken. Maar als ze er nu mee kwam, zou er nog wel met hem te praten zijn, en zou hij niet een van zijn 'Big Ben'-buien, zoals de tweeling het noemde, krijgen.

Deze buien, waarvan ze al bijna dertig jaar getuige was geweest, moesten als het even kon worden vermeden, al was het maar omdat het meestal dagen duurde voordat hij weer tot zichzelf was gekomen. Zo'n uitbarsting was op een avond als deze ondenkbaar. Ze wilde niet het verpesten van de gelukzalige sfeer die zou blijven hangen na de picknick, het overhandigen van de cadeaus en het toasten op haar geweten hebben.

'Benj,' zei ze. 'Benj.' Haar vader en moeder stonden te kibbelen over de plaats waar de auto geparkeerd stond en de tweeling probeerde samenzweerderig te bellen op Lara's mobieltje. Een betere kans zou zich niet voordoen.

'Wat is er?'

'Er is iets wat ik je gisteren door de telefoon niet heb gezegd. Word alsjeblieft niet boos. Alsjeblieft. Ik moet er namelijk snel vandoor –'

'Hoezo? Jezus christus, Mia, je bent er net.'

'Dat weet ik.'

'En het huis dan? En de verjaardagstoast?'

'Daar ben ik bij. Ik moet eerst even een boodschap doen.'

'Een boodschap. Op zaterdagavond? Houden ze bij Z Robinson dan nooit op met werken? Of moet je Milesy's ondergoed voor hem uitzoeken?' Hij duwde zijn bord weg.

Zelfs in het schemerlicht kon ze zien dat zijn ogen flikkerden van ergernis.

'Het is niet voor mijn werk.'

'O nee?' Op de een of andere onlogische manier maakte dit verschil, misschien omdat het zo'n verrassing was.

'Nou, niet echt. Ach, kom, Benj. Je weet best wat er gaande is.'

'Miles.'

'Natuurlijk, die verdomde Miles. Ik moet hem van het vliegveld afhalen en hem zijn aantekeningen geven. Hij is vandaag in Frankfurt en –'

'Mooie oorhangers, trouwens.'

'Krijg de klere.' Ze grinnikte. 'Maak ik mezelf nu volslagen belachelijk?'

'Nee. Ja. Ik weet het niet. Vindt hij jou net zo leuk als jij hem?'

'God mag het weten. Ik vind hem wel leuk. Soms zou ik willen van niet. Het is zo onprofessioneel. Maar het is wel zo. En ik moet hem vanavond nog van dat verdomde vliegveld halen.'

Ben schoot in de lach, en sloeg zijn hand voor zijn mond toen hij besefte dat ze nog niet zover was dat ze deze onthulling ten overstaan van de hele Taylor-stam kon doen. 'Luister, je bent een regelrechte ramp. Ik snap niet waarom je niet voor iemand kunt werken zonder dat je met hem tussen de lakens duikt, maar –'

'Die was onder de gordel, jarige Job.'

'Grapje. Sorry. Maar goed, ik vergeef het je. Dat zou niet iedereen doen. Luister, Mia, breng hem gewoon mee. Het slaat nergens op om Miles op te halen en hem dan in de aankomsthal te dumpen. Breng hem maar mee, dan kan hij mee toasten.' Hij ving haar blik, begreep dat ze Miles al had uitgenodigd en als gevolg daarvan in alle staten was.

Mia had Miles inderdaad al voor deze late borrel uitgenodigd op een middag in bed, toen ze eigenlijk in zijn kantoor van het Lagerhuis aan zijn toespraak hadden moeten werken. Jean, zijn secretaresse, had hem drie keer gebeld om te vragen waar hij zat en wanneer hij van plan was terug te komen. Mia had zich laten meeslepen door haar jubelstemming en hij had loom toegestemd om mee te gaan naar Bens feestje, zonder in de gaten te hebben wat voor eer dat voor hem was en wat voor risico zij nam. Ze had hem zelfs zover gekregen dat hij het adres en het tijdstip in zijn privé-agenda noteerde, en vond zijn geamuseerde reactie op haar opwinding iets vernederends hebben. Ze had Ben wel kunnen zoenen dat hij doorhad wat ze eigenlijk wilde zeggen, en haar op zo'n elegante wijze te hulp schoot. Evengoed hield ze de schijn nog op. 'Wat zullen pap en mam ervan vinden? Zij denken dat ik nog steeds verliefd ben op Claude. Ik weet niet zeker of ze al klaar zijn voor een overambitieus parlementslid op een familiefeestje.'

'Laat dat maar aan mij over. Ik heb eerder op de dag zijn lof gezongen. Als je weg bent, zeg ik wel dat ik erop heb aangedrongen. En als ze er een probleem van maken, zeg ik wel dat het mijn huis is en mijn verjaardag. Wat toevallig nog waar is ook.' Hij rolde zich door het gras, zelfvoldaan nu hij zijn zusters onaangename onthulling had weten te gebruiken om assertief uit de hoek te komen.

Hun samenzweerderige gegiechel trok de aandacht. 'Te veel champagne gedronken, kinderen?' vroeg Jenny.

'Zielig hoor,' zei Jeremy. 'Toen ik zo oud was als jullie kon ik na drie flessen champagne nog een tentamen maken.'

'Gelul van de bovenste plank,' zei Ben. 'Toen jij zo oud was als ik sliep je op je kantoor en liep je al niet meer recht na een glaasje Tio Pepe. Je bent nooit een bikkel geweest, pa.'

'Helaas maar al te waar,' zei Jenny, terwijl ze met haar vingers door het haar van haar man ging. 'Je was altijd heel fatsoenlijk.'

'Nou, ik weet het niet. Ik vond mezelf anders nogal een wild type.'

'Mia zei net dat ze nog even een boodschap moet doen,' zei Ben. 'Werk, natuurlijk. Typisch Mi. Maar ze is op tijd terug voor de toast en de cadeaus.'

'O, Mia,' zei Caitlin. 'Toch niet uit op winstbejag?'

'Kan dat later niet, schat?' zei haar moeder. 'Voor deze ene keer? We zien je nooit. Kun je het voor deze keer niet eens uitstellen?'

Jeremy deed geen poging zijn ergernis onder stoelen of banken te steken. Hij zei niets, maar Mia zag aan de manier waarop hij zijn gestreepte manchetten en zijn horloge bestudeerde dat hij haar gedrag afkeurde.

Haar mond was droog. 'Luister, ik moet nu gaan, ik kan er niet omheen. Maar ik ben weer terug voor het feest losbarst. Beloofd.'

'Nou,' zei Jenny, die de spullen begon in te pakken, 'tot straks dan, schat. Het gebeurt niet elke dag dat je broer dertig wordt en ook niet dat we allemaal bij elkaar zijn.'

Er lag een scherpe toon in haar woorden die Mia onmiddellijk herkende. Daaruit klonk de koele berusting in iets waar ze helemaal niet blij mee was, gevat in de waarschuwing dat haar dochter haar belofte maar beter kon houden. Afwezigheid bij de toast om twaalf uur zou als een ernstige overtreding worden beschouwd.

Toen de zaak was afgedaan, of althans was teruggebracht tot een wapenstilstand, begonnen de Taylors hun spullen in te pakken. Vuil bestek werd teruggestopt in de hoesjes, borden werden schoongeveegd en opgestapeld, dekens opgevouwen, restjes in plastic zakjes gedaan. Ben en de tweeling droegen de vele lege flessen naar de dichtstbijzijnde prullenbak terwijl Mia en Jeremy de croquetpoortjes en de peg uit de grond trokken en de ballen verzamelden. Het was nu praktisch donker en het park was helemaal stil geworden. Opzij van de bomen brandde er licht in de rijtjeshuizen en in het café heerste een drukte van jewelste. De bezoekers van de late middag, die hun eerste tussenstop van de avond maakten, waren vervangen door degenen die tot sluitingstijd zouden blijven, waarbij ze *ale* en witte wijn met spuitwater dronken. Auto's raasden langs. Mia keek op haar horloge en wist dat ze gauw een taxi moest zien te krijgen, anders zou straks iedereen boos zijn. Ze had geen idee of ze alleen zou terugkomen, maar ze was vastbesloten om op tijd te zijn om haar broer de manchetknopen te geven waaraan ze een weekloon had gespendeerd.

'Ik ben weg,' zei ze. 'Tot straks allemaal.'

'Goed, schat,' zei Jenny. 'Kom gauw terug.'

Nadat ze de rest van haar familieleden aan hun werkzaamheden had overgelaten, draaide Mia Taylor zich om en begon naar de ingang van het park te lopen. Het was fris geworden en ze trok haar jasje aan terwijl ze naar de twee hoge Victoriaanse lantaarns liep die de ingang markeerden. Nu pas merkte ze hoe vervallen en rommelig de muziektent erbij stond, blijkbaar een honk voor zwervers; de vloerplanken waren kapot en de restanten van het podium lagen bezaaid met stukgesmeten flessen. Er werd al jaren geen muziek meer in gespeeld. Op een van de treden zat een oude man in een grijze gabardine jas in zichzelf te praten en te drinken uit een fles in bruin papier. Zijn baard zat vol speeksel en drank. Hij voelde haar gespannenheid toen ze langsliep en schreeuwde: 'Goeienavond, schatje!' Ze versnelde haar pas en liep naar de lantaarns.

Op straat wachtte ze op de hoek van een verkeersplein op een taxi. Ze was nu dicht genoeg bij de kroeg om de gezichten te kunnen zien van de klanten aan de tafeltjes buiten en om flarden op te vangen van hun gesprekken: kibbelpartijtjes over alledaagse dingen die dit soort avonden kenmerken, en het hoge lachen van vrouwen die door optimistische mannen worden volgestouwd met drank. Plotseling wilde ze dat ze niet naar Miles hoefde te gaan, dat ze zich kon omdraaien om de avond ongestoord door te brengen met haar familie, wilde ze dat ze niet altijd alles moeilijker maakte dan nodig was. Miles, Miles, Miles: wie probeerde ze wijs te maken dat zij en Miles het samen zouden redden? Ze voelde zich schuldig dat ze er ook maar over had durven piekeren om zo'n zorgvuldig gepland feestje te verstoren, alleen om het ego te strelen van een man die geen flauw benul had wat dat voor haar familie betekende. Ze dacht ook aan de toon van haar moeder en het dunne ijs waarop ze zich nu waagde. Als zijn vliegtuig vertraging had, kon ze het schudden. Als hij te moe was om met haar mee te gaan, kon ze het schudden. En als hij besloot wel met haar mee naar het feestje te gaan, kon ze het waarschijnlijk ook schudden. Wie dacht ze wel dat ze was om zomaar een buitenstaander mee te nemen naar zo'n feestje?

In de verte werd een amberkleurig licht langzaam groter. Met de reflex van een geboren Londense stak ze haar arm al omhoog. Een paar seconden verstreken voordat de chauffeur met zijn koplampen knipperde. Wat een opluchting. Ze zou op tijd zijn voor Miles en de rest zou vanzelf maar goed moeten komen. De taxi kwam tot stilstand en ze gaf de chauffeur instructies voordat ze het portier opentrok dat klemde. Ze probeerde het nog eens en toen ging hij met een klik open. Mia stapte in, zette haar aktetas neer en streek haar haren glad. Ze zuchtte diep. Het was een stressvolle dag geweest en ze wilde zo snel mogelijk de laatste problemen opgelost zien. De taxi reed weg, en ze keek in het voorbijgaan door het raampje naar de Bentley. Haar familie had de auto nog niet ingeladen; ze zouden nog wel in het park zitten, waarschijnlijk praatten ze over haar abrupte vertrek en haar hopeloze optreden. Nou ja, ze kon er nu niets meer aan doen. Ze had het goed geregeld met Ben, en daar ging het nu in de eerste plaats om.

Achter haar hoorde ze de motor van een auto aanslaan, of het klapwieken van vogels die plotseling tegelijk opstegen van het wateroppervlak. Maar toen ze omkeek, was er niets te zien.

DEEL TWEE

I

De dozen waren nu ingedeeld zoals ze wilde. Daarvan was ze althans tamelijk zeker. De buien van die nacht en de onheilspellende wolkenhemel betekenden dat ze ze alle drie in de beschutte portiek van de winkel had moeten neerzetten. Maar dat interesseerde haar niet. Wat haar wel interesseerde, was dat de inhoud van elke doos precies goed was, dat de manier waarop ze ze had ingedeeld tot in details klopte. Wat Sylvia ook mocht zeggen, het was het belangrijkste moment van de dag voor haar.

Op elke doos zat een groot wit etiket geplakt waarop de prijs netjes met een zwarte viltstift was geschreven: 15 p, 50 p of 1 pond. De doos met boeken van een pond was de gemakkelijkste. Daarin moesten de gangbare boeken, romans van auteurs die men kende, hoofdzakelijk non-fictie, luchthavenbestsellers en zo. Boven op de stapel lag een verkreukt boek van John Grisham, samen met een biografie van Don Bradman, een geschiedkundig boek over Europa en daaronder een van Malcolm Lowry. Deze hoorden duidelijk thuis in de doos met de hoogste prijs, en ze vertrouwde erop dat ze ze binnen twee dagen had verkocht. Er was een flinke omzetsnelheid in de boeken van een pond. Die doos vormde het legitieme doel van de literaire koopwaar, en voorbijgangers richtten zich daar het eerst op, in de wetenschap dat er hoogstwaarschijnlijk wel een koopje tussen zou zitten.

Zij ging ervan uit dat een boek van een pond dat niet binnen een week was verkocht, het slachtoffer was van een verkeerde indeling en opnieuw moest worden ondergebracht. In de tijd dat ze in de winkel werkte, had ze geleerd dat je het nooit zeker kon weten. Zo had ze ooit *Lark Rise to Candleford* in die doos gelegd, ervan overtuigd dat ze het snel kwijt zou zijn; de blaadjes had ze dagenlang droevig zien opwaaien. Na veertien dagen had ze het onder ogen gezien en het boek verbannen naar de 50p-categorie. Tegen de middag al was het verkocht, wat haar bewees dat de onzichtbare hand van de vrije markt zelfs in een alternatief gezondheidscentrum in Mile End werkte.

Maar dit soort vergissingen kwam maar sporadisch voor. De echt lastige beslissingen betroffen de indeling van de dozen van 15p en 50p. Als je de commerciële, respectabele en grappige boeken had gehad, bleef je zitten met verschillende categorieën literaire rotzooi. De vraag was: was het goede of slechte rotzooi? Goeie rotzooi kon je verkopen voor 50p: verouderde leerboeken, vage romans, Barbara Cartlands, examenvragen. Probeer maar eens echte rotzooi in de doos van 50p te stoppen. Dan werkte het systeem totaal niet meer. Een boek uit 1954 over het onderhoud van de carrosserie zou bijvoorbeeld niet verkopen in de middelste doos. Voor 15p daarentegen zou het geknipt zijn. Een verzameling toespraken van Harold Wilson leek geschikt voor de 50p-doos. Maar ze had inmiddels genoeg ervaring opgedaan om te weten dat het 15p was voor Harold, of niets. Voor de woorden van een politicus van veertig jaar geleden kon geen genade worden verwacht in de eigenaardige wetten van vraag en aanbod die ze had opgemerkt in de gedragingen van voetgangers in East End.

Nieuwsgierigheid naar het prijskaartje – hoe kon een boek van die prijs nog wat zijn? – maakte dat mensen met een mengeling van sadistische fascinatie en sentimentaliteit in de goedkoopste doos gingen rommelen. Dit waren de underdogs onder de boeken, die zich knipperend met hun pootjes uit de kist wilden werken, tegen beter weten in hunkerend naar liefde en aandacht. En veel daarvan vonden inderdaad een koper. *Bay City Rollers Annual* uit 1974, met 'Dit boek is van Jacky!', in enorme hanenpoten met balpen op het omslag geschreven, had zes weken in de 15p-doos gelegen. Tweemaal vroeg Sylvia haar om het uit zijn lijden te verlossen, en zij had op het punt gestaan aan dat verzoek te voldoen toen op een gedenkwaardige donderdagmiddag een bijzonder lange zwarte man met een rastapetje, en de wazige blik die zij was gaan herkennen als een symptoom van drugsverslaving, binnen was gekomen en een uur in het boek had staan kijken. Hij had de bladzijden omgeslagen en de plaatjes met oprechte toewijding bestudeerd, terwijl hij af en toe de gebarsten band streelde alsof hij een kostbaar geïllustreerd getijdenboek in handen had. Ze kon haar ogen niet van hem afhouden, in zijn lange wollen jas en vingerloze handschoenen, maar ze paste ervoor op dat hij haar niet kon betrappen. Aan het eind van zijn onderzoek zou hij weer weg strompelen, de duistere namiddag in: hij was geen geregelde bezoeker, en ze herkende hem ook niet als bewoner van de vervallen huizen of pensions uit de buurt. In plaats daarvan was hij op een manier waaruit bijna een edele bedaardheid sprak naar haar tafel gelopen en had, zonder een woord te zeggen, 15p in koperen muntjes voor haar uitgeteld. Daarna had hij die aan haar gegeven en gewacht tot ze zijn nieuwe aanwinst in een papieren zak had gestopt. Hij had geknikt, zich zwijgend omgedraaid en de winkel verlaten. Ze had hem – en *Bay City Rollers Annual* – nooit meer gezien. Maar ze had het voorval herhaaldelijk verteld als bewijs dat de 15p-doos meer was dan een onderbreking op weg naar de vuilverbranding; het was ook een heilige plek voor hopeloze literaire werken, waarvan er vele werden gered om redenen die ondoorgrondelijk bleven.

De dozen stonden uiteindelijk op hun plek toen Sylvia arriveerde. Ze had zoals altijd allerlei plastic tassen bij zich, transpireerde op de manier die typerend is voor mensen die meer dan een bus per dag nemen, en ze had overduidelijk een afgrijselijk humeur.

'Jezus, Chels,' zei ze, met een blik op haar adjunct en haar dozen. 'Jij houdt ook nooit eens op, hè?'

'Het is belangrijk. Een pond hier, vijftig cent daar. Daarmee kunnen we... nou ja, kleine dingetjes aanschaffen. Laat me nou maar.'

'Je bent gestoord. Mensen die hier binnenkomen, geven geen bal om boeken. Ze willen het geheim van het leven doorgronden, de arme zielen, en niet een of ander zelfhulpboekje.' Ze zette een van de tassen op de grond, waarin groenten bleken te zitten, en droeg de andere, waarvan de inhoud een raadsel bleef, de winkel in.

Sylvia's literaire voorkeur was in het Echinacea Centrum bekend. De boeken die af en toe uit een van haar vele tassen vielen, hadden ofwel heel korte of heel lange titels. De ene week zag je haar door een dun exemplaar met de titel *Zegen* of *Ultieme rust* bladeren. De volgende week trof een van de stafleden of docenten een boek op het bureau met een titel als: *Ongelukkig? Dat is een woord voor anderen, en nooit meer voor jou! Honderd beproefde tips voor geestelijke rust van Amerika's meest vooraanstaande therapeuten.* Het was zonder meer duidelijk dat Sylvia met deze boeken precies het tegenovergestelde bereikte van wat de titels haar beloofden. Haar ontsteltenis toen ze *Ultieme rust* las, was bijvoorbeeld bijna tastbaar geweest, en soms ook hoorbaar ('Wat een irritant rotboek! Dit geloof je toch niet...'). Om die reden kwam ze nooit erg ver in deze fuchsiakleurige boeken die oosterse wijsheid voor verwarde westerse lezers leverden, of in de vrolijk gestreepte Amerikaanse exemplaren die eruitzagen als bedrijfsgidsen. Een aantal was dan ook beland in de dozen die ze nu belachelijk maakte: *Stop met piekeren, ga koken* was binnen twee dagen de deur uit gegaan voor 50p.

De manager van het Echinacea Centrum slofte langs haar adjunct die nog steeds gehurkt bij de boeken zat. Ze schudde haar hoofd, glimlachend om de geordendheid van de dozen die zo totaal in tegenspraak was – een alternatieve cultuur, zelfs – met de chaotische inrichting van de winkel. Het was een voortdurend punt van discussie tussen hen, altijd al geweest in de drie jaar dat ze samenwerkten. Maar Sylvia kwam meestal uit dit soort schermutselingen als overwinnaar te voorschijn. De winkel mocht dan aardig lopen, een degelijke boekhouding en een dienstenrooster hebben, de etalage was een ongelooflijke bende.

Of dit de zaken nu wel of geen goed deed – de meeste trendy jongelui die het Centrum bezochten, kwamen beneden nog even snuffelen in de wanorde – dit was de manier waarop Sylvia het wilde. De aromatische oliën, bandjes, hypnotherapeutische cd's, Afrikaanse beelden, tweedehands kleding, radicale tijdschriften, yogamatjes, vreemdsoortige hoofddeksels, kaarsen, doeken, posters, zeepjes, boekjes en prentbriefkaarten waren er, als je er de moeite voor nam, allemaal te vinden. En zij wilde dat haar klanten die moeite namen. Ze drong er zelfs op aan bij hen. 'Dit is niet de Body Shop, hoor,' zei Sylvia dan, als men haar om uitleg vroeg. De winkel, zei ze als ze een pretentieuzere bui had, was in de detailhandel het equivalent van de hoes van *Sgt. Pepper*: een rijke collage van spullen waarin de klant op zoek moest gaan naar wat hem werd aangeboden. Als haar dan werd gevraagd waar een bepaald artikel stond – een doos met paardebloemkoffie bijvoorbeeld – legde Sylvia uit dat het zo niet werkte. Als een klant echt iets wilde hebben, zou hij of zij het wel vinden. De winkel was een eerbetoon aan haar leven en alles wat daarbij hoorde. En zo, constateerde haar personeel vaak, werd een klein deel van de jaren zeventig in stand gehouden, ongehinderd door de jaren tachtig, laat staan door de nieuwe eeuw, in dit rustige hoekje van E2.

Haar adjunct stond op en veegde haar handen af aan haar afgedragen poncho, een souvenir uit Mexico met een groot logo van een corona-beer, en een capuchon met koordjes. 'Je zult me ooit nog eens dankbaar zijn, Sylv,' zei ze, terwijl ze het kantoor van haar werkgeefster achter de toonbank binnenliep. Het was een kamer die eer betoonde aan de wapenstilstand tussen hun twee karakters. Rommel in combinatie met orde. Er was een ouderwetse, diepe witte gootsteen, waarin rubber handschoenen over de enkele kraan hingen, en een allegaartje van serviesgoed stond op het afdruiprek. De ene kant van de kamer was helemaal volgestouwd met boekenplanken, een chaos van pamfletten, tijdschriften en oude dossiers met vage hiëroglyfen op de rug. Een oude bank met een paisley foulard erover stond tegen de muur aan gedrukt. Aan de andere kant markeerde een opgeruimde werkplek met een flikkerende computer de grens tussen de twee helften van het zenuwcentrum. Op de monitor was een rooster te zien van de lessen van die dag en het aantal deelnemers, wel of niet betalend. Achter in de kamer, alsof hij vol afkeuring presideerde boven deze splitsing, hing een stokoude poster van Tanita Tikaram in een lijst, waar een of twee leden van het personeel op een duistere manier aan waren gehecht.

'Thee?' vroeg Sylvia.

'Ja, graag. Hoe was het gisteravond?'

Ze stak haar hand op. 'Hou op, Chels. Begin er niet over. Ik heb geen vrienden. Geen een. Ik ben helemaal alleen op de wereld.'

'Je hebt mij toch. En Ravi.'

'Jij staat op de loonlijst, dus jouw affectie is gekocht.'

'Maar wel voor weinig, om eerlijk te zijn.'

'Ja, ja. En Ravi is een kat.' Ze schonk de thee in mokken, met op de ene een heildronk voor New Labour, en op de andere een afbeelding van Ganesh, de hindoegod.

'Ja, maar hij houdt wel van je. En hij is vernoemd naar een groot musicus. Maar wat is er nou misgegaan?'

'Wat niet? Ik dacht dat als ik een paar vrienden uit de tijd van Goldsmiths uitnodigde, plus Sheila van de galerie –'

'Wat, Kwaaie Sheila? Voor een etentje?'

'Ze is niet altijd kwaad. Zij kan er niets aan doen dat ze nooit iets verkoopt. Trouwens, ze is de laatste tijd echt tof, dus ik dacht dat zij er prima bij kon, en het is ook wel gebleken dat zij de minste problemen opleverde.'

'Wat is er dan gebeurd?'

'Angela komt met haar vriend, een Somalische student die Ari heet. Veganisten. Dus ik denk, best, geen probleem, ik had nergens melk of eieren in gedaan. Dus we beginnen met aubergines, en alles gaat prima.'

'Waarover hebben jullie het gehad? Sit-ins, de goeie ouwe tijd, voordat mijn generatie begon met hoge-renterekeningen en digitale horloges en spuitbussen die de planeet vernietigen?'

'Heel grappig. Hadden we dat maar gedaan. Nee, we hebben vrolijk de Labour Partij afgekraakt. Lydia zei dat ze haar lidmaatschapskaart heeft verbrand, net zoals ze dertig jaar geleden haar beha verbrandde. En toen maakte Justine een grapje over die lidmaatschapskaart, dat die waarschijnlijk meer vuur veroorzaakte dan die beha, een grapje dat helemaal niet kon maar wel erg leuk was, en iedereen moest lachen.'

'O jee.'

'Ja, Lydia was altijd al een beetje ijdel over haar figuur en zo. Zelfs als student. Dus was de sfeer tijdens het hoofdgerecht een beetje gespannen, en bij de koffie zet ik melk neer, en ineens zie ik dat Angela en Ari aanstalten maken om te vertrekken. Dus ik vraag waarom, en Angela zegt dat ik zou moeten weten dat zij en Ari veganisten zijn. Dus haal ik de sojamelk uit de koelkast, als een braaf meisje, maar dat maakt het alleen maar erger. Waar het om gaat is dat zij en Ari – luister goed – "omgevingsveganisten" zijn. Dat betekent dat ze niet in een ruimte willen zijn waar zich voedingsproducten van dieren bevinden.'

'Mijn god. Passief melk drinken. Een heel nieuw concept in de voedingsethiek.'

'Ja, nou ja. Je weet het, het is hun overtuiging en zo. Maar het is dan al aardig laat, dus ik zeg: kunnen jullie niet blijven, ik wist het niet, we drinken wel zwarte koffie of kruidenthee. Maar Justine haakt erop in en zegt dat als Angela en Ari het recht hebben niet in één kamer te zitten met koeienmelk, zij het verdomde recht heeft om er wel bij te zitten, of het te drinken, of zelfs een Big Mac te eten en een milkshake te drinken als ze daar zin in heeft. Exit Angela en Ari.'

'O, Sylv. En toen?'

'Ik hoopte dat iedereen zou opstappen. Maar natuurlijk gebeurde dat niet. En Justine blijft Lydia maar steken onder water geven en uiteindelijk doet Kwaaie Sheila haar bijnaam eer aan en vraagt waarom vrouwen elkaar niet meer steunen en of ze willen ophouden met dat stompzinnige gekibbel. Exit Justine.'

'Waarbij ze een huilende Lydia, Kwaaie Sheila, en Sylv, de onderdrukte gastvrouw, achterlaat.'

'Juist. Tot drie uur in de nacht, verdomme. We hebben geluisterd naar Leonard Cohen, met steeds van die lange stiltes. Uiteindelijk viel Sheila op de bank in slaap, nadat ze overal Chianti had gemorst, en had ik een excuus om ze eruit te gooien. Een ramp was het. Een regelrechte ramp.'

'Maak je geen zorgen. Die komen wel weer met hangende pootjes terug. Jij bent hun heldin. En de mijne.' Ze klopte Sylvia op haar rug, pakte haar theekop en liep ermee naar het midden van de winkel waar de eerste klant van die dag een cd met wereldmuziek stond te bekijken.

'Zoekt u iets speciaals?' vroeg ze. De bleke man schudde vermoeid glimlachend zijn hoofd en legde de cd terug, waarna hij zijn aandacht richtte op een snoer kralen die, volgens het kaartje, 'genezende krachten' bezat. Na een paar seconden legde hij ook die neer en ging er als een haas vandoor, alsof hij op heterdaad betrapt was bij een duivels misdrijf. Ze vroeg zich af of hij een serieuze klant was of een van de vele zwervers die overdag het Centrum binnenkwamen voor wat warmte, om Sylvia een kop koffie af te troggelen, of zich voor iemand, al dan niet bestaand, te verstoppen. Tijdens de eerste paar maanden van haar werk als assistente had ze niet goed raad geweten met de rol die de winkel vervulde als een soort middeleeuws toevluchtsoord, en had ze niet geweten wat deze ontspoorde, ongelukkige mensen van haar verwachtten. Toen ze besefte dat het antwoord 'niets' luidde, ontspande ze zich, net als zij.

Het Centrum was in Nantes Street, een doodlopend straatje op vijf minuten afstand van Mile End Road dat zijn naam ontleende aan de hugenoten die er ooit hadden gewoond – of liever gezegd, aan hun edict van religieuze tolerantie. Ooit waren de hoge, smalle huizen bewoond door kleermakers die de klok rond werkten om de bewoners van de City van kleding te voorzien. Nu was het een klein winkelcentrum geworden voor liberale enthousiastelingen uit de middenklasse en voor de menslievendheid die hen eigen was. De zwervers uit de hellepoelen van East End kwamen voorbij op hun lange dagelijkse wandelingen, in de wetenschap dat de kans dat ze in elkaar geslagen zouden worden in een winkel in Nantes Street kleiner was dan wanneer ze om kleingeld bedelden in ruil voor het ophalen van glazen in de troosteloze kroegen aan Bethnal Green Road. Daar bevond zich het Echinacea, waar Sylvia de menslievende matriarch was: ze had zo haar favorieten, zoals de doofstomme dronkelap die de jongeren Stomme Tommy noemden, en die een of twee keer per week – en soms vaker – langskwam voor een thermosfles thee. Je had er Monsoon Records, waarvan eigenaar Ringo zelden iemand uit de zaak gooide behalve als ze het zijn vaste klanten moeilijk maakten. En je had Prospero's Books, een café dat zich had willen baseren op thema's uit de films van Peter Greenaway, een project dat zowel onmogelijk als belachelijk was gebleken. In plaats daarvan, en niet minder gênant, prees het zichzelf nu aan als Shakespeare-etablissement, met overal nep-Tudor afbeeldingen en een menu met zeer krullige letters dat alleen de vaste bezoekers op den duur konden ontcijferen. Maar de pure kitsch maakte Prospero's onweerstaanbaar, en het was nu hét stamcafé geworden van het personeel van het Echinacea. De buurtbewoners bekeken de zaak met minachting, maar prefereerden hem boven de verslaafdenkroeg die het daarvoor was geweest, de Bricklayer's Arms, een baken van rottigheid en herrieschoppers, een plek waar de politie wegbleef. Shakespeare-achtige fatten waren te verkiezen boven mannen met mobieltjes en messen.

Sylvia had het Centrum vijftien jaar geleden opgezet, en had het de naam Londens New Age Centrum gegeven. Kort na haar scheiding en na een uitzichtloze baan in een boekhandel had ze het pand gevonden. Ze had gehoopt uit haar moeders flat in Bromley-by-Bow te kunnen verhuizen naar de benedenverdieping van het Centrum. Maar om redenen die ze zelf niet helemaal kon verklaren, had ze besloten daar spullen te gaan verkopen. In de voorkamer bood ze kruidenproducten en radicale boeken te koop aan, en in de achterkamer gaf ze een basiscursus yoga aan vrouwen met overgewicht uit Stepney en aan slanke kunstenaars uit Hoxton. Zo nu en dan werd de ruimte gebruikt door plaatselijke groepjes activisten met gedenkwaardige namen als: het 'Bethnal Green Comité tegen Thatcher', de 'Islamitisch-boeddhistische koffiebeurs' en het 'Vrouwencollectief tegen Washington en Moskou' (het Collectief bestond na de val van de Berlijnse Muur nog maar uit één lid, een ontwikkeling die de naam ongeldig maakte en, op grond van de heldere bepalingen van de vijfpuntsstatuten tegen de wensen van de enig overgeblevene in tot ontbinding leidde). De bezetting van deze verschillende groeperingen had in de ogen van Sylvia opmerkelijk veel op elkaar geleken – 'de inwisselbare partij', zoals zij die noemde. Toen ze de aantrekkelijke kanten zag van de ruimte, die uitkeek op een aardige binnenplaats met tafeltjes en groenblijvende planten in stenen potten, was ze die gaan openstellen voor groepen die, zoals zij dat noemde, eerder 'hobbyist' waren dan 'geëngageerd', en het gebruik ervan in rekening gaan brengen. Een salsaclubje bestaande uit eenzame zielen die net deden of ze kwamen dansen, een praatgroep over de plaatselijke geschiedenis (voornamelijk samengesteld uit mensen die Fred heetten), en een vrolijk frauduleuze astrologieleraar hadden allemaal gebruikgemaakt van de ruimte en daarvoor een bescheiden bedrag betaald.

Met een kleine lening had ze halverwege de jaren negentig een twintigjarig huurcontract gesloten voor de bovenverdiepingen, die in vervallen staat verkeerden, en die laten verbouwen tot een grote studio, met vurenhouten vloeren en spiegelwanden, en twee kleinere workshopruimten. De chaos van de winkel beneden bleef onveranderd, maar de bovenetages van Nantes Street 12 werden algauw een toonbeeld van ordentelijkheid. Op grond van een combinatie van ondernemerschap en serendiptisme liet het Londens New Age Centrum zich meevoeren op de golven van de tijd, of althans op de plaatselijke branding, inspelend op de behoeften van de jonge beroepslieden die de buurt bevolkten, en hun bevliegingen. De bankemployés, de journalisten, de acteurs die af en toe werk hadden, de derderangs modellen, allemaal wilden ze meedoen aan de groepstherapieën en de cursussen zelfverbetering die plotseling in zwang waren. Sylvia was geen manager maar impresario, en ze had geweten wat ze deze nieuwe mensen moest aanbieden. Mannen met namen als Joe, Giorgio en Sam kwamen de lessen bezoeken die zij en haar leraren aanboden; ze werden vergezeld door vrouwen met namen als Fran, Anna en Lucy. De T-shirts met radicale teksten en de tuinbroeken uit de jaren tachtig werden verruild voor zwarte poloshirts en ski-jacks. De rugzakken werden duurder, eerder modieus dan functioneel. De clientèle wilde geen politieke actie meer, maar 'heling': Ashtanga yoga, chi kung ademhalingslessen, aromatherapie, tantristische cursussen. Hun honger naar dit soort zaken was niet te stuiten, evenmin als hun hang naar het onbekende. Het Centrum werd niet professioneel gerund en had geen financiële zekerheid. Wat het uitstraalde, was eerder liefdadigheid dan zakelijkheid. Ondanks dat was het een groot succes. Na een verschrikkelijke griep, die ze naar eigen zeggen maar net had overleefd dankzij hoge doseringen van haar favoriete bloemenkruid, had Sylvia haar onderneming het Echinacea Centrum genoemd. Ze was inderdaad verslingerd aan de 'geneeskrachtige bloem' die ze in ruime hoeveelheden gebruikte. Haar personeel wist dat ze ook vond dat de naam 'New Age' een beetje uit de tijd raakte. Er waren grenzen aan Sylvia's gehechtheid aan het verleden.

De grenzen van die gehechtheid werden volgens haar adjunct voorgeschreven door de winkel die een schrijn was voor Sylvia's laatste beetje geloof in chaos en de creatieve mogelijkheden die daaruit voortkwamen. Jammer was dat alle mensen die van de faciliteiten op de bovenverdieping gebruikmaakten, met hun ruime bestedingspatroon en spirituele pretenties, nog steeds hun neus optrokken voor de winkel die ze beschouwden als bespottelijke rotzooi, of zelfs als een zaak die niets met het Centrum te maken had. Die ochtend, na de vroege Ashtangales, trippelden voornamelijk vrouwen de zijtrappen af om op hun scooter te klimmen of het stukje te lopen naar het kleine parkeerterrein achter Nantes Street. Twee van hen, een lang, blond meisje en een zware vrouw die eruitzag als een Italiaanse, voerden een felle discussie over bijdragen in de kosten van een oppas. 'Je mag van geluk spreken,' zei de blondine. 'Kom maar eens ergens om *tien pond* per uur.'

De brunette, nog steeds buiten adem van de les, leek wat rustiger. 'Het hangt helemaal af van de plaats waar je adverteert,' zei ze. 'En wat zij vragen.'

De blonde vrouw leek hierdoor buitensporig geïrriteerd. *'Vragen?* Daar gaat het nu juist om. Ik bedoel, wie heeft het nu eigenlijk voor het zeggen?'

De brunette snoof vol verachting. 'Nou, zij dus, Cassie. Kennelijk.'

Geen van beiden bleef in de winkel staan toen ze erdoorheen liepen, of had ook maar in de gaten waar ze waren. Ze nam een slok van haar thee en beschouwde dit als een verloren kans. Sylvia kon niet – wilde niet – zien dat deze mensen meer geld dan verstand hadden. De winkel zou de verkoopval moeten vormen van het hele Echinacea-gebeuren; de killzone van de franchise. Bij hun vertrek zouden deze mensen – high van de feromonen en zelfwaardering – moeten worden uitgeknepen tot op het bot. Genoten van de yoga? Koop een videoband! Vind je de lerares aardig? Zij heeft dit T-shirt ontworpen! Nog steeds niet gelukkig? Dit boek biedt je de oplossing! Maar op de een of andere manier wist ze dat Sylvia deze aperte waarheid nooit zou accepteren.

Ze slenterde naar boven, naar de kleine overloop waar Erica, lerares Ashtanga, een klembord stond te controleren, nog glanzend van het zweet van de eerste les. Haar smetteloze turkooizen lycra pakje zag er nog fris uit en ze rekte haar benen terwijl ze het rooster doorlas, fronsend over de indeling die kennelijk niet helemaal klopte. Erica, een lange vrouw van vijfendertig uit Wimbledon, was zo zakelijk dat je bijna vergat dat ze lesgaf in een aloude oosterse manier van ontspanning en meditatie. Tijdens de les straalde ze oosterse rust en objectiviteit uit. Buiten de les vertoonde ze het ongeduld en de spanning van een management-consultant die twee dagen te laat is met een rapport over schoenenfabricage.

'Hoi, Chels,' zei ze.

'Hoi. Goeie les gedraaid?'

'Gaat wel. In het begin moest ik alles uitleggen. Sommigen denken nog steeds dat kip tikka een basispositie is. Een paar kerels doen een beetje macho. Je weet wel, "kijk mij eens, juf, ik kan op één been staan". Een van hen vroeg vorige week mijn telefoonnummer, vreselijk. Waar halen we ze vandaan? Nou ja, luister, ik zou nu even pauze moeten houden, maar ik kan geen chocola maken van Sylvia's lesrooster voor vanavond.'

'Laat maar op het bureau liggen, dan kijk ik er wel naar. Ze is nog steeds bezig de software onder de knie te krijgen.'

'Ach ja, laten we haar die kans maar geven. We hebben het systeem pas een jaar.'

'Ik geloof dat Sylvia nog steeds denkt dat een muis een harig beestje is.'

Erica glimlachte. 'Druk?'

'Misschien. Ik moet Lorenzo zien te vinden om uit te zoeken wat voor reserveringen er zijn gemaakt voor de komende maand. Deze cursus is, geloof ik, maar halfvol.'

'God, hoor ik daar de botte bijl van het genadeloze management door de lucht zwaaien? Arme Lorenzo.'

'Nee, nee. Geen bijl. Nou ja, nog niet. Is hij boven?'

'Ja, net begonnen,' zei Erica, en ze rende vervolgens als een speer de trap af, het Centrum uit, alsof ze geen seconde meer had te verliezen.

57

Lorenzo gaf cursussen 'zelfverwezenlijking' voor het Centrum dat last had van het feit dat Lorenzo zelf zo weinig 'zelfverwezenlijkt' was. Hierdoor kwam het – volgens haar een axioma – dat zijn lessen iets te wensen overlieten wat betreft de zelfverwezenlijking, wat inderdaad was gebleken sinds hij er zes maanden geleden mee begon. Hij was een Portugees die zijn studie politicologie aan Birkbeck nooit helemaal had afgemaakt, en dat na tien jaar waarschijnlijk ook nooit meer zou doen. In plaats daarvan, en om redenen die hij toeschreef aan een moeilijke jeugd in Lissabon, was hij een therapieverslaafde geworden en gaandeweg een therapiehandelaar. Het was de drug die hij voor zichzelf had gekozen, en vervolgens was gaan verkopen. Zijn informele groepssessies in zijn studentenvertrekken – eerst spontaan gegeven, later half georganiseerd – hadden hem in de *demi-monde* van therapeuten voldoende naam opgeleverd om Sylvia ervan te overtuigen hem een proefperiode aan te bieden in het Echinacea. Maar het experiment faalde: zijn lessen trokken een zootje ongeregeld in plaats van normale mensen. Dit was op zichzelf geen probleem, zolang het zootje ongeregeld groot genoeg was. Maar Lorenzo kostte het Centrum dertig pond per uur en hij had niet meer dan vijf cursisten per les – oftewel, om precies te zijn, vijftien pond. Ze moest ingrijpen: daar kon ze niet omheen. Sylvia zou dat nooit doen – of liever, Sylvia wist dat zij het vuile werk voor haar zou opknappen.

De hoofdstudio was een verdieping hoger, de grootste ruimte van het gebouw, met grenenhout betimmerd en vol licht. Drie wanden bestonden uit spiegels die de ruimte geschikt maakte voor danslessen en allerlei narcistische activiteiten. Ze keek door het raampje in de deur naar Lorenzo die met zijn armen nog bloot van de eerste ochtendles midden in een halve cirkel van tien stoelen zat, waarvan er slechts vier bezet waren. Hij droeg een zwart met zilverkleurig T-shirt met een afbeelding van Elvis erop en een trainingsbroek over zijn lange, lenige lichaam. Zijn pikzwarte haar was glad naar achteren gekamd. Zelfs nu hij met zijn kleine groep toehoorders praatte – de ruimte was geluiddicht gemaakt – vond ze dat hij, met zijn oorringetje en sandalen, gemakkelijk kon doorgaan voor een danser of een grimeur. Maar – helaas voor Lorenzo – niet als iemand aan wie je je problemen of je dromen zou toevertrouwen. Erica oefende, net als Sylvia, een rustig gezag uit dat vertrouwen bij haar leerlingen wekte. Lorenzo, met zijn rechterbeen in een geposeerde houding en een zenuwtrek in zijn oog, zag eruit als iemand die vooral door zijn eigen problemen in beslag werd genomen. Het was moeilijk om met hem te praten, omdat hij alledaagse praat had afgezworen toen hij zichzelf had ontdekt als genezer. Toch was het een aardige man. Ze wist welke kant het op ging en ze was niet bepaald gelukkig met de taak die haar wachtte. Toen Lorenzo haar in de gaten kreeg, glimlachte hij en wenkte haar naar binnen.

'Goeiemorgen! Mensen, dit is onze adjunct-directeur, Chels,' zei hij tegen zijn vier cursisten. 'Een bijzonder aardige dame. Ze kan jullie ook helpen. Goed, waar waren we gebleven?'

Ze ging achterin staan en glimlachte naar de vier mensen. Het waren allemaal, om Sylvia's lievelingsterm te gebruiken, Eleanor Rigby's: eenzame mensen uit de buurt die snakten naar een uurtje waarin ze in het bijzijn van anderen over zichzelf mochten praten – daar zelfs toe werden aangespoord. Vroeger gingen leden van deze club van ongelukkigen altijd naar de activistengroepjes beneden, waar ze beleefd onder het genot van een gratis kopje instantkoffie en tarwebiscuits luisterden naar een gastspreker die zich kwaad maakte over de achterstandspositie van keuterboeren in Nicaragua. Die tijd was allang voorbij. Maar een handjevol van deze mensen – een harde kern die bereid was te betalen voor het voorrecht – bezocht het Centrum nog steeds, en legde een paar pond neer om over zichzelf, hun leven en hun huisdieren te praten. Ze hadden geen belangstelling voor genezing door middel van yoga, of voor etherische oliën, of voor *chi*. Het enige wat ze wilden, was eenmaal per week praten en niet genegeerd worden. En zo kwam het dat ze naar Lorenzo's cursus kwamen, deze experts in eenzaamheid, die instinctief wisten dat ze tussen dezelfde soort mensen zouden terechtkomen, en niet bang hoefden te zijn voor goedgebekte neuroten uit de betere klasse.

Ze herkende Ted, die al meer dan tien jaar in het Centrum kwam en die met zijn bejaarde moeder in een flatje woonde vlak bij Hackney Road. Er was die afgelopen tien jaar weinig aan hem veranderd, zei Sylvia. Hij droeg nog steeds dezelfde anorak van Millet, de bruine trui met V-hals en wollen das, dezelfde plastic schoenen. Hij klaagde nog steeds, vaak tot in proustiaans detail, over lokale verordeningen en gebrekkige faciliteiten. Naast hem zat Irene, een gepensioneerde vrouw die een stomerij had gehad en wier echtgenoot vijf jaar daarvoor was overleden. Ze klaagde met een trotse vaagheid over haar 'zenuwen'. De andere twee waren minder bekend, maar van hetzelfde laken een pak. Wat, vroeg ze zich af, zouden zij kunnen met Lorenzo's gestoorde monologen en zijn amateuristische psychologenjargon?

'Derhalve,' zei hij, 'zijn we altijd op zoek naar ons innerlijke zelf. Waar vinden we dat?' Zijn vraag bleef in het luchtledige hangen. 'Ted?'

Ted schoof onrustig op zijn stoel. Hij wreef woest met zijn vinger langs zijn neus, alsof hij daardoor een denkproces kon versnellen. Hij trok zijn wenkbrauwen op. 'Wat ik –'

'Ja? Ga door, Ted. Wees maar niet verlegen. We zijn allemaal vrienden.' Lorenzo glimlachte flauwtjes.

'Wat ik wil weten is, nou ja, nu je ernaar vraagt, wat ik niet begrijp is waarom ze bij Tesco op zondagochtend zo laat opengaan, want op alle andere dagen gaan ze vroeg open. Op zondag wil moeder graag winkelen, zie je, en ze is al om zes uur op, dus waarom moet ze dan tot tien uur wachten?' Hij loenste nerveus heen en weer in plaats van dat hij Lorenzo aankeek. Irene, kennelijk een medestander in de strijd, zat heftig te knikken. De andere twee keken eerst naar Ted en daarna, uitdagend, naar Lorenzo.

'En Ted, hoe voel je je daardoor? Voel je je *gevangen* door deze beperking? Ervaar je het... hoe zeg je dat... als een *uitdaging*?' Lorenzo keek wat opgewekter.

'Een uitdaging?' Ted fronste zijn voorhoofd bij dit ongeschikte woord. 'Nee, ik zou niet... ik voel me niet echt...' Zijn hele gezicht trok nu samen. 'Ik voel me *boos*. Het is zondag. Zij wil er al voor de mis naartoe. Ik word... Mijn moeder wordt *boos*.'

'Dat kan ik me voorstellen,' zei Irene.

'Ja,' stemde een van de andere, onbekende deelnemers in, en ze wiebelde met haar benen onder de plastic stoel. 'Dat kan ik me voorstellen.'

Lorenzo zweeg, geïrriteerd door deze blijk van solidariteit. 'Ted,' zei hij. 'Ted, als jij de zelfverwezenlijking wilt bereiken waarnaar we allemaal streven – en dat is soms moeilijk – dan moet je je focussen. Jij hebt het niet over focussen. Jij hebt het over winkelen. Met winkelen kun je geen verwezenlijking van je innerlijke zelf bereiken.'

'Mijn innerlijke zelf interesseert me niet. Ik wil alleen maar op zondag voor de mis met moeder naar die verrekte winkels.'

'Dat, Ted, is derhalve juist je *probleem*. Je focust niet. Je wordt afgeleid door deze – hoe zeg je dat ook alweer – *fixatie* met Tesco en –'

'Hetzelfde geldt voor Sainsbury,' reageerde Ted.

'Dat maakt niets uit, Ted! Tesco, Sainsbury, Waitrose, wat dan ook. Je – dit past niet in onze discussie. Dat wil ik je vandaag meegeven.'

'Dat doet het verdomme wel. En ik betaal voor deze cursus. Je hoeft me niet te zeggen dat ik niet over Tesco mag praten als ik dat wil.'

'Goedkopere supermarkten zijn wel vroeg open,' zei de vierde deelnemer die tot dat moment had gezwegen. 'Waarom ga je daar niet naartoe, Ted? Die gaan vroeg open. Je kunt er melk en alles krijgen. Ik haal er soms mijn hondenvoer.'

'Dit is irrelevant!' schreeuwde Lorenzo. 'Het heeft nergens mee te maken. Derhalve komen we nergens. Geen zelfverwezenlijking. Alleen Tesco!'

'Maar het is niet alleen Tesco,' zei Ted kalm.

Dit was een oorlogsverklaring. 'Hoe vaak moet ik verdomme nog –'

'Lorenzo.' De stem achterin herinnerde het nukkige groepje eraan dat ze niet alleen waren. 'Kan ik heel even met je praten? Sorry dat ik stoor, allemaal.'

'Ja, Chels,' zei de leraar, ineens weer vrolijk. 'Ik kom. Goed, mensen, ik ben over vijf minuutjes terug. Denk na over wat we aan het bespreken waren.' Hij sprong van zijn stoel en liep met soepele tred naar de deur die zij voor hem openhield. Ze zag dat hij, ondanks zijn grijns, rood was van kwaadheid, en dat zijn handen een beetje trilden. Ze gingen op de overloop een beetje uit het licht staan. Door de deur heen zag ze zijn vier cursisten. Ze zeiden niets, maar een aura van triomf straalde van hun armzalige kleding.

'Wat vind je van dit klasje, Chels? Levendige boel, niet?'

'Lorenzo, je mag je cursisten niet zo confronteren. Sylvia zou vreselijk tekeergaan.'

'Dit is zelfverwezenlijking in de praktijk, Chels.' Hij rammelde zenuwachtig met zijn sleutels in zijn zak. 'We moeten altijd hun diepste passie wekken. Daarna,' hij strekte zijn armen uit in een boog, 'laten we het innerlijke zelf vrijkomen.'

'Het enige wat je laat vrijkomen, is je eigen irritatie. Het spijt me, maar je kunt niet op die manier met Ted praten. Of met wie dan ook. Als hij het over Tesco wil hebben dan heeft hij daar het recht toe. Als hij het over de prijs van eieren wil hebben, mag dat. Als hij het verdomme over zijn maat schoenen wil hebben, best. Hij heeft ervoor betaald. En wij kunnen het ons niet veroorloven dat een van de cursisten wegloopt.'

De uitbrander kwam hard aan. Lorenzo sloeg zijn armen om zijn bovenlichaam, alsof hij pijn had, of iets waardevols en onzichtbaars wiegde. Zijn vingers lieten witte afdrukken achter op zijn bovenarmen. Zijn ogen schitterden alsof hij in shock verkeerde en even zei hij helemaal niets, wiegde slechts heen en weer in de duisternis van de gang. Ze kon nu zien dat alle vier de cursisten achter hen het drama zaten gade te slaan.

Hij schudde zijn hoofd. 'Nog nooit zoiets meegemaakt. Nooit. Altijd hebben mensen mijn manier van werken, mijn systeem, gerespecteerd. Zo wilde Sylvia het. Ze zei: "Lorenzo, we willen jouw systeem. Jij hebt het in je vingers." Dat heeft ze gezegd.'

'Ja, dat zal best. Maar de stoppen zullen bij Sylvia doorslaan als ze erachter komt dat je tegen een groep mensen in het Echinacea hebt gezegd dat ze hun kop moeten houden. Ze zegt altijd dat zoiets in een gids over alternatieve geneeswijzen komt te staan en dat je zoiets nooit meer ongedaan kunt maken. Ik weet het niet. We kunnen ons dit soort toestanden niet permitteren. Ik probeer je te helpen, Lorenzo. Echt.'

Hij keek op haar neer met een Iberische blik vol onverbloemde minachting. Even vond ze hem niet zozeer lijken op een man uit een videoclip van Madonna – een Latino-danser die snel in tranen is – als wel op een frisse Don Quichot, vol minachting voor zijn zielige tegenstanders. 'Ik doe dit al jaren. Denk je dat jij me hier kunt vertellen hoe ik een cursus zelfverwezenlijking moet geven?' Hij begon zowel hoger als harder te praten. 'Ik doe jullie het plezier om hier te komen. En jullie beledigen mij. Waarom, Chels?' Hij draaide zich om, misschien om zijn tranen te verbergen. Daar was weer de Madonna-blik.

'Raak nou niet van streek, Lorenzo. Ik probeer je alleen iets duidelijk te maken.' Het kon nog maar één kant op gaan, besefte ze. En dat gebeurde ook.

'Nee! Ik wil niet – je kunt me niet zo behandelen! Ik wil...' Hij stampte even met zijn voet. 'Je geeft me een heel naar gevoel. Derhalve zal ik met Sylvia praten. Nu.' Hij draaide zich op zijn hakken om – zijn rechteroog knipperde als een gek – en beende de trappen af op zoek naar zijn werkgeefster, om zijn gelijk te halen. En dat zou hem, zo wist ze drommels goed, niet lukken.

Ze zuchtte en liep het trappetje op naar de workshopruimten. Die waren beide afgesloten en ondanks het licht dat door het bovenraam naar binnen viel, was het er te donker om veel te kunnen zien. Ze deed het grote licht aan, nog steeds een kaal peertje, en merkte op dat de vloerbedekking smerig was, bedekt met de raadselachtige pluizen die het gevolg zijn van verwaarlozing. Weer een klusje voor later. Bij het openen van de eerste deur zag ze de witte plastic bekers van de vorige avond staan op verspreid liggende folders over de komst van een beroemde Indische mysticus die zou spreken in York Hall. In de tweede ruimte waar, op een opgeklapte tafel en opgestapelde stoelen na, geen meubels stonden, bleek uit niets dat hier onlangs nog iets was gebeurd. Het was er benauwd en ze deed een raam open. Kookluchtjes drongen de kamer binnen. Buiten regende het niet meer, maar de hemel boven de schoorstenen en satellietschotels was nog zwaar en dreigend. In het aangrenzende huis, naast de kleine tuin van het Echinacea, was een vrouw van middelbare leeftijd, met haar dat zo gebleekt was dat het bijna licht gaf, vermoeid bezig natte sokken en ondergoed van de lijn te halen en in een mand te gooien.

De vrouw trok intens aan een sigaret en begon daarna een paar ogenblikken schokkerig te hoesten. Ze wachtte even, vloekte in zichzelf, en hervatte haar werkzaamheden. Vanuit haar huis was het gebabbel van de televisie te horen, hoewel het niet duidelijk was of ze nog ander gezelschap had dan de hond die aan haar voeten kefte. Ze keek omhoog, maar was zich kennelijk niet bewust van het feit dat ze door iemand werd gadegeslagen. Ze zoog weer aan haar sigaret en pakte de mand op die zwaar leek. Dit was duidelijk de manier waarop ze haar dagen doorbracht: begin, midden en eind, alfa en omega. Na Lorenzo's theatrale vertoning was dit een wat droevig beeld: het leven in de stad zoals het in werkelijkheid werd geleefd, de eenzaamheid van het alledaagse. En wat zou de vermoeide blonde vrouw hebben gezien als ze degene in de gaten had gekregen die haar vanaf de bovenverdieping van het Centrum gadesloeg? Een vrouw met het lichaam van een meisje, in kleren die meer bij een student hadden gepast, met sluik haar, zonder make-up, niets bijzonders. Met alle tijd van de wereld, zou de wasvrouw ongetwijfeld hebben gedacht. Misschien had ze nog wel iets ergers gedacht.

'Chels.'

Ze draaide zich om en zag Sylvia die naast haar bij het raam kwam staan. 'Sorry. Ik was even heel ver weg.'

'Die rotzak van een Lorenzo. Hij heeft net ontslag genomen. Wat is er gebeurd?'

'O, nou, ik heb even rustig een woordje met hem gewisseld. Je kent het wel. Hij was grof tegen Ted. Toen beende hij kwaad weg, op zoek naar jou. Hij dacht waarschijnlijk dat jij hem zou steunen.'

'Ik?'

'Hij had het over je alsof je zijn grootste fan en volgeling was.'

'Christus.' Sylvia ging op de radiator zitten, streek haar rok glad en inspecteerde haar schoenen. 'Zover zijn we niet gekomen. Hij kwam binnenstormen, zei dat hij werd ondergewaardeerd en dat we hem een onwelkom gevoel gaven. Hij wilde een week salaris hebben.'

'En dat heb je hem gegeven?'

'Ik had hem alles gegeven om van hem af te zijn, eerlijk gezegd. Ik had wel zin om hem een lel te verkopen. Wat een toestand. Grof doen tegen Ted. Dat is een nationale schat.'

'O jee, Ted! Zitten die daar nog steeds binnen?'

'Dat moet je niet aan mij vragen, Chels. Ik heb hier alleen maar de leiding. Nu moet ik een nieuwe leraar zelfverwezenlijking gaan zoeken. Of zoiets. Ken je toevallig gesjeesde Latino-therapeuten die hun cliënten graag beledigen?'

'Eentje maar. Excuseer me, dan ga ik beneden even puin ruimen.'

In de studio zaten tot haar verbazing alle vier de deelnemers van Lorenzo's groep geduldig te wachten. Ze staken hun vreugde om de overwinning die ze op hun overspannen therapeut hadden behaald niet onder stoelen of banken. Een minirevolutie had plaatsgevonden, met Ted als onwaarschijnlijk boegbeeld. De barricades der pretentie waren bestormd door de bezitters van het gezonde verstand.

'Hallo, Chels,' zei Ted. 'Hoe gaat het?'

'O, prima, dank je, Ted. Je weet wel, druk.'

'We zagen je praten met Lorenzo,' zei hij, met sluwe kwaadaardigheid. 'Alles goed met hem?'

'Ja,' zei Irene met een grijnslachje. 'Komt hij nog terug?'

Het kwam bij haar op dat Lorenzo's zelfopoffering zijn onbedoelde triomf was geweest, zijn schitterende finale. Door hem zo publiekelijk af te breken had zijn klasje een onvermoede voorraad zelfrespect aangeboord. Hij had hun een goed gevoel gegeven door zich zelf zo zichtbaar rot te voelen. Dit was niet wat Lorenzo had bedoeld met zelfverwezenlijking, maar in de ogen van Ted en Irene was het het hoogst haalbare.

'Lorenzo voelt zich niet zo lekker, dus hij is naar huis gegaan.'

'Heeft hij griep, Chels?' vroeg Ted. 'Er heerst een akelig virus.'

'Akelig,' beaamde een lid van zijn rebellenclub.

'Ik denk dat hij ook geen les meer gaat geven.'

'O jee,' zei Irene. 'Is hij echt ziek?'

'Ik weet het niet precies, Irene. Misschien is het het beste als we jullie je geld teruggeven. Het spijt me heel erg. Ik hoop dat jullie hier andere cursussen gaan volgen. Ik kan jullie op weg naar de uitgang nog een brochure meegeven.'

'Hangt van het soort cursus af, nietwaar, Chels?' zei Ted. 'Waar voor je geld, en dat soort dingen, zegt mam altijd. We willen geen geld over de balk smijten, toch? Of wel?' Die laatste vraag stelde hij aan de andere drie die instemmend mompelden.

'Natuurlijk niet, Ted. Zullen we dan maar met z'n allen naar de kassa lopen? Dan geef ik jullie je geld terug.'

Ze ging Ted en zijn triomfantelijke drietal voor naar beneden, voor de ceremonie die hun overwinning op Lorenzo moest bekrachtigen. Ze deed de kassa open, haalde er drie pond voor ieder van hen uit en probeerde te blijven glimlachen terwijl ze hun het geld gaf. 'Niet alles in één keer uitgeven, Ted,' zei ze nog. Hij grinnikte in zichzelf, zonder dat haar flauwe opmerking tot hem doordrong, en vertrok zonder nog een woord te zeggen.

Irene was de laatste die haar premie kwam innen. Ze was een gezette vrouw, ingesnoerd in haar mantel, met een zelfgebreide sjaal om haar hals. Ze klemde de munten in haar geschoeide handen. 'Dank je wel, Chels,' zei ze. 'Ik hoop dat we je niet tot eh, tot last zijn geweest.'

'Welnee. Het spijt me dat het zo is gelopen.' Ze hield zich intussen bezig met de stapel brochures die ze had verzuimd aan de vier rebellen mee te geven. Wat had het ook voor zin? Ze zouden wel terugkomen, als ze daaraan zelf behoefte hadden.

'Ik heb ooit een Portugees vriendje gehad,' zei Irene. Ze boog zich samenzweerderig naar haar toe. 'Voordat ik wijlen mijn echtgenoot, Reg, ontmoette. Lang voordat jij werd geboren. Een heel emotioneel type was dat. Hij werkte in een café aan de haven. Ik weet niet hoe hij daar terechtgekomen was, hij kreeg er vaak van langs van die andere kerels. Ach ja, dat kun je verwachten. Hij moest vaak even gaan liggen. Je weet wel, heel gespannen en zo. Maar hij nam me wel mee uit dansen.' Ze lachte nu op een andere manier. 'Ik was dol op dansen. In Mile End, natuurlijk, maar ook in Camden. Zelfs in west, als hij goed bij kas zat. Jij laat je zeker elke avond het hof maken, zo'n knap jong ding als jij.'

'Ik ben niet meer zo piep, hoor, Irene. Afgeschreven, noemt Sylvia dat. Ik geloof dat ze al een map voor me aan het aanleggen is waarin ze me kan opbergen.'

'Wat een onzin. Je zou een prachtvrouw zijn voor een kerel, reken maar. Al die knappe jongemannen die hier komen... Die vinden jou vast en zeker het mooiste meisje van allemaal.'

'Ik ben bang van niet. Of anders laten ze het nooit merken.' Ze bloosde desondanks.

'Nou, pas goed op jezelf, lieverd.' Irene klopte haar even op haar hand en, terwijl ze haar jas dichtknoopte, liep ze de winkel uit op weg naar de bus.

Sylvia was in de achterkamer aan het bellen. Ze beëindigde haar gesprek en kwam naar de balie. 'Tot nu toe heb ik twee reacties op de advertentie,' zei ze. 'De ene was van een vrouw met twee schoolgaande kinderen die iets zoekt om zich bezig te houden. En een Kroatische studente die zegt dat ze hier ooit een cursus heeft gevolgd en dat die haar goed is bevallen.'

'Mooi zo, Sylv. We hebben wel iemand nodig, weet je.'

'Ik weet het.' Ze keek met zichtbare frustratie door de groezelige winkelruit. Het Centrum had in de plaatselijke krant en in een yoga-tijdschrift een advertentie gezet voor een parttime assistente voor drie dagen in de week. Jarenlang had Sylvia kunnen leunen op de rustige Vic, een droevige vluchteling uit dezelfde protesttijd, waar hij iets flinker uit was gekomen. Als hem het vuur na aan de schenen werd gelegd, beschreef hij zichzelf als een dichter, en Sylvia sprong hem af en toe bij door te zeggen dat zij avondjes had bijgewoond waarop hij zijn eigen verzen had voorgedragen. Niemand anders in het Centrum wist iets van zijn artistieke aanleg of had ooit van zijn werk gehoord. Niet dat dat er iets toe deed. Vic had voor Sylvia gefungeerd als platonische metgezel, die de boel in orde hield, kapotte lampen en stoppen verving, de muren witte, de receptie bediende, en de vele wanhopige personages die het Centrum kende, zowel cliënten als medewerkers, geruststelde. Normaal gesproken zou het incident met Lorenzo een kolfje naar Vics hand zijn geweest. Vic met zijn droefgeestige blik, zijn grijs wordende Zappa-snor, zijn vriendschapsarmband. En zijn Velvet Underground T-shirt. In zo'n geval zou Sylvia hem erop hebben afgestuurd om even met de Portugese meester der zelfverwezenlijking te gaan praten, in de vaste overtuiging dat het allemaal goed zou komen. Hij zou glimlachend hebben geknikt terwijl Lorenzo stoom afblies, en zou hem weer op de grond hebben gekregen, zoals hij met een dartele vlieger zou doen. Maar Vic was weg. Tot Sylvia's verdriet was hij naar St. Ives gegaan waar zijn broer, die een kleine pottenbakkerij was begonnen, hulp nodig had. De dag van zijn vertrek was voor haar een dag van rouw geweest: erger nog dan haar scheiding, verklapte ze later. Vooral het gebrek aan ceremonieel was ellendig geweest. Vic had haar simpelweg even apart genomen en gemompeld dat hij, als het goed was, de volgende dag niet zou komen, of eigenlijk helemaal nooit meer. Zijn broer in Cornwall had hem nodig om – nou ja, om te doen wat hij nu voor haar deed. Hij hoopte dat ze het niet erg vond en dat ze het zou begrijpen. Ze zei dat ze het inderdaad begreep, maar dat ze het wel heel erg vond. Vic was, hoewel ze hem dat niet kon zeggen, een van de vreemde, kromme steunbalken die haar leven stutten en zijn plotselinge afscheid had op haar het effect van een genadeloze, onverwachte storm. Van de schrik bleven de tranen uit toen ze hem zei hoezeer ze hem zou missen, en hij had bleekjes geglimlacht om haar te kennen te geven dat hij begreep wat ze voelde, maar dat het nu eenmaal zo ging, dat aan alles een eind kwam. Dat was wat er uit zijn ogen sprak toen de banden van vele jaren zonder enige vorm van verzet of drukte werden doorgesneden. Na een korte omhelzing was die vriendschap die langer dan tien jaar had geduurd plotseling voorbij. Hij was zonder een woord te zeggen vertrokken. Sylvia wist dat ze nooit meer iets van hem zou horen.

Daarom hadden zij en haar adjunct een advertentie gezet voor een vervanger, ook al wisten ze dat Vic onvervangbaar was. Maar ze hadden iemand nodig die een paar dagen per week van alles voor hen regelde. Geen van beiden zou het ooit met zoveel woorden hebben gezegd, maar ze waren in werkelijkheid op zoek naar een man. Een vrouw, hoe geknipt ook voor deze baan, maakte geen enkele kans. Het was voor hen allebei zonneklaar dat de twee sollicitanten geen kandidaten waren.

'Weet je, Chels, als we vandaag of morgen geen reacties krijgen, ga ik ervan uit dat niemand er serieus belangstelling voor heeft. Het blad is gisteren uitgekomen, en de advertentie stond in de krant van vandaag.'

'Laten we nog een dag of twee wachten. Het salaris is ook niet geweldig. Maar er komt vast wel iemand op af.'

Het salaris was afgrijselijk laag. De man die deze baan wilde, moest óf wanhopig óf krankzinnig zijn óf over een kapitaal beschikken. Wat was er nu voor aantrekkelijks aan een baan van drie dagen per week in een alternatief gezondheidscentrum in East End voor een hongerloontje waar de meeste winkelbedienden om zouden lachen? Wat voor extra's hadden ze te bieden? De gelegenheid om de hele dag naar walvisgeluiden te luisteren? Onbeperkt kruidenthee drinken? Nee, de man die ze uiteindelijk zouden aannemen – als die al bestond – zou een vreemde snuiter zijn. Niemand die een normale weg in het leven bewandelde, kwam uiteindelijk terecht bij het Echinacea Centrum. De route waarop het zich bevond, werd alleen gevolgd door diegenen die al een vreemd kronkelpaadje in hun leven hadden gekozen – of die daartoe waren gedwongen door een grillige speling van het lot.

Sylvia zweeg. De late ochtendlessen zouden zo beginnen en zij was achter met de takenlijst voor die dag die ze in de bus achter op een bankenvelop had geschreven en daarna was kwijtgeraakt. Een taak kon ze in elk geval delegeren. 'Weet je, Chels,' zei ze, 'we hebben een rol nodig voor de kassa. Ik had durven zweren dat we er nog een hadden, maar hij is er niet. God mag weten waar hij is gebleven, misschien word ik wel gek. Ik denk dat Ringo er wel een heeft. Zou jij zo lief willen zijn om er een bij hem te vragen? Ik moet een paar dingen bespreken met Erica.'

Haar adjunct kon een glimlach niet onderdrukken bij de gedachte aan die bespreking, de combinatie van Erica's ongeduld met Sylvia's onvolkomenheden als manager. Met het vertrek van Lorenzo zou Erica nu ook alle macht in handen hebben bij elke onenigheid. Het was een geschikt moment om even een ommetje te maken. 'Natuurlijk. Ik ben zo terug.'

'O, en wil je op de terugweg een pak melk meenemen?'

'Melk? Melk? Heb ik je niet verteld dat ik een omgevingsveganist ben? Misschien neem ik wel ontslag als je dat woord nog eens zegt. Je bent oppressief.' Sylvia lachte vermoeid toen haar adjunct haar overliet aan de genadeloosheid van een bemoeizieke yogalerares.

Buiten lag Nantes Street er bijna verlaten bij onder een hemel die een zekere melancholie uitstraalde. Een jongeman die met een koptelefoon op zijn hoofd in zichzelf liep te zingen, duwde een buggy met een slapend kind door de plassen naar het plantsoen aan het eind van de doodlopende straat. Een paar Aziatische schoolkinderen hingen rond bij de bank op de kruising, en maakten in het Bengalees ruzie over een absurd vroege snackmaaltijd van de fish-and-chips-tent om de hoek. Een van de jongens, die veel te zwaar was, droeg een schoolblazer die hem akelig krap zat, maar hij droeg hem met een zichtbare trots terwijl hij chips in zijn mond propte. Zijn vriend – een magere jongen, die zijn haar met gel naar achteren had gekamd en de schaduw van een snor vertoonde – was in een felle discussie met hem verwikkeld. Hij schopte bij elke bewering met zijn sportschoenen tegen de bank om zijn woorden kracht bij te zetten. Ze kon het niet helpen, maar ze had het gevoel dat de chips-eter het er beter van afbracht. De gel-jongen probeerde uit alle macht zijn frustratie te bedwingen en faalde jammerlijk. Hij ging over in het Engels om zijn positie duidelijker te maken. 'Je snapt er geen kloot van,' zei hij op schelle toon. 'Dat heeft ze nooit gezegd.' De chips-eter glimlachte en bleef zijn mond volproppen. Dit was duidelijk de reactie die hij bij zijn maat had willen uitlokken.

Ze liep langs hem heen naar het eind van de straat en stak over naar Top Price, de alle-uren-open-winkel die onbedoeld zijn naam waarmaakte door de snelle stijging van zijn al hoge prijzen. Stomme Tommy kwam de deur uit met een tas vol drank voor die dag: hij droeg zoals altijd een oude broek van een kostuum, vastgesnoerd door een das, een trui in een onbestemde kleur en een versleten regenjas over zijn tengere lichaam. Met zijn kale hoofd en piekerige baard deed hij haar denken aan een figuur uit Dostojevski, een man die niet van deze wereld was, maar onverwacht diepe wijsheden zou kunnen spuien. De waarheid was dat Stomme Tommy niemand in zijn wijsheid, of in wat ook, zou laten delen. Hij was op weg naar zijn vaste plekje op het grasveld om daar een paar flessen perenwijn achterover te slaan, waarna hij in slaap zou vallen, waarschijnlijk tot halverwege de middag, en dan zou hij op zijn sandalen het Centrum binnensloffen voor een kop thee die hij van Sylvia zou krijgen. Het kwam bij haar op dat Tommy waarschijnlijk zojuist zijn rantsoen had betaald met kleingeld, een ritueel dat vaak vele minuten in beslag nam en het geduld op de proef stelde van de winkeliers die zulk gedrag alleen tolereerden omdat het voor een groot deel de basis vormde van hun handel. Ze was blij dat ze niet achter hem had hoeven wachten terwijl hij met trillende handen muntjes van twee penny had opgestapeld. Niemand had Tommy ooit horen praten of hem zien eten. Hoewel de tieners in de buurt hem uitlachten en hem Stomme Tommy noemden, was hij niet gestoord of gewelddadig. Zijn bestaan diende zelfs een heel duidelijk en uitermate vreedzaam doel: hij leefde om te drinken, een activiteit waaraan hij al zijn schaarse energie en middelen besteedde. In het Centrum gingen ze ervan uit dat hij zou drinken tot hij erin bleef, en op een dag onder zijn boom op het grasveld niet slapend maar koud en broos zou worden gevonden, met een huid als van perkament.

Toen hij haar voorbijliep, glimlachte hij welwillend en stak een hand in een vingerloze handschoen op. Dit was het meeste wat je op het gebied van communicatie van Tommy kon verwachten, en dan nog alleen als hij in een uitzonderlijk goede bui was. Ja, hij zou er weer flink tegenaan gaan met de flessen die vrolijk in de tas van Top Price rammelden. Zijn kleren en houding waren die van een man op het dieptepunt van het bestaan, maar zijn grijns was die van een koning die uitkeek over zijn domein van onbegrensde weelde: in dit geval twee flessen Thunderbird en misschien, als hij zichzelf wilde trakteren, eerst een paar kleine flesjes om het feest mee te beginnen. Hij slofte weg naar zijn eigen fatale Arcadia.

Ze betaalde de melk en liep weer terug over Nantes Street, langs Prospero's, naar Ringo's winkel. De jongeren waren ergens anders gaan ruziemaken, met achterlating van de vettige verpakking van hun schandalig vroege vreetpartij. De metalen luiken van de pub waren nog gesloten, maar ze kon wel al het geluid van een stofzuiger horen. Monsoon Records daarentegen was open – meer open, besefte ze ineens, dan de bedoeling kon zijn. De ruit in de deur was die nacht ingegooid: het bordje met GESLOTEN hing er nog voor, maar de deur stond op een kier en Ringo zat op zijn knieën de scherven op te vegen terwijl hij heftig in zichzelf vloekte. Toen ze hem zo verdiept zag in zijn bezigheden, wilde ze er stilletjes vandoor gaan naar het Centrum aan de overkant. Maar haar schaduw was de winkel al binnengevallen, en hij keek op om te zien wie er was. Zijn gezicht was een studie van machteloze woede, en ze voelde iets van schuld toen ze besefte dat zij absoluut niet wilde horen wat er was gebeurd of te maken wilde krijgen met alweer een kleine crisis.

'Chels,' zei hij, en hij kwam overeind. 'Chels, meid. Wat een klote-toestand.'

'Gaat het wel met je?'

'Wat denk je?'

'Sorry, ik bedoelde het –'

'Nee. Nee.' Hij stond op en veegde een paar scherfjes en verfschilfers van zijn broek. 'Ik moet sorry zeggen. Ik zou niet zo moeten snauwen. Als het maar... Kun je dit geloven? Ik bedoel, alweer?'

'Ik weet het. Was het Aasim?'

'Wat denk je?'

Ze keek naar binnen en zag het woord NIXNUT in grote blauwe letters op de muur staan. Dit was het codewoord van Aasim, de stoerste van de plaatselijke Bengalese bendeleiders die aan het hoofd stond van een stuk of zes jongeren, geen van allen ouder dan zestien. Ze zwierven de hele dag en een groot deel van de nacht rond tussen Hackney Road en Mile End Road, en in de buurt van Brick Lane. Ze jatten uit auto's, beroofden mensen en braken in. Ze haatten Ringo, een Gujarati die eigenlijk Jay Patel heette. Hij was twintig jaar ouder dan Aasim en zijn maatjes, en niet onder de indruk van hun acties in East End. De blanken in hun woonwijken waren slappelingen, zei Ringo. Zij slikten het dat Aasim en zijn broer Ali bommetjes gooiden op hun leefgebied en uit hun auto's stalen. Ringo had ze meer dan eens uit zijn zaak gegooid en daarom hadden ze de pest aan hem. Een baksteen door de voordeur en een met verf aangebrachte boodschap waren het gevolg. Hij was opgehouden er aangifte van te doen bij de politie die een paar keer forensisch onderzoek had gedaan in zijn zaak, maar er geen twijfel over liet bestaan dat ze de vandalen nooit te pakken zou krijgen, tenzij ze een getuige had.

'Ik weet het niet, Ringo.' Ze stapte de winkel binnen en liep naar het middenpad waar de platen, allemaal maxisingles van vinyl, stonden. Boven de toonbank hing een gigantische poster waarop het laatste album van de Asian Dub Foundation werd aangeprezen – Ringo's favoriete groep – en een politieke aankondiging van een optocht, met daarop het ondoorgrondelijke opschrift: ISLAMABAD, KABUL, LONDEN. Zelfs in zijn woede had Ringo muziek opgezet – bhangra, met een harde basdreun – waarvoor ze hem oprecht bewonderde. Hij bespotte haar om de muziek waarnaar ze op haar walkman luisterde als ze naar haar werk liep – Groove Armada of, veel erger, een verzameling 'chillout' – maar hij waardeerde het dat ze überhaupt naar muziek luisterde, en dat ze hem vroeg wat er voor platen waren uitgekomen en wat hij kon aanbevelen. In zijn zaak was altijd wel een zeldzame, geïmporteerde, plaat te horen, en hij had een vaste klantenkring die zijn smaak bewonderde. Hij verdiende zijn geld – het beetje dat er te verdienen was – met postorderverkoop en met de leiding van 'Old Skool' disco's in clubs en op bruiloften waar hij, in zijn oren verachtelijke, muziek draaide en sampelde om de eindjes aan elkaar te kunnen knopen. Maar het kon hem eigenlijk niet schelen, zolang hij in zijn zaak kon draaien wat hij wilde. Er was meer nodig dan een baksteen om hem daarmee te laten ophouden.

'Ik zal je wat zeggen,' zei hij. 'Ik denk erover om bewaking in te huren.'

'Bewaking?' zei ze, geschokt omdat ze dit uit Ringo's mond hoorde. 'Kan dat dan nog? Ik dacht dat dat met de Krays was opgehouden.'

'Het is te krijgen. Ze zeggen dat Jack Dove vroeger het oude café bewaakte.'

'Nou, dat hielp nogal. Jezus, Ringo, daar was altijd rottigheid. Altijd drugshandel. Althans, dat zegt Sylv. Maar goed, bestaat Jack Dove echt? Ik dacht dat mensen als hij en Freddy Ellis en Stratford Terry niet meer dan een legende waren. Daar is dertig jaar geleden toch allemaal een einde aan gekomen. Je hebt te veel avondjes in de Blind Beggar doorgebracht. Of te veel films gekeken.'

'Misschien wel, ja. Toen ik mijn zaak in Dalston nog had, was er een stel kerels die zeiden dat ze voor Dove werkten. Die kwamen een keer langs en dreigden de hele zaak kort en klein te slaan als ik niet met geld over de brug kwam. "Welk geld?" zei ik. Ik verdiende niets. Ik had geen klanten. Ze zeiden dat ze de zaak zouden platbranden als ik niet betaalde.'

'En hebben ze dat gedaan?'

'Nee.' Ringo boog half verslagen zijn hoofd en liep achter de toonbank. 'Maar je weet wat ik bedoel, Chels. Je moet niet alles...'

'Dat doe ik niet... als jij wat vrolijker gaat kijken. Het spijt me van dat raam. Die jongen moet eens een flink pak slaag hebben. En die stomme broer van hem ook. Ze doen het alleen omdat je het niet van hen pikt, wat je niet kunt zeggen van al die lijpe blanke jongens die bij ons yoga komen doen. Aasim en Ali bewerken hun Saabs met sleutels terwijl zij binnen zitten bij Erica, en ze zeggen er niets van. Ze doen het in hun broek voor hem. Daar zullen ze wel een kick van krijgen.'

Van alle mensen die ze in de drie jaar dat ze in Nantes Street werkte, had leren kennen, was Ringo haar favoriet. De meeste mannen, zelfs degenen die beweerden vurige feministen te zijn, hadden wel een keer geprobeerd iets met haar te beginnen. Er was een hoekje in Prospero's dat zij en Sylvia de Versierhoek waren gaan noemen omdat er zoveel was gebeurd bij een glaasje cider. Vic, die wel een liefhebber van cider was, behoorde niet tot de boosdoeners. En ook Ringo niet, die over muziek praatte en over wat hij precies zou doen met Aasim als hij met hem in een ruimte zonder ramen zou zijn. Al heel lang noemde men hem Ringo, waarschijnlijk omdat de andere twee werknemers in de eerste platenzaak waar hij had gewerkt John en Paul heetten en die hadden gezegd dat hij er niet uitzag als iemand die George kon heten. Sylvia was het daar niet mee eens. Volgens haar was Ringo een bijnaam die zijn familie hem had gegeven en waarvan zijn moeder, mevrouw Patel, weigerde de oorsprong te onthullen. Het deed er niet echt toe. Het paste op de een of andere manier in de sfeer van de straat, een oord voor asielzoekers, vluchtelingen en alter ego's, dat hij zo'n absurde naam had. Hij was geen drummer, hij kwam niet uit Liverpool en hij haatte de Beatles. Hij had geen lang haar en hij sprak met een cockney-accent.

Hij ging met zijn hand door zijn zwarte stekeltjeshaar en glimlachte naar haar. 'Ben je je snor aan het drukken of doe je boodschappen?'

'Allebei. Sylvia is vanochtend een instructeur kwijtgeraakt, dus zorg ik dat ik even uit de buurt ben. Mijn excuus is melk kopen en jou een bezoekje brengen om te vragen of je een kassarol voor ons hebt. We zitten weer eens zonder. Heb jij er een?'

'Tuurlijk.' Hij dook onder de toonbank, rommelde wat in een doos en kwam met het gezochte voorwerp weer boven. Hij was een aantrekkelijke man, vond ze, lang en lenig, met donkere ogen en een wat ruwe, maar appetijtelijke teint: misschien was het toch wel leuk geweest als hij een van de versierders was geweest. Maar ze moest toegeven dat ze hem nooit zou hebben vertrouwd of beter zou hebben leren kennen. Hij was in haar ogen aantrekkelijk omdat hij niets dreigends of dwingends had. Ringo gaf haar de rol. 'Wil je volgende week naar de film? Ik neem Sanjay mee. Er draait een goeie film in de Lux die hij wil zien. Een Franse film, geloof ik. Je mag mee als zijn tante, met ome Ringo aan je zijde.'

Ze schoot in de lach. 'Ja hoor. Laat me even weten welke avond.'

'Doe ik. Tot ziens.'

Ze verliet de zaak, waarbij ze over de laatste sporen van de inbraak heen stapte. Ze respecteerde Ringo, maar ze vroeg zich af hoe lang hij Aasims uitputtingsslag nog zou kunnen verdragen. Hij was alleen, hij woonde alleen, het enige wat hij had, was de zaak, en de plaatselijke hooligans hadden besloten dat ze hem eruit zouden pesten: niets meer, niets minder dan dat. Hij zou nooit de bescherming krijgen van Jack Dove, wist ze, hij zou niet weten hoe hij dat voor elkaar kon krijgen als hij het al wilde en Jack Dove werkelijk bestond en niet een naam was waarmee buurtbewoners op de proppen kwamen als ze het vol sentimentele nostalgie hadden over de tijd dat je je voordeur nog kon openlaten en de plaatselijke schurken zo goed voor hun moeder waren en alleen hun eigen soort mensen beroofden. Maar Ringo had hulp nodig, anders liep het verkeerd met hem af. Dat was de realteit. Aasims NIX-NUT liet daar geen twijfel over bestaan.

Op straat lagen de plassen en de markiezen onder de eerste zonnestralen te dampen. Een scooter met meer achteruitkijkspiegeltjes dan strikt noodzakelijk stond nu voor Prospero's geparkeerd, en de deur was open. Ze keek in de richting van het grasveld en zag de onderuitgezakte gestalte van Stomme Tommy, met een fles al leeg naast zich, lurkend aan de tweede die hem de gewenste staat van gevoelloosheid zou brengen. Zijn sandalen wiebelden heen en weer op het ritme van ware gelukzaligheid. De weg naar zelfdestructie was, zo leek het, geplaveid met vele genoegens: verraderlijkheden der zintuigen die mensen als Tommy op het pad hielden dat naar hun noodlottige ondergang leidde. Ze kon zich niet heugen ooit een tevredener persoon te hebben gezien, bij wie het plezier zo haaks stond op de herfstachtige triestheid van die dag.

Met het veranderen van de seizoenen kwam de gedenkdag dichterbij. Er was geen ontkomen aan. Geen schuilplaats voor die dag en zijn genadeloze herinneringen. Geen respijt. Eenmaal per jaar kwam hij terug, voor altijd en eeuwig, amen. Als een wond die openging met de omloop van de maan, die zou komen en gaan zolang zij leefde en nog langer, ook als zij er niet meer was. De kalender was een wrede maalstroom van de ziel, die geen ontsnapping, geen uitweg bood. Je kon je verbergen voor mensen, maar niet voor de tijd. De tijd sloop altijd naderbij om je met zijn benige vinger op je rug te tikken en je te herinneren aan alles wat je als verleden tijd beschouwt, als dood en begraven. Maar niets was ooit dood en begraven. Niets leefde sterker dan de dood.

Ze stak de weg over en ging de winkel weer in. Een van de boeken van een pond, merkte ze met trots op, was tijdens haar afwezigheid verkocht. Sylvia was nergens te bekennen – was er ruzie geweest? – maar Erica zat aan de telefoon en leek blij haar te zien. 'Ja, een ogenblik,' zei ze. 'Ik zie zojuist onze adjunct binnenkomen. Chels!'

Ze pakte de hoorn aan. Het was weer een sollicitant, een man, Rob, die zei dat hij om werk verlegen zat en vroeg of hij de volgende dag langs kon komen. Hij vermeldde een paar details. Terwijl ze haar onredelijke opluchting dat er eindelijk een man solliciteerde probeerde te onderdrukken, vertelde ze hem dat hij de volgende ochtend in het Centrum werd verwacht.

'Ja, vraag maar naar mij, ik ben altijd vroeg,' zei ze. 'Nee, Chels is maar een bijnaam. Ik heet Mia. Mia Taylor.'

11

De vlammen likten aan haar voeten, maar ze voelde niets. Het waren er zes, zes oplaaiende vlammen, gericht op haar naakte lichaam, netjes gerangschikt, drie aan weerszijden. Ze zagen eruit als de vlammen van een laboratorium of crematorium, doelgericht, ontworpen voor hun specifieke taak. Maar ze had geen enkele gewaarwording bij dit spektakel: niet het gevoel dat haar lichaam versmolt tot een vloeibare massa, of dat het verhardde terwijl de vlammen haar huid schroeiden en strak trokken. Nee, er was niets. Ook geen gezichten. Niets. Werd daar iets gefluisterd? Of hoorde ze alleen het sissen van de vlammen die hun onzichtbare werk deden? Haar lichaam lag slap op een veldbed of een kampeerstretcher; ze kon zich niet bewegen. Erger, ze kon geen verband leggen tussen hoofd en huid, tussen lichaam en geest. Alles stond op zichzelf. Niets was van belang of had ergens betrekking op. Nu was er misschien even iets wat op een gevoel leek, op hitte, iets wat eerst irriteerde, daarna onaangenaam werd. Ze voelde haar dijbeen, toen een scherpe steek onder haar arm. De steek ging over in ongemak, daarna in pijn. Het gesis werd plotseling keihard, en algauw was het oorverdovend. Nu was er wel een verband tussen lichaam en geest. Pijn, pijn, stromend uit deze genadeloze mechanische vlammen, pijn die haar meesleepte, vermoedelijk naar een doodsstrijd. Onverdraaglijk. Onverdraaglijk. En nergens een gezicht. Niemand die getuige was van die pijn, niemand die iets zei. Doodsstrijd en eenzaamheid, verborgen in een geluidloze schreeuw. Breng me naar het vagevuur, laat me daarna voor altijd gaan: nu begon ze te smeken, te smeken om God mocht weten wat. Er was geen teken van genade in deze hel. God, alstublieft.

Mia werd wakker. Met de klinische afstandelijkheid die vaak onmiddellijk volgt op afschuw, besefte ze dat dit eigenlijk niet eens zo'n heel erge droom was geweest. Ze huilde niet. Het bed en haar nachtkleding waren nat, maar alleen van het zweet. Haar hart ging tekeer, maar niet ongelijkmatig, niet de hartkloppingen waardoor ze zo vaak vroeg in de ochtend had gedacht dat ze doodging. Welbeschouwd was dit een weinig opmerkelijk voorval, gewoon een van de punten op de grafiek van herstel en terugval. Volgens de norm had ze slechts een teen in de wateren van de hel gestoken. Maar dit waren wateren aan wier greep je gewend raakte: ellende had zijn connaisseurs, evenzeer als plezier. Er waren ergere nachten geweest, en die zouden ook wel weer komen.

Ze stapte uit bed en zocht naar haar pillen. Ze moest nog steeds lachen bij het idee dat ze ooit had gedacht dat ze wel zonder medicijnen zou kunnen. Onverschrokkenheid was in de directe nasleep haar grootste vriend geweest, en daarna haar grootste vijand. Moed was iets verraderlijks gebleken, moed die haar deed geloven dat ze beschikte over een veerkracht die één grote illusie was. Drieënhalf jaar had ze de paarse pilletjes in verschillende doseringen gebruikt, en ze kon zich nu nauwelijks een leven zonder voorstellen. Het waren geen pijnstillende middelen, aspirines voor de ziel, zoals ze aanvankelijk had gedacht. De werking was eerder hallucinair, in die zin dat ze haar waarneming een heel klein beetje veranderden, de scherpe randjes van de wereld haalden waarin ze zich bewoog. Ze boden haar de troostende misvatting dat zij helemaal niet was veranderd, maar al het andere wel, dat haar woonomgeving veilig was gemaakt door een goedgunstige godheid. Ze reageerden op angst met het glasheldere gevoel dat angst overbodig was als je de wereld bezag door het getinte glas van een perfect vervaardigd farmaceutisch middel. Ze strompelde naar haar toilettafel waar het flesje met de waarschuwing dat deze medicijnen de rijvaardigheid konden beïnvloeden altijd stond. Terwijl ze het opendeed en er twee tabletten uit schudde, merkte ze dat haar handen trilden. 'Rustig,' fluisterde ze tegen zichzelf. 'Denk aan de oefeningen. Rustig, rustig. Een stap, nog twee stappen...'

Terwijl ze de pillen naar binnen werkte met het glas water van de vorige avond ging ze in haar T-shirt op de rand van het bed zitten en snikte twee keer zonder tranen. Het zou over een kwartier allemaal weer in orde zijn, en het placebo-effect van het innemen van de pillen zou waarschijnlijk al eerder werken. Maar voorlopig zat ze gevangen in die onaangename fase tussen de verlammende schok van haar nachtmerrie en de donzige chemische toestand waarin ze zo meteen zou terechtkomen. Ze keek naar de wekker en constateerde opgelucht dat het al over zessen was. De ergste nachten waren die waarin ze met een krankzinnige regelmaat om drie uur wakker werd, niet meer in staat om te slapen, te lezen of tv te kijken, naar muziek te luisteren, te drinken of wat ook. Ze ging dan op de bank zitten staren naar het olieverfschilderij van de Cob in Lyme Regis dat ze had meegenomen uit de Boltons en boven de haard had gehangen. Ze had ooit gehoord dat er rond drie uur 's nachts meer mensen stierven dan op enig ander tijdstip en in die verschrikkelijke maanden was ze gaan begrijpen waarom. Middernacht mocht dan het uur zijn van magie en hekserij, drie uur was het uur van de dood. Het was een tijdstip in de nacht – of in de ochtend – zonder de troost van liefde, geloof en gezelschap: er was alleen de wrede grap van de absolute leegte. Ze had deze straf bijna erger gevonden dan alle andere. Bijna.

Na een paar ogenblikken, toen ze de neurologische transmissie in haar lichaam voelde beginnen, stond ze weer op en keek de slaapkamer rond. Op dit soort ochtenden vroeg ze zich af waarom ze nooit een werkster had genomen. Ze werkte de hele week buitenshuis en ze was altijd te moe om de boel op orde te houden. Ze was ook slordiger geworden en het interesseerde haar niet meer zo of alles schoon was. In het Centrum probeerde ze een schijn van ordentelijkheid op te houden, in een voortdurende strijd tegen Sylvia's tegengestelde aard. Maar thuis deed ze er, voor het eerst van haar leven, weinig aan. Ze woonde al bijna drie jaar in het souterrain en dat voorzag perfect in haar behoeften. Maar ze had er niets aan gedaan om de woning een welkome of positieve sfeer te geven, en ze stak in het schoonmaken weinig energie. Ze zorgde wel dat ze haar lichaam en haar kleren schoon hield, hoewel ze verder weinig aandacht besteedde aan haar kleding. Het was nog niet zo dat ze het een smeerboel had laten worden. Maar de kritische blik van haar vroegere leven, de nerveuze perfectie van haar flat in Canonbury Square, was verdwenen. Overal slingerden kleren, kranten en ongeopende post. Ze zag er de noodzaak niet van in om op te ruimen. Er kwam toch nooit bezoek.

Ze deed het licht aan en liep de aangrenzende badkamer in terwijl ze zich ondertussen uitkleedde. De douche werkte niet altijd even goed, maar deze keer sloeg de waakvlam onmiddellijk aan en ze wachtte tot het water warm was. De blauwe badmat van Conran was zo versleten dat hij bijna uit elkaar viel, maar ze had hem desondanks meegenomen uit haar oude flat en uit een vaag gevoel van sentiment bewaard. Er zaten spatjes tandpasta op de spiegel, die door de damp besloeg, zodat haar het beeld bespaard bleef dat haar weinig voldoening zou geven. Ze stapte onder de straal en hief haar gezicht omhoog. Het was een goede, verrassend krachtige douche voor zo'n slecht onderhouden huurwoning, en de minieme straaltjes masseerden zacht haar voorhoofd en wangen. Het naeffect van fysieke terreur was verbazingwekkend. Zalfjes, kleine vormen van ontspanning, er was van alles te krijgen, en ze had de afgelopen vier jaar tijd genoeg gehad om er heel wat van te ontdekken. Ylang-ylangolie, een lange douche, een goed glas wijn (beter dan een hele fles die je in je ellende leegdrinkt), een espresso op een zomerse dag; allemaal troostrijke dingen, hoewel je nergens echt op kon vertrouwen. Er waren geen garanties in het rijk van de radeloosheid.

Ze waste zich met een spons en schoor snel haar benen. Ze zocht naar de shampoo tot ze zich herinnerde dat die op was: ze moest het nu alleen doen met water, hoewel het zweet in haar haar er dan niet goed uitgewassen zou worden. Ze zou er niet op haar best uitzien, maar hoe lang was dat al niet geleden. Zag Sylvia, die haar zo goed kende, de kleine verschillen van dag tot dag? Of Ringo, die niet zoveel zei als haar werkgeefster, maar misschien wel een scherpere blik had? Vic had haar wel eens 'mooie meid' genoemd, maar alleen op de traditionele wijze van de beleefde beatnik. Haar kameraden in ballingschap waren vriendelijk. Maar ze moesten uit haar wisselende uiterlijk iets hebben afgeleid van haar innerlijke toestand. Haar lichaam was een schildersdoek waarop haar ziel kwalijke boodschappen krabbelde, dat iets van een verloren elegantie deed vermoeden die ze in vroeger tijden had verworven en nu ingeleverd. Je kon dit soort dingen niet verbergen. Je kon alleen maar hopen op de grootmoedigheid van degenen die keken en begrepen, maar geleerd hadden hun mond te houden.

Ze draaide de kraan dicht en droogde zich af, terwijl ze zich afvroeg welke kleren het geschiktst waren. Een trainingsbroek en een trui met capuchon hingen over de stoel voor haar toilettafel, en er hing een schoon T-shirt op het rek in de badkamer (deel van een welkomstpakket van een groot farmaceutisch bedrijf bij een conferentie die ze meer dan vijf jaar geleden had bezocht, overblijfsel van een vorig leven). Ze vond een schone onderbroek en sokken in de onderste la en trok de rest van haar kleren aan. Geërgerd merkte ze dat de zool van haar rechterschoen totaal versleten was. Er waren weinig kledingstukken waar Mia om gaf, maar sportschoenen vond ze belangrijk. Je kon niet in East End wonen en werken zonder behoorlijke sportschoenen. Ringo had gehoord dat Aasim minstens vijftig pond per week uitgaf aan schoenen, en elk paar weggooide dat er niet meer zo goed uitzag. Ringo droeg sandalen en instappers, en haatte de kleding die in zwang was bij de plaatselijke Aziatische jongeren, maar zelfs hij begreep, met knarsetandend respect, Aasims achtergrond. Mia begreep die ook. Ze zou erop uit moeten om honderd pond van de bank te halen en nieuwe schoenen te kopen in die grote zaak bij metrostation Aldgate East. Dit kon niet wachten: het moest vandaag nog.

In de kleine woonkamer en kitchenette rook het nog naar de pasta die ze de avond ervoor voor zichzelf had gekookt. De videobanden lagen verspreid over de grond; bewijsmateriaal van een mislukte poging om een film uit te zitten. Zij en Ben hadden veel dingen gemeen gehad, maar wat ze het liefst deden, was samen 's avonds in goedmoedig stilzwijgen naar een film kijken die ze al tien keer hadden gezien. Het was niet hetzelfde om *Withnail and I, Get Carter, Wild Strawberries* of *Some Like It Hot* zonder hem te zien, hoewel ze het vaak genoeg had geprobeerd. Ze bleef de zinnetjes tegenkomen die hij zo graag citeerde, met zijn bizarre vermogen om zich zelfs het meest banale te herinneren, zo typerend voor mannen. Ze keken vaak naar *Apocalypse Now*, hij kende elk woord. 'This was the end of the river, all right,' siste hij dan, als Martin Sheen boog voor Marlon Brando in het kamp van de waanzinnige kolonel.

Soms huurde ze een film bij Raj Videos, de plaatselijke videotheek. Die was gespecialiseerd in Bollywood kassakrakers, maar meestal hadden ze wel een kopie van de laatste westernfilm. Er was af en toe wat aangenaam vertier te putten uit zo'n film, en ze had voor het eerst van haar leven ontdekt dat ze domme actiefilms rustgevend vond. Door louter toeval had ze de geneugten leren smaken van Schwarzenegger en Van Damme, van *Mortal Combat* en zijn vervolgfilms, van lasergeweren en androïden die niet doodgingen, van gebouwen die explodeerden tot de orgastische zuchten van Amerikaanse blonde actrices. Haar hersenen waren gesteld geraakt op de geruststellende gruwelen van dit soort films. De vorige avond was echter geen succes geweest; een onverwacht serieuze film met Russell Crowe over een kidnapping had haar totaal niet kunnen boeien. Ze was vroeg naar bed gegaan, wat vaak een verkeerde beslissing bleek omdat ze haar onderbewustzijn, hoe weinig actief ook als gevolg van medicijnen en cognitieve remmingen, de gelegenheid gaf om vrij te komen en haar te kwellen.

Tja, dacht ze. Ik kan niet binnen blijven. Ik moet verder, de puinhopen van de nacht laten wegwaaien en proberen iets van de dag te maken. Ze zette een raam achter open om te luchten, trok een lange wollen jas aan en een sjaal die Sylvia haar voor haar verjaardag had gegeven en sloot de boel af. Terwijl ze de houten trap op liep naar het hek en de stoep, merkte ze op dat er die nacht een afvalcontainer was verschenen. Nee, onmogelijk. Hij moest daar al hebben gestaan toen ze de vorige avond thuiskwam, nog vol van het voorval met Lorenzo en haar oren nog tuitend van de schimpscheuten die Sylvia na het werk had geuit in Prospero's, waar ze hun halfje cider hadden gedronken en een 'Caliban Ploughman's Lunch' hadden gedeeld. Het leek erop dat Erica haar kaarten voortreffelijk had gespeeld en Sylvia's zwakke plek kennend de ruzie over de roosters had laten uitlopen op een twistgesprek over salaris en er een kleine doch respectabele loonsverhoging uit had gesleept. Mia wist dat de schuld hiervoor haar in de schoenen werd geschoven vanwege de manier waarop Lorenzo was vertrokken. Ze waren anderhalf uur in Prospero's gebleven, totdat een groepje jonge vrouwen, druk pratend en klaarblijkelijk de weg kwijt, aan het tafeltje naast hen was komen zitten en Bacardi Breezers had besteld, als voorspel op een bijzonder luidruchtig uitstapje. Zij en Sylvia waren vertrokken zonder er woorden aan vuil te maken, nog niet aangeschoten genoeg om wat er zou volgen te kunnen verdragen.

Toch had Mia de container bij thuiskomst niet opgemerkt. Erboven hing een nieuw reclamebord waarop de komst van nieuwbouwwoningen in het volgende jaar werd aangekondigd, met de vermelding van een website voor de paar gelukkigen die zich zoiets konden veroorloven. Niet iemand uit deze buurt, bedacht ze. Maar ja, wat wist zij er eigenlijk van? Ze stond bekend als Chels omdat Sylvia haar tijdens haar eerste proefmaand alleen maar met 'Chelsea Girl' had aangesproken. Die ervaring was te vergelijken geweest met hoe ze zich het leger voorstelde: een wrede manier van kennismaken met de mensen van het Echinacea, met Sylvia als de nietsontziende onderofficier die keek hoe ver ze kon gaan met de rekruut en of die wel aan de eisen voldeed. Gelukkig hadden ze sneller dan ze beiden hadden verwacht genegenheid voor elkaar opgevat. Sylvia was overtuigd geraakt van Mia's intellectuele en leidinggevende kwaliteiten, maar ze was bang dat zij het excentrieke element van het Centrum niet zou begrijpen of respecteren. Mia vond Sylvia's slordige zwierigheid wel aardig maar ze vreesde dat haar armzalig aangebrachte make-up en vreselijke Laura Ashley jurken duidden op een hopeloos wanordelijk trekje. Maar algauw was er in hun schertstoon iets van sympathie geslopen doordat Sylvia intuïtief begreep dat Mia ergens aan onderdoor gegaan was, en doordat Mia voelde ze voorlopig veilig zou zijn bij Sylvia. Ze was naar het Centrum gekomen met een sporttas over haar schouder en een paar dozen in haar auto en nu waren er op de een of andere manier al drie jaar verstreken.

De ochtend gloorde aarzelend door lichte mistflarden boven de hoge daken van Brick Lane en de weggetjes die er als aderen op uitkwamen. Ze had trek in een kop thee en sloeg linksaf onder de brug door, langs de leegstaande pakhuizen. 'Er bestaan geen onschuldige getuigen,' verkondigde een pas geschilderde boodschap op een reclamebord, te midden van posters met aankondigingen voor buurtfeesten en danceparty's. De namen van de dj's amuseerden haar altijd. Tank Wally en de Sunkiss Crew. Dj 'Abby' Absolute. Maximum Steff. Dit waren de mensen met wie Ringo omging en met wie hij soms optrad. Ze leefden in een totaal eigen wereld van donker vinyl, samples en onbegrijpelijke technische discussies over de kwaliteit van de spullen die ze gebruikten. De loyaliteit die sommigen van hen inspireerde, wist ze van Ringo, was zo intens dat het bijna religieus was. De moskeeën in de omgeving vochten om het hardst met die clubs om zielen te winnen. Iedereen heeft zo zijn eigen geloof, zei Ringo vaak. Je moet het alleen zien te vinden. Maar al te waar: er bestaan geen onschuldige getuigen.

Mia liep naar de bagelzaak die dag en nacht open was en zag er een paar hoeren met hun afhaalmaaltijd na een lange nacht werken naar buiten komen. Ze meende er in de verte vier te tellen, wankelend naar God weet waar, na wat ze de afgelopen uren God weet wat hadden doorstaan. Ze had gehoord dat de kruising van Brick Lane met Bethnal Green Road bij de donkere tunnel van Wheler Street al vanaf de tijd van Nell Gywn een tippelzone was, of misschien al langer: een gebied van nog geen hectare groot dat Londens laagste lusten exploiteerde met de wanhopigste vrouwen, jaar na jaar, decennium na decennium, eeuw na eeuw. Dit waren geen callgirls, deze verloederde dames: ze haalden het zelfs nog niet bij de in netkousen gehulde karikaturen die door hoerenrijders in King's Cross werden opgepikt. De meesten waren zielige crackverslaafden die deden wat hun werd opgedragen in ruil voor eten en onderdak, en crackrock die ze aan het eind van de nacht konden roken. Ze droegen denim en mascara en ze bleven dicht bij elkaar. Na drie jaar herkende ze er een of twee, hoewel er veel verloop was. Meestal tienermeisjes die er een paar jaar ouder probeerden uit te zien dan ze waren, met een huid die zichtbaar te lijden had van al die vreselijke vormen van misbruik waaraan hun lichaam dagelijks werd blootgesteld. Af en toe glimlachte er een naar haar als ze vroeg in de ochtend langsliepen. Maar slechts af en toe. Meestal waren hun ogen troebel van de drugs of, minstens zo waarschijnlijk, door de afstand die ze tussen zichzelf en de wereld hadden geschapen om hun leven vol te houden. Mia hoorde twee van hen hard giechelen toen ze de weg overstaken, waarbij ze dat typische aroma achterlieten dat bestond uit een combinatie van gezouten vlees en sterk, goedkoop parfum.

Ze betaalde haar kop thee en liep terug de straat af. Brick Lane begon vol te lopen met bestelbusjes en vrachtwagens waarvan de restaurants en groothandelaren hun leveranties betrokken. Een oude man stak zijn hoofd uit de deur van een kleine moskee en staarde naar de voorbijgangers. Voor de krantenkiosk was al een stapel kranten in het Engels en Bengalees gedumpt die nog hoger was dan zijzelf. Er was nog maar weinig verkeer, maar de leveranciers schreeuwden elkaar grappen en beledigingen toe; boven het lawaai dat zij voortbrachten uit hoorde ze het trage gezoem van de stad die met haar onbedwingbare, stinkende gaap ontwaakte. 'Heb je geen fruit?' vroeg een winkelier aan een man met een bestelbus.

'Natuurlijk niet, dat klotefruit,' zei hij. 'Zie ik eruit alsof ik fruit verkoop? Wat staat er op de zijkant van mijn busje? Muppet.' Het was half schertsend bedoeld, maar de afkeer was echt. Hij was geen fruitverkoper, en iedereen die hem daarvoor aanzag, kon een grote bek verwachten.

Mia liep langs de Vibe Bar, die 's avonds vol luidruchtige internetjongeren zat en waar ze Sylvia soms na een zware dag mee naartoe nam, en langs de winkelgalerij met scooter- en kledingwinkels. Een Japanse jongen met een ziekenfondsbrilletje en onwaarschijnlijk blond haar dat in pieken omhoog stond, sjokte langs haar heen, verdiept in de muziek die door zijn koptelefoon dreunde. Zijn mobieltje bracht de melodie ten gehore van een van de megahits van het jaar ervoor, die ze niet helemaal kon thuisbrengen. Maar die kon hij met geen mogelijkheid horen. Wel mooie sportschoenen, kennelijk nieuw. Ze herhaalde in zichzelf haar voornemen om het sportschoenenprobleem op te lossen voordat de dag voorbij was. Misschien zelfs, als ze de moed had, nog voor haar werk.

Maar eerst zou ze de kleine pelgrimstocht volbrengen die ze altijd maakte na een slechte nacht. Nadat ze de bocht om was gegaan van Fournier Street liep ze in de richting van de kerk van de architect Hawksmoor, waarvan ze had leren houden. Door Christ Church vanuit het oosten te naderen kon je het monumentale gotische bouwwerk bewonderen, vooral op dit vreemde tijdstip waarop straatlantaarns en daglicht er op een griezelige manier om streden wie het eerst de opdoemende pracht mocht onthullen. Ze liep voorbij het huis van de dominee, langs de kruising met Wilkes Street, de geschutpoorten, de ogen van het stenen beest dat dreigend boven zijn domein zat uit te kijken. Sommigen zeiden dat Hawksmoor het ontwerp van Christ Church had afgekeken van Alberti's San Francesco in Rimini. Maar ze had er foto's van gezien, en kon dat niet geloven. De magie van deze kerk was uniek en school in de pure uitdaging, de minachting waarmee de architect, zo had ze gelezen, had gereageerd op de critici die het een 'sobere en verschrikkelijke verschijning' noemden. Het ontwerp zelf stelde alle twijfelaars in het ongelijk.

Ze ging de hoek om en keek omhoog naar de enorme toren die oprees als een minaret uit de tijd van koning George, en die arm en rijk riep om te komen bidden en oordelen. De zuilengang, met zijn gewelfde middenstuk, was niet minder oogstrelend, Paladijns of Venetiaans of hoe het in de gidsen ook werd genoemd. Je kon zoveel architectonische verhandelingen lezen als je wilde, maar geen daarvan gaf ook maar een idee van de levendige uitstraling van dit bouwwerk. Het was tegelijk monument en organisme, een uiting van creativiteit die drie eeuwen geleden was ontstaan en nog steeds zinderde van leven. De lucht rond de kerkzuilen, de bogen, de daklichten – uit alles knetterde de intentie van de architect: zijn woede, in feite. Hij had een machtig stenen beest ontworpen als een plaats van aanbidding, een beest dat hij had geketend in de aarde van de onsterfelijke stad en had achtergelaten om te grommen en zijn gekluisterde klauwen over de grond te schrapen, lang nadat hij was overleden. Ze had hier altijd troost gevonden.

De kerk was gesloten maar ze liep de trap naar de deuren op en ging daar zitten, uitkijkend over de Fruit Exchange en de hoge kristallijnen toren van de binnenstad. Drie jaar geleden had ze op dezelfde plek gezeten en besloten om in het Centrum voor Sylvia te blijven werken. Het was een zondag geweest, en ze had massa's winkelende mensen in en uit de overdekte markt ertegenover zien lopen, met bloemen, voedingsmiddelen en kaarsen van bijenwas. De stad had die dag om haar heen gedraaid, of liever gezegd, rond de toren, als een spil die bleef zitten in tijd en ruimte om betekenis te verlenen aan de chaos eromheen. Ze had water uit een flesje zitten drinken en geluisterd naar stelletjes die ruziemaakten en kinderen die lachten, en ze had gedacht: ik kan hier een tijdje onderduiken. Ik kan hier veilig zijn. Ik kan ophouden mezelf af te vragen wat ik moet doen, en in plaats daarvan iets anders beginnen. Niemand vindt me hier, tenzij ik dat wil. Dit is misschien geen gezonde plek. Maar daar op de trap, in de schaduw van het sluimerende gotische beest, had ze beseft dat het misschien wel een plek was waar ze respijt kon krijgen.

Was het een verkeerde beslissing geweest? Drie jaar later wist ze dat nog steeds niet. Het had haar op dat tijdstip de juiste beslissing geleken. Het was onmogelijk voor haar om verder te leven zoals ze had gedaan, als curator van een familieherinnering en het onderwerp van universeel medelijden: kapot en deerniswekkend. Die manier van leven toonde haar een weg die langzaam naar zelfvernietiging en verwarring leidde, naar een ellende die het verdriet voorbijging. Ze was het leven in haar oude wereld gaan haten, waarin ze was verworden tot patiënt en slachtoffer, omringd door mensen die ze kende, of dacht te kennen, die net deden alsof er geen stigma zat aan haar nieuwe status, zelfs als ze haar ermee brandmerkten en achter haar rug fluisterden. Ze had de vrienden leren haten die zo overbezorgd waren, zo goed wisten wat ze nodig had, zoveel begrip hadden voor haar stemmingen. Dat waren degenen die er het meest van genoten.

Hoe leg je aan anderen uit hoe het voelt wanneer de geschiedenis je in één keer verplettert? Als je hem niet hebt horen aan komen donderen, niet het versplinterende glas hebt gezien en niet de lucht van brandend vlees hebt geroken, is iedere discussie zinloos. Die avond van Bens feestje was ze uit het park vertrokken als een neurotische jonge vakvrouw, omringd door de liefde van haar familie, en slechts een paar uur later teruggekeerd naar het huis van haar broer als een ander, een totaal op zichzelf staand persoon. De verandering was haar enige tijd niet duidelijk, maar toen ze zich bewust werd van de metamorfose besefte ze dat ze er totaal niets in te zeggen had gehad. De geschiedenis was haar die avond uit het park gevolgd als een stalker en had haar voor zichzelf opgeëist, of althans als een van haar voetnoten, terwijl zij zich ongerust maakte over onbenulligheden als haar gedrag en de norm die bepaalde of je een nieuwe vriend meenam naar een familiefeestje. De geschiedenis had onverklaarbare gruwelen voor haar in petto gehad terwijl zij kleine ongemakken probeerde te doorgronden.

Ze dronk het laatste restje thee op en trok haar jas dichter om zich heen. Het zou binnenkort vier volle jaren geleden zijn, die nacht, de nacht dat ze was teruggereden naar Bens huis om tot de ontdekking te komen dat het meeste daarvan was weggevaagd. De zwaailichten van de politiebusjes en brandweerwagens hadden waanzinnige lichtbundels over de smeulende resten van het gebouw geworpen. Ze zag dit al vanaf het eind van de straat, en haar taxichauffeur mompelde een reeks vloeken die van een heel andere orde waren dan die waarmee hij haar tijdens de tocht vanaf het vliegveld had verveeld. De straat was afgezet en verderop stond het vol politieagenten, brandweerlieden en zwijgende bewoners, evacués uit hun eigen huis, die doelloos rondzwierven in de bespottelijke kleding van mensen die 's nachts onverwachts uit hun bed zijn gehaald. Ze had minstens iets van afschuw moeten voelen, een misselijk gevoel van wat haar te wachten stond, maar dat had ze niet. Dit was een moment van zo'n totale desoriëntatie dat ze, terwijl ze op het licht afliep, alleen maar door nieuwsgierigheid werd gedreven.

Bij de afzetting had ze een agent in een felgele jas gevraagd wat er aan de hand was, en hij vertelde haar dat de situatie nu onder controle was en of ze alstublieft wilde doorlopen. Hij had zo overtuigend geklonken dat ze dat bijna had gedaan en was weggelopen in de nacht. Maar natuurlijk had ze doorgezet en uitgelegd dat zij de zus was van een van de bewoners van de straat. Welk nummer? Vijfentwintig. Ze zag hem verstrakken en hij mompelde iets in zijn sissende radio toen hij met haar meeliep naar de groep voertuigen waarboven rookpluimen in de richting van een inktzwarte hemel kringelden. Ze liep met alle waardigheid die ze kon opbrengen, zich ervan bewust dat alle ogen plotseling op haar waren gericht, al kon ze niemand zien die duidelijk haar kant op keek. Ze hield haar vuist geklemd rond het handvat van haar aktetas. De vluchtelingen van de straat, gekleed in trainingsbroek, ochtendjas en – in een potsierlijk geval – een driedelig kostuum maar zonder overhemd of schoenen, keken naar haar in de sombere, intuïtieve wetenschap dat haar verhaal ergens aansloot bij wat voor gruwelen er ook hadden plaatsgevonden in het huis achter in de straat. Twee vrouwelijke agenten met klemborden probeerden de tijdelijke daklozen van de weg af te bewegen in de richting van gereedstaande busjes. Maar Mia's aankomst – het fascinerende beeld van iemand die een rendez-vous heeft met de dood – maakte hun werk onmogelijk. Een klein kind rende de weg over en werd gegrepen door de gehandschoende hand van een van de vrouwelijke agenten.

Tegen die tijd werd wel de omvang duidelijk, maar niet de aard van wat er was gebeurd. Ze zag Bens huis en het huis ernaast veel duidelijker, nu ze een stel bomen was gepasseerd waarvan de bladeren haar het zicht hadden ontnomen. Beide gebouwen hadden akelig veel schade geleden van de brand, vooral de benedenverdieping. Bens woonkamer was voor het grootste deel uitgebrand en de lijsten van de ramen waren verdwenen, evenals een groot deel van het metselwerk. Binnen zag ze verschroeid puin en stukken glas, waarvan niets meer te maken leek te hebben met het interieur van het huis zoals ze het zich herinnerde. Iets wat eruitzag als een staande lamp, verkoold en versplinterd, stak naar buiten uit wat er nog over was van de ramen, een waanzinnig restje geavanceerde huiselijkheid. Op de oprit lagen overal rotzooi en grauwe stukken hout die nog nagloeiden. Brandweerlieden met maskers voor liepen van het ene huis naar het andere en besproeiden de resterende vlammen, waarbij ze elke keer een hoeveelheid stoom de nachtelijke hemel in stuurden. Er was nog een deel afgezet langs de twee aangrenzende panden, waar nog meer agenten samenstroomden. Aan het andere uiteinde van de straat zag ze een veel feller licht op het tafereel schijnen, een camera, realiseerde ze zich. Een man die ze voor een agent in burger hield, merkte de inmenging eveneens op en gaf een van zijn mannen opdracht er korte metten mee te maken. De agent beende naar de boosdoener, zijn postuur een spookachtig silhouet tegen de krachtige lichtbundel.

'Neem me niet kwalijk, juffrouw. Bent u juffrouw Taylor?' De stem kwam uit het niets en voor het eerst in wat nog geen drie minuten had geduurd, voelde ze iets van een schok. De *noir fantasia* die ze gadesloeg – meer een schemerige nachtmerrie dan een rationele ervaring – bood geen ruimte voor een dialoog met een ander menselijk wezen. De afstand die ze had genomen van alles wat ze had gezien of gedacht had haar ongevoelig gemaakt voor iedere redelijke overweging van de betekenis van dit alles. Ze draaide zich met een ruk om naar een andere man in burger. Hij was lang, kalend en droeg een lange gabardine jas. Zelfs in het slechte licht kon ze zien hoe verkreukeld zijn pak was en hoe geel zijn tanden waren. Hij glimlachte naar haar, zonder overtuiging, en schuifelde heen en weer. 'Juffrouw Taylor? Ik ben inspecteur Warwick. Bent u zojuist aangekomen?'

Ze deed haar mond open en vroeg zich af wat ze moest zeggen. Ze kon niets bedenken en knikte.

'Juist. Misschien kan ik even met u praten, juffrouw Taylor. Ik... Zoals u wel zult hebben geraden, is er een verschrikkelijk ongeluk gebeurd.'

Ze nam in zich op wat hij zei en besefte dat ze helemaal niets had geraden. Een verschrikkelijk ongeluk? Als u het zegt, inspecteur. Ik ben kennelijk op de verkeerde plaats terechtgekomen. Mag ik nu gaan? Dat wilde ze zeggen. Maar ze kon geen woord uitbrengen.

'Misschien kunnen we even naar mijn auto gaan. Ik ben bang dat hier nog geen geschikte ruimte is ingericht.' Weer glimlachte hij, duidelijk de adviezen volgend voor dit soort gevallen. 'Daar kunnen we beter praten. Dit moet een vreselijke schok voor u zijn.'

Inspecteur Warwick liep voorop naar zijn auto, deed het portier voor haar open en sloot het weer achter haar. Hij liep om de auto heen, blafte een instructie naar iemand en stapte aan de andere kant in. Hoe vaak heeft hij zich moeten vermannen voor zoiets? vroeg Mia zich af. Wordt het op den duur gemakkelijker om mensen het allerergste te moeten vertellen?

'Zo, hier is het beter. Juffrouw Taylor, zoals ik al zei, mijn naam is inspecteur Warwick. Ik ben bang dat ik heel slecht nieuws heb. Er is brand geweest bij uw broer Benjamin in huis, waardoor aanzienlijke schade is ontstaan, ook in het huis ernaast. We denken dat het huis ernaast leeg was. Maar het is mijn droeve plicht u mee te delen dat er minstens vier mensen zijn omgekomen in het huis van uw broer.'

Minstens vier. Betekende dat slechts vier? Of dat er in werkelijkheid meer dan vier doden waren en dat hij vond dat ze nog niet toe was aan het nieuws? Minstens vier... Dat zou kunnen betekenen dat er nog één in leven was. Nog in leven. Nog in leven. Haar spraakvermogen kwam terug. 'U zei vier.'

'Ja, juffrouw. Ik ben bang dat we de identiteit nog niet hebben kunnen vaststellen van een van de –'

'Wie leeft er nog?'

'Ik geloof... juffrouw Taylor, ik ben bang dat nadere bijzonderheden op dit moment niet echt te geven zijn. Ik kan u wel vertellen dat er iets langer dan een uur geleden een jonge vrouw naar het Royal London Hospital is gebracht en –'

'Caitlin of Lara?'

'Het spijt me, juffrouw Taylor.' Inspecteur Warwick transpireerde hevig. Hij streek met zijn vinger langs de smoezelige kraag van zijn overhemd en kuchte.

'Ik heb twee zusjes. Een tweeling. Caitlin en Lara. Ze zouden hier allebei zijn. In het huis. Mijn broer gaf een feestje ter ere van zijn dertigste verjaardag.'

Inspecteur Warwick haalde een opschrijfboekje uit zijn zak en begon haar vragen te stellen. Op dat moment begon, in haar herinnering, de vreemde verstoring in de verhouding tijd-ruimte, het schimmenspel waarin ze had rondgedoold teneinde iets van realiteit te krijgen. Ze had helemaal niet rondgedoold. Dit was geen droom. De dag zou weer op de nacht volgen. Het leven zou doorgaan, kwetsend genoeg. Wat er was gebeurd – wat het ook was – was niet een verachtelijk staaltje van verbeelding maar een waarachtig virus dat zich in haar bloedbaan had gewerkt en nooit meer zou weggaan. Dat besefte ze wel, terwijl ze aan haar ring pulkte en omlaag staarde naar het adressenboekje aan haar voeten.

Het rode notitieboekje van de politieman en de balpen waarmee hij schreef, veranderden alles. Een surrealistisch intermezzo werd getransformeerd in iets dat maar al te echt was door middel van data, namen, tijdstippen, vermisten, telefoonnummers, adressen en de duizend andere details die absoluut niet konden verklaren wat er was gebeurd, maar die alles vastpinden in een net van feitjes. In het lelijke handschrift vol lussen van deze man werd het allerbelangrijkste van de wereld teruggebracht tot details en vraagtekens in de marge van iedere bladzijde. Het was een leugen dat de dood zich voordeed als drama. Zijn aangezicht was alledaags en onbeschaamd. Ze hoorde zichzelf als een robot de antwoorden op zijn vragen geven. Ja, Benjamin Taylor. Leeftijd? Dertig... nee, negenentwintig. Lengte: een meter achtenzeventig, misschien negenenzeventig. Beroep: financieel adviseur. Jeremy Taylor... En zo ging het door. Dit was nog maar de eerste van vele ondervragingen die zouden volgen, maar wel de belangrijkste. Haar treurzang over de as van haar familieleden was een reeks eenlettergrepige antwoorden waarmee ze een agent hielp deze terug te brengen tot een lijst waarop hun ware zelf tot zwijgen werd gebracht.

Lara was degene die het had overleefd. De grootste vuurexplosie – want een explosie was het geweest – had haar niet getroffen. Ze was gevonden door de eerste agent, half bewusteloos in de gang, wat er misschien op duidde dat ze net binnenkwam of wilde weggaan: misschien, speculeerde inspecteur Warwick behulpzaam, op weg naar of net terug van een boodschap. In elk geval had zij de vuurgolf overleefd die Bens huis en dat van de buren zo meedogenloos had getroffen. Desondanks had Lara brandwonden op vijfentachtig procent van haar lichaam en, zoals Mia hoorde toen ze in het ziekenhuis aankwam, was haar toestand kritiek. Ze bracht de nacht aan haar bed door, waar ze de verbonden handen niet kon vasthouden, luisterend naar de piepjes van de machines, het langzame druppelen van de infusen en het zoemen van de automatische medicijntoediening. Van tijd tot tijd veranderde er iets in Lara's trekken. Een priester kwam en vertrok weer toen Mia hem beleefd had gevraagd de kleine, schaars verlichte kamer te verlaten. De specialist waarschuwde haar dat Lara's overleving op zichzelf een wonder was, een oordeel waarover Mia haar twijfels had. Er was, zo kon ze duidelijk zien, bijna niets meer over van haar zusje. En hoewel haar borst op en neer ging op het ritme van de beademingsapparatuur, was het meisje dat nog geen twaalf uur daarvoor een imitatie van Mia ten beste had gegeven al verdwenen. Wat er van haar over was kon niet meer op het droge worden teruggebracht met een hengel van medicijnen en gebed. Ze zat gevangen in een wachtkamer van het ongeluk, wachtend tot ze de andere vier zou vergezellen, een moment dat slechts werd uitgesteld door de krakkemikkige bureaucratie van het hiernamaals. Om zeven uur die ochtend stierf Lara, en Mia huilde voor de eerste keer, even maar, louter en alleen van opluchting. Ze zou maandenlang niet meer huilen.

En zo eindigde de eerste nacht en begon de eerste dag. Terwijl ze wachtte om formulieren te tekenen in het ziekenhuis, kwamen twee nonchalant geklede mannen – leren jasje, overhemd zonder das en spijkerbroek – naar het ziekenhuis om met haar te praten. Ze stelden zich voor: Brown en Jones, wat zo duidelijk niet hun echte namen waren dat ze bijna in de lach schoot. Ze gaven niets prijs over de afdeling waarvoor ze werkten, en voelden zich kennelijk daartoe niet verplicht, want bij hun aankomst wapperden ze heel even met hun legitimatie en daarbij bleef het. In de dagen en weken die volgden kwam ze tot het besef dat de verzorgdheid van de mensen die haar kwamen bezoeken omgekeerd evenredig was met het belang dat de autoriteiten aan het voorval toekenden. De verbazingwekkend sjofel geklede Brown en Jones verschenen toen delen van Bens huis nog lagen na te smeulen. Zes weken later zou ze alleen nog worden aangesproken door agenten in uniform die haar volstopten met thee en clichés.

Maar Brown en Jones, wie ze ook waren, maakten deel uit van een hoger gezag, dat haar medewerking als vanzelfsprekend aannam en geen toestemming vroeg. Brown was niet veel langer dan een meter vijfenzestig en had een flinke bierbuik; zijn haar was te lang en hing in een sluike pony over zijn voorhoofd. Hij sprak zacht, met een licht Birminghams accent, en vroeg haar regelmatig niet te schrikken, waarbij hij zijn gympen over de vloer van de ziekenhuiskantine schraapte. Jones was langer en stoer: hij moest ooit een knappe man zijn geweest, dacht ze, en hij wist het. Waar Brown haar troostte, sprak Jones op de agnostische manier van de Londense middenklasse en bood haar slechts routinematig zijn condoleance aan. Ze noemde inspecteur Warwick en vroeg of ze alles weer moest vertellen wat ze tegen hem had gezegd. O nee, zei Brown. Nee, nee. Zo was het helemaal niet. Het ging hierom: ze hadden redenen om aan te nemen dat de brand geen ongeluk was. Niet, aldus Brown, het gevolg van verkeerde bedrading of een gaslek. Ze wist waarschijnlijk wel, vervolgde hij, dat er in het huis van haar broer helemaal geen gas wás. Het zat zo, zei hij, al mocht hij haar dit eigenlijk niet vertellen: hun afdeling forensisch onderzoek had achter het huis *bewijs* gevonden van een brandbom. Een behoorlijk krachtige bom, vertrouwde Brown haar toe, terwijl hij zijn neus afveegde aan een papieren servetje. Genoeg om vijf mensen te doden en de benedenverdiepingen van twee huizen te vernietigen, om het maar ronduit te zeggen, met excuses. Nu was dit, aldus Brown, heel merkwaardig en heel verontrustend. En het was hun taak – nee, verontschuldigde hij zich, hun droeve plicht – om erachter te komen waarom een blijkbaar onschuldige, welgestelde familie die een feestje vierde ter ere van de dertigste verjaardag van de zoon, zoiets merkwaardigs en verontrustends was overkomen. Het was, en hij hoopte dat ze het daarmee eens was, een heel merkwaardige zaak. Ze knikte instemmend, en haar hoofd tolde nu helemaal omdat uitermate onverwachte dingen nog meer uitermate onverwachte dingen tot gevolg hadden. Je zou denken dat mensen zich onder dit soort verschrikkingen – had zich ooit zo'n verschrikking voorgedaan? – normaal zouden moeten gaan gedragen, dat ze heel goed hun best zouden moeten doen om de scheur in het universum te herstellen, er alles aan zouden doen om de plooien glad te strijken. Maar nee: merkwaardige dingen hadden merkwaardige dingen tot gevolg. Een ongeluk kwam nooit alleen.

Wat Brown en zijn maat wilden weten, was – hoe moest hij dit zeggen? – waarmee ze bezig waren geweest. Ik bedoel, zei Brown, herinnerde ze zich iets *ongewoons* aan de gebeurtenissen van die avond? Wist ze of haar broer soms *vijanden* had gehad? Had zij iemand *gezien* in het park? Ze vertelde hem over de zonnebaders en de kinderen en de stelletjes bij de kroeg, druk gebarend in haar wanhoop iets voor hen te kunnen doen, wat dan ook. Als het maar een einde maakte aan die nadrukkelijke vragen van hen. '*Zonnebaders*?' zei Brown, terwijl hij zijn wenkbrauw optrok, en hij maakte een notitie. Jones knikte somber, alsof dit wel eens een aanwijzing kon zijn, zo niet een doorbraak. Ze vroegen haar waarom ze het gezelschap in het park had verlaten en later was teruggegaan, en ze legde uit dat ze naar het vliegveld was gegaan om een kennis af te halen – nou ja, een vriendje eigenlijk – maar dat ze te laat was geweest en hem had misgelopen. Dus was ze alleen teruggekomen. Hiermee leken ze tevredengesteld, en ze gingen er niet verder op door. Ze zag geen reden om Miles erbij te betrekken, nu ze de smeltende woede was vergeten die ze had gevoeld toen hij niet in de aankomsthal op haar had gewacht. Ze vroeg zich heel even af of hij had gehoord wat er was gebeurd, en of de televisiecamera die ze had gezien de eerste van vele was geweest en of de hele wereld nu, net zoals zij, wist dat alles voor altijd anders was geworden.

Ze bedankten haar en vertrokken zonder te zeggen wat er hierna zou gebeuren. Ze zag Brown en Jones nooit meer terug, hoewel het in de weken die volgden een paar keer gebeurde dat ze hun scherpzinnigheid en hun toeschietelijkheid miste. Ze raakte de tel kwijt van het aantal mannen (en heel af en toe vrouwen) die haar kwamen opzoeken en van de vragen die ze stelden. De politieke veiligheidspolitie, de CID agenten in uniform, rouwverwerkingstherapeuten, notarissen, verzekeringsinspecteurs: het ging maar door, totdat alles versmolten was tot één lange vraag-en-antwoordsessie. Sommigen wilden erachter komen wie de misdaad had begaan; sommigen wilden haar geruststellen en zeiden dat het geen misdaad was geweest; sommigen wilden haar troosten; sommigen wilden haar geen geld uitkeren, terwijl ze net deden alsof het hun enige wens was dat ze zou worden gecompenseerd. Brown en Jones waren de eersten en het meest sjofel gekleed van de rij indringers, mensen met wie ze uiteindelijk leerde omgaan.

Ze werd ook een expert in het beoordelen of haar toestand hun iets kon schelen. Brown en Jones waren bezorgd geweest dat dit voorval iets te betekenen had wat hun ontging en dat er in bredere zin nog iets vreselijks zou kunnen volgen. Hun opvolgers leken steeds vaker op mannen die de rotzooi kwamen opruimen, die een plicht uitvoerden met alle toewijding die ze konden opbrengen, maar zonder zichtbare verontrusting. Binnen enkele dagen nam de urgentie van hun onderzoeken af, hoewel die nog wekenlang voortduurden. De feiten waren zo naakt en zo onmogelijk te interpreteren dat ze zich aanvankelijk afvroeg waarom ze haar zulke basale vragen bleven stellen. Daarna begreep ze dat het een ritueel was, dat de juiste procedures moesten worden gevolgd. Niets meer dan dat. De kleine zitkamer van haar flat werd de ontvangstkamer, ze zette thee voor de functionarissen, beantwoordde vragen en besefte dat het niets te betekenen had. Dit was de rouwstoet van de staat, hierheen gestuurd om haar hun condoleances aan te bieden en het officiële gezicht van medeleven aan de belastingbetaler te laten zien. Ze had de grotere eenzaamheid nog niet geabsorbeerd waartoe de brand haar had veroordeeld. Maar de doffe blik van de mannen in hun grijze overjas deden haar kennismaken met een tartende vorm van eenzaamheid: de eenzaamheid van degene voor wie geen hulp, maar alleen routinematige troost voorhanden is.

De pers was de eerste die iets had te melden. Twee dagen na de brand ontdekte een landelijke krant dat Bens buurman, ene Ronny Campbell, een zakenman uit Ulster was die nauwe banden onderhield met de keiharde loyalisten. Hij hoopte zelfs kandidaat te worden voor het parlement. De heer Campbell, zo bleek, was op de avond van de explosie niet in Londen geweest, maar de ochtend erna was hij teruggekomen en had zijn pied-à-terre totaal uitgebrand aangetroffen. De krant, die over goede bronnen bij de politie leek te beschikken, meldde dat de bom in dat deel van Bens huis was geplaatst dat direct grensde aan Campbells huis. Natuurlijk, zo ging het verslag verder, had hij, een politicus uit Ulster met uitgesproken ideeën, de nodige veiligheidsmaatregelen getroffen, en het zou moeilijk geweest zijn om ongemerkt in zijn huis in te breken. Dat gold niet voor de ongelukkige Taylor, wiens huis een gemakkelijke prooi was geweest voor de brandstichters. Eerst wilde de politie deze speculaties in de doofpot stoppen, en noemde ze in de officiële verklaring 'onverantwoordelijk'. Maar de volgende dag eiste een niet zo bekende republikeinse organisatie in Noord-Ierland, die geen staakt-het-vuren had afgekondigd, de verantwoordelijkheid voor de aanslag op en betuigde via hun brigade in Derry hun medeleven aan de familie Taylor, of wat ervan over was, voor het 'ten slachtoffer vallen aan de gewapende strijd en de verschrikkelijke gevolgen van de voortdurende Britse bezetting van de Zes County's'. Binnen enkele uren had Sinn Fein dit 'volkomen onacceptabele misbruik van de republikeinse zaak, van een onafhankelijke groepering die op geen enkele manier de wensen of grieven van het Ierse volk vertegenwoordigt', veroordeeld. Alle betrokken partijen in het vredesproces waren het erover eens dat deze verfoeilijke daad hen alleen maar sterkte in hun voornemen een politieke oplossing te vinden. De heer Campbell kondigde aan dat hij niet zou buigen voor het terrorisme en liet zich boos uit in een interview in het programma *Today* van de BBC, waarin hij beloofde dat hij 'niet zou rusten' totdat de 'lafaards en moordenaars' werden gepakt die een aanslag op zijn leven hadden beraamd en hierbij vijf anderen hadden gedood. Hij schreef ook een brief van tien kantjes aan Mia, die hem openmaakte en zonder te lezen weggooide. Een poosje later las ze in de krant dat hij een groot huis had gekocht in Hampstead en dat hij was verkozen als kandidaat voor een extreme afdeling van de unionisten. Op dat moment hield ze op met kranten lezen.

Nadat de republikeinse groepering de verantwoordelijkheid voor de misdaad had opgeëist, was het duidelijk dat de politie, duidelijk tevreden dat de zaak was gesloten, niet meer zou doen dan de schijn ophouden. Op dat moment wist Mia dat ze een poosje het land uit moest. De geschiedenis had haar niet alleen op de schouder getikt, maar dreef nu ook de spot met haar. Ulster? Hoe was dit mogelijk? De sombere torens van Fermanagh en Tyrone: dat zinnetje had ze geleerd op school, samen met Yeats' onheilspellende regels over een opoffering die te lang een steen van zijn hart maakte, en de rust die langzaam wegviel en dat soort dingen. Maar dit had helemaal niets met haar te maken, noch met haar leven, of met de familie die ze had verloren omdat haar broer de verkeerde buurman had uitgekozen – en niet eens echt uitgekozen. Kon het einde van dit alles, van alle liefde, van alle overtuigingen, van alles wat ze hadden bereikt, absurder zijn geweest? Een stelletje Ieren die een huis afbrandden terwijl hun doelwit de stad uit was? Dat kun je toch nauwelijks geloven. Hoe kon je zo'n ontknoping serieus nemen?

Nadat de begrafenissen achter de rug waren – een kleine familiegebeurtenis, op haar verzoek, met slechts zes mensen – ging ze voor een maand naar New York, waar geen politie was, geen verslaggevers, geen rouwverwerkingstherapeuten, niemand die enige belangstelling voor haar had. Een vriendin uit Oxford, Tanja, had pas een superbaan gekregen bij een glossy tijdschrift, *Live*. Ze woonde in een appartement in Tribeca en bood Mia de logeerkamer aan zodra ze hoorde wat er was gebeurd. Normaliter zou ze het voorstel als impertinent hebben beschouwd, maar toevallig was dit precies wat ze wilde. Op de ochtend van Tanja's uitnodiging had ze gebeld met de directeur van Z Robinson, Alan Kingsley, en hem een maand buitengewoon verlof gevraagd. Hij had het haar toegestaan met een bereidwilligheid waaruit iets anders sprak dan medeleven. De tragedie van de Taylors had de aandacht gevestigd op het bureau, hoe zijdelings ook, en dat was nooit welkom. Ze wist dat ze haar niet kwijt wilden, maar dat ze haar niet voor hen konden laten werken zolang het gebeuren nog vers was. Het was beter om weg te gaan en beter om de verwerking uit te stellen van de pijn waarvan ze wist dat die zou komen, maar die ze nog niet onder ogen kon zien.

In New York weigerde ze het rouwkleed aan te trekken of zich de minieme roem van slachtoffer aan te meten, hoewel ze wist dat ze zich een dergelijke roem best kon veroorloven. Op de eerste dag, toen Tanja haar van het JFK kwam ophalen in haar adembenemende Mercedes, vroeg Mia haar om het gebeurde zo niet als een geheim, dan toch als een privé-kwestie te beschouwen. Ze zei het niet met zoveel woorden tegen haar vriendin – dat zou ongelooflijk ongevoelig hebben geleken – maar de reden waarom ze naar New York was gekomen was om er lol te maken. Aan de horizon van haar leven gloorde het schuim van een vloedgolf die naderbij kwam, een onstuitbaar natuurgeweld dat haar vroeg of laat zou wegspoelen naar de duistere plaats van zijn keuze. Tot die tijd, zolang ze nog in de ban was van de merkwaardige rust die vaak de eerste dienares van de dood is, wilde ze alles meemaken wat er voor een mens te beleven viel.

Een maand lang had Mia Tanja vergezeld naar alle cocktailparty's, boekpresentaties en modeshows die haar beroepsleven met zich meebracht. Ze had meer gedronken dan ooit, ze had drugs genomen die ze in Oxford had veracht, en geslapen met mannen die haar accent interessant vonden. Vier weken lang was het appartement in Tribeca gewijd geweest aan kostbaar hedonisme, iets uit het leven van een ander. Ze maakte zichzelf en anderen belachelijk. Ze spotte met zielenpoten, flirtte met hysterie en sprak met een scherpte waarvan ze achteraf misselijk werd. Tanja vergaf haar alles en miste de emotionele diepgang om te beseffen dat Mia een spel speelde dat niet alleen een rouwritueel maar ook een voorbereiding was op iets anders, een laatste flirt voordat de duisternis inviel en ze de doolhof van een nieuw, ander leven binnenliep. Ze wist niets af van het geschiedenisaapje dat op Mia's schouder zat, en het was maar goed dat ze te oppervlakkig of te veel met zichzelf bezig was om te zien wat er met haar logee gebeurde. Mia vertrok even plotseling als ze was gekomen, vol afkeer van zichzelf maar wijs genoeg om te weten dat wat ze had gedaan noodzakelijk was geweest.

En zo was ze teruggekeerd naar Londen, en naar een nieuwe start, waarvan ze diep in haar hart wist dat die zou mislukken. Aanvankelijk had haar kracht iedereen in haar omgeving verbaasd, zowel collega's als vrienden. Het was alsof in de enige overgebleven dochter van Jeremy en Jenny Taylor het allerbeste en meest stabiele van hen twee bewaard was gebleven. Althans dat zei iedereen: dat zij hun meest waarachtige nalatenschap was, de boze vuist die triomfantelijk naar de wereld van toeval en geweld schudde. Mia was hun nalatenschap en hun grootste prestatie.

Ze ging weer aan het werk, eerst kleine opdrachten, drie dagen per week, en daarna de zwaardere klussen, waarin ze zo goed was geweest. Miles zocht uiteindelijk contact met haar, en praatte huilerig aan de telefoon met haar vanwege het feit dat hij die avond op het vliegveld niet op haar had gewacht. Hij hoopte dat ze zou begrijpen dat hij er domweg van was uitgegaan dat zij vergeten was hem af te halen en dat hij, uitgeput als hij was, rechtstreeks naar huis was gegaan. Zijn stem klonk als uit een ver verleden en ze kon de kracht of de belangstelling niet opbrengen hem tegen te spreken. Hij had opgehangen, maar niet voordat hij haar de hartelijke groeten had overgebracht van Jean, zijn secretaresse, en met de belofte dat hij weer gauw zou bellen, op zo'n manier dat ze wist dat hij dat niet zou doen. Ze was blij toe. Dat hij haar die avond had laten zitten, was onvergeeflijk.

Het duurde zes maanden voordat ze zover was dat ze kon aanvaarden wat haar was overkomen. De waarheid was dat ze tegen die tijd te uitgeput was om het moment nog langer uit te stellen. Ze had er te veel moeite voor gedaan om het op afstand te houden en nu kon ze niet langer wachten om de luiken te openen en het licht van de verschrikking binnen te laten. Waarop ze niet had gerekend, was de manier waarop dit gebeurde. Op een grijze dag in september, op de vijftiende verdieping van een gebouw aan de South Bank, was ze bezig met de presentatie voor een nieuwe uitgeverij die een tv-gids op de markt wilde brengen. Haar presentatie, die ze zorgvuldig had gerepeteerd totdat ze hem uit haar hoofd kende, was uitermate provocerend. Ze was van plan om de in pak gestoken heren van het bedrijf te vertellen dat hun ideeën niets waard waren en dat ze bij het allereerste begin moesten beginnen als ze een verkoopbaar product op de markt wilden brengen dat al zoveel concurrentie te duchten had. Haar eerste overheadprojectie, die ze vanaf haar laptop liet zien, luidde: WAAROM PAKKEN JULLIE ALLES VERKEERD AAN? Ze hoopte hen te prikkelen, te kleineren, aan te moedigen en vervolgens te verleiden. Het was een bekende aanpak, in dit geval tot in het extreme uitgevoerd. Ze voelde zich goed over de presentatie en twijfelde er niet aan dat zij en haar collega's van Z Robinson met een contract de deur uit zouden gaan.

Veel uit die tijd was in haar geheugen een waas geworden van voorvallen die niets met elkaar te maken hadden, de samenvatting van een veel gedetailleerder verhaal. Maar toen ze daar op de trappen van Christ Church zat, kon ze zich de bestuurskamer nog tot in detail voor de geest halen, de ene wand van glas waardoor je de historische monumenten van Londen kon zien en kon neerkijken op de korte golfslag van de rivier met zijn sleep- en plezierboten. Enorme abstracte schilderijen bekleedden de andere muren van de kamer, het soort kunst dat dergelijke bedrijven per vierkante meter voor waanzinnige bedragen aanschaften. De in driedelig kostuum gestoken heren – vier – zaten aan het dichtstbijzijnde uiteinde van de lange teakhouten tafel, drinkend van hun koffie en nippend van hun mineraalwater. Ze werden geflankeerd door de twee junior consultants die haar waren toegewezen, Kim en Steven, allebei rijzende sterren bij Z Robinson, die samen al honderden uren hadden gestoken in de presentatie die zij zou gaan houden. Geen van twee zou erover hebben gepiekerd om over iets haar recente verleden te zeggen, maar ze wist dat ze allebei – 'Oxford zeikerdjes' zoals Claude hen noemde – bang waren zowel voor onzekerheid als voor haar bewezen talent. Ze zag het in hun ogen terwijl ze toekeken hoe ze haar laatste voorbereidingen maakte. Steven die nerveus zijn Mont Blanc pen tussen de vingers van zijn rechterhand liet rollen en af en toe Kims blik ving. Ik weet wat jullie denken, ging het door Mia heen. Dat weet ik maar al te goed. Stelletje *klootzakken*: ik zal jullie eens laten zien hoe je dat doet, om aan te tonen dat jullie dit nooit zullen kunnen. Wacht maar af.

Wat er in de volgende minuut gebeurde, verbaasde haar dan ook uitermate: ze had zich op alles voorbereid gevoeld toen ze de muis van haar laptop indrukte en de eerste, spottende overheadprojectie liet zien. Dit waren de dagen waarvan ze het meest genoot, waarop ze risico's durfde nemen en alles wat duf en saai was van tafel veegde. Ze voelde zich veilig wanneer ze de adrenaline voelde stromen terwijl ze keek naar de gezichten die ze nu haar prikkelende ideeën ging voorleggen.

Alleen deed ze het niet. Toen niet, en nooit meer. Terwijl ze daar voor de metalen katheder stond, met de muis in haar hand, daalde er een absoluut soort weten over haar. Ze kon deze presentatie onder geen beding houden. Haar ademhaling ging gelijkmatig, haar hartslag versnelde niet. De kamer tolde niet, ze had geen last van duizeligheid of paniek in haar ledematen en borst. Dit was een kwestie van filosofie, niet van fysiologie. Het was een waarheid die werd onthuld, geen rebellie van het lichaam of het zenuwstelsel. En wat die haar vertelde, was niets meer en niets minder dan: ik kan het niet, en ik doe het niet.

'Ik kan het niet,' zei ze tegen haar toehoorders.

Een of twee seconden verstreken, en de belangrijkste functionaris, een zware kerel in een Armani-pak, grinnikte. 'Dat kan ik je niet kwalijk nemen,' zei hij. 'Ik heb ook de pest aan al die technologie. Kan ik iets doen?' Hij stond op en kwam op haar af.

'Ik kan het niet,' herhaalde ze. De andere heren sloten zich aan bij de vriendelijke reactie van hun baas, geamuseerd om wat ze hielden voor vrouwelijke incompetentie en duidelijk opgelucht dat haar aanval op hen zou beginnen vanuit een positie van zwakte. Kim en Steven wisselden echter blikken vol afschuw. Zij wisten meer en hadden meer te verliezen. De antennes van hun ambitie stonden op scherp en hadden het gevaar al opgepikt dat zich nu door de lucht verspreidde.

'Ik kan het niet,' zei Mia, voor de derde en laatste keer. Rustig zette ze haar laptop uit, sloeg hem dicht en stopte haar papieren in haar aktetas. Dat duurde niet veel langer dan een minuut, dacht ze. Het was nu stil in de kamer.

Steven stond op en wenkte Kim. 'Mia, zal ik het overnemen? Sorry, mensen, we hebben dit zo opgelost.'

Mia liep langs hen heen de bestuurskamer uit en nam de lift naar de lobby. Ze hield een taxi aan en was in minder dan een kwartier thuis. Nadat haar mobieltje twintig keer was overgegaan, hield ze op met tellen. Toen ze binnenkwam, stonden er vijf boodschappen op haar antwoordapparaat. Maar ze luisterde ze niet af. In plaats daarvan kleedde ze zich uit en bleef een week in bed.

In die zeven dagen stond ze af en toe op, om aan de meest noodzakelijke behoeften tegemoet te komen, wat water over haar lichaam te gieten, naar soaps te kijken waarvan ze de verhaallijnen aangenaam snel kon volgen. Ze wilde niet met haar collega's praten of naar hun nepmedeleven luisteren, zelfs niet toen Claude een handgeschreven briefje in haar brievenbus stopte en door het zijraam tuurde of hij een teken van leven zag. Op de eerste dag schreef ze een korte brief naar Kingsley om hem te bedanken voor zijn steun door de jaren heen en om haar ontslag in te dienen; ze faxte de brief zonder enige aarzeling. Kingsleys kantoor belde haar herhaaldelijk, daarna liet Kingsley zelf een aantal boodschappen achter. Niemand, zei hij, nam het haar kwalijk wat er was gebeurd. Integendeel, al haar vrienden en bewonderaars in het bedrijf waren bezorgd om haar en wilden haar helpen. Ze hoorde bij het team. Ze was door een hel gegaan, dat begreep hij wel. Wilde ze hem terugbellen? Ze kon hem ook thuis bereiken als ze dat liever wilde. En hij liet een aantal nummers achter.

Op de zevende dag kwam er per fax een brief van Kingsley, waarin hij tot zijn grote spijt haar ontslag aanvaardde en haar het beste wenste voor de toekomst. Voor de tweede keer moest ze huilen, en wederom van opluchting.

Aldus ontslagen van de schijn van normaal gedrag, was Mia vrij om verder te gaan met de dingen waarvan ze wist dat ze moesten worden gedaan. Ze vroeg oom Gus om het huis in de Boltons te verkopen, alle bezittingen van haar vader op te sporen en het hele kapitaal voor haar in een fonds onder te brengen. Ze schreef dat ze zich nog niet in staat voelde om iets te organiseren, dus vroeg ze hem zorg te dragen voor de vele miljoenen die Jeremy Taylor door de jaren heen had verworven, en een bescheiden inkomen van de rente voor haar te regelen waarmee ze de eerste basisbehoeften kon betalen. Ze vroeg hem ook voor Henty, die op de zolderverdieping van het huis van haar ouders was blijven wonen, een nieuwe woning te vinden en die van de hoofdsom te betalen. Dit werd allemaal heel snel geregeld.

Terwijl oom Gus zich met de papieren bezighield, vroeg zij om opname in een discrete kliniek in west-Londen – waarover ze had gelezen in *Vogue* – om verder te gaan met wat haar te doen stond. Mia was te veel rationalist en te veel pessimist om te geloven dat die mensen daar met hun overhemden zonder stropdas en hun instappers veel voor haar konden doen. Hun behandelingen waren op hun best een troost. Maar ze wist, met de helderheid die haar moeder als enige in de familie met haar gemeen had gehad, dat ze nu nergens anders toe in staat was. Haar ziel had het een en ander te doen en ze had tijd nodig om zich daaraan te wijden. Laat de psychiaters en de therapeuten haar maar analyseren, haar drogeren, haar dagboeken laten schrijven over haar verdriet, haar brieven laten opstellen aan degenen die ze had verloren: als ze maar aan andermans zorg was toevertrouwd, op een plek waar niemand haar kon lastigvallen. Dat zou wel werken voor een maand of twee, misschien langer. Ze herinnerde zich weinig van die tijd, behalve de soms onverdraaglijke opgewektheid, de eindeloze hoeveelheden kruidenthee, en een tamelijk bloederige zelfmoord op haar afdeling die de directie van de kliniek halfhartig had geprobeerd verborgen te houden voor de andere patiënten.

Toen ze zich liet ontslaan, na drie maanden dure verpleging, ging ze terug naar de flat in Islington en besefte tot haar verbazing dat ze weer aan het werk wilde. Ze herinnerde zich Kingsleys belofte dat hij haar te allen tijde weer zou terugnemen, en besefte dat hij dat niet had ge-meend, en dat het geen verschil zou maken als hij het wel had gemeend. Wat zij wilde was een nieuwe baan, iets waarbij ze niet totaal eenzaam was, maar wat duidelijk anders was dan haar oude leventje.

Een week of twee na haar terugkeer had haar lerares yoga – aanbevo-len door de kliniek – haar tijdens de koffiepauze verteld dat haar vriend-in Sylvia op zoek was naar een adjunct-manager. Ze had Mia het num-mer van het Echinacea Centrum over de tafel toegeschoven, met een glimlach. Mia had beloofd Sylvia een bezoek te brengen en te kijken of het iets voor haar was.

Dat was nu drie jaar geleden. Drie jaar waarin Mia Chels was gewor-den, en haar verdriet een vast patroon van haar leven was gaan uitma-ken, eerder als achtergrond dan als binnenvallend geweld. Haar leven bleef verweven met de smart, maar de verschijningsvorm ervan veran-derde met de maanden. Ze had een toevluchtsoord gevonden waarvan ze de aantrekkingskracht nooit had begrepen, een wereld die ze op de avond toen ze door het park naar de bomen en de flessen champagne liep, belachelijk zou hebben gevonden.

'Alles goed?' De stem kwam vanuit het niets. Ze keek op en zag een van de kerkmedewerkers met een enorme sleutelbos klaarstaan om de zware deuren te openen en alles in gereedheid te brengen voor deze dag. Hij glimlachte. Het was altijd prettig om een vaste bezoeker te zien. 'Ik heb je al een tijdje niet gezien. Ben je weg geweest?'

'Ik was net mijlenver weg, zoveel is zeker,' zei ze. 'Nee, ik had alleen niet de aanvechting... je kent het wel. Ik kom hier alleen als ik er behoef-te aan heb.'

'Ik weet wat je bedoelt,' zei hij, en hij haalde een pakje kauwgom uit zijn zak. 'Ik was ook zo tot ik hier kwam werken. Nu ben ik hier vijf da-gen per week, soms zes.'

'Het is buiten zachter dan ik dacht,' zei ze, en ze stond op.

'Ja,' zei hij, terwijl hij worstelde met een van de sleutels. 'We hebben hier vandaag rond lunchtijd een strijkje. Schubert. Kom je ook?'

'Misschien. Als ik kan. Prettige dag.'

'Jij ook.'

Ze nam de trap met twee treden tegelijk, en ging op straat linksaf, op zoek naar sportschoenen.

III

'Waar bleef je nou? Hij kan elk ogenblik hier zijn.' Sylvia stond bij de deur van het Centrum, met haar armen over elkaar en haar voorhoofd gefronst. Ze droeg een van haar antieke vesten over een paisley jurk, terwijl ze haar tenen in haar Birkenstock sandalen zenuwachtig op en neer bewoog. Mia merkte op dat een van haar twee kralensnoeren – de Afrikaanse, waarschijnlijk – gedraaid zat. Nu al één bonk zenuwen, en het was nog niet eens halftien.

'Ik was naar de schoenenwinkel. Dat kon niet worden uitgesteld. En ze zijn verrekte tof. Wil je ze zien? Ik ben er heel tevreden mee. Maar tachtig pop.'

'Waar heb je het over?'

'Sportschoenen. God, wat had ik die nodig. Nu durf ik me weer te vertonen in East End.'

Sylvia zuchtte geërgerd en liet zich tegen de deurpost vallen. 'Ik weet niet waar je het over hebt. Ik heb geen idee waarom je over je schoenen begint. Begroet ik jou 's ochtends wel eens met een verhandeling over mijn sandalen? Ik dacht het niet.'

'Dat komt omdat je je schaamt voor je schoenen. Ik ken een man die je daarmee kan helpen.'

'Chels, je weet toch nog wel dat ik je heb gezegd dat ik waarschijnlijk maar een of twee keer op mijn strepen zou moeten gaan staan tegenover jou?'

'O, jawel. De eerste keer was twee jaar geleden toen ik probeerde ons te laten sponsoren door een organische groothandel.'

'Correctie: een *onethische* organische groothandel,' zei Sylvia. 'Een groothandelaar die ons kon sponsoren omdat hij zijn personeel nog minder dan het minimumloon betaalde.'

'Oeps. Ja, nu weet ik het weer. Meneer Calloway, de groene fascist.

Een beetje een *faux pas* was dat. Ik liet me er gewoon door meeslepen.'

'Ja, ja. Nou, dat was de eerste keer. En als je nu niet ophoudt over die sportschoenen en binnenkomt dan wordt het de tweede keer.'

Mia schoot in de lach en glipte snel langs haar geagiteerde werkgeefster. Dit was uitstekend, zij het raadselachtig, vermaak. Sylvia, zenuwachtig heen en weer lopend tussen de straat en het portiek, leek op het punt te staan uit haar lichaam te treden. Twee jongemannen in spijkerbroek en Diesel T-shirt, met yogamatjes in tassen over hun schouder, liepen vlak langs haar naar buiten. Ze had nauwelijks oog voor hen, noch voor hun lichte irritatie over het feit dat ze in de weg stond. Ze haalde een stuk toiletpapier uit haar vestzak, keek omhoog naar de veranderlijke hemel en snoot haar neus op een manier waaruit al haar ellende sprak. Een bus die onderweg was naar Stratford dreunde langs. Ze keek op haar horloge en schudde dramatisch haar hoofd.

'Jij bent te laat, hij is te laat,' zei Sylvia. 'Ik kan het net zo goed opgeven.'

Mia zette haar plastic tas neer. O jee, dacht ze, komen er tranen? 'Nou, ik ben er nu toch. En wie is hij?'

'Híj. Je weet wel. Die kerel.'

'Welke kerel?' Mia zag Sylvia's blik vol getergde frustratie. 'O, jezus. Natuurlijk, die kérel. Hoe heette hij ook alweer? Rob...?'

'Rob Eastwood. Hij woont in de buurt en hij wil graag aan de slag. Althans, dat heeft hij jou verteld, als je dat nog weet. Hij zou hier rond halftien zijn.'

'Ja, nu weet ik het allemaal weer. Hoe kon ik dat vergeten? Nou, die zit natuurlijk vast in het verkeer.'

'Chels, liefje, hij woont niet meer dan honderd meter verderop. Bij zijn moeder. Als hij zo laat is, betekent dat waarschijnlijk dat hij niet komt en dat hij heeft gelogen en dat we genaaid zijn en –'

Mia stak haar arm door die van Sylvia. 'We zijn helemaal niet genaaid. Wij laten ons helemaal niet naaien. Dit is een niet te naaien Centrum. Of onze man komt er zo aan en is kandidaat voor deze fantastische baan, of hij komt niet en zo iemand willen we dan ook niet. Welke kerel zou nou de kans laten lopen om aan de slag te kunnen met een paar supervrouwen als wij?' Hierom moest Sylvia ondanks zichzelf lachen. Ze liepen weer het kantoor binnen en Mia zette water op. Het liefst was ze nu de veters in haar nieuwe Nikes gaan rijgen om daarna een halfuurtje te genieten van de geweldige pasvorm. Gelikt, wit, schoon: precies goed. Maar ze zag wel in dat de manager van het belangrijkste alternatieve therapiecentrum van East Londen zelf toe was aan wat alternatieve therapie.

Sylvia liet zich op de bank vallen en legde haar voeten op een plastic stoel. 'Ben je gisteravond nog iets gaan doen na de kroeg?' vroeg ze aan Mia.

Na drie jaar had haar adjunct wel geleerd om dit soort vragen zo kort mogelijk te beantwoorden. Ze wilde niet liegen tegen Sylvia die genoeg van haar achtergrond wist om haar niet te veel vragen te stellen, maar ze wilde geen nabespreking houden van iedere nacht dat ze slecht had geslapen. Als elke dag van je leven een nabespreking wordt, had ze eens tegen Ringo gezegd, word je moe van jezelf: alles wat emoties veroorzaakt, elke herinnering die bij je opkomt. Ze had kunnen zeggen dat ze een sterke slaappil had genomen, een tijd van de wereld was geweest en wakker was geworden in de overtuiging dat ze een bezoek had gebracht aan de hel; een hel van de ergste, middeleeuwse soort. Dan zou ze de waarheid hebben verteld. Maar ze wilde haar gedrag niet verantwoorden, en ze hield van Sylvia omdat die zo snel had geleerd haar niet te veel op haar nek te zitten. De diepe band tussen de twee vrouwen was vooral gebaseerd op wat ze niet tegen elkaar zeiden. Ze schonk thee in.

'Daarna? Nee, ik heb geprobeerd naar een film te kijken, maar ik vond er niets aan. Ik had wel een nachtmerrie over Erica. Ik droomde dat ze in haar groene tricot naar mijn flat kwam, mijn geld stal en mijn gas en elektra afsloot.'

'Je mag erom lachen, meisje, maar nog een paar van dat soort dagen als gisteren, en je moet op zoek naar een horecabaantje. Die Erica zou een yuppenbaan moeten nemen, en niet zwangere vrouwen leren op hun hoofd te staan. Ze was genadeloos. Ik heb geen geld. Wat betekent dat wij geen geld hebben.'

'En die nieuwe vent dan?' Ze herstelde zich onmiddellijk. 'Ik bedoel, gesteld dat we hem aannemen.'

'Er is nog een heel klein beetje over van wat ik Vic betaalde. We redden het wel. Ik heb pas een brandbrief gekregen van de bank, maar dat is niet echt rampzalig. Ik heb gezegd dat we wat cashflow problemen hadden en die aardige meneer Webber van de afdeling kleinbedrijf zei dat we nog wel een maand of twee hadden.' Ze wachtte even en dronk haar thee op. 'Eerlijk gezegd maak ik me hier meer zorgen over.' Sylvia sprong van de bank en rommelde in een van de stapels papier op de planken, zachtjes in zichzelf vloekend totdat ze had gevonden wat ze zocht. 'Kijk,' zei ze, en ze gaf de brief aan haar adjunct. 'Dit baart me zorgen. Denk je dat dat nodig is? Zeg jij maar of je vindt dat ik me zorgen moet maken.'

Het was een brief van de gemeente, gedateerd op de afgelopen dinsdag, van ene Maureen Stove (mevrouw), Milieudienst, waarin de manager van het Echinacea Centrum werd gewaarschuwd dat het de gemeenteraad ter ore was gekomen dat hun bedrijf 'blijkbaar in gebreke bleef op een aantal punten wat betreft de planningsverordeningen en belendende woningen onder de nieuwe wetgeving'. Mevrouw Stove voegde eraan toe dat het Centrum boetes kon verwachten als de 'gebreken' – die onder de aandacht van de Milieudienst waren gebracht door een van de wethouders – niet op 'erkende wijze' werden opgelost. Het was, zo ging mevrouw Stove verder, haar 'droeve plicht om u ervan te verwittigen dat de wet sluiting van het pand eist wanneer de plaatselijke gemeente van oordeel is dat u in gebreke blijft, behalve als er sprake is van hoogst uitzonderlijke omstandigheden'. Ze ondertekende met 'de meeste hoogachting', en daaronder een ingewikkeld referentienummer.

'Verdomme,' zei Mia. 'Wat voor gebreken?'

'Ik heb geen idee. We hebben een paar jaar geleden problemen gehad met de fundering. De constructie zou niet veilig zijn of zoiets. Dat is eeuwen geleden, nog voordat we boven alles op orde hadden. Maar goed, toen bleek dat iemand van de gemeente niet zo blij was met bepaalde bijeenkomsten die hier werden gehouden, allemaal politiek. De hele kwestie werd vrij snel weer vergeten. Het was me eerlijk gezegd helemaal ontschoten. Ik kan wel zeggen dat dit niet het stevigste bouwwerk van de wereld is. Het was een ramp toen ik het kocht, en ik kon me niet veroorloven het van de grond af opnieuw te laten optrekken. Hier een lik verf, daar wat reparaties. Het is niet gevaarlijk. Ik heb geen idee waar dit nu ineens vandaan komt.'

'Iemand wil het ons lastig maken of iets duidelijk maken. Klootzakken.' Mia las de brief nog eens. 'Die mevrouw Stove is geen woordkunstenaar, dat is duidelijk. Moet je horen: "Hangende het onderzoek dient u verdere berichtgeving af te wachten onder de voorwaarden van de wet, in afwachting van de resolutie overeenkomend met het wetsartikel." Mooi, bedankt. Stop het hangende het onderzoek maar in je reet, mevrouwtje.'

Ze probeerde zich mevrouw Stove voor te stellen in het stadhuis achter haar tekstverwerker, tijdens het typen de woorden in zichzelf prevelend. Dunne lippen, een tikje te veel make-up. Een tweedelig mantelpak van Bhs en een fletse blouse. Platte schoenen en een thermoskan met thee naast zich. Ja, en zo'n bril die alleen wordt gedragen door valse types met een aanleg voor wreedheid die jarenlang is gevoed. Mevrouw Stove, in een bedompt kantoor, met haar bedompte leventje, haar haar naar achteren in een knot, brieven rondsturend met als enige doel zoveel mogelijk narigheid te verspreiden die je kon bedenken 'onder de wetgeving', om daarna naar de flat te gaan waarin ze samen met haar moeder woonde vanaf de dag dat meneer Stove een pakje sigaretten was gaan halen en nooit meer was teruggekomen. Mevrouw Stove, met haar bijgetekende wenkbrauwen, die de wereld laat boeten, 'hangende' het recht dat haar nooit werd toegezegd.

'Wat houdt dit in, Chels?'

'Niets, voorlopig. Ik denk niet dat dit een doodklap wordt. Meer een oefening in psychologische oorlogvoering, zou ik zeggen. Mevrouw jaagt ons op stang, en iemand anders zet haar daar weer toe aan. Laten we maar wachten of het overdrijft. Het laatste waar we op zitten te wachten, zijn raadsleden die hier in de muren komen prikken en vochtmetingen gaan uitvoeren.' Ze keek omhoog naar het plafond met zijn kantwerk van scheurtjes. Een inspecteur zou hier de tijd van zijn leven hebben, dat was waar. Het was van het grootste belang dat hier nooit een inspecteur binnenkwam. Maar Mia zag wel in dat haar werkgeefster haar vertrouwen niet deelde, en niet in staat was de bureaucratie zo geringschattend te beoordelen als haar adjunct. Sylvia was van een generatie die bureaucraten eerder als een vijand beschouwde dan als een lastig instituut dat je opzij moest schuiven. Mia zag in dat Sylvia diep vanbinnen geloofde dat deze brief het begin aangaf van een wrekende gerechtigheid. Alle joints die ze had gerookt, alle demonstraties waarin ze had meegelopen, alle pamfletten die ze had uitgedeeld: nu sloeg Big Brother eindelijk terug en hij zou met één haal van mevrouw Stoves wraakzuchtige pen alles vernietigen waarvoor zij had gewerkt.

'Neem me niet kwalijk – is een van jullie Mia, of Chels, of hoe je ook heet?' De twee vrouwen draaiden zich om. 'Ik wist niet zeker of ik moest kloppen. Ik ben Rob.'

'O, hallo. Kom maar binnen. Sorry, we zaten wat administratie te doen. Mijn naam is Sylvia. Ik ben de manager en ik geloof dat jij hebt gesproken met –'

'Mia, of Chels, of wat ook. Dat ben ik, ja. We hebben elkaar gisteren gesproken. Aangenaam.' Ze glimlachte opgewekt naar de jongeman en stak haar hand uit, die hij drukte op een manier die naar haar smaak iets te slap was. Hij was lang en blond, ongeschoren, zijn haar was eigenlijk iets te kort, en het gouden knopje in zijn linkeroor maakte meteen duidelijk hoe jong hij moest zijn. Eenentwintig? Tweeëntwintig? Niet ouder. De basketbalschoenen en verschoten spijkerbroek zeiden ook genoeg. Hij was breedgeschouderd, maar had niet de uitstraling van een zelfverzekerde volwassene. Toen hij het kantoor binnenliep, zag ze dat zijn ogen nerveus heen en weer schoten tussen hen twee. Hij ging bijna onmerkbaar steeds van de ene voet op de andere staan, waarbij hij de bladeren van een verwelkende rubberplant raakte. Was hij hiertegen opgewassen? Nee, nee, stop. Ze moest hiermee ophouden – of liever, met die gewoonte van haar oude beroep met zijn hoge octaangehalte. God, dacht ze, ik moet ophouden mensen op die manier te beoordelen. Die tijd is voorbij. We zijn op zoek naar iemand om de balie te bemannen en de lampen te vervangen, niet naar iemand die speeches kan schrijven voor een directeur, of naar een chef boekhouding die tachtig uur per week werkt.

'Fijn dat je gekomen bent,' zei Sylvia. 'Ga zitten. Ik vrees dat het hier een beetje een rommel is. Ik zou nu net kunnen doen alsof dat normaal gesproken niet zo is, maar dan zou ik liegen.' Mia haalde een stapel gekopieerde brochures van een stoel. 'Bedankt, Chels. Goed... Rob. Wil je thee?'

'Nee hoor, bedankt,' zei hij. 'Sorry dat ik zo laat ben. Ik... Nou ja, jij hebt niet gelogen, dus zal ik het ook niet doen. Ik heb me verslapen.' Hij lachte, een beetje te hard, en trok zijn leren jasje uit, een beetje te snel, waarna een mager lichaam met getatoeëerde bovenarmen te voorschijn kwam. Op zijn T-shirt stond te lezen: IK HEB DE WARWICK BIERCLUB KROEGENTOCHT OVERLEEFD! Mia voelde dat ze onwillekeurig haar neus optrok en probeerde zich te beheersen. Ze ging op haar handen zitten uit angst dat die haar zouden verraden. Ik zal hem in elk geval niet vragen wat voor studie hij heeft gedaan, dacht ze. Ik zal hem niet zo'n soort vraag stellen. Ik zal me braaf gedragen.

'Ja,' zei Sylvia. 'Nou ja, geeft niet. Je bent er nu. Dus, Rob, vertel me – vertel ons – eens hoe je over deze baan hebt gehoord.'

'Een maat van me zag hem staan in een tijdschrift en heeft hem naar me opgestuurd. De advertentie. Ik ben nog niet zo lang geleden afgestudeerd en hij wist – die maat van me – dat ik naar iets op zoek was in de buurt, dus, je begrijpt...'

In het sombere licht van het kantoor vroeg Mia zich af, terwijl ze door de stofdeeltjes, bevroren in de tijd door een eenzame zonnestraal, keek, hoe het kwam dat bepaalde dingen in het leven altijd zo irritant waren. De tijd bijvoorbeeld die het duurde voordat taxichauffeurs wisselgeld vonden, met veel gezucht en gesteun, alsof ze nooit eerder zoiets vervelend te doen hadden gehad dan muntjes teruggeven. Of de manier waarop stelletjes in de bioscoop praatten over wat voor frisdrank ze wilden, luidruchtig en langdurig. Of bloemisten die altijd commentaar leverden op de persoonlijke boodschap die je op het kaartje wilde hebben, alsof hun mening voor jou van belang was. En nu dus Rob.

'Wat heb je gestudeerd?'

Sylvia wierp Mia een vragende blik vol afschuw toe. Waarom wilde haar adjunct dat weten? Mia wist het zelf niet goed. 'Ik geloof niet dat dat er iets toe doet, Rob, maar vertel eens wat over jezelf.'

Hij zond Mia een doordringende blik vol vijandigheid, zijn blauwe ogen spuwden ineens vuur. Die blik maakte duidelijk, voor het geval ze het zich afvroeg, dat hij haar doorhad. Waarschijnlijk had hij haar al door toen hij haar de dag daarvoor aan de telefoon had gehoord. Het Oxford-meisje, om de een of andere reden verdwaald in Mile End: Mia, of Chels, of hoe je ook heet. Het was een blik vol geamuseerde verachting en verbazing over het feit dat ze met zo'n zwakke openingszet kwam. Ze meende dat zijn East End accent een tikje sterker werd. 'Ik heb politicologie gestudeerd, als je het wilt weten.'

Ze bloosde om zijn brutale toon, en kreeg het gevoel dat alle kracht in deze kleine ruimte uit haar naar hem toe stroomde. 'Nee, Sylvia heeft volkomen gelijk. Ik was alleen maar nieuwsgierig. Maar ga verder. Je zei dat je hier in de buurt woont.'

'Dat klopt.' Hij praatte tegen Sylvia, en vouwde zijn handen achter zijn hoofd. 'Nadat ik was afgestudeerd, ben ik terug naar huis gegaan. Mijn moeder is op leeftijd, dus die is wel blij met wat gezelschap. En ik vind het niet erg. Mijn vader is jaren geleden onder curatele gesteld, dus wij redden het wel, mijn moeder en ik. We moeten wel, denk ik. En voorlopig woon ik daar prima. Het is wel een beetje klein. Ik wil er eerlijk gezegd overdag wel graag uit.' Hij trommelde met zijn vingers op de rand van de tafel, en veegde er verstrooid wat stof af.

'Weet je veel af van alternatieve therapie?' vroeg Sylvia.

Mia zag hem een beetje gespannen worden. 'Nou, ik heb ooit aan yoga gedaan. Of althans, ik had een vriendin die dat deed. Ik ging 's ochtends naar de les, vlak naast ons. Een heleboel studenten hielden zich bezig met kristallen en aromatherapie. Wat kan ik ervan zeggen? Ik ben geen expert. Ik bedoel, ach ja, ik lees de kranten, dus ik weet er wel een beetje van. Niet veel. Is dat van belang?'

'Luister, Rob,' zei Sylvia, 'waar het om gaat is, we hebben hier een man – ik bedoel iemand – nodig. We hadden een geweldig goeie vent die... nou ja, dat doet er nu niet meer toe. Maar waar het om gaat is dat we iemand nodig hebben die het een en ander regelt, die aan de balie helpt, de boel op orde houdt. We hebben veel klanten. Het is een drukbezet gebouw en het moet een beetje ordentelijk worden gehouden.'

'Dus, ik zou... conciërge worden?'

Ja, dacht Mia, dat klopt, jongetje, je zou conciërge worden, hulpconciërge dan. En na tien jaar zou je misschien de echte titel krijgen, als we in een grootmoedige bui zijn. Als we je dan niet hebben ontslagen vanwege je tatoeages en je oorbel. En als we de Bierclub Kroegentocht hebben overleefd.

'Hemel, nee,' zei Sylvia. 'Nee, je zou... assistent-manager worden. Chels is adjunct-manager, dus jij zou assistent-manager zijn. Klinkt dat goed?'

'O, ja hoor,' zei Rob, en strekte zijn benen uit, waarbij hij niet doorhad dat hij een stapel oude *Time Outs* omver schopte. 'Klinkt best.'

'Ik ben ervan overtuigd dat je tijdens het werk wel wat zult oppikken van de ethiek – je weet wel, onze waarden. We hebben hier absoluut een aantal waarden. Het is niet zomaar een bedrijf. Er is ook een tamelijk heterogene clientèle. Sommigen zijn jonge professionele mensen, anderen zitten meer in de spirituele hoek, er zijn mensen uit de buurt, allerlei andere mensen. Wat heb jij voor interesses, Rob?'

Hij haalde zijn sigaretten te voorschijn en legde er een op zijn onderlip, in een pijnlijke imitatie van James Dean. O nee, dacht Mia, kon het erger? 'Ik probeer eigenlijk met een band aan de slag te gaan.' Ja, dat kon. 'Daarmee hou ik me 's avonds bezig. We hebben een paar optredens gehad. Ik bedoel, dat ging best wel. Maar ik moet een paar dagen per week werken terwijl ik dat op poten zet. Ik kan niet van de steun leven. Mag ik roken?'

'Ja, maar niet hier,' zei Sylvia. Ze lachten om deze flauw kwinkslag, terwijl hij zijn Marlboro Lights weer in zijn jaszak stopte. 'Sorry, maar de cliënten nemen tegenwoordig als vanzelfsprekend aan dat er niet wordt gerookt in het Centrum.' Ze boog zich naar voren en, tot Mia's afgrijzen en Robs zichtbare vermaak, tikte ze hem op zijn knie. 'Tussen ons gezegd en gezwegen, ik wil er hier nog wel eens een opsteken als we dicht zijn. Maar je weet hoe het tegenwoordig is.'

'O ja, zeker,' zei hij, en hij knikte geestdriftig. 'Ik ken dat. Er waren enorme ruzies over op de universiteit. Hier mocht je niet roken, daar mocht je niet roken. Ik was er bijna mee opgehouden. Maar niet helemaal.' Sylvia lachte – op een manier, besefte Mia met een lichte schok, die iets kokets had.

Een gevoel van onbenoembare verlatenheid bekroop haar. Ze zag dat Sylvia hem wel mocht, wat betekende dat hij de baan kreeg. Waar zij iets prikkelbaars en lamlendigs had bespeurd, had haar werkgeefster jongensachtige charme gezien en het vooruitzicht op een lichte flirt die haar dagen zou opvrolijken. Ze keek met enige berusting naar Sylvia, die al haar charmes in de strijd wierp terwijl ze hem vertelde wat deze baan inhield en waar hij recht op had. Ze nam niet de moeite hem te vragen of hij ook iets van boekhouding of computers af wist. Het zou geen verschil hebben gemaakt of hij nu een volledig gediplomeerd accountant was gebleken of iemand die zijn eigen naam nog niet kon spellen. De teerling was geworpen, en daarmee uit.

Mia zag ook dat Rob doorhad dat hij hier goed zat. Waarschijnlijk hield hij haar en Sylvia voor een stel ouwe vrijsters, de een jong en gespannen, de ander overjarig en knettergek. Maar dat zou hem er niet van weerhouden het Centrum voor een poosje tot zijn basis te maken, een comfortabel oponthoud, totdat hij zijn moeder niet langer kon verdragen of succes kreeg met zijn band. Toen ze Sylvia zag dansen op Vics graf werd ze een beetje misselijk. Maar ja, het was allemaal haar eigen schuld. Haar vraagje naar zijn academische achtergrond – die grote mond van de Oxford-student in haar had alles verpest – had hem onmiddellijk aan Sylvia gebonden. Vic? Welke Vic? Op dat moment was het tijdperk van Rob begonnen, toen zij haar mond niet had kunnen houden. Zijn triomf was compleet.

'Nou, Rob,' hoorde ze haar werkgeefster zeggen, 'heb je een nummer waarop we je kunnen bereiken? Om het je te laten weten?' Ze stonden al overeind, en lieten Mia daar zielig zitten als een patiënt die het nieuws van een vreselijke diagnose zit te verwerken. 'Weet je wat, geef het maar aan Chels. Die zal vanaf nu de zaak verder behandelen.'

'O, prima,' zei hij, terwijl hij zijn jasje aantrok. Hij pakte een stukje papier en schreef zijn nummer op. 'Alsjeblieft – Chels was het toch?'

'Ja,' zei ze, met meer nadruk dan haar bedoeling was geweest. 'Ik bedoel, iedereen hier noemt me zo.'

'Goed,' zei hij. 'Wanneer hoor ik het?'

'O, heel –' Sylvia ving Mia's blik op en schakelde over naar een andere versnelling. 'Nou ja, binnenkort. Nadat we de andere kandidaten hebben gezien. Je weet wel.'

Rob wist dat ze stond te liegen, maar speelde het spel mee. 'Natuurlijk. Ik begrijp het. Het is een aantrekkelijke baan. Ik zal ervoor duimen.'

'Ik laat je even uit,' zei Sylvia.

'Tot ziens,' zei Rob. 'Ik hoop binnenkort.' Hij glimlachte naar Mia terwijl hij vertrok. Verbeeldde ze het zich, of knipoogde hij? Nee, dat zou echt te erg zijn.

Alleen achtergebleven, greep ze naar de plastic tas met haar sportschoenen als naar een reddingsboei. Ze haalde de doos eruit en keek erin. De geur en de textuur van de nieuwe schoenen hadden iets geruststellends. Dit zou een geschikte dag zijn geweest om zich ziek te melden. Dan had ze thuis kunnen blijven en de hele dag tv kunnen kijken, naar allemaal kookrecepten en -adviezen en tweederangs soaps. Nu had ze moeten kijken naar haar werkgeefster, de matriarch van Nantes Street, kronkelend aan de voeten van een man die nog niet half zo oud was als zij, in een biershirt en met basketbalschoenen, die dreigde 'een bandje op te zetten'.

'Wat is er nou precies met jou aan de hand?' Sylvia, die zojuist nog beneden tegen de deur aan had gehangen, stond nu in de deuropening met haar handen in haar zij, verontwaardigd en – zoals zij het zou noemen – *empowered*.

'Niets,' antwoordde Mia, die overeind kwam om aan een terechtstelling te ontsnappen. 'Er is niets met mij.'

'Gelul,' zei Sylvia, en ze blokkeerde de doorgang. 'Je kon hem niet uitstaan. En ik begrijp absoluut niet waarom. Hij is toch aardig genoeg?'

'Aardig genoeg? Dat is zacht uitgedrukt. Je lag aan zijn voeten. En ik maar denken dat we bezig waren met een sollicitatiegesprek. Het had meer iets weg van een blind date. Zoek de volgende keer wel een ander als chaperonne.'

'Je hebt wel lef, jongedame. Je weet heel goed dat we geen betere kunnen krijgen. En je hebt hem bijna weggejaagd met je arrogante gevraag naar zijn studie. Wat maakt het verdomme uit wat hij heeft gestudeerd? Hij moet aan de balie staan en met Ted en Irene praten, hij moet Erica opkalefateren als ze humeurig wordt, en de workshopruimten schoonhouden. Voor een paar rotcenten. Het is van geen enkel belang of hij computerwetenschap heeft gedaan, of pottenbakken, of wat ook. *Het maakt me niet uit.* Ik heb alleen maar iemand nodig die hier werkt.'

'Best. Dan hoeven we er verder niet over te discussiëren, toch? Jij hebt blijkbaar al een besluit genomen. Dan ga ik nu weer aan het werk, als je het goedvindt.'

'Luister nou, Chels –'

Ze liep om Sylvia heen. 'Nee. Jij moet even luisteren. Ik ga nu met mijn werk verder. Als jij nog vragen hebt, neem je ze maar door met je nieuwe *assistent-manager*.'

Er waren geen klanten in de winkel, dus besloot ze naar buiten te gaan en een frisse neus te halen. De ruzie zou waarschijnlijk even snel weer overwaaien als hij was opgelaaid. Maar ze wilde Sylvia een heel klein beetje zenuwachtig maken over haar overwinning, haar laten boeten voor wat er was gebeurd. Ze wist zeker dat ze zelf later die dag Rob zou moeten bellen om hem de baan aan te bieden. Dat was haar straf. Maar ze wilde het haar werkgeefster niet te gemakkelijk maken. Wat Sylvia had laten zien was niets anders dan de transformatie van een tweemanschap in een driemanschap. Rob, die duidelijk niets had van Vics volgzaamheid of zijn gewoonte om zich op de achtergrond te houden, zou het nieuwe, onstabiele element worden in de leiding van het Centrum. Van twee waren het er drie geworden, met alles consequenties van dien. Sylvia wist niets van dit soort dingen, maar Mia, die negen jaar kantoorpolitiek achter de rug had, wist het maar al te goed. Nou, ja. Ze had haar best gedaan, en toevallig pakte dat heel slecht uit.

Het was een prachtige dag geworden. De zon die werd weerspiegeld in de ruiten aan de overkant deed pijn aan haar ogen en maakte bijna dat ze op haar schreden terugkeerde. In plaats daarvan besloot ze Ringo op te zoeken, die altijd goed gezelschap was na een ruzie in het Centrum. Hij kon goed luisteren, die Ringo. Dat deed hij tijdens zijn werk en in zijn vrije tijd, waardoor hij zich een goede vriend betoonde.

Door haar eigen gedachten in beslag genomen, merkte ze pas toen ze dichter bij de winkel kwam dat Ringo gezelschap had. Voor Monsoon Records stonden Aasim en drie van zijn vriendjes al rokend vol bewondering te kijken naar wat duidelijk de nieuwe scooter van hun leider was. Een van hen was Ali, Aasims jongere, onnozelere broertje. Het voertuig was van schitterend metaal, een Vespa met een gelikte schoonheid en, zoals alles wat Aasim bezat, smetteloos. Zelfs zijn kleren, vond ze, waren van een andere orde dan die van zijn handlangers. Zijn broeken glommen meer en waren perfect geperst, zijn Adidas truien met capuchon waren nieuwer, zijn Kangol petjes waren minder smoezelig en gerafeld. Hij hield van de buurt waar hij vandaan kwam en van de heerschappij die hij er uitoefende. Maar hij was ontstegen aan het vuil en de smerigheid. Hij had zich meester gemaakt van dit gebied door zich te bevrijden van de lelijkheid ervan. Bij een andere tiener zouden de piercing in de wenkbrauw en de kaalgeschoren kop bespottelijk hebben gestaan, maar bij Aasim waren dit uitingen van dreiging. Hij was klein, niet langer dan een meter vijfenzestig, maar de vriendjes die om hem heen zwermden, waren niet de enige mensen in de buurt die bang van hem waren. Hij wist anderen zenuwachtig te maken en hij had alleen respect voor geweld. Dat was de reden waarom hij Ringo tergde: omdat die niemand kon of wilde tolereren, en zeker geen Aziaat, die niet voor hem wilde buigen. Totdat Ringo zich aan hem onderwierp, zouden zijn ruiten worden ingegooid en zijn muren beklad. Zo werkte dat.

Tot grote blijdschap van zijn drie handlangers liet Aasim zijn scooter steeds harder lopen, tot het lawaai oorverdovend werd, waarbij hij zijn gouden tand bloot lachte. Ali schreeuwde iets naar zijn oudere broer. Ze zag dat Aasim een bijpassende ketting droeg, die volgens haar nieuw was, en dat zijn handen meer sieraden droegen dan ze eerder bij hem had gezien. Verwijfd ventje, dacht ze. Je bent net een meisje in Essex op zaterdagavond. Maar durfde ze hem dat te zeggen? Waarschijnlijk niet. Nog niet, in elk geval. De drie handlangers barstten in lachen uit toen Aasim iets tegen Ali fluisterde, wat voor iedereen hoorbaar bleek ondanks het gebrul van zijn scooter. Arme Ringo. Ze vroeg zich af of hij zich in de winkel stond te verbijten en net deed of hij de provocatie buiten niet opmerkte.

Zodra Aasim haar in het oog kreeg, zette hij zijn motor af. Hij had haar al een paar keer bij Ringo naar binnen zien gaan, of met hem op weg naar een kroeg, en had haar gebrandmerkt als medeplichtige van de Gujarati. Ze hadden nauwelijks een woord met elkaar gewisseld, en ze had daar ook totaal geen behoefte aan. Ze voelde de felle blik van zijn panterogen terwijl ze hun kant op liep, en wenste dat ze zich niet zo onbehaaglijk voelde.

'Op zoek naar je vriendje?' vroeg hij toen ze hen passeerde.

'Nee,' antwoordde ze, zonder na te denken en zonder hem aan te kijken. 'Jij?'

Een van de makkers lachte om deze *lèse-majesté*, en hem werd in het Bengali razendsnel het zwijgen opgelegd. Ze draaide zich niet om, maar ze hoorde Aasim vol razernij op de grond spugen en 'teef' sissen, net hard genoeg. Ze duwde de deur open en merkte dat een houten plaat de ingeslagen ruit had vervangen. Ze was blij dat ze binnen was.

Ringo zat achter de toonbank een tijdschrift te lezen en keek op. 'Christus, heb je een geest gezien?'

Ze schoot in de lach. Hij draaide hiphop – Dr. Dre, als haar ongeoefende oor haar niet bedroog – wat bewees dat hij van streek was. Maar zijn uitdagende houding maakte indruk op haar. Vlak voor zijn winkel stonden vier gespierde tieners die duidelijk lieten merken dat ze zijn zaak aan puin wilden slaan en hem in elkaar wilden trappen. En daar zat hij, rustig bladerend in de *Q*, naar zijn favoriete muziek te luisteren. Een stapel ongesorteerde maxi-singles, de dagelijkse zending die nog niet aan Ringo's strakke indeling was onderworpen, stond verwijtend naast hem.

'Geen geest, alleen maar een gangster. Jezus. Ik ben blij dat ik het er levend van af heb gebracht. Hoe kan iemand die zo klein is als Aasim zo angstaanjagend zijn?'

'Hij is niet angstaanjagend. Hij is alleen een gore hufter.'

'Een interessant onderscheid, vriend. Hoe lang staan ze daar al?'

'Een halfuur, denk ik. Jemig. Wil je nog eens naar hem kijken op zijn scooter? Wat doet hij?'

'Nee, ik heb voor deze dag genoeg naar Aasim gekeken, bedankt.'

'Nou, hij kijkt anders nog wel naar jou.' Ringo lachte. 'Hij kijkt zelfs... ik denk dat hij je wel een lekker ding vindt.'

Ze pakte het tijdschrift op en begon hem ermee te meppen terwijl hij dubbelsloeg van het lachen. 'Weet je wat jij kunt, Ringo?'

'Nee, genade, genade! Goed, ik geef het toe. Hij vindt je geen lekker ding. Echt.' Hij stond weer recht.

'Dank je feestelijk.'

'Nou ja, voorzover ik weet dan. Niet heel erg, in elk geval.'

Ze deed alsof ze hem weer een klap wilde geven.

'Nee joh, ik maak maar een geintje. Niets meer dan een geintje. En wat doe jij hier?'

'Jou opzoeken. Ik verveelde me. En ik ben kwaad. Alle drie.'

'Weer problemen?'

Ze vertelde hem over Rob en wat er was gebeurd. Terwijl ze de voorvallen van die ochtend beschreef en hem zag grijnzen, besefte ze dat ze zich druk maakte om niets, en dat ze het sneller met Sylvia zou moeten goedmaken dan ze van plan was geweest. Waarom was boos blijven moeilijker naarmate je ouder werd? Tien jaar geleden zou ze een week weggebleven zijn na zo'n kleinerende, althans in haar ogen kleinerende, opmerking. In Oxford had ze eens een heel trimester de hoofdstraat gemeden om een jongen bij Brasenose af te straffen die haar had willen versieren en in haar ogen te ver was gegaan. Ze waren elkaar rond hun vijfentwintigste weer tegengekomen op een feestje in Notting Hill en toen zij hem haar verontschuldigingen had aangeboden, kwam ze erachter dat hij al een paar dagen na hun ruzie in Londen een model had leren kennen met wie hij een korte maar uitermate aangename verhouding had gehad. Mia was ook daarover kwaad geworden. Maar nu, minder dan een uur na haar aanvaring met Sylvia, betreurde ze haar koppigheid en maakte ze zich ongerust dat ze een waardevolle vriendschap had geschaad. Ringo stelde haar gerust, waardoor ze zich nog rotter voelde. Dit was een man die werd belegerd door de meest afgrijselijke vandalen uit de buurt, die erover dacht om denkbeeldige gangsters geld te geven om hem te beschermen, maar die nog wel in staat was om haar te steunen bij haar belachelijk triviale problemen. Misschien was Rob wel niet zo slecht, opperde hij. Waarom zou ze hem geen kans geven?

Ja, waarom eigenlijk niet? Ze keek uit het raam en zag dat Aasim en zijn groepje nog steeds naar hen stonden te kijken. De vier bendeleden zeiden geen stom woord terwijl ze hun prooi gadesloegen. 'Word je daar niet gek van?' vroeg ze.

'Wat?' Hij kwam achter de toonbank vandaan. Ze zag dat hij op blote voeten liep.

'Dat. Zij daar. Dat ze zo naar binnen kijken. Ik zou er niet tegen kunnen.'

'Eigenlijk was ik van plan de winkel te sluiten. Je weet toch dat ik met Sanjay naar de film wilde? Hij heeft een dagje vrij van school dus hij komt hierheen en dan neem ik hem mee. Een film die hij dolgraag wil zien. Hij is dol op films, die jongen.' Hij keek naar haar en legde zijn hand op haar schouder. Het was een hartelijke aanraking. 'Waarom ga je niet met ons mee? Kom, ga het goedmaken met Sylv, bel je nieuwe vriend op en zeg hem dat hij die baan krijgt en neem deze middag verder vrij. Dat wordt lachen. Een dagje uit in Hoxton.'

Dit was zo'n goed idee dat ze meteen naar het Centrum wilde hollen. Dat betekende nogmaals een confrontatie met de groep van vier. Maar het was de moeite waarde: een snelle oplossing van de problemen van die ochtend en een middagje plezier in het verschiet.

'Oké. Oké. Dan ga ik nu meteen.'

'Zou ik maar doen. Ik ben nog wel een uurtje hier. Ik haal je wel op.'

Ze beende de platenzaak uit, en liep met haar hoofd naar beneden langs de jongens. Hun stilzwijgen bezorgde haar een misselijk gevoel, en toen ze dichter bij het Centrum kwam, waren de krijsende lach van Aasim en het triomfantelijke draaien van zijn scooter voor haar een opluchting. Liever dat lawaai dan die stilzwijgende broeierigheid. Tegen de tijd dat ze bij het portiek van het Echinacea kwam, rende ze bijna, en het kon haar niet schelen wie het zag.

In het winkelgedeelte rook ze al de zware geur van lavendel, en ze wist meteen wat er was gebeurd en wat haar te doen stond. Alleen tijdens haar moeilijkste uurtjes gebruikte Sylvia overdag haar geurbrander, en het zware aroma dat tot in de winkel doordrong, gaf aan dat ze de boel was ontvlucht met vele druppels van haar favoriete etherische olie in het water en het kaarsje eronder dat ze ongetwijfeld met trillende handen had aangestoken. Er stond niemand achter de balie, maar dat gaf niets omdat er toch geen klanten waren. Boven hoorde ze het gedempte geluid van een zingende groep. Mia tilde de grendel op en ging naar binnen.

Sylvia zat als een hoopje ellende op de bank. Er lag een stuk wc-papier van het kussen naar het zakje van haar vest en, hoewel haar hoofd opzij was gedraaid, zag Mia dat haar ogen rood waren. Ze hield haar handen in elkaar geklemd en had niet gemerkt dat haar waarneemster was binnengekomen. Rook kringelde omhoog uit de brander naast haar, en zweefde troostvol weg. Het rook er alsof er een lavendelfabriek was ontploft. 'Hé,' zei Mia. Sylvia keek om en meteen weer terug, in verlegenheid gebracht door haar geëmotioneerde gedrag en het belachelijke figuur dat ze naar haar eigen idee sloeg.

Op zulke momenten – en daarvan waren er zat geweest in de afgelopen drie jaar – was Mia altijd bang dat ze in lachen zou uitbarsten vanwege het gebrek aan veerkracht van haar werkgeefster, en liep ze over van medelijden. Sylvia was geen flinke vrouw, en ze beleefde alles heel intens. Een woordenwisseling met haar betekende altijd dat ze haar zou kwetsen. Ze beschikte over geen enkel verweer en miste de regenererende kracht die Mia altijd bij iedereen als vanzelfsprekend had aangenomen voordat ze Sylvia leerde kennen. Zij had geen emotioneel immuunsysteem. Rationeel gesproken irriteerde het Mia dat een volwassen vrouw zo tragisch kon doen over zo iets onbelangrijks, dat ze zich zo gemakkelijk door kleine dingetjes uit het lood liet slaan. Maar ze was bereid om Sylvia veel te vergeven, omdat ze haar iets was verschuldigd dat ze haar nooit zou kunnen teruggeven. Ze liep naar haar toe waarop haar werkgeefster instinctief in elkaar kroop, en legde vervolgens een hand op Sylvia's schouder, die huiverde onder de aanraking.

'Ik wou alleen maar zeggen dat ik een ondankbaar, verwend nest ben, en ik bied je onvoorwaardelijk mijn excuses aan.' Ze wachtte even. 'Nou, hoe klinkt dat om te beginnen?'

Sylvia's tranen begonnen weer te stromen, maar deze keer met een lachje. Ze pakte een stuk toiletpapier en snoot luidruchtig haar neus.

'Dat kan er maar beter uit zijn. Heb je hier alleen gezeten?'

Sylvia knikte en keek haar aan. Ze zag er afgrijselijk uit, als een oorlogsweduwe of een eenzame vrouw die in het politiebureau zit te wachten. Haar leven wordt bijeengehouden met stukjes touw en plakband, dacht Mia. Het kan door de kleinste beweging uit elkaar vallen, onopgemerkt in stukjes op de grond liggen, totdat iemand ze komt opvegen en wegbrengen. Elk van deze voorvallen, betekende een kleine tragedie voor Sylvia, een dramatisering van haar grotere mislukkingen en de eenzaamheid die vanbinnen sluimerde, zoals het kind dat ze nooit zou krijgen. Ik moet voor haar zorgen, dacht ze. Ik moet voor haar zorgen, zoals zij voor mij heeft gedaan.

'Ik heb me als een idioot gedragen. Je hebt helemaal gelijk. Hij zal het hier prima doen, en we hebben hem nodig. Laten we het onder ogen zien, we hebben een kerel nodig.' Zo, nu had ze het gezegd.

Sylvia knikte weer.

'Dus als ik hem nu opbel, word je dan weer vrolijk?'

Weer een knikje.

'Goed dan, afgesproken. Maar ik wil vanmiddag wel vrij hebben. Ringo's neef komt en ik heb beloofd de dag met hen door te brengen. Is dat goed?'

Knik, knik.

Mia haalde het snippertje papier met Robs telefoonnummer te voorschijn. Ze vouwde het open en zag tot haar afgrijzen dat hij eronder had geschreven: 'Mia/Chels/Hoe je ook heet: lach! Misschien komt het er nooit van.' Besefte hij dat het er nu al van kwam? Had hij doorgehad dat hij het zou worden? Waarschijnlijk niet. Maar dat was haar probleem, niet het zijne. Haar taak was om het goed te maken met Sylvia en de orde te herstellen in het wereldje van het Echinacea. Bovendien was ze bang dat een van hen, overweldigd door de lavendelgeur, zou flauwvallen.

Diep ademhalen. Ze toetste het nummer in, en er werd bijna onmiddellijk opgenomen. 'Hallo, met Rob.' Hij klonk zo precies als een telefonische verkoper, zo opgewekt en behulpzaam dat ze geneigd was te zeggen dat ze wel belangstelling had voor die cd's uit de jaren zeventig waarvoor reclame werd gemaakt op de tv, en ja, ze had haar creditcard bij de hand. Maar ze vermande zich en ging door. 'Ja, hoi, met Chels van het Echinacea Centrum.'

'O, hallo. Ik verwachtte niet zo snel al van jullie te horen.'

O jawel, dat deed je verdomme wel. 'Nou, je hebt een goede indruk gemaakt op – op ons. We zouden het fijn vinden als je de baan aanneemt.' Ze herinnerde zich de toneellessen op de middelbare school: deze keer met gevoel, Mia. 'Echt heel fijn.'

'Geweldig. Dat is fantastisch. Ik ben er helemaal klaar voor. Bedankt. En wanneer moet ik beginnen?'

'Hoe eerder hoe beter.' Ze zag Sylvia heftig knikken. 'Sylvia zit heftig te knikken! Wat dacht je van maandag?'

'Geen probleem. Geweldig. Nou, dan zie ik jullie maandag.' Hij aarzelde even. 'Dag, Chels.'

Ze beheerste zich en was blij dat ze dat zo goed kon. 'Ik kijk ernaar uit. Tot ziens dan.' Klik.

De klus was geklaard. Rob was binnengehaald en Sylvia klaagde niet meer. Mia had aan het verzoek van haar bazin voldaan en had zo hoog over hem opgegeven als ze maar over haar lippen kon krijgen. Hoe zou het zijn om deze puberale Neanderthaler in te werken? Zouden er nog meer ergerlijke T-shirts volgen, nog meer verhalen over die nieuwe band, nog meer geflirt met de hulpeloze Sylvia? Waarschijnlijk wel. Zeker. Maar dat was iets voor later. Ze had het schip door onstuimige wateren geloodst en kon nu rustig aan het roer gaan zitten.

Sylvia stond op en kwam naar haar toe om haar te omhelzen. 'Bedankt. Ik meen het.' Ze snufte. 'Het zal prima gaan, ik beloof het je. En ik beloof dat ik niet zo moederlijk zal doen. Het spijt me als ik me belachelijk heb gemaakt. Ik kon gewoon niet geloven dat we van het probleem af waren. Je weet hoe ik ben. Ik liet me erdoor meeslepen.'

'Ik weet hoe je bent.' Mia glimlachte naar de verfomfaaide vrouw die voor haar stond. 'Daarom werk ik hier. En nu we een grote sterke man in huis krijgen, hoef ik niet half zoveel werk meer te doen. En nu laat ik je rustig dromen over je geweldige nieuwe werknemer, en knijp ik er voor de rest van de dag tussenuit. Adios.'

Zij en Ringo reden samen in zijn gedeukte Fiat naar Shoreditch en parkeerden aan het eind van Columbia Road. Ze liepen langs de St. Leonard-kerk en keken naar de moeders die in het onverwachte zonnetje met hun kinderen in het plantsoen van de kerk zaten. De tulpenbedden zagen er grauw en verdord uit, en het was moeilijk je de kleurenuitbarsting voor te stellen die hier in de lente te zien was. Op een van de bankjes, iets voorbij de schutting van het café met de nep-Tudorgevel, zat Stomme Tommy, kennelijk in slaap of in contact met een hogere macht. Hij had een sjaal rond zijn nek en mond gewikkeld en leek daaronder zwaar te ademen. Hij was van zijn gebruikelijke route afgedwaald, dacht ze, voordat ze besefte dat ze geen idee had wat Tommy's dagelijkse route eigenlijk was. Het was – hoeveel? – een halfuur lopen vanaf de kerk naar het Centrum, misschien twee keer zo lang als je in Tommy's tempo slofte en om de honderd meter bleef stilstaan om iets op te pakken of weg te gooien. Maar wat maakte dat uit als je vierentwintig uur te besteden had, zeven dagen per week? Het was een tocht zonder consequenties, van de ene plek naar de andere. Wanneer je wereld een basis miste, waren alle plekken hetzelfde, en had tijd niet veel meer te betekenen. Misschien stopte die wel helemaal, dromden alle momenten samen tot een kleurloze seconde op het geluid van een verre zucht. Ze wilde naar Tommy zwaaien, besefte toen dat hij te ver weg en te ver heen was.

Ze staken de straat over tegenover de oude ijzerfabriek, en liepen langs een stripclub die zichzelf aanprees als 'Londens beste nachtclub voor heren – Amerikaanse stijl!'. Bussen en vrachtwagens reden grommend over de kruising, waarbij ze wolken uitlaatgas in de gezichten van de voetgangers bliezen. Bij de verkeerslichten keek ze toe hoe een roekeloze fietser, uitgedost in het geel, probeerde voor een tankwagen langs te gaan en pas op het laatste moment uitzwenkte. Het scheelde maar een haar of het was een bloedbad geworden. De kakofonie van claxons vulde de lucht terwijl de razende stoet voortsnelde vanaf Old Street onder de brug door, met zijn vreemde muurversieringen van maaltijden van over de hele wereld, en het motto 'Samen succesvol' ongerijmd boven de krioelende jungle. Op een van de zuilen langs de brug had iemand 'Frank Bruno was hier' geschreven, in grote zwierige letters. De verf leek nog vers.

Ringo liep iets voor haar uit, een merkwaardige, soepel voortstappende figuur op zijn sandalen, met een T-shirt dat was gekrompen in de was en meer van zijn middenrif bloot liet dan hem lief was. Ze liepen naar Hoxton Square, langs twee enorme, smerig stinkende afvalcontainers, met eromheen bierflesjes die bezoekers van clubs die nacht hadden achtergelaten. Ze keek omhoog naar de hemel waar de metalen vingers van een vuurrode kraan samen met de bladloze bomen de hemelsluizen wenkten zich te openen. Ze waren vroeg, dus liepen ze door de tuinen naar het midden van het plein, langs een blinde man met een platte pet die op de grond bij de drinkfontein zat. Hij verroerde zich niet, maar een stuk gescheurd karton naast hem verklaarde hem tot 'Fred, oorlogsveteraan'. De kleine accordeon die ertegenaan leunde, wees op een uitvoering voor geld, net voltooid of nog niet begonnen, hoewel het plein verlaten was, op een man na die zijn speelse terriër uitliet. Hij riep de hond na, die als een dolle van de ene hoek van het stukje groen naar de andere rende, alsof dit zijn enige uitje van het jaar was.

Zij en Ringo liepen langs de gedrongen Augustijner kerk en tuurden naar binnen om te zien of er iets gebeurde, en deden hetzelfde bij de sportschool waar reclame werd gemaakt voor 'Bruce Lee Kung Fu'-lessen. Maar het plein was uitgestorven, of in elk geval niet erg in trek bij bezoekers. Net als de hedonisten die het 's nachts bevolkten, sliep het zijn kater uit, zonder enige belangstelling voor de twee bezoekers die eroverheen slenterden terwijl de middag verstreek. Bij de rij gebouwen waarin zich de bioscoop bevond, was een onmetelijk diepe put die Mia nooit eerder had gezien. Het metselwerk van het laatste gebouw, gemarkeerd met een kalkachtige witte substantie, bood vreemd genoeg toegang tot een regelrechte duik in de diepte van dit nieuwe graafwerk: zes meter? Negen? Er stonden bulldozers en een keet, maar geen werklui. Het zag er niet zozeer uit als een bouwterrein als wel als de krater die achterblijft na een bom, vol puin en onnatuurlijk. Iemand was diep onder de huid van Londen aan het spitten, tilde de huid van de stad op om de blauwgrijze pezen en oeroude, uitstekende botten bloot te leggen.

Ringo draaide zich om van het ijzeren hek en zag zijn neef hun kant uit komen. Hij riep hem. De tiener versnelde zijn pas, zonder acht te slaan op de terriër die, snakkend naar erkenning of een spelletje, achter hem aan draafde. Mia had Sanjay een of twee keer ontmoet, maar nooit enige familiegelijkenis kunnen ontwaren. Hij was de enige zoon van Ringo's oudere zus, die in Enfield woonde en zelden bij haar broer op bezoek kwam. Maar neef en oom waren erg op elkaar gesteld, ze waren hartelijk en dol met elkaar. Een jaar eerder had Sanjay nog van dat babyvet gehad dat vijftienjarigen kunnen hebben. Ze herinnerde hem zich als een onhandige, grillige jongen die Ringo aanbad, maar niets had van het rustige van zijn oom. Ze hadden het over familieaangelegenheden gehad, en verder over niet veel anders. Bij die gelegenheid was Ringo niet langer de obsessieve dj geweest en had hij zich gewijd aan de wereldse plichten van een oom.

Maar Sanjay was in een jaar veranderd. De jongeman die zich bij hen aansloot bij het bouwterrein was magerder en beter verzorgd. Zijn kleren – dure sportkleding – omsloten een gestalte die zich tot man begon te ontwikkelen. Hij had nog wel puistjes, maar zijn gezicht begon het fraaie adelaarsprofiel van zijn oom te krijgen. Toen ze elkaar omhelsden, dacht Mia dat ze gemakkelijk voor vader en zoon konden doorgaan. Ze bood hem haar wang en wachtte tot Sanjay er een kus op gaf.

Tot groot vermaak van Ringo aarzelde hij, niet goed wetend wat hij moest doen als een vrouw die hij nauwelijks kende hem zo'n begroeting wilde ontlokken.

'Nou, Sanjay,' zei ze, en ze liet enige bewondering doorklinken in haar stem, 'je bent wel gegroeid.' Zijn ogen rolden en hij glimlachte. Dit was onbekend terrein, de vleierij van vrouwen en hoe daarop te reageren.

'Zal wel. Hoe gaat het met jou?'

'Met mij? Prima. Ik werk met een stelletje gekken, maar je oom houdt me geestelijk gezond.'

Ringo snoof. 'Ik breng de helft van mijn leven door met het analyseren van Chels' problemen en de andere helft met glaszetters nadat dat tuig in mijn winkel heeft huisgehouden. Weet je, man, ik wil alleen maar platen verkopen.'

'Aasim?' vroeg Sanjay. De twee volwassenen knikten en hij schudde vol afkeer zijn hoofd. 'Waarom kan hij je niet met rust laten?'

'Hoe moet ik dat weten, jongen?' zei Ringo. 'Als ik het wist, zou ik het je vertellen.'

'Hij bezorgt Aziaten een slechte naam. Ik haat dat. En mensen zoals ik krijgen daar ellende mee. Hij moet eens een flink pak slaag hebben.'

'Dat weet ik niet zo zeker,' zei Mia. 'Hij zou best eens flink kunnen terugslaan. Hoe gaat het op school, Sanjay?' Ze liepen langzaam naar de bioscoop. Ringo ontweek net op tijd een lesauto die de hoek om kwam scheuren.

'O, gaat wel, hoor. Binnenkort heb ik tentamens.'

Ringo straalde. 'Gaat wel? Die jongen is overal de beste van zijn klas in. Zijn moeder belt de hele tijd om te vertellen hoe trots ze op hem is. Een knappe kop, hoor, die Sanjay.'

Zijn neef fronste. 'We hebben vandaag vrij omdat de leraren vergaderen. Daarom kon ik met jullie mee.' Ze bleven voor de bioscoop staan. 'En om die film te zien. Dit is de enige bioscoop in Londen waar hij wordt vertoond. Hij heeft al heel wat prijzen gewonnen op festivals.' Hij zweeg even. 'Mijn moeder wordt gek omdat ik naar de filmacademie in Londen wil. Ze wil dat ik dokter word. Waarom zou ik dokter worden?'

'Dat is een mooi beroep, Sanjay,' zei Mia. 'Ik weet zeker dat ze alleen maar aan je toekomst denkt.' Christus, dacht ze, sinds wanneer praat ik als iemand van middelbare leeftijd?

'Gelul,' vond Ringo. 'Ze denkt alleen aan zichzelf. Die jongen wil film doen, waarom zou hij dat niet mogen? Man, als ik zo'n knappe kop had als hij, zou ik doen wat ik wilde.' Hij sprak heel bedachtzaam. 'Iedereen moet zich vroeg of laat losmaken.'

'Wat vindt je vader ervan, Sanjay?' vroeg Mia.

'O, die wil ook dat ik dokter word. Hij zegt dat als ik een carrière in Bollywood wil, ik eerst medicijnen moet doen. Het heeft geen zin om hem uit te leggen dat ik ook geen carrière in Bollywood wil. Ik wil gewoon naar de filmacademie. Ringo is de enige van mijn familie die mijn kant kiest en omdat hij nooit een cent heeft verdiend, maakt dat totaal geen indruk.'

Ringo gaf hem een speelse tik. 'Herinner me er dan maar aan dat ik de volgende keer jouw kant niet meer kies.'

De film was lang, Frans en pretentieus. Mia vond het in het begin nog wel leuk dat zij de enige bezoekers van de bioscoop waren, maar ze raakte geërgerd toen ze besefte dat dit alleen maar bewees dat al die anderen het beter hadden bekeken. Het verhaal draaide om het vreemdsoortige verlangen van een piccolo uit Parijs naar de vrouwelijke conciërge van het hotel waar hij werkte. Hij schreef haar anonieme gedichten die hij achterliet in haar postvakje, waarna hij ontdekte dat zij dacht dat ze waren geschreven door de knappe maar stomme hotelmanager. Conciërge en manager begonnen daarop een gepassioneerde relatie. De piccolo legde eindeloos lang zijn toestand in aforismen uit aan een liftreparateur die op Jean-Paul Belmondo leek, maar diens bedeesde charme miste. De liftreparateur raadde de jongen aan zelfmoord te plegen. In plaats daarvan ging hij logeren bij zijn tante op een boerderij waar hij, na vele lange stiltes op het Provençaalse platteland, een gecompliceerde verhouding kreeg met de vrouw van een plaatselijke boer. Tegen die tijd haakte Mia af en liet zich meeslepen door een dagdroom vol gruwelen over hoe het leven in het Echinacea zou zijn met Rob in het team. Workshops over biologisch bier? Jamsessions voor de groep in de studio? Rob en Sylvia extatisch de tango dansend, Sylvia met een roos tussen haar tanden, en Rob schitterend in de complete uitrusting van *Come Dancing*? Plotseling besefte ze dat de film eindelijk zijn hoogtepunt bereikte: de piccolo stak om onbekende reden de conciërge neer met een voorwerp dat er verdacht boers uitzag en dat waarschijnlijk een geschenk was geweest van de vrouw van de boer. En dat was het dan: *Fin*. Mia keek opzij en zag dat Sanjay met open mond zat te kijken, terwijl zijn oom vredig lag te slapen met zijn hoofd op diens schouder.

'Wat is er gebeurd?' zei Ringo, die wakker schrok. 'O, nee. Ik heb het beste deel gemist. Is de conciërge dood? Ze was zo knap om te zien.'

'Tja, ze werd neergestoken. Het was schitterend,' zei Sanjay. 'Briljant. Wat vond jij ervan, Chels?'

'Heel apart,' zei ze. 'Beslist apart. In de laatste film die ik heb gezien blies Arnold Schwarzenegger een Latijns-Amerikaans land op.' Sanjay schudde zijn hoofd om deze esthetische gruwel. 'Rustig maar, jongeman. Ik ging al naar buitenlandse films toen jij nog in de luiers rondliep.'

Ze verlieten de bioscoop en liepen over het schemerige plein naar het dichtstbijzijnde café. Ringo en Sanjay bestelden thee, Mia bier. Ze keken uit over de straat waarop het verkeer tot rust was gekomen, nu de City zijn inhoud had laten wegstromen in de richting van de stations en de buitenwijken. Voor het café aan de overkant van de straat trotseerde een stel jongens met hun haar rechtop in pieken en in T-shirt de kou en sloegen hun eerste biertje achterover. Een van hen moest uitzinnig hard lachen om een sms op zijn mobiel, een grap die niet besteed leek aan zijn kameraad die rustig door dronk voordat hij achter een dubbeldekker verdween.

Ze werd afgeleid door de voorpagina van een plaatselijke krant die op hun tafeltje was achtergelaten. Er was iemand neergestoken in Bethnal Green, en een jong lid van het koninklijk huis – een en al tanden en blazer – had een bezoek gebracht aan een lokale charitatieve werkgelegenheidsinstelling. Hij werd gefotografeerd terwijl hij probeerde een voorhamer op te tillen, omringd door tieners en zijn eigen pr-mensen, die op bevel grijnslachten. De vlek die een koffiekop had achtergelaten op het papier gaf de jonge prins een vreemdsoortig bruin aureool. Ze begon te lezen, maar besefte toen dat ze er helemaal geen belangstelling voor had.

Ringo en Sanjay waren een levendig gesprek begonnen. Sanjay stak zijn vinger in de lucht en zijn oom, die in diepe concentratie naar het tafeltje staarde, knikte steeds. Ze gingen er helemaal in op. Het ging over familieprotocol, stampolitiek. Ze voelde de kilte van het buitengesloten worden, niet omdat ze niet begreep wat ze zeiden, maar omdat ze dat juist wel deed. De inhoud van hun gesprek ging aan haar voorbij, maar ze herinnerde zich dit soort discussies. Die herinnerde ze zich maar al te goed: de intensiteit van de onderhandelingen tussen twee generaties in een familie, de overtuigende toon van de jongeren, de gereserveerdheid van de ouderen, het zoeken naar een compromis. Terwijl ze naar haar vriend en zijn dierbare neef keek, miste ze opeens die kleine rituelen die bij de Taylors zo vanzelfsprekend waren geweest in de keuken, aan de telefoon, op vakantie. Ze was vergeten hoe dat ging, hoe de ouderen van de stam spraken met hun kinderen, en hoe het lot van de groep opnieuw vorm kreeg door middel van een hard woord of een fluistering. In haar familie was de ketting gebroken door een daad van geweld, en ze vroeg zich af of hij ooit kon worden hersteld: zij was als enige over, er was niemand anders om mee te praten. Even benijdde ze Ringo om de bezorgdheid in zijn gezicht, het vermoeide van een man die weet dat hij bemind en nodig is.

Ze vertrokken uit het café en namen afscheid van Sanjay die meteen doorging naar het metrostation. Mia moest terug naar het Centrum om haar spullen op te halen, en Ringo bracht haar daarnaar terug. Ze reden over Columbia Road, door de doolhof van Jesus Green naar Bethnal Green Road. De marktkraampjes waren verdwenen en de vrouwen in joggingbroek liepen met karretjes uit de Tesco de stoep op, gebogen over hun lading boodschappen die ze meenamen naar torenflats en kapotte liften. Een politiewagen stond voor een van de fastfoodzaken geparkeerd en een menigte jongeren stond samengedromd bij de honingpot van potentiële rottigheid.

Toen ze Nantes Street in reden, zag ze een kat die de weg over rende, zijn ogen flitsten op in het licht van de oude straatlantaarns. De deur van Prospero's zwaaide open en een stelletje kwam hand in hand naar buiten en ging op weg naar het plantsoen. Een vroege borrel met Ringo? Nee, dat hadden ze al gedaan. Het uitstapje was voorbij. Ze hoopte dat dat het enige was dat voorbij was. Ze keerde zich naar hem toe. 'Bedankt voor deze dag. Het was enig om Sanjay te zien.' Hij boog zich naar haar toe en kuste haar op de wang. Mia glimlachte en deed het portier dicht. Ze keek hoe de auto een paar meter voortgleed en tot stilstand kwam voor de platenzaak. Ze zou wachten tot Ringo binnen was, maar zag toen aan zijn silhouet dat hij in zijn mobieltje praatte, in de warme geborgenheid van zijn Fiat.

Het Centrum was nog open, en ze herinnerde zich dat de gevorderde groep Mysore Ashtanga over een halfuur zou beginnen. Er zaten geen Teds of Irenes in deze groep. 's Avonds waren het louter yuppen, carrièrevrouwen, mannen die verliefd waren op zichzelf of elkaar, bankiers die snakten naar een sigaret en die het wel hadden gezien op de sportschool. Erica voelde zich thuis bij zulke mensen, zakelijk en met een duidelijk doel, hun narcisme verbergend in oriëntaal gerichte cursussen. Dat was de stilzwijgende afspraak tussen leraar en klas: maak ons mooi en wij kopen alles wat je ons aansmeert. Alles liep als een trein op de avonden, zei Erica altijd.

Ze stond achter de balie toen Mia binnenkwam. 'O, hallo, Chels,' zei ze. 'Heb je een leuke dag gehad? Sylv zei dat jij en Ringo met zijn nichtje uit waren. Ze is net weg.'

'Het was zijn neef. Ja, het was leuk. Ik kwam alleen even mijn spullen halen.'

'Eerlijk gezegd ben ik blij dat je terug bent. Er zit iemand op je te wachten. Hij zit er al een minuut of twintig. Hij zei dat hij wilde wachten.'

'O. Is het Rob? We hebben vandaag een man aangenomen.'

'Ik weet het niet. Een lange vent. Hij zit boven in een van de kleine kamertjes. Ik dacht dat hij daar prettiger zou zitten met zijn krant.' Ze draaide zich weer om naar haar papieren.

'Oké, bedankt, Erica.'

Het kon alleen maar Rob zijn, natuurlijk, maar ze vroeg zich af waarom haar vijand zo snel was teruggekomen en wat er zo dringend was. Misschien wilde hij zich domweg verkneukelen. Misschien wilde hij de vrede tekenen. Misschien had hij een plotselinge aandrang gevoeld om meer te weten te komen over alternatieve therapieën en oosterse wijsheden. Wat het ook was, ze hoopte dat het snel voorbij zou zijn. Ze wilde naar huis, haar sportschoenen passen en een bad nemen. Ze liep de trap op, met twee treden tegelijk, en zag dat de deur van de achterste kamer op een kier stond waardoor het licht op de overloop scheen. Mia merkte op dat de vloer smerig was, zoals altijd, en nam zich plechtig voor het schoonmaken ervan maandag als een van de eerste klusjes aan Rob op te dragen. Het zou een goede manier zijn om haar gezag te laten gelden zonder lomp te zijn. Ze duwde de deur verder open.

'Ha, eindelijk,' baste haar bezoeker. 'De verloren dochter is terug.'

Het enige wat ze kon doen, was glimlachen. 'Hallo, Claude,' zei ze.

I V

Claude was niet onder indruk van zijn Big Macbeth. 'Dit noem ik geen burger,' zei hij, terwijl hij vol walging een slap blaadje ijsbergsla omhooghield. 'Waarom heb je me hier mee naartoe genomen?' Hij gebaarde met zijn vrije hand naar de nep-Tudorinrichting van Prospero's.

'Omdat je zei dat je barstte van de honger,' antwoordde Mia.

'Ik zei dat ik barstte van de honger, niet dat ik wanhopig was. Waarom zijn we niet naar een Indisch tentje in Brick Lane gegaan? Dit lijkt op een nachtmerrie die je krijgt als je Engels studeert. Al die hilarische Shakespeare-achtige effecten. De lange winteravonden moeten gewoon voorbijvliegen.'

'Welkom in Nantes Street, Claude.' Ze tuurde in haar glas cider dat al voor driekwart leeg was. Hij had nog nauwelijks een slok genomen van zijn droge witte wijn die, zoals ze al had geweten toen ze hem bestelde, zijn verfijnde smaak niet zou bevredigen.

'Fijn welkom. Dit is mijn beloning voor mijn maandenlange speurtocht naar jou. Een hamburger die is genoemd naar een Schots toneelstuk. Verdomde leuk, hoor.'

Hij was niet echt veranderd. Zijn haarlijn was wat geweken, en zijn kleren waren van een nog betere snit dan eerst. De krijtstreep was prachtig, dat moest ze toegeven, met een elegantie die je alleen kunt verwachten van de beste couturier en die getuigde van een uitgelezen smaak. Zijn stropdas, donkerblauw met een motiefje, was soberder dan ze zich herinnerde van vroeger dagen, maar zijn schoenen waren gelukkig nog dezelfde Lobb brogues die hij altijd al had gedragen. De jas die opgevouwen naast hem lag op de bank zag er nieuw uit, maar had wel weer dat capeachtige dat ze met hem in verband bracht als hij ergens binnen zwierde. En natuurlijk die hoed, waarover haar zusjes zo tekeer waren gegaan. Ja, dacht ze, na al die jaren nog steeds een eikel.

'En, Claude. Wat brengt jou naar deze achterafbuurt?'

'Ik kom hier zo vaak, kindje. Ik kende deze buurt al toen jij nog dacht dat East End zo'n beetje achter Kensington Church Street lag. Hier bevinden zich een paar van de beste tenten van de stad, met geschikt publiek. Je kunt er met het grootste gemak om vier uur 's nachts een biertje drinken en een hapje eten. Je moet alleen de juiste mensen kennen.'

'En die ken jij, natuurlijk.'

'Natuurlijk, natuurlijk. Dat is mijn specialiteit. Maar ik moet zeggen dat niemand ooit dit... exclusieve etablissement heeft genoemd. Ik zal het noteren.'

'Breng je vrienden hier maar niet naartoe, Claude. Dit is onze tent. We willen geen mensen die onze pret komen bederven.'

Hij richtte zich in zijn volle lengte op en depte zijn mond met een papieren servetje. 'Nou, nou. Je hangt hier wel de koningin van het oosten uit, hè? Met alle toeters en bellen. Neem me niet kwalijk dat ik uw terrein heb betreden, mevrouw Kray.'

'Het is al goed. Alleen graag wat meer respect, dan heb je kans dat je hier nog met al je tanden in je mond kunt vertrekken.'

'Hm. Ik ben blij dat de periode die je ver van de aarde hebt doorgebracht zo'n gunstig effect op je fatsoen heeft gehad, Taylor. Dat maakt alles wat ik heb gedaan om je te vinden de moeite waard, werkelijk.'

Ze was nieuwsgierig, moest ze toegeven. De ontmoeting met Claude na meer dan drie jaar had haar een schok gegeven, en het had haar ontstemd dat hij zich kennelijk niet van de wijs had laten brengen, dat hij haar na zo'n lange tijd kon begroeten op zo'n nonchalante manier. Het had haar een glas bier en een half glas cider gekost voordat ze in staat was geweest om op gelijke voet met hem te praten. Intussen had hij, mopperend over het eten en laatdunkend zwijgzaam over de kwaliteit van de wijn, almaar gepraat over wat er gaande was bij Z Robinson, hoe zijn opdrachten qua omvang en prestige waren vooruitgegaan, en hoe Kingsley haar miste en haar morgen zo zou terugnemen. Het was een leugen – Kingsley zou nog liever doodgaan dan haar weer welkom heten in zijn bedrijf – maar ze waardeerde het desondanks. Claude had altijd oog gehad voor de essentiële, eenvoudige feiten van het leven, dat mensen leugens willen horen zolang die vleiend voor hen zijn. Hij had eruit afgeleid dat wanneer – zoals zo vaak het geval is – de waarheid pijn doet, daaruit volgde dat onwaarheden dikwijls aangenaam om te horen zijn en lonend voor degene die ze vertelt. Dit was een van de redenen waarom hij zo'n succes had in zijn werk, en waarom zijn cliënten hem adoreerden: zelfs als hij aangaf wat ze verkeerd deden, gaf hij hun het gevoel dat ze goed bezig waren. Als hij iemand afmaakte, deed hij dat met fluwelen handschoenen.

Desondanks wist ze niet waarom hij hierheen was gekomen. Zijn gezelschap was heel aangenaam, en de vileine gevatheid van zijn reacties deed haar op prettige wijze denken aan het leven dat ze ooit had geleid. Het was alsof ze naar een opname van zichzelf luisterde van vijf jaar geleden, of een foto vond van een lang vergeten avondje uit. Door het uitwisselen van speldenprikken met haar vroegere chef – vroegere minnaar, god betere het – beleefde ze opnieuw de hoogtepunten van haar oude leven, waaruit alle stress en spanning op kunstmatige wijze gefilterd waren door het verstrijken van de tijd en door Claudes charme. Ze zag al voor zich hoe ze de avond met hem zou doorbrengen, waarbij ze zich dronken liet voeren, terwijl hij het vervolgverhaal vertelde van de mensen uit west-Londen die zij drie jaar geleden had verlaten. Maar nee, zo zou het niet gaan. Claude was niet gekomen om haar verslag te doen van de gebeurtenissen die ze had gemist, en al helemaal niet om te horen wat zij allemaal had gedaan. Daarvoor was hij veel te egocentrisch.

Hij kwam terug van de bar met een gin-tonic voor hemzelf – de wijn, nu warm geworden, had hij laten staan – en nog een glas cider voor haar.

'Ik kan het niet geloven,' zei hij, terwijl hij een zakje uitgebakken zwoerdjes openmaakte. 'Er hangt zelfs een ingelijste foto van Judi Dench als Elizabeth achter de bar. Dit is echt een waardeloze tent.'

'Nou, dan moet je je hier wel thuis voelen.' Er viel een stilte tussen hen, terwijl hij de inhoud van de zak oppeuzelde. 'Luister, Claude, het wordt laat. Waarom ben je hier? Ik bedoel, waarom eigenlijk? En geen lulverhaal, oké?'

Hij snoof. Claude herinnerde zich die toon, en ook dat ze die van haar moeder had geërfd. Verontrust en hardnekkig, maar verre van hysterisch. Eerder eigenzinnig dan nukkig, zoals hij eerst had gedacht. In het begin had hij deze kant van Mia's karakter sexy gevonden, en vervolgens, naarmate hun korte verhouding verstreek, uitermate irritant.

129

Haar verlangen naar duidelijkheid – met uitroeptekens geschreven – had niet gestrookt met zijn verlangen naar het onverwachte, zijn verslaving aan het spontane en het toevallige. Als Mia zoiets zei als 'en geen lulverhaal, oké?' dan wilde hij uitschreeuwen dat het juist om lulverhalen ging: die maakten het leven de moeite waard. Duidelijkheid trok je de diepte van de verveling in. Mia wilde punten achter de zinnen, Claude wilde vraagtekens.

'Laat ik je vertellen,' zei hij, tussen twee happen zwoerdjes door. 'Nee, ik zal opnieuw beginnen: laat ik je eerst begroeten. Je bent een vrouw die niet gemakkelijk te vinden is.'

'Dat was ook de opzet. Ik wilde niet uit Londen weg. Maar ik wilde ook niet meer hetzelfde leven leiden. Zo eenvoudig was het. Dus verhuisde ik. Ik verplaatste me. Ik ben niet de eerste mens die ander werk heeft gezocht, Claude.'

'Ach, ja. Je werk. Dat gezondheidscentrum. Yoga en worteltjestaart. Nou ja, als dat je gelukkig maakt...'

Dit was een opzettelijke, onnodige provocatie, maar ze zou niet toehappen. 'Ja, dat doet het. Ga verder.'

'Nou, ik vond het tijd worden om je op te zoeken. Dus vroeg ik het aan de ouwe kliek – Natasha, Lulu, zelfs David en Mands wisten niet waar je zat. Geen idee. Lulu dacht dat je bij een new age sekte zat en in de West Country woonde. Trouwens, David en Mands hebben inmiddels een zoontje. Hugo. Hij zal nu zowat twee zijn.'

'Die heb ik al die jaren niet meer gezien,' zei ze rustig. De namen van deze mensen, die ze allemaal bijna tien jaar lang elke week had gezien, waren als de inscripties op grafstenen, een opsomming van namen uit een andere tijd. Onafscheidelijk? Ze hadden het zo vaak van elkaar gezegd, en uiteindelijk had het niets betekend.

'Helemaal niets,' zei Claude. 'Dus, ik dacht, ik ga terug naar het allereerste begin, en ben naar het huis in de Boltons gegaan.'

'Je bent naar mijn ouderlijk huis geweest?' Dit was onverdraaglijk. Ze wist niet precies waarom.

'Ja. En het is jouw huis niet meer. Er is daar nogal wat veranderd.'

'Wat bedoel je?'

'Ik klopte aan, en er werd opengedaan door de meest nichterige vent die ik van mijn leven heb gezien. Behalve dat hij een G-string van glitterstof droeg en "YMCA" zong... Je had hem moeten zien. In een smokingjasje, rode broek, haar à la Quentin Crisp, sigarettenpijpje. Middelbare leeftijd. Echt, ik stond perplex. Hij heette Kent en hij hield een keffende hond vast die Dover heette, wat misschien nog grappig zou zijn geweest als het buiten niet had gezeken van de regen. Uiteindelijk liet hij me binnen, uit medelijden, denk ik. Althans, ik hoop dat het uit medelijden was.'

De verkoop van het huis was afgehandeld door oom Gus, en het enige wat ze wist toen ze de stapel papieren had getekend, was dat ene Q.C. het had gekocht. Mia had niet eens op zijn naam gelet. 'Zag hij eruit als een jurist?' vroeg ze.

'Kent? God, nee. Ik betwijfel of hij ooit een dag in zijn leven heeft gewerkt. Nee, hij zei dat hij de assistent van meneer Vincent was en vroeg of ik beneden wilde wachten. Dat deed ik. En ze hadden het daar veranderd! Het woord metamorfose dekt de lading niet eens.'

'Hoe dan?' Ze glimlachte, terwijl ze eigenlijk wel kon huilen.

'Nou, als ik zeg iets tussen de *Cage aux Folles* en de Dome, kom je in de buurt. Hopen prullen en lavalampen en chromen dingetjes. Overal gewaagde Afrikaanse beelden van jongemannen. Hier en daar verdachte mozaïekwerken. Tegelvloeren, al die prachtige oude planken vloeren waren eruit gegooid. Moderne kunst aan de muren. Hij heeft de hele zooi verbouwd. Onherkenbaar. Het moet hem een fortuin hebben gekost.'

'God, wat verschrikkelijk. Ik word er misselijk van.'

'Niet zo misselijk als ik, toen Kent met zijn vriendje beneden kwam.'

'Vincent?'

'Die verwachtte ik ook. Maar nee. De vriend heette George en zei dat hij meneer Vincents klusjesman was. Hetgeen ik geen moment betwijfelde. Goed voor allerlei klusjes. Hij zag eruit als een sportinstructeur. Belachelijk gespierd en met niet meer aan zijn lijf dan een T-shirt en een akelig kort broekje.'

'En die wonen daar met z'n drieën?'

'Dat begreep ik eruit. Ze boden me een drankje aan, dat ik naar ik vrees vol dankbaarheid aanvaardde. Maar ik was wel bang dat ze er misschien iets in zouden doen en dat ik een week later ergens achter in een auto in Devon wakker zou worden. Als ik geluk had.'

'Ik vind het vreselijk. Ik ben daar opgegroeid. Het is mijn huis.'

'Het was jouw huis, Mia. Nu is het van meneer Vincent. Heel duidelijk van meneer Vincent. En toen die uiteindelijk na een dik halfuur uit zijn studeerkamer kwam, was ik al half teut van de White Russians die ze voor me hadden gemixt. Kent zat op een soort metalen chaise-longue en George zat aan het andere uiteinde met zijn voeten op Kents schoot. En toen kwam meneer Vincent binnen, hij zag eruit als een doodgewone kerel, een jurist in goeden doen die van zijn weekend genoot. Je kent het wel, Lauren overhemd, mooie instappers. Geen rouge of veren boa's of zoiets. En daar zaten dan die twee nichterige types bij. En ik.'

'Arme Claude.'

'Dank je. Dus ik legde uit, met mijn diepste bas, dat ik ooit verkering had gehad met de dochter van de man die vroeger eigenaar van dit huis was geweest. Ik hoop dat je het niet erg vindt dat ik de vrijheid nam jou erbij te betrekken, maar ik was ten einde raad. Daar zaten ze met hun drietjes, en ik was maar in mijn eentje. En Dover de hond gromde af en toe in mijn richting.'

'Nee, ik begrijp het volkomen.'

'Dus zei meneer Vincent – het was toen al vrij duidelijk dat meneer Vincent geen voornaam heeft – dat hij niets wist van de verkopers, maar dat hij alleen met een beheerder te maken had gehad.'

'Oom Gus.'

'Oom Gus. Maar hij zei dat het hem speet dat ik deze tocht voor niets had gemaakt, en of ik niet wilde blijven eten. En hij stond op en begon naar me toe te lopen.'

'Mijn god. En wat deed jij toen?'

'Het was een van die momenten waarop ik dolblij ben dat ik zo'n idiote paranoïde figuur ben die het alarmnummer in zijn mobiel heeft opgeslagen. Want ik zag aankomen dat het linke soep zou kunnen worden. Ik mompelde dat mijn secretaresse zich ongerust zou gaan maken over waar ik bleef, waarop Kent me meedeelde dat het zaterdag was. Ik zei dat mijn kantoor zeven dagen per week open was en dat ons bedrijf nooit gesloten was, wat geen van hen geloofde.'

'En bleef meneer Vincent jouw kant op komen?'

'Ja, maar alleen om een cd op te zetten, bleek uiteindelijk. Edith Piaf, natuurlijk, die maar een stapje is verwijderd van Marlene Dietrich.'

'Kunnen die mee?' Tony de barkeeper boog zich over hun tafel, met een zeer afkeurende blik, alsof hij hen had afgeluisterd of, meer waarschijnlijk, omdat Claudes verschijning hem niet aanstond.

'Ja, bedankt, Tony,' zei Mia, terwijl ze hem drie glazen aanreikte. Ze wachtten tot hij naar het volgende tafeltje liep. Claude boog zich samenzweerderig naar haar over, met zijn kin in zijn handen. Hij genoot van zijn verhaal.

'Je begrijpt dat ik ernaar snakte om weg te komen. Ik bedoel echt dat ik ernaar snakte. Want ik zag tegen die tijd wel in dat meneer Vincent verreweg de griezeligste van het drietal was. Je had Kent die eruitzag als een travestiet en George met zijn gebronsde spieren leek wel zo'n pinuphomo. Maar Vincent had zo'n enge blik: je weet wel, eng op een manier zoals alleen mensen die er verder normaal uitzien kunnen zijn. Zo'n gek brilletje met dubbel geslepen glazen. Een satanisch bewegende kaakspier. Hij zag eruit alsof hij elk moment een mes kon trekken en zou zeggen dat hij, nu hij goed had nagedacht, had besloten dat ik te mooi was om in leven te laten.'

'Dan moet hij wel heel erg wanhopig zijn geweest.'

'Dank je zeer. Dus ik zat me gek te denken wat ik nou moest zeggen. En toen herinnerde ik me dat Henty een hele tijd op de zolderverdieping had gewoond, dus vroeg ik hun of ze wisten waar zij tegenwoordig woonde. En dat was helemaal raak: ze begonnen alle drie gillend rond te rennen op zoek naar het papier waarop haar adres stond. O ja, zei Kent, die aardige dame, ze hadden kennis met haar gemaakt, zó'n aardige dame, zulke aardige manieren, dat zie je tegenwoordig niet meer. O ja, zei George, bijzonder aardig. De hond gromde niet meer naar me. Meneer Vincent verdween in wat vroeger de eetkamer was, maar nu naar ik aanneem een soort kerker met alles erop en eraan, en kwam terug met Henty's gegevens. Het was alsof er een knop was omgedraaid. Ik geloof dat zij mijn leven zelfs heeft gered, die oude schat. Ik had daar niet graag het loodje gelegd. Ik heb zo'n gevoel dat ze daarboven misschien wel een kamer hebben vol jonge strategie-consultanten.'

Mia schoot in de lach. Hoe van streek ze ook was door het nieuws dat haar ouderlijk huis zo was geschonden – eigenlijk door het feit dat daar andere mensen woonden – het was een grappig verhaal. Ze vroeg zich af hoeveel ervan in werkelijkheid was gebeurd, hoe excentriek Vincents maatjes, en Vincent zelf, in werkelijkheid waren geweest. Naar alle waarschijnlijkheid was er opengedaan door de smetteloze *soignée* mevrouw Vincent die de huishoudster had gevraagd om een kop thee voor Claude te zetten en hem had voorgesteld aan haar middelste dochter, net terug van Benenden, voordat ze Henty's adres op een gele Post-it had geschreven. Maar dat deed er niet toe. Er zat iets aandoenlijks in Claudes verhaal, de slimme manier waarop hij haar te kennen gaf dat hij er echt alles aan had gedaan om haar te vinden.

Haar hoofd voelde licht aan, maar het kon haar toch niet schelen. De avond had toch al een surrealistisch tintje gekregen waarbij geen nuchterheid paste. De cider sleep van deze hele ervaring de scherpe kantjes af. Claudes onverwachte bezoek had het trauma weer kunnen activeren – of zou dat alsnog kunnen doen. Maar de drank, samen met haar medicijnen, hield het op afstand. Voor dit moment kon ze genieten van zijn verhaal en het raadsel van zijn plotselinge verschijning in Nantes Street.

Met Henty was het nog lastiger geweest dan met de ménage van Vincent. Claude had haar een paar dagen later bezocht in haar flat op de bovenste verdieping in Earls Court. Van de aankoop van haar huis had de nalatenschap van de Taylors nauwelijks te lijden gehad, maar Henty was er bijzonder vereerd mee geweest. Ze noemde haar drie kamers met kitchenette een paleisje, hoewel het volgens Claude meer weg had van een schrijn voor de Taylors, met foto's van de vier kinderen in alle stadia van ontwikkeling, in fraaie lijstjes op ieder beschikbaar plekje. Een portretfoto van Jenny was het pronkstuk van de schoorsteen. In het toilet hing een vingerverfwerkje dat Mia op haar vierde met Pasen aan haar geliefde kinderjuf had geschonken. Het was wat gelig geworden, maar het hing nu beschermd achter glas, een kleurig plaatje, vereeuwigd en gekoesterd in het gebroken hart van een oude vrouw.

Claude had altijd zijn best gedaan om goed met Henty overweg te kunnen, omdat hij wist hoe onmisbaar ze was in de machinerie van de familie Taylor. Ze beschikte over een levenswijsheid die ver uitsteeg boven die van een gemiddelde dienstbode. Haar veto was dodelijk, een woordje dat ze Jennys toefluisterde over een van de vrijers van de kinderen was meestal doorslaggevend. Aan de andere kant wachtte degenen die ze wel graag mocht doorgaans een warm onthaal in het huis in de Boltons. Het was altijd verstandig om vriendelijk te doen tegen Henty, en Claude had dat vele malen gedaan – niet in het minst omdat hij wist hoe weinig overtuigd Jeremy en Jenny van zijn deugden waren.

Hij was dus na zijn werk naar Earls Court gegaan, gewapend met een fles lekkere madera; haar lievelingsdrankje, wist hij nog. Hij nam een risico en kondigde zijn komst niet tevoren aan in de wetenschap dat hij beter onverwacht bij haar kon opduiken dan haar de tijd geven om te gaan piekeren over het doel van zijn bezoek of, erger nog, weigeren hem te ontvangen. Het gokje was lonend, althans als manier om er binnen te komen. Claude drukte op de zoemer beneden en moest zijn naam een paar keer herhalen voordat Henty zich hem herinnerde. Met 'Dit is Claude, Henty,' kwam hij nergens, maar 'Meneer Silberman, vriend van Ben,' had iets bij haar wakker geroepen, en de deur was met een klik opengegaan. Na vier trappen te hebben gelopen had hij spijt dat hij niet met de lift was gegaan, en toen ze de deur voor hem opendeed, was ze in de lach geschoten om zijn gepuf en gehijg. Henty vertelde hem dat hij beter voor zichzelf moest zorgen en dat een jongeman als hij een paar trappen moest kunnen lopen zonder daarna uitgeput te zijn. Het was nog niet zo lang geleden, hielp ze hem herinneren terwijl ze zijn jas aannam, dat mannen van zijn leeftijd met rugzakken in Normandië hadden gevochten, en die konden zich geen gepuf en gehijg veroorloven. Claude kreeg een aanvechting om haar eraan te herinneren dat dat wel heel lang geleden was, en dat zij op bevrijdingsdag nog maar twee jaar was geweest, en dus niet echt levendige herinneringen kon hebben aan de oorlog. Maar hij had zijn mond gehouden. Het hoorde bij de rijke legende van Henty dat ze zich veel ouder voordeed dan ze was, of althans te doen alsof ze de belangrijkste gebeurtenissen van de twintigste eeuw zelf had meegemaakt. Die verhalen hadden de Taylors altijd voor lief genomen, en zij behandelden haar als een verheven, tijdloos persoon.

Claude had de fles madera geopend en was in een van de fauteuils in Henty's woonkamer gaan zitten. De meubels waren allemaal afkomstig uit de Boltons. Een driedelige zitcombinatie uit de grote logeerkamer, een mahoniehouten dressoir uit Jenny's kleedkamer, en een ladekast die Claude niet helemaal kon plaatsen. Deze relieken van de Taylors had Henty gecombineerd met haar eigen chintz en een heleboel snuisterijen: foto's, ingelijste borduurwerkjes en keramiek vulden de kleine kamer. Het was er benauwd als gevolg van de gashaard, waarvoor een kat lag te slapen, die zich niet bewust was van Claudes onverwachte komst.

Henty had, zoals altijd, met rechte rug en haar handen gevouwen op haar schoot geluisterd naar wat Claude te vertellen had. Hij had naar haar gezondheid geïnformeerd en zij had de vraag weggewuifd als onbelangrijk. In werkelijkheid zag ze er uitgeput uit, veel minder sprankelend dan hij zich herinnerde van hun montere gesprekjes in het verleden. De rimpeltjes in haar gezicht die talrijker werden als ze lachte, wat vaak gebeurde, waren nu rimpels. Haar kleren waren nog wel hetzelfde: beige en sjofel, met een grote speld in haar rok en platte, afgetrapte schoenen. Een romannetje in een plastic omslag van de bibliotheek lag open op een tafeltje naast haar stoel, onder het kleurloze montuur van haar leesbril. Hij vroeg zich af hoe ze haar dagen doorbracht en wat ze in die lange, lege uren dacht. Aan haar krampachtige manier van doen was duidelijk te zien dat ze niet vaak bezoek kreeg, hoewel de flat er onberispelijk uitzag. Ze maakt de hele dag schoon, dacht hij. Ze maakt de hele dag schoon voor mensen die nooit komen.

Claude nam het initiatief en begon haar ongevraagd te vertellen over zijn werk, waarbij hij liet vallen dat Mia's collega's nog steeds met veel ontzag over haar spraken. Hij voelde meteen dat ze zijn aanwezigheid verontrustend vond, maar hij begreep ook dat ze de kans niet voorbij wilde laten gaan om te praten met iemand met wie ze zich ooit goed op haar gemak had gevoeld. Na een paar glazen madera had Henty zich een beetje ontspannen en vroeg ze hem waar hij woonde en hoe het met hem ging buiten zijn werk. Hij vermaakte haar met het verhaal over een recent vriendinnetje dat hij had meegenomen naar Parijs, wat hem heel wat had gekost, om er vervolgens achter te komen dat ze al verloofd was met een arts die een poosje in Saoedi-Arabië zat. Claude vermeed angstvallig zulke complicaties in zijn persoonlijke leven. Henty zei hem met een grijns dat hij 'die jongedame eerst had moeten uitvragen voor hij haar meenam op zo'n duur tripje, met al dat gedoe'. Prima, dacht Claude. Hij had haar in de positie gemanoeuvreerd waarin zij weer de wijze vrouw kon spelen, en hij de onnozelaar die nog veel moest leren. Hij vulde haar glas bij en vermaakte haar verder met het verhaal over Vincents ménage en de vreemde dingen die er de afgelopen drie jaar in de Boltons moesten zijn gebeurd.

En zo kwam hij, nadat hij Mia's naam al eenmaal had genoemd, weer op haar terug. Hij legde Henty uit dat hij weer in contact met haar wilde komen, hij had haar lang niet gezien en niemand van hun oude clubje had enig idee waar ze zat. Zoals altijd, zei hij, was Mia hen weer eens een stap voor. Hij probeerde er luchtig over te doen, maar intussen was het zijn bedoeling Henty zover te krijgen dat ze een van de basisregels zou overtreden die haar waren opgelegd door de weldoeners die haar haar appartement hadden geschonken. Mia mocht niet worden gestoord. Mia moest met rust worden gelaten. En toch wist hij dat ze zijn verzoek niet zonder meer zou negeren, dat ze hem zag als iemand die zijdelings was betrokken bij de familie wier herinnering zij in ere hield. Henty wist dat Claude, ondanks al zijn verhalen en pompeuze gedoe, het lieve kind geen kwaad zou doen wier handje zij had vastgehouden toen ze vroeger gingen wandelen en daarna, in zwaardere tijden, toen ze de enige twee overgeblevenen waren.

De kinderjuffrouw draaide zich eruit door te zeggen dat ze nooit bij Mia was geweest op de plek waar ze werkte of woonde. Dat was waar. Ze zagen elkaar drie of vier keer per jaar op neutraal terrein, meestal op een plek waarvan Mia wist dat Henty er graag kwam. De laatste keer hadden ze thee gedronken in het Savoy, waarbij ze beiden naast elkaar op een fluwelen bank hadden gezeten, onder het genot van wat Henty beschreef als 'een hoeveelheid heerlijke hapjes, wat je maar wilde'. Mia had er heel goed uitgezien, een beetje mager maar wel gezond, en ze had fijn werk. Claude vroeg zo terloops mogelijk wat voor werk Mia deed en toen hadden de ogen van de kinderjuffrouw zich vernauwd. 'Management,' antwoordde ze.

Na nog een paar pogingen om Henty meer te ontlokken, had Claude het opgegeven. Hij besefte dat discretie een van de hoofdprincipes was geworden in het leven van de kinderjuffrouw. Misschien weet ze niet eens precies waar Mia woont, en wacht ze op haar telefoontje om eens in de zoveel maanden met haar af te spreken in een keurige gelegenheid. In elk geval aanvaardde hij de nederlaag. Hij had gehoopt dat Henty zijn vraag naar Mia zou beschouwen als iets waarop het antwoord met enige moeite wel aan haar zou kunnen worden ontfutseld. Maar hun gesprek en de wending die het had genomen, vertelden hem iets anders. Ze zou Mia's vertrouwen niet beschamen. Ze zou de laatste van de familie Taylor nooit verraden. Hij voelde zich een dwaas dat hij dat had kunnen denken.

Verslagen bleef hij nog zitten om zijn glas madera leeg te drinken, waarbij ze nog meer verhalen uitwisselden over de jaren waarin ze elkaar vaak hadden gezien. Ze spraken zo luchtig mogelijk, grapjes makend over voorvalletjes alsof de mensen over wie ze het hadden elk moment konden opbellen of aankloppen. Henty pakte haar borduurwerk op en Claude zakte onderuit op de bank. De kat verroerde zich niet. Er verstreek nog eens anderhalf uur voordat hij besefte dat hij niet op tijd zou zijn voor zijn borrelafspraak met vrienden in West End. Hij wilde niet abrupt vertrekken, maar ook niet nog langer blijven, nu zijn bezoek op een mislukking was uitgelopen. Doezelig van de madera en teleurgesteld wilde hij onmiddellijk de dure cocktails achteroverslaan, zo ver mogelijk weg van de schemerige somberte van Henty's flat. Hij wilde in een bar met neonverlichting met mensen zoals hijzelf praten over onzinnige dingen, en een flinke aanslag plegen op zijn American Express creditcard. Hij wilde laat uit eten gaan en daarna weer drinken, misschien wel de hele nacht. Met iets van bitterheid besefte hij dat hij zich de volgende ochtend verschrikkelijk zou voelen omdat Henty zo nodig haar geweten moest volgen.

Ze ging hem voor naar de deur door een gang die hij verschrikkelijk naargeestig vond, en waar het verschoten tapijt van de overloop uit het oude huis lag. Hij zette zijn hoed op en boog zich naar haar toe voor een kus op haar wang. Ze deed de deur open, zei hem gedag en toen, op een volstrekt natuurlijke manier, zei ze nog: 'Ze heeft het helemaal niet zo gek geschoten, weet je. In een sportschool of gezondheidscentrum, of hoe die jongelui dat tegenwoordig ook noemen. Ergens in de rimboe, Mile End of Stepney of zoiets. Ze was me er altijd een, hoor. Maar ik denk dat ze het veel te druk heeft om te kunnen worden gestoord. Je begrijpt me wel, nietwaar?' Toen sloot ze de deur, en liet hem achter in het trapportaal, waar het snel donker werd toen de lamp automatisch werd uitgeschakeld.

Hij begreep het, ja. Hij begreep dat Henty genoeg van Mia hield om haar de kans te geven mensen als Claude terug te zien. Dat had ze zitten bedenken terwijl ze die lelijke letters bij de kachel zat te borduren. Ze had zitten nadenken wat voor risico ze nam door hem de weg te wijzen, ze had de verschillende manieren waarop je iemand kon beschermen tegen elkaar afgewogen: tegen bemoeienis van anderen of tegen eenzaamheid. Hij begreep ook dat ze het niet kon opbrengen om te zeggen waar Mia precies zat, dat Claude die laatste horde zelf maar moest nemen. Maar ze had de lat niet al te hoog gelegd. Wat nu restte, was eerder lastig dan geheim. Er konden maar een paar plaatsen aan Henty's omschrijving beantwoorden: zes, om precies te zijn. En de derde die hij belde, bleek het Echinacea te zijn.

'Daar ben je dan,' zei Mia, terwijl ze met een vinger rond haar glas ging.

'Ja, daar ben ik dan,' antwoordde hij. 'Een heel verhaal, zelfs voor mij. Ik moet zeggen, ik was tamelijk tevreden over mezelf.'

'Je bent een rotzak, Claude. Ze moet zich hebben afgevraagd wat je wilde.'

'Ik denk dat ze best genoot van mijn bezoekje. Dat blijkt ook wel, als je erover nadenkt.'

'En wat wil je nu?'

'Meer drank. Eerst moeten we meer drank.'

Hij verdween naar de wc en kwam weer terug met een glas voor haar en iets wat eruitzag als een driedubbele gin-tonic voor hemzelf. Ze herinnerde zich van hun korte verhouding dat Claude alleen zoveel dronk als hij zenuwachtig was.

'Jezus, als mijn collega's me zouden zien, zouden ze verbijsterd zijn. In hun stamkroeg aan de drank met een *Sloane* met een hoed op.'

'Vergeet die collega's toch,' zei hij. 'Die zitten vast ergens aan een hasjpijp te lurken. Trouwens, ik sta perplex over de manier hoe jij hier cider achterover zit te slaan. Hoe staat het met de Cosmopolitans en de Bellini's?'

'Daar is hier niet veel vraag naar. Hoewel Tony een heel linke Dark Lady kan mixen –'

'Een cocktail, geïnspireerd op de sonnetten. Klasse, hoor.'

'En ik geloof dat er ook een is die Ophelia's Einde heet. Daarin zit rum.'

'Hou op, alsjeblieft. Ik geef me gewonnen.'

'Mooi.' Ze giechelde. 'Nou, kom op, voor de draad ermee.'

'Eerlijk gezegd wilde ik je mee uit vragen.'

Ze leunde naar achteren. Moest ze hem een klap geven? Nee, dat zou hem heimelijk plezier doen. Je strafte Claude pas door hem drama te onthouden. De afgelopen twee uur had hij weten op te bouwen tot een crescendo dat een zielig piepje bleek. Niks onthulling, maar een belediging vermomd als een uitnodiging. Hij had haar opgespoord, achtervolgd, iemand lastiggevallen van wie ze hield, alleen om haar een avondje mee uit te vragen. Vatte hij de omvang van zijn blunder? Ze durfde te wedden van niet. Verkild van woede herinnerde ze zich alles wat ze het meest had verfoeid aan Claude, de dwangmatige spelletjes die hij speelde en de fantasieën die hij eindeloos grappig vond, maar waarin hij nooit rekening leek te houden met de gevoelens van anderen.

Ze kuchte en nam een slokje cider. 'Juist. Een avondje uit. Nou, dat is duidelijk.'

'Wat verwachtte je dan?'

'Ik weet het niet, Claude. Ik verwachtte niet dat je hier zou komen opdagen. Ik weet niet of ik blij ben met de manier waarop je me hebt gevonden. Ik weet niet of ik blij ben dat je hier bent.'

Hij zweeg even, maar ze kon zien dat hij verbluft was. Wat wilde hij dat ze deed?

'Luister, Mia. Ik weet dat het vreemd voor je moet zijn dat ik hier ineens voor je neus sta. Dat kan ik helemaal begrijpen. Natuurlijk, natuurlijk. En als je de waarheid wilt horen: ik had tot nu toe niet naar je op zoek durven gaan. Ik – iedereen – begreep dat je ruimte nodig had. Denk je dat ze het niet hadden geprobeerd als ze hadden gedacht dat je gevonden wilde worden?'

'Ik denk dat de meesten het wel best vonden dat ze me niet meer hoefden te zien.' Ze keek hem recht aan. 'Dat denk ik. En wat denk jij, Claude?'

'Ik denk dat je dronken bent. Ik denk dat je verkeerd reageert. Ik kwam hierheen omdat het drie jaar geleden is en omdat ik dacht dat je er misschien wel aan toe zou zijn om je oude vrienden weer te zien. Ik dacht dat je mij wel weer zou willen zien.'

Eraan toe om oude vrienden te zien. Daar was ze niet zo zeker van, helemaal niet. Had ze wel oude vrienden? En was Claude zo naïef om te denken dat ze gewoon weer in zijn wereld kon komen, die vroeger ook haar wereld was, zonder dat het haar iets deed? Wist hij wel hoe ver hij in werkelijkheid was gegaan in zijn zoektocht naar haar en hoe ver de tocht terug was? Nee, natuurlijk wist hij dat niet. Claude dacht dat hij voor tien pond een ritje met de taxi vanuit Soho maakte, voor een boodschap in East End met goedkope currytentjes en schitterende kroegen. Een plek waar hij zijn vrienden mee naartoe nam als ze eens wat anders wilden, als ze om cockney wilden lachen. Hij had geen idee hoe diep hij in de rimboe was beland, en hoe zinloos zijn missie was. Henty had het wel begrepen. Henty begreep alles. Zij had beseft dat Mia dit op een bepaald moment moest weten, hiermee moest worden geconfronteerd, en boos zou worden. Ze had verwacht dat Claude haar een ongemakkelijk gevoel zou geven, maar het enige wat ze voelde, was minachting voor zijn aanmatigende gedrag.

'Nou, ik heb je nu toch gezien?'

Claude wist zich geen raad. 'Niet op die manier. Ik bedoel, echt, een avondje uit.'

'In deze buurt is dit een avondje uit.' Ze maakt een gebaar, waarbij ze cider op tafel morste.

'Rustig, straks word ik nog in elkaar geslagen. Luister, Mia, ik merk dat je van streek bent, al snap ik niet helemaal waarom. Ik wilde je uitnodigen om met mij naar de Bracknell te gaan. Een vriend van me heeft een tafel gereserveerd, en ik heb niemand om mee te nemen. Het is over zes weken. Ik dacht dat jij het misschien wel leuk zou vinden. Meer niet.'

Hij stond op, wurmde zich in zijn jas en bleef met zijn arm in een van de mouwen steken. Hij was zichtbaar geërgerd over het feit dat hij zijn gemoedsrust kwijt was, en het zweet stond op zijn voorhoofd. Hun ontmoeting, zo vreemd vriendschappelijk na al die tijd, was nu iets akeligs. Ze had hem een rotgevoel gegeven. Ze was blij toe. Maar ze was er niet helemaal van overtuigd dat ze hem wilde laten gaan. 'Dus nu stap je op?'

'Dat lijkt me wel, ja. Het was verkeerd om hier te komen, het spijt me. Ik heb je tijd verknoeid.' Hij keek naar haar en toen naar het plasje cider op de tafel. 'En die van mij.' Hij liep al weg, draaide zich toen om. 'Luister, ik heb de kaartjes nog. Als je op je besluit mocht terugkomen, weet je waar je me kunt vinden. Welterusten.'

Bracknell. Ze had niet verwacht dat woord ooit nog te horen – of liever gezegd, ze had er zo lang niet aan gedacht dat het haar krankzinnig in de oren had geklonken. Wat moest zij nu op het Bracknell-bal, het winterfeest in Battersea Park, georganiseerd door de almachtige Bracknellcommissie? Er was wel een tijd geweest dat het ondenkbaar was om dat feest te missen. Het was jaren geleden dat de familie Bracknell het zelf had georganiseerd – sinds ze hun gigantische distilleerderij in de jaren tachtig hadden verkocht, hadden ze niets meer georganiseerd – maar ze hadden de sponsors en de liefdadigheidsinstellingen de naam en daarmee ook de merknaam laten behouden. Hoeveel Bracknell-bals had ze bezocht? Acht, negen? Eén keer waren drie leden van de commissie vrienden van haar geweest: daar was ze wel trots op geweest, dat viel niet te ontkennen. Een ander jaar had ze naast een beroemde Amerikaanse romanschrijver gezeten die haar een obsceen voorstel in het oor had gefluisterd tijdens het hoofdgerecht van gepocheerde heilbot op een bedje van spinazievermicelli in mosselbouillon. Ze was er niet op ingegaan, maar ze had zich onbehaaglijk gevoeld toen ze een paar weken later in *Tatler* een foto over twee pagina's had zien staan van hen beiden, waarop het leek alsof ze genoten van elkaars gezelschap. Op een andere foto van die reportage stond de glamourachtige echtgenote van de schrijver, een onbeduidende Engelse aristocrate, hysterisch te lachen om een kwinkslag die haar werd toegevoegd door een corpulente minister.

Het idee alleen al dat ze ooit weer naar zo'n feest zou gaan, maakte haar misselijk. Was Claude gestoord? Het was te belachelijk voor woorden. Het idee dat zij, nadat ze drie jaar lang bij Sylvia yogalessen in had geroosterd en therapeutische cassettes had verkocht, een avond zou willen doorbrengen in het gezelschap van mensen die haar zouden uitlachen als ze wisten waarmee ze haar brood verdiende... De arme jongen was echt de weg kwijt. Hij was hier helemaal naartoe gekomen om haar iets te vertellen dat waanzinnig was. Hij had haar opgespoord, louter en alleen om haar eraan te herinneren waarom ze ook alweer niet gevonden had willen worden. Ze wist ook dat hij haar niet de volledige waarheid had verteld over zijn bezoek.

Toen ze opkeek, zag ze dat het café bijna leeg was. Er zat een oude man op een barkruk, en een stelletje in de hoek dat zich amper van elkaars aanwezigheid bewust leek. Tony spoelde glazen om en keek naar een voetbalwedstrijd op een klein televisietoestel dat bij de kassa stond. Verbeeldde ze het zich, of had hij het licht gedimd? Het leek opeens zo donker. Toen ze opstond, viel er een briefje van vijf pond uit haar zak, en ze kon het maar net opbrengen om het op te pakken. Ze liep naar huis, aangeschoten en vol melancholie.

Op maandagochtend was Mia al vroeg op haar werk. De sportschoenen zaten haar als gegoten en ze voelde zich er goed in, bijna alsof haar goede aankoop ervoor zorgde dat iedere stap die ze zette extra veerde. Er stond een nieuwe begonia op de toonbank, daar blijkbaar in het weekend door Sylvia neergezet, maar van haar werkgeefster zelf was niets te bespeuren. Ze wilde er zijn voor Rob kwam, al was het maar om hem er-op te wijzen dat hij haar grondgebied betrad en dat hij dat voorzichtig moest doen. De eerste les van die dag leerde haar dat Rob geen vroege vogel was. Ze zat achter haar vierde kop thee toen hij binnenkwam. Tot haar genoegen zag hij er enigszins opgelaten uit.

'Goedemorgen, sorry, sorry,' zei hij. Zijn haar was niet lang genoeg om te kunnen zien of hij net zijn bed uit kwam of niet, maar zijn T-shirt – deze keer met de minder aanstootgevende tekst TOKIO 75– zag eruit alsof het in allerijl was aangetrokken.

'Rustig maar,' zei ze, nauwelijks opkijkend van het tijdschrift waarin ze had zitten lezen. 'Sylvia is er nog niet eens. Je bent veilig.'

'Bedankt. Bedankt. God, ik moet echt leren vroeg op te staan. Het is zo lang geleden. Ken je dat?'

Ze wilde zeggen dat het al meer dan vier jaar geleden was dat ze langer dan tot zes uur had geslapen, behalve bij de zeldzame gelegenheden waarop ze genoeg slaappillen had ingenomen om een paard te vellen. In plaats daarvan glimlachte ze en las verder.

Rob schoot langs de toonbank de achterkamer in waar hij zijn tas neergooide. Hij keek naar het computerscherm, krabde zich op zijn buik en liep weer terug. Hij was zenuwachtig. Mooi.

'Zo,' zei hij. Ze glimlachte weer, terwijl ze voor de vierde keer een artikel over Nicole Kidman bekeek. 'Zo. Wat wil je dat ik doe?'

'Ach, misschien moeten we maar op Sylvia wachten. Ik weet zeker dat ze je eerst een behoorlijke rondleiding wil geven.'

'O ja. Oké. Maar nu ik hier toch zit en zij er niet is, kan ik ook best iets aanpakken... is er niet iets wat je me kunt laten doen?'

De vuile vloer, natuurlijk. Ze herinnerde zich de vuile vloer boven, die ze vrijdagavond te berde had willen brengen toen hij Claude bleek te zijn. Daarmee kon ze Rob nu wel opzadelen, en het gaf extra voldoening dat hij er zelf om had gevraagd.

'Goed, dan. Wat nodig moet gebeuren, is het schoonmaken van het tapijt op de bovenste verdieping. Dat is zo smerig, en ik denk dat allebei die ruimten vandaag worden gebruikt. Het moet goed worden geboend, sorry dat ik het moet zeggen. Je vindt alle schoonmaakspullen in de bezemkast beneden.'

Rob wilde net iets zeggen – een protest of iets instemmends, dat bleef onduidelijk – toen Sylvia binnenkwam. Mia telde vier plastic tassen in haar handen en een mand over haar schouder. Een paar haarlokjes piepten onder de marineblauwe baret vandaan die ze soms droeg en die haar niet flatteerde.

'Nou!' zei ze, terwijl ze haar vrachtjes etenswaren en dossiers liet vallen. 'Nou, nou! Dat is nog eens prettig binnenkomen. De nieuwe assistent-manager en de adjunct-manager van dit geweldige Centrum al druk in de weer.'

'Ik zei net dat de vloer van de bovenverdieping goed moet worden schoongemaakt.'

'O, laat dat maar,' zei Sylvia. 'Ik wil dat jullie met z'n tweetjes naar de groothandel gaan om de nieuwe yogamatten op te halen. Ze bezorgen niet aan huis en de matjes liggen daar al drie weken te wachten.'

'Oké, die ga ik wel halen,' zei Rob, die al wat vrolijker keek, nu zijn taak werd opgewaardeerd van hulp in de huishouding tot chauffeur.

'Nee, nee, dat is een klus die je met z'n tweeën moet doen. Jullie moeten er samen naartoe. Daarom konden we het niet eerder doen. Is dat goed, Chels?'

'Ik pak even de sleuteltjes. Kom mee, Rob. Dan gaan we.'

Ze ging hem voor naar hun parkeerplaats die het Centrum deelde met een ijzerwinkel en waar Sylvia's oude Transit stond. Het was in Mia's ogen een nutteloze wagen, die het Centrum zich nauwelijks kon veroorloven. Maar Sylvia had fijne herinneringen aan tochtjes naar festivals en kon er geen afstand van doen, ook al reed ze er niet vaker dan vijf keer per jaar in. Ritjes zoals deze – het ophalen van vijfentwintig splinternieuwe yogamatjes – werden als reden aangevoerd om hem te houden. Mia wist dat dit onzin was. Wederom zegevierde het sentiment over het verstand.

'Wat een brik,' zei Rob, terwijl hij de gedeukte bumpers en de gehavende carrosserie bekeek. Voor deze keer was ze het met hem eens. 'Wat voor kleur heeft hij? Of is dat een erg botte vraag?'

'Nee hoor. Ik weet het alleen niet.'

'Hij ziet eruit alsof hij uit elkaar valt zodra je het sleuteltje in het contact steekt.'

Ze reed de wagen achteruit de poort uit, waar ze een nieuwe stapel schroot en een oude koelkast zag staan. Rob stond op de uitkijk en sprong toen in de auto. Hij stak een sigaret op, zoog er intens aan en bood haar er een aan. Ze schudde haar hoofd. De waarheid was dat ze dolgraag een sigaret had gewild, maar ze haatte de intimiteit die zou ontstaan als ze er een van hem zou aannemen.

'Verbazingwekkend, echt verbazingwekkend.'

Ze reed Roman Road in, richting metrostation. 'Wat?'

'Die motor. Hij is nog erger dan die aftandse karretjes die we als student hadden.'

'Nou ja, iets beters hebben we niet, dus je zult eraan moeten wennen.' Ze nam gas terug voor drie gesluierde Bengaalse vrouwen, twee met een wandelwagen, die de zebra voor haar overstaken.

'Ik geloof dat ik een grote vrachtwagen verwachtte, met het bedrijfslogo op de zijkant.'

'Dat zou ik maar niet zeggen waar Sylvia bij is. Ze heeft het niet zo op logo's. Je kunt een preek van een half uur over globalisering verwachten als je niet oppast.'

'Oké, oké. Waar gaan we naartoe?'

'Naar Kingsland Road. Van die groothandel betrekken we al onze spullen. We zitten al eeuwen om die matjes te springen. De waarheid is dat ik niet zeker weet of we ze kunnen betalen. Maar de oude begonnen te schimmelen. Jouw voorganger – Vic – sproeide ze om de paar weken schoon met de tuinslang.'

'Iets om naar uit te kijken. Doet die radio het?'

'Geen idee. Probeer maar.'

Rob draaide aan de knop van de antieke stereo waarop onmiddellijk blikkerige muziek de wagen vulde. Hij stelde de bas bij om het sissen in te dammen en draaide daarna aan de zenderknop om een ander station te zoeken. Ze vond het na een tijdje vervelend worden, vooral toen hij keiharde new wave opzette waarop hij heen en weer begon te bewegen en intussen op het dashboard trommelde op het ritme van de staccato gitaar en de jankerige stemmen. 'Geweldig,' zei hij. 'Geweldig. De Hives. Hou je daarvan?'

Daar gaan we, dacht ze. Tienerbandjes waar geen van ons ooit van heeft gehoord: lawaai en nog eens lawaai. Ze kon niet wachten om Ringo met Rob te laten kennismaken, Ringo met zijn uitgebreide kennis van alles wat de moeite van het luisteren en dansen waard was, en zijn minachting voor juist dit soort herrie die haar nieuwe collega kennelijk graag hoorde. Het zou een waar genoegen zijn om Rob ineen te zien krimpen als Ringo van zijn muzikale voorkeur vernam. Een zeldzaam genoegen.

'Ik geloof niet dat ik die eerder heb gehoord,' zei ze. 'Zou je het wat zachter willen zetten? Mijn hoofd dreunt. En het is maandagochtend.'

Hij voldeed aan haar verzoek, ietwat teleurgesteld. 'Je moet zo'n band hard zetten. Je zult het zien. Je moet ze een kans geven.'

Heb ik gedaan, dacht ze. Ik heb dat soort bandjes een kans gegeven op schooldisco's toen ik zestien was. En nu hoef ik niet meer naar dat soort herrie te luisteren.

Waarom maakte hij haar zo nijdig? Ze kon het niet plaatsen. Het enige wat hij per slot van rekening had gedaan was zijn voorliefde voor bepaalde muziek kenbaar maken en haar vragen er nog eens naar te luisteren: niet echt een grove belediging. Ze had dit eerder meegemaakt, vooral in haar oude werkkring. Een collega kon haar zo ergeren dat alles wat hij of zij zei, hoe onschuldig ook, een uiting van vijandigheid leek. Ze hoorde zichzelf weer klagen over compagnons of stagiairs. En weet je wat hij toen deed? *Hij haalde een kop koffie voor me!* Zomaar! Hoe durft hij? Rob had zich bij deze categorie hopeloze gevallen gevoegd, om redenen die haar totaal niet duidelijk waren. Wat had hij eigenlijk gedaan, behalve dat hij een belachelijk T-shirt droeg en verfrissend gedrag vertoonde?

Ze keek even opzij naar haar nieuwe collega die nog steeds mee zat te timmeren op het koortsachtige ritme van het nummer. Geheel opgaand in zijn dansbeweging, waarbij hij zijn ellebogen opzij stak en met zijn hoofd als een gek heen en weer wiebelde, zag hij er allesbehalve dreigend uit. Zijn ogen stonden zachter dan eerst, en zijn trekken waren minder spottend dan tijdens het afstandelijke sollicitatiegesprek. De stoppels op zijn kin dreigden uit te groeien tot een sikje. Hij genoot. En hij liet zich, en dat was nog benijdenswaardiger, niet uit het veld slaan door haar kritische blikken.

Ze draaide Kingsland Road op en drukte het gaspedaal in. Zelfs toen haalde de wagen niet meer dan zestig kilometer per uur, waarbij hij in zijn voegen kraakte en de motor zwaar zwoegde van de ongebruikelijke inspanning. De weg verbreedde zich toen ze langs de rij Vietnamese restaurants kwamen, richting het noorden. Sjofele chic maakte plaats voor een andere omgeving: het beton leek grijzer, de voetgangers kwamen trager vooruit. De lavastroom van Londens kapitaal was nog niet tot hier gekomen. Maar die zou hier gauw genoeg nieuwe bars en ontwerpstudio's en makelaars brengen die hun geluk niet op konden.

'Speel je met je band ook dit soort muziek?' Had ze belangstelling? Niet echt, maar het was onmogelijk om niets te zeggen.

Rob bewoog iets minder heftig. Het verbaasde hem dat hem zo'n schijnbaar neutrale vraag werd gesteld door iemand van wie hij dacht dat ze er allergisch voor was, en hij wilde niet het verkeerde zeggen. 'Dit? Nou ja, ik hou hier wel van. Maar het idee van de band is eigenlijk om vooral weer zelf instrumenten te bespelen, weet je wel, weer dat rauwe geluid terug te krijgen.'

'Juist. Ik neem aan dat je niet veel op hebt met de muziek die de laatste paar jaar wordt gespeeld?'

Daarover dacht hij even na, en hij trok aan zijn sigaret. Zette ze een val voor hem? 'Nee, niet echt. Ik vind dat gedoe met die dj's helemaal niets. Ze maken er cultfiguren van. Terwijl ze niet meer doen dan samples maken. Het is geen muziek. Ze doen net alsof niemand ooit nog muziek zal maken, dat dat allemaal voorbij is, en ze spelen alleen nog maar variaties op een thema. Het is zo –'

'Zo wat?' Zijn uitbarsting maakte het vooruitzicht op zijn eerste ontmoeting met Ringo nog aantrekkelijker.

'Zo *aanmatigend*. Het idee dat de muziek in de jaren negentig is opgehouden en dat het enige wat er nog over is door een stel gozers in lichtgevende T-shirtjes opnieuw moet worden gearrangeerd. Ik bedoel, er is nog een hele hoop goede muziek te maken. Een hele hoop. Let wel, ik zeg niet dat wij de beste band van de wereld zijn.' Hij zweeg even en keek uit het raam naar het voorbijsnellende landschap van B-2-blokken. 'Eerlijk gezegd stellen we geen reet voor.'

Ze schoten allebei in de lach, en hielden er onmiddellijk weer mee op, geschokt dat ze het alweer ergens over eens waren. Mia vond dat erger dan Rob, en deed alsof ze zich concentreerde op het verkeer op de kruisingen en een vrachtwagen die een onhandige manoeuvre uithaalde bij het keren. Ze reden door. Omdat ze niet vijandig wilde overkomen, verbrak zij de stilte weer. 'En, hoe heten jullie? Ik bedoel je band?'

'Je moet er vast om lachen.' Hij glimlachte en keek naar beneden.

Ja, dacht ze, maar niet waar jij bij bent. 'Natuurlijk niet. Kom op, vertel.'

'We heten: Thieves in the Night.'

Shit, dit stond niet in het script. De naam van Robs band klonk goed.

Ze had een studentikoze, gênante naam verwacht. Maar nee. Helemaal niet. Dat was vervelend. Rob, met zijn mening over dj's en die toffe naam van zijn band, paste al niet meer in het hokje waarin ze hem had geplaatst. Ze voelde hoofdpijn opkomen.

'Zie je wel?' zei hij, terwijl hij zijn hoofd schudde en het raampje omlaag draaide om zijn peuk weg te gooien. 'Ik wist dat je het vreselijk zou vinden. Ik had het je nooit moeten zeggen.'

'Eerlijk gezegd,' zei ze, terwijl ze van de snelweg af reed, 'vind ik het best een goede naam.'

Ze keek opzij en zag dat hij van verbazing niets kon uitbrengen.

'Dus je vindt het wel wat?'

'Absoluut. Ik bedoel, het gebeurt niet elke dag dat je een band hoort die zijn naam heeft ontleend aan St. Paul.' Ze parkeerde voor de groothandel. 'Rob je mag nu je mond houden. We zijn er. Er moet een hoop worden gesjouwd.'

'O, god. Ja, natuurlijk. Het is alleen, ik wilde niet... Goed.'

'Ik zit vol verrassingen, dat zul je nog wel merken. Kom mee.'

De groothandel was gevestigd in een armzalig gebouw dat vroeger een meubelzaak had gehuisvest. Ze waren gespecialiseerd in sportartikelen en materiaal voor de oosterse vechtkunst. Eigenaar Jim had haar bij een vorig bezoek uitgelegd dat ze driekwart van hun inkomsten betrokken uit lessen in kickboksen die tegenwoordig overal in de stad werden gegeven. Mia verkneukelde zich over de ironie van een bedrijf dat matjes betaalbaar maakte voor yuppen, die vrede en harmonie zochten, door over te schakelen op artikelen voor de oosterse gevechtskunst, die de stadsguerrilla aanmoedigde.

Jim stond achter de balie. Hij was een gespierde, corpulente man, wiens buik opbolde in een kastanjebruin overhemd met korte mouwen die vervaagde tatoeages blootgaven. Het was koel in de zaak, maar zweet parelde op zijn voorhoofd tussen ongewassen grijs piekhaar. Hij zag eruit als een boeddha die net terug is van een korte, uitputtende sprint. Jim vond dat het belang van training en fitness zwaar overdreven werd – hoewel hij er ook blij mee was, omdat hij onlangs van de opbrengsten ervan een aardige maisonnette had kunnen kopen in Leytonstone. Hij hield zelf van bier en van voetballen, liefst in combinatie, en hij vertelde vrolijk aan eenieder die het maar wilde horen dat hij verwachtte daarvoor vroeg of laat gestraft te worden met een zware hartaanval. Hij was een van de weinige mensen die Mia daadwerkelijk uitdrukkingen had horen bezigen als 'Je kunt het toch niet meenemen' en 'Je leeft maar één keer'. Ze mocht hem.

'Chels! Waar heb je zo lang gezeten, lieve schat? Ik heb je in geen eeuwen gezien. Heb ik iets verkeerds gezegd?' Hij sloeg zijn sportblad dicht en wreef zich in zijn handen.

'Helemaal niet, Jim. Hoe zou je mij nou kwaad kunnen krijgen?'

'Je moet zo oppassen, tegenwoordig. Iedereen is zo gauw op zijn teentjes getrapt. Je kunt zomaar iets verkeerds zeggen. Iets wat oude mannen zoals ik als een galante opmerking beschouwen, kan helemaal verkeerd overkomen, en dan zit je in de problemen. Een hoop gezeur. Weet je wat ik bedoel?'

'O ja, zeker,' zei ze. 'Maar mij zou je nooit kunnen beledigen, Jim.'

Ze zag dat Rob zijn zonnebril had opgezet en nerveus de zaak verkende. Er was heel weinig te verkennen. Jim deed er weinig aan om voorbijlopende klanten binnen te lokken en zijn winkel was vooral functioneel: een balie met een kassa, en een paar oude stootkussens die verloren in de hoek lagen.

'Wie is dit, je lijfwacht?' vroeg hij, terwijl hij naar Rob wees. Rob draaide zich om, zette zijn zonnebril af en glimlachte flauwtjes. Hij zag er bespottelijk uit.

'Nee, dit is Rob. Hij werkt pas vanaf vanochtend bij het Centrum. Dit is Jim, Rob. Jim levert ons allerlei spullen. We zouden niet zonder hem kunnen.' De twee mannen schudden elkaar de hand, waarbij Jim Rob met nauwverholen scepsis opnam.

'Aangenaam. Nou, je hebt wel geluk dat je met deze charmante dame mag werken, moet ik zeggen. Ik weet niet of ik dat van Sylvia kan zeggen. Dat is me er eentje, hoor.'

'Nou, Jim,' zei Mia lachend, 'Sylvia bezorgt je anders heel wat klandizie. Hou daar dus mee op.'

'Ze bezorgt me anders ook een hoop ellende. God, ik dacht dat die matjes voor eeuwig in mijn magazijn zouden blijven liggen. Ik heb haar vorige week nog gebeld. Krijg ik tien minuten gezeur over haar tekort aan personeel te horen. Dus ik zeg tegen haar: "Ik ben hier in mijn eentje, pop, vertel mij wat. En ik heb die ruimte nodig. Er komt morgen een scheepslading Ninja-troep voor tieners binnen." Ik neem aan dat je die matjes nu komt ophalen, Chels.'

'Klopt. Alles is al betaald, nietwaar?'

'Maanden geleden al, liefje, maanden geleden. Je hoeft alleen even te tekenen, en dan kunnen jullie naar hartenlust strekken en buigen, of wat je er ook op doet.'

Rob en Jim maakten zich verdienstelijk door de wagen vol te laden. Ze had wel kunnen meehelpen, maar ze besefte dat dat niet nodig was en dat ze geen haast hadden. Vijfentwintig matjes, waarschijnlijk acht of negen keer lopen vanaf het magazijn. Ze hoopte dat Jim niet het loodje zou leggen van de inspanning, maar ze wilde ook haar gezag laten gelden tegenover Rob. Hun vervelende eerste ontmoeting was nog niet uit haar gedachten, en ze wilde hem nog steeds laten voelen dat er een wereld van verschil tussen hen bestond qua jaren en status. Hij mocht dan een bandje met een cool klinkende naam hebben, maar zij was nog steeds adjunct. Dat telde. Toch? Ze leunde tegen de balie, terwijl Rob de trap af liep met een mat en Jim trillend achter hem aan slofte en de indruk wekte dat zijn voorspelde hartaanval op het punt stond werkelijkheid te worden.

De radio stond aan en ze luisterde met een half oor naar het nieuws. Ze was haar politieke voelsprieten volkomen kwijtgeraakt of, liever gezegd, ze had er afstand van gedaan. Nieuws waarop ze ooit ogenblikkelijk zou hebben gereageerd met e-mails naar klanten en geschreven memo's aan haar superieuren over marktaangelegenheden leken nu ver weg en onbelangrijk. In haar tijd bij Z Robinson had ze alle kranten gelezen en naar het programma *Today* geluisterd met een religieuze regelmaat die haar vriendjes razend had gemaakt. Ze had internet afgestroopt naar tips en zakenroddels. Maar het nieuws deed haar niets meer; ze zat niet langer in zijn kritiekloze greep. De berichten op radio en televisie die haar ooit in beslag hadden genomen, liet ze nu onaangedaan over zich heen komen. Er was een oproer onder de burgers in de Oekraïne; de dollar was gezakt en de Amerikaanse bank maakte zich zorgen; Downing Street had 'onvoorwaardelijke steun' toegezegd aan een minister die ervan werd beschuldigd dat hij lucratieve regeringscontracten had aangeboden aan een bedrijf waarin zijn neef belangen had; vrijheidsgroeperingen en islamitische gemeenschappen hadden kritiek geuit op Miles Anderton, de minister van Binnenlandse Zaken, over zijn nieuwe campagne tegen organisaties die te maken hadden met overzeese militante groeperingen; een beroemd sportman ging scheiden; de weersvoorspelling. Zo ging het verder, ze liet het over zich heen komen.

Miles... het was vreemd om zijn naam te horen. Hij was dus nog steeds politiek actief. Ze vroeg zich af of hij deze keer wist wat hij deed. Waarschijnlijk niet. Maar hij zou genieten van de publiciteit, altijd uit op alle aandacht die hij kon krijgen.

'Dit is de laatste, Chels.' Jim stond voor haar en verlangde haar goedkeuring. Hij was kapot, zijn overhemd was doorweekt. Een van de knoopjes was eraf gesprongen, en een stuk lelieblank vlees was nu duidelijk zichtbaar. Vreemd genoeg stond het weinige haar dat hij had rechtovereind. Ze voelde zich enigszins schuldig omdat ze een man die duidelijk een slechte conditie had zulk zwaar werk had laten doen. Maar nu was de klus geklaard.

'O, Jim. Je bent mijn held. Heel erg bedankt. Waar moet ik tekenen? Hier?' Hij stond vreselijk te hijgen en probeerde uit alle macht op adem te komen. Ze vroeg zich af wie zijn volgende klant zou zijn en hoe lang Jim daarop zou moeten wachten. Waarschijnlijk zouden er een paar dagen verstrijken en dan zou een stel mafkezen van een vechtclub in Hackney handschoenen en maskers en nunchakus komen halen, zodat ze elkaar daarmee konden trappen. Een vreemde handel, die Jim dreef, dat was een ding dat zeker was.

Ze zei gedag en verliet samen met Rob de winkel. Hij zette geen muziek aan in de auto en hij probeerde niet hun gesprek weer op te pakken of haar meer over zijn band te vertellen. De transit gromde van ongeloof over de nieuwe lading achterin en zwoegde de hele terugweg. Maar Sylvia was verrukt toen ze terugkwamen. Mia kon aan haar gezicht zien dat ze hun gezamenlijke ritje had beschouwd als een manier om hen een beetje nader tot elkaar te brengen. Haar werkgeefster straalde het serene uit van een aardmoeder wier kroost in vrede bij elkaar is. Rob laadde de matten uit en bracht de rest van de dag door met verschillende klusjes, waaronder het schoonmaken van het tapijt.

Ze vertrok zo vroeg mogelijk en liep naar huis, waarbij ze onderweg in Brick Lane een kop koffie en een broodje ei bestelde. Het was koud, maar ze ging op het terras van het café op een bankje zitten. De ober bracht haar bestelling en gebaarde naar de lucht alsof hij wilde zeggen dat ze wel gek leek. Ze bedankte hem, maar bleef zitten waar ze zat. Ze vond het hier prettig en keek graag naar de andere klanten. Binnen dronk een man in een zwart leren jasje, die haar een beetje aan haar broer deed denken, een biertje met een aantrekkelijke blondine. Ze lachte om bijna alles wat hij zei. Hun vingers raakten elkaar af en toe over de tafel en verloren het contact weer wanneer het meisje dubbelsloeg om zijn volgende mop. Er hing geen enkele spanning tussen hen. Ze waren volkomen op hun gemak in elkaars nabijheid, en zij was kennelijk blij dat ze naar hem mocht luisteren. De man sloeg zich tegen zijn voorhoofd en zij lachte alweer.

Mia at haar broodje op en wandelde de laatste paar honderd meter naar huis. Het was al donker en ze besefte dat het koud was op een manier die er geen twijfel aan deed bestaan dat het herfst was. Nog maar een paar dagen geleden had het seizoen gewankeld en had de zon zijn verraderlijke spel gespeeld. Maar nu voelde ze een winterse kou in haar vingers, en de hemel beloofde alleen maar somberheid. Dit was de periode waarin ze wilde slapen, zichzelf totaal verliezen. Maar ze bleef lopen. Er is geen ontsnappen aan in een stad, dacht ze. Er is hier geen kans op een winterslaap.

In haar flat lag een stapel reclamefolders plus een brief van haar makelaar die haar vroeg of ze haar huis wilde verkopen. Ze constateerde met een oogopslag dat ze achter was met de was en ze moest hoognodig boodschappen doen. Het appartement zag eruit als een zwijnenstal, maar ze kon zich er niet toe zetten om er die dag nog iets aan te doen. Het lichtje van het antwoordapparaat flikkerde, maar ze besloot de boodschappen nog niet af te luisteren. Ze had, zoals ze eerder die dag ook al had gedacht, geen haast.

Ze maakte nog een kop thee en zette een cd op van de Diabelli Variaties. Het stuk van Beethoven hypnotiseerde haar en deed haar de afgelopen dag vergeten. Ze genoot van het ingewikkelde muziekstuk, dat een uitdaging was voor haar brein. Ze hield van de manier waarop de pianist de componist geen kwartmaat toegaf en zijn vreeswekkende taak met ongetemde, subtiele accuratesse uitvoerde. Het gaf haar een gevoel van kracht om de strijd te horen van twee genieën uit verschillende tijden, waarbij de handen van de een over de toetsen vlogen in reactie op de tekentjes die door de ander op papier waren gezet, half krankzinnig door wat er in hem ziedde, zonder te kunnen horen wat hij maakte. Geen ruimte voor vergissingen, geen enkele. Een vertolker die dat nooit zou kunnen verdragen. Dit was iets wat ze niet kon verklaren, maar wat ze wel begreep.

Toen de cd was afgelopen, bleef ze nog een hele tijd op de bank zitten. Daarna stond ze op en belde Claude om te zeggen dat ze met hem naar het Bracknell-bal zou gaan.

V

Steden overleven vooral in het westelijk gedeelte, daar waar de zon ondergaat. Ze breiden zich uit met nieuwe wijken, bieden woonruimte aan hun kinderen en dan, wanneer er niets meer uit te breiden valt, gaan ze ten onder in de afkoelende woestijn of in de trage wurggreep van de buitenwijken. Maar Londen niet. Al meer dan een eeuw stroomden haar krachten naar het westen, daarmee de levenssappen onttrekkend aan de oude Romeinse vesting en met achterlating van alleen de verwaarloosde havens en het luchtdicht afgesloten Square Mile, vanwaar de plutocraten en de venters zich 's avonds weg spoedden. De oude arbeidersklasse van East End, of althans degenen die het zich konden veroorloven, verliet haar zieltogende thuisland en stichtte nieuwe, met grind bedekte kolonies in Essex en nog verder. Een tijdlang was het enige wat je kon horen het huilen van de wind die over Commercial Road woedde vanaf de oude havens naar de City, een ader die ooit gezwollen, maar nu bloedeloos was.

Maar niet lang. De blanke arbeiders en taxichauffeurs waren vervangen door Aziatische families die tweemaal zo hard werkten en tweemaal zoveel verdienden. Hun groothandelsbedrijven flankeerden nu straten die jarenlang verlaten waren geweest. Intussen hadden de kunstenaars zich verplaatst van Hampstead en Chelsea naar Hoxton en Shoreditch. De gewone middenklasse was snel gevolgd, op zoek naar zolderruimten en een bohémienachtige omgeving. De penseelstreken van noodlijdende schilders en de conceptuele kunst van hun collega-beeldhouwers gaven een sterke impuls tot regeneratie. Met de nadering van het nieuwe millennium had een nieuwe volksstam East End in bezit genomen, en de kolkende stromen van de stad waren weer van richting veranderd. Londen had nog steeds zijn Checkpoint Charlie in Fleet Street, waar Oost en West elkaar in nerveuze ontspanning ontmoetten, maar Oost kromp niet langer ineen als het over de muur van de gerechtshoven en verlaten krantengebouwen heen keek.

Dit waren niet de krachten die Mia Taylor naar het oostelijk deel van de stad hadden gebracht, maar ze begreep ze wel. Ze voelde de grote aardschollen onder de stad kreunen en schuiven zoals ze een eeuw geleden deden, toen rijkdom en talent zich hergroepeerden en zichzelf opnieuw richting gaven binnen de oude, onbegrensde stad. Haar eigen verhaal was er een van ongeluk, het verraderlijke noodlot, maar het had haar ongewild een rol gegeven in een groter verhaal, een moderne legende over migratie en verandering die enkele tientallen jaren zou duren, zijn koers zou volgen, om daarna weer totaal te veranderen wanneer de kinderen van haar generatie de besluiten van hun ouders verachtten en een totaal andere weg kozen.

Ze nam de trap naar de metro van Bethnal Green met twee treden tegelijk, op een van haar zeldzame uitstapjes naar de westkant van Londen Bridge. Op het middenperron zat een jongeman met een hond te bedelen, zijn handen kwamen steeds open en dicht onder een deken vandaan. Op zijn enkels lag een gehavend stuk karton met daarop HONGERIGE DAKLOZE geschreven in een wirwar van kleine en grote letters. De hond, die beter doorvoed was dan de jongeman – die ongetwijfeld liever zelf stierf van de honger dan dat hij moest toezien hoe zijn hond leed – lag diep te slapen te midden van de heen en weer lopende mensen. Het haar van zijn baasje vertoonde hier en daar blonde lokken en zag er dof uit na wekenlang geen ander water te hebben gezien dan regen. Ze gooide afwezig een munt van een pond in de hoed, nadat ze zich ervan had vergewist dat ze genoeg kleingeld bij zich had voor haar kaartje.

Ze moest naar het westen van Londen om nieuwe kleren te kopen voor het Bracknell-bal. Ze kon er niet omheen. Een paar sportschoenen die het konden opnemen tegen die van Aasim waren nog wel in Whitechapel te vinden, maar niet een jurk waarmee je ze in Battersea Park de ogen kon uitsteken. Ze had niets geschikts in haar kast hangen, en zelfs als ze dat wel had gehad, zou ze nog iets nieuws hebben gewild. Het was een van de minder belangrijke rituelen die deel uitmaakten van het grotere ritueel, waardoor ze vele jaren lang steeds alles nieuw had gekocht. Nieuwe schoenen, soms ook oorhangers, alles. Ze had tweeënhalf duizend pop op zak, die ze die ochtend bij de bank had gehaald. Oom Gus hoefde er niets van te weten. Zou hij het goedvinden? Waarschijnlijk wel, maar om de verkeerde reden. Hij zou denken dat Mia's buitensporige uitgave, en sowieso haar beslissing om naar het bal te gaan, er het eerste teken van was dat ze weer thuiskwam. Hij zou de sleutel al horen kraken in het slot van de door haarzelf gekozen gevangenis. Zij allemaal zouden dat horen. Ze zouden denken dat er een eind was gekomen aan haar gekte. Ze zouden niet weten of ze zich opgelaten of zelfvoldaan moesten voelen omdat ze haar, in hun ogen, normale leven zou hervatten.

Op het bordje op het perron verscheen een mededeling: EALING BROADWAY: 1 MIN. Ze keek naar de overkant van het spoor naar een aanplakbiljet dat haar uitnodigde haar leven zin te geven met een serie meditatielessen in St. Pancras, daarna naar een andere waarop de deugden van Portugese wijn werden aangeprezen. Een rat schoot snel weg over de rails toen er een trein aankwam, een diertje zo klein dat hij alleen al door de herrie zou kunnen worden vermorzeld. Ze stapte in en ging zo ver mogelijk van een sjofel uitziende vrouw zitten die een aria uit *De bruiloft van Figaro* zat te zingen voor geld, goed genoeg om het lied herkenbaar te maken, maar niet goed genoeg om ernaar te willen luisteren. De vrouw, in een deerniswekkend versleten jurk en vest, liep door het rijtuig, waar ze af en toe haar gezang onderbrak om dankjewel te zeggen tegen de passagiers die haar niets gaven, wegdoken achter hun krant of voor zich uit staarden alsof ze niet bestond. Ze ís er ook niet, dacht Mia. Niet echt. De muziek komt nergens vandaan en zij is alleen maar de vertolkster.

De trein vertrok en ze vroeg zich weer af waarmee ze bezig was. Claudes bezoek had haar diep verontrust. Om te beginnen bleek eruit dat ze heel gemakkelijk te traceren was. Ondanks het verhaal dat hij eromheen had verzonnen, had hij niet heel erg zijn best hoeven doen om haar in het Echinacea te vinden. Haar veilige haven was helemaal niet zo veilig – of liever, het was er veilig zolang men haar met rust wilde laten. Claude had haar willen zien, en ze kon er niet achter komen waarom. Om haar mee uit te vragen naar het Bracknell-bal. Het was aardig van hem om dat als excuus te gebruiken. Maar hij was al zo vaak alleen naar dat soort feestjes geweest, en er al even vaak met iemand vandaan gekomen. Het idee dat Claude een vrouw aan zijn arm nodig had om bij zo'n gelegenheid mee naar binnen te nemen was niet reëel. Maar hij had geweten dat ze het aanbod nauwelijks kon afslaan. Niet omdat ze zo graag haar gezicht weer in *Tatler* wilde zien staan, of omdat ze het contact met een van de mensen die ze nu zeker onder ogen moest komen wilde herstellen. Het was omdat ze de uitdaging niet kon weerstaan. Daarvoor kende hij haar goed genoeg. Om haar terug te laten komen moest het lokaas groot genoeg zijn, angstaanjagend genoeg. Slimme Claude.

Liverpool Street. De trein spuwde een paar passagiers uit en kreeg er veel nieuwe bij. Een tiener met een Adidas trui en een voetbal in zijn armen ging naast haar zitten. Hij was zo onrustig dat hij een paar keer met zijn elleboog in haar ribben porde. Ze draaide zich met een kwade blik naar hem toe, waarop hij een tijdje rustig werd. Ze ving haar spiegelbeeld op in het raam tegenover haar, en zag het gezicht van haar moeder: ze had die uitdrukking op haar gezicht waarmee Jenny haar vier kinderen zo vaak tot stilte had gemaand. Zonder hard of onverzettelijk te zijn hadden haar trekken duidelijk laten zien wat ze wilde. Ben ik zo geworden? dacht ze. Zitten die andere vijf binnen in me, in me gevangen, klauterend naar de oppervlakte van mijn wezen om af en toe in een spiegel vorm te krijgen? Nee, dat was te gemakkelijk. Zo ging het niet met persoonlijkheden. Ieder van hen had altijd wel wat van de anderen gehad, hun karakters hadden zich vermengd in de hutspot van een gezin. Nu was alleen zij er nog, met niemand anders die iets kon zeggen over de gelijkenis of die kon lachen om de overeenkomsten.

Zulke gedachten waren storend voor Mia, en Claudes bezoek had ze in gang gezet. Ze was weer aan het piekeren over zaken die ze naar de marge had gedrongen, waarbij ze met vragen werd geconfronteerd waarop ze geen antwoord zou vinden. Het deed haar pijn, want ze wist na al die tijd wel dat een tocht door deze doolhof altijd pijn en frustratie opleverde. Degenen die het hadden over 'afsluiten', begrepen totaal niet wat verlies was, echt verlies. Ze hadden er geen idee van dat je uiteindelijk geen enkel antwoord, geen symmetrie, geen slotakten had. Er was alleen maar een dagelijkse manier van omgaan, de kunst van het ontsnappen en het geworstel om door te gaan. De enige vraag die de moeite waard was, was: wanneer zal ik ophouden met vragen stellen? Toch, dacht ze, terwijl de trein rammelend tot stilstand kwam bij Bank, kan ik Claude er niet helemaal de schuld van geven. Het zou zo goed uitkomen hem ervoor aansprakelijk te stellen, de eerste indringer in de kleine schuilplaats die ze had gevonden. De ongewenste pionier. Maar hij was niet de eerste. Nee, die eer viel iemand anders ten deel.

Anderhalf jaar geleden was het sinds Beatrice Browns komst. Was het april geweest of mei? Ze wist het niet meer. In elk geval voorjaar, en warm genoeg om naar haar werk te gaan in een T-shirt en korte broek. De enige kersenboom in de tuin van het Centrum was volop in bloei, en er stond een kan met limonade vol ijsblokjes op de balie. Alle ramen stonden open en ventilatoren zoemden in de studio en de workshops. Toch was de benauwde zomerse hitte, wanneer de stad een helse gevangenis werd en mannen hun ontbloot bovenlijf in beschonken wanhoop uit de ramen van de twintig verdiepingen tellende torenflat hingen, nog ver weg. De lente viel goed in East End en bij de kinderen die rondrenden op het grasveld aan het einde van Nantes Street.

Het was Vic die haar als eerste opmerkte op het bankje aan de overkant van de straat. Hij tuurde uit het raam, zoals altijd als hij niets te doen had. Hij hield listig een sjekkie in zijn linkerhand verborgen en blies de rook naar buiten. In zijn zwarte denim overhemd, zijn met verf bespatte oude corduroy broek en vettige paardenstaart zag hij eruit als een jazzmuzikant op zijn retour, of een roadie van een folkgroep. Wat hij allebei had kunnen zijn, als hij niet het orakel en de klusjesman van het Echinacea was geweest. Nog een trekje, deze keer dieper, in zwaarder gepeins. Er was iets dat zijn aandacht had gevangen.

'Chels. Chels, hé, kom eens hier. Nee, niet te opvallend doen. Rustig.'

Ze dook onder de balie door en sloop naar het raam. Toen Mia Vic de eerste keer had zien lopen, had ze plotseling, na het woord jaren verkeerd te hebben begrepen, geweten wat 'kuieren' was: het was een heel specifieke manier van lopen en, zo had ze ontdekt, niet gemakkelijk. Het zat hem vooral in de schouders, taille en heupen. Ze wilde nu naar hem toe kuieren. Maar wat haar nog het beste lukte, en dat was waarschijnlijk nog opzichtiger dan wanneer ze in radslag met een verkeerskegel op haar hoofd door de kamer was gegaan, was met haar voeten over de vloer schuiven zonder een overdreven steelse indruk te maken.

'Wat? Wat is er aan de hand?'

'Rustig, meisje. Niet zo opvallend kijken. Zie je, daar?' Vic gebaarde met zijn dichtgevouwen hand, waar net zo mysterieus rook uit omhoog kringelde als uit de magische palm van een eskimo-sjamaan.

Op het bankje zat een forse vrouw in een forse jas. Ze staarde recht naar voren, vastbesloten, alsof ze met niets of niemand iets te maken wilde hebben. Haar haar had dat knalrode van henna, bijna alsof het op zichzelf stond, in een strak, monumentaal model gekapt. Op haar schoot had ze een kostbaar uitziende handtas met ivoren handvatten die ze met beide handen in een ijzeren greep hield. Zelfs van deze afstand kon Mia zien dat ze zwaar was opgemaakt, haar trekken gingen schuil onder een gedurfde laag foundation, rouge en mascara. Maar het was haar jas die het meest opviel: een lang model van bont, met daarin de tinten bruin van de vele dieren die ongetwijfeld voor de fabricage ervan het loodje hadden moeten leggen. De haren bewogen licht in de lente-bries. Net als het kapsel van de vrouw, was het alsof de jas op zichzelf stond. Het was een vreemd trio.

'Die vrouw moet daar wel bijna zitten stoven. Dat is een jas voor een winter in Siberië.'

'Nou, ze droeg hem gisteren ook al,' zei Vic. Hij gooide zijn peuk het raam uit.

'Heb je haar al eerder gezien?'

'Alleen de afgelopen vier dagen.' Hij draaide zich om naar Mia, alsof hij op het punt stond haar over iets paranormaals vertellen, zo bizar dat het een uitzonderlijke goedgelovigheid vereiste. 'Ik zal je wat vertellen, Chels. Iets heel eigenaardigs. Bijzonder eigenaardig. Vier dagen achter-een zie ik die oude vrouw. Eerst zat ze bij het grasveld, en toen viel ze me niet echt op. Ze kon iemands moeder of echtgenote zijn, ja toch? Het was lekker weer, dus ik zie die jas en ik denk, nou ja, misschien weet zij meer dan wij en slaat het weer straks om. Of zoiets.' Hij keek samen-zweerderig om zich heen, haalde toen zijn shagpakje te voorschijn en rolde nog een sigaret. 'Maar dan zie ik haar de dag daarop weer.'

'Op het grasveld?'

'Nee, joh.' Hij keek Mia weer aan. 'Helemaal niet. Deze keer keek ze hier door de etalage naar binnen.'

Mia moest haar best doen om niet te gaan lachen. 'Door de etalage, Vic? Je bedoelt dat ze hier door de ruit stond te kijken? En dat is eigen-aardig?'

Vic liet zich niet van de wijs brengen. Hij was te zeer verdiept in het precieze werkje met vloeitje en tabak. Hij straalde ook het vertrouwen uit van een man die dingen weet waarmee hij sceptici het zwijgen zou kunnen opleggen. Eigenaardige dingen. 'Ze kijkt door het raam, maar als ze ziet dat ik naar haar sta te kijken, gaat ze er als een haas vandoor. Je zou niet denken dat ze zich zo snel uit de voeten kan maken. Maar de volgende dag kwam ze terug. En nu zit ze daar weer.'

'Stalkt ze je?'

Vic had daarover nagedacht. 'Mij, pop? Dat betwijfel ik.' Hij keek weer naar de vrouw, naar haar haar en haar jas. 'Maar ze zit wel achter iets aan. Zeker weten. Zeker weten.'

De trein liep St. Paul's binnen, en de tiener stapte uit. Vic had gelijk gehad, hoewel hij nooit had kunnen raden wat het raadsel van de Vrouw in de Jas inhield. Ze zat achter iets aan. De volgende dag kwam ze niet opdagen, en Vic en Mia grapten dat ze haar hadden afgevoerd en dat ze nooit te weten zouden komen waarom ze was gekomen. Maar na het weekend, op een kille maandagochtend, had Mia haar weer op het bankje zien zitten. Deze keer droeg ze een kasjmieren sjaal en crèmekleurige handschoenen. Het was moeilijk te zeggen of ze er fraai uitgedost of bespottelijk uitzag, opgedirkt alsof ze op weg was naar een concert in Bath in plaats van hier op een bankje waarop het woord NIXNUT was gespoten. Een uur later keek Mia nog eens, maar toen was ze weg. Ze zei het tegen Vic, die zijn hoofd schudde en zei dat hij niet kon wachten om het zijn vriend Steve, de saxofonist, te vertellen. In zijn hoogtijdagen was Steve in het jazzcircuit gestalkt door een gekke vrouw die had verklaard hem oneindig lief te hebben. Steve had beleefd haar avances afgeslagen en zij had zich voor een trein gegooid. Of was het van een brug? De exacte details waren hem ontgaan.

Pas de dag daarop was het verhaal van de Vrouw in de Jas niet langer een leuk grapje. Mia verliet het Centrum om zes uur en ging naar huis. Het was een schitterende avond, en ze genoot van de geuren van het seizoen, van vroege bloesems en voorbijvliegende pollen, die zich vermengden met de onveranderlijke geuren van de hoofdstad. In de kleine parken onderweg lagen mannen en vrouwen hand in hand, nippend van een flesje water, terwijl vrachtwagens met achttien wielen een paar meter daarvandaan piepend tot stilstand kwamen. Een oase van rust tartte de razernij van de stad. Ze wandelde door de gespikkelde schaduwen van de bomen, en vroeg zich af wat ze die avond te eten zou maken en of ze onderweg een goede fles chablis zou kopen.

Mia wist niet waarom ze zich ineens omdraaide, maar toen ze dat deed, voelde ze de vertrouwde opwelling van paniek. De Vrouw in de Jas liep een meter of vijftig achter haar, en deed duidelijk moeite om haar bij te houden. De onverbloemde achtervolging was even waanzinnig als onrustbarend. De vrouw had nauwelijks meer kunnen opvallen. Haar gebrek aan doortraptheid was lachwekkend. Maar ook verbijsterend. Ze was zo gedreven dat ze het ervoor overhad om zo'n achthonderd meter door Bethnal Green te lopen zwoegen in een bontjas en op hoge hakken. Het zou een circusact kunnen zijn, maar dan wel een zeer vastberaden circusact. En het leek erop dat Mia zelf het onderwerp van haar manische fixatie was, wat dat ook was. Wat als een geintje met Vic was begonnen, werd plotseling een inbreuk op haar persoonlijke leven. Mia had met heel wat beschadigde mensen te maken gehad in het Centrum, mensen die het daar als een gewijde plek beschouwden. Ze wist de meeste opvangtehuizen in de buurt te vinden, die vaak dankbaar waren voor haar hulp bij het vinden van een verdwaalde ziel. Maar de Vrouw in de Jas hoorde niet in die categorie thuis. Ze had meer weg van een maniak dan van een slachtoffer. En dit was iets dat Mia in haar leven niet kon toelaten.

Ze draaide zich om en liep naar de vrouw die stokstijf bleef staan. Mia rekende uit dat ze, als ze in dit tempo bleef doorlopen, haar in minder dan dertig seconden kon hebben bereikt. Het zou een kort gesprekje worden dat meteen zou doordringen tot de kern van de zaak. Mia verwachtte noch verlangde verklaringen. Wat ze haar te zeggen had, was eenvoudig: dat de vrouw welkom was in het Centrum als ze de lessen wilde bijwonen, maar dat ze het personeel niet moest lastigvallen of achtervolgen. Het Centrum was een en al gastvrijheid en niemand vond het erg als ze daar rondhing. Maar mensen achtervolgen was niet toegestaan. Wilde ze daarmee onmiddellijk ophouden?

De Vrouw in de Jas zou het niet zover laten komen. Terwijl Mia haar praatje voorbereidde, had ze niet gezien dat de in bont gestoken arm omhoogging, noch de zwarte taxi die naar de stoeprand gleed. Ze was nog maar twintig passen van de vrouw verwijderd, toen die onhandig in de taxi stapte terwijl ze de chauffeur haastig instructies gaf en met haar handen gebaarde voort te maken, snel, snel. Terwijl de taxi langs haar reed, riep Mia hem machteloos na, woedend om de schaamteloze ontsnapping. De wagen bleef staan aan het eind van de kruising waarna hij linksaf Cambridge Heath Road in sloeg. Mia keek naar het verkeer en overwoog erachteraan te rennen, op het raampje te kloppen en te eisen dat er naar haar werd geluisterd. Toen dook de chauffeur tussen twee bussen in en was verdwenen. Mia bleef even staan, niet goed wetend wat er precies was gebeurd en wat ze moest doen. Na een paar minuten liep ze naar de supermarkt en kocht een fles chablis.

Toen ze dit alles – behalve over de chablis – de volgende dag aan Vic vertelde, haalde hij zijn schouders op, op een manier die ze onverdraaglijk irritant vond. 'Ik zei het toch,' zei hij, terwijl hij zich over een stel potten boog waarin hij verfkwasten aan het schoonmaken was. 'Die is knettergek. Dat kon je zo wel zien.'

'Ja, Vic, daar was ik gisteravond ook al achter. Maar wat ik wil weten, is wat ik een volgende keer moet doen. Het is geen pretje om te worden achtervolgd door een dikke vrouw, gehuld in de vacht van honderd eekhoorns.'

Hij onderbrak zijn werk en dacht even na. 'Je gaat je wel afvragen waarom mensen dat soort dingen doen, vind je niet? De pijn die ze moeten hebben. Het is eigenlijk tragisch. Wist je dat John Lennon ooit heeft gezegd dat als er maar half zoveel geluk als pijn in de wereld was, er dan geen oorlogen meer zouden worden gevoerd?'

Dit werd Mia te veel. 'Nee, dat heeft hij niet gezegd. Natuurlijk heeft hij dat niet gezegd. En als het wel zo was, kan het me niet schelen. Het kan me niet schelen als dat stomme wijf als kind is misbruikt of op haar hoofd is gevallen of ten onrechte is weggestuurd bij Safeway. Ik wil gewoon niet dat ze me achtervolgt.'

Vic stond op. 'Chels, ik zie dat je van streek bent. En ik begrijp ook waarom. Daarom laat ik je nu wat alleen, zodat je ruimte voor jezelf hebt. En als je er later over wilt praten, nou, dan doen we dat. En als je dat niet wilt, ook prima.'

Nutteloze klotebeatnik, wilde ze zeggen. Maar natuurlijk zei ze dat niet. Vic was weg gesjokt met een paar verfpotten, Mia in de tuin achterlatend met als enige troost de sterk geurende bloesems.

Chancery Lane. Een groepje luidruchtige schoolkinderen stapte met klemborden in de trein, onder het waakzame oog van drie uitgeputte docenten. 'Het kan me niet schelen, Jennifer,' zei er een. 'Had je maar moeten gaan voordat we vertrokken.' Jennifer keek op naar de volwassene, overwoog haar opties, veegde een blonde lok van haar voorhoofd en begon opzettelijk ontroostbaar te snikken. Onder haar warme adem besloegen de ruiten van de trein.

Mia had niet verwacht dat de Vrouw in de Jas meteen na hun ontmoeting zou terugkomen. De regels van het spel waren totaal veranderd. Maar ze wist dat ze terug zou komen. Wat haar ook dreef tot dit waanzinnige gedrag, ze zou geen genoegen nemen met dit onbesliste einde. Een week ging voorbij zonder dat ze iets van zich liet zien. Het was verleidelijk te denken dat ze bang was geworden, maar Mia had genoeg gezien om te weten dat de vrouw, haar forse achtervolgster, niet snel zou opgeven. Vroeg of laat zou haar vastberadenheid het winnen van haar angst.

En zo gebeurde het ook, veertien dagen nadat ze in de taxi was ontkomen. Mia stond langs de hoofdweg op de bus te wachten toen ze de vrouw uit een café zag komen op nog geen twee minuten van het Centrum. Je zou denken dat het puur toeval was dat ze in de buurt was. Maar het lag meer voor de hand te denken dat dit het einde was van een van de dagen dat ze Mia bespioneerde, op een veel doortraptere manier, nu ze wist dat ze zich had verraden. Bij de eerste blik op die jas – een moment waarnaar ze had uitgekeken – rende Mia van het bushokje de straat over, waarbij ze een luide vloek ontlokte aan een jongeman in een Maserati die met gierende remmen voor haar moest stoppen. Het kon haar niet schelen en ze wuifde hem nonchalant weg. Ze liet zich haar prooi niet voor de tweede keer afpakken.

'Hé!' schreeuwde Mia. 'Hé! Ik wil met u praten!'

De vrouw draaide zich om en zag, met een uitdrukking vol afschuw die iets lachwekkends kreeg door de enorme hoeveelheid make-up, dat ze weer was ontdekt. Ze deed een halfslachtige poging om ervandoor te gaan, waarbij ze een beetje met haar linkerbeen trok. Maar deze keer waren er geen taxi's in de buurt, geen schuilplaats voor de omvangrijke vluchtelinge. Mia rende op haar af totdat ze vlak voor haar stond en haar de weg blokkeerde. De twee vrouwen bleven langs de stoeprand staan, tegenover een drogist.

'Neem me niet kwalijk,' zei Mia, zelf een beetje buiten adem. 'Neem me niet kwalijk. Ik wil met u praten. Wilt u even blijven staan?'

De vrouw staarde haar aan. Haar wimpers waren nep, en krulden om als papier in een vlam. Ze trok haar jas dichter om zich heen. Het was heel goed mogelijk dat ze zich niet liet vermurwen, dat ze Mia zou vragen waar ze het over had en erop zou aandringen uit de weg te gaan. Maar Mia liet niet met zich sollen, en dat zag de vrouw. De impasse kon niet langer duren.

'U hebt niet het recht om dit te doen,' zei Mia. Ze besefte dat ze haar stem verhief en dat de toon waarop ze sprak de kans niet erg groot maakte dat deze hysterische vrouw zich in haar kaart liet kijken. Ze haalde diep adem. 'Luister alstublieft. Ik wil alleen maar van u horen wat er aan de hand is. En ik wil dat u ermee ophoudt.'

De vrouw deed haar tas open en haalde er een antieke poederdoos uit. Hij was van zilver, met een slangenontwerp erop. Ze tuurde in het spiegeltje en bracht het dons een paar keer naar haar gezicht. Daarna klapte ze het dicht. 'Goed dan, lieverd,' had ze gezegd. 'Laten we een kop thee gaan drinken.'

De kinderen, inclusief de nog steeds snikkende Jennifer, stapten in Holborn uit. Mia was blij dat ze weg waren. Hun geschreeuw had haar gestoord in haar overpeinzingen en haar afgeleid van de herinneringen: de glans van de jas van de vrouw, de waardigheid waarmee ze naar het café was teruggelopen, de dunne lippen. Hoewel Mia technisch gesproken had gewonnen, voelde ze zich alsof zij werd begeleid door een bewaakster, in plaats van andersom. De achtervolging was voorbij, en onmiddellijk vielen haar het sterke karakter van haar gevangene op en de kalmte waarmee die zich bewoog.

Ze liepen zwijgend het café in, waar ze de enige gasten waren, op een vrachtwagenchauffeur in overall na die bij zijn eten een krant zat te lezen. 'Iets vergeten, liefie?' vroeg de man achter de bar.

'Nee,' zei de vrouw kordaat. 'Wat zullen we nemen, lieverd? Je ziet eruit alsof je wel een kop thee lust. Of een dubbele whisky. Twee koppen thee, graag.'

'Komt eraan,' zei de man, terwijl Mia en de vrouw aan een van de tafeltjes met oranje bankjes en gebladderd formica blad gingen zitten.

Mia wilde iets zeggen, maar de vrouw nam weer het initiatief. 'Ik ben ervan overtuigd dat je heel wat te zeggen hebt, liefje, maar laten we rustig aan doen, goed?' Ze wachtte op Mia's instemming. 'Het is nergens voor nodig om ons te haasten, vind je wel?' Mia schudde onwillig haar hoofd.

De thee werd gebracht. De vrouw deed drie suikerklontjes in haar kop en roerde er als een bezetene in. Ze glimlachte zwakjes naar Mia die haar thee niet aanraakte. 'Je ziet bleek, liefje. Het spijt me. Het heeft geen zin te ontkennen dat het mijn schuld is en dat ik, als de rollen waren omgedraaid, net zo kwaad zou zijn als jij. En misschien nog wel kwader. Ik heb het je wel moeilijk gemaakt, hè?'

Mia liet haar hand met een klap op de tafel terechtkomen. 'Wie bent u in godsnaam? Waar bent u eigenlijk mee bezig? Wat geeft u het recht? U hebt er het recht niet toe.' Tranen sprongen in haar ogen. De vrachtwagenchauffeur keek op, maar verloor onmiddellijk zijn belangstelling: het was maar een stomme, bekakte meid die ruzie zocht met haar moeder.

Deze keer was de vrouw zichtbaar van slag. Haar handen trilden terwijl ze haar kop wilde pakken, maar ze bedacht zich. In plaats daarvan zette ze haar handtas op het tafeltje, als een soort verdediging. Ze hakkelde en begon te praten. 'Ik – ik had niet moeten komen. Ik weet het. Zo had ik het niet bedoeld. Maar ik moest. Ik was het hem verschuldigd. In elk geval... is het ook moeilijk voor mij. Ik weet dat je het niet zult geloven, maar voor mij is het ook moeilijk.'

Mia bekeek haar met onverholen minachting. 'Hoe kan het nou moeilijk voor u zijn? U hangt rond op de plaats waar ik werk, u volgt me, u rent voor me weg, en nu bent u dus weer bezig. U hebt zich gedragen als een krankzinnige, niet ik. Ik wil niet achtervolgd worden. En als u ook maar íéts van me wist, zou u weten hoe vreselijk het is wat u me aandoet.' Ze voelde dat haar gezicht rood werd, haar wangen jeukten.

De vrouw dronk van haar thee en keek toen op. Ze had opvallende bruine ogen, volmaakte ovaaltjes in een gezicht dat ooit mooi moest zijn geweest. Mia zag ineens dat ze vroeger waarschijnlijk een zeldzame schoonheid was: die jas, het haar, de make-up waren allemaal rekwisieten, onderdeel van een nostalgische uitdossing die de herinnering levend hield aan de glamour en de macht die daarbij hadden gehoord.

'Weet je... de waarheid is dat ik een heleboel van je weet. Ik weet heel veel van je, al vanaf de tijd dat je nog klein was. Het was allemaal zo geweldig. Zoveel liefde. Zoveel liefde, dat je... het was bijna niet te geloven.'

Mia luisterde naar haar gebazel en werd ineens weer bang. Ze keek op om te controleren of de eigenaar en de chauffeur er nog waren. 'Luister, ik weet niet bij wat voor religieuze sekte u hoort, maar ik heb geen belangstelling. Bedankt dat u met me hebt willen praten, maar ik zou u dankbaar zijn als u me nu met rust liet. Ik heb u niets te bieden.'

De vrouw begon te lachen, gooide met een beproefd vrouwelijk gebaar haar hoofd in haar nek. 'O, hemel. Denk je dat? Ik ben niet van een Kerk, liefje. God heeft dat al een hele tijd geleden opgegeven, vrees ik. Nee, nee. Ik wil ook niets van je hebben. Verre van dat. Nee, de reden dat ik zoveel van je weet, is dat ik je vader heb gekend. Ik ben jarenlang met hem bevriend geweest.'

De lucht rond Mia werd ijl en haar blik werd wazig. Van alle waanzin die deze afschuwelijke vrouw had kunnen uitkramen, had ze dit het minst verwacht. 'Mijn vader?' siste ze. 'Hoe durft u mijn vader te noemen? Wat zou iemand als u van mijn vader kunnen weten?'

'Vraag maar.'

'U maakt een grapje.'

'Nee, je hebt volkomen gelijk. Waarom zou je me geloven? Per slot van rekening ben ik een volslagen vreemde voor je. Maar vraag me toch maar iets.' Ze boog zich over het tafeltje met een vrijmoedigheid die iets dwingends had. 'Waar het om gaat, is dit, Mia. Je zult het nooit te weten komen als je me niets vraagt. Als ik een verkeerd antwoord geef, ben ik een bedriegster en... nou ja, dan kun je de politie bellen of me laten opnemen of zoiets. Zo niet, dan kunnen we misschien met elkaar kletsen. Maar je zult het nooit weten als je me niets vraagt.'

Mia werd van haar stuk gebracht door de manier waarop de vrouw haar naam zei en de manier waarop ze sprak. Hoe gestoord ze ook was, aan haar logica viel niets af te dingen. Het was precies het soort logica dat Jeremy zou hebben gebruikt. Dat was natuurlijk toeval, maar in de context van opspelende emoties en toenemende paniek was er die bepaalde weerklank. Ze keek op naar het bord met het menu dat achter de bar hing, alsof dat haar inspiratie kon bieden.

'Goed, dan. Als u mijn vader hebt gekend, dan weet u ook hoe het eerste boek van zijn vader was getiteld.' Dit zou snel een einde maken aan deze afschuwelijke ontmoeting. Dan kon ze vertrekken en alles zo gauw mogelijk vergeten.

'Hemel. Ik dacht dat je eerst iets gemakkelijks zou vragen, zoals zijn sterrenbeeld of zijn lievelingskleur.'

'Het is gemakkelijk. Als u mijn vader hebt gekend, tenminste.'

'Nou, eigenlijk is het niet zo heel gemakkelijk. En daarom vraag je het me ook. Hij heeft dat boek pas voor me gekocht toen ik hem al bijna dertig jaar kende, wil je dat geloven? Hij zei dat ik het niet zou begrijpen, en daarin had hij natuurlijk gelijk. Maar ik wilde het toch hebben, omdat ik zoveel mogelijk met hem wilde delen, behalve dan de voor de hand liggende dingen. Dus kreeg ik mijn zin en gingen we op een avond naar Waterstone in Piccadilly, en daar kocht hij het voor me.' Ze sloot haar ogen in gelukzalige herinnering. 'Een prachtig geschenk: *First principles in philology* van B.T. Taylor. Ik heb het nog steeds in mijn kast staan.'

Mia hoorde haar aan en had het gevoel alsof de plastic stoel onder haar wegzonk. De funderingen begonnen af te brokkelen, en aarde, klei, stenen en lava werden blootgelegd. De wereld werd plotseling in een gat in de aarde gezogen, met in het midden een draaikolk van onwaarachtigheden die werden prijsgegeven bij het noemen van een boektitel. Er kon geen twijfel over bestaan: deze vrouw had haar vader gekend. Het eerste boek van haar grootvader was inderdaad *First principles in philology*, maar tot zijn verdriet was het niet het eerste dat door een uitgever was aangekocht (dat was een Grieks leesboekje geweest voor zesdeklassers, nog steeds te koop). Hij had nog vijf jaar moeten wachten tot zijn manuscript op de markt kwam, een uitstel dat aan hem had geknaagd tot op de dag van zijn dood: Bernard Taylors eerste boek, geweigerd! Alleen iemand die op intieme voet stond met haar familie kon dit weten, het was bijna iets gênants, een geheim. Hoe kon deze vrouw, met haar geverfde gezicht en haar opzichtige uiterlijk, een van die mensen zijn geweest?

'Ik begrijp het niet.' Ze staarde niet-begrijpend naar deze vrouw die haar hele wereld op zijn kop had gezet. 'Wie bent u?'

'Mijn naam is Beatrice. Beatrice Brown. En ik ben blij te horen dat je het niet begrijpt, want ik hoopte dat deze dag nooit zou komen – dat ik jou zou ontmoeten, een van Jeremy's kinderen. Ik weet nog steeds niet zeker of ik er goed aan doe. Maar ik heb het nu eenmaal beloofd.'

'Aan wie hebt u dit beloofd?'

'Ik heb het beloofd aan je vader – o, al meer dan vijf jaar geleden. Ik heb gezegd dat, als hem en je moeder iets zou overkomen, ik een oogje op zijn kinderen zou houden. Nou ja, zo heeft hij het niet precies gezegd. Het was heel vreemd. Hij was specifieker. Het was Benjamin om wie hij zich zorgen maakte. Hij liet me beloven dat ik op hem zou letten, zijn jongen, hoewel god mag weten wat hij dacht dat ik voor hem zou kunnen doen.'

'Ben? Waar hebt u het over?'

'Jeremy – je vader – maakte zich altijd ongerust over Benjamin. Hij zei altijd dat hij op een dag in de problemen zou komen en dat hij een stevige hand nodig had. "Beatrice," zei hij dan, "jij hebt een stevige hand. Zorg jij voor die jongen."' Ze lachte weer, met dezelfde gekunstelde hoofdbeweging. 'Nou ja, ik kan me niet voorstellen dat hij dacht dat het ooit zover zou komen. Maar hij dacht wel dat het fout zou kunnen lopen met Benjamin, dat de jongen risico's nam en ernstig in de problemen zou kunnen komen. Hij kon er niet van slapen.'

Die laatste opmerking ontging Mia niet. Maar ze kon het niet verdragen daarover lang na te denken. 'Ik kan me niet voorstellen dat mijn vader zoiets dacht.'

'Toch is het zo, lieverd. Híj heeft het gezegd, niet ik. Toen – nou ja, toen hij stierf, wist ik niet wat ik moest doen. Ik was er kapot van. Ik kan je niet zeggen hoe kapot ik was. En een heel lange tijd heb ik er niets mee gedaan. Ik heb het allemaal binnengehouden. Ik heb niemand verteld wat ik doormaakte. Maar toen dacht ik: wat heb ik hem nu echt beloofd? Ik heb beloofd dat ik voor Benjamin zou zorgen. En Benjamin is er ook niet meer. Ben ik dan nu ontslagen van mijn belofte?' Ze zweeg even en keek naar de schemering buiten. 'Nee, natuurlijk niet. Dat besefte ik laat op een avond. Ik kon namelijk niet slapen. Verschrikkelijke nachtmerries had ik, ik nam slaappillen, het hielp allemaal niks. En ik besefte dat die belofte in werkelijkheid inhield dat ik zijn kinderen in het oog zou houden, allemaal, maakt niet uit wie. En dat was jij dus, lieverd. Alleen jij. Arme Jeremy.'

'Hoe hebt u me gevonden? Niemand weet dat ik hier ben.'

'Je oom wel.'

'Juist. Dus nu kent u mijn oom ook al.'

'Eerlijk gezegd heb ik hem nooit ontmoet. Maar je vader heeft een persoonlijke brief achtergelaten met daarin de garantie dat ik, grofweg gezegd, iedere hulp zou krijgen waarom ik vroeg. In de brief stond heel duidelijk dat je moeder, als zij nog in leven zou zijn, er niets van mocht weten, en dat, als dit onmogelijk bleek, haar belangen op de eerste plaats zouden komen. Allemaal heel verstandig. Natuurlijk ging men ervan uit dat ik op geld uit was toen ik de fondsbeheerders benaderde en zij erachter kwamen dat die brief echt was. Ik weet zeker dat Jeremy wilde dat ik goed verzorgd achterbleef. Maar het ging me niet om geld. Ik wilde gemoedsrust. Je oom en ik schreven elkaar brieven, eerst op boze toon. Maar toen hebben we een regeling weten te treffen. Hij liet me weten waar jij zat, en ik stemde ermee in je met rust te laten als ik had gezien dat alles goed met je was. Maar de waarheid is dat ik altijd al wilde kennismaken. Ik kon die belofte onmogelijk houden door alleen maar elke dag door die etalageruit te staren. Ik moest van jou zelf horen of ik iets voor je kon doen. En zo ja, nou, dan zou ik het doen.'

'U hebt genoeg gedaan, maakt u zich geen zorgen. U hebt me de stuipen op het lijf gejaagd. Daar zat ik echt niet op te wachten.'

Beatrice legde plotseling haar hoofd in haar handen. Ze had zelf eindelijk ook haar grens bereikt. 'Kun je het niet begrijpen? Of tenminste proberen? Het enige wat ik nog van hem had, was die belofte. Meer niet. Ik hield hem voor mijn gevoel levend als ik kon geloven dat er een kans bestond om die waar te maken. Ik wist niet of ik iets voor je kon doen, en nu betwijfel ik het. Maar als ik het niet had geprobeerd... Snap je dat?'

Mia keek naar het geverfde haar, en luisterde toen de onderdrukte snikken begonnen. Van wat voor vreemdsoortig zuiveringsritueel was ze getuige? Wat voor schuld voelde deze vrouw om zo'n dwaasheid te begaan? Aan de andere kant, als wat ze zei waar was, wat voor keuze had ze dan? Als ze die belofte had gedaan, als haar trouweloze vader haar zoiets had laten beloven, wat had ze dan anders kunnen doen? Er was geen keuze.

Ook al haatte Mia deze vrouw om wat ze haar had verteld, ze begreep wel wat ze bedoelde. Dat wilde ze nog wel toegeven.

'Ja,' zei ze rustig. 'Ik begrijp het wel.'

Beatrice had opgekeken. Haar gezicht, of liever gezegd het masker van make-up, was nu een slagveld van emoties, verwoest door tranen, zorgvuldig doorgelopen kleurvlakken die met rampzalige gevolgen in elkaar over gingen. 'Dank je,' had ze gefluisterd. 'Dank je wel.'

Tottenham Court Road. Ze was er bijna, in Bond Street waar ze het equivalent van een maandsalaris bij Echinacea zou besteden aan een jurk en wat sieraden. Ze tastte naar het geld in haar zak, en glimlachte ondanks zichzelf bij de herinnering aan de avond die ze nog met Beatrice Brown had doorgebracht – die zelf ook wist hoe ze geld van de Taylors aan kleren moest uitgeven.

'Noemden jullie me echt zo?' had ze gevraagd, toen de ober de Frascati inschonk. 'De Vrouw in de Jas?'

'Tja, neem het ons maar eens kwalijk.'

'Je hebt gelijk, ik ben er ook echt aan gehecht. Hij is een beetje – nou ja, te krap, nu ik wat ben uitgedijd. Ik had maatje achtendertig toen je vader hem voor me kocht, bedenk dat wel. Ik kon niet geloven dat er zoiets moois op de wereld bestond. Prachtig ingepakt. Ik zal hem dragen tot de dag dat ik sterf.'

Ze waren naar een Italiaan in Mile End gegaan waar Mia graag kwam. Ze was doodop, uitgehongerd en ze snakte naar een borrel. Ze voelde zich niet verplicht tegenover Beatrice, maar ze had domweg te veel vragen om haar weg te sturen, iets waar ze welzeker het recht toe had gehad. Ze wist ook dat wat Beatrice haar had te vertellen, pijn kon doen. Maar de grootste schok had ze al gehad. Een ondenkbaar geheim was onthuld en had een gat in haar bestaan geslagen. Er was een deel van haar vaders leven – van haar vader zelf – waarvan ze niets had geweten. En omdat ze precies zo was als Jeremy wilde ze de waarheid tot in detail horen. Een paar uur geleden was Beatrice nog een excentrieke, mogelijk gestoorde, stalker geweest. Nu leek het erop dat haar levensverhaal met het hare vervlochten was.

'Wat een heerlijke wijn,' zei Beatrice. 'Net je vader. Die koos ook altijd de beste.'

'Nou, ik hou van wijn, en hij heeft me er wel wat over geleerd. En ik zal niet ontkennen dat ik het nodig heb.'

'Ik ook.' Beatrice dronk haar glas leeg. De jas hing eindelijk aan de kapstok. Eronder droeg ze een wijde, blauwe jurk die haar omvang moest verhullen, en een parelsnoer dat bij haar oorbellen paste. Er hoorde ook een broche bij, waarschijnlijk een geschenk. Alles was een beetje oud, niet meer in goede staat. Een muffe lucht vocht zich een weg door het zware parfum. Ze zag eruit als de maîtresse van een man die een paar jaar geleden plotseling was overleven. Voor Beatrice was de tijd stil blijven staan: ze zou altijd de kleding dragen die ze zou hebben aangetrokken voor het volgende discrete etentje met Jeremy. Dit was de rouwdracht van een weduwe.

Beatrice knabbelde op een soepstengel, terwijl Mia nog een glas Frascati leegdronk. 'En, ben ik zoals je had verwacht?'

Hiermee overviel ze Beatrice. 'Hemeltje, dat weet ik niet, lieverd. Ik weet niet zeker of ik verwachtte dat je ooit een woord met me zou wisselen. Na ons... voorvalletje met die taxi leek mijn kans om je ooit te spreken verkeken. Mijn oorspronkelijke plan was om de winkel bij jullie in te stappen en me voor te doen als een oud-collega van Jeremy die hier in de buurt vrienden ging opzoeken, en dat ik dan zou zeggen dat ik een gelijkenis zag. Die ik trouwens ook echt zie. Maar ik dacht wel dat jij, als je ook maar half zo slim was als hij, daar niet zou intrappen. Dus ik wist niet goed hoe het verder moest.'

'Ik vrees dat ik niet zou hebben geloofd dat je een oud-collega van mijn vader was.' Mia proestte even in haar glas. 'Je moet niet beledigd zijn, maar je ziet er niet bepaald uit als een bankierster.'

Beatrices ogen werden groot en ze slikte snel haar wijn door zodat ze haar argument kon laten horen. 'O, maar zo hebben we elkaar wel ontmoet, lieverd. Natuurlijk was ik geen bankierster. Ik kan nog niet tot vijf tellen. Nee, ik bemande de winkel met kantoorbenodigdheden op de verdieping waar Jeremy werkte. Op een dag – heel wat jaartjes geleden – kwam hij bij me op zoek naar pennen en papier, en toen zag hij er heel bezorgd uit.'

'Bezorgd? Mijn vader?'

'Nou ja. Gespannen. Ik vroeg hem wat er was, en maakte een kop koffie voor hem – oploskoffie, zonder melk en zonder suiker. Met een koekje. En hij ging zitten en vertelde me hoe zenuwachtig hij was, en of ik het alsjeblieft niet verder wilde vertellen. En dat beloofde ik. En daarna bedankte hij me en liep toen de gang af in de richting van de chique kantoren.'

'Mocht je hem?'

Beatrice glimlachte. 'Ik vond hem geweldig. Iedereen, toen al. Hij was natuurlijk getrouwd. En hij had twee kleine kinderen – jij en Benjamin. Maar wat ik me vooral herinner, was dat hij niet was zoals iedereen zei. Je weet wel, afstandelijk en ontzagwekkend. Hij leek me een aardige man, bezorgd over van alles, een man die een knuffel nodig had.'

De ober stond te wachten. Mia bestelde voor hen beiden toen ze aan Beatrices gezicht zag dat ze dat graag had, dat ze dat gewend was. Ze bestelde nog een fles Frascati en een fles water.

'Een knuffel?'

Beatrice, die haar make-up weer had bijgewerkt na een verblijf van twintig minuten in het damestoilet, trok een perfect getekend wenkbrauwtje op. 'Ja, lieverd, een knuffel. Dat was meer dan dertig jaar geleden. Mensen gingen toen niet meteen... Je weet wel.'

'O, in het begin niet. Klopt dat? Eerst knuffelen? En dan... je weet wel.'

'Ik begrijp wat je van me denkt. Waarvoor je me misschien houdt. De waarheid zou je verbazen. Weet je, je vader was een goed mens. Een beter mens bestond er niet. Het enige wat ik je kan zeggen, is dat hij niemand van jullie ooit heeft verraden, zelfs je moeder niet.'

'Kom nou toch. Nou hou je me voor de gek. Hij heeft ons allemaal verraden, ieder van ons, zelfs mijn ongeboren zusjes, op het moment dat hij die kantoorwinkel binnenliep en een blik op je benen wierp, Beatrice. Ik ben een vrouw. Ik kan wel raden hoe je er toen moet hebben uitgezien. En Jeremy was in die tijd een adonis, ik heb er nog foto's van. Het moet één grote hormonenexplosie zijn geweest.'

'O, ik was zo dol op hem. Altijd geweest.' Ze legde haar handen plat neer op het geblokte tafelkleedje. 'Tot de dag van zijn dood, en daarna. En ik denk dat ik wel kan zeggen dat hij me ook leuk om te zien vond, althans voor ik aftakelde. Maar daar gaat het niet om. Waarom denk je dat ik hier bij jou zit en niet bij hem in het graf lig? Waarom heb ik dertig jaar zitten hopen dat hij zou bellen, zitten bidden dat hij niet zou afzeggen omdat een van jullie ziek was of omdat het sportdag was, op hem zitten wachten op plaatsen waar het voor een vrouw geen pretje is om alleen te zitten? Jullie woonden in de Boltons. Ik in een maisonnette in Streatham. Zo was het, en zo zou het altijd blijven.'

'Wie heeft de eerste stap gezet?'

'Ach, ik weet niet. Na de eerste keer bleef hij excuses verzinnen om even binnen te lopen. Altijd met een grapje, luchtig, je weet wel, van die kantoorbabbels. En op een keer, toen er niemand anders in de buurt was, bleef hij wat langer en vroeg hij me mee uit lunchen, gewoon voor een broodje. We gingen op het plein zitten vlak bij kantoor, in de schaduw van een standbeeld, en lieten de tijd verstrijken. En het was – voor mij was het zalig om aandacht te krijgen van een man als hij. En ik kon zien dat het... nou ja, ontspannend voor hem was. Want ik was zo anders dan ieder ander met wie hij ooit was omgegaan. Dat zag ik onmiddellijk. Alle boeken en angstwekkende familieleden en de spanningen waaronder hij leefde. Ik denk dat hij zich nooit eerder had gerealiseerd hoe – hoe gemákkelijk het leven kon zijn.'

'En toen?'

Beatrice haalde haar schouders op. 'Nou, na een poosje ging het over in iets anders. We zagen elkaar vaker. We pakten het voorzichtig aan, omdat hij wist hoe snel er op kantoor praatjes werden rondgestrooid. Hij zei altijd dat hij zichzelf beschermde, maar in werkelijkheid beschermde hij mij. Als collega's erachter waren gekomen, was ik degene geweest die was ontslagen, omdat hij te belangrijk was, en ook veel te begaafd. Maar ze kwamen er nooit achter. Ze kwamen er nooit achter! Je moet begrijpen dat ik net zo verbaasd ben als jij, als ik mezelf zo hoor. Jij bent de eerste persoon aan wie ik dit vertel. Het is niet niks om over zoiets je mond te moeten houden.'

Mia schoof onrustig heen en weer op haar rieten stoel. 'Ik begrijp niet hoe je zoiets geheim kunt houden. Mijn moeder was een zeer opmerkzame vrouw. Ze was briljant.' Ze zweeg even en ging toen verder: 'Eerlijk gezegd zou iedereen die Jenny heeft gekend het een compleet raadsel vinden dat mijn vader zijn tijd doorbracht met iemand als jij. Ze was een fantastische vrouw. In elk opzicht.'

'Ze is er niet achter gekomen omdat... omdat het niet nodig was. Ik weet hoe bijzonder ze was. Je vader had het altijd over haar, over Buitenlandse Zaken, haar intelligentie. Haar schoonheid ook. Maar weet je, lieverd, niet alle geheimen zijn slecht. Dat is de vergissing die veel mensen maken. Als ik een gevaar was geweest voor jouw familie, jouw thuis, dan zou je moeder er wel achter zijn gekomen en had ze korte metten met me gemaakt. Maar dat was ik niet, en dus deed ze dat niet. Het was niet nodig.'

'Probeer je me nu wijs te maken dat mijn moeder dit allemaal door de vingers heeft gezien? Een oogje heeft toegeknepen? Nee toch, hè. In godsnaam.'

'O nee, dat bedoel ik helemaal niet. Ik bedoel dat sommige dingen verborgen blijven omdat dat zo moet, omdat het geen zin heeft anderen ervan op de hoogte te brengen. En als dat zo is, is het gemakkelijk om het geheim te houden. Een geheim is niet zo bijzonder. Het vraagt om voorzichtigheid, het mag niet worden misbruikt. Wij hebben ons geheim nooit misbruikt. Je moeder heeft zich nooit afgevraagd of je vader wel echt een etentje met een cliënt had of waarom hij niet op kantoor was als ze hem belde, omdat ze van hem hield en hem vertrouwde. En daarin had ze gelijk.'

'Schaamde je je dan niet? Een verhouding te hebben met een getrouwde man? Wilde je niet een eigen gezin stichten in plaats van dat van een ander in gevaar brengen?'

Beatrice zuchtte. Ze leek ineens oud. 'Ik was soms wel bang, ja. Ik heb nooit kapot willen maken wat hij had. Het was een deel van hem, het belangrijkste deel. Maar ergens wist ik dat ik het niet kapot zou maken, omdat ik dat domweg niet kon. Er was nooit een moment van verraad, zoals ik al zei. Zo was het niet. Hij was altijd zo aardig, hij gaf me altijd cadeautjes, geld om kleren te kopen. Maar ik was nooit een concurrente. Ik vormde nooit een bedreiging. Hij heeft me eens verteld hoe jullie je allemaal met elkaar verbonden voelden, als door een magische draad –'

'De gouden draad. Dat had Henty bedacht.'

'Juist. Je moet geloven dat hij me dat vertelde als een waarschuwing. Hij wilde duidelijk maken dat ik er geen deel van uitmaakte, dat dat niet kon. Hij zou nooit, nooit iets hebben gedaan dat jullie schade zou toebrengen. Hij zou voor elk van jullie zijn leven hebben gegeven, vooral voor je moeder. Toen ze ziek was, heeft hij me een jaar lang niet willen zien.'

'Ja. Maar ze werd beter, nietwaar? Uiteindelijk. En toen kwam hij dus weer? Nietwaar?'

Het eten werd gebracht. De mosselen glinsterden in het kaarslicht, de damp steeg op van de pasta terwijl de ober de pepermolen hanteerde en de geraspte Parmezaanse kaas over ons bord strooide.

Beatrice draaide wat spaghetti om haar vork en keek er even peinzend naar. 'Ja, dat is waar. Toen belde hij weer.'

'En jullie begonnen opnieuw.'

'Het hangt ervan af wat je bedoelt met "begonnen". Je veronderstelt te veel, lieverd – en te weinig. Ik was niet het lekkere hapje voor erbij, weet je. Ik was iemand die hem kende, die innig veel van hem hield, bijna al zolang als jij leeft. En hoe je mij ook minacht, ik ben bang dat je niet om het feit heen kunt dat ik deel uitmaakte van zijn leven. Ik gaf hem iets, hoe laag en verachtelijk dat in jouw ogen misschien ook is. En inderdaad, toen Jenny beter werd, begonnen we elkaar weer te zien. Meestal in Streatham, bij mij thuis. We dronken dan samen een fles wijn en hij vertelde me over zijn zorgen.'

Mia probeerde zich dit voor te stellen. Jeremy die deze slonzige vrouw, met haar aftakelende uiterlijk, over zijn zorgen vertelde. In de keuken, op stoelen met vinyl zittingen, een oude koelkast, alles smetteloos schoon; een kalender met datums rood omcirkeld, uitroeptekens,

misschien kleine hartjes als symbool bij verjaardagen en andere gedenkwaardige dagen. De avond die viel, de schemering die neerdaalde.
En Jeremy had daar allemaal de pest aan? Nee, nee. Dat zag ze niet voor
zich, hoezeer ze het ook wilde. Ze kon hem zien lachen, onbezorgd, geamuseerd door deze eenvoudige vrouw en haar tedere zorg. Ze kon zich
voorstellen hoe haar vader genoot van Beatrices volkse aard, alles wat ze
voor hem deed, de ongecompliceerdheid van alles, de lage eisen die ze
stelde. Hun eigen gedeelde herinneringen aan vele jaren, niet bemoei-
lijkt door geldzorgen, plannen, twijfels, kinderen. Een paar uur hing
zijn jasje, zonder dat iemand wist waar hij was, over een van die kunst-
stof stoelen, haar lipstick op het wijnglas, het tikken van een plastic klok
aan de muur. Jeremy en Beatrice hadden plezier, totdat hun tijd er weer
op zat.

'Ik zou je moeten haten. Ik hield zoveel van mijn moeder.'

'Ja. Daarin kan ik je niet tegenhouden.' Beatrice depte wat saus van
haar mondhoek. 'Zou ik ook niet van je verwachten. Maar weet je, ik heb
nooit durven denken dat het zover zou komen. Mijn gezondheid is niet
zo goed, en ik dacht dat je vader veel langer zou leven dan ik. Eigenlijk
wilde ik dat ook. Hij was mijn leven, weet je. Hij was de reden dat ik
nooit ben getrouwd of kinderen heb gekregen. Dat ik hem heb moeten
overleven, tja, dat is kennelijk mijn straf.' Mia vulde haar glas. 'O, dank
je.'

'En hij was ongerust over Benjamin.'

'Dat was de enige van zijn kinderen over wie hij zich echt zorgen
maakte. Niet over jou of over de tweeling. Jeremy zei altijd dat Benjamin
een opportunist was. Hij zei dat er altijd kleine geheimen in jullie familie waren. Zoals die verzameling revolvers en dat hij die aan jullie twee
had laten zien in zijn studeerkamer.' Ze lachte.

'Heeft hij jou dat verteld?'

'O, ja. Hij vond het heel grappig. Maar het was omdat hij zoveel van
jullie tweeën hield. Het geheim was zijn manier om jullie dat te laten
weten.'

'Het was heel leuk, dat was zeker.'

'Maar hij zei altijd dat hij bang was dat Ben iets deed wat het daglicht
niet kon verdragen, iets gevaarlijks. In feite was ik Jeremy's grote geheim. Zoiets zei hij ook. Maar hij dacht dat Bens geheim hem uiteindelijk zou schaden, en misschien ook anderen. Het beangstigde Jeremy.

Hij dacht dat er rottigheid van kon komen. Dat heeft hij woordelijk tegen me gezegd.' Ze at het laatste restje op. '"Rottigheid, Beatrice." Dat was die keer dat hij me mijn belofte heeft afgedwongen.'

'En nu je hier bent, heb je die ingelost?'

'Ik geloof het wel. Ik kan niet voorkomen dat je me haat. Ik zou je dolgraag nog eens zien, maar dat zou zelfzuchtig zijn. Je doet me aan hem denken, weet je. Op een heel vreemde manier is het alsof ik weer bij hem ben.' Ze keek Mia over de kaarsverlichte tafel intens aan.

'In welk opzicht doe ik je aan hem denken?'

'In alles. Je intelligentie, je uiterlijk, je bedroefdheid. Dàt is hetzelfde. Ik herinner het me allemaal nog van de dag dat hij kwam binnenlopen tot de laatste dag dat ik hem heb gezien.'

'Wanneer was dat?'

Beatrice zweeg, haar vingers gleden langs de rand van haar glas. 'Ongeveer een week voordat... voordat hij stierf. We gingen tijdens de lunch wandelen in St. James. Hij had een vergadering gehad die vroeg was afgelopen, dus belde hij me en ik vloog in een taxi naar hem toe. Het was zo'n prachtige dag. We aten broodjes op een bankje, met een half flesje champagne van Fortnum. We zagen de hele wereld voorbijgaan. Hij zei altijd dat, als je ergens met iemand in een openbare gelegenheid zat, niemand je opmerkte, en hij had gelijk. Dat is nooit verkeerd gegaan. Raar eigenlijk: hij had het vaak over jou die dag, en hoe trots hij op je was. Hij zei dat je met een parlementslid werkte die de hele tijd in het nieuws was, en dat jij dat voor elkaar had gekregen.'

'Miles?'

'Ja, dat klopt. Jeremy zei dat die vent geluk had dat hij jou had. Je vader hield zoveel van je.'

Mia kon het haar vader horen zeggen, en ze kon wel huilen bij de herinnering aan die zachte bariton. Ze was ook kwaad op hem, omdat hij haar had verlaten, haar had achtergelaten aan tafel met deze afgetakelde vrouw in een restaurant in Mile End. Hij had zijn geheim dertig jaar lang voor zich gehouden, maar het had niet mogen baten. Zijn dood had het verklapt, en nog meer pijn veroorzaakt. Niet in het minst voor Beatrice zelf. De forse, eigenzinnige vrouw die haar had achtervolgd, bestond niet meer: tegenover Mia zat nu een veel kleinere, zwakkere, halfdronken weduwe die zich niet eens zo mocht noemen. Jeremy had niet het lef gehad om bigamist te worden, of van Jenny te scheiden, of er een punt achter te zetten met Beatrice. Dertig jaar lang had hij haar ervan weten te overtuigen dat wat hij deed iets poëtisch en bijzonders was, en hij had haar naar de knoppen laten gaan terwijl hij haar gebruikte als hem dat uitkwam. En nu zaten zij en zijn enige overgebleven dochter rond de flakkerende kaars terwijl de ober de tafel afruimde, en ze probeerden iets te begrijpen van de onbeschrijfelijke rotzooi die hij had achtergelaten, zijn ware erfgoed. O, pappa, klootzak die je bent. Je hebt me één keer verlaten, en nu doe je het voor de tweede keer. In de dood heb je je kind nog verraden, je hebt een geest naar me toe gestuurd. Beatrice is die geest, het laatste restje van je torenhoge ijdelheid.

De trein liep Oxford Circus binnen en stroomde ineens vol met een hele ris mensen die hadden gewinkeld, beladen met plastic tassen en karretjes, ruziënd, zwetend, elkaar wegduwend met die typische mensenhaat die ontstaat in massa's. Twee mannen, die klaarblijkelijk op het perron al ruzie hadden gekregen, hielden zich vast aan chromen handgrepen naast elkaar, niet in staat om elkaar aan te kijken in hun profane woede. Een kind vlak achter hen lachte hysterisch. Ze was er bijna.

Zo slim was je dus niet, Claude, dacht ze. Je was niet, zoals je als vanzelfsprekend aannam, de eerste die me vond. Het was niet jouw benige hand die als eerste uit het verleden opdook en me bij de schouder greep. Het was Beatrice die me vond, Beatrice met haar jas, en haar make-up, en haar leven dat ze in de schaduw had geleid. Beatrice die me vanaf mijn kinderjaren via de leugenachtige ogen van mijn vader had gezien.

Nadat de ober had afgeruimd, had Mia zo snel mogelijk afgerekend. Er viel niets meer te zeggen, en ze besefte opeens dat ze bekaf was. Ze wilde de ontmoeting zonder verdere plichtplegingen beëindigen om de intimiteit te voorkomen die zo vaak in formele diplomatie sluipt zonder dat de onderhandelaren het merken. Ze wilde geen vredesverdrag met Beatrice, en al helemaal geen vriendschappelijke betrekkingen. Het gevaar lag op de loer dat ze tot goedkoop sentiment verviel, vriendelijke woorden zei die ze niet bedoelde. Ze voelde zich kotsmisselijk door wat ze had gehoord, en het medelijden dat ze voor deze spookachtige bijvrouw voelde kon de afkeer niet verhullen. Beatrice was met haar forse gestalte Mia's leven binnen geschuifeld en nu, op het trottoir voor de Italiaan, was het tijd dat ze er weer uit schuifelde.

'Daar is je taxi.' Toen Beatric op het toilet was, had Mia de ober gevraagd om een taxi te bellen. Een oude Mondeo, bestuurd door een Aziaat van middelbare leeftijd met bloeddoorlopen ogen, stopte. Hij claxonneerde uitvoerig. 'Dag, Beatrice. Wel thuis.'

Ze draaide zich met een oneindig bedroefd gezicht naar Mia toe. Ze had haar jas weer aan, maar nu leek die meer een kostuum uit een komedie dan de wapenuitrusting van een sterke vrouw. De tranen in haar ogen blonken in het harde licht van de straatlantaarn. 'Mia, ik –'

Mia hief haar hand. 'Niet doen. Het heeft geen zin. Het spijt me, echt. Ik zie wel dat er in je leven een heleboel onrecht is geweest, dat je een prijs hebt moeten betalen. Maar ik kan niet zeggen wat je wilt horen. Ik zal morgen mijn oom bellen en hem vragen geen contact meer met je te onderhouden. Nooit meer. Ik vind het stom dat je je door mijn vader zo hebt laten gebruiken, echt. Maar dat zijn jouw zaken. Heeft Jeremy ooit gewild dat je zoiets zou doen, dat je me op een dag zou ontmoeten? Vergeet het maar. Hij zou geen spaan van je heel hebben gelaten als je dat had geprobeerd. Zou ik in jouw plaats hetzelfde hebben gedaan? Misschien wel. Ik weet het niet. Heb je je belofte aan hem gehouden? Hoe moet ik dat weten? Het kan me ook niet schelen. Het hoorde allemaal bij een akelig, weerzinwekkend spel dat hij dertig jaar lang met ons heeft gespeeld. Met zijn gezin. Zijn echte gezin. Kan ik je vergeven? Nooit. Wil ik je ooit weer zien? Nooit. Kom nooit meer terug. Volg me nooit meer. Kom niet in mijn buurt. En doe je het toch, dan zal ik een manier bedenken om je pijn te doen. Vergeet niet: ik ben zijn dochter. Hier heb je twintig pond voor de taxi – neem het aan, ik weet dat je het kunt gebruiken. Stap in en wegwezen.'

Dit alles zei ze net zo kalm als Jeremy had gedaan als hij een feit op tafel legde dat even onweerlegbaar als onaangenaam was. Het was onmiskenbaar zijn toon die ze aansloeg, en Beatrice had er niets op te zeggen. Het was net alsof de dode man die ze zo hartstochtelijk, zo lang en zo zinloos had bemind, nu via zijn dochter tegen haar sprak. Alsof hij voor de laatste keer wilde zeggen, op een wredere manier dan hij ooit tijdens zijn leven had gedaan, dat ze geen deel uitmaakte van zijn familie. Voor het eerst zag Mia echte angst in Beatrices ogen. Die nam het geld aan en stapte in, zonder een woord te zeggen. Mia wist dat ze haar nooit meer zou zien, en daar was ze blij om. De Mondeo keerde en ging er met hoge snelheid vandoor. Mia dacht dat ze Beatrices suikerspin op haar hoofd zag wiebelen. Ze moest even lachen.

'Bond Street. Dit is Bond Street. Passagiers voor Jubilee Line kunnen hier overstappen...' Het was tijd om uit te stappen en frisse lucht in te ademen. Tijd om de roltrap op te rennen naar het licht en de winkels die daarboven wachtten. Ze passeerde de stationswinkels, de McDonald's, de Pret â Manager en de zaak met mobiele telefoons, en belandde buiten op straat waar ze in de verte Claridge zag en, veel dichterbij, een kroeg die er zo mistroostig uitzag dat het was alsof de bakstenen in tranen konden uitbarsten. Aan de tafeltjes, waarvan er nog een paar buiten stonden, zaten mannen in hun eentje in de kou met schuimige biertjes voor zich; ze rook de geur van de drank die door de spijlen van de kelder opsteeg. Ze liep langs de zwijgende bierdrinkers, zonder te letten op de ochtendzon, en sloeg een zijstraat in van Bond Street, waar ze vroeger urenlang had gewinkeld, soms alleen, soms met haar zusjes.

Hoe lang was het geleden dat ze over deze keien had gelopen? Drie jaar, langer. Sommige winkels waren verdwenen. Er waren meer koffiebars gekomen en een paar nieuwe winkels met hoeden en sjaals en glitterlaarzen voor rijke tieners. Haar oog viel al snel op een prachtige zwarte avondjurk, klassiek en elegant, die in de etalage hing van een winkel die ze vroeger vaak had bezocht. Ze had het daar altijd prettig gevonden; attent personeel, luxe paskamers, het geruis van vloeipapier als de kleding in dozen werd gepakt. Toen ze weer naar de jurk keek, moest ze onwillekeurig aan Rob denken. Vreemd. De kraan van haar onbewuste gedachten begon soms zomaar ineens te lopen; ze moest hem dichtdraaien en haar aandacht bij het winkelen houden. Ze keek om zich heen en zag een echtpaar van middelbare leeftijd hand in hand voor een van de andere winkels staan. Ze staarden in de etalage naar een schitterende, weelderige, eekhoornrode bontjas.

VI

De wachtkamer in het kantoor van wethouder Phil Roberts was al
even deprimerend als de campagnefolders die over de grenen
koffietafel verspreid lagen. In een ervan stond: 'Waar is het misgegaan?
Wethouder Phil weet het antwoord.' De omslag van een flinterdun
boekje had als kop: 'East End voor de East Enders: laat u en uw gezin
niet afschrikken door de huizenprijzen'. Op een oud pamflet stond wethouder Phil afgebeeld met zijn vrouw en twee dochtertjes. Er stond
simpelweg: 'Wethouder Phil: huisvader!' Er lag ook een *Daily Mirror*
van drie dagen geleden, al ging het daarin meer over de laatste ontwikkelingen in Kylies liefdesleven dan over wethouder Phil en zijn wijk-
problemen. Een stoffige rubberplant stond in de hoek, verwaarloosd en
een beetje scheef. Er hing niets aan de wanden behalve een foto van
wethouder Roberts in jacket met rode sjerp op een liefdadigheidsfeest.
Hij schudde de hand van de minister-president, wiens stijve pose boek-
delen sprak. Het gebeurde niet vaak dat Mia medelijden had met de minister-president, maar ze begreep deze keer helemaal hoe ellendig hij
zich moest hebben gevoeld.

Ze wou maar dat Rob stilzat. Hij zat naast haar in de *Guardian* te bladeren en in zichzelf te mompelen. Af en toe gooide hij de krant op de
grond en sprong overeind, alles en nog wat vervloekend. 'Rob,' zei ze
rustig. 'Rob, ga nou zitten. Zo kun je niet tegen hem praten. We moeten
er rustig onder blijven.'

'Ik weet het, ik weet het.' Hij ging zitten en zuchtte, terwijl hij aan de
veters van zijn basketbalschoenen friemelde. 'Je hebt gelijk. Natuurlijk
heb je gelijk. Maar ik krijg hier de zenuwen, snap je dat? Ik bedoel, kijk
nou toch.' Hij pakte een van de folders op. 'Luister: "Wethouder Phil
geeft echt om zijn buurtgenoten. Als toegewijd huisvader – echtgenoot
van Shirley en vader van Laura en Charlene! – is hij vóór welvaart en

nieuwe banen voor de toekomst van al onze kinderen, maar sterk tegen de omgekeerde verpaupering en de terreur van makelaars die de mensen hier de huizen uit drijft. Wethouder Phil geeft om u en uw gezin." Bedankt, wethouder Phil. Maar waarom wilt u dan een onschuldig gezondheidscentrum laten sluiten?'

Ze tikte hem op de schouder van zijn leren jasje. 'Rob. Luister naar me. Ik weet niet veel, maar ik weet wel wat van politici. Ik heb vroeger in mijn werk veel met ze te maken gehad. Wethouder Phil wil zich profileren. Wethouder Phil geeft geen moer om de buurtbewoners, maar hij wil heel graag in het parlement komen, en daarvoor moet hij eerst worden gekozen. En daarvoor moet hij een paar plaatselijke geschillen winnen, vooral door de strijd aan te gaan met mensen die niet kunnen winnen en die niet populair zijn. Hij heeft ons uitgekozen omdat hij denkt dat de lokale pers ons ziet als hippies en yuppen en zwartwerkers, slappelingen uit de bourgeoisie die de huizenprijzen opdrijven en de normen omlaag brengen. Misschien heeft hij ook wel gelijk. Het is een mooi verhaaltje voor de plaatselijke broodschrijvers. En wethouder Phil kent al die jongens. Hij zal hun wel beloven dat ze met hem mee mogen naar Westminster, en dat hij een goed woordje zal doen bij de redacteuren van de landelijke kranten. Ik hoor het hem al zeggen.'

Rob schudde zijn hoofd. 'Jij weet er kennelijk nogal wat van. Hoe kun je dit accepteren? Vind je het niet walgelijk? Ik bedoel, dat ze gewoon maar het Centrum kunnen sluiten. Het is Sylvia's leven. En jij hebt er ook genoeg energie in gestoken. En dan komt zo'n kloothommel –'

'Hou je een beetje in. Hij zit waarschijnlijk daarbinnen.'

'– en dan komt zo'n kloothommel de boel sluiten. Zomaar. Met in zijn achterhoofd dat hij, als er maar positief over hem in de krant wordt geschreven, tot parlementslid wordt gekozen. Zodat hij hetzelfde kan doen op landelijk niveau. Werkt het zo niet?'

'Zo werkt het precies.' Ze blies haar pony van haar voorhoofd. Hij was te lang, maar ze zou pas naar de kapper gaan vlak voor het Bracknell-bal. 'Wat we nu moeten doen is kijken of we Phil de Huisvader niet iets kunnen aanbieden wat hij nog liever wil.'

'Zoals wat?'

Ze keek hem aan en glimlachte. 'Hoe moet ik dat nou weten? Jij hebt toch politicologie gestudeerd.'

In een paar weken tijd was een schapenwolkje aan de verre horizon van het Echinacea uitgegroeid tot een tyfoon. Een donkere, verschrikkelijke periode had het gammele Centrum overvallen. Zij en Rob waren nu afgevaardigd door de anderen – door Sylvia, die ziek was van ongerustheid – om de funderingen van het Centrum te beschermen tegen de storm en een ramp te voorkomen. Ze waren, in de ogen van hun collega's, de dappere verkenners die over de bergen werden gestuurd om een reddingsploeg te halen, de twee poolverkenners die uit de tent zijn gestuurd om hulp te halen. Volgens Mia hadden ze meer weg van kapitein Oates, en kon het wel even duren voor ze terug waren. Toen ze daarover tegen Ringo iets had gezegd, had hij wijs geknikt en gevraagd of ze ooit husky had gegeten.

De brief van Maureen (mevrouw) Stove van de Milieudiienst, met daarin de waarschuwing over de 'gebreken' en de gevolgen 'krachtens de wetgeving', was geen loos dreigement geweest. Twee weken later had mevrouw Stove Sylvia gebeld met de vraag waarom ze nog geen reactie had ontvangen. Sylvia was zo in paniek geraakt dat ze had gezegd dat haar reactie kwijtgeraakt moest zijn in de post. Nou, zei mevrouw Stove met honingzoete boosaardigheid, was dat even jammer. Echt jammer. Want die wet was zeer streng wat betreft de verloopdatum met betrekking tot de 'gebreken'. Wilde ze haar een kopietje sturen van haar brief? Sylvia had zich geen raad geweten en een persoonlijk onderhoud met haar geëist. Mevrouw Stove, in het algemeen vol minachting voor nieuwe tegenstanders, was enigszins onder de indruk van deze felle reactie, en had niet door dat dat meer een wanhoopsdaad was dan moed. Ze had ermee ingestemd Sylvia en Mia die volgende donderdag te ontmoeten.

Het was een ramp geworden. Op de derde verdieping van het stadhuis hadden Sylvia en Mia van Maureen (mevrouw) Stove een afschuwelijke litanie van klachten over het Echinacea Centrum moeten aanhoren, waar bijna niets tegenin te brengen viel. De gemeenteraad had inderdaad beslag weten te leggen op de tien jaar oude correspondentie tussen Sylvia en de overheid over de funderingen van het gebouw, en terecht geconstateerd dat de zaak op een raadselachtige manier in de doofpot was gestopt ('Alleen omdat ik met een van de inspecteurs dronken ben geworden en met hem heb gezoend,' bekende Sylvia later in de kroeg; een cruciaal detail, volgens Mia, dat ze graag vóór hun afspraak had gehoord). Behalve die oude geschiedenis was er een verscheidenheid van nieuwe en verzonnen aanklachten binnengekomen. Een aantal buurtbewoners was aangemoedigd – zoveel was duidelijk – om te beweren dat het Centrum een gevaar voor de omgeving was, met geluidsoverlast, vervuiling, parkeerproblemen en drukte op de trottoirs. Een alleenstaande ouder beweerde dat haar kinderen wakker werden gehouden door 'lawaaiige' mensen na de avondcursussen. Een bejaarde zei dat het Centrum de oude sfeer van een straat in East End had 'verpest'. Een epilepticus had geklaagd dat een flitslamp door een van de ramen hem veel overlast had bezorgd. 'Heeft hij een toeval gehad?' vroeg Mia aan mevrouw Stove.

'Nee, mevrouw Taylor,' antwoordde mevrouw Stove ernstig, alsof een toeval de minst ernstige was van de klachten van deze man. 'Het heeft hem narigheid bezorgd.'

Ze zaten in een klein hokje, vol kaarten en roosters aan de muren, met keurige tekentjes en sterretjes. Mevrouw Stove was heel anders dan Mia zich had voorgesteld. Ze was slecht gekleed, dat wel, met haar gezondheidssandalen en plooirok. Haar bril was ook typerend voor iemand met een machtspositie: dik en zonder randen, en hij vergrootte de dreiging in haar kille, bleke ogen. Tot haar teleurstelling stond er op haar bureau voldoende fotografisch bewijs van het bestaan van meneer Stove en een stel kleine kinderen. Mia's idee dat het leven van deze vrouw jaren geleden was verwoest door het vertrek van meneer Stove, en dat ze als gevolg daarvan een wraakactie tegen de mensheid was begonnen, was totaal bezijden de waarheid. Nee, het was veel erger: Maureen (mevrouw) Stove was geen vrouw die aan de dijk was gezet. Ze was een geestdriftige vrouw die eenvoudig plezier beleefde aan de ellende die ze anderen bezorgde en die elke dag genoegen putte uit de grenzeloze mogelijkheden die haar 'krachtens de wetgeving' werden aangereikt om de weg te vervolgen die ze in haar leven had gekozen. Als ze 's avonds thuiskwam, vertelde ze het gezinnetje dat haar adoreerde over de angst die ze had gezaaid en de gruwelen die ze had verzonnen. Binnen enkele minuten nadat ze elkaar de hand hadden geschud, besefte Mia tot haar grote schrik dat zij en Sylvia veel meer gevaar liepen dan ze had gevreesd.

Eileen, de assistente van mevrouw Stove, kwam koffie brengen. Het was een jonge, wezenloos kijkende vrouw, in een zwart vestje en het kortste rokje dat Mia ooit had gezien. Ze had een lelijke teint, maar haar

haar was lang en blond en je kon je gemakkelijk voorstellen wat voor effect ze zou hebben op de bezwete mannelijke ambtenaren die gapend achter hun computerschermpjes zaten als zij uit het keukentje geparadeerd kwam. Ze droeg ook een zwaar, herkenbaar parfum – Angel van Thierry Mugler, wist Mia – en flink wat. Zeker in een achterafstraat in Bethnal Green Road gekocht, of gekregen van een wellustige suikeroom die naar haar gunsten snakte. 'Gebruikt u melk?' vroeg Eileen. Mia knikte, en Sylvia schudde haar hoofd voorzover haar algehele toestand van verlamming dat mogelijk maakt. Eileen zag het niet. 'Gebruikt u melk?' herhaalde ze opgewekt.

Mia zei maar gauw: 'Alleen voor mij, graag. Dank je.' Eileen glimlachte en verdween in haar wolk Angel naar een bureau naast hen. Daar begon ze zo ordentelijk mogelijk met papieren te schuiven. Toen Mia een paar minuten later naar haar keek, zat ze haar nagels te lakken.

Toen het ritueel van de koffie voorbij was, begon mevrouw Stove als een strenge rechter aan haar opsomming. Mia zag de schaduw van de galg al achter haar opdoemen. Mevrouw Stove noemde de ernst en het aantal van de beweerde 'gebreken', en herinnerde Sylvia en Mia eraan dat zulke 'gebreken' 'krachtens de huidige wetgeving', als ze werkelijk zo ernstig waren als werd beweerd en als er niet snel iets aan werd gedaan, vanzelf zouden leiden tot 'sluiting van het betreffende perceel'. Deze frasen kwamen met onbescheiden gemak van haar lippen rollen: alsof het voor haar poëzie was, woorden die voor haar betekenis hadden. Het waren woorden om anderen, die dit hoogdravende taalgebruik niet kenden, mee te strikken. Daarom was Maureen er zo dol op. Elke dag sprak ze haar oordeel uit over de Sylvia's en Mia's van haar gemeente, als iemand die het allemaal wist, als iemand die het recht liet wedervaren. Deze dagelijkse handelingen waarmee ze de democratie de nek omdraaide, waren haar vervulling.

Mia herkende dit en bedacht dat ze Maureen in dezelfde bewoordingen moest aanspreken. Ze schraapte haar keel. Dat was allemaal wel waar, zei ze, en de vermeende 'gebreken' waren inderdaad schokkend om te horen. Zij en de manager van het Echinacea hadden veel om over na te denken, en zouden zich natuurlijk ogenblikkelijk op de hoogte moeten stellen van hun verantwoordelijkheden 'krachtens de wetgeving'. Maar was het ook niet zo dat de plaatselijke autoriteiten 'in hoogst uitzonderlijke omstandigheden' gerechtigd waren dispensatie te geven?

Misschien was er nog een manier waarop ze het Echinacea Centrum uitstel konden verlenen? Om de eventuele schade te herstellen die zij, zonder zich ervan bewust te zijn geweest, hadden berokkend?

Mevrouw Stove kneep haar ogen half dicht. Ze keek naar Eileen die de andere kant op keek, maar duidelijk alles had gehoord wat Mia zei. Hun gezichten drukten precies hetzelfde uit: we kennen je spelletje, chique dame, en ons bedrieg je niet. Niet hier. Niet bij de Milieudienst. Eileen sloeg haar lange, in kousen gehulde benen uitdagend over elkaar. Mevrouw Stove richtte haar aandacht opnieuw op Sylvia en Mia. Ze liet zich niet van de wijs brengen. Dat was duidelijk.

De wet, legde ze uit, kende in uitzonderlijke gevallen wel uitzonderingen. Maar dat was een zaak voor de wethouders, niet voor ambtenaren. Ze kon hen eigenlijk wel vertellen dat de subcommissie planologie al een 'voorlopig besluit' had genomen over deze kwestie – 'hangende het volledige onderzoek' natuurlijk – en dat het hoogst onwaarschijnlijk was dat ze nog van idee zou veranderen. Wethouder Roberts, voorzitter van deze subcommissie, had speciale belangstelling voor deze zaak. Natuurlijk stond het Echinacea vrij om binnen tien dagen te reageren op de klachtenlijst van de inspectie, juridische zaken, gemeentearchitecten en de betrokken commissies. Er was ook beroep mogelijk, mochten ze zich daartoe genoopt voelen. Maar volgens mevrouw Stove – natuurlijk was dit weer niet officieel – liet de onopgeloste kwestie van de funderingen de subcommissie en de inspectie weinig andere keus dan onmiddellijke sluiting aan te bevelen, ongeacht de maatregelen die het Centrum voorstelde om de 'duidelijk verstoorde relaties' met de alleenstaande ouder, de invalide man en andere benadeelde groeperingen in de wijk te verbeteren. Ze adviseerde hen beiden om, wat ze met veel verve 'op menselijk niveau' noemde, na te denken over de mogelijke implicaties van de onderzoeken voor hun eigen personeel. Ik ben Nemesis, zei ze tegen hen, met een aureool rond haar hoofd. Jullie tijd is bijna om.

Twee uur later zat Sylvia nog te snikken achter haar vierde wodkagin. Mia had het bij jus d'orange gehouden, maar ze dacht erover haar werkgeefster te volgen en ook een stevige borrel te nemen. Het was druk rond lunchtijd in de Dove and Pigeon, de kroeg die het dichtst bij het stadhuis lag. De twee vrouwen waren er naar binnen gevlogen zodra ze Eileen bij de balie hadden achtergelaten die met een zelfvoldane glimlach hun bezoekerspasjes had aangepakt alsof het scalpen waren. Sylvia had de eerste vijf minuten geen woord kunnen uitbrengen en Mia was bang dat ze zou gaan hyperventileren, misschien wel in shock zou geraken. In haar wanhoop kocht ze een pakje John Player Special, met de normale hoeveelheid teer, dat Sylvia openscheurde en met onverbloemde dankbaarheid achter elkaar oprookte.

'Hoe heeft dit kunnen gebeuren?' vroeg ze na een tijdje.

Mia legde haar analyse aan haar voor, en de noodzaak om heel snel bij wethouder Roberts op bezoek te gaan.

'Ik begrijp het niet. Ik heb met die man zitten zoenen. Ik dacht dat dat alles zou oplossen. En het loste ook alles op.'

'Ik weet het, Sylv. Althans, ik weet het nu. Maar dat is inmiddels tien jaar geleden. En ik denk dat er sindsdien wel wat is veranderd. Dit los je niet op met een strategisch vrijpartijtje. We zullen er nog hard voor moeten vechten. Ik weet alleen nog niet hoe. Maar we bedenken wel wat.'

'Nog meer drank, Chels. Ik meen het. Ik heb het helemaal gehad.'

Mia ging naar de bar en bestelde nog een dubbele wodka-gin. 'Gaat het wel met je vriendin?' vroeg de barkeeper.

'Hoe bedoel je?'

'Dit is haar vijfde al. Ze gaat toch niet kotsen, hè?'

'Schiet nu maar op, anders gaan we ergens anders naartoe.'

'Doe wat je niet laten kunt.' Hij draaide zich om en ze meende hem iets te horen mompelen als 'arrogant wijf'. Maar er waren nu dringender zaken. In plaats van een ruzie uit te lokken bestelde ze nog een wodka voor zichzelf en ging bij haar ingestorte werkgeefster zitten. Ze bedachten samen een plan.

Zij zou met Rob naar wethouder Roberts gaan. Had ze echt voorgesteld om Rob mee te nemen? Jazeker. Ze wist niet goed waarom, maar rationaliseerde haar vreemde voorstel als volgt: de wethouder zou hen beiden ontvangen, en denken dat Rob de harde kerel was en zij het zachte vrouwtje, het blonde grietje met tranen in haar ogen. Terwijl het precies het tegenovergestelde was. De bedeesde Rob zou de wethouder een vals gevoel van veiligheid geven terwijl Mia een briljant plan uitdacht waarmee ze deze verschrikkelijke destructie konden dwarsbomen. Ze zouden erachter komen wat wethouder Roberts werkelijk van plan was. Maureen (mevrouw) Stove was een genadeloze machine, de Terminator van het stadhuis. En net als de Terminator, verklaarde Mia aan Sylvia, kon je het met mevrouw Stove niet op een akkoordje gooien. Met haar viel niet te praten. Die vrouw ging door roeien en ruiten. Maar wethouder Roberts was een kale, bebaarde politicus stampvol slijmerige inhaligheid, ijdelheid en onzekerheden. Met hem was vast wel wat te regelen. Daar moesten ze achter zien te komen, en snel. Misschien kon ze een paar mensen bellen. Misschien was er een manier om zijn gezag te ondermijnen. Ze wist het niet precies. Moest ze Miles bellen? Nee, te link. Ze moest wat anders bedenken.

Terwijl ze met Rob in de vreugdeloze wachtkamer van wethouder Phil zat, wist ze nog steeds niet wat dat voor iets moest zijn. Hij had hun gevraagd bij hem te komen in wat hij het 'loket-uurtje' noemde voordat zijn gewone spreekuur begon. Het was nog vroeg in de avond. Ze wist niet zeker of hij al in zijn kantoor zat. De receptioniste had uitgelegd dat er een achterdeur in zijn kamer was, die uitkwam op de parkeerplaats, dus ze wisten nooit precies of hij nu wel of niet binnen was. 'Hij is me er een, onze wethouder Phil,' durfde ze zomaar te zeggen. 'Op een dag zal hij heel wat mensen blij maken in dit deel van de stad, wacht maar af.' Zij en Rob hadden dit niet durven tegenspreken, uit vrees dat de receptioniste dan zou verklappen dat aanstaande zaterdag de afbraak van een aanstootgevend gezondheidscentrum de eerste fase inluidde van deze geweldige campagne om East End weer blij te maken.

'Ha, juffrouw Taylor! Meneer Eastwood! Sorry dat ik u heb laten wachten!' Daar, voor zijn witte deur met matglas stond wethouder Phil. Hij zag er nog gladder uit dan op de foto, en kaler, en grauwer. Hij was ook kleiner, nauwelijks langer dan een meter vijfenzestig. Droeg hij bij openbare gelegenheden soms plateauzolen? Wie weet.

Vandaag droeg hij geen stropdas, zijn hemdsmouwen waren opgerold en hij had een grijze geklede broek aan. Zijn overhemd had dat vreemd doorschijnende dat sommige mannen die overmatig transpireren aan katoen geven of, in dit geval, aan polyester dat zo vaak was gewassen dat het een onbestemde kleur had gekregen. Het zag eruit alsof hij pas nog erg had gezweet, ongetwijfeld als gevolg van de elektrische kachel die ze achter hem zag staan. Mia moest de receptioniste gelijk geven: wethouder Phil was me 'er een'. Hij zat duidelijk al een tijdje op zijn kamer, en het was al even duidelijk dat hij had genoten van het feit dat zij zich hier hadden zitten verbijten. Hij keek hen stralend aan, met de ingeblikte opgewektheid van een politicus. Je brengt er niet veel van terecht, dacht Mia, maar je bent voorlopig nog niet weg.

Hij schudde hen allebei de hand en liet hen zijn kantoor binnen. Ze zag dat hij haar van top tot teen opnam en meteen weer uit zijn gedachten zette. Nee, ze was absoluut zijn type niet: te tenger, er zat niet genoeg vlees op haar botten. Ik ga alleen met prominente parlementsleden uit, liefje, wilde ze het liefst tegen hem zeggen, maar ze besefte dat dat hun zaak geen goed zou doen. Zijn kantoor was piepklein, niet veel meer dan een grote archiefkast met stoelen en een doorgezakte beige bank. Maar het beetje ruimte dat over was, stond vol met herinneringen: overal foto's van wethouder Phil met min of meer beroemde mensen, onder meer een oud-wereldkampioen snookeren. Foto's van Shirley, Laura en Charlene op verschillende leeftijden. Wethouder Phil in zijn rol als vader op de plaatselijke lagere school. Wethouder Phil op 'werkreis' naar Cuba. O god, dacht ze, en dan ben je nog niet eens kandidaat voor het parlement. Hoe oud ben je? Vijfenveertig? Ouder? We maken geen enkele kans. Je zult er alles aan doen om op te vallen – álles. Je zou je grootmoeder nog als slavin verkopen als je daardoor op de kandidatenlijst kon komen. Want als je daar niet komt, zit je over vijf jaar tussen de middag in je stamcafé bier te drinken met whiskyzuipers en te schreeuwen naar de televisie als het nieuws wordt voorgelezen.

'Bedankt voor jullie komst,' zei hij, en hij ging in een canvas regisseursstoel zitten. 'Wat kan ik voor jullie doen?'

Mia zag dat Rob het woord wilde nemen, maar ze was hem voor. 'Bedankt dat u ons hebt willen ontvangen. We weten hoe druk u het hebt, dus we zullen proberen het zo kort mogelijk te houden.'

'Haast u niet. Nou ja, binnen redelijke grenzen! Barst u maar los.'

Ze somde de belangrijkste punten van hun zaak op, die hij natuurlijk kende. Ze verklaarde dat het Centrum een bescheiden bedrijf was, dat geen plannen had voor uitbreiding, met een lage omzet en een prettige sfeer, wat hij natuurlijk wist. Het huidige onderzoek zou een ramp betekenen voor het Echinacea en een einde maken aan een mooie onderneming die werd gerund door een vrouw die een steunpilaar van haar buurt was geworden en die een hele straat nieuw leven had ingeblazen, met als gevolg een gunstige invloed op de plaatselijke economie. Wat hij natuurlijk wist.

Het probleem was dat het hem geen bal kon schelen. Totaal niets. Hij was waarschijnlijk nooit in de buurt van het Echinacea geweest, maar hij was kennelijk op het oude dossier gestuit waarin de bouwkundige gebreken vermeld stonden, en had zijn kans gegrepen om op een goedkope manier politieke winst te boeken. Dit gesprek was voor wethouder Phil een vervelende aangelegenheid, een formaliteit waaraan hij zich nu eenmaal moest houden. Hij had zijn besluit al maanden geleden genomen.

'Tja, ja. Lastig. Ik begrijp wat u doormaakt, juffrouw Taylor. Werkelijk waar. En ik voel volledig met u mee. U houdt van het Centrum, u werkt daar. Het is uw bron van inkomsten – en wel meer dan dat, laten we eerlijk zijn. En voor u ongetwijfeld ook, meneer Eastwood. Mijn probleem is dan ook het volgende.'

Hij glimlachte, waardoor een kerkhof van groengele tanden tevoorschijn kwam. 'Ik vertegenwoordig alle mensen van deze buurt, niet slechts een paar. Elke dag ontmoet ik mensen als jullie, mensen die ik graag mag. Mensen met wie ik graag een biertje zou drinken, die ik bij me thuis zou willen uitnodigen, bij Shirley en de kinderen. Maar het vervelende is dat ik me moet verzetten tegen wat ze doen, en dat ik het niet altijd met ze eens ben. En dat is omdat de mensen die ik vertegenwoordig me daarvoor nodig hebben. Ze hebben me nodig om "nee" te zeggen tegen mensen die ik graag mag. Dat valt niet mee. Laat ik u dat vertellen. Helemaal niet.' Hij greep zijn kop thee, die eruitzag alsof hij heel lang had staan trekken, met het zakje er nog in, en dronk hem leeg.

Rob zat naar de grond te staren. Hij streek met zijn vingers door zijn zachte haar, en zat er ongemakkelijk bij. O god, dacht ze, aan hem heb ik niks. Ik had net zo goed in mijn eentje kunnen komen. Ze glimlachte naar de wethouder. 'Dat waarderen we ook zeker, meneer Roberts. Absoluut. Maar het is een feit dat de mensen die u vertegenwoordigt profijt hebben van dit Centrum. Heel veel profijt. Kijk.' Ze maakte haar schoudertas open en haalde er een petitie uit met honderdvijftig handtekeningen. Het was een brief, door haar geschreven namens Sylvia, ondertekend door leden van het Centrum en mensen uit de buurt. Ringo had veertig namen geleverd, meest vrienden van zijn neef die een restaurant had in Brick Lane. Het was een indrukwekkende prestatie, niet in het minst omdat hij op zo'n korte termijn was verricht. Het wethouder bekeek het geheel met onverholen ongenoegen. Hij legde de papieren voor zich neer en vouwde zijn handen onder zijn kin. 'Tja. Tja. Hier zitten ook cliënten van u bij, neem ik aan?'

Mia kromp even in elkaar, razend op zichzelf dat ze dat in zijn nabijheid deed. 'Ja, een paar. Niet allemaal.'

'Natuurlijk. Natuurlijk. Nou, ik twijfel er niet aan dat ze er allemaal precies zo over denken als jullie tweeën. Zij maken per slot van rekening gebruik van het gebouw. Maar de klachten over jullie Centrum zijn heel ernstig, en ik mag de gevoelens van de wijkbewoners niet negeren. Van de bejaarden. Invaliden. Alleenstaande ouders.' Hij fronste alsof hij alleen al bij het noemen van die groepen een andere toon moest aanslaan. Hij greep een bruin dossier waarop stond 'Achtergrond bouw Echinacea'. 'Jullie hebben ook te maken met een niet-afgerond onderzoek naar de constructie van het gebouw, die tien jaar geleden ondeugdelijk was. Ik vraag me af in wat voor staat de funderingen nu verkeren.' Alweer een frons. 'Eerlijk gezegd kon ik er, toen ik het dossier las, met geen mogelijkheid achter komen waarom het onderzoek destijds is opgeschort.'

Omdat, dacht Mia, de prijs van een rustig leven in die tijd nog een zoenpartijtje achter in een taxi was, met medewerking van de vrouw die je nu te gronde wilt richten. Wat is de prijs vandaag de dag, wethouder Roberts? Wat voor invloed heeft de inflatie op smerige mannetjes als jij?

Wat er vervolgens gebeurde, was zo onverwacht dat het even duurde voor ze zeker wist dat het niet haar verbeelding was die haar parten speelde. Ze zou het nooit vergeten, noch de indirecte invloed die het had op haar verdere leven had. Veel later moest ze erom lachen met een onvervalst genoegen dat ze lang niet had gekend. Maar toen Rob overeind kwam, had ze nooit kunnen vermoeden wat hij van plan was. Toen ze hem, vanuit haar ooghoek, zag opstaan, dacht ze zelfs dat ze zich vergiste, dat haar zintuigen haar bedrogen. Ze was per slot van rekening moe. Ze begon zeker te hallucineren.

Maar nee. Rob stond inderdaad rechtop. Hij trilde over zijn hele lichaam van een woede waartoe ze hem nooit toe in staat had geacht. En ineens, vanuit het niets, praatte hij met een snelheid die gelijk opging met zijn woede; hij schreeuwde eigenlijk meer. Alleen was het niet zomaar schreeuwen. Het was meer dan dat. Hij ging tekeer tegen wethouder Phil, het stadhuis, Maureen (mevrouw) Stove, de wet, het parlement, justitie, de pers, de hele santenkraam. Hij vroeg dit weerzinwekkende mannetje waar hij het recht vandaan haalde om een einde te willen maken aan zo'n mooie instelling als het Echinacea Centrum en

Sylvia's levenswerk te willen wegvagen in naam van een of andere stompzinnige politieke ambitie. Ze zag dat de wethouder zich met open mond schrap zette om ertegenin te gaan. Hij was er ongetwijfeld aan gewend om in de rede gevallen te worden, en hij was duidelijk van plan om zijn standaardpraatje op hem los te laten. Hij was weliswaar geschrokken, maar hij zag eruit als een man die zich zo schappelijk mogelijk had gedragen en die nu, tegen zijn zin, werd gedwongen tot een hardere aanpak.

Maar Rob raakte nu pas echt op dreef. Dacht hij, wethouder Phil, dat iemand zich ook maar een moment door hem zou laten bedotten? Wist hij niet hoeveel minachting mensen voelden voor politici die dit soort dingen deden? Hoe durfde hij de fatsoensrakker uit te hangen terwijl hij in de goot van gedwarsboomde ambities lag te rollen? En dat was nog niet alles. Rob mocht dan niet veel weten, en zeker niet zoveel als Mia, gaf hij ruiterlijk toe. Maar – en hierbij lachte hij met dodelijke verachting – hij zag het direct als iemand het nooit zou redden tot parlementslid. Hij voelde de mislukking, de haat en het verraad overal in deze kamer. De wethouder mocht dan de boel sluiten, het Echinacea kapotmaken, zijn bedoeling duidelijk maken. Maar alle mensen die er werkten, zouden weer terugkomen met goede ideeën, iets creëren en de plek waar ze woonden nieuw leven inblazen in plaats van laten leeglopen. Wist wethouder Phil wel wat voor een mislukkeling hij was? Wist hij wel dat zijn onbeduidende overwinninkjes niets voorstelden? Dat ze niet meer waren dan een smet op zijn geweten en een aantasting van wat moest doorgaan voor zijn ziel? Kon hij 's nachts wel slapen? En – vooral – hoe dúrfde hij hen te ontvangen in zo'n overhemd? Besefte hij wel wat een belediging dat was, met die grote zweetplekken? Kon het hem niet schelen om zo te worden gezien?

Rob ging zitten. Mia zag dat de aderen in zijn benige handen blauw en gezwollen waren. Adrenaline stroomde door zijn lichaam. Ze zag zelfs de slagader in zijn hals als een waanzinnige tekeergaan. Hij bevond zich in een toestand van hevige geagiteerdheid. Maar het was ook een toestand van hartstochtelijkheid, van suïcidale waardigheid. Misschien zelfs van een zekere schoonheid. Wederom had hij haar verbaasd, net als tijdens hun ritje naar Dalston. Hij had natuurlijk ook vrijwel zeker het doodvonnis getekend van het Echinacea Centrum, en elke kans op een akkoord met hun kwabbige tegenstander in de kiem gesmoord. Maar op dit moment kon ze er niet kwaad om worden. Robs uitbarsting, die vanuit zijn binnenste was opgeweld en nog steeds in de lucht hing, had iets prachtigs. Ze kon niet ontkennen dat ze, net op het moment dat de moed haar in de schoenen was gezonken, een grote op-winding had gevoeld. Nu hing er een geladen stilte in de kamer die een aantal jaren kon duren als niemand hem verbrak.

Uiteindelijk was het wethouder Roberts die dat deed. Hij zag net zo bleek als Rob en hij wist duidelijk niet wat hij moest zeggen. Waar-schijnlijk voelde hij zich ergens ook opgelucht dat hij geen klappen had gekregen. Zijn politieke instinct herstelde zich echter en hij hervatte zijn platitudes. 'Meneer Eastwood, meneer Eastwood. Kom, kom. Ik ben blij dat u bent gaan zitten. Luister. Ik zal u een verdomd grote gunst bewijzen. U beiden.' Hij wierp een woedende blik op Mia om haar te kennen te geven dat hij haar als medeplichtige beschouwde aan het psy-chotische gedrag van haar collega. 'Ik ga net doen alsof ik al die onzin niet heb gehoord. Laat ik u dit zeggen. Ik ben politicus, zeker, en ik heb geen moeite met kritiek. Ik ben er zelfs blij mee. Het houdt me scherp. Maar er is iets wat ik veel erger vind, en dat is schelden. Dat wil ik ge-woon niet hebben. En al helemaal niet in mijn kantoor. Maar ik ben een redelijke kerel en ik begrijp dat de emoties nogal hoog zijn opgelopen.' Hij pakte een pen en maakte een aantekening, een platvloerse poging om te laten zien dat hij de situatie weer meester was. 'Dus zeg ik wat ik toch al had willen zeggen. U en uw Centrum worden net als ieder ander behandeld. Niemand wordt bevoordeeld of benadeeld. Een eerlijke be-handeling. Zo ben ik nu eenmaal. Ik zal uw petitie in het dossier opne-men. En mevrouw Stove ervan op de hoogte brengen. U krijgt binnen-kort bericht van haar afdeling, neem ik aan.' Hij stond op om aan te ge-ven dat ze konden vertrekken. 'Nogmaals bedankt voor uw komst. U komt er zelf wel uit, hè?'

Mia en Rob stonden op. Hij schudde vol afkeer zijn hoofd. Zij haalde diep adem en merkte iets op wat haar tot dusver was ontgaan. Het was haar tijdens het onderhoud met de wethouder en Robs verbazingwek-kende optreden niet opgevallen. Had ze gelijk? Ja, zeker. Het was on-miskenbaar, nu ze erover nadacht. Het lag ook wel voor de hand, als ze terugdacht. Het was iets wat haar al eerder had moeten opvallen. Het was een geweldige ontdekking. Maar nu wilde ze er nog niets over zeg-gen. Wethouder Roberts mocht nog even in de waan blijven dat hij onkwetsbaar was. Laat hem zich na hun vertrek maar op de buik krabben, en hen zachtjes voor klootzakken uitmaken en een paar telefoontjes plegen met zijn maatjes in de raad om te zeggen dat dat verrekte gezondheidscentrum met de grond gelijkgemaakt zou worden, al moest hij hoogstpersoonlijk met de afbraak beginnen.

'Bedankt voor niets,' zei Rob. 'Ik wens u niets dan ellende en narigheid toe.'

'Tot ziens, meneer Eastwood,' zei de wethouder, zonder van zijn aantekeningen op te kijken.

'Juffrouw Taylor.'

'Kom mee, Rob,' zei ze, en ze stak haar arm door die van haar collega. 'We gaan. We zullen wethouder Roberts zijn werk laten doen.'

Ze liepen stilzwijgend de avondlucht in. Er viel een halfslachtig regentje, de druppels vlogen in een windvlaag steeds opzij. Een bus denderde voorbij, een tableau van bevroren gezichten die door de ruitjes tuurden, tekende zich af. Rob begon meteen excuses te maken, en zij had het gevoel dat ze het aan Sylvia verschuldigd was om hem de les te lezen en te vragen wat hem in vredesnaam had bezield. Maar ze deed het niet. Ze had tot haar schrik gemerkt dat ze overdonderd was geweest door zijn krachtdadige optreden en zijn onschuld. Ze was het met elk woord dat hij had gezegd eens geweest. Erger nog, ze had hem erom benijd. Ze was al lang niet meer gewend om bij zulke confrontaties te zeggen wat ze bedoelde. Dat vermogen was haar ontnomen door duizend handdrukken en honderd afspraken. Zij was vooral vaardig geweest in taal en in het herkennen van duistere motieven die mensen opgaven. Ze had voor haar vak altijd goed haar ogen moeten gebruiken. Daarin was ze zeer bedreven geweest. Maar Rob had het bij het rechte eind gehad. Wethouder Roberts was inderdaad een grote kloothommel. Hij luisterde toch niet naar hen, wat ze ook zei. Er viel niets met hem te regelen.

Dat zei ze niet tegen Rob terwijl ze samen terugliepen naar het Centrum, en ze kon zich er niet toe zetten hem te feliciteren, nog niet. Maar ze wilde hem wel een beetje troosten.

'Ik heb het behoorlijk verknald,' zei hij, en hij schopte een kartonnen beker de weg op. 'Ik heb het voor jou verpest. Ik had mijn grote mond moeten houden. Het was alleen zo moeilijk –'

'Vergeet het nou maar. Hij was toch niet van plan om van gedachten te veranderen. Al had je op je blote knieën om genade liggen smeken. Al had ik al mijn kleren uitgetrokken en hem mijn lichaam aangeboden. Het zou geen enkel verschil hebben gemaakt.'

'Dus we hebben onszelf genaaid?'

'Dat zou je wel kunnen zeggen. Maar terwijl jij zo tekeerging tegen wethouder Roberts heb ik iets ontdekt dat me een beetje heeft opgevrolijkt.'

'Wat dan? Wat kan je in godsnaam in die hel hebben opgevrolijkt?'

'Heb je die lucht niet geroken?'

Rob moest hier even over nadenken. Hij trok zijn tas verder over zijn schouder. 'Niet echt, nee. Had ik iets moeten ruiken? Ik heb niet zo'n heel goeie neus. Ik geloof dat het er naar hem rook, en dat was vast niet erg aangenaam.'

'Je bent echt een man. Die zijn niet zo gevoelig voor dit soort dingen. Ik moet het wel heel erg mis hebben als daar niet de geur hing van Angel, van Thierry Mugler.'

'Angel hoe?'

'Dat is een merk parfum. Heel zwaar. Hoe moet ik het uitleggen? Een bepaald soort meisjes gebruikt het. Het is niet een geur die je met Kerstmis aan je kinderjuffrouw geeft.'

'Nou, en?'

'Toen Sylvia en ik onlangs bij mevrouw Stove op bezoek waren, had haar assistente Eileen dat parfum op. En niet zo'n beetje. Ze verzoop erin. Echt zo'n hoerig type. Met benen tot aan haar oksels, in een superminirokje. Een blondje. En met dit verbazingwekkend zware parfum. Zo'n geur die al vijf minuten voor je de kamer in bent voor je uit is gesneld. Je kon nauwelijks ademhalen toen ze binnenkwam.'

'Wat wil je daarmee zeggen?'

'Wat ik daarmee wil zeggen, Rob, is dat Eileen, tenzij ik het helemaal mis heb, net voordat hij ons ontving, dicht in de buurt van wethouder Phil is geweest. Zij is in die kamer geweest. Een kamer met een achteruitgang, weet je nog? Ik denk dat er een rendez-vous had plaatsgevonden. Wat, hoe weerzinwekkend het idee ook is, de toestand van zijn overhemd in een heel ander daglicht stelt.'

Rob bleef ineens stokstijf staan. Ze keek naar hem op en zag dat hij lachte. 'Wethouder Phil, de huisvader?'

'Precies.' Ze liepen weer verder in de richting van Mile End Road.

'De echtgenoot van Shirley? Pappa van Laura en Charlene? De man die zoveel om het gezin geeft?'

'Helemaal raak.'

'En wat ga je met die informatie doen, Mia?'

Deze keer keek ze niet naar hem. 'Verschrikkelijk slechte dingen.'

Het vroeg meer tijd om het plannetje uit te voeren dan om het te bedenken. Ze gingen terug naar het Echinacea waar een jammerende Sylvia te midden van geurkaarsen op hen zat te wachten. Ze wilde terug naar Ravi om hem eten te geven, ze moest nog kattenvoer kopen, zei ze. Mia kalmeerde haar. Er was een manier, zei ze, om de wethouder op andere gedachten te brengen, maar ze kon het beter allemaal aan haar en Rob overlaten. Sylvia moest maar naar huis gaan, wat uitrusten en alles vergeten. De hele mikmak aan haar loyale adjunct en assistent overlaten. Ze zouden haar beschermen, als zij hen vertrouwde. Sylvia snifte, zei dat ze hen vertrouwde en barstte weer in tranen uit.

De volgende dag gingen Mia en Rob op de uitkijk staan. Ze parkeerden de transit aan de overkant van de parkeerplaats achter het kantoor van Roberts. Het leek Mia niet zo waarschijnlijk dat Phil en Eileen al voor de middag een afspraakje zouden hebben. Maar ieder tijdstip erna was mogelijk, dus moesten zij daar ter plekke zijn. Ze waarschuwde Rob dat het wel eens uren kon gaan duren, en dat hij niet per se mee hoefde. Maar hij wilde erbij zijn. Hij sprak daar met haar af en kwam maar vijf minuten te laat, met een thermosfles en een plastic doos.

Ze deed het portier open. 'Stap in, rustig aan doen.' Hij had zich geschoren, zag ze. Zijn huid was donszacht en fris. 'Wat is dat, een lunchpakket?'

Hij keek beschaamd naar zijn proviand. 'Eh... tja, eerlijk gezegd wel.'

'Je maakt een geintje.' Ze lachte. 'Op de uitkijk met een lunchpakket. Heb je ook nog een appeltje voor de juf bij je?'

'Mijn moeder vroeg wat ik ging doen. En... toen heb ik het haar min of meer verteld.'

Ze begon te giechelen. 'Jezus, Rob. Jij zou niet veel voorstellen als spion. En als je moeder je nou had gevraagd wanneer je een Russische overloper zou ontmoeten of wanneer je iemand zou neerschieten in Hyde Park? Dan zou ze vast komen kijken of je wel een kogelvrij vest aanhad.'

Hij installeerde zich op zijn stoel. 'Helaas is dat helemaal waar. Ze is een keer tijdens een optreden van de band komen kijken of alles goed met me was. Ze had gehoord van een van haar bingovriendinnen dat het er nogal wild aan toe ging in die tent. Ik moest haar met geweld in een taxi zetten. Zo gênant. Ik bedoel, hoe kan ik nu een ruige rock-'n-rollster worden als mijn mammie steeds bij mijn optredens aanwezig is? Om te beginnen jaagt ze de groupies de stuipen op het lijf.'

Mia keek in het achteruitkijkspiegeltje en zag een auto die achter hen geparkeerd stond, wegrijden. 'Dus heb je haar verteld dat je vandaag samen met je collega iemand in de gaten gaat houden?'

'Niet met zoveel woorden, maar ik heb gezegd dat we lang buiten zouden moeten blijven, en voor ik het wist, had ze voor twee personen thee en broodjes bacon gemaakt.'

'Lief, hoor. Ik geloof dat mijn moeder nooit van haar leven een broodje bacon voor me heeft gemaakt.'

Rob legde zijn voeten op het dashboard. 'Echt niet? Vraag het haar dan eens.'

'O. Nee. Ze is een paar jaar geleden overleden.'

De voeten kwamen weer naar beneden. 'O, sorry. God. Ik ben de laatste tijd wel stom bezig, hè? Je zult haar wel missen.'

Ze keek hem van opzij aan. Om de een of andere reden had hij precies het juiste gezegd. 'Ja. Ik mis haar inderdaad. Bedankt dat je dat zei.'

Het was een druilerige, sombere middag. Er stonden ongeveer tien auto's op de parkeerplaats, hoofdzakelijk oude vijfdeurswagens. Mountainbikes stonden elkaar te verdringen tegen de muur. Een supermarktwagentje was achtergelaten bij de deur die volgens haar berekeningen van het kantoor van wethouder Phil moest zijn. Het rolde bij iedere windvlaag verloren heen en weer op zijn rubberwieltjes. Ze was blij dat ze in de auto zat.

Rob schoof onrustig heen en weer. 'Luister, het spijt me echt wat er is gebeurd. Ik weet dat ik al eerder sorry heb gezegd. Maar ik wilde het nog eens recht in je gezicht zeggen. Ik voel me verschrikkelijk. Het is net alsof ik iets wat jij en Sylvia hebben opgezet, heb verpest. Met mijn grote bek.'

Hij keek intens verdrietig. Ze zag een wimper op zijn wang liggen en onderdrukte een opwelling om hem eraf te halen. 'Rob, luister. Je moet begrijpen dat... ik niet degene ben aan wie je je verontschuldigingen moet aanbieden. Het bedrijf is van Sylvia, dat weet je. Ik bedoel, ik heb er wel mijn hart aan verpand, maar ik ben hier min of meer toevallig terechtgekomen. Ik heb eraan meegeholpen om alles wat soepeler te laten verlopen. Maar meer dan dat is het niet. Het is echt iets van haar. Zij heeft een hele poos voor me gezorgd.'

Hij schudde zijn hoofd. 'Kom nou, ik heb het toch gezien. Jij steunt haar. Je zorgt dat alles daar op rolletjes loopt.' Hij keek voor zich uit. 'Het is wel opmerkelijk. Sylv zegt zelf dat ze zonder jou nergens zou zijn.'

Sylv: dus de jonge Ganymedes en zijn werkgeefster kletsten met elkaar, zoals Mia al vanaf het begin had vermoed. Misschien waren het niet meer dan onschuldige praatjes. Misschien was Sylvia wel zo eenzaam dat ze het al fijn vond om met een ander, jong iemand te praten. Een ander iemand die haar serieus nam. Ja, dat klonk aannemelijk. Mia zag nog steeds alles door de genadeloze bril van de competitie: die gewoonten waren te diep ingesleten om zomaar te vervagen. Misschien was de waarheid wel eenvoudiger dan ze had gedacht. Misschien zei Sylvia tijdens haar gesprekjes met Rob inderdaad dat ze alles aan haar adjunct had te danken, de onvergelijkelijke Chels. Misschien was dat alles wat ze eigenlijk wilde zeggen.

'Aardig van haar om dat te zeggen. Ik zou haar ook nooit in de steek laten.' Ze keek weer naar de parkeerplaats die er nog steeds verlaten bij lag. 'Maar de waarheid is dat ik zonder haar nergens zou zijn.'

'Ik begrijp het niet. Je hebt zo... zoveel zelfvertrouwen. Ik bedoel, iedereen kan zien dat je vroeger bijzondere dingen hebt gedaan. Hoe kun jij dan niets voorstellen zonder Sylv? Dat geloof ik niet.'

Ze keek hem aan en wilde iets zeggen. Het gezicht dat ze eerst mager en sluw had gevonden, leek nu open en betrouwbaar. Hij had tijdens de ontmoeting met wethouder Phil laten zien dat hij meer was dan een humeurige jongeman. Ze wist nog steeds niet precies wat ze aan hem had, al begon ze hem nu met andere ogen te zien. O, Mia, dacht ze, je bent zelf eenzaam. Je zou hem er iets over moeten vertellen. Je moet hem een beetje vertrouwen. Dat verdient hij toch wel. Maar toen ze haar mond opendeed, wist ze dat ze er nog niet klaar voor was. Hij zou moeten wachten, als hij iets wilde weten.

'Ik denk alleen dat het wel zo is.'

Hij viel stil, zich ervan bewust dat hij had gefaald in zijn poging om haar vertrouwen te winnen. Hij keek naar de thermosfles. 'Nou, ze is een geweldige vrouw. Ze is voor mij ook aardig geweest.'

Mia greep gefrustreerd het stuur vast. Ze voelde zich verkild; ze voelde zich oud. Zou het zo altijd zijn? 'Maar blijf je? In het begin dacht ik dat je – nou ja, toen je voor het eerst bij ons kwam – dacht ik dat je misschien wel gauw weer zou weggaan.' Wekte ze nu de indruk dat het haar iets uitmaakte? En wat dan nog?

Hij ging met zijn hand door zijn haar en glimlachte. 'Nee, ik ga niet weg. Nog niet. Denk je dat ik jullie zou overleveren aan de genade van wethouder Phil?'

'Mooi.' Christus, ze meende het echt. Dat was wel vreemd. 'Een kopje thee dan maar?'

De uren verstreken. Er was geen teken van leven op de parkeerplaats, zelfs niet de gloed van een bureaulamp door het raam van de kantoren. Na een poosje sprong een atletisch uitziende jongeman, wiens kleding verraadde dat hij een dakloze was, over het muurtje en ging er in allerijl vandoor met het winkelwagentje, alsof de winkelwagenpolitie hem op de hielen zat met jankende sirenes en zwaailichten. Zijn T-shirt was doorweekt van de regen en zijn eigen zweet. Natuurlijk gaat hij ermee naar de supermarkt om het muntstuk eruit te halen, dacht ze. En dan vervolgt hij zijn waanzinnige tocht door de buurt, zijn jacht op kleingeld, en zijn poging tot ontsnapping van zijn positie als bedelaar, door het noodlot veroordeeld tot de straat.

Mia en Rob praatten over het Centrum, over wethouder Phil, over wat er zou kunnen gebeuren. Hij maakte haar aan het lachen met een verrassend goede imitatie van Phils reactie op zijn uitbarsting. Ze had gedacht dat Rob veel te veel verdiept was geweest in zijn eigen retoriek om te zien wat voor effect hij had teweeggebracht Ze vroeg hem of hij door zijn grote mond ooit wel eens klappen had gekregen, en hij had zo lang en veelbetekenend gezwegen dat ze weer in lachen uitbarstte.

Ze deden het keuzespel: McEwan of Amis; Arsenal of Spurs; linguini of gnocchi; Duitsland of Frankrijk; *Star Wars* of *Star Trek*; de Sex Pistols of de Clash; Sean Connery of Roger Moore; Jerry Springer of Lucian Carver; Indisch eten of Thais; Matisse of Picasso; Kylie of Britney; Parsons of Bruchill; Bach of Mozart. Ze waren het bijna over alles oneens. Hij vertelde over het leven bij zijn moeder en hoe ze elkaar tot waanzin dreven en van elkaar hielden. Hij vertelde haar over zijn band en hoe slecht die nog was. Ze vroeg of ze hen een keertje kon zien optreden. Hij bloosde, wachtte even en stemde er wat onwillig mee in dat hij haar zou laten weten wanneer Thieves in the Night weer zou optreden. Hij zei dat ze dan geen blad voor de mond hoefde nemen voor wat ze ervan vond, en dat beloofde ze.

'Bedenk wel,' zei hij, 'dat het straks misschien nog het enige is wat ik heb als wethouder Phil zijn zin krijgt. Ik bedoel, de afgrijselijke waarheid is dat we misschien allemaal straks op –'

'Kijk. Kijk dan. Naar de parkeerplaats.'

Het was lastig om in de schemering van de late middag iets te zien. Maar de straatlantaarns brandden al zacht, en het licht van de aangrenzende winkels scheen deels ook op het asfalt van de parkeerplaats. De figuur die uit de deur kwam die volgens Mia die van het kantoor was van wethouder Phil, was net te onderscheiden. Het silhouet had eerst iets van een centaur, één gestalte, bestaande uit een lange helft en een kortere achterkant. In het licht bleek het om twee personen te gaan: een gedrongen, kleine man, wiens armen rondgraaiden, en een veel langere vrouw, giechelend en wel. Rob en Mia keken stomverbaasd in alle stilte toe toen wethouder Phil zijn hoofd hief om Eileen te zoenen met de wanhopige gretigheid van een bejaarde sater die zojuist van de opperbosgod te horen had gekregen dat dit zijn laatste uitje was en dat hij er maar het beste van moest maken. De man die tijdens hun ontmoeting een zittend bestaan leek te hebben, was nu een en al energie. Zijn handen wisten niet zeker of ze, als die van een bergbeklimmer, Eileens imposante boezem moesten omvademen, of dat ze zich moesten concentreren op kneepjes in haar achterwerk dat werd omspannen door een rokje dat nog korter was dan Mia zich herinnerde. Zijn passie was weerzinwekkend om te zien, maar verbazingwekkend in zijn ongeremdheid. In zijn kantoor had ze gedacht dat wethouder Roberts nergens om gaf. Mis: hier gaf hij wel degelijk om.

Toen dacht ze aan het plan. Het plan! Waar was de camera? Aan Robs voeten. Ze boog zich over hem heen en greep de camera met trillende handen beet. Het was jaren geleden dat ze hem had gebruikt, en ze had niet gecontroleerd of hij het nog deed. Het toestel van duizenden ponden, gekregen met Kerstmis van Ben, kwam nu eindelijk van pas. Dat hoopte ze althans terwijl ze door de lens keek, Rob met zijn hoofd naar achteren duwde tegen de hoofdsteun zodat hij niet in de weg zat, en op wethouder Phil en de fraaie Eileen inzoomde. Ja, dacht ze, toen hun wazige contouren scherp werden. Ja. Prachtig. Daar heb je ze: een smerig wethoudertje dat zichzelf uitroept tot echte huisvader, betrapt na een heftige vrijpartij met een junior medewerkster van de gemeenteraad. Van top tot teen, in technicolor – dit had ze nog wel gecheckt – op een film die gevoelig genoeg was in dit slechte licht. Klik. Klik. Klik. Wie heeft er nou zichzelf genaaid?

Met een laatste graaibeweging stuurde wethouder Phil Eileen de avond in en liep hij terug naar zijn kantoor. Zij struikelde even terwijl ze over de parkeerplaats liep, wankelend op haar hakken. Maar ze glimlachte. Ze glimlachte, dacht Mia, niet omdat ze had genoten van wat er zojuist was gebeurd, maar vanwege het gevoel dat het bij haar achterliet. Ze kon nu tegenover Maureen (mevrouw) Stove zitten en voelen hoe de ogen van vijftig mannen in de open kantoorruimte haar elke dag als ze met koffie liep, uitkleedden. Ze zou dan denken: ik word beschermd, en jullie niet. Wat jullie ook van me vinden, ik heb een streepje voor op jullie. Ze zou wethouder Phil in de krant zien staan en dan kon ze denken aan de ravage die ze van zijn leven kon maken. Daarom glimlachte ze.

'Shit,' zei Rob. 'Ze komt deze kant uit. Straks ziet ze ons.'

'Nee, dat gebeurt niet,' zei Mia. Maar ze was er niet helemaal zeker van. Eileen kwam inderdaad hun kant op, ze schoot voor auto's langs die waarderend naar haar toeterden, naar de andere kant van de weg. Ze trok de rits van haar leren jasje dicht en haalde een sigaret uit een pakje. Ze stond recht voor hun transit. De sigaret gloeide toen ze diep inhaleerde. Ze keek naar links en naar rechts. Mia en Rob zaten onbeweeglijk, zonder dat ze adem durfden te halen of met hun ogen durfden te knipperen. Als ze me ziet, rijd ik weg, dacht Mia. Nee, nee: als ze me ziet, zijn we er in elk geval bij. Dan is het plan mislukt. Dan zijn we er allemaal bij. *Kijk niet in de auto.*

Eileen keek wel, maar ze zag niets. Ze bleef eindeloos naast de bumper staan aarzelen, op niet meer dan een meter van Mia vandaan, die nog steeds met de camera in haar trillende handen zat. Ze keek naar haar nagels en pulkte even in haar neus. Haar mond ging open, alsof ze iets in zichzelf zei. Ze rommelde in haar tas, vond wat ze zocht, en keek toen boos op haar horloge. Haar denkproces was nog niet helemaal op gang gekomen, dat was wel duidelijk. Eileens hersenen, hoe gering van omvang misschien ook, volgden een bepaald programma. En toen, plotseling, was het voorbij – ze was verdwenen, richting hoofdstraat en het busstation.

'Jezus,' zei Rob. 'Jezus christus. Dat scheelde maar een haar.'

Mia liet zich tegen de leuning aan vallen, en hapte naar adem. 'Echt maar een haar. Verdomd, dat ging bijna mis. God, het was wel heftig.'

Rob draaide zich met een ruk naar haar om. 'Staan ze erop?'

Ze gaf hem de camera en draaide het sleuteltje in het contact om. De motor kwam sputterend tot leven, ze keek in de spiegeltjes en gaf richting aan. Het was tijd om naar huis te gaan.

'Nou? Mia?' Ze waren nu vlak bij de verkeerslichten. Ze wisselde van baan om een bus te vermijden. 'Nou? Staan ze erop?'

Ze trok de handrem aan toen ze voor rood stonden te wachten en draaide zich naar hem toe. 'Reken maar. Ze staan er gekleurd op.'

En zo kwam het dat Sylvia een week later een bijzonder beleefde brief ontving van Maureen (mevrouw) Stove, in begrijpelijke taal, met de grootst mogelijke weerzin geschreven door een vrouw die, dat was even duidelijk, gedreigd was dat ze haar baan zou kwijtraken als ze niet precies deed wat haar was opgedragen. Mevrouw Stove begon met te zeggen hoezeer ze de ontmoeting met Sylvia en haar collega mejuffrouw Taylor op prijs had gesteld. Ze was ook mejuffrouw Taylor en meneer Eastwood zeer dankbaar dat ze er de tijd voor hadden genomen om wethouder Roberts het een en ander toe te lichten. Tot haar vreugde kon ze hun meedelen dat wethouder Roberts zeer onder de indruk was van hun verhaal, en dat hij haar had gevraagd hun zijn dankbaarheid over te brengen voor alles wat het Centrum voor de gemeenschap deed. De planologische subcommissie was de afgelopen maandag bijeengekomen, vervolgde mevrouw Stove. Zij had op aandringen van wethouder Roberts besloten om het onderzoek naar het Echinacea Centrum te staken, nu alle kwesties 'krachtens de huidige wet' waren opgelost. Tot haar vreugde kon ze Sylvia meedelen dat de subcommissie ook had besloten om, met het oog op de bouwkundige onvolkomenheden die een tiental jaar geleden waren ontdekt maar genegeerd als gevolg van een ongelukkige bureaucratische vergissing op het stadhuis, een redelijke toelage toe te zeggen voor al het werk dat wellicht moest worden verricht als gevolg van deze eerdere onoplettendheid. Mevrouw Stove zou graag een offerte van een aannemer van Sylvia ontvangen, zodat ze over de bedragen kon overleggen met haar collega's van de afdeling financiën. In de tussentijd hoopte ze dat Sylvia niet zou aarzelen contact met haar op te nemen – of met haar nieuwe assistente, Michele – als er nog iets was dat ze voor haar zouden kunnen doen. Met de meeste hoogachting, enzovoort.

Meer was er niet nodig geweest, dacht Mia, terwijl ze die avond champagne in Sylvia's glas schonk. Eén foto. Eén foto in een bruine envelop onder de achterdeur van wethouder Phils kantoor. Let wel, het was een goede foto, volgens alle normen. Een beetje grof van korrel – dat nam ze zichzelf wel kwalijk – maar duidelijk genoeg om te zien wie er aan wie zat te friemelen. Overal handen, als je goed keek. Een raar mannetje die aan een veel jongere, langere vrouw zat. Het was eigenlijk bespottelijk, als je erover nadacht. Maar één foto, en de tamelijk cryptische woorden 'Onze funderingen zijn uitstekend, wethouder. En die van u?' die met zwarte viltstift op het glanzende oppervlak waren geschreven.

VII

De topiarieplanten aan weerszijden van het looppad waren gesnoeid in de vorm van pauwen die op het punt stonden om op te vliegen. Tegen de achtergrond van vlammende toortsen zagen ze eruit als vreemde nachtdieren die waakten over de kermistent en al zijn geheimenissen. Alleen de flitsen van de perscamera's achter het rode koord, die hun licht over de omsloten ruimte lieten schijnen, lieten de vogels zien zoals ze werkelijk waren: niets meer dan zeer vakkundig vormgegeven kunstwerkjes, de eerste kwinkslag van het feest.

De schoenen bezorgden Mia nog het meeste ongemak. Na drie uur winkelen in Bond Street had ze zich tevredengesteld met een eenvoudige, Versace-jurk met blote rug, asymmetrisch, die enigszins doorzichtig was als het licht erop viel. Geassisteerd door een Japanner in een zwart strak T-shirt had ze een miniatuur tas van Gucci gevonden die perfect bij de jurk paste, en bij Fenwick piepkleine diamanten oorbelletjes die nog net betaalbaar waren. Maar de nieuwe zwartsatijnen schoenen van Jimmy Choos knelden haar voeten bijna af. Het was jaren geleden dat ze hoge hakken had gedragen en Claude wilde haar niet sparen, ondanks de klachten die ze gedempt uitte. Te laat herinnerde ze zich hoe hij zich op dit soort avondjes gedroeg. Hij kon niet wachten om zich in het feestgedruis te storten, om te zien wie er waren, te drinken wat er werd aangeboden en te kletsen met wie hij ook maar de moeite waard vond. Hij was helemaal in zijn element, ontzettend opgewonden en ongeduldig, en nu al geïrriteerd door haar nervositeit en de last die ze zou kunnen veroorzaken naarmate de avond vorderde.

'Claude,' fluisterde ze toen ze over de rode loper liepen. 'Claude, kan het wat langzamer. Mijn voeten doen zo'n pijn.'

'Wat?' zei hij, en hij ging intussen nog harder lopen. 'Wat is er? We zijn bijna binnen. O, kijk eens, daar is Hermy.'

'Hermione Lane?'

'Wie anders? God, jij komt echt van een andere planeet, hè? Zij heeft nu haar eigen zaak in Notting Hill. Heel trendy.'

'Toen ik haar voor het laatst zag, was ze niet meer dan de-vriendin-van. Hoe heette die rijke Italiaan ook weer?'

'Bruno da Ponte. Allang uit beeld. Ze heeft hem gedumpt toen ze geld kreeg voor die winkel. Volgens Harry wordt ze nu achternagezeten door een of andere popzanger. De kunst is dat je raadt wie van hen de meeste Botox in het gezicht heeft laten spuiten.'

Ze werden bij de ingang begroet door een vrouw in een lange zwarte rok en een gesteven blouse. Ze droeg het Bracknell-logo op een broche en ze had haar naam op een kaartje rond haar hals hangen: de bewaking was strenger dan andere jaren, aangezien de commissie niet alleen het gebruikelijke aantal aristocraten, filmsterren, ministers en Arabische vorsten als gast had weten te strikken, maar ook de twee jongste leden van het koninklijk huis. Ze wist het allemaal nog. Ze wist weer hoe ver-bitterd ze was geweest in het jaar dat ze was gevraagd als lid van de com-missie, maar op het laatste moment voor zes maanden was overge-plaatst naar Washington, zodat het haar niet was vergund om dat najaar al haar vijanden – en vrienden – een rottijd te bezorgen.

'Ha, meneer Silberman,' zei iemand van het ontvangstcomité. 'Wel-kom. De hoeveelste keer is dit?'

'Mijn twaalfde,' antwoordde Claude. 'Het wordt elk jaar beter. Is dat niet Mick Jagger?'

De man glimlachte. 'We onthullen nooit de namen van onze gasten. Zelfs niet aan andere gasten. Tafel twaalf. Veel plezier vanavond, meneer.'

Claude grinnikte vrolijk. 'Natuurlijk, natuurlijk.'

Binnen bood de tent een weelderige, adembenemende aanblik. Enorme draperieën met Ottomaans dessin hingen aan het plafond, het brokaat paste bij de wandtapijten die naadloos de honderden meters rondom bekleedden. De tafels stonden te midden van fonteinen, plan-ten en bruggetjes. Sommige stonden op een verhoging van vier kleine pagodes. Er was een podium en een dansvloer en, midden in de tent, een overdadig bloeiende tuin met echte pauwen die daar humeurig rond paradeerden, bewaakt door twee mannen in Bracknell-polo's. Bij de ingang waar zij en Claude hun eerste glas champagne kregen, bevonden zich een ruime ontspanningsruimte en een bar. Daar zag ze een van de leden van het koninklijk huis staan die zijn beroemde glimlach aan een Oscar-winnende actrice schonk die al aan de Stoli was. De barkeeper lachte toen hij dit zag, een plaatje waarvoor de roddelpers heel wat zou hebben overgehad. De actrice fluisterde de jongeman iets in zijn oor, en lachte daarna al haar tanden bloot die een bovennatuurlijke perfectie lieten zien; hij bloosde en dronk snel zijn champagne leeg. Rondcirkelende lampen boven hun hoofd riepen de sfeer van een disco op. Maar in de hoek speelde een strijkje Vivaldi, in diepe concentratie, terwijl het bacchanaal om hen heen op gang kwam. De achtergrond van de muzikanten bestond uit het enorme videoscherm van de ontspanningsruimte erachter, op dit uur nog verlaten maar ingericht met leren bankjes waarop straks, vele uren hierna, uitgeputte gasten zouden wegsoezen en elkaar omhelzen.

'Is het niet hemels?' zei Claude. Hij had gelijk, althans vanuit zijn perspectief gezien. Mia bekeek hem in zijn fluwelen jasje, zijn nieuwe chique overhemd van Turnbull en Asser, en zijn patentleren schoenen. Ze besefte dat dit precies was wat Claude verstond onder 'hemels'. Buiten drukte de winterse kou op perfecte wijze het gevoel uit van degenen die van dit grote gebeuren werden buitengesloten. En buitengesloten worden was voor Claude iets ondenkbaars. Dit jaar hadden zijn vrienden van de Pisces Club – de Oxfordse dinerclub waar hij zich voor het eerst had onderscheiden als aankomend man van betekenis – een tafel besproken. Een van hen, Harry Startt, was lid van de commissie en die had het geregeld. Dit was natuurlijk volslagen belachelijk. Iedereen wist dat het Bracknell alleen kaarten verkocht voor twee personen, absoluut geen tafels reserveerde, geen groepen, geen uitzonderingen. Dat was nu net waar het om ging bij deze zeer beschaafde, democratische gelegenheid: dat een achttienjarige die net van school af kwam naast Gwyneth Paltrow of een Saksische prinses of het hoofd van de Admiraliteit kon komen te zitten. Het was een kwestie van toeval. Maar Harry had het voor zijn groepje geregeld. Een hele tafel, op een van de pagodes, vlak bij het podium. Hij kreeg het voor elkaar.

'Daar heb je Natash,' zei Claude, en hij greep nog twee flûtes. 'Laten we even naar haar toe gaan.'

Natasha Chapman. Tash Chapman. Ach ja, die Tash. Hoe lang was het geleden dat Mia haar had gezien? Lang genoeg. In Oxford waren ze onafscheidelijk geweest, hand in hand, met zeeën witte wijn en Pimm's hadden ze zich door affaires, crises en feestjes heen geslagen. Heel veel feestjes. Na die tijd hadden ze elkaar jarenlang nog minstens een keer per week gezien, maar het werd steeds minder toen Mia's carrière het meeste van haar tijd begon op te slokken. Maar Tash was altijd van de partij geweest: Tash met haar eeuwige lange, bruine haar, en haar vastomlijnde idee om toneelschrijfster te worden. Wat deed ze de hele dag? Het had nooit erg belangrijk geleken. Mia had ooit van haar gehouden. En daarna, toen het doek viel, had ze andere dingen aan haar hoofd gehad en was ze mensen als Tash vergeten. Dat hun leven gewoon verder was gegaan nadat ze hen had achtergelaten, leek absurd. Als ze zich hen al voor de geest had gehaald, had ze aan hen gedacht zoals ze hen het laatst had gezien voor de avond van de picknick: onschuldig, onbezonnen, niet belangrijk.

'Lieverd,' zei Claude, 'je ziet er verrukkelijk uit. Maar dat wist je al.' Natasha droeg een witte, zijden jurk, een zwarte sjaal en zwarte lange handschoenen. Ze was slanker dan ooit. Ze zag er wat tobberig uit, afgepeigerd zelfs. Maar haar glimlach was nog hetzelfde. Ze kuste Claude op zijn wang en glimlachte nog maar eens om de stilte op te vullen die valt voordat je aan iemand wordt voorgesteld.

Mijn god, dacht Mia, ze herkent me niet. Ze denkt dat ik Claudes laatste verovering ben, die even in hun wereldje langskomt, iemand die je tolereert totdat de volgende voorbijkomt. Als hij zegt dat ik Francesca heet en in Monaco woon, zal ze me met een lege blik aankijken en me vervelen met opmerkingen over hoeveel ze van Monaco houdt, om me vervolgens weer uit haar geheugen te bannen. Wat ziet ze? vroeg Mia zich af. Ze ziet een kleine vrouw die haar vaag bekend voorkomt aan de arm van een man die haar vriend is gebleven, die de groep niet heeft verlaten of in ballingschap is gegaan, of hen allen heeft geconfronteerd met de ellende van een tragedie. Niet zoals ik, de vriendin die verdween.

'Nou, Tash,' zei Claude, 'begroet je haar niet?'

Natasha keek nog eens en toen viel het kwartje. Zag Mia het goed dat Natasha bleek wegtrok onder haar rouge, dat ze ervandoor wilde gaan? Wat doen trotse leeuwen als het zieke dier terugkeert in de groep? Welke primitieve trekjes, restanten van lang onderdrukte instincten, maken dat mensen de ander laten weten dat hij niet welkom is? Misschien was het haar verbeelding die haar parten speelde. Natasha herstelde zich. Ze slaakte een gilletje van blijdschap en sprong op en neer voordat ze haar armen om Mia heen sloeg.

'O, mijn god!' Ze bekeek haar oude vriendin van top tot teen. 'Je bent het echt. Ik kan het niet geloven. Het is zo lang geleden, lieve schat. Hoe lang? Vier jaar, vijf? Dat moet ik aan David en Mands vertellen. O – weet je dat ze een zoontje hebben?'

'Ja, dat weet ik,' zei Mia. 'Dat heeft Claude me verteld. Het is fijn om je te zien, Tash. Je ziet er fantastisch uit.'

'Ik heb je toch gezegd dat ik haar zou vinden?' zei Claude. 'Ik moest er verdomme wel voor naar Nederland, maar ik heb haar gevonden.'

'Nederland?' zei Natasha. 'Ik dacht dat je ergens in de rimboe zat. In East End of zoiets?'

Dus zover was het gekomen: haar schuilplek was ontdekt. Nou ja, goed. 'Ik denk dat Claude bij wijze van grapje wilde zeggen hoe ver oostelijk hij wel heeft moeten gaan om me te vinden. Ja toch?' Ze draaide zich naar hem om. 'Lieverd?'

'Natuurlijk, natuurlijk.' Hij trok aan zijn sigaret en glimlachte. Het gemanipuleer en de trucjes van deze avond deden hem nu al plezier. Hij wist drommels goed dat Natasha zich in bochten wrong van afschuw en dat Mia haar oude vriendin niet bijster veel te vertellen had. Mia kon aan zijn ogen zien hoe hij genoot, en ze voelde een steek van haat. Maar nee: ze had geweten wat haar te wachten stond. Dit was het hoogtepunt van de avond voor Claude. De kleine machtsspelletjes en de kansen om verwarring te zaaien betekenden alles voor hem. Daarom was hij zo dol op het Bracknell-bal. En, als ze eerlijk was, was dat waarschijnlijk ook de reden waarom hij haar had uitgenodigd. Om toe te kijken hoe ze zou happen, te zien hoe ze mensen onder ogen zou komen die haar nu behandelden als een lang vergeten vermiste, een vrouw wier skelet over vele jaren in een greppel zou worden aangetroffen en die men zich even zou herinneren als een wel aardig type.

'Kom op, allebei,' zei hij. 'Laten we gaan kijken of we lord Harry kunnen vinden.' Natasha stak haar arm door die van Mia en met z'n drieën baanden ze zich een weg door de groeiende menigte naar een deel van de tent waar een gespierde vuurvreter met een mondvol glas min of meer werd genegeerd. Ze herkende veel gezichten en zei een paar mensen gedag, zonder dat het haar iets deed. Geen van hen had zich nog in het proces gestort waardoor Natasha zo bleek was weggetrokken. Ze sloegen domweg de rituelen van hun klasse gade, de behoedzame erkenning van een vaag bekend gezicht. Voor hen zou ze net zo goed een geest kunnen zijn, voor die mannen in zwart jacket, en die vrouwen in verschrikkelijk mooie en dure jurken. Het was niet zozeer het feit dat ze was teruggekomen. De meesten van hen hadden nooit gemerkt dat ze was vertrokken. Tien jaar eerder of tien jaar later – hun gedrag zou precies hetzelfde zijn geweest. Tijd betekende niets terwijl deze polonaise van betekenisloze etiquette werd uitgevoerd onder het fonkelende licht van een discobal.

'Met wie ben je hier, Tash?' vroeg Mia zo opgewekt mogelijk.

'Met wie?' Ze schoot in de lach. 'O, Mia, lieve schat. Dat gebeurt er nu als je ons laat zitten. Ik ben intussen getrouwd. Heeft Claude je dat niet verteld?'

'Nee. Nee.' Er werd alweer champagne rondgedeeld en dankbaar aangepakt.

'Ik ben getrouwd – zes maanden geleden. En je raadt nooit met wie.'

'Nou?'

'Nee, je moet raden.'

'Nou, goed dan. Met Tom?'

'Tom!' krijste ze, terwijl de champagne naar alle kanten op spatte. 'Tom! Met hem zou ik nooit trouwen. Hij wilde dolgraag, dat wel. Een huis ergens buiten, kinderen, labrador. Hij zag het al helemaal voor zich. Doordeweeks voor hem een flatje. Hier in de buurt. Een plekje waar hij verhoudingen kon hebben terwijl ik een gezin zou uitbroeden. Maar ach, lieverd,' ze geeuwde overdreven. 'In bed stelde hij helemaal niets voor. Mijn voeten gingen ervan slapen.'

'Ik begrijp het. Ik had Tom nooit voor dat type man gehouden. Maar ga verder.'

'Raad nog eens.'

Dit werd irritant. Ze zou het nog één keer proberen. 'Tja, ik weet niet. Stephen Dee?'

'Warmer. Hij heeft me ook gevraagd. Ik heb erover nagedacht, maar toen trof ik hem op een feestje waar hij met mijn zus neukte. Niet zo fraai.'

'Nee, niet zo fraai.' Daarmee was gemakkelijk in te stemmen. 'Nou, vertel het dan maar. Wie is de gelukkige?'

'Lucian Carver.'

Mia's vader had haar ooit gezegd dat het ware kenmerk van een dame – of een heer – het vermogen was om werkelijk weerzinwekkend nieuws tot je te nemen vlak nadat je een slok goede wijn had genomen. Dit was precies de positie waarin ze zich nu bevond. Lucian Carver? Natasha had net zo goed kunnen zeggen dat ze was getrouwd met Jack the Ripper of Pol Pot. Het was moeilijk te begrijpen hoe een vrouw die beschikte over haar volle verstand een gesprek zou willen aangaan met Lucian Carver, laat staan beloven de rest van haar leven met hem door te brengen. Natasha was altijd een excentriek persoontje geweest. Maar dit bracht haar in de categorie gevaarlijk krankzinnig. Ze had kennelijk op een bepaald moment in de afgelopen vier jaar haar verstand verloren. Maar Mia was vastbesloten te slagen voor de test van haar vader. Ze slikte de champagne door en dacht na over een antwoord. 'Lucian? Wauw. Dat is... geweldig, Tash. Hadden jullie al lang een relatie?'

'Weet je, dat is nou zo verbazingwekkend. We waren tijdens een weekend in Hampshire op een houseparty en toen is het begonnen. Lucian nam me op een middag mee voor een ritje in zijn MG en we hebben op een heuvel zitten praten en praten. Ik werd op slag stapelgek op hem. Hij was – is – zo'n lieve man, weet je. Ik weet wat ze over hem zeggen. Maar geloof me, ik ben niet voor niets in het huwelijksbootje gestapt. O kijk, daar heb je hem. Schat!'

Lucian Carver worstelde zich met een nukkige kop moeizaam door de menigte. Ondanks Natasha's bewering zag hij er nog net zo uit als vroeger: onbehouwen, lomp, vol ergernis over de tekortkomingen in deze wereld, en klaar om elk moment iemand op zijn gezicht te timmeren. Het was dit karakter dat hem tot een succes had gemaakt in zijn beruchte televisieshow *The Carve Up*, een wekelijks vertoon van politieke zwartgalligheid waarbij hij weldenkende gasten onderwierp aan de meest afschuwelijke vernederingen. Zijn reactionaire opvattingen waren algemeen bekend en niet opmerkelijker dan wat een gemiddelde taxichauffeur kan zeggen in een verkeersopstopping. Maar Lucians gewoonte om zijn mening te laten volgen door een logische conclusie, en vaak nog meer dan dat, had ervoor gezorgd dat zijn show zo populair was geworden. De kijkcijfers waren evenwel gedaald nadat hij een correspondente van de BBC tijdens de uitzending aan het huilen had weten te krijgen, door te beweren dat ze een 'zinloze pudding van een vrouw was die maar twee doelen in het leven had: mensen eraan herinneren waarom Groot-Brittannië geen keizerrijk meer was, en het celibaat onder de mannelijke bevolking aanmoedigen'. Hij had een zeer gerespecteerde bisschop ervan beschuldigd dat hij een instituut vertegenwoordigde dat 'zich alleen maar bezighield met atheïsme, pedofilie en afstand nemen van de nationale soevereiniteit'. In zijn eeuwige krijtstreeppak en gebloemde das liet hij veelvuldig horen dat hij ervoor was dat ophanging en geseling weer als straffen werden ingevoerd, een mening waarin hij werd gesterkt door interactieve enquêtes onder zijn kijkerspubliek. Zijn meest recente stunt – waarover Mia wel had gehoord, maar die ze niet had gezien – was een telefoontje tijdens zijn show met een homoseksuele romanschrijver die een furieus essay had geschreven in *The Independent* waarin hij *The Carve Up* aanviel. Lucian had de schrijver een aantal op het oog onschuldige maar kennelijk goed geïnformeerde vragen gesteld over de school die hij had bezocht en een bepaalde koordirigent die onlangs was overleden. De auteur was van schrik in een stilzwijgen vervallen terwijl vijf miljoen kijkers naar de verlekkerde grijns van de showmaster keken. De volgende ochtend werd het levenloze lichaam van de schrijver door zijn werkster aangetroffen aan een balk in zijn keuken. Een nijdig debat was er in de pers gevolgd over de vraag of zulke shows wel door de beugel konden, en of ze niet het normbesef van de bevolking aantastten. Het kon Lucian niets schelen: de volgende week had hij er nog een half miljoen kijkers bij.

'Silberman!' Claude draaide zich om. Lucian Carver prikte hem met zijn vinger in zijn borst. 'Silberman! Dit is jouw schuld! Ik wil een Scotch, en het enige wat ik kan krijgen zijn die wijvendrankjes.' Hij wees vol afkeer op een blad met Krug champagne en Sea Breezes dat net langsging.

'Lucian,' zei Claude, terwijl hij zijn oude kamergenoot de hand schudde, 'jouw wens is mijn bevel.'

'Doe niet zo joods,' vervolgde Lucian. 'Zo afschuwelijk kruiperig. Zo was je altijd al. Zelfs in Oxford. Altijd maar buigen en schrapen voor de niet-joden. Net die glibberige Fagin uit *Oliver Twist*.'

'Kom, schat,' zei Natasha, en ze nam hem bij de hand. Ze ging met haar vingers door zijn dun wordende zwarte haar terwijl ze zei: 'Weet je nog wat we hebben afgesproken? Geen antisemitische opmerkingen. Dat is niet aardig.'

'Ik ben niet antisemitisch. Een paar van mijn beste vrienden – zelfs mijn beste vriend is verdomme een jood, zoals je kunt zien. Ik geef Claude alleen maar advies. Hij moet niet zo verdomde slaafs doen.'

'Nou, dan,' zei Mia. 'Haal dan zelf je verdomde Scotch. Fanaat die je bent.'

Het werd doodstil in het groepje. Lucian staarde haar aan. Natasha rolde vol afschuw met haar ogen. Claude keek voor zich uit met de blik van iemand die zich het liefst onzichtbaar wilde maken. Dit is Lucian Carver, dacht Mia. Hij zou me zo een klap kunnen geven. Hij is er gek genoeg voor. Ik ken hem nog uit de tijd voordat hij beroemd werd; hij was regelmatig dronken en hij sloeg vrouwen. Ze vroeg zich af of ze iets scherps in haar tasje had waarmee ze hem in zijn lies kon steken als het uit de hand liep.

Plotseling barstte Lucian in een luid schaterlachen uit. Binnen de kortste keren deden ze allemaal mee, zelfs Claude, opgelucht dat iets wat een ramp dreigde te worden ineens een moment van triomf was. Het kwam maar heel, heel zelden voor dat Lucian om iemand anders dan zichzelf moest lachen. Hij zette zijn bril af en veegde met een grote, gestippelde zakdoek over zijn ogen. 'Onbetaalbaar,' zei hij. 'Onbetaalbaar. Geniaal. Zij moet in de show komen, vinden jullie niet?' Hij zette zijn bril weer op. 'Goed, mevrouwtje, mag ik je vragen – als je daar tenminste niet razend om wordt – wie je in godskleренaam bent?'

'Ken je me niet meer, Lucian?'

'Nee. Zou ik je moeten kennen?'

'Ik ben Mia. Mia Taylor.'

Lucian staarde haar weer aan door zijn dikke brillenglazen. 'Kleine Mia. Wel wel, ik dacht dat jij dood was. Omgekomen in de vlammen, of wat het ook was.' Hij krulde zijn lip.

'Nog steeds in leven, Lucian. Sorry dat ik je moet teleurstellen. Trouwens, nog gefeliciteerd met je huwelijk. Het spijt me dat ik er niet bij ben geweest.'

'Bedankt. En maak je geen zorgen. We hadden je toch niet uitgenodigd!' Hij barstte weer in lachen uit, en onderbrak zijn geschater alleen om een ober in het voorbijgaan toe te schreeuwen dat als hij hem niet onmiddellijk een dubbele Scotch bracht, hij, Lucian Carver, een cameraploeg naar zijn moeders huis zou sturen en opnamen van haar zou uitzenden zodat iedereen haar kon zien terwijl ze in haar ochtendjas de vuilniszakken buiten zette. De ober antwoordde dat zijn moeder al een paar jaar dood was, maar dat hij erg van de show genoot en dat hij het een eer vond om een drankje voor meneer Carver te halen.

'Verdomme, Taylor,' zei Claude. 'Dat scheelde maar een haar. Je bent nog even diplomatiek als vroeger, zie ik.'

'Jezus,' zei ze, en ze draaide de Carvers haar rug toe. 'Hoe heeft dit kunnen gebeuren? Dat Tash Chapman getrouwd is met die idioot? Ik weet nog dat hij altijd drankliederen van de ss op jouw feestjes zong.'

'O, die was gewoon vrolijk. En trouwens, daar gaat het niet om.'

'Nou, waar gaat het dan om?'

'Waar het om gaat, lieveling, is dat Lucian tegenwoordig zijn eigen productiemaatschappij heeft. Wat niemand weet, behalve hij en ik – en toen ik dronken was, heb ik het aan Tash verteld – is dat hij die later in het jaar gaat verkopen. Hij heeft al een gigantisch inkomen. Maar als hij die maatschappij verkoopt, wordt hij echt heel rijk. Ik bedoel heel wat rijker dan die mietjes van bankiers met wie ze vroeger omging.'

'En dat is alles?'

'En hij is een ster. Vergeet niet hoe Tash is. Hij gaat naar de chicste feesten. Je ziet hoe die ober tegen hem deed. Lucian scheldt mensen uit voor klootzak en zij vragen hem om een handtekening. Dat is zijn talent. Weet je dat ze vorige week te eten waren gevraagd op Nummer Tien? Daar zei hij de minister-president even de waarheid, dat het kabinet vol zat met slappelingen of zoiets, en de premier lachte alleen maar. Het heeft in alle bladen gestaan. Wees nou realistisch, Mia. Dat is toch precies wat ze wilde.'

Ze liepen in de richting van hun tafel. De zanger van een groep die een reeks hits had gehad in de jaren tachtig zong bij de piano nummers van Chet Baker; zijn sluike haar hing nog steeds tot over zijn ogen, net als bij de generatie voor hem. Aan de andere kant zag ze een jongen met wie ze ooit op stap was geweest na elk nummer applaudisseren. Richard? Nee, Roland. Zo heette hij. Zoon van een acteur, die er al die jaren geleden alles aan deed om naam te maken in de computerbranche. Hij zag haar niet, en dat kwam haar wel goed uit. De menigte klapte toen de pianist 'The thrill is gone' inzette. Toen ze opkeek, zag ze een kooi met papegaaien en andere tropische vogels, die van het ene stokje naar het andere sprongen en zielig krijsten, alsof ze het wilden opnemen tegen het saaie geroezemoes dat van beneden opsteeg.

Op de pagode zat Harry Startt met zijn vriendin op hen te wachten. Hij omhelsde Claude stevig en ze begroetten elkaar in vreemde Latijnse bewoordingen, iets wat ze volgens Mia hadden overgehouden van de Pisces Club. Claude, Lucian en Harry waren er allemaal lid van geweest, waarbij ze zich afzijdig hadden gehouden van de Bullingdon met zijn meer geheimzinnige en gewelddadig dronken vrijmetselaars. De Pisces Club bestond pas vanaf de jaren dertig, opgericht door de zoons van drie graven, maar hield zijn oud-leden in een ijzeren greep. Jaren daarvoor was ze verbijsterd geweest toen Claude een bijzonder waardeloze stagiaire bij Z Robinson had aangenomen als medewerker van een van zijn prestigieuzere accounts. Toen ze hem ernaar vroeg, had hij wat clichés gemompeld. Maar toen ze erop had aangedrongen, had hij onthuld dat de jongen lid was geweest van de Pisces Club en dat hij min of meer verplicht was om hem onder zijn hoede te nemen, hoe stom hij ook was. Ze had gedreigd met deze kwestie naar Kingsley te gaan. Claude had haar met een glimlach gezegd dat ze dat best mocht doen, maar dat het tijdverspilling zou zijn. Kingsley was ook lid van Pisces geweest.

Harry Startt had het niet zo ver geschopt als Claude of Lucian, maar ver genoeg. Zijn vader, de zevende burggraaf Lilling, had de hoop opgegeven dat zijn oudste zoon ooit enige belangstelling aan de dag zou leggen voor het familiebezit, en hem in plaats daarvan het kapitaal geschonken voor een kleine uitgeverij. Harry gaf specialistische tijdschriften en technische handleidingen uit, zijn bedrijf maakte niet echt winst, maar wist zich te handhaven. Zijn persoonlijke rijkdom was zo groot dat het er niet echt toe deed: de flat in Bayswater en zijn *gîte* in de Provence liepen nooit enig risico. Maar het deed er wel toe voor Harry, die het klaarspeelde tegelijk vadsig en slap te zijn, en die zich bewust was van deze gênante paradox. Hij wilde iets hebben om mee te geuren in de jaren na Oxford. Hij had het er vaak over dat hij 'eigen baas' wilde zijn, zoals mensen doen wie dat nooit lukt.

Mia stond ongemakkelijk de tafelindeling te bekijken, in de hoop dat ze niet naast Lucian zou hoeven zitten. Ze tuurde naar de zwierige kalligrafie die in reliëf op de kaartjes was gedrukt, en zag tot haar opluchting dat ze tussen Harry en Anthony Wentworth-Crawford zou zitten, een ongevaarlijke jurist met een gevaarlijke vrouw; hij was geen lid geweest van de Pisces, maar had zich in het verleden ooit aan Claude gehecht. De Wentworth-Crawfords waren dodelijk saai, en als zij in Claudes nabijheid waren, kon je er donder op zeggen dat het gezelschap vroeg opstapte (of, zoals op een gedenkwaardige avond was gebeurd, dat men, met briljant gecoördineerde excuses van alle andere leden, naar huis ging om zich na een uur alweer te verzamelen zónder de Wentworth-Crawfords bij een kroeg in Mayfair). Anthony was erachter gekomen. Hij vond het niet erg, omdat hij wist dat hij in wezen de boel oplichtte en omdat hij daarvoor zulke vernederingen wel over had. Hij begreep dat hij alleen maar deel kon uitmaken van Claudes nachtelijke avonturen omdat hij door de groep werd geduld en dat hij, als hij moeilijk zou doen, voor altijd van de lijst zou worden geschrapt. Maar hij had zijn vrouw niet verteld over het trucje dat hun vrienden met hen hadden uitgehaald. De felle, wanhopige Melanie, met haar twee kinderen en haar eindeloze praatjes over scholen, vakanties en huizen, zou het niet hebben kunnen verdragen dat zij en haar minder succesvolle echtgenoot het slachtoffer waren geweest van zo'n list. Als jonge meid had Melanie genoeg spirit gehad om, zoals Claude het zo dodelijk kon zeggen, 'zuidwaarts te gaan' na haar studie in Oxford. Haar gezicht was een bleek, zwaar opgemaakt masker van teleurstelling. Haar schrille stem – 'in godsnaam, schat, zoek het uit!' – was boven het geroezemoes van menig feestje uit te horen. Haar man was een saaie vent, gebroken nadat hij dit tien jaar had meegemaakt. Maar hij was tenminste geen Lucian.

Harry had het goed geregeld voor zijn vrienden. Vanaf haar bevoorrechte positie op de pagode kon Mia het hele feest overzien dat nu in volle gang was. Elke tafel werd verlicht door kaarsen en door strategisch aangebrachte spotjes. Lantaarns schitterden aan met guirlandes versierde pilaren die de tent stutten; hun licht werd gereflecteerd door de glitter die op de houten vloer was gestrooid. Achter de tuin zag ze een spectaculaire fontein, een kitscherig eerbetoon aan Versailles of het Piazza di Trevi; de geschilderde papier-maché standaard was versierd met feestverlichting. Door de spijltjes van de pagode zag ze Lucian die nu stond te praten met een knappe jonge serveerster, een blond en vrolijk type. Ze wist kennelijk wie hij was en ze lachte hard om zijn grapjes, terwijl ze een blad met glazen op één hand liet balanceren. Hij vroeg haar iets. Met haar vrije hand streek de serveerster haar bloesje glad, zichtbaar nerveus in de aanwezigheid van deze gevaarlijke en beroemde man. Ze glimlachte terwijl hij praatte, en ze knikte onzeker. Aan het tafeltje naast hen zat ook een groep vrienden, daar kennelijk op dezelfde manier terechtgekomen via iemand van de commissie als Harry voor de Pisces-leden had gedaan. Een supermodel liet verstrooid haar wijsvinger langs haar tandvlees glijden terwijl ze zat te praten met een jongeman van adel wiens zuster vroeger op school bij Mia op de slaapzaal had gelegen. De zanger met een warrige haardos van een band die al vijf jaar over de uiterste houdbaarheidsdatum heen was, maar nog steeds welkom was in de Londense *beau monde* vanwege hun buitengewoon hedonistische instelling, drukte zijn vingers tegen zijn slapen en kneep zijn ogen dicht. Hij reikte wanhopig naar een servetje, gevouwen in de vorm van een vogel, en braakte erin. Mia zag dat niemand van zijn groep het had gemerkt. En als ze dat wel hadden gedaan, verkozen ze het te negeren. Het was nog vroeg.

'Mia, schat.' Harry liep naar haar toe en boog zich om haar hand te kussen. 'We zijn weer voltallig. Claude heeft je bij ons teruggebracht.'

Ze kuste hem op zijn wang. 'Hallo, Harry. Wat leuk om je te zien. Hoe is het met je?'

'Desolaat, schat. Desolaat. Ik vroeg me steeds af wanneer jij voor mijn deur zou staan om met me te trouwen.' Hij trok zijn mollige gezicht in plooien tot een grijns die bedroefde grootmoedigheid liet zien, het gezicht van een engelachtige Falstaff. 'Uiteindelijk heb ik het maar opgegeven. 'k Heb me tevredengesteld met Lucy hier.'

De doorschijnende blondine aan zijn zijde stak een slap handje uit, alsof ze invalide was. Mia drukte hem voorzichtig. Haar ragdunne jurkje kon haar schokkende magerte niet echt verbergen. Geen melk, geen tarweproducten, dacht Mia. Waarschijnlijk helemaal niets. Tandpasta in haar handtas en therapie à honderd pond per uur. Er is sinds mijn vertrek niet veel veranderd.

Ze gingen zitten. Het bedienend personeel zwermde om hen heen met nieuwe glazen champagne – deze keer van een nog fantastischer kwaliteit, gesponsord door een bijzonder ondernemende bank. Hij was het geld ook waard. Ze nipte eraan en herinnerde zich dat ze twee zware pillen had ingenomen toen ze zich aankleedde in haar flat, op van de zenuwen die ze niet kon bedwingen door ademhalingsoefeningen of rationele gedachten. Een slecht idee, waarschijnlijk. Met twee van die dingen kon je een humeurige olifant murw krijgen. En ze had daarbij ook nog ongeveer een fles champagne achterovergeslagen. Geen wonder dat ze wat draaierig werd, haar hoofd tolde al net zo als de discolampen in de bar. Lucian Carvers gezicht was een rode vlek aan de andere kant van de tafel. Hij fluisterde zijn vrouw iets in haar oor. Natasha keek naar hem, stomverbaasd, herstelde zich toch weer en glimlachte. Hij trok zijn wenkbrauwen op een groteske manier veelbetekenend op. Er werd iets afgesproken, een duistere overeenkomst was gesloten. Mia kon slechts gissen naar de gruwelijke inhoud.

'Zo zo,' zei Anthony Wentworth-Crawford, 'tijd niet gezien.'

De dag ervoor, toen ze Ringo had bekend dat ze naar deze waanzinnige avond zou gaan, had hij met haar gewed om een Indisch etentje in Brick Lane; ten eerste dat iemand op het bal vóór tienen zou zeggen 'tijd niet gezien', ten tweede dat ze daar ongelooflijk razend om zou worden. Ze keek heimelijk op haar horloge en zag dat het kwart voor tien was. Ze was Ringo een etentje schuldig.

'Anthony,' zei ze, en ze liet zich door hem kussen. 'Het is een tijd geleden, nietwaar?'

'Jaren en jaren.' Hij knipperde achter zijn brillenglazen. Ze zag dat hij zich links niet helemaal goed had geschoren, wat een komisch effect had; zweetdruppeltjes verzamelden zich op zijn onregelmatige bakkebaard. 'Melanie en ik hadden het laatst nog over je. Jessica is al naar school, wil je dat wel geloven?'

'O ja?' Dit was er dus de afgelopen vier jaar veranderd, besefte ze. Toen ze deze mensen had achtergelaten, waren ze zo'n beetje klaar geweest met het rituele versieren; ze kozen elkaar tot man en vrouw, of juist niet, ze kozen een partner of weigerden die; ze verwarden het tikken van hun biologische klok met liefde, ze ondertekenden aktes, kochten huizen. En nu kregen ze kinderen. Dat was waarover ze wilden praten, precies zoals ze tien jaar geleden over geld en over auto's en drank en seks hadden gepraat. De voortplanting en zijn lange nasleep waren nu hun gespreksonderwerp, hun gemeenschappelijke kenmerk. Ze had er geen idee van wat ze tegen Anthony Wentworth-Crawford moest zeggen over het feit dat Jessica naar school ging. Was het ongelooflijk, of buitengewoon, of misschien wel eigenaardig?

'En wat heb jij allemaal gedaan, Mia?' vroeg hij, terwijl hij met zijn vork in de enorme berg met kreeft, avocado en kaviaar op een bedje van ijs prikte dat zojuist voor hem was neergezet. Ze zag dat hij zijn neus optrok voordat hij een hapje nam, als een konijn. Een paar adertjes waren gesprongen. 'Claude zegt dat je in het oosten hebt gezeten.'

'Ja, dat klopt wel ongeveer.' Wat had Claude hun nog meer verteld bij de cocktails in St. James? Dat ze knetter was geworden? Dat hij haar had aangetroffen in een afschuwelijk soort commune, honderden kilometers hiervandaan? Dat ze zich nu kleedde als een studente, en dat ze cider dronk? Dat het verdriet haar had misvormd, haar had kapotgemaakt, haar onherkenbaar had veranderd? Had Claude dat gezegd terwijl de anderen hun hoofd schudden en niets zeiden, er woordeloos mee instemmend dat ze zich tolerant zouden opstellen en zich niet in verlegenheid zouden laten brengen, zich beleefd zouden gedragen tegenover hun gevallen vriendin als ze haar op het Bracknell-bal zouden zien?

'Betaalt het een beetje? Die baan?'

'Nou, niet zo goed als Z Robinson. Het is... het is nogal anders. Ik heb een managersfunctie. Van een kleine onderneming. Niets bijzonders.'

'Juist, juist.' Arme Anthony: hij was hier duidelijk niet tegen opgewassen. Eerlijk gezegd was er niet veel waar hij wel tegenop was gewassen. Melanie onder de duim houden kostte hem het laatste beetje energie dat hij nog over had na de slopende uren die hij op zijn advocatenkantoor doorbracht, waar hij zijn best deed partner te worden, zodat hij haar daarmee in elk geval voorlopig de mond kon snoeren. Hij wist niet wat hij aan moest met Mia's terugkeer – Claudes psychologische gezelschapsspel voor deze avond. 'Maar je vindt het er wel leuk?'

'Ja. Heel leuk.'

'Daar gaat het om. Ik kan niet zeggen dat ik mijn werk zo leuk vind. Maar ik kan er mijn rekeningen mee betalen. En reken maar dat we heel wat rekeningen in de brievenbus krijgen.'

Ze lachte beleefd. Ze kende Melanie al voordat ze Anthony ontmoette. Melanie ging toen nog om met een van de sterren van haar generatie die nadien een veelbelovend parlementslid voor Tory was geworden. Nu zag je zijn kop bijna even vaak op de televisie als die van Miles. Melanie had intens van hem gehouden, met een liefde die zelfs zij soms abusievelijk aanzag voor pure ambitie, maar die iets veel eenvoudigers was. Het tragische van haar leven was dat ze al vanaf het begin wist, toen ze nog samen door kloostergangen renden en met vrienden boottochtjes maakten, dat ze niet bij elkaar zouden blijven. Dat ze genoegen zou moeten nemen met Anthony, of een vergelijkbaar iemand. Ze had een te dure smaak, over haar behoeften kon niet worden onderhandeld: wat zij nodig had, was een werkpaard op wie ze veertig jaar of langer kon leunen. Ze moest genoegen nemen met iets wat minder was dan liefde, iets anders was dan opwinding. Melanie was een gevangene van haar weigering om compromissen te sluiten. Eerst was ze daardoor nog wel amusant, daarna werd ze vervelend, en ten slotte onuitstaanbaar. Mia wilde niet met haar praten of haar uitleg geven. In plaats daarvan proefde ze van de eerste wijn – een frisse witte Bourgondische.

De zware pillen deden hun werk. De tijd kreeg iets rekbaars. Er waren vreselijk lange, saaie perioden aan tafel, gevolgd door uren die minuten leken. Terwijl de ene gang op de andere volgde, de ene wijn op de andere, verdeelde ze haar aandacht tussen Harry met zijn verhalen over gefrustreerd zakendoen en liefdeloze relaties, en Anthony met zijn verslag over de school van zijn kinderen en de nieuwe auto van zijn vrouw. De gesprekken interesseerde haar geen zier. Maar het was beter dan de ondervraging die ze had gevreesd. Hun belangstelling voor haar was niet meer dan antiquarisch. Ze was een museumstuk uit een vroeger leven, neergezet en afgestoft door Claude als een van de verstrooiingen van de avond. Ze hadden meer belangstelling voor de vraag of de Hollywood-actrice ertussenuit was geknepen naar een van de beruchte 'kleedkamers' van het Bracknell – de goed ingerichte hokjes bij de garderobe die waren bedoeld voor gasten die zich wilden omkleden, maar die altijd voor andere doeleinden werden gebruikt. Ze hadden meer belangstelling voor wat de wijn in een restaurant zou kosten (Claude had uitgerekend dat ze, tot dusver, per persoon zeker voor tweeduizend pond aan drank achter de kiezen hadden). Ze hadden meer belangstelling voor zichzelf. Ze zongen liedjes waarvan alleen de mannen de tekst kenden.

Na de vijfde ronde cognac – zij was weer champagne gaan drinken, net als Natasha – begon de muziek en verlieten ze hun plaats om zich tussen de anderen te mengen. Het was intussen twee uur. Claude pakte haar hand en leidde haar door de menigte naar een cliënt die hij aan de andere kant had zien zitten. Het was nu donkerder. De groepjes mensen waren beweeglijker geworden, de gezichten stonden minder strak, ze botsten tegen elkaar aan, versmolten met elkaar. Ze had het gevoel dat ze op een gemaskerd bal was, een gemaskerd bal dat werd gehouden in een mausoleum. Alle oprechtheid was verdwenen, de waarheid was vermomd. Overal problemen en nare gevoelens. In haar dronkenschap zag ze alles nu anders. En toen ze haar belangstelling voor Claudes loze praatjes over zaken verloor, draaide ze zich om en keek naar het dansen, de waterspuwers in avondkleding, de menselijke trekken die versmolten in het flitsende licht en veranderden in de koppen van vogels die gretig pikten. Armen in zwarte mouwen of lange handschoenen werden vleugels, vleugels die met plotselinge wreedheid klapperden. De kleuren van de dansvloer lekten door in het duister dat in de lucht hing. Ze was hier niet veilig. Dit was geen veilige plek.

Ze draaide zich om, Claude was weg. Hoe lang had ze naar deze uitgedoste menigte staan kijken? Ze stond nu alleen op de dansvloer, er was niemand in de buurt die ze kende. Een jongeman met lippenstift op zijn wang en een losgetrokken stropdas greep haar arm en probeerde met haar te dansen. Ze rukte zich los en ging op weg naar de tafel. Ze meende dat ze iemand haar naam hoorde roepen, maar ze keek niet om. Ze wilde terug naar de pagode, naar Claude of Natasha of desnoods Anthony, iemand met wie ze kon praten, hoe onsamenhangend of saai ook. Als een zwemmer die wordt meegesleurd door de branding, worstelde ze zich tegen de stroom gasten in die zich luidruchtig en beweeglijk naar de fontein en de dansvloer begaven. Ze vormden één geheel: een menselijke rivier genotzoekers die uitmondde in zee.

De tafel was verlaten. Ze zocht in haar tas naar haar mobiele telefoon en toetste zonder erbij na te denken Robs nummer in. Christus, wat deed ze nu? Het was al zo laat. Hij ging een keer over, en nog eens, en toen hoorde ze tot haar opluchting en angst tegelijk Robs antwoordapparaat. Ze wilde een boodschap achterlaten, maar ze deed het niet. Ze zou overkomen als een waanzinnige. Ze wilde niet dat hij haar zo hoorde, dat hij haar zwakheid kon raden. Maar waarom had ze hem dan gebeld?

'Mia, lieverd.' Een arm werd rond haar middel geslagen en een hand tikte haar onder op haar rug. Het was op de grens van het fatsoenlijke. Harry Startt was zo dronken als een tempelier en hij was Lucy kennelijk kwijtgeraakt, of hij was zelf verdwaald in de menigte. Zijn wellust was halfslachtig. Hij hield zich met moeite staande. 'Helemaal alleen? Ik ook.' Ze maakte zich van hem los. Hij ging zitten en schonk zichzelf een glas in. 'Ik ook. Ze is verdwenen. God mag weten waarheen. Ik durf er niet aan te denken. Waarschijnlijk zit ze nu in een van die verdomde kleedkamers. Ik zag haar ex. Die fotograaf, Mike, voorziet haar nog steeds van coke. Ze zegt dat het haar eetlust in bedwang houdt. Wat voor eetlust? Ze eet geen hap. Ze ziet er verdomme uit als een tuberculosepatiënt.' Hij stak zijn sigaar opnieuw aan.

Ze had medelijden met hem. Hij werd niet echt vervelend van drank, zoals met de anderen nu wel het geval zou zijn. Harry, arme Harry: hij was een zielenpoot, alleen gelaten door zijn cocaïneverslaafde vriendin die ongetwijfeld haar ex in een van de kleedkamers plezier verschafte. Zelfs Anthony Wentworth-Crawford hoefde dit soort vernederingen niet te ondergaan. Hij zou op dit moment op zijn kop worden gezeten door Melanie die weg wilde en moeilijk deed over het vervoer naar huis. Mia herinnerde zich vaag dat het vertrek van Bracknell altijd een nachtmerrie was geweest. Een keer was ze gaan lopen. Andere jaren hadden zij en haar vrienden een chauffeur ingehuurd. Maar één ding was duidelijk: wat Anthony ook had geregeld, Melanie zou er altijd iets op aan te merken hebben.

Mia zag dat Harry – zijn gestippelde vlinderdas vol wijnvlekken – haar hard nodig had. Hij wilde zich niet belachelijk maken op de dansvloer, of ergens anders naar bekenden gaan zoeken. Hij had dat stadium bereikt in de nacht – of eigenlijk ochtend – waarop hij alleen maar een schouder wilde om op te drinken. Harry zou met alle plezier nog een paar flessen achteroverslaan en tegen haar zeuren over het onrecht dat hem werd aangedaan voordat hij over een uurtje op tafel buiten westen zou raken. Ze hoorde hem iets in zichzelf mompelen over 'lid zijn van die klotecommissie' en 'wat heeft het voor zin?' en besefte dat ze er geen woord meer over wilde horen. Ze durfde niet te gaan zitten uit angst dat ze dan niet meer overeind zou komen. 'Harry,' zei ze, en ze haalde hem wreed uit zijn mijmeringen, 'Harry, heb jij Claude ergens gezien?'

Hij keek naar haar op en blies een wolk sigarenrook uit. 'Claude? Die – tja, ik weet niet. Claude. Die heb ik al een poosje niet gezien. Die loopt zoals altijd gladde praatjes te verkopen. Hij is vast ook naar die kleedkamers. Klootzak. Zou me niet verbazen. Ga zitten, Mia. Vertel eens wat je allemaal hebt gedaan.'

'Nee. Ik bedoel, bedankt. Maar ik moet Claude zien te vinden. Ik geloof dat het tijd is dat ik naar huis ga. Ik ben dit niet meer gewend.'

Harry draaide zich naar haar toe en ineens keek hij serieus. 'Vertel eens.'

'Wat?'

'Is het waar jij bent beter?'

'Wat bedoel je?'

Hij krabde zenuwachtig op zijn bleke wang. 'Ik bedoel, iedereen weet waarom je bent weggegaan.' Hij maakte een gebaar waaruit solidariteit en begrip spraken. 'Sorry dat ik erover begin. Verschrikkelijk, wat je hebt meegemaakt. Ontzettend. Dat begrijp ik. Ik zou me schuilhouden in Siberië, in jouw plaats. Je weet wel. Net zoiets. Maar wat ik wil weten... waarom je bent weggebleven. Omdat wij zo verschrikkelijk zijn? Of heb je iets beters gevonden? Dat wil ik weten. Waarom ben je daar gebleven, waar het ook is?'

Wat kon ze hem nu vertellen, deze bezopen man, met zijn gevlekte vlinderdas en zijn overspelige vriendin? Er viel niets te zeggen. Niet tegen iemand als Harry. Er waren dingen die iemand als Harry niet kon weten, niet mocht weten. Dingen waar hij geen recht op had. Ze dwong zich tot een glimlach. 'Ik maak het prima, Harry. Het gaat heel goed met me.'

Hij friemelde onhandig met een sigarenknipper. 'Dus je komt terug?' Een stelletje dat hysterisch stond te lachen kwam strompelend op hun tafel af; ze zagen dat ze zich vergisten hadden en gingen weer terug. 'Het ziet ernaar uit dat iedereen vertrekt.'

'Harry.' Ze legde een hand op zijn schouder. 'Ik moet Claude echt zien te vinden. Weet je waar hij zit?'

Hij tikte haar op haar hand, maar keek niet op. 'Ik zou de kleedkamers maar proberen. Daar is Lucian naartoe gegaan.'

Aan de rand van de dansvloer was een open ruimte ontstaan en een klein groepje Chinese acrobaten draaide rond in de lucht; hun goudkleurige kostuums schitterden aan alle kanten. Drie mannen met blozende gezichten hadden hun jasje uitgetrokken en probeerden de duizelingwekkende toeren na te doen: een lag al op de grond, bewusteloos en zwaar hijgend nadat hij op zijn hoofd was gevallen toen hij een onbeholpen radslag maakte. Zijn vriendin, in een wolk felblauwe zijde, belde een ambulance. Mia liep naar de bar en de ontspanningsruimte die nu stampvol vermoeide gasten zat. Toen ze daar aankwam, zag ze achterin iets wat leek op een lange, losse formatie amberkleurige sterren. Sommige zweefden van de ene kant naar de andere, alsof ze deel uitmaakten van een zich voortbewegend sterrenstelsel. Andere doofden en flitsten even later weer op. Het waren, besefte ze toen ze dichterbij kwam, de opgloeiende uiteinden van joints die werden doorgegeven op de bankjes. Stoned, dronken en uitgeput van het dansen kropen de gasten tegen elkaar aan terwijl de melodieën van Moby door hun spelonkachtige schuilplaats deinden. Ze zouden wachten op een tweede energiestoot, zich dan weer in het feestgewoel storten, en sommigen zouden tot zes of zeven uur dansen.

De kleedkamers besloegen een kant van de ontspanningsruimte. Ze gingen schuil achter een dik, zwartfluwelen gordijn, bewaakt door een lange, smetteloos geklede portier. De man had niets van een uitsmijter. Zijn witte avondkleding had niet te lijden gehad van de vele uren dat hij al aan het werk moest zijn, en zijn haar, zwart en glad achterovergekamd, vormde een eenheid met zijn gladde trekken en zijn jongensachtige gezicht. Toch had hij iets dreigends. De kleedkamers waren, vooral op dit late uur, het *sanctum sanctorum* van het Bracknell. Het was lastig – en duur – om daar te worden toegelaten. Als ze eenmaal binnen waren, verwachtten de gasten dat ze er niet zouden worden gestoord. Het was de taak van deze man om te zorgen dat ze daarvoor niet bang hoefden te zijn. Zijn ogen hadden de manische glans van Cerberus.

'Neem me niet kwalijk.' Mia was nooit eerder in de kleedkamers geweest, maar ze wist heel goed hoe moeilijk dat kon worden.

'Mevrouw, kan ik u ergens mee helpen?'

'Ik vroeg me af of u me kunt binnenlaten. Ik moet iemand spreken.'

'Ik ben bang dat alle kamers op dit moment bezet zijn. De gasten gebruiken ze om zich om te kleden. Het spijt me, mevrouw.'

Mia voelde dat ze wankel op haar benen stond. De zware pillen, drank, hoge hakken. Verdomme. 'Ik geloof dat mijn partner... hij heeft me verteld dat hij hier binnen zou zijn. Vraagt u het hem anders even.'

'Mevrouw, ik verzeker u dat ik geen instructies heb ontvangen van een van de gasten. Misschien kan ik een drankje voor u aan de bar bestellen. Of wilt u vervoer om thuis te komen? Mijn collega staat daar...'

Ze boog zich naar hem toe en stopte discreet enkele bankbiljetten in zijn hand, vier rode briefjes die misschien niet genoeg waren, maar zijn aandacht even afleidden. 'Het gaat om Lucian. Lieve Lucian. Hij zei dat ik bij hen kon komen en... tja, ik ben de weg kwijt.' Ze glimlachte koket. 'Ik ben waarschijnlijk een tikje aangeschoten. Suffie dat ik ben. Het zou zo'n teleurstelling voor hem zijn. Arme, lieve Lucian. Ik weet niet wat ik tegen hem moet zeggen. Hij was heel duidelijk. Bijzonder duidelijk, als je begrijpt wat ik bedoel.'

De in het wit gestoken Cerberus keek naar haar en woog de mogelijkheden af, met het geld in zijn vuist.' Nou, mevrouw, ik... U kunt hokje vier proberen.' Met het zwierige gebaar van een vaudeville goochelaar trok hij het zwarte gordijn opzij en liet haar door.

Het was binnen groter dan ze had verwacht. Er waren in totaal zes hokjes, drie aan elke kant, door wanden van elkaar gescheiden. Eén was er in elk geval niet in gebruik, en ze zag door de open deur dat de wanden dik waren, misschien zelfs geluiddicht. In het halfdonker zag ze iets wat eruitzag als een consoletafel met een grote vaas lelies erop. Een gedempte lamp verlichtte het atrium net genoeg om te zien waar ze heen moest. Op de eerste deur rechts stond een goudkleurig cijfer. Hokje Vier. 'U kunt hokje vier proberen.' Ze draaide de knop om en ging naar binnen.

Haar ogen waren nog niet helemaal gewend en het licht in het kamertje was nog gedempter. Maar het duurde niet lang voor ze de hoofdelementen van het schouwspel kon onderscheiden. De achterste muur was geen muur maar een spiegel, geflankeerd door een fluwelen bankje. Aan de zijkant stond een krukje in dezelfde stijl gestoffeerd: daarop ontwaarde ze een mahoniehouten blad waarop minstens drie dikke lijnen wit poeder en een platina creditcard lagen. Er lag ook een dik pak geld op. Op de bank lag Tash, die Mia's komst niet had opgemerkt, tegen de spiegel aan, haar ogen zwommen, alsof ze niet bij bewustzijn was. De blonde serveerster die Mia met Lucian had zien praten, zat naast haar, en kuste haar wang; haar hand streelde Tash over haar gezicht en haar lange haren. Tash' mond ging open en dicht, alsof ze iets mompelde, woorden van verdriet of wellustige aanmoediging. Met haar andere hand knoopte de serveerster haar eigen blouse open; haar vestje lag al op de grond.

Lucian Carver stond dit alles goedkeurend gade te slaan. Hij had zijn handen in zijn zij, zodat hij veel weg had van een weldoorvoede landeigenaar die zijn bezittingen vanaf de heuvel staat te bekijken. Zijn broek lag als een belachelijk hoopje rond zijn voeten en onthulde ouderwetse kousenbanden en geruite sokken. De positie van Lucians handen maakte de weg vrij voor de ober – de man die nog maar een paar uur geleden zo grof was bedreigd – om zijn rechterarm rond Lucians bovenlichaam te leggen. De ober was de enige van het gezelschap die Mia had zien binnenkomen, en hij onderbrak waar hij ook mee bezig was om naar haar te kijken. Zijn gezicht verried geen enkele uitdrukking. Ze zag iets dat op een leren riem leek op de grond vallen. Maar ze wist het niet zeker. Lucian draaide zich met een ruk om en kneep zijn ogen samen om te zien wie er het lef had gehad om hier binnen te dringen. Hij raakte in een staat van woede die toenam met de snelheid van een auto die in enkele ogenblikken honderd wil rijden.

'Wat doe jij hier, verdomme!'

Het was niet de eerste keer die avond dat Mia geen antwoord had.

'Christus, de brutaliteit. Je had hier helemaal niet horen te zijn,' gooide hij eruit. 'Onze hele avond heb je bedorven. Onze avond. Gore bedriegster.' Hij had nu de smaak te pakken, zijn opwinding vermengde zich met zijn woede. 'Je had moeten verbranden, samen met de rest van je familie.'

Nog steeds zei ze geen woord. De ober bleef haar aanstaren, zijn arm lag nu om de schouder van zijn beschermheer. Tash en de serveerster zaten hand in hand tegen elkaar aan gevlijd. Een muur van drugs isoleerde hen van alles wat er om hen heen gebeurde.

Lucian Carver, zonder broek, met zijn omvangrijke billen nog nagloeiend van de laatste slag met de riem, zag ze nu, ging nog verder. 'Typisch Ieren. Die kunnen nog geen bom goed plaatsen. Verrekte papen. Ze hebben er een vergeten, nietwaar? Nietwaar? Kijk jou nou eens. Zielig figuur. En nou opgesodemieterd naar waar je vandaan komt.'

Ze draaide zich om en deed de deur achter zich dicht. Terwijl ze wegsloop, vervolgde Lucian zijn tirade. De woorden 'klootzak van een Claude' waren nog net te horen en daarna, rustiger, 'Ja, lieve jongen, doe dat maar'. Na haar bezoek aan het kamertje was het licht in het atrium bijna fel te noemen. Ze liep opgewekt naar buiten, vlak langs de bewaker die haar een vraag wilde stellen, maar zich toen bedacht. Ze ging het damestoilet binnen en gaf over in de wasbak.

Zal ik huilen? vroeg ze zich af. Zal ik me hier in het toilet op de grond laten zakken, om vier uur 's nachts op een bal waar ik nooit naartoe had moeten gaan? Nee. Niet omdat ik zo dapper ben, maar omdat ik nooit meer overeind zou komen. Als ik nu instort, wie tilt me dan op, wie wiegt me en brengt me naar huis? Ze denken dat ik hier thuis ben. Dat is niet zo. Nee. Ik ben ver van huis.

Ze draaide de kraan open en maakte de boel schoon terwijl ze probeerde niet te kokhalzen. Daarna plensde ze vijf minuten lang water over haar gezicht, voelde hoe heerlijk het prikte, hoe goed het was voor haar huid en al dat gif dat ze die avond had binnengekregen. Ze droogde zich af en bracht net genoeg make-up aan om er weer toonbaar uit te zien. Ze haalde vijf keer diep adem en bekeek zichzelf in de spiegel. Nou, niet al te slecht. Gezien de omstandigheden eigenlijk helemaal niet zo slecht.

Mia beende het toilet uit en liep meteen Claude tegen het lijf. Zijn gezicht toonde een bezorgdheid die alleen een ernstige blamage, of de angst daarvoor, bij hem kon teweegbrengen.

'Daar ben je,' zei hij. 'Godzijdank. Waar zat je nou?'

'Ik zocht jou. Maar ik kon je nergens vinden.'

'William zei het zojuist tegen me. De portier. Hij zei dat je Lucian had gestoord. Je lijkt verdomme wel gek, Mia, waarom deed je dat?'

'Ik was op zoek naar jou. Harry dacht dat je misschien bij Lucian zat. Daar was je niet, kon ik tot mijn vreugde constateren.' Ze liep om hem heen. 'Maar misschien had je daar wel willen zijn?'

'Luister, ik –'

'Nee. Claude. Jij moet luisteren. Dat monster dat jij je vriend noemt, heeft me zojuist op de laagste, smerigste manier aangevallen die je maar kunt bedenken. En hij had de gore moed om dat te doen terwijl hij zich liet geselen door een ober. En bij dat spel leek ook te horen dat zijn vrouw het intussen aanlegde met een serveerster. Dat je het maar even weet. En als je het niet erg vindt, zou ik nu graag uit deze hel vertrekken en weer terugkeren naar de echte wereld. Bedankt voor de enige avond.' Ze liep in de richting van de garderobe, terwijl ze in haar tas naar haar nummertje zocht.

Claude ging achter haar aan en haalde haar bij de garderobe in, waar hij tot haar verbazing zijn eigen nummertje te voorschijn haalde. 'Mia,' zei hij. 'Niet doen.'

Ze draaide zich naar hem toe. Ze wilde dat deze avond voorbij was, ze wilde naar huis en een dag lang slapen. Ze wilde vroeg in de avond wakker worden, een lang bad nemen en dan naar – wie? Ringo? Rob? Ja, naar Rob. Hij zou haar aan het lachen maken als ze hem vertelde wat voor gruwelen ze had doorstaan. Hij zou haar in elk geval aan het lachen maken. 'Wat niet, Claude?'

'Het – het spijt me van Lucian. Hij is verschrikkelijk. Luister, we gaan nu weg. Kom even mee naar mijn flat. Het is maar vijf minuten met de taxi. We kunnen daar nog wat drinken, even napraten.' Ze bekeek hem sceptisch. 'Ik – ik wil het echt graag, Mia, toe.'

Hij zou toch niet verwachten dat ze met hem naar bed ging? Zou hij zo grof zijn, of zo stom? Nee, dat was het niet. Uit zijn ogen sprak een dieper verlangen. Hij was ergens op uit, dat was duidelijk. Uit zijn gedrag, en uit het feit dat hij zo vroeg weg wilde van het Bracknell, bleek dat Claude haar ergens voor nodig had. De nacht was voor hem nog niet voorbij. Hoeveel minachting ze ook voor hem voelde en hoe kwaad ze ook op hem was, zijn gedrag maakte haar nieuwsgierig. Ze wilde weten wat hierachter zat.

'Goed dan, Claude. Goed. Ik ga even mee om wat te drinken. En dan ga ik naar huis. Oké?'

Hij keek haar opgelucht aan. Hij was erger dronken dan hij liet merken, zoals zijn bloeddoorlopen ogen verraadden. 'Oké, Mia. Bedankt.'

Buiten was het gaan vriezen. Toen ze eenmaal de tent, het pad ernaartoe en de parkeerplaats achter zich hadden gelaten, kraakte het gras onder hun voeten en blies de wind pijnlijk in hun gezicht. Het had een zuiverend effect, de Londense lucht bracht hen in één klap terug in de werkelijkheid. Mia en Claude liepen in stilte naar de weg, met klapperende tanden. Ze passeerden limousines en Bentleys waarvan de chauffeurs boven hun stuur zaten te slapen terwijl ze wachtten tot het bal over een paar uur menselijke wrakstukken naar buiten spuwde. Bij het verkeersplein bleven ze een paar minuten staan en hielden toen een taxi aan. De verlichting brandde niet, maar Claude had gezien dat hij leeg was. De chauffeur was op weg naar huis, maar hij was blij met zijn vrachtje en de vooruitbetaalde twintig pond extra als hij ze over de rivier naar Claudes flat in Pimlico zou rijden.

Een kwartier later lag Mia onderuitgezakt op de lange witte bank die zijn woonkamer domineerde. De flat leek ruimer dan vroeger. Ze maakte er een opmerking over terwijl hij een fles whisky openmaakte en twee flinke borrels inschonk. 'Nee,' mompelde hij. Hij had de flat ernaast twee jaar geleden gekocht en de zaak laten doortrekken. Er was meer ruimte voor zijn boeken, zijn sportapparaten, zijn computerspullen, zijn plasma televisie, zijn speelgoed. Hij had nu ruimte aan de muur voor de kunst waarin hij had geïnvesteerd. De keuken was nieuw. Ruimte en licht, overal. Dat was de reden geweest. Niet meer alles boven op elkaar. Claude liet zich in de fauteuil tegenover haar vallen. Hij boog zich naar de glazen tafel en greep tussen een stapel boeken over chique hotels en musea met moderne kunst de afstandsbediening: de tweede akte van *Don Giovanni* vulde de kamer. Hij zette het geluid wat zachter en dronk zijn glas leeg. Aan het einde van zo'n nacht zou Claude uitbundig moeten zijn geweest, opgetogen. Ze had hem nog nooit zo mak meegemaakt.

'Je vond het er verschrikkelijk, hè?'

'Wat, op het Bracknell? Ik wist wat ik kon verwachten.'

'Maar je hebt mijn vraag niet beantwoord. Het spijt me als je het zo rot vond.'

'Claude... ik – ik wou dat ik kon zeggen dat het gemakkelijk was. Nog afgezien van die walgelijke Lucian. Ik heb al die mensen in geen jaren gezien. Vroeger zag ik ze aldoor. Ze weten niet wat ze met me aan moeten. Misschien denken sommigen wel dat ik gek ben. En anderen dat ik ben hersteld en dat ik terugkom. Of het kan ze allemaal niet schelen. Het is heel moeilijk om hun uit te leggen wat er met me is gebeurd. Ik ben er niet zeker van of ik dat wel kan.'

'Maak je geen zorgen over Lucian.' Claude wreef in zijn ogen. 'Die heeft zichzelf niet onder controle. Ik had je moeten waarschuwen voor zijn... neigingen. Ik had niet gedacht dat hij zo stom zou zijn om vanavond iets uit te halen. Het zal hem binnenkort opbreken. Een van de radicale kranten heeft constant een verslaggever op hem gezet, met de bedoeling hem te betrappen. Kun je je voorstellen dat jij een camera bij je had gehad? Dat zou het einde voor hem hebben betekend.'

Het gezicht van wethouder Phil Roberts kwam Mia even voor de geest. Ze moest onwillekeurig grijnzen. Ja, dat zou inderdaad het einde voor Lucian hebben betekend. Ze was goed in dit soort dingen.

'Maar goed, het spijt me dat hij grof tegen je is geweest.'

'Laat maar. Wat je net vertelde, heeft me al wat opgevrolijkt. Ik kijk er al naar uit om over zijn ondergang te lezen.'

Claude schonk nog eens in. 'Nou, daar kun je donder op zeggen. Ze zullen geen spaan van hem heel laten. Ik hoop wel dat dat gebeurt nadat hij zijn bedrijf heeft verkocht, zodat Tash nog een aardig sommetje krijgt.'

'Zij heeft niets met die rottigheid te maken. Arme Tash.'

'Ja. Arme Tash.'

Ze bleven een poosje in stilte zitten. Ze zag dat hij diep in gedachten was, en hoewel hij doodop leek, wist ze dat hij een dringende behoefte had om met haar te praten. Hij steunde zijn kin in zijn hand en tuurde door de erker naar buiten.

'Vooruit, Claude. Wat is er?'

'Wat bedoel je?'

'Luister, het is al over vijven. Ik heb gezegd dat ik nog even met je zou meegaan. Ik zie dat je iets op je hart hebt. Ik voel me eerlijk gezegd opgelucht, want als jij iets op je hart hebt, betekent dat dat je me niet zomaar hebt meegevraagd naar een feestje. Misschien heb je me wel helemaal hiernaartoe gesleept om me iets belangrijks te vertellen. Dat hoop ik.'

'God, dacht je dat echt? Dat ik je na al die tijd had meegesleept voor een avondje lol?' Hij schudde zijn hoofd. 'Was ons contact echt zo oppervlakkig toen we vroeger met elkaar omgingen?'

Ze schoot in de lach. 'Harry vroeg me ook al zoiets. Ik kon hem er geen antwoord op geven. Vergeet niet dat ik er ook ooit bij heb gehoord: het Bracknell-bal, Tash, jij, zelfs Lucian. Het is jarenlang mijn leven geweest. Ik heb niet het recht om iemand te veroordelen. Ik maak er alleen geen deel meer van uit.'

'Ik weet het. Natuurlijk. Maar je moet me geloven als ik zeg dat dit geen grap of een val was. Ik... Ik wil alleen zeggen dat ik hier heel lang over heb zitten nadenken, en nu je hier bent, en het is laat en ik ben dronken, weet ik niet goed meer wat ik wilde zeggen en of ik het je wel allemaal moet zeggen.'

'Probeer het. Probeer het gewoon, Claude. Je hebt me per slot van rekening mee hiernaartoe gesleept. Je hebt me gevonden. Je hebt me zover gekregen dat ik me weer in een designer jurk heb gehesen. Je hebt me geconfronteerd met de seksuele uitspattingen van Lucian Carver. Dus wat kan het voor kwaad om me te vertellen waar het allemaal om gaat?' Ze dronk haar glas leeg, de zware whisky was naar haar smaak iets te sterk, maar nog wel welkom in haar maag waar hij een ontspannend, verwarmend effect had.

Claude legde zijn hand op zijn voorhoofd alsof hij zojuist iets had bedacht. Ze besefte dat hij bang was. Hij keek over haar hoofd naar het abstracte schilderij, waarop kleurige pastelvlakjes te zien waren, op de muur achter haar. 'Was het maar zo gemakkelijk. Ik heb al jaren met je willen praten. Nou ja, vanaf dat het gebeurde. Maar ik heb het niet gedaan. En op de gedenkdag... nou ja, elk jaar werd het moeilijker om mijn mond te houden. En ik besloot dat ik je deze keer zou gaan zoeken, en dat ik met je zou praten. En dat heb ik dus gedaan.'

'Wat voor gedenkdag?'

'Van de brand. De bom.' Ze zag dat zijn ogen vol tranen stonden. 'Het einde van alles.'

'Wat bedoel je: het einde van alles?'

Met de plechtige bewegingen van een robot stond Claude op en liep naar de gang. Hij bleef een hele tijd weg, en ze vroeg zich af of hij op bed in slaap was gevallen. Toen hij terugkwam, hield hij een zilveren lijst tegen zijn borst geklemd. Hij slofte langzaam naar haar toe. Hij gaf haar de lijst en liet zich weer in zijn stoel vallen, uitgeput door de inspanning die hij zojuist had verricht.

In de lijst zat een zwartwitfoto. Daarop stonden Claude en haar broer tijdens een vakantie – in Italië, meende ze. Ja, ze wist nog dat ze erheen gingen. Zes, zeven jaar geleden, misschien langer. In een landhuis. Ze stonden er lachend op. Ben, gebruind en knap, droeg een linnen hemd en een spijkerbroek, Claude een T-shirt en een witte katoenen broek. Achter hen zag ze een ontroerend mooi landschap: glooiende heuvels, met hier en daar wat olijfbomen en in de verte druivenranken. De schaduwen aan het eind van de middag lagen als een zachte deken over het tafereel. Ze rook bijna de geuren van het seizoen, van de vruchten en de bloemen, en ze voelde bijna de zinderende hitte. Uit de foto sprak een ongecompliceerd geluk: een lange lunch, luieren bij het zwembad, glazen rijpe wijn, lange, lome avonden op een piazza. Het deed haar denken aan al het fijne van Ben, een herinnering die haar even diep ongelukkig maakte. Ze onderdrukte haar gevoelens en keek naar Claude. Toen ze zijn gezicht zag en de pijn die daarin lag geëtst, besefte ze wat ze al jaren eerder had moeten zien: iets wat zo voor de hand lag dat het nooit bij haar was opgekomen. Iets waaraan ze nooit had gedacht in de talloze telefoontjes met haar broer, al die onbezorgde gesprekken met Claude, in alle dromen van de wereld die ze had verloren.

'Claude. Claude. Het spijt me. Dat heb ik nooit geweten.'

'Het is niet wat je denkt. Zo was het niet. Niets... er was nooit iets... Ik mis hem gewoon. Elke dag. Ik mis hem.'

Ze pakte zijn hand. 'Ik weet het. Ik ook. Ik ook.'

Hij trok zijn hand los en stond op. Voordat ze begreep wat hij van plan was, had hij de fotolijst gegrepen en met een dierlijke jammerkreet door de kamer gesmeten, waar hij tegen het marmeren vlak van een zij-tafel aan diggelen viel. Daar, op de vloer van zijn flat, lagen de woede en de schuldgevoelens die hij jarenlang had opgekropt. Claudes porseleinen hart was in honderd stukken gebroken, het nonchalante masker was voor altijd gevallen.

Ze rende naar hem toe en greep hem bij zijn polsen, uit angst dat hij helemaal door het lint zou gaan. 'Claude, Claude, godsklere. Kijk me aan, Claude. Het is laat. Het is laat. En jij bent dronken. Kom even bij me zitten. Dan praten we erover.'

Hij trilde toen hij naast haar op de bank ging zitten. Ze had Claude nog nooit zo gezien: de man die zij zo goed had gekend, leek altijd een en al vastberadenheid, iemand die nooit zijn zwakheden toonde. Dat hij zich zo had laten gaan was een grotere schok voor haar dan de uitbarsting zelf. In haar armen leek hij kleiner, zijn kraag was doorweekt van het zweet, zijn handen waren klam en slap.

'Het spijt me,' zei hij na een tijdje.

Ze schonk hem nog een flinke whisky in die hij in één teug opdronk.

'Het geeft niet. Voel je je al wat beter? Ik bedoel, wil je erover pra-ten?' Ze keek naar hem, deze keer met een harde blik. 'Ik geloof het wel. Ik denk dat het hoog tijd wordt.' Hij kwam weer tot zichzelf, zij het moeizaam. Het was allemaal naar boven gekomen vanuit het diepste van zijn ziel: de bezoeken aan de Boltons, aan Henty, aan Mile End, en nu het Bracknell. Dat was allemaal een pijnlijke voorbereiding geweest op dit moment, waarop hij alleen was met Mia, in zijn flat, in het holst van de nacht. Jarenlang had hij zich vermand. Ze zag dat hij zelfs nu nog niet zeker wist of hij er klaar voor was.

Toen hij begon te praten, leek zijn stem van heel ver weg te komen. 'Het gaat hierom. Ik geloof dat het allemaal mijn schuld is geweest. Mijn schuld. Ik wist het vanaf het moment dat ik het hoorde. Ik had hem nooit aan die mensen moeten voorstellen.'

Hij zat te bazelen. En op een gevaarlijke manier. Waar hij precies heen wilde, wist ze voor geen meter, maar het beviel haar. 'Doe niet zo idioot, Claude. Waar heb je het nou over? Jij hebt een vriend verloren, ik een broer. Ik heb veel meer verloren dan een broer. Je weet wat er is gebeurd. Het is gebeurd, en daar kan geen van ons nog iets aan doen. Je moet de nagedachtenis aan mijn familie niet onteren door hierin te zwelgen. Dat moet je niet doen, Claude.'

Hij stond weer op en ging tegenover haar zitten. 'Wat er is gebeurd. Luister, Mia. Of liever, laat me je een vraag stellen, en ik wil een eerlijk antwoord. Geloof jij echt in die onzin over Ronny Campbell en Ulster en die splintergroepering? Kom nou toch. Geloof je dat werkelijk?'

'Natuurlijk.'

'O ja? Nou, ik niet. Ik geloof er geen barst van. Er ontploft een bom waardoor vijf mensen omkomen. Niemand weet waarom. Het is niet te verklaren. Dan komt de pers erachter dat de buurman een politieke figuur is. Iemand met een bepaalde achtergrond. Hij is loyalist, heeft veel vijanden. Dus gaan de verslaggevers op onderzoek uit in Noord-Ierland. En, wat denk je? Een van de splintergroeperingen verklaart achteloos: "Wij hebben het gedaan!" En iedereen slaakt een zucht van verlichting. Einde verhaal.'

'Nou, wat is daar zo gek aan?'

'Ik geloof er niets van. Nooit gedaan. Denk nu eens zoals je vroeger deed, niet zoals je nu doet. Die splintergroeperingen doen dat soort dingen niet. Dat is werk van de grote jongens. Ik geloof het niet. Natuurlijk hebben ze de verantwoordelijkheid ervoor opgeëist toen ze de kans kregen. Haalden ze weer een paar dagen de kranten, nietwaar? Maar het was allemaal te gladjes, en te snel. Zie je dat niet?'

'Ik begrijp niet waarom. Laat je niet in de war brengen, Claude. Geen van ons kan het idee verdragen dat het om een zinloze aanslag ging. Allemaal voor niets. Dat was het ergste. Het was míjn familie. Ze zijn allemaal voor níéts omgekomen. Ze zijn allemaal omgekomen door toedoen van dat stuk schorem van een Campbell en zijn grote bek.' Ze keek van hem weg, en probeerde uit alle macht haar tranen van woede binnen te houden. 'Het was gewoon een klotevergissing.'

'O ja? Waarom ben je er zo zeker van dat niemand een lid van jouw familie wilde vermoorden? Waarom ben je er zo zeker van dat het "toch niet de bedoeling was dat er een aanslag op Bens huis werd gepleegd"?'

Ze stond op. 'Ik ga weg.'

'Ga zitten.' Het commanderende toontje was weer terug. Nu hij zich op het hellende vlak had begeven, wist hij zich weer te vermannen. Tot haar verbazing gehoorzaamde ze automatisch. 'Waar heb je het over?'

'Over het ergste wat er kan gebeuren.'

'Wees eens duidelijk, Claude. Aan dat gebazel heb ik niks. Ik wil geen raadsels horen.'

'Luister, Mia. Dit is niet gemakkelijk voor je. Maar luister toch. Heb je Ben ooit gevraagd wat voor werk hij deed?'

Ze verschoof op haar stoel. 'Ja. Nou ja, in het algemeen.'

'En wat zei hij daarop?'

'Je weet hoe hij was.'

'Dat weet ik. Dat wist ik. Daarom vraag ik het je.'

'Hij zei altijd dat hij in de financiële dienstverlening zat. Dat hij een hoop had geleerd in het bankwezen van Londen, maar dat hij niet langer in de schaduw van papa wilde blijven werken. Hij wilde uitbreiding en het bedrijf liet hem begaan. Dat klonk heel aannemelijk.'

'Ja. Maar wat deed dat bedrijf? Wat denk je dat ze deden?'

Ze liet haar handen in haar schoot vallen. 'Dat weet ik niet.'

'Dat dacht ik al. Nou, ik weet het wel. Ik weet het, omdat Ben me meestal vertelde wat hij van plan was. Die broer van jou was heel slim, slimmer dan jij je hebt gerealiseerd. Ik denk dat je vader wel heeft geweten hoe slim Ben was en ik denk dat hem dat een beetje bang heeft gemaakt. Ik denk dat Jeremy wist hoe roekeloos Ben was. Want dat was hij.'

Rottigheid, Beatrice. Ze herinnerde zich de ongerustheid die haar vader had uitgesproken tegenover zijn maîtresse. En die dat jaren later, toen hij en zijn zoon allebei dood waren, aan haar had verteld. *Rottigheid.*

'Veel werk dat Ben deed, was legitiem. Natuurlijk. Maar hij had ook iets begrepen. Namelijk dat rijke mensen uit zijn op veiligheid. Arme mensen denken dat ze dat willen, maar in werkelijkheid willen juist rijke mensen dat. Ze willen zich veiligstellen. Zij weten dat rijkdom alles verandert. Dat je niet meer terug kunt. Dat je beter kunt doodgaan dan teruggaan. En het probleem is dat meer rijke mensen dan je voor mogelijk houdt zo rijk zijn geworden van zaken waarover ze liever niet praten.'

'En?'

'En daar speelde Ben op in. Hij heeft ook heel veel gewone dingen gedaan, maar zijn talent was het witwassen van andermans geld. Alles netjes in orde maken.'

'Wat? Geld witwassen? Je maakt een geintje.'

'Nee, het was in werkelijkheid ook wel wat meer dan dat. Witwassen dekt de lading niet helemaal. Ik bedoel, hij was briljant. Hij stuurde bedragen de hele wereld over, van de ene rekening naar de andere, van het ene land naar het andere. Hij was fantastisch. Ik denk dat hij op het laatst wel tegen de lamp zou zijn gelopen, maar zolang het duurde, ging het geweldig. Ik pretendeer dat ik begrijp wat hij deed, maar niet hoe het technisch gesproken in zijn werk ging. En zijn cliënten wisten dat ook niet. Ze waren allang blij met het resultaat. Zo blij dat ze hem er maar al te graag flinke bedragen voor betaalden.'

'Flinke bedragen? Zo rijk was hij toch niet?'

'Dat weet ik eerlijk gezegd niet. Maar wel veel en veel rijker dan jij denkt. Ik weet dat het meeste ervan was weggestopt in zijn elektronische labyrint. Hij wilde er over een paar jaar mee ophouden, en stil gaan leven.' Claudes gezicht betrok. 'Dat was althans het plan. Een huis in Londen. Een huis in Italië.'

'Het lijkt erop dat jij er heel wat van af wist.'

'Wist ik ook.' Zijn stem klonk nu vlak, de stem van de doden. 'En ik heb hem voorgesteld aan een heleboel klanten. Een heleboel. Denk je dat jij de eerste bent die naar East End is getrokken? Ik kwam daar jaren geleden al, Mia. Ik nam Ben altijd mee naar die tenten. Naar Bow, Stepney, zelfs soms naar Leytonstone. Er waren daar mensen met geld. Met heel veel geld. Ze hadden dat door de jaren heen verdiend met zwendelpraktijken, afzetterij, drugs, roof, noem maar op. Grote bedrijven met meer geld dan ze konden uitgeven. En ze wilden dat dat geld werd witgewassen. Weet je, er veranderde toen nogal wat. Ze wilden ervan af. Ze wilden niet meer naar Spanje. Ze wilden rust en stilte. Dus moesten ze bij Ben zijn. En natuurlijk mochten ze hem meteen zodra ze hem leerden kennen.'

'Je bent stapelgek. Ben, die smerig werk deed voor criminelen?'

'O, niet alleen voor hen. Hij deed het voor iedereen. Arabieren, Russen, allerlei mensen. Hij vloog naar Duitsland, Spanje, overal. Daarom had hij zo'n succes. En natuurlijk onderhandelde hij niet met de mensen zelf. Er was altijd een tussenpersoon.'

'Een tussenpersoon?'

'Iemand die de deal sloot. Een buffer. Ik betwijfel of Ben wist wie zijn cliënten in werkelijkheid waren. Maar het was niet belangrijk. Hij deed het heel goed, en snel.'

'En? Al zou dat allemaal waar zijn, wat dan nog?'

Claude boog zich naar voren. Hij schudde zijn hoofd. 'Je broer was roekeloos. Hij was inhalig. Het enige wat ik weet – wat me 's nachts wakker houdt en waardoor ik zoveel drink – is dat hij was begonnen de top af te romen.'

De stilte die tussen hen viel, was diep en beladen. 'De top afromen? Nam hij meer dan zijn percentage?'

'Ja. Precies. Hij beschouwde die jongens in oost-Londen als achterlijk. Het werk dat hij deed was zo gecompliceerd dat hij dacht dat ze het niet zouden merken. Ik besefte pas wat hij van plan was toen het al te laat was. Eerlijk gezegd wist ik niet hoeveel zaken hij deed met die mensen. Het ene moment zaten we ergens wat te drinken in een achterkamer in Dalston, Hackney of zoiets, en het volgende moment zat Ben er tot over zijn oren in. Maar hij onderschatte ze, hij zag niet hoe slim ze waren en tot wat voor smerige praktijken ze in staat waren. Die kerels mogen dan een camel jas dragen, maar ze zijn niet gek. Ik waarschuwde hem herhaaldeijk dat hij moest uitkijken. Ik zei dat je in dat wereldje geen tweede kans kreeg, alleen maar werd afgestraft. En hij zei altijd dat hij zou oppassen. Maar ik wist dat hij loog. Hij hield van geheimen, onze Ben. In dat opzicht was hij heel anders dan jij. Hij werkte zich in de nesten. En uiteindelijk is dat hem die nacht noodlottig geworden. Ik denk dat hij, en je familie, daarvan het slachtoffer zijn geworden.' Hij keek haar aan. Zo, het was eruit. Eindelijk, eindelijk. De angel was eruit.

Mia stond op, liep naar Claude toe en sloeg hem hard in zijn gezicht. Hij keek naar haar op en kromp in elkaar, te laat, want ze sloeg hem weer, harder nu. Ze zag wit van woede, en wilde hem opnieuw slaan, deze keer met het eerste het beste wapen dat ze te pakken kreeg. Ze was in staat hem te vermoorden.

'Zeg het.' Meer zei ze niet. Hij knipperde met zijn ogen, niet goed wetend wat hij moest zeggen. 'Zeg het.'

'Wat?' Ze hief haar hand weer. 'Hou op!'

'Zeg het.'

'Je wilt het niet weten.'

'Zeg het.' Ze pakte een kurkentrekker van de tafel en hield die vlak voor zijn rechteroog. Ze was fysiek geen partij voor hem, dertig centimeter kleiner en minstens dertig kilo lichter. Toch was hij er niet zeker van of hij het van haar zou winnen. De spiraal van de kurkentrekker hing dreigend vlak boven zijn gezicht, de knokkels van haar handen waren rood met wit gevlekt naarmate ze haar greep verstevigde. Haar wil was sterker dan die van hem.

'Goed. Goed.' Hij duwde haar weg. 'Je bent gek.'

Ze deed een stap van hem vandaan en wachtte. De kurkentrekker had ze nog in haar handen. In andere omstandigheden zou het er belachelijk hebben uitgezien, een stuk keukengereedschap tegen een zwarte avondjapon geklemd. Maar in Mia's handen was het niet belachelijk. Claude had haar tot het uiterste getergd. Ze liet zich niet afschepen.

Claude slaakte een diepe zucht; hij gaf zich over. Jaren van besluiteloosheid, schuldgevoel en zelfhaat waren in een enkele seconde samengebald. Hij keek haar doordringend aan. 'Het enige wat ik weet is iets waarvan ik mezelf de schuld geef. De naam van de tussenpersoon was Micky Hazel. Althans, dat was de naam van de vent aan wie ik Ben heb voorgesteld. Hij had een autoshowroom in Stratford. Maar dat was slechts een façade. Hij deed zaken met iedereen. Hij was dé man. Dat wist iedereen. Meer weet ik niet.' Hij liet zijn hoofd op een kussen rusten. De muziek, al die tijd niet door hen opgemerkt, zwol aan toen het standbeeld Don Giovanni gelastte naar de hel te komen. Toen de verdorvene ter verantwoording werd geroepen. *'Pentiti, scellerato!'* Berouw!

'Meer weet ik niet. En, geloof me, het is genoeg.' Claude sloot zijn ogen. De slaap overmande hem nu, eiste hem op, dwong hem een einde te maken aan zijn langdurige verzet. Zijn stem kon nog slechts fluisteren. 'Je hebt geen idee waarin je je begeeft. Ga niet op die mensen af, Mia. Kom niet in hun buurt. Ik waarschuw je. Het enige wat je moet weten, is wat ik je heb verteld. Je weet nu de waarheid. Misschien had ik je jaren geleden al moeten waarschuwen. Misschien niet. Maar nu weet je het. Waarom het is gebeurd, en waarom we er allebei zo klote aan toe zijn. En wat je nu ook doet, je kunt me niet meer straffen dan ik mezelf al heb gestraft. Het is mijn schuld. Is dat niet genoeg?' Zijn stem begaf het. 'O, christus. Ben.'

Terwijl Claude in zichzelf mompelde, greep Mia haar spullen. Ze zou geen afscheid nemen. Niet nu. Zou ze Claude ooit nog eens zien? Waarschijnlijk niet. Maar ze had geen enkele behoefte nu iets tegen hem te zeggen. Al die jaren was hij op de hoogte geweest. In deze kamer had hij dit smerige geheim weggestopt, haar opgezadeld met een leugen die iedereen goed uitkwam, een verzinsel om de rafelige randjes van de tragedie glad te strijken. In deze dure speelkamer die voor een thuis moest doorgaan, had Claude zich afgevraagd wat hij aan moest met de wetenschap dat hij Ben had voorgesteld aan glimlachende moordenaars, wrede kerels die tot hun middel door bloed en stront hadden gewaad om aan geld te komen en die iedereen zouden afslachten die hen probeerde te dwarsbomen. Zonder na te denken, zonder wroeging. Ze zouden een dwaze jongeman die al te inhalig was afstraffen met een vuurexplosie die hem uit de annalen schrapte. Het zou zijn alsof hij er nooit was geweest. En dat alles had Claude geweten, zittend op zijn stoel, wiegend in de nacht, rouwend om de vriend van wie hij had gehouden en naar wiens deur hij de dood had begeleid. Hij verdiende de pijn die hij voelde.

Eenmaal op straat moest ze vijf minuten – of was het langer? – wachten tot er een taxi stopte. Deze bestuurder was ook blij met zijn vrachtje. Hij was op weg naar huis op het Isle of Dogs, en Brick Lane lag min of meer op zijn route. Hij probeerde haar te vermaken met een verhaal over een voetbalwedstrijd, daarna over een soapserie en vervolgens over de ongeplande zwangerschap van een filmster, waarover alle ochtendbladen vol stonden. Ze zei geen woord, en wilde dat ze de energie had om hem het zwijgen op te leggen. In plaats daarvan staarde ze uit het raam terwijl de wagen in hoog tempo langs Tate Britain naar Parliament Square en Embankment reed. De rivier, waarin de lichtjes van de bruggen en de penthouses werden weerkaatst en herinneringen aan voorbije tijden lieten opflakkeren, wees de weg naar huis. Bomen, steen en water werden één: de elementen uit oertijden kwamen weer boven, vermengden zich en voerden haar met zich mee. Het water nam haar helemaal mee naar Tower Bridge, waar de taxi linksaf sloeg en kronkelend door Brick Lane reed om haar voor de deur af te zetten. Ze betaalde de chauffeur en gaf hem vijf pond fooi.

Het was nog niet licht en de straatlantaarns schenen nog op volle kracht. Ze kon haar ademwolkjes in de lucht zien: het was zo koud, zo genadeloos koud. Ze moest snel naar binnen, thee drinken, tot rust komen voor de langdurige slaap die ze nodig had voordat ze zou gaan piekeren over de ellende waarmee Claude haar had opgezadeld. Ja, ze moest gauw gaan slapen.

Ze liep de trap af naar haar appartement en zag beneden voor de deur iets liggen. Een vreemde hoop vodden, plastic tassen en iets wat op een oude laars leek. Pas op de onderste tree besefte ze dat het het bevroren, levenloze lichaam van Stomme Tommy was.

VIII

Het kostte haar een paar minuten om het lichaam naar binnen te slepen. Het was vooral lastig om het kromme, verstijfde lijf van Tommy over de drempel te krijgen, en daarna door het halletje waarin haar jassen en tassen hingen. Hij woog heel weinig, zelfs voor zo'n kleine man, dacht ze terwijl ze zijn magere lichaam over de deurmat werkte: vijfenveertig, hooguit vijftig kilo. Door de ijskoude stof van zijn jasje voelde ze alleen maar zijn overhemd en botten. En toch vormde de foetale positie waarin hij zich had opgerold – op een lugubere manier komisch in zijn starheid – een obstakel voor de paar meter die haar portiek scheidde van de vloerbedekking van haar woonkamer. Tegen de tijd dat ze het lichaam op de vloer had laten zakken, transpireerde ze hevig en was ze uitgeput.

Mia deed het licht aan en keek op de klok boven de haard. Het was halfzeven. Was het echt pas twaalf uur geleden dat ze met Claude in de Ritz had gezeten voor een borrel om in de juiste sfeer te komen voor het bal? In de tussenliggende tijd had ze een orgie gezien waarin een televisieberoemdheid een rol speelde. Ze had ontdekt dat haar overleden broer uiterst bedreven was geweest in het witwassen van crimineel geld en dat zijn honger naar geld de oorzaak was geweest van zijn dood en die van de rest van haar familie. En nu lag het lichaam van een krankzinnige zwerver in haar woonkamer. Er waren leukere manieren om de nacht door te brengen.

Ze zou de politie moeten bellen en de hele ochtend moeten uitleggen hoe het stoffelijk overschot van Stomme Tommy – o nee, inspecteur, ik weet zijn echte naam niet – voor haar deur was terechtgekomen. Niet onder verdachte omstandigheden, natuurlijk. Maar dat zou niet uitmaken. Het zou uren duren voordat de ambulance kwam, het lichaam was afgevoerd en de formaliteiten achter de rug waren. Voor de tweede keer in haar leven zou ze thee zetten voor agenten en over de dood praten. Ja, juffrouw, dit soort dingen gebeuren. We komen het vaak tegen. Zwervers hechten zich vaak in gedachten aan iemand, mogelijk iemand die hen nooit heeft ontmoet, en als het moment daar is, proberen ze die te bereiken. Heel verdrietig voor u, juffrouw, dat begrijp ik. Ja graag, juffrouw, drie klontjes. Dat zouden ze zeggen. Had ze medelijden met die arme, dode Tommy? Nee. Daarvoor had ze geen ruimte meer in haar hart. Tommy had de verkeerde nacht gekozen om voor haar deur te sterven. Sorry, Tommy.

Plotseling klonk er een reutelend geluid. Het was net de roep van een kleine vogel, een schril geratel, doordringend en klaaglijk. Toen hield het op. Ze snakte naar adem. De stilte die was gevallen sinds de taxi haar had thuisgebracht, was intens geweest, ongebruikelijk voor Londen, zelfs op dit vroege tijdstip. Het was alsof een deel van de stad mee was gestorven. Nu had een geluid van de andere zijde die stilte doorbroken, en haar vervuld met angst en verwarring. Maar nee, besefte ze snel, dat was verkeerd. Ze hoefde niet bang te zijn. Het geluid kwam van Tommy's lippen die trillend weer een beetje tot leven kwam; een afgetakelde zwerver in het niemandsland dat zich uitstrekt vlak voor de dood intreedt. Het puntje van zijn tong, blauw en weerzinwekkend, hing uit zijn mond. Door een gril van het lot was hij nog in leven.

Hij hoestte, waarbij hij smerige lucht de kamer in blies. Ze moest kokhalzen, maar wist dat ze nu snel moest handelen. Het zou het gemakkelijkst zijn om een ambulance te bellen. Binnen een paar minuten zouden de sirenes gillend voor haar deur aankomen, en rustige mannen in groene pakken zouden de kunst van de reanimatie uitvoeren en deze zieltogende vogelverschrikker uit haar huis weghalen. Het kon over een halfuurtje al bekeken zijn. Ze zou nog voor halfacht in bed kunnen liggen. Bedankt, Tommy. Als je was doodgegaan, zou me dat mijn hele ochtend hebben gekost. Vergeleken daarmee was dit maar een klein ongemak.

Ze pakte de telefoon; maar iets in haar, iets instinctiefs en plichtmatigs, maande haar tot voorzichtigheid. Ze keek naar Tommy, een zak botten in het kostuum van een dode, op de rand van het leven, nog steeds bewusteloos. Waarschijnlijk zou hij, als hij bij bewustzijn kwam, gaan hallucineren door de drank of door het gebrek eraan. Ze had deze doofstomme, krankzinnige man de afgelopen drie jaar bijna elke dag gezien. Hij had naar haar geglimlacht, naar haar gewenkt, hij was rammelend met zijn tassen met flessen langs haar gestrompeld op zijn trage pad naar de dood. Had hij zijn einde bereikt? Misschien. Eén ding was zeker: als ze hem nu naar het ziekenhuis liet brengen, zou hij over enkele dagen dood zijn. Het was uitgesloten dat Stomme Tommy zich zou overleveren aan de zorg van een instelling, hoe goed die ook voor hem zou zijn. Ze kende hem niet, maar ze wist genoeg van hem om te weten dat hij alleen nog elke dag het leven kon aanvaarden omdat hij niet gevangenzat, omdat hij van het ene park naar het andere kon lopen, van de ene slijterij naar de andere, van de ene bouwval naar de andere, een spoor van flessen achter zich latend, en omdat niemand hem zou proberen tegen te houden. Als ze Tommy in het ziekenhuis opnamen, zou hij ontsnappen, en dat zou zijn einde betekenen. Ze zouden hem 's ochtends ergens vinden, net als zij, buiten op de weg, stijf en met een glimlach. Deze keer zou de dood zich niet laten verschalken.

Op het dressoir stond een fruitschaal die Henty na haar eerste vakantie in het buitenland had meegebracht – een reisje dat was voorgesteld en betaald door Jeremy toen hij erachter kwam dat ze nooit verder was geweest dan Plymouth. In die schaal bewaarde Mia een mengeling van rommel en belangrijke dingetjes: oude pennen, sleutels die geen enkel slot meer zouden openen, een lijmstift, een nog niet ontwikkeld filmrolletje en een tube antiseptische crème. Er lag ook een kaartje in met een naam en een nummer erop: dr. Robert Armitage. Oom Gus had het haar gegeven toen ze was verhuisd naar deze flat. Robert Armitage, legde hij uit, was een uitstekende dokter en tevens een oude vriend van hem, en hij had toevallig in deze buurt een particuliere praktijk. De meeste visites legde hij overdag af, en zijn patiënten waren voor het merendeel mannen uit het Londense zakenleven met hartaandoeningen, hernia's en prostaatklachten. Mia kon hem altijd bellen, dag en nacht. Gus had dat geregeld. De rekening zou rechtstreeks naar het trustfonds worden gestuurd, zonder details over de behandeling. Gus vermoedde dat ze ook wel een arts in de buurt zou hebben. Maar als ze met iets dringends zat, kon ze op Robert Armitage rekenen.

Mia had hieruit begrepen dat Robert Armitage een arts uit de hogere kringen was die alles wat haar mocht mankeren op een snelle, discrete manier zou behandelen. Ze was nooit erg gesteld geweest op Gus en na het akkefietje met Beatrice al helemaal niet meer, toen hij zijn misplaatste toewijding aan zijn overleden broer voorrang had verleend boven zijn verantwoordelijkheid voor zijn nog in leven zijnde nichtje. Hij had, tot Mia's afkeer, Beatrices manische spionage oogluikend toegestaan vanuit een belachelijk gevoel van broederplicht: alsof Jeremy zou hebben gewild dat zijn diepbedroefde dochter nog meer narigheid kreeg. Maar ze had het kaartje desondanks bewaard. En nu toetste ze het handgeschreven nummer op de achterkant in, om Robert Armitage wakker te bellen en hem op te trommelen naar een deel van East End waar hij waarschijnlijk niet zo vaak kwam. Hij nam op met een snelheid die zijn beroep met zich meebracht. Nog suf van de slaap vroeg hij haar eerst hoe laat het was. Ze zei het, en stelde zich meteen voor als de nicht van Gus Taylor. Ze hoorde het geluid van een bril die werd opgezet, en van mevrouw Armitage die naast hem bewoog. O ja, hij wist het weer. Miranda, ja toch? Nee, Mia, natuurlijk. Had ze zijn hulp nodig? Waar bevond ze zich? Ze legde uit dat met haar alles in orde was, maar dat – een vriend, ja, een vriend van haar ziek was en dringend hulp nodig had. Kon hij komen? Hij zei dat hij er over een uur zou zijn, als het zo lang kon wachten.

Ze ging zitten en besefte dat ze haar Jimmy Choos schoenen nog steeds aanhad. Ze moest erom lachen terwijl ze zich achterover liet vallen. Ze was voorbij het punt van uitputting, waarschijnlijk op de rand van hysterie. De kussens van de bank verwelkomden haar, boden haar lichaam rust, maakten haar duidelijk dat ze haar vermoeide benen moest optillen en een poosje moest gaan slapen. Ze sloot haar ogen en voelde hoe de vermoeidheid haar overmande. Ze zou slapen, een uur slapen. Maar terwijl haar zintuigen smeekten om ontslagen te worden van de dagelijkse plicht – zien, aanraken, horen, proeven – merkte ze dat ze werd overweldigd door een geur. Een geur van verloedering, van verdorvenheid. Het was voor het eerst dat ze het rook en het was genoeg om haar met een schok uit haar vergetelheid te halen en haar te brengen in een toestand van grote ongerustheid. Ze keek omlaag naar Tommy en besefte dat hij, dood of levend, erger stonk dan ze voor mogelijk had gehouden. Ze begon weer te kokhalzen. Dit zou niet gemakkelijk worden.

Wat voor dag was het? Zaterdag. Ja, zaterdag. De dag tussen dood en wederopstanding. Nou, Tommy rook naar de dood. Zijn borstkas ging zacht op en neer en zijn lippen trilden. Maar zijn lichaam stonk naar rottend vlees, alsof zijn organen en lichaamssappen niet geloofden dat hun gratie was verleend, alsof het weefsel zich voorbereidde om vloeibaar in de grond weg te smelten, de laatste instructie te volgen – het zelfvernietigingsprogramma – dat het in zijn genen meedroeg. Tommy's lichaam zou van zijn vergissing moeten worden overtuigd, geschrobd en geboend, tot die afgrijselijke stank was verdwenen. Dit was een karwei waarop ze echt niet zat te wachten. Maar ze had geen keus.

Ze ging de keuken in en haalde twee zwarte vuilniszakken, een stuk of zes werkdoekjes en een grote spons. Daarna haalde ze uit haar klerenkast het grootste T-shirt en de grootste joggingbroek die ze kon vinden. Hiermee ging ze naar de badkamer en draaide daar de kranen open. Stoom steeg op uit het bad toen het gloeiend hete water de kuip vulde. Ze kneep er een halve fles badschuim in leeg tot er na een paar minuten een berg bubbels omhoogkwam – een troostrijk beeld van huiselijkheid na een nacht vol dramatische gebeurtenissen. Ze voelde met haar hand of de temperatuur goed was, en wenste dat ze er zelf in kon stappen. Toen ging ze Tommy halen.

Zijn lichaam was niet meer zo stijf, en met veel inspanning kon ze hem hem overeind hijsen tot op borsthoogte. Zijn ledematen hingen slap naar beneden; zijn gezicht vertoonde geen enkele reactie. Ze voelde dat ze haar gezicht in een grimas hield, ook al ademde ze door haar mond, uit angst dat ze voor de tweede keer binnen twaalf uur moest overgeven. Het beetje haar dat Tommy nog had, hing slap over zijn voorhoofd; zijn huid was verschroeid, alsof de zon en de vorst om het hardst hun verwoestende werk hadden gedaan. Ze gingen de hoek om naar de badkamer. Mia probeerde ervoor te zorgen dat hij niet met zijn hoofd tegen de deurlijst sloeg. Zijn laarzen sleepten over de grond terwijl ze haar best deed overeind te blijven.

In de spiegel zag ze zichzelf. Daar stond ze: gekke kleine Mia, met een halfdode zwerver in haar armen. Waar was ze mee bezig? Wat zou er hierna gebeuren? Ze droeg een avondjurk van duizend pond, besmeurd met het vuil van Tommy. Haar dure kapsel. In haar armen hield ze een stervende man, een zwerver die niet kon spreken en van wie ze alleen zijn bijnaam kende, een man op wiens ongemarkeerde graf geen tranen maar wel veel regendruppels zouden vallen. In de wolk stoom die in de kamer hing, zag ze er, met Tommy in haar armen, uit als een groteske piëta: haar gezicht was verwrongen, niet van verdriet maar van iets banalers. O god, Tommy, dacht ze, kom niet in mijn volle leven binnen. Alstublieft, laat het niet voor mijn zonden zijn dat je moet lijden.

Ten slotte liet ze zich op haar knieën vallen en legde hem op de badkamervloer. Ze zeeg ineen, zo moe dat ze wel kon huilen. In plaats daarvan begon ze de smerige zwerver die voor haar lag uit te kleden. Elk kledingstuk was doorweekt. Het bruine jasje scheurde toen ze het over zijn armen uittrok: de voering was allang verdwenen. Er zaten bladeren in een van zijn zakken. Zijn overhemd en borstrok waren nat van het zweet. Vervolgens trok ze zijn laarzen uit, en vergat intussen niet door haar mond te ademen. Ze telde erbij, zodat er niet per ongeluk wat van die stank door haar neusgaten naar binnen kon dringen. Ze stopte de kleren meteen in de vuilniszakken, en overtuigde zichzelf ervan dat een ordentelijke aanpak de walging minder erg zou maken. Het laatst trok ze Tommy's broek en onderbroek uit, die onder de poep zaten. Jezus christus. Geen wonder dat hij zo stonk. Ze legde haar hand op haar mond en deed haar ogen dicht. Er was nu geen weg terug meer mogelijk. Alles of niets. Ze propte snel de laatste kledingstukken in de zak en maakte de vloer schoon met een van de werkdoekjes, daarna nog een, en nog een. Vervolgens bond ze de vuilniszakken stevig dicht en rende – sneller dan ze voor mogelijk had gehouden – op blote voeten en zonder jas de straat op waar ze ze in de container gooide. Ze kon die zakken geen minuut langer meer zien, ze moesten onmiddellijk haar huis uit.

In de badkamer lag het uitgemergelde lichaam van Stomme Tommy op de grond. Zijn ademhaling was nu diep en het gerasp uit zijn borst klonk luider. Maar hij leek nog even bewusteloos. Ze hees hem weer overeind en trok hem over de rand het bad in. Door de schok van het warme water blies hij ineens zonder geluid adem uit, en zijn huid werd rood. Ze pakte de spons en begon hem te wassen. Binnen enkele seconden zag ze op het water, dat al grijsgrauw was geworden, een dikke laag vuil drijven – Tommy's vuil van jaren won het van het onschuldige witte schuim. Ze bleef hem afspoelen, en terwijl zijn lichaam zich koesterde in een lang vergeten ervaring en het vuil van zijn lichaam losliet als stukjes huid, losten de geologische lagen van Tommy's zwerversleven op in wat zeepsop. Ze zorgde dat het water warm bleef. Na een halfuur was de klus geklaard. Ze trok hem overeind, zijn huid was zacht en roze. Ze had een oude man in bad gezet. Nu haalde ze er een kind met een warrige baard uit. Ze legde hem op een badlaken en depte hem met een andere handdoek droog. Daarna ging ze achter hem zitten en terwijl ze hem naar voren kantelde, trok ze een T-shirt over zijn hoofd: het was, zoals ze nu pas opmerkte, een souvenir van haar reisje naar New York, nog nooit gedragen. De opgestoken arm van het Vrijheidsbeeld zag er op Tommy belachelijk uit. Daaraan dacht ze terwijl ze hem de joggingbroek aansjorde, en hem onder zijn oksels weer de woonkamer in sleepte, en daarna op de bank. Ze gooide een deken over hem heen en liet zich toen in een fauteuil vallen.

Mia viel in een diepe slaap die niet veel langer kon hebben geduurd dan een paar minuten. Terwijl een woedende vogel boven haar hoofd cirkelde, zijn ogen als oranje puntjes in de nacht, zijn klauwen klaar om te doden, terwijl een groep acrobaten danste in afwachting van haar dood, en duizend gevaarlijke lachjes opgloeiden in de nacht, werd er op de deur geklopt. Ze sprong op en deed open. Daar, in zijn zware mantel en met een slappe vilthoed op zijn hoofd, stond dr. Robert Armitage. Hij was indrukwekkender dan ze had verwacht: lang, corpulent maar met een zekere waardigheid, met een donkere snor en een bril die zijn beroepsmatige kalmte accentueerden. Minder dan een uur geleden had dokter Armitage nog liggen snurken naast mevrouw Armitage – in Islington, vertelde hij – ongetwijfeld dromend over hun volgende reisje naar St. Lucia of naar de Napa Vallei of Beiroet (dr. Armitage zag eruit als een man die je wel wat kon vertellen over wijn, of over opera's, of over beide). Hij glimlachte, schudde haar de hand en vroeg of hij mocht binnenkomen.

Ze probeerde zo beleefd mogelijk te doen. 'Bedankt dat u op dit onzalig vroege tijdstip wilde komen, dokter. Het spijt me enorm.'

'Niet nodig. Niet nodig. Uw oom heeft me verteld dat u hiernaartoe ging verhuizen en dat u me misschien eens in geval van nood zou bellen. Dat is alweer een paar jaar geleden. Ik ben blij u van dienst te kunnen zijn. Hoe is het met die goeie Gus?'

Goeie Gus. O god. Als er een Pisces Club in het ziekenhuis bestond waar ze samen hun opleiding hadden genoten, waren haar oom en Armitage daarvan ongetwijfeld lid geweest. 'Oom Gus? O, prima. We zien elkaar niet zo vaak. Ik ga niet meer zo vaak de deur uit als vroeger.'

Dr. Armitage keek naar haar avondjapon en lachte terwijl hij zijn jas uittrok. 'Nou, het lijkt erop dat u gisteravond wel de deur uit bent geweest. Mag ik vragen of u op het Bracknell was?'

'Ja, daar was ik inderdaad.'

'Mooi zo. Ik ben er al in – wat is het – dertig jaar niet geweest. Mijn dochter is vorig jaar wel gegaan. Ze vond het fantastisch, natuurlijk.'

'Natuurlijk.'

'Goed. Wat scheelt eraan?'

Tommy was nauwelijks te zien onder de deken die ze over hem heen had gegooid. Alleen een lokje pasgewassen haar dat fier op zijn hoofd stond, verraadde zijn aanwezigheid. Dokter Armitage ontdekte tot zijn verbazing dat er een derde persoon in de kamer was. Hij trok de deken opzij en zuchtte, terwijl hij zijn hoofd schudde. Hij legde een hand op Tommy's voorhoofd en boog zich naar hem toe om zijn ademhaling te beluisteren. Hij haalde zijn stethoscoop en thermometer te voorschijn, nam de patiënt zijn hartslag op, onderzocht zijn borst en luisterde, luisterde, luisterde. Mia zag dat wat hij hoorde hem niet aanstond.

Hoe graag ze dokter Armitage ook wilde verfoeien, ze keek geboeid toe tijdens het onderzoek. Enkele seconden nadat hij naar 'goeie Gus' had geïnformeerd, voerde hij de rituelen van zijn vak uit, met zijn kleine wondertjes en stilzwijgende handelingen. Terwijl hij een beeld probeerde te krijgen van wat er mis was met Tommy, schakelde hij zijn persoonlijkheid uit en werd zijn verstand een instrument voor zijn vaardigheden. Hij fronste zijn voorhoofd. Handen, ogen, oren, instrumenten: allemaal aan het werk om te ontdekken wat deze dronkelap tot de dood had gedreven. Reflexen werden getest, klieren betast. Zijn ogen werden spleetjes terwijl hij met zijn lampje in Tommy's gezicht scheen, hij tilde diens oogleden op en tuurde er aandachtig in. Toen stond hij weer op, het onderzoek was klaar. Hij vouwde zijn handen in elkaar.

'Juffrouw Taylor.'

'Zegt u maar Mia. Wilt u een kop thee, dokter?'

'Mia. Ja, graag. Darjeeling, als je hebt. Melk, geen suiker. Mia, ik ben bang dat deze man er verschrikkelijk slecht aan toe is. Hij heeft om te beginnen longontsteking. De kans bestaat dat hij geelzucht heeft. Ik vrees het ergste voor de toestand van zijn lever en nieren. Hij is ernstig ziek. Zei je dat je hem buiten hebt aangetroffen?'

Ze knikte.

'Als je het hele weekend weg was geweest, zou je hem bij thuiskomst dood hebben aangetroffen, als niemand anders hem had gevonden. Dat denk ik tenminste. Maar in dit weer zou een man in zijn toestand, die voortdurend drinkt en misschien ook wel andere dingen gebruikt, zonder dat hij gezonde voeding binnenkrijgt... Heus, het is nog een wonder dat...'

'Tommy.'

'Dat Tommy nog leeft. Hij moet onmiddellijk naar het ziekenhuis.'

Mia zette thee voor dokter Armitage. Ze ging zitten en legde hem haar dilemma voor. De man was stom, waarschijnlijk gestoord. Als hij naar een ziekenhuis werd gebracht, zou hij weglopen en waarschijnlijk de volgende ochtend niet halen. De dokter dronk van zijn thee en fronste. Ze legde uit waarom ze hem had gebeld. Ze was eerlijk. Dit maakte indruk op dokter Armitage die duidelijk gewend was aan eerlijke mannen in grote kantoren die eerlijk met hem spraken. Ze was in nood, maar niet het soort nood waarop oom Gus had gedoeld. De vraag was of de dokter haar zou kunnen helpen. Zij zou de verantwoordelijkheid voor Tommy voorlopig op zich nemen. Ze zou erop toezien dat hij at en sliep en de medicijnen innam die dokter Armitage zou voorschrijven. Ze zou ervoor zorgen dat hij niet dronk, althans dat zou ze proberen. Daarna, stelde ze voor, zou dokter Armitage terugkomen – laten we zeggen op woensdag? – en zouden ze de situatie opnieuw bekijken. Ondertussen zou ze hem telefonisch op de hoogte houden. Als Tommy's temperatuur niet daalde, of als de infectie niet genas, zou ze hem onmiddellijk waarschuwen.

'Je neemt wel een risico, weet je dat? En ik ook.'

'Daarvan ben ik me bewust, dokter. Maar ik weet waarover ik het heb, ik ken deze man. Gelooft u me, het is de enige manier.'

'Tja, ik kan niet zeggen dat ik er gelukkig mee ben. Deze man moet naar een ziekenhuis en daarna waarschijnlijk naar een afkickcentrum. Maar ik begrijp u wel. Ik ben bereid om dit te proberen, onder alle voorwaarden die u hebt genoemd.'

Ze bedankte hem, maar daarvan wilde hij niets horen, alsof hij wilde zeggen dat dit soort dingen hem tot de arts maakte die hij was, en dat oom Gus haar daarom ook zijn kaartje had gegeven. Hij gaf Tommy twee injecties, zonder haar te vertellen waarvoor die dienden. Hij schreef vier recepten uit en gaf haar gedetailleerde instructies over hoe en hoe vaak ze hem de medicijnen moest toedienen. Hij krabbelde ook neer wat Tommy de eerstvolgende paar dagen moest eten en drinken. Daarna gaf hij haar een hand en vertrok. Toen ze hem de trap op zag lopen naar het trottoir vroeg ze zich af hoeveel dokter Armitage het trust-fonds in rekening zou brengen voor deze visite. Hij zou mevrouw Armitage ongetwijfeld vertellen hoeveel het precies was, als hij aan het ontbijt begon in zijn goed ingerichte keuken in Islington en zijn geïrriteerde vrouw eraan herinnerde dat, hoe vervelend ook, zulke telefoontjes er wel voor zorgden dat de wijnkelder gevuld bleef en hen in staat stelden om business class te vliegen.

Mia las de instructies en druppelde wat water tussen Tommy's uitgedroogde lippen. De recepten zouden tot de middag moeten wachten. Ze liep haar slaapkamer in en liet zich op het bed vallen. Ze was al in slaap voordat haar hoofd het kussen raakte. De vogel was weer terug boven haar hoofd, hoewel ze wist dat ze met haar gezicht naar beneden lag. Was de wereld om zijn as gedraaid om haar te confronteren? De ogen en snavel waren nu niet ver weg, de vogel dook van het ene sterrenbeeld naar het andere, klaar voor de aanval. Zij was zijn prooi, vastgebonden in de woestijn, hulpeloos tegen zijn krijsende aanval. Claude en Ben liepen naar de plek waar ze lag. 'O, Mia,' zei haar broer. 'Het spijt me, ik heb er een zootje van gemaakt, hè? Claude denkt dat het zijn schuld is. Wat denk jij? Je had nooit moeten weggaan bij die picknick. Dan hadden we erover kunnen praten.' Claude fluisterde iets in zijn oor en schudde zijn hoofd. Ze verdwenen. Lucian Carver kwam in een tweedehands auto aanrijden en vroeg haar de weg naar de showroom van Micky Hazel. Er zat iemand naast hem die ze meende te herkennen, iemand die haar iets belangrijks had te vertellen. Maar ze kon niet horen wat het was. Lucian hoorde het wel, en hij reed onmiddellijk weg, een spoor van stof en een lijn wit poeder achterlatend. Er was beslist nog iemand in de wagen, een geheim dat ze niet mocht horen. De vogel, met ogen in de kleur van de haat, bleef in de lucht zweven en bereidde zich voor op zijn laatste duik.

Het was vijf uur in de middag toen ze weer bijkwam. Ze had een enorme kater die haar bijna het idee gaf dat ze zich die hele nacht had verbeeld. Ze trok de baljurk eindelijk uit en wikkelde zich in een badlaken. Er stond een halve fles lauwe Evian naast haar bed, die ze opdronk. Nurofen? Waar was verdomme de Nurofen? Ze slofte de woonkamer in op weg naar de badkamer en zag dat Stomme Tommy nog steeds als in coma op de bank lag. Dat was in elk geval geen droom geweest. Wat waarschijnlijk betekende dat de rest ook echt was gebeurd. Ze liep de badkamer in, deed de deur op slot en ging een uur in bad liggen. De telefoon ging een paar keer, maar het kwam niet bij haar op om eruit te gaan. Ze moest in haar eigen tempo terug de wereld in, en zorgen dat ze van haar hoofdpijn afkwam. Die verdomde Nurofen was op.

De man van de avondapotheek schrok van de enorme hoeveelheid medicijnen die ze kocht. 'Jemig. Is dat allemaal voor u?' Hij hield de receptbriefjes in zijn hand alsof het speelkaarten waren.

Ze kon een gesprek niet aan. 'Nee. Alleen de Nurofen. Geef me alstublieft Nurofen. Nee, doe maar Nurofen Plus.'

'Nou, hou het daar dan maar bij. Die pestpillen laten zich niet combineren met pijnstillers. O nee.' De apotheker schudde heftig zijn hoofd, alsof zijn zaak een dagelijks trefpunt was van vroegtijdige sterfgevallen, waarbij de klanten roekeloos pijnstillers innamen met – nou ja – een van die pestpillen. Ze knikte flauwtjes om hem te kennen te geven dat de boodschap was overgekomen.

Op straat was het al even donker als toen ze Tommy had gevonden. Ze trok haar fleece jas strak om zich heen, blij dat ze er een trui onder had, een dikke combatbroek en haar dierbare sportschoenen. Ze ging terug naar de beslotenheid van een ziekenkamer, zonder precies te weten hoe lang ze voor Tommy zou moeten zorgen. De drukke stroom mensen op Brick Lane – van bezoekers en tieners en serveersters – vrolijkte haar op. Ondanks de kou had een eenzame dj zijn apparatuur opgesteld op de stoep voor een bar en ingesnoerd in een Puffar jack speelde hij harde junglemuziek voor een groep tieners die er in hun winterkleding op dansten. Ze had ten onrechte verondersteld dat er iets in de stad was doodgegaan. Zelfs toen ze de trap af liep naar haar burcht, klonk het gebrul boven haar. De stad weerstond de vorst en haar warme, vuile bloed stroomde door de aderen van de jongeren.

Nadat ze de pillen in Tommy's mond had geperst – zijn slikreflex was goed – luisterde ze haar antwoordapparaat af. De boodschappen waren afkomstig van Rob die haar vroeg of ze in het weekend iets met hem wilde drinken, koffie of een borrel. Hij zei dat hij de datum wist voor zijn volgende optreden met de band, maar hij wist niet zeker of hij die wel aan haar moest meedelen. Toen had hij opgehangen. Ze ging tegenover Tommy zitten. Ze wilde Rob bellen, maar ze voelde zich een wrak. Er was zoveel te zeggen, en ze zou nauwelijks aan de helft toekomen. In plaats daarvan haalde ze een van haar meest geliefde videobanden waarin tientallen doden vielen tevoorschijn – de belangrijkste actiescène bestond uit een vierentwintigste-eeuws ruimtevaartuig dat wordt binnengevallen door moordzuchtige klonen – en bekeek die het eerste uur zonder enige emotie, gekalmeerd door een woeste uitwisseling van laservuur en de vernietiging van een kleine planeet door een kernexplosie. Tommy sliep dwars door deze intergalactische slachtpartij heen. Halverwege drukte ze op de pauzeknop en bakte een omelet, die ze zonder veel smaak opat. Ze zette de film weer aan, maar hij kon haar niet meer boeien. Het was nog geen acht uur, maar ze wist dat de avond haar niets meer te bieden had. Alleen slaap kon haar geteisterde cellen herstellen en haar beschadigde kompas weer in orde brengen. Wat nu? Geen enkele aanwijzing. Nog niet.

Deze keer bracht haar slaap geen dromen. Ze zette haar wekker op acht uur 's ochtends, maar werd voor die tijd al wakker. Haar hoofdpijn was minder en haar ledematen waren niet meer zo pijnlijk. Ze bleef even liggen en dronk nog wat water. Toen kleedde ze zich in haar kamer aan en liep naar de zitkamer om te zien hoe het met Tommy was. Tot haar afgrijzen was hij wakker en zat rechtop, net een buitenaards wezen in zijn T-shirt en joggingbroek. Zijn ogen schoten nerveus heen en weer en hij kauwde dwangmatig op zijn lippen. Ze had er niet aan gedacht wat ze zou doen als hij bij bewustzijn kwam. Nu het zover was, was ze bang. Ze had geen enkele reden om aan te nemen dat Tommy haar iets zou aandoen, maar ze kon er ook niet zonder meer van uitgaan dat hij dat niet zou doen. Zelfs Sylvia had haar personeel altijd op het hart gedrukt om voorzichtig te zijn met de wanhopige gevallen waarmee ze vaak te maken hadden. Niet allemaal waren ze als slachtoffer begonnen, zei ze. Heel wat van hen waren mannen die hun vrouw sloegen en die anderen beroofden, en als daklozen eindigden. Het was belangrijk om je nooit door sentiment te laten meeslepen, zei Sylvia. Nu vroeg Mia zich af of zij zich niet door haar sentiment had laten meeslepen, en daarvoor een hoge prijs moest betalen. Uit Tommy's verwilderde trekken viel niets op te maken. Ze schatte in of ze de deur zou kunnen bereiken als ze ervandoor wilde. Zou hij haar in zijn verzwakte toestand de pas kunnen afsnijden? Armitage kwam pas woensdag weer. Het was nu zondagochtend. Armitage had aangeboden om op zondagochtend te komen. Stommeling. Ze had ja moeten zeggen.

Toen zag ze de fles kersenbrandewijn op tafel staan, en spetters braaksel op Tommy's logo van New York. Het was een fles die Ringo had gewonnen tijdens een buurtavondje en haar bij wijze van grap cadeau had gedaan. Ze had hem achter in een kast gezet, niet in staat hem weg te gooien, maar ervan overtuigd dat ze hem nooit zou opdrinken. Het was de enige sterkedrank die ze in huis had. Tommy – uitgemergelde, gekke, stomme Tommy, tot zijn nek toe vol met pillen, en geveld door longontsteking – had haar flat overhoop gehaald terwijl zij sliep, op zoek naar wat hij nodig had. Hij had de fles gevonden, leeggedronken en, aan zijn kleren te zien, een groot deel ervan weer uitgekotst. Ze besefte dat zijn gezicht eerder paniek vertoonde dan moorddadige neigingen. En met die gedachte in haar achterhoofd besefte ze ook dat ze het nu wel genoeg vond.

Ze stormde op hem af en smeet de fles op de grond. 'Tommy! Stomme klootzak! Weet je wel hoe stom je bent? Je was gisteren bijna dóód! Wist je dat? Kun je je er iets van herinneren? Dringt dat nog een beetje tot je stomme, verweekte hersens door? Weet je dat ik verdomme een kapitaal heb uitgegeven aan een particuliere arts zodat jij niet naar het ziekenhuis hoefde? En ik zal je nog wat vertellen. Als jij had meegemaakt wat ik vrijdagnacht heb moeten doorstaan, zou je weten dat ik degene ben met wie je medelijden zou moeten hebben, niet andersom. Is dit de manier waarop je me je dankbaarheid wilt laten blijken? Hier een beetje straalbezopen worden? Overgeven? Walgelijk. Tommy! Luister je naar me?'

Hij richtte zijn blik naar boven, alsof hij vond dat er niets te beginnen was met mensen die hun zelfbeheersing verloren. Dit maakte haar alleen nog maar kwader. Ze draaide zich om en wreef van frustratie met haar vuist langs haar voorhoofd. 'Waar ben ik eigenlijk mee bezig? Het is allemaal verspilde moeite. Begrijp je ook maar één enkel woord van wat ik tegen je heb gezegd, Tommy?'

'Thomas is de naam.'

Toen de woorden er eenmaal uit waren, konden ze niet meer ongedaan worden gemaakt. Ze veranderden alles, en ze begreep er niets meer van. De stem die had gesproken, was een vaste bariton. De stem van een man van middelbare leeftijd uit de middenklasse die zei wat hij wilde. Was er ook niet iets van een aristocratisch ongeduldig ondertoontje in te bespeuren? Ze wist het niet zeker. Maar haar oordeel hierover was niet te vertrouwen. Ze was nog bezig tot zich te laten doordringen dat die woorden tegen haar waren gezegd. Haar reactie, die even op zich liet wachten, leverde dan ook geen wezenlijke bijdrage tot een gesprek.

'Wat?'

Hij hoestte in zijn ene hand en bracht de andere naar zijn borst. 'Neem me niet kwalijk. Ik zei alleen dat mijn naam Thomas is. Dat heb ik liever, in elk geval.'

Mia ging tegenover hem zitten. 'Je kunt praten.'

'Zeer goed geconstateerd,' zei hij lachend. 'Waarom zou ik in vredesnaam niet kunnen praten?'

'Nou, het feit dat je nooit eerder iets hebt gezegd, zou daarmee iets te maken kunnen hebben.'

'Ik ben niet stom. Ik praat alleen niet. Dat is iets anders.'

Het verschil tussen Tommy's uiterlijk en zijn stem bracht haar in verwarring. Het was alsof het schriele lichaam van die verschrompelde kleine zwerver in bezit was genomen door de geest van een man die twee keer zo groot was: een kalme man met zelfvertrouwen. Misschien niet zo iemand als haar vader, maar toch zeker iemand die best met dokter Armitage een partijtje golf zou kunnen spelen. Ze had maar een paar zinnetjes van hem gehoord, maar het timbre van Tommy's woorden deed haar denken aan dat van de mannen die tijdens haar jeugd naar de Boltons waren gekomen voor etentjes en voor feestjes. Mannen in pakken, of in een fraaie, geklede blazer, in goeden doen en zelfverzekerd. Mannen die wisten dat ze niet Jeremy's gelijken waren, maar die genoten van de warme gloed die hem omringde.

'Juist.' Ze wachtte even en dacht na. 'Heb je je medicijnen ingenomen?'

'Ja, bedankt. Ik heb de instructies op de flesjes opgevolgd. En ik heb wat gedronken en het is me gelukt een halve banaan naar binnen te werken, zoals op het papier onder het kopje "dagelijkse voeding" staat.'

'Maar het is je niet gelukt om de kersenbrandewijn binnen te houden?'

'Dat was niet zo'n succes, dat geef ik toe. Maar, zoals je kunt zien, was ikzelf daarvan het slachtoffer, en niet zozeer je bank. Ik zal natuurlijk je kleren wassen, als je zo vriendelijk wilt zijn om me daarvoor wat kleingeld te lenen. Wat betreft de kersenbrandewijn – vergeef me, maar ik vermoedde dat jij zoiets nooit zou drinken.'

'Daar gaat het niet om.'

'Nee, maar misschien toch wel. Je weet heel goed dat een fles brandewijn heel wat is voor een man als ik. En jij wilde hem kennelijk niet. Dus waarom zou je hem mij niet geven?'

'Je had het moeten vragen.'

'Jij lag te slapen. En mijn behoefte aan drank was... wel, dringend.'

'Je zou niet moeten drinken. Ik heb dokter Armitage beloofd dat ik erop zou toezien dat je tijdens je herstel niet dronk.'

'Ik wil niet herstellen als ik niet kan drinken. Dat weet de dokter ook wel. En jij ook.'

'Je bent een ondankbare vent. Weet je dat?'

Tommy lachte weer. De pezen in zijn hals zagen eruit alsof ze elk moment konden knappen, en hij begon hevig te hoesten. Ze haalde een glas water voor hem uit de keuken dat hij met trillende handen leegdronk. Hij sloot zijn ogen en zuchtte diep, waarbij het in zijn borst reutelde. Ze herinnerde zich weer hoe ziek hij was. De stem had maar een zwak lichaam als behuizing gekozen, als bij een griezelig soort buikspreker.

'Je hebt helemaal gelijk. Ik ben je een excuus verschuldigd voor mijn grofheid. En heel veel dank voor je goede zorgen. Dank je wel.'

Ze ging er niet op in, uit angst dat hij weer zou stilvallen voordat hij haar vragen had beantwoord. 'Waarom praat je nooit?'

Hij begon met zijn handen over zijn knieën te wrijven. Eerst dacht ze dat hij met zijn figuur niet goed raad wist. Toen begreep ze dat hij deze vraag als belangrijk beschouwde, en dat hij uit alle macht probeerde een passend antwoord te vinden. 'Ik denk omdat het tijdverspilling is. Ik praat met de bomen, de wegen, in mezelf. Maar niet met mensen. Niet dat ik iets tegen ze heb. Als iemand die tamelijk goed heeft ondervonden hoe het is om kwetsbaar te zijn, kan ik wel zeggen dat mensen beter en vriendelijker zijn dan waarvoor ze in het algemeen worden gehouden. Het probleem is dat ze zich met me willen bemoeien, me willen zeggen wat ik moet doen zodat het me beter zal vergaan. En er valt niet veel te zeggen. Dus toen ik hier kwam, besloot ik dat ik tegen niemand zou praten. En dat werkte. Ze laten me met rust in opvangcentra, en waar jij werkt, en in winkels. Soms gooien ze dingen naar me en af en toe krijg ik een schop. Maar niemand verwacht iets van me. Niemand probeert me tegen mezelf in bescherming te nemen.'

'Waarom ben je naar mijn huis gekomen?'

Hij zoog op zijn tandvlees. Ze besefte dat hij veel tanden miste, zo niet allemaal. 'Ach, ik weet niet. Ik was in de buurt. Misschien vanuit een ouderwets motief, zoals vertrouwen. Ik dacht dat jij iemand zou zijn die ik kon vertrouwen. Zie je jezelf ook niet zo, Chels? Iedereen schijnt er zo over te denken.'

Ik vertrouw niemand, en mezelf al helemaal niet, dacht ze. Het vertrouwen is me ontnomen. Ik sta aan de rand van de afgrond, en ik kijk omlaag in een duistere, onbekende diepte. 'Je kunt me Mia noemen, als je wilt. Sylvia noemt me altijd Chels. Dat is een bijnaam.'

'Net als Stomme Tommy.'

'Ja. Net als Stomme Tommy. Hoe ben je dat te weten gekomen?'

'O, die jongens vroegen me een paar jaar geleden hoe ik heette en toen heb ik "Thomas" opgeschreven. En, nou ja, de rest kun je zelf wel bedenken.'

Er viel een ongemakkelijke stilte. Het was verontrustend dat de man die ze voor een vegeterende plant had gehouden een uitermate beschaafde heer bleek te zijn. De rituelen van de middenklasse kunnen wel tegen stootje, dacht ze. Jaren op straat, stijf van de drank, een kapot lichaam. Maar hij is niet vergeten hoe hij moet spreken, hoe hij een gesprek moet voeren, met kleine beleefdheden; die gewoonte zijn hem bijgebleven ondanks de vernietigende krachten in zijn leven. Ze zullen hem bijblijven totdat het licht helemaal is gedoofd. Ik kijk naar de man zoals hij op dit moment is, maar ik praat met de man zoals hij langgeleden was.

'Je moet je wassen. Ik zal wat schone kleren voor je pakken. En je moet gaan slapen. Je bent heel ziek, weet je.'

'Ja, dat weet ik. Ik denk dat ik wel kan slapen.'

Ze stond op en ontmoette zijn blik. 'Luister – Thomas. Ik weet dat je meer wilt drinken. En je hebt gelijk. Daaraan kunnen Armitage en ik niets doen. Maar je mag niet naar buiten. Het vriest. Ik zal wel wat halen – waarschijnlijk niet zoveel als je wilt, maar toch. En je moet beloven dat je een paar dagen binnenblijft. Afgesproken?' Hij dacht even na over haar aanbod, maar niet lang, en knikte.

Toen hij aan het eind van de middag wakker werd, zat ze naast hem te lezen. Er stond een fles Famous Grouse op tafel, naast de potjes met pillen, het water en het fruit. Hij glimlachte en rekte zich uit. 'Hemel. Heb je een glas? Ik krijg niet vaak de gelegenheid er een te gebruiken. Hoogstens een plastic bekertje.'

Ze zocht naar een whiskytumbler maar kon er geen vinden. Hij zou het moeten doen met een wijnglas. Ze gaf het hem en hielp hem zijn pillen tellen, die hij van haar met water moest innemen en niet, zoals hij wilde, met een grote slok whisky. Dat kon hij na een halve minuut wel weer drinken, zei ze.

Ze zette thee voor zichzelf en liet hem nog wat whisky drinken. Zijn gehijg en gepiep gaven haar een gevoel van zinloosheid. De medicijnen zouden in zijn lichaam niet alleen de infectie, maar ook de drank bestrijden. Ze wilde die strijd niet zien, althans niet de eerste, en meest bloederige fase. Na een poosje namen de geluiden af. Ze liep terug naar de kamer en ging weer zitten.

'Dat gaat al beter,' zei hij.

'Dat betwijfel ik ten zeerste. Maar dat heb je allemaal al eens gehoord.'

'Wat grappig, Dat zei Sheila ook altijd.'

'Wat?'

'Op het eind, in de maanden voordat ik van huis wegging. "Je hebt het allemaal al eens gehoord." Dat zei ze dan. Alsof ze wist dat het geen zin had. Natuurlijk had ze helemaal gelijk.'

'Wie is Sheila?'

'O, mijn vrouw. Nou ja, mijn ex-vrouw. Ik heb het nu over een jaar of acht, negen geleden. Een hele tijd. Een hele tijd.'

Het leek alsof Tommy zijn verhaal als bij toeval aan Mia vertelde. Het duurde een paar uur en terwijl de tijd verstreek en hij dronk, vroeg ze zich af waarom hij de moeite nam. Misschien heeft hij het gevoel dat het het enige is dat hij heeft te bieden in ruil voor haar verpleging. Hij betaalt ervoor door zijn ziel bloot te leggen. Misschien wil hij iemand vertellen wat er echt is gebeurd voordat hij sterft, en voorzie ik in de laatste riten. Fungeer ik als biechtvader? Is het zover met me gekomen? Voor Beatrice, Claude en Tommy? De schimmige figuur aan de andere kant van het ruitje, die knikt en een oud gebed mompelt, en vergiffenis schenkt voordat het te laat is. Zijn dit de laatste dagen?

Tommy – Thomas Williams, meester in de rechten, afgestudeerd in Cambridge – was een succesvol notaris geweest, met een groot huis in Enfield, een echtgenote en twee kinderen. Hij had veel gelezen, een gewoonte uit zijn jonge jaren overgehouden. Hij nam zijn gezin mee uit. Ze konden zich twee vakanties per jaar permitteren, een naar het buitenland en een in de West Country. Er stonden twee auto's op hun oprijlaan, waar hij 's ochtends vroeg langsliep op weg naar de metro. Hij leidde in alle opzichten een veilig bestaan. De toekomst lag voor hem open. Maar hij had jarenlang geweten dat hij op weg was om eruit te stappen. Hij had het geweten met een absolute, dodelijke zekerheid. Binnen in hem vond een verwoesting plaats die hem uitholde. Mia vroeg hoe hij zoiets kon weten. Het was belachelijk. Zijn gezicht was ineens een en al droefheid.

'Eenzaamheid. Ik wist dat de eenzaamheid me vroeg of laat zou overvallen. Ik wist dat die me zou verstoten. Ik zou het allemaal moeten achterlaten.'

'Dat kan toch niet. Je had een gezin. Je had een eigen leven.'

'Ja, maar dat bedoel ik niet. Ik was zo eenzaam in dat leven, weet je. Ik werd omringd door mensen op het werk, thuis, en door vragen, plannen. Er was nergens tijd voor. Ik... je kunt je niet voorstellen wat eenzaamheid is.'

'Wees daar maar niet zo zeker van.'

'Tja, misschien kun je dat ook wel. De meeste mensen niet. Zij denken dat het zo met je afloopt als je grote rampen hebt meegemaakt. Maar dat is niet altijd zo, lang niet altijd. Het rare was dat drank nooit eerder een probleem was geweest. Het was slechts een middel tot een doel, een manier om alleen te zijn, niet eenzaam. Het was de manier waarop ik me vrijmaakte, de enige manier waarop ik dat kon. Ik moest iets bedenken om iemand te worden met wie het niet meer was uit te houden. Ik moest iets vinden om me vrij te maken.'

'Ik begrijp het nog steeds niet.'

'Dat verwacht ik ook niet, van niemand. Daarom praat ik niet met anderen.'

Hij vulde zijn glas voor de helft en dronk het in één keer op, zijn lichaam reageerde nu minder heftig op de whisky. 'Het gaat allemaal om wat je hoopt en om wat je krijgt, en het verschil daartussen. Dat is het gat waarin ik viel. De waarheid is dat ik van mijn vrouw hield. Meer dan van wie ook. Meer dan van het leven zelf. Ik had alleen bij haar willen zijn. Niets meer. En op de een of andere manier, na ik weet niet hoeveel jaren, bevond ik me in een wereld waarin dat helemaal niet mogelijk was. Ons huis was net een klein bedrijf. Alles moest worden gepland en georganiseerd. O, er was genoeg liefde, in de conventionele zin van het woord. We hielden allemaal van elkaar. Maar er was geen echte liefde. Niet zoals ik die wilde, in elk geval.'

'Dus het had allemaal te maken met Sheila?'

'Ja.'

'En heb je haar dat verteld?'

'Ja.'

'En?'

Hij glimlachte zijn oude-mannenglimlach. 'Hier zit ik dus.'

Mia probeerde zich Sheila voor te stellen, vroeger als studente in Cambridge, toen ze Tommy – of Thomas, in die tijd – ontmoette en de warmte en affectie in zijn gezicht zag. Sheila, die niet de bedwelmende passie voelde die haar toekomstige echtgenoot die eerste keer had verteerd, en die zijn vurigheid ten onrechte op één lijn stelde met haar eigen, nuchterder, geestdrift. Hij, in de waan dat aan zijn zielsbehoefte was tegemoetgekomen; zij, ervan overtuigd dat alles goed zou komen. De jaren die voorbijgingen, de wortels die werden geplant, kinderen. Tommy's wanhoop die binnen in hem woedde en die toenam toen zijn leven in de ogen van de buitenwereld perfect werd, een leven dat hem afhield van het enige wat hij ooit werkelijk had gewild. Sheila's onvermogen hem te begrijpen, haar ongeduld. En, ten slotte, de drank. Eerst meer dan goed voor hem was, 's avonds. Daarna bij de lunch, met collega's. Vervolgens bij de lunch, zonder collega's. Daarna de hele dag door. Ruzies, verwarring, misschien zelfs geweld. Sheila Williams, woedend en bang, in verwarring door de chaos die haar leven overspoelde, die haar best deed om haar man te helpen, beseffend dat ze dat niet kon en daarna, uiteindelijk, haar instinctieve zelfbehoud waardoor ze hem totaal afwees. De middelbare leeftijd, ingeluid door aftakeling en catastrofe. Was hij één keer weggegaan, of een aantal keren? Toen hij door de eerste van de vele straten liep, had hij toen achterom gekeken naar de gezichtjes van zijn kinderen, tegen de ruit gedrukt? Of alleen maar recht naar voren, naar duizend flessen en een leven van nodeloze misère?

Tommy ging door: 'Ik wist op een dag dat ik niet meer bij hen kon blijven, dat ik dat niet meer wilde. Dat is het ergste. Mensen denken dat het iets is waar je niets aan kunt doen als je leeft zoals ik, maar dat kan ik wel. Ik heb een keuze gemaakt. Ik weet dat het moeilijk te geloven is, maar dit is mijn beslissing geweest. Dit is het leven dat ik heb verkozen. Echt.'

'Denk je er ooit aan om terug te gaan? Ik bedoel, ben je niet nieuws-gierig?'

'Dat was ik. Dat was ik. Zelfs na de scheiding. Ik vroeg me af hoe het was met Sheila en de kinderen, en of ik ze ooit nog eens zou zien. En toen gebeurde het, drie of vier jaar geleden. Althans, ik zag Sheila. Ze was in Columbia Road, op de bloemenmarkt, met haar nieuwe man – ik weet niet of ze is getrouwd, maar ik dacht van wel. Ze had een heel an-der kapsel – korter, een andere kleur. Meer glamour. Maar ze was het beslist.'

Tommy krabde in zijn baard. 'Ik zat voor een winkel te drinken met een stel anderen. Gewoon, bier uit een six-pack, als ik me goed herin-ner. Een opkikkertje voor de zondagochtend, je kent het wel. Ik zat half te dommelen. Toen zag ik haar. En hem.' Zijn gezicht betrok bij deze herinnering. Mia zag dat hij zich ertegen verzette, maar zonder succes. 'Ze zag er... ik weet niet. Zo anders uit. Gelukkig, denk ik. Niet zoals toen wij nog samen waren en ik laat thuiskwam van mijn werk, en zij zat te wachten in de woonkamer en net deed alsof ze niet zat te wachten. Of als ik haar probeerde uit te leggen hoe ik me voelde, en dat ze dan glimlachte waardoor ik wist dat ze er geen woord van had begrepen. Zo niet. Ik herinner me dat ze allebei dezelfde soort jas aanhadden en alle-bei een grote tas met planten droegen. Ik besefte dat ik nu niets meer voor haar betekende. Ik bedoel, dat is natuurlijk logisch. Maar toen pas wist ik het zeker.'

'Zag ze je?'

'O, ja. Ze zag me wel. Maar ze had geen idee wie ik was. Ik had vroe-ger altijd kort haar en ik droeg altijd een pak.'

'Je draagt nog steeds een pak.'

Tommy moest lachen. 'Ja, maar dat is van het Leger des Heils, niet uit Jermyn Street. Ik was gewoon een zwerver met een baard die tegen een muurtje zat, waarschijnlijk zat te bedelen, beslist niet gewelddadig. Een deel van de omgeving, zij het een onaangenaam deel. Dat was het gekke. Haar weer terug te zien was zoiets... zo'n belangrijk moment in mijn verhaal. Van groot belang. Het einde van het verhaal, denk ik. En voor haar stelde het niets voor. Absoluut niets. Zij liep weg met haar planten, en haar man deed het portier van hun auto open die aan de overkant stond geparkeerd. Ze lachten en reden weg, en daarna heb ik haar nooit meer teruggezien.'

Geen van beiden zei een woord. Ze was te vermoeid om iets geruststellends te bedenken. Aan de andere kant was ze ook te moe om de stilte te kunnen verdragen. 'Voelde je spijt?'

'Reken maar. Ik had spijt dat ik maar één six-pack bij me had. Ik haalde mijn laatste briefje van tien te voorschijn, kocht een fles van die verdomde brandewijn voor keukengebruik en was twaalf uur van de wereld.'

'En nu? Ben je nu niet eenzaam?'

'Alleen zijn is niet hetzelfde als eenzaam zijn. Ik weet wat je denkt als je me langs jullie zaak ziet sukkelen met een tas vol drank. Of als je me voor je huis aantreft. Maar eenzaam voel ik me nooit.'

'Waarom niet?'

'Dat weet ik niet precies. Deels omdat ik weet dat het binnenkort allemaal is afgelopen. Eenzaamheid is volgens mij zoiets als hoogtevrees. Je kijkt omhoog en om je heen, en je ziet geen grenzen, geen einde aan de dingen, aan alle eisen die er aan je worden gesteld. Je wordt er duizelig van. Zo voelde ik me vroeger. Maar nu weet ik dat het einde nadert. Ik raak dan gewoon buiten westen en word niet meer wakker. Zo eenvoudig is dat. Ik vroeg me al half af of dit niet het einde zou zijn, eerlijk gezegd.'

'Fijn dat je mijn portiek als lijkenhuis hebt uitgekozen.'

'Mijn excuses daarvoor. Laten we maar zeggen dat het me op dat moment een goed idee leek.'

Hij sliep bijna de hele dag. Ze belde Rob om hem over Tommy te vertellen. Hij zei dat hij het tegen Sylvia zou zeggen en dat ze haar niet voor woensdag in het Echinacea verwachtten. Ze zei dat dat prima was. Daarna vroeg ze hem naar zijn optreden en of ze nu eindelijk de kans zou krijgen om Thieves in the Night te zien. Hij deed bedeesd en zei dat hij erover zou nadenken. Ze stelde hem voor erover na te denken bij een drankje. Hij sprak dinsdag met haar af in Brick Lane.

Het zachte reutelen van Tommy's ademhaling werd harder naarmate de uren verstreken. Hij nam zijn pillen en zijn drank, ongeveer een kwart van wat hij normaal nam, schatte ze. Ze maakte soep voor hem die hij wist binnen te houden, en een gebakken aardappel, wat niet zo goed lukte. Hij vroeg haar hem voor te lezen uit de krant – zijn ogen gingen snel achteruit, zei hij – en ze schrok ervan dat hij nog zo weinig wist van de gebeurtenissen die buiten zijn eigen dronken werkelijkheid plaatsvonden. Voor Tommy was de wereld zeven jaar geleden stil blijven staan. Hij was oprecht verbaasd toen ze hem vertelde wie de premier was – 'Meen je dat nou? Díé?' – maar hij vond het leuk om te horen dat de leider van de oppositie precies degene was die hij had verwacht. Ze praatte hem bij over voetbal, over de economie, ontwikkelingen in soaps, een nieuwe impasse in het Midden-Oosten, de positie van de euro, wat er één stond in de top honderd, een nieuwe film. Ze gaf hem een samenvatting van de belangrijkste gebeurtenissen die hij had gemist in de politiek, militaire conflicten, cultuur. Naarmate zijn lichaam verder herstelde en hij weer wat eetlust kreeg, kwam alles weer een beetje terug in zijn herinnering. Hij was geboeid door haar stoomcursus, ook al ontbrak er hier en daar een stuk. Hij vroeg haar naar schrijvers die hij had gelezen voordat hij van huis was weggegaan, en naar regisseurs van wie hij films had gezien. Wat ze niet wist, verzon ze, of ze deed net alsof ze het wel wist. Het was belangrijk dat ze niet aarzelde. Als zij zijn gids moest zijn – Vergilius voor zijn Dante – kon zij niet onderuitgaan.

's Maandags begon hij naar haar leven te vragen. Hij kon wel merken dat ze niet in deze buurt was opgegroeid. Het was duidelijk dat ze onder haar niveau werkte, hoeveel ze ook van haar baan hield en hoeveel ze daar ook van haar hielden. Hij wilde niet onbeleefd zijn, maar hij vroeg zich af waarom ze zo ongelukkig was. Hij vertrouwde haar vanwege haar ongelukkige uitstraling. Maar het speet hem dat zo'n aardig meisje als zij het slachtoffer was van zoveel ellende. Ze vroeg zich af hoeveel ze hem kon vertellen, en eindigde met de halve waarheid. Dat was het beste wat ze kon doen. 'Weet je, er valt niet zoveel te vertellen. Ik denk dat sommige mensen in de buurt van Nantes Street er wel iets van weten, en ik praat er eigenlijk niet veel over. Om eerlijk te zijn, ben ik hier komen wonen zodat ik er niet over hoefde te praten. Net zoiets als jij, eigenlijk.'

Hij deed zijn ogen dicht. 'Rouw is iets verschrikkelijks. Dat begrijp ik wel.'

Had hij gesprekken opgevangen, of raadde hij maar wat? Het deed er niet toe. 'Ja, inderdaad. Dat is het ook. Mijn familie is een paar jaar geleden omgekomen bij – bij een verschrikkelijk ongeluk.' Ze dacht aan Claude, en aan Ben, en aan de wraak van degenen die hij had bedonderd. 'Het was een van die dingen die gebeuren, maar je denkt dat het jou nooit zal overkomen.'

'Ja. Ja.' Hij dacht hier nog even over na. 'Heb je wel eens iets van

258

D.H. Lawrence gelezen? Mijn moeder las me altijd voor uit Lawrence toen ik twaalf was, of misschien iets ouder. De gedichten, voornamelijk. Ik was er dol op. Wat ik zo fijn vond, was dat zij zoveel van poëzie hield. Ik begreep het niet allemaal. Dat kon ik niet, eerlijk gezegd. Het was voor het eerst dat ik mijn moeder zag als een vrouw, niet alleen maar als moeder. We woonden in Ealing. Ik zie nog haar gezicht voor me als ze me voorlas, en de ronde erker achter haar. Er stond een grote eik in de tuin en in de zomer speelde het licht 's avonds door de takken op haar gezicht. Ik zie het zo voor me.'

'Wat las ze je voor?'

Zijn gezicht straalde nu. Zijn herinnering, weggestopt en zinloos geworden, kwam weer langzaam boven. 'Over de gentianen. "Beierse gentianen." Ken je dat gedicht?' Hij begon te declameren: '"Niet iedereen heeft gentianen in zijn huis, in de zachte septembermaand, op de trage, trieste naamdag van Sint-Michiel."' Hij citeerde nog een paar regels.

'Wat betekent het?'

'De onderwereld. Persephone. De oude legenden. Mensen kunnen verstrikt raken in duisternis. Ze vullen hun huizen met gentianen, donkere bloemen, en kunnen nooit ontsnappen. Dat bedoelde Lawrence ermee.'

'Hoe weet je dat zo zeker?'

'Dat weet ik niet. Ik weet het niet zeker. Het betekent wat jij wilt dat het betekent, ja toch?'

'Nee. Nee, ik denk dat dingen betekenen wat ze betekenen.'

Hij keek haar ineens aan met een blik vol kracht, vol bitterheid en ervaring en vermaning. 'Ik denk dat jij in een huis met gentianen woont, Mia. Echt. Ik denk dat je verstrikt zit in het duister. Ik weet dat het voor mij zo is. Vastgelopen op de weg die ik heb gekozen. Maar het verschil is dat jij eraf kunt komen.' Uitgeput ging hij weer liggen. 'Als ik je elke dag zo zie, valt het meteen op.'

'O god. En ik dacht nog wel dat ik niet zo opviel. Dat ik incognito was.'

'Nee, zo bedoel ik het niet. Ik bedoel dat je eruitziet alsof je... vol woede zit, maar dat je het zelf niet weet. Je hebt een taak te verrichten. Er is iets wat je moet doen. Je denkt dat je hierheen bent gekomen om ergens aan te ontsnappen, maar dat is slechts voor een deel waar. Je bent hierheen gekomen om jezelf ergens op voor te bereiden. Ik weet niet zeker wat het is. Maar ik denk dat jij het wel weet. En ik denk dat je het moet doen, wat het ook is. Ik kan het niet. Voor mij is het te laat. Ik heb hiervoor gekozen, jij niet. Maar je hebt wel de keuze jezelf eruit te bevrijden.'

'Misschien wil ik niet vrij zijn.'

'O, jawel. Dat wil je wel. Jouw verhaal is nog maar net begonnen.' Hij beefde. 'Mag ik nu de rest van die whisky, alsjeblieft?'

's Avonds braadde ze een kippenborst voor hem die ze opdiende met gekookte aardappelen. Zijn eetlust ging vooruit, en zijn temperatuur was bijna normaal. Ze belde Armitage en liet als boodschap achter dat het allemaal goed ging, en dat ze hem graag woensdag zouden ontvangen. Ze keek wat televisie met Tommy, maar zette hem uit toen Miles op het scherm verscheen met een betoog in College Green over de oppositie en hoe stom die handelde. Ze ging naar bed, en liet Tommy tevreden snurkend achter. Ze liep terug en voelde aan zijn voorhoofd. De koortsige warmte was geweken. Was hij genezen? Natuurlijk niet. Maar ze had hem wel een beetje beter gemaakt.

's Ochtends werd ze vroeg wakker, trok een T-shirt aan en ging douchen. Ze was de woonkamer nog niet binnen, of ze wist dat hij weg was. De hoop beddengoed, netjes opgevouwen op de grond naast de bank, vertelde zijn eigen verhaal. Had hij de honderd pond meegenomen die op de schoorsteenmantel lag? Nee, alleen twee flessen whisky en een goede Duitse wijn, die ze bij het avondeten had willen drinken. Naast de potjes met pillen – nu zou hij ze niet opmaken, de sufferd – lag een briefje, in ouderwets schuinschrift. Alleen aan de paar doorhalingen was te zien dat hij het met trillende hand had geschreven:

Lieve Mia,

Bedankt voor je goede zorgen. Ik voel me veel beter na mijn verblijf bij jou. Ik weet niet hoe ik je moet bedanken voor je gastvrijheid en je vriendelijkheid. Je bent echt een goed mens, en ik geloof dat ik niet overdrijf als ik zeg dat ik mijn leven aan je heb te danken.

Ik denk dat het tijd is dat ik weer verderga. Ik weet niet hoe lang ik nog heb – iets langer dan ik dacht, in elk geval, dankzij jouw verzorging. Dus ik ga een poosje ergens anders heen om te zien wat daar te doen is. Vijf jaar is een hele tijd om ergens te blijven. Wie weet waar ik uiteindelijk terechtkom?

Vergeet niet wat ik heb gezegd. Jij moet ook verdergaan. Het mo-
ment laat niet lang meer op zich wachten. Wees niet bang. Je zult het
best redden.
    Met vriendelijke groet,
    Thomas
    P.S. Ik heb je sportschoenen meegepikt. Sorry.

Klootzak. Klootzak, klootzak. Ze kon niet geloven dat die dronkelap haar
sportschoenen had meegenomen. Ze had nog liever gehad dat hij het
geld had gepikt. Nou moest ze nog een keer naar Aldgate. Ze zou aan
Armitage moeten uitleggen dat zijn patiënt ervandoor was gegaan. Hij
zou even tussen zijn tanden fluiten, om te kennen te geven dat zijn toe-
geeflijkheid slecht was beloond. Met de bedoeling dat zij het gevoel
kreeg dat Tommy's vlucht en naderende dood een direct gevolg waren
van haar foutieve beoordeling. Sylvia had gelijk: laat je nooit meeslepen
door sentiment. De klootzak.

Die avond ontmoette ze Rob in een bar aan Brick Lane. Hij zat op haar te
wachten terwijl hij een oud nummer van de *Standard* las. In zijn leren
jasje en met zijn honkbalschoenen, zijn warrige haren en verwachtings-
volle ogen gaf hij haar direct het idee dat niet alles gegaan was zoals het
de afgelopen vijf dagen was gegaan. Ze boog zich naar hem toe en kuste
hem op zijn wang.
    'Christus,' zei hij, en hij vouwde zijn krant op. 'Waar was dat voor?'
    'Zomaar. Ik ben blij je te zien.'
    'Ik ook om jou te zien. Je ziet eruit alsof je heel wat hebt te vertellen.
Wacht, dan haal ik wat te drinken. En als ik terug ben, moet je me alles
vertellen.'
    En zo gebeurde het. Ze vertelde hem alles.

DEEL DRIE

I

Het wagenpark voor de showroom stond bomvol aanbiedingen. Doorzichtige strips van blauw plastic waren over de voorruiten van de auto's geplakt; op elk stond in witte letters uitgelegd waarom dit de beste koop was. Een zwarte Mercedes R werd aangeboden voor de 'ongelooflijke' prijs van 11.500 pond; het aantal gereden kilometers was 'laag, heel laag!' Een oudere stationcar, die er ruim 100.000 kilometer op had zitten, stond te koop voor de 'eenmalige aanbieding' van 7500 pond. Daarnaast stond een mooie amberkleurige Merc met open dak – het soort auto waarin Ben aan het eind van zijn leven had gereden – 'voor de spotprijs' van 30.000 pond. De winterzon werd weerkaatst op de gepolijste vlakken van de carrosserieën, en beloofde snelheid, power en waar voor je geld. Het wagenpark was de ware triomf van het dubbele denken: elke auto werd aangeprezen als de enige die de moeite waard was. Als gevolg daarvan waren alle andere auto's op de wereld nutteloos, minderwaardig, roestbakken die na een kilometer uit elkaar zouden vallen als je zo stom was om er een te kopen. En toch konden de twintig voertuigen die daar te koop stonden naast elkaar leven. Hun vrijemarkt-enthousiasme was zodanig dat ze, terwijl ze de wetten van de logica tartten, als het al niet de wetten van de economie waren, geen ruzie met elkaar kregen.

Ondanks de ernst van haar missie moest Mia een beetje lachen om het concept van Michael Ha Motoren. Het stond haar wel aan dat Micky Hazel bij het bedenken van een naam voor zijn bedrijf zijn formele doopnaam had gekozen met erachter, in een brutale opwelling, de eerste letter van zijn achternaam die hij fonetisch had gespeld. Hieruit sprak: ik ben een man die zich aan de regels houdt, een serieus man, geen beunhaas. Maar – en daar kwam die 'H' om de hoek kijken – ik hou ook wel van een geintje. Ik ben een gekke gast. Ik lach graag. Je moet toch lachen? Terwijl ze rondslenterde door het wagenpark en net deed alsof ze de auto's bekeek, vormde ze zich een beeld van Micky: halverwege de vijftig, een lange geelbruine jas, nieuwe autohandschoenen (een cadeautje van zijn dochter), zijden paisley das en een overhemd met witte boord. Een beetje jaren zeventig, maar geen prullen. Micky zou bier drinken met de jongens, maar straffe gin-tonics bij moeder de vrouw thuis. Kiezen met kronen en wijd uitstaand haar. Hij zou een sticker van West Ham in zijn auto hebben, maar wel een kleintje. Ja, een vent die je kon vertrouwen. Een man met connecties.

'Een plaatje, vind je niet?' Het was alsof de man naast haar uit het niets te voorschijn was gekomen. Ze had niet gemerkt dat hij was komen aanlopen. Maar nu stond hij naast haar, een stevige verkoper, met kort haar, in zijn donkerblauwe pak, instappers met kwastjes en helderwitte overhemd. Hij liet zijn vinger sensueel over de motorkap van de BMW met open dak gaan ('Bodemprijs'). Ze zag dat hij een gouden armband droeg met de naam 'Donna' op het plaatje gegraveerd. 'Ik weet niet hoe Micky het klaarspeelt. Ik heb er zelf zo een, maar ik heb er drieduizend meer voor betaald. En dat was nog een vriendenprijsje. Toen deze naar buiten werd gereden, zei ik tegen hem: "Micky, je maakt zeker een geintje. Dat is drieduizend minder dan ik voor zo'n wagen heb betaald van mijn eigen neef. Wil je me pijn doen? Wil je dat ik me een stommeling voel?" Nou, daarom zou hij alleen maar lachen. Zo is Micky. Hij is gesteld op zijn personeel, maar hij hóúdt van zijn klanten.'

'Juist. Nou –'

'Maak je geen zorgen, ik hou m'n mond al.' Hij hief zijn handen in een gebaar van overgave. 'Ik zie wel dat je denkt: christus, daar gaan we. Sta ik hier even rustig te kijken, komt er zo'n kerel die me de oren van het hoofd wil praten. Nou, ik doe dat niet, hoor. Ik haat die gladde verkooppraatjes. Mijn motto is: als ze de auto willen, kopen ze hem wel. Ik heb ervaren dat hoe meer je staat te bazelen, hoe minder de auto bevalt. Je kunt een hele hoop verpesten met gedram. Dus ik ben rechtdoorzee. Ik heet Dean, trouwens. Ben je op zoek naar een wagen met open dak? Ik heb binnen nog een betere 328 staan. Heeft nog geen dertigduizend gedraaid. Ongelooflijk. De laagste prijs!'

'Ik dacht dat dit al de laagste prijs was. Kijk, daar staat het.'

Dean liet zich niet uit het lood slaan door haar logica. Hij glimlachte. 'O, ja. Deze is meer dan een auto. Absoluut. Maar die auto binnen... dat is een manier van leven. Ik speel met de gedachte om hem voor mijn vrouw te kopen, eerlijk gezegd. Ze zou razend worden als ik dat deed. Tja, ze wil een nieuwe keuken. Maar ik denk zo: hoe vaak doet de kans zich voor dat je iets van waarde voorbij ziet komen? Dat is waar we op deze wereld allemaal naar op zoek zijn: iets van wáárde.'

Mia werd tot haar verbazing kalm van Deans monoloog. Hij zou eindeloos kunnen doorgaan, dat was wel duidelijk. Net zoals elke wagen bij Michael Ha eropuit was om je ervan te overtuigen dat dit je ware was in een wereld vol leugens en bedrog, zo was het Deans doel om je ervan te overtuigen dat alleen hij – alléén hij – je een auto zou verkopen zonder je af te zetten. Hij was een zakenman, zeker, maar hij hield van auto's, en hij hield van de klanten. Hij leefde om hun iets van wáárde te verschaffen. Dat was zijn spel. Net als dat van Micky.

Ze schraapte haar keel. 'Ik ben eigenlijk op zoek naar meneer Hazel. Ik heb een afspraak met hem.'

Dean was teleurgesteld en slaagde er niet in dat te verbloemen. Ze had het idee dat hij zelf graag de vrouwelijke cliënten voor zijn rekening nam. Hij had waarschijnlijk gedacht dat hij een redelijke kans maakte haar die dag nog een auto te verkopen. Hij had zich niet laten misleiden door haar studentikoze kleren. Dean had al vanaf twintig meter het trustfonds geroken. 'O. Juist. Nou, als u hier even wacht, juffrouw, dan ga ik even kijken of hij vrij is. Mag ik uw naam?'

'Ja. Mia Taylor.'

Ze wachtte bij de 'Spotprijs van het jaar' – als het dat was, en niet een listig lokmiddel voor de echte 'spotprijs van het jaar' die ergens in de showroom verscholen stond. Na vijf minuten kwam er een vrouw in blouse en rok die haar een hand gaf. 'Juffrouw Taylor? Goedemorgen. Ik ben Janine, persoonlijk assistente van meneer Hazel. Ik geloof dat we elkaar aan de lijn hebben gehad. Als u me wilt volgen, ga ik u voor naar het kantoor. Hij is nog aan het bellen met een van onze leveranciers. Het is een ongelooflijk drukke ochtend geweest. Heeft Dean dat verteld? We raken meer auto's kwijt dan we kunnen aanslepen. Meneer Hazel is bang dat we tegen het weekend geen auto meer over hebben. Ik heb gezegd dat hij ons dan allemaal maar een dagje vrijaf moet geven!'

Mia glimlachte en volgde Janine over de grijze plastic vloertegels langs de elektrische fontein in het midden van de showroom. Ze telde vier verkopers behalve Dean. Geen van hen leek ergens mee bezig te zijn, wat moeilijk te rijmen viel met Janines bewering over het record aantal verkopen. Maar ongetwijfeld had ze ook daarop wel een antwoord. Het was heel goed mogelijk om de Beste Ochtend van het Jaar te hebben zonder dat je, technisch gesproken, de Beste Ochtend van het Jaar had. Micky Hazel zou daarvoor wel zorgen: de wetten van de filosofie zouden onder zijn wil buigen.

Janine liet haar achter in een kleine wachtkamer bij het kantoor van haar werkgever en bood haar koffie aan, waarvoor Mia bedankte. Ze was nerveus en duizelig. Het was moeilijk om het opzichtige bedrijf van Michael Ha Motoren in verband te brengen met het doodssyndicaat dat Claude in zijn dronkenschap had beschreven. Het idee dat Dean en Janine maar een klein stukje af stonden van de man die een klein stukje af stond van de mannen die haar familie hadden vermoord, was bespottelijk. Ze voelde een impuls om weg te lopen. Rob had natuurlijk geprobeerd haar tegen te houden. In de bar had hij, nadat hij heel aandachtig en geduldig naar haar verhaal had geluisterd, gezegd dat Claude stapelgek was geworden, en dat hij na vier jaar ingehouden verdriet om Ben kennelijk was gaan geloven in een paranoïde samenzweringstheorie. Om de een of andere duistere reden hield Claude zichzelf aansprakelijk voor de tragedie en had zijn ongebreidelde fantasie hem ten slotte zover gebracht dat hij een nieuwe versie van de waarheid had verzonnen die strookte met zijn zelfhaat. Rob kon zich goed indenken dat Claude Ben tijdens een van hun nachtelijke uitstapjes had voorgesteld aan een stelletje onbetrouwbare klanten. Maar geloofde ze nu echt dat haar broer, met zijn scherpzinnigheid en zijn talenten, zich zou hebben ingelaten met mensen die hem en de rest van haar familie hadden omgebracht? Met een kalmte die Mia verbaasde, raadde Rob haar met klem af om naar Micky Hazel te gaan. Wat kon daar nu voor goeds van komen? Dacht ze echt dat het een goed plan was om op hoge poten naar een autodealer in East End te gaan en hem te vragen of hij betrokken was geweest bij een complot om vijf mensen te vermoorden? Een misdaad waarvoor een beruchte terroristische groepering al de verantwoordelijkheid had opgeëist? Toen hij het zo verwoordde, had ze zich een dwaas gevoeld en hem naar de bar gestuurd voor nog een drankje.

En toch kon ze de angst in Claudes ogen niet vergeten. Misschien was het inderdaad waanzinnig verdriet dat uitmondde in psychotische angst. Misschien niet. Ze had Claude nooit eerder zo bang gezien. Hij had jaren gewacht voor hij het haar had verteld. Hij had er alles aan gedaan om haar te vinden en haar deze afgrijselijke feiten te vertellen. Kon het zijn dat het niet meer was dan een waanidee, een van de meest ingewikkelde, meest destructieve van Claudes vele spelletjes? Helaas was er maar één manier om daarachter te komen.

'Juffrouw Taylor? Ik ben Micky Hazel.' Ze draaide zich met een ruk om en zag een uitgestoken hand, goedverzorgd maar zonder sieraden. 'Sorry dat ik u heb laten wachten. Janine zal u ongetwijfeld hebben verteld wat een drukte het vanochtend is geweest. Ik hoop dat u niet al te lang hebt hoeven wachten. Hebben ze u koffie aangeboden? Goed, goed. Komt u binnen.'

De man die haar meenam naar zijn kantoor was beslist meer Michael dan Ha. Veel meer. Hij was jonger dan ze had verwacht, niet ouder dan veertig, en zijn kostuum was minder poenig. Hij was lang en slank – een vaste bezoeker van de sportschool, dacht ze – met een scheiding in zijn haar. Hij droeg een leesbril en brogues. En zijn stem deed haar denken aan haar schooltijd. Geen achterbuurtaccent, niets van de West Ham autostickers. Micky Hazel klonk als een geschiedenisleraar op een middelbare school, of als een nieuwslezer. Ze voelde zich plotseling heel klein. Wat zou deze drukke, respectabele man, met zijn succesvolle bedrijf, wel denken van dit rare vrouwtje met haar gekke vragen? Hij zou om haar lachen, en vervolgens de politie bellen om zich ervan te overtuigen dat ze niet op zoek waren naar een ontsnapte krankzinnige. Ze had geen idee wat ze moest zeggen.

'Goed dat u bent gekomen. Ik zag u praten met Dean. Heeft hij u iets verkocht?'

'Bijna. Hij was aardig op dreef.'

Micky Hazel grinnikte. Geen kronen. 'Hij doet het goed. Of hij wordt goed als hij ophoudt met die uitverkoop en gewoon auto's gaat verkopen. De klanten krijgen genoeg van de onzinpraat in onze branche. In East End is ook zoveel veranderd. De mensen die hier tegenwoordig binnenlopen, kunnen net zo goed zakenlui of uitgevers zijn als vrije jongens met wat geld. Tien jaar geleden waren de kerels die hier Mercs en BMW's kochten zeer herkenbaar. Het was de grootste aankoop die ze ooit zouden doen – daaruit bleek dat het kerels waren om wie je niet heen kon, met wie je rekening moest houden. Tegenwoordig zijn de meeste van mijn klanten gewone mensen uit de middenklasse die een auto kopen waarmee ze zich op hun werk kunnen vertonen. Rijk verdringt arm. Deze stad is altijd hongerig, juffrouw Taylor. Hij zuigt geld op als een monster, en spuugt armoede uit waar hij kan. We gaan in ons bedrijf met de stroom mee.'

'Dat begrijp ik. Ik woon in Brick Lane. Daar is ook het een en ander veranderd sinds ik er ben komen wonen. Ik liep er onlangs een van mijn lievelingsauteurs tegen het lijf.'

'Zo zie je maar. Daarvan moeten Dean en de rest van mijn jongens zich bewust worden. Kunnen ze een auto verkopen aan een auteur? Dat is het zo'n beetje, in een notendop.' Hij verschoof op zijn zwartleren draaistoel. Achter zijn hoofd hing een aantal prijzen die hij in zijn branche had verdiend, en een ingelijste foto van de opening van een nieuw filiaal – in Leytonstone, dacht ze. 'Wel, wat kan ik voor u doen? Janine zei dat het een persoonlijke kwestie betreft, over een van uw familieleden. Klopt dat?'

Hij keek haar recht in de ogen. Weet hij wie ik ben? Of zal het net zo waanzinnig klinken als ik denk? 'Meneer Hazel. Allereerst bedankt voor het feit dat u me wilt ontvangen. Ik weet hoe druk u het hebt dus ik zal het kort houden. Ten tweede hoop ik dat u wat ik u ga vertellen niet persoonlijk zult opvatten. Ik probeer ergens achter te komen, ik weet niet precies wat het is, en ik ben bang dat ik elk spoor moet volgen. Ik praat met heel veel mensen, en helaas moet ik zeggen dat ik hiermee nogal wat tijd van anderen verspil. Maar ik heb geen keus.'

Haar leugen klonk weinig overtuigend. Hazel zou uit haar nervositeit opmaken dat hij de eerste was die ze bezocht. Als hij tenminste zo slim was als hij eruitzag.

'U maakt me nieuwsgierig. Zeg maar Micky, trouwens.'

'Meneer Hazel – Micky, bedoel ik. Ik geloof dat u mijn broer Benjamin hebt gekend. Ben Taylor.'

Het was eruit. Zijn gezicht liet geen enkele reactie zien. Hij tikte met een Mont Blanc pen tegen zijn lip. Hij bleef haar onderzoekend aankijken. 'Ben is vier jaar geleden omgekomen bij een brand. Misschien weet u het nog. De politie –'

'Mijn god, Ben! Ben jij Bens zusje?' Micky Hazel stak zijn arm uit over de tafel en pakte haar hand. 'O, wat spijt me dat. Vergeef me mijn stommiteit. Ik kon het niet geloven toen ik het in de krant las. Ik weet nog dat ik me afvroeg wanneer de begrafenis zou zijn, en toen stond er dat die in besloten kring zou plaatsvinden. Dus... Maar wat verschrikkelijk. Ik voel met je mee. Je hele familie te moeten verliezen...' Hij schudde zijn hoofd alsof hij het nieuws zojuist pas had gehoord. 'Wat fijn om je te ontmoeten. Het spijt me alleen dat dit de reden moet zijn.'

'Dus je hebt mijn broer gekend?'

'O, ja. Natuurlijk. Ik bedoel, niet zo goed. We kwamen in dezelfde clubs. Voor het merendeel in deze buurt. We hebben ook een of twee keer samen geluncht. Hij was uitstekend gezelschap. Heel bekwaam.'

'En je kent Claude ook?'

'Natuurlijk. Die twee waren altijd samen. Maar dat wist je. Heb je er bezwaar tegen als ik rook?' Ze schudde haar hoofd en hij stak een Marlboro Light op. Hij inhaleerde diep. Was hij nerveus? 'Ik geloof zelfs dat het Claude is geweest die me aan Ben heeft voorgesteld. Op een avond in een club waar ik af en toe naartoe ga, in Stepney. Ik ben bang dat we allebei nogal aangeschoten waren. We hadden vaak plezier, met kaarten, dat soort dingen. Ik vond het altijd leuk om hen tegen te komen.' Hij keek haar aan. 'En, hoe is het met Claude?'

Nee, meneer Hazel. Ik speel je spelletje niet mee. Dat soort dingen vertel ik pas als je het verdient. 'Claude? Goed, geloof ik. Ik zie mijn oude vrienden niet meer zo vaak. Toen het gebeurde – wilde ik het liefst breken met mijn oude leven, zoals je je zult kunnen voorstellen.'

'Ik kan er alleen maar naar raden hoe zwaar dat voor je moet zijn geweest.' Hij was haar al die tijd blijven aankijken. Het was zelfs alsof hij niet met zijn ogen had geknipperd. Zijn huid was bleek en ruw.

'Ja, het is zwaar geweest. Waar het om gaat, Micky, is dat ik iets probeer te achterhalen van een zaak van mijn broer waar ik nooit helemaal ben uitgekomen. Ik wist niet echt wist wat hij... deed, niet precies althans. Tot voor kort. En nu zijn er een paar dingen die ik, om persoonlijke redenen, wil weten. Voor mijn eigen gemoedsrust. Je begrijpt dat ik wil weten waarmee mijn broer zich vlak voor zijn dood bezighield.'

Micky drukte zijn sigaret uit en stak een nieuwe op. Hij belde Janine voor espresso's. Hij was onrustig. Was hij bang, of alleen maar verveeld? 'Juist, ja. En wat kan ik daarbij voor je doen?'

'Wat weet je van het werk dat mijn broer deed?'

'Niet veel. Hij had het er niet zo vaak over. Claude was altijd – als ik zo vrij mag zijn – de pocherige figuur. Altijd opscheppen over hoge pieten die hij als klant had, en over zijn gigantische winst. Eerlijk gezegd, kon dat wel eens vervelend zijn. Maar Ben vertelde niet zoveel over wat hij voor de kost deed. Financiële dienstverlening was het, geloof ik. Hij had het met mij altijd over auto's en wijn en sport. Dat soort dingen. Niet over zaken.'

'Ja. Het was financiële dienstverlening. Dat wist ik. Wat ik tot voor kort niet wist, was de aard van die dienstverlening. Enkele van de financiële producten die Ben aanbood, waren niet bepaald dingen die je bij de Halifax kunt kopen.'

Zijn ogen waren nu smalle spleetjes, vol wantrouwen. Verbeeldde ze het zich of was er ineens iets van het plaatselijke accent te horen, was daar de H die zich van Michael wilde losmaken? 'Ik kan je niet volgen.'

'Ik heb gehoord dat een paar mensen die Ben hier in de buurt ontmoette – je weet wel, in de club waar jullie kwamen – hem gebruikten voor hun geldzaken. Dat hij die moest witwassen. Ik heb gehoord dat Ben daar nogal goed in was. Handig met computers, als je begrijpt wat ik bedoel.' Ze hoorde dat haar stem trilde: hij zou merken hoe bang ze was. 'Dat heb ik tenminste gehoord. Ik vroeg me af of jij me verder kon helpen. Of je misschien iets weet, of iemand met wie ik zou kunnen praten.'

Micky Hazel stond op. Ze vroeg zich af of dit de inleiding was voor een boze reactie: het was mogelijk dat hij beledigd was door haar insinuatie. Wie was zij per slot van rekening om een eerlijke zakenman zo'n vraag te stellen? Deed het haar broeders nagedachtenis eer aan om aan zulke fantasieën toe te geven? Maar nee. Hij liep naar het raam, keek tussen de lamellen en overzag zijn kleine koninkrijk. Zijn gezicht drukte geen woede uit, maar diep gepeins. Hij dacht erover na wat hij precies tegen haar moest zeggen, hoe hij zijn woorden moest kiezen. Hij draaide zich weer om.

'Juffrouw Taylor. Mia – mag dat? Laat ik je een vraag stellen. Hoe lang woon je hier? Ik bedoel hier in de buurt, zoals je zelf net zei?'

'Niet zo lang. Drie jaar.'

'Precies. Niet zo lang.' Hij liep op haar toe, zijn gezicht nu uitdrukkingsloos. 'Je vindt het hier prettig. Misschien zelfs wel heel prettig. Die mensen zijn er, als je de prijzen van de huizen mag geloven. Maar je kent het hier niet.'

'Ik geloof het niet.'

'Nou, ik wel. Reken maar. Ik woon hier al mijn hele leven. Ik ben opgegroeid in Stepney. Mijn hele familie, alle mannen, hebben in de havens gewerkt, een of twee in een drukkerij, een paar als taxichauffeur. Mijn vader heeft zich zijn hele leven uit de naad gewerkt. Op zijn zesenvijftigste is hij bezweken aan een hartaanval. Ik had geluk. Ik kreeg toen ik zeven was een beurs voor de Hewlett School en heb flink wat diploma's gehaald. Als eerste van mijn familie. God, wat was mijn vader trots. Daarom praat ik zo: ze slaan je accent er daar min of meer uit, althans in die tijd. Je zult je ongetwijfeld hebben afgevraagd waarom ik zo spreek. Nou, dat is niet zo gek. Dat doen mensen. Waar het om gaat, is dat schijn kan bedriegen. Ik praat misschien net zoals je broer deed, en zoals Claude, maar ik hoor hier thuis. Ik had naar de universiteit kunnen gaan: ik had er de capaciteiten voor. Maar ik wilde een eigen zaak beginnen. Ik heb vorig jaar anderhalve ton verdiend, netto. Dit jaar wordt het nog meer. Ik ben een winnaar. Deels omdat ik met de stroom meega. Ik stem me af op het zakenleven. Daaraan twijfel ik niet.'

Weg jij, meisje, zei hij nu. Scheer je weg. Ik wil je vragen niet horen. We zullen ze niet beantwoorden. Wij beantwoorden dat soort vragen niet. En we worden heel kwaad als je ermee doorgaat.

'Je hebt natuurlijk gelijk. Ik vroeg me alleen af of je me kunt helpen. Meer niet.'

Micky was weer op zijn stoel gaan zitten en stak nog eens op. Hij belde weer naar Janine, geïrriteerd omdat de koffie er nog niet was. 'Ik kan je wel helpen, en dat zal ik ook doen. Alleen heb ik geen idee waarmee je broer bezig was. Hij leek me altijd recht door zee. Maar je weet het natuurlijk nooit. Het is mogelijk dat hij een beetje zat te rommelen. Niet waarschijnlijk, wel mogelijk. De vraag is, wat denk je ermee te bereiken? Laten we zeggen – het is maar een hypothese – dat hij iets in de zin had wat niet deugde. En stel dat –'

'Alleen maar een hypothese?' Ze keek net zo koel naar hem als hij naar haar.

'Ja. Een hypothese. Stel dat hij als gevolg daarvan in de problemen is geraakt. Hij is nu vier jaar dood. Het spijt me dat ik het op deze manier zeg, en ik hoop dat je er niet boos om wordt, maar voor wie zou het nu nog een donder uitmaken? Denk je dat mensen je de waarheid zullen vertellen? Laat ik het zo zeggen. Ook al is het waar, dan nog zal niemand je dat vertellen. Je verspilt je tijd. En eerlijk gezegd, ook die van mij.' Dit was de reactie die ze had verwacht. 'Heb je daar wat aan?'

Ze stond op. 'Ja. Ja, daar heb ik wel wat aan. Bedankt dat je zo openhartig bent geweest, Micky. Ik geloof dat je me een vruchteloze onderneming bespaart. Het is niet makkelijk voor me. Maar je hebt... een en ander in een bepaald perspectief plaatst.' Gelul, dacht ze. Daar gelooft hij geen bal van. Ik wou dat ik achter de naam kon komen van degene die hij gaat bellen zodra ik zijn kantoor uit ben. Die zou ik moeten weten.

'Sorry dat ik zo bot was. Maar ik geloof dat ik je dat wel verschuldigd was. Het was leuk je te ontmoeten.' Hij stak zijn hand uit. Ze merkte dat hij wat klam was: een klein beetje maar. 'Ik mocht je broer graag. Ik hoop dat je ons nog eens komt opzoeken. Voor een auto – misschien dat Dean je de volgende keer kan overhalen.'

'Wie weet. Bedankt voor je tijd, Micky.' Ze glimlachte. 'Ik kom er wel uit.' Toen ze wegliep, liep ze bijna Janine omver die eindelijk de espresso's kwam brengen.

Het kostte haar meer dan een uur om met de bus thuis te komen, en de helft van die tijd zat ze vast in het verkeer als gevolg van een omleiding bij Old Street. Het lampje van het antwoordapparaat knipperde. Het was Claude. Hij klonk verdrietig en smeekte haar hem te bellen zodra ze thuis was. Christus, had Micky Hazel hem nu al te pakken? Had die hem het vuur na aan de schenen gelegd? Ze stelde zich Claude voor, de laatste paar dagen waarschijnlijk niet helemaal zichzelf, gedwee op een stoel tijdens een vergadering bij Z Robinson waaruit hij was geroepen door de secretaresse voor een telefoontje dat volgens haar niet kon wachten. Zijn gezicht, al asgrauw, zou zijn kleur helemaal verliezen terwijl hij luisterde naar de gefluisterde woorden aan de andere kant van de lijn. Nee, dat was te gek. Dat had onmogelijk kunnen gebeuren in de tijd die het haar had gekost om van het winkelcentrum van Stratford naar Brick Lane te komen. Of wel? Om daarachter te komen, zou ze Claude moeten bellen. En dat wilde ze niet.

De volgende morgen liep ze naar haar werk en vertelde aan Rob wat er was gebeurd. Het was haar vrije dag geweest en hij had geraden wat ze ging doen. Ze had verwacht dat hij haar de les zou lezen, zou zeggen dat ze met vuur speelde, maar hij vroeg haar alleen wat ze nu ging doen. Ze had zich voorbereid op haar verdediging, haar rechtvaardiging van de taak die ze zich had opgelegd, en wat ze eventueel in gang had gezet. Maar op deze vraag had ze geen antwoord. Wat ging ze nu verder doen? Micky Hazel had geen enkel aanknopingspunt opgeleverd.

Hij had haar niets verteld, haar alleen gewaarschuwd dat haar vragen gevaarlijk waren, ongeacht de waarheid over Ben. Ze stelde vragen die niet mochten worden gesteld, nooit. Ze kwam in opstand tegen de onwetendheid van de buitenstaander, waarbij ze de regels van de groep overtrad zonder het te weten. Ze herinnerde zich wat Claude had gezegd: je kreeg in die wereld geen tweede kans, alleen maar een afstraffing. Misschien had Micky Hazel haar werkelijk willen helpen. Ze was al een keer aan de dood ontsnapt, op een haar na. Waarom zou ze het lot een tweede keer tarten?

Rob had ook andere dingen aan zijn hoofd. Die avond trad zijn band op in een tent in Londen Fields, de Four Bells. Het was een krot, met een moeilijk publiek, zonder podium. Maar het was wel een optreden. Hij had Mia uitgenodigd, met enige aarzeling, en Ringo, met nog meer aarzeling. Hij wilde zich niet belachelijk maken tegenover haar, en nu hij Ringo een paar keer had ontmoet, wist hij dat hij met een expert te maken had. Ze wilde met hem praten over de kans dat ze zou worden neergeschoten door een stel criminelen uit East End, of een paardenhoofd zou aantreffen aan het voeteneind van haar bed. Hij probeerde zich te concentreren, maar ze merkte dat hij zich meer zorgen maakte over zijn versterker, die het liet afweten. Wat zijn mannen toch vreemde wezens, dacht ze. Hij maakt zich drukker over het feit dat hij geen indruk op me maakt dan over de mogelijkheid dat ik het slachtoffer word van een schietpartij. Je kon niets beginnen met een vrouw die vol kogels zat. Ze overwoog even hem dit voor te houden, maar besloot ervan af te zien en naar Ringo te gaan om voor die avond af te spreken.

Ringo was bezig een stapel maxi-singles, meest import, van de ene kant van de zaak naar de andere te sjouwen. Hij keek op toen ze binnenkwam en, tot haar verbazing, glimlachte hij nauwelijks. Was Aasim weer geweest?

'Hallo,' zei ze. 'Hoe is het met onze platenbaas?'

'Gaat wel,' zei hij, terwijl hij een voorraadformulier pakte en dat met een blauwe pen begon in te vullen.

'Gaat wel?' Dit was ongewoon. 'Christus, het wordt lachen vanavond, hoor. Die arme Rob is zo gespannen als een veer. Hij blijft maar over zijn versterker zeuren. En hij is doodsbenauwd omdat hij weet dat jij weet waarover je het hebt. Persoonlijk –'

'Chels.'Hij zette een doos op de toonbank. 'Chels, meid. Waar ben je mee bezig?'

Zijn toon was ernstiger dan ooit. 'Wat bedoel je?'

'Ik bedoel, waar ben je mee bezig?'

'Ik ben nergens mee bezig. Waar heb je het over?'

'Mijn neef uit Brick Lane belde me vanochtend. Die hoort nogal eens wat. Hij praat met heel wat mensen. Hij heeft gehoord dat je gisteren Micky Hazel hebt lastiggevallen.'

Shit. Dat was niet best. Ze voelde haar knieën knikken. 'Ik heb niemand lastiggevallen. En als je het wilt weten, Micky Hazel heeft jaren geleden zaken gedaan met mijn broer, en daarover wil ik iets weten. Hij zei dat hij van niets wist. Dat is alles. Einde verhaal.'

'Nee. Mis, Chels. Begin verhaal. Wat je ook tegen die man hebt gezegd, er is over gepraat. Er zijn mensen die vragen stellen over jou, over de zaak, alles. Zelfs Aasim en zijn bende hadden er al over gehoord, weet je dat? Wat heb je tegen die vent gezegd?'

Ze leunde tegen een van de platenrekken waarop 'Vroege techno' stond. Ze voelde zich slap van de angst en ze wist zich totaal geen raad. 'Niet veel. Eerlijk. Ik – iemand vertelde me dat Ben, mijn broer, te ver was gegaan met een stel kerels die Micky Hazel kende. Ik denk dat hij in de problemen heeft gezeten. Dat is alles. Ik moest Hazel spreken. Ik moest het hem vragen.'

'Dus ging je zomaar naar hem toe, en vroeg je hem dat, klopt dat?'

'Ja. En de waarheid is dat ik van een kouwe kermis ben thuisgekomen. Hij was niet zo in zijn sas met mijn vragen. Hij zei dat ik stom was dat ik die stelde.'

Ringo greep haar bij de armen. 'Hij heeft gelijk. Hou je erbuiten, Chels. Die jongens laten niet met zich sollen. Ze vinden het maar niks als een of ander grietje met een aardappel in de keel hun het hemd van het lijf vraagt. Als je een kerel was, lag je nu waarschijnlijk op de afdeling Spoedopname, met je tanden in een mandje, misschien erger. Waarmee je ook bezig bent, laat het rusten. Laat het rusten, Chels.'

Ze wurmde zich los. Er stonden tranen in haar ogen. 'Hoe moet ik dat doen? Hij is dood, begrijp je dat? Mijn broer. Ben. Ze zijn allemaal dood. Mijn hele familie. Het enige wat ik nog heb, is de kans om erachter te komen wie het heeft gedaan. Meer heb ik niet. Stel je eens voor dat het om Sanjay ging, of je moeder. Hoe zou je je dan voelen? Wat zou je dan doen?'

Hij bedaarde een beetje. 'Ik weet het, meid. Ik begrijp het. Ik heb altijd geweten hoe moeilijk het voor je is. Niet de details. Maar het is duidelijk, weet je. Iedereen hier die van je houdt, weet het. Sylvia – god, die huilt als ze het erover heeft. Maar luister. Je moet luisteren, Chels. Dit is geen spelletje. Dit zijn geen lefgozertjes, meid. Dit zijn hufters die nergens voor terugdeinzen. En ze zijn aan het rondsnuffelen. Ze stellen vragen. Hou ermee op, Chels. Als je het nu laat rusten, doen zij dat ook. Zo werkt dat.'

Ze veegde haar neus af. Hij had natuurlijk gelijk. Het was stom geweest om om problemen te vragen, voor haarzelf, en mogelijk ook voor anderen om wie ze gaf. Als ze zich nu gedeisd hield, zou ze er nog mee kunnen wegkomen. Meer kon ze er niet van verwachten. 'Oké, Ringo. Oké, ik laat het verder zitten. Bedankt voor de waarschuwing.'

Hij grijnsde breed nu zijn bezorgdheid afnam, en omhelsde haar. 'Dat is mijn taak. Ik hou alles voor je in de gaten, oké?'

Ze lachte terug. 'Oké. Je bent in elk geval goed op de hoogte van wat er gebeurt. Waarom kunnen we niet een paar van die types op Aasim afsturen? Dan zou die grijns wel van zijn gezicht verdwijnen.'

'Ja, reken maar.'

'Luister, ik kwam alleen even zeggen dat het optreden vanavond om acht uur begint. Ik zie je daar. Goed?' Hij knikte en glimlachte weer, en zij vertrok.

De Four Bells was een café met zaagsel op de grond, zonder een groot scherm waarmee ze de kleine klantenkring zouden kunnen uitbreiden. De eigenaar, Dave, was een Elvis-fan die dol was op rock-'n-roll. Hij hield ook van geweld, zolang hij daar persoonlijk maar niet bij betrokken raakte en zijn zaak er geen schade van ondervond. Hij betaalde een schijntje om buurtbandjes de kans te geven op te treden en bood zijn klanten de vrijheid om ze uit te fluiten als het nergens op leek. Mia was één keer eerder naar een optreden geweest, en dat was een vergissing gebleken. Ze had nog net de laatste vijf minuten meegemaakt van een westernband genaamd Phil's Billy's voordat ze werden uitgejouwd. Ringo had haar verteld dat de optredens altijd rottigheid tot gevolg hadden, en dat daar het publiek op afkwam. Er zou geen talentenjager van een platenmaatschappij aan de bar zitten die na het laatste nummer door het publiek naar voren drong om Thieves in the Night een contract voor drie cd's aan te bieden. Er zou een stel herrieschoppers aanwezig zijn, volgestouwd met bier, die uit waren op een knokpartij. De enige lichtpunten die Rob kon verwachten, waren de zwaailichten op het dak van politieauto's.

Toen ze aankwam, zat Ringo aan een tafeltje op haar te wachten met een glas cider. Hij zat chips te eten en in zijn mobiele telefoon te praten. Hij wenkte haar, maar ze ging eerst naar Rob die bij de fruitautomaat aan zijn gitaar stond te prutsen. 'Hoi,' zei ze. 'Dus dit is jouw band?'

Hij stond gebogen over de niet functionerende versterker, keek op en bloosde. 'O, hoi. Fijn dat je er bent. Ja, dit is de band. Dat daar is Steve, de drummer. Heavy, onze toetsenman. En Malc op de bas.'

'En Rob, zang en gitaar. Ja?'

'Ja. Ik geloof het wel.' Hij boog zich weer naar voren. 'Als ik die kloteversterker tenminste aan de praat kan krijgen.' Hij raakte een snaar aan. Er kwam een onaangenaam gesis uit de speaker. Dit was vast niet zijn bedoeling.

De bandleden hadden iets teruggemompeld toen hij hen aan haar voorstelde. Ze probeerden uit alle macht om er *cool* en ontspannen uit te zien, maar dat lukte niet erg. De grijze Steve, verreweg de oudste, stond vreselijk te zweten in zijn denim overhemd, en probeerde de snoeren in zijn drumcomputer aan te sluiten. Heavy, klein en kaal, hing hij in zijn T-shirt waarop LONDON CALLING stond achter een aantal toetsenborden die hem zouden verpletteren als ze omvielen. Malc, de basgitarist, zag er iets beter uit: hij droeg een wijd zwart T-shirt en een strakke grijze spijkerbroek, hij was bruin en zijn haar stond in pieken overeind. Hij was de enige die meer weg had van een rock-'n-roller dan van een nerveuze oudere student. Het beeld van christenen en leeuwen kwam even in haar op. Er werd veelvuldig heen en weer gelopen en veel gemopperd. Ze hoorde het woord 'fuck' in verschillende toonaarden voorbij komen; het had iets van een vloek in morsecode. Het was niet duidelijk of een van hen, ook Rob niet, zich de leider van de band voelde, of die benaming verdiende. Ze leken er nog niet klaar voor. Arme Rob. Ze wilde hem niet in verlegenheid brengen.

Ze ging bij Ringo zitten, die klaar was met bellen. Met plezier keek hij toe hoe ze het glas cider in een keer leeg dronk. 'Zo, dat had ik even nodig. En nu wil ik er nog een. Jij hetzelfde?'

'Nog niet. Laat mij het maar halen.' Hij kwam snel terug met haar tweede glas.

'Hij maakt zich echt zorgen.' Ze wees naar Rob die nu gehurkt voor zijn piepende, nauwelijks functionerende versterker zat. 'Denk je dat hij het kan?'

''k Weet niet,' zei Ringo, die probeerde zijn lachen in te houden. 'Ik weet niet zoveel van die gitaarrock af. Ik ben een dj, weet je wel.'

'Ach, donder op. Luister, meneer Chemical Brothers. Geef hem een kans.'

'Dat doe ik toch? Wat doe ik hier anders?'

'Ja, oké. Maar ik weet niet zeker of we er goed aan doen.' Ze vertelde Ringo het verhaal van Robs moeder die hem was komen redden van een gevaarlijk optreden. Dat stemde Ringo nog vrolijker. Hij sloeg van plezier op de tafel. Ze bleven zitten terwijl Rob, Heavy en de anderen als een stel zombies doorgingen met hun voorbereidingen.

Het werd nu wat drukker in het café. Er was een man of twintig vaste bezoekers binnen, allemaal mannen, en een aantal van hen droeg een voetbalshirt onder een dik winterjack. Ze stonden aan de bar commentaar te leveren op de soundcheck van de muzikanten die zich geen raad wisten met hun figuur. Maar er waren ook nog zo'n dertig tot veertig bezoekers die minder goed in vakjes waren onder te verdelen: tienerstelletjes, een groep zwarte jongeren, een paar meisjes met piercings die Bacardi Breezers dronken, en een paar ouderen die, hoopte Mia, vooral voor de muziek kwamen en niet op rottigheid uit waren. Een van de vaste bezoekers, een dikke kerel met een zonnebril en een opzichtige gouden oorring, trok de aandacht met luidruchtige verhalen. Ze hoorde hem zeggen 'alsof ze doodging of zo!', wat genoeg was om het groepje toehoorders een lachstuip te bezorgen. De zwarte jongeren speelden op de fruitmachine die luidruchtig piepte en melodietjes liet horen. Ze sloegen geen acht op de band die een paar meter van hen af klaarstond om op te treden. Het was halfnegen.

Rob gooide zijn gitaar over zijn schouder en liep op de microfoon toe. Hij zag er goed uit in een effen wit overhemd, spijkerbroek en laarzen, maar ze zag dat hij stijf stond van de zenuwen. 'Goedenavond,' zei hij, met meer schroom dan je van een rockzanger mocht verwachten.

'Wij zijn Thieves in the Night, en dit is het nummer "Candid".' Ze begonnen met een van hun eigen nummers, wat volgens Ringo gewaagd was. Als de toehoorders het niet kenden, zouden ze hun belangstelling wel eens kunnen verliezen. Dit bleek ook uit de reacties, of liever het gebrek eraan. De muziek was snel en dreigend, en de bandleden deden hun best, ondanks hun armzalige geluidsapparatuur. Rob speelde zijn drie akkoorden en zong met zijn ogen dicht de woorden die hij zelf had geschreven. Heavy's kleine vingers vlogen met verrassende behendigheid over de toetsen, terwijl hij met een verzaligde blik voor zich uit staarde. Ze waren godzijdank niet helemaal waardeloos. Maar de drinkebroers in de Four Bells waren niet onder de indruk. Een paar mensen die in een gesprek waren verdiept, draaiden zich om en keken kwaad naar het lawaai dat hen stoorde. Een paar anderen vertrokken onmiddellijk. Ze verwaardigden zich zelfs niet hun misprijzen kenbaar te maken.

Het nummer eindigde zonder applaus, en Thieves in the night speelden weer een eigen nummer, en daarna nog een. De cafébezoekers reageerden nog steeds alsof Rob en zijn groep er niet waren. Zweetdruppels rolden van Robs voorhoofd. Mia kromp ineen bij de rijmwoorden van een nummer dat 'Learn nothing' heette, en dat kritiek leverde op het schoolsysteem waarin 'mensen met macht' aan de kaak werden gesteld voor het feit dat zij anderen tot 'stampwerk' dwongen, en daarna, als haar oren haar niet bedrogen, 'in de gracht' belandden, of was het 'in de nacht?' Ze wist niet zeker of ze het wel wilde horen. Rob zou haar later beslist vragen wat ze ervan vond, en hij zou willen dat ze eerlijk was. Daarmee wist ze niet goed raad.

Ze dronk haar derde glas leeg en draaide zich om naar Ringo. Tot haar verbazing zat hij in diepe concentratie, met zijn hand in zijn kin, op het ritme mee te tikken. 'Eerlijk zeggen,' zei ze. 'Hoe slecht is het?'

'Ze zijn erg slordig,' zei hij. 'Ze hebben niet genoeg gerepeteerd. Maar het heeft wel wat. Rob doet het goed en die toetsenist is echt geweldig. Ze geloven er alleen zelf nog niet in. Ze moeten contact maken met het publiek, ze moeten een cover brengen die iedereen kent. Ze gaan af als ze niet gauw een reactie losmaken.' Hij wees op het inmiddels sterk afgenomen publiek, van wie sommigen hun eigen voetballiederen begonnen te zingen.

Alsof Rob zijn gedachten had gelezen, stapte hij op de microfoon af en zei: 'Kennen jullie deze nog?'

Iemand in het publiek riep keihard: 'Jullie maken klote muziek, man.'

Rob tuurde over de hoofden heen en zei: 'O, hallo, mam. Ik dacht al dat ik je zag.' Een golf van verrast applaus trok door het weinige publiek. Toen viel Heavy aan op zijn toetsen, met de eerste, onmiskenbare klanken van 'Oliver's Army'.

Rob was geen Elvis Costello, en de Thieves in the Night waren niet de Attractions. Maar hij kende de tekst, en ze kenden de melodie. '"Don't start me talking,"' zong hij met een aangenaam temerige neusklank. '"I could talk all night, My mind goes sleepwalking, While I'm putting the world to right." De meisjes met de Bacardi Breezers schreeuwden de tekst mee, alsof de waardeloze band was vervangen door een karaokeapparaat met gouwe-ouwemuziek. Ze renden naar voren en begonnen als waanzinnigen te dansen en op en neer te springen. Ze stelden zich aan, ze gilden van het lachen, maar daar ging het niet om. De zwarte jongeren vonden het leuk, en gingen meedoen. Ook een paar tieners sloten zich aan. '"If you're out of luck or out of work",' zong Rob, '"We could send you to Johannesburg."'

Aan het eind van het nummer klapte het publiek en de meisjes schreeuwden om meer. Rob had de boodschap begrepen. Hij draaide zich om en zei iets tegen de band die onmiddellijk 'Gene Genie' inzette. Het pulserende gedreun van de eerste paar maten werd meteen herkend, zelfs door degenen die de titel van het nummer niet kenden en waarschijnlijk nog nooit van Bowie hadden gehoord, en het lokte meer mensen naar de dansvloer, zelfs een paar verwoede barklevers. Mia zag Dave bier tappen in een gevlekt Fred Perry shirt dat hem een maatje te klein was. Hij leek onder de indruk. De jongens en meisjes sprongen op en neer en gaven volop rondjes om de gang erin te houden. Dave keek graag naar een mooie knokpartij, maar dit beviel hem nog beter.

Rob had nu de smaak te pakken. Hij schreeuwde naar Steve, de drummer, dat ze moesten doorspelen aan het eind van het nummer, en ze gingen meteen over op 'Lust for life'. Slimme jongen, dacht ze. Die lui hier weten niet wie Iggy Pop is, en het kan ze ook geen bal schelen, maar het nummer kennen ze zeker. Tegen de tijd dat Rob 'I'm just a modern guy' zong, waren er minstens veertig man, meest jongeren, aan het meebrullen en tegen elkaars schouders aan het pogoën. Ze dronk haar glas leeg, greep Ringo en trok hem mee de dansvloer op.

Thieves in the Night hadden de sfeer gepeild, het publiek aangevoeld en waren met de juiste reactie gekomen. Ze gingen door met 'The passenger'– ook van Iggy – en daarna 'Should I stay or should I go?', gevolgd door 'No more heroes', 'Town called malice' en 'She sells sanctuary'. Als ze hun eigen muziek niet konden spelen, dan maar de muziek die hen had geïnspireerd tot het schrijven ervan. En in de nieuwe wereld waarin de muziek van vroeger herleefde tijdens nostalgische feestjes, tv-spots en films, herkende de menigte die nummers, zij het in een heel andere context. Mia stond algauw mee te deinen, ze schudde met haar hoofd, genoot van de cider en van de vrijheid, en de kans om Micky Hazel en Claude en al die andere ellende te vergeten. Het was stikheet op de dansvloer, ze gooide haar jasje op haar stoel en bewoog met haar hele lichaam naast Ringo. Ze was niet echt goed in dansen, nooit geweest, maar ze danste in elk geval.

Daarna hield de band op. Rob draaide zich om naar Steve, zei iets tegen hem, waarop hij en Heavy knikten. Rob liep naar de microfoon en zei: 'Dank jullie wel. Het volgende nummer is voor een vriendin, voor Mia.' Ze herkende onmiddellijk 'She's lost control', een oud nummer van Joy Divison, een band waar ze dol op was, en dat wist hij. Deze keer was het ritme anders, dreigender, Spartaans. De elektrische gitaar haalde scheurend uit boven een primitieve, donkere baslijn. Als ze dit eerder op de avond hadden gedaan, zou de band uitgejouwd zijn. Maar het publiek at nu uit hun handen, verlangde naar muziek en reageerde heftig op de dreigende klanken die de zaal vulden. '"And she gave away the secrets of her past,"' zong Rob, '"And said, I've lost control again."' Ja, dit was inderdaad een nummer voor haar. Het was geen ballad. Het was veel intenser, een schreeuw van hem naar haar, alsof hij wilde zeggen dat hij het begreep, dat hij haar beter kende dan ze dacht, en beter dan hij haar tot nu toe had durven zeggen. Ze gaf zich over aan de dwingende klanken en danste vooraan in de menigte, maar een paar meter van hem vandaan, blij met de drank die ze op had, met het zweet op haar voorhoofd, de kans die haar werd gegeven. Ze wilde niet in zijn ogen kijken, maar ze wilde wel dat hij het wist. Ze zou dansen zolang hij speelde.

Het nummer was afgelopen. De menigte klapte enthousiast en de bandleden legden hun instrumenten neer en liepen weg, alsof het gefluit en geklap en geschreeuw ergens anders plaatsvonden. Hun handelingen waren instinctmatig. Ze hadden het podium bedwongen en nu was het tijd om te gaan, om het publiek te laten smachten naar meer, om hun een andere avond met nog meer dans in het vooruitzicht te stellen. Ze zag hoeveel moeite het Rob kostte om zijn opluchting niet te laten blijken, hoe graag hij weg wilde, weg van hier. Ze greep hem bij zijn mouw en zei: 'Kom naar mijn huis. Dan drinken we daar wat. Om het te vieren. Over een uur?' Hij glimlachte en knikte, en liep naar Steve en Malc die de apparatuur gingen afbreken.

De dansvloer raakte leeg. De muziek die Dave via de speakers liet horen, was niet inspirerend genoeg. Ringo gaf nog een rondje en was het met haar eens dat het een fantastische avond was geweest. Ze knikte als reactie op zijn opmerkingen over de band en hun stijl, hoe goed ze konden worden, hoeveel ze daaraan nog moesten doen, maar ze kon zich niet concentreren. Ze wilde weg, naar haar appartement. Ze liet Ringo praten en dronk haar glas zo snel mogelijk leeg. Hij vertelde haar over Sanjay en hoe het met hem ging. Toen zei ze dat ze moe was, kuste hem op de wang en liep naar buiten, de koude nacht in.

Ze keek op haar horloge en besefte dat ze een taxi moest nemen. Toen ze bij de kinderspeelplaats was, zoefde er een zwarte taxi langs haar heen. Ze schreeuwde naar hem. De chauffeur, die haar gil nog net had gehoord, kwam met piepende remmen tot stilstand. Hij moest lachen toen hij zag hoe wanhopig ze keek. 'Wat is er, liefje? Moet je bevallen? Stap maar in.' Hij reed weg, sloeg Hackney Road in en bracht haar in nog geen tien minuten thuis.

Ze knipte de lichten aan, negeerde de brieven op de deurmat en liep regelrecht naar de koelkast, waar een lekkere fles witte wijn wachtte. Ze schonk twee glazen in en merkte dat ze in de spiegel keek, met haar haar speelde, haar T-shirt glad streek. Het lampje van het antwoordapparaat knipperde – weer Claude? Iets ernstigers? – maar ze had geen zin om het af te luisteren. Niet nu, niet vanavond. Haar verwachtingen waren niet hooggespannen. Maar voor het eerst sinds een lange tijd voelde ze zich niet zo opgesloten. Ze zette een cd van Groove Armada op en ging zitten om wat te ontspannen. Ze verloor elk besef van tijd, en ze wist niet hoe lang ze zo had gezeten toen ze voetstappen op de trap hoorde.

Ze liep naar de deur en deed open voordat hij kon aanbellen. Rob keek haar ernstig aan, alsof hij slecht nieuws had. Hij zei niets, evenmin als zij. Hij zag de wijn, hoorde de muziek, en draaide zich naar haar toe. Ze keek ook naar hem, en wachtte. Hij kwam op haar toe, een heel klein stukje, maar genoeg, genoeg om haar duidelijk te maken wat ze wilde weten. En toen kuste hij haar, hard en wanhopig, alsof ze uit zijn armen zou wegvliegen zodra hij haar losliet, alsof hij haar nooit meer zou zien. Ze voelde hem tegen haar lichaam aan drukken en terwijl ze zijn kus beantwoordde en met haar handen zijn gezicht streelde, duwde ze hem iets van zich af. Ze wilde hem niet afschrikken, of alles meteen verpesten. Zijn vurigheid was al te heftig.

'Niet hier,' fluisterde ze. Ze pakte hem bij de hand en ging hem voor naar de slaapkamer, waar ze het licht aandeed. Hij was buiten adem en verward, overweldigd door emoties en verlangen. Na het tumult van de afgelopen veertien dagen voelde zij alleen ontspanning, ze was te vermoeid om iets anders te kunnen voelen. Dit was wat ze wilde, nog sterker dan ze intuïtief al had vermoed.

Hij wilde haar weer naar zich toe trekken, ze zag zijn ogen glanzen van wellust. Weer legde ze voorzichtig haar hand op zijn borst en ze keek hem recht aan. 'Nee, niet doen,' zei ze. 'Laat mij maar.' Ze trok haar T-shirt uit, haakte haar beha los en liet hem aan haar voeten vallen. Daarna nam ze hem in haar armen en hield hem zo een poosje vast. Ze voelde hoe hard hij tegen haar buik aan drukte, en het snelle bonzen van zijn hart. Hoe lang al had ze niet meer een man aangeraakt? Bijna vier jaar: niet meer sinds New York. Niet meer sinds het smerige intermezzo met die fabelachtig knappe tijdschriftredacteur in een toilet van een restaurant. Niet meer zoals nu.

Nu gaf Rob zich aan haar over. Ze deed een stapje naar achteren en legde zijn handen op haar borsten, en liet hem zien wat ze prettig vond en wat niet. Ze maakte zijn broek los en zag hoe die in een komisch hoopje op de grond viel. Ze schoten in de lach, alsof ze elkaar duidelijk wilden maken hoe nerveus ze waren. Ze keek weer naar hem. 'Ik wil dit,' zei ze. 'Echt. Ik wil jou.'

Ze vielen op het bed, en hij werd vuriger, trok aan haar broek, rukte haar slipje omlaag en begon haar nu heftiger te kussen. Ze snakte even naar adem, verbaasd over het lustgevoel dat terugkwam in een lichaam dat het bijna vergeten was. En toen was hij in haar, het ging te snel, maar het was te laat om dat nog te zeggen, ze probeerde hem af te remmen, haar de tijd te geven om te ontspannen. Haar mond drukte teleurstelling uit. Maar hij zag het niet, want nu fluisterde hij haar de ongerijmde mantra's van tomeloze passie in het oor, terwijl hij haar omklemd hield met een kracht die zowel zachtaardig als onverzettelijk was, en zijn gespannen lichaam torende boven haar uit. Ten slotte schreeuwde hij haar naam en legde hij zijn hoofd op haar schouder, terwijl zijn tranen op haar kussen vielen.

Het was koeler in de kamer dan ze had gedacht, en door het raam zag ze een helder, blauw half maantje boven een schoorsteen hangen. Ergens jankte een kat, laag en demonisch. Ze streelde Rob over zijn hoofd terwijl hij traag ademhaalde, en hield hem dicht tegen zich aan, omdat ze niet wilde dat hij zich ongemakkelijk zou gaan voelen. Ze wilde er niet over nadenken of over praten. Wat uren later leek, maar waarschijnlijk minuten waren, keek hij op met een troosteloze blik. Hij verwachtte kennelijk schaamte of afkeer te zien. Hij wilde iets gaan zeggen. 'Sst,' zei ze. 'Laten we gaan slapen.' Ze hielp hem de rest van zijn kleren uittrekken en trok het beddengoed over hem heen. Ze ging naar de badkamer en haalde voor hen allebei een glas water. Toen deed ze het licht uit.

Ze soesde weg in zijn armen. De nachtmerries begonnen vrijwel onmiddellijk, en ze waren verschrikkelijk. Deze keer zonder verhaallijn, zonder surrealistische beelden. Het was een en al gruwel, zonder vorm of volgorde, een tijdloos beeld van vuur en gezichten en hitte. Haar hele lichaam werd overweldigd door gevoelens van verlies, van angst, een bedrieger te zijn. Was dat Lucians gezicht, in het oog van de storm? Of dat van Tommy? Nee, van iemand anders, iemand die oneindig veel pijn en leed met zich meedroeg. IJs en vuur smolten samen, gloeiende ijspegels vlogen recht in haar opengereten hart. Dit waren de slechte tijden. *Rottigheid, Beatrice.*

Ze werd wakker en rende naar de woonkamer. Het zieke wezen had eenzaamheid nodig voordat het kon worden verlost van de ellende. In de veiligheid van haar hoekje op de bank barstte ze in een hevig snikken uit. Haar hele lichaam trilde van een verdriet dat ze jarenlang niet had gevoeld. Dit moest ophouden. Hieraan moest een einde komen. Onder het huilen besefte ze dat dit het probleem was. In de witte ruis van haar ellende was een nieuwe stem binnengeslopen: de stamelende stem van de hoop diende zich aan en vroeg zich af of zij die herkende. Dat was er zo onverdraaglijk aan. Het plotselinge besef dat haar rampzalige toestand een schande was die ze moest ontvluchten.

'Jezus, gaat het wel?' Hij stond naast haar, een tikje belachelijk in een oude badjas die hem te kort was en nauwelijks tot zijn knieën reikte. Hij stak zijn armen uit, en zij kromp ineen.

Toen hij sprak, was het op de zachte toon waaruit de lang gevoelde angst sprak die zojuist was gerechtvaardigd. 'Het spijt me. Het spijt me. Ik heb het allemaal nog erger gemaakt, of niet?'

'Rob –'

'Nee, stil maar. Ik moet wel gek zijn, om zomaar je leven binnen te dringen.' Hij keek haar aan en glimlachte met een droefenis waaruit medeleven sprak. Zijn haar zat nog warrig. 'Sorry. Je moet wel – ik heb me gewoon laten meeslepen. Ik ga nu weg.' Hij pakte zijn tas en liep terug naar de slaapkamer.

Ze bleef stil zitten en zei niets toen hij aangekleed weer binnenkwam. Hij zei gedag, maar probeerde haar deze keer niet aan te raken. Terwijl ze naar zijn voetstappen luisterde, die met zware tred wegstierven in de nacht, wilde ze hem zeggen dat hij het mis had. Dat juist het tegenovergestelde waar was, dat haar pijn de pijn was van diepe wanhoop die worstelde met iets nieuws dat ze graag zou koesteren. Het was zo makkelijk om niets te verwachten. Het werd moeilijk als er weer hoop gloorde.

Ze bleef zitten tot het licht werd, en haar droefheid ging over in woede, tot ze een besluit nam. Het was tijd. Tijd om iemand om een gunst te vragen.

II

Zijn wangen waren rood, hij zag er niet meer zo gezond uit als vroeger. Hij was ook dikker geworden, alsof hij in de tussenliggende jaren te veel etentjes had gehad, te veel partijfeestjes, te weinig tijd in de sportschool had doorgebracht. Een kilo of zes zwaarder, misschien tien? Hij had iets verloren van de glans waaraan zij honderden uren had gewerkt. Ze vermoedde – maar het was niet meer dan een vermoeden – dat zijn sokken versleten waren, zijn riem een beetje gerafeld. Het soort dingen die ware ambitie zich niet kon veroorloven. Maar zijn glimlach was onveranderd: even innemend als ondoorgrondelijk.

Net zoals vroeger had ze Miles ontmoet in de centrale hal van het Lagerhuis, bij het standbeeld van sir Stafford Northcote. Het was langgeleden dat ze tegen de sokkel had geleund en de strakke plooien van sir Staffords Victoriaanse kleding had bekeken, zijn heerszuchtige blik en zijn gelaatstrekken die strenge hervorming beloofden aan alle parlementsleden, edelen en bezoekers die langs hem schuifelden. Vlak erboven keek een kleiner beeld van Henriette Maria van nog een eeuw langer geleden op haar neer. Mia rekte haar hals uit om de muurschildering van de heilige David boven de poort te zien, en ze keek omhoog naar het plafond met zijn inscripties en rijke versiering. Het grote atrium was een museum waarin de geschiedenis van een volk was gestouwd alsof er nergens anders ruimte voor was, een oude winkel met curiosa van collectieve herinneringen. De huidige leden van het parlement zwermden door de lobby, zonder acht te slaan op de gezichten, gebeeldhouwd en geschilderd, en de wijsheid die ze wilden overbrengen. Twee schermen, een rood en een groen, flitsten op met mededelingen over het Hogerhuis en het Lagerhuis.

'Mia,' zei hij, 'wat heerlijk om jou te zien. Je ziet er prachtig uit.' Miles boog zich naar haar toe voor een kus. Zijn adem rook fris naar menthol. Goed om te zien dat hij nog iets van de discipline had die ze hem had opgelegd. Ze voelde zich niet op haar gemak, ze raakte bijna in paniek, daar in hun oude hoekje, naast de bureaus die vol lagen met vloeipapier waarop parlementsleden hun aantekeningen noteerden met pennen aan een ketting. Dit was de plaats waar ze, in een vorig leven, het beste had gedijd: het kruispunt tussen de twee Huizen, waar het politieke verkeer voorbijkwam, heen en weer, de hele dag. Eens was de geur van deze oude ruimte genoeg geweest om de adrenaline door haar aderen te laten stromen en soms, het venijn. Nu voelde ze zich alleen maar misplaatst. Ze droeg het enige zakelijke mantelpak dat ze had bewaard van haar garderobe in Islington, een grijze krijtstreep dat haar nu een beetje te ruim zat en ongetwijfeld uit de mode was, met een paar schoenen die niet echt passend waren. Ze maakte niet langer deel uit van deze omgeving. Ze had de verkleedkist geplunderd en was met een weinig overtuigende versie gekomen van de persoon die ze vier jaar geleden was geweest.

'Sorry dat ik te laat ben,' zei hij. 'Mijn trein uit Birmingham had vertraging en toen had ik een bespreking met de werkgroep armoedebestrijding die ik niet kon afzeggen. Het spijt me. Jij zou mijn dag veel beter hebben ingedeeld, dat weet ik zeker.'

Ze glimlachte. 'Ach, het was wel leuk om even rond te kijken. Ik ben hier zo lang niet geweest. Natuurlijk heb ik geen pasje meer, dus werd ik door de agent in St. Stephen tegengehouden om me eraan te herinneren dat ik door de metaaldetector moest. Dat was wel raar. De laatste keer dat ik dat heb gedaan, was de eerste keer dat ik jou hier kwam opzoeken.'

'Waarschijnlijk wel. Het spijt me dat het zo'n gedoe is. Misschien hadden we beter in een restaurant kunnen afspreken, maar ik dacht dat je het misschien leuk zou vinden om het hier weer eens te zien. Beter dan bij Binnenlandse Zaken, in elk geval.'

'Beslist beter dan bij Binnenlandse Zaken.' Ze deed haar best om opgewekt en assertief over te komen, om te passen in het beeld dat hij nog van haar had. Miles was een man zonder fantasie. Hij zou niets begrijpen van wat er met haar was gebeurd. Zij zou het helemaal zelf moeten doen.

'Heb je trek? Ik heb een tafeltje gereserveerd bij Churchill's. Als je dat goedvindt. Het leek me wel leuk.'

'Ja, prima.'

Hij ging haar voor door de wirwar van zalen en gangen, langs mannen in uniforms, politieagenten, vrouwen in broekpak aan de telefoon, genummerde kluisjes, boekenplanken, theesalons, oude notabelen, frisse parlementsleden, postbodes, journalisten, obers, fronsende lobbyisten. Het was precies zoals ze zich herinnerde, een vreemde botsing van bedrijvigheid en traagheid. Alles was serieus; alles was een grap voor ingewijden. Het was moeilijk om de sfeer van diepe ernst te onderscheiden van die van zelfgenoegzaam bedrog. Er zat geen patroon in het geheel, totaal niet. Het was een en al chaos, een doolhof die nergens en overal heen leidde. Miles ging voor, vol zelfvertrouwen, terwijl hij onderweg knikjes en glimlachjes uitdeelde. Ja, dacht ze, zijn reis heeft zich voortgezet sinds wij uit elkaar zijn gegaan. Hij heeft nu naam gemaakt, en zijn collega's erkennen dat. Er wordt wel gezegd dat deze plek niet meer belangrijk is, dat de macht wordt gevormd en gebroken in de televisiestudio's aan de overkant. Maar dit is nog steeds het clubhuis. Dit is de plek waar de jongens hun overeenkomsten sluiten, en waar de meisjes proberen zich aan te sluiten. Ik maakte ooit deel uit van deze kliek.

Ze gingen in het restaurant zitten en Miles bestelde een fles champagne. 'Ja, die Veuve, George. Is die wel goed koud? Mooi zo, bedankt.'

'Hebben we iets te vieren?'

Hij klapte in zijn handen, en bracht ze toen bij elkaar als in gebed. 'Ons weerzien. Het team is weer bijeen. Ik was bang dat ik nooit meer hier met je aan een tafeltje zou zitten. Het is veel, veel te lang geleden.' Er viel een ongemakkelijke stilte. 'Ik was zo verbaasd – ik bedoel aangenaam verrast – toen ik je brief kreeg.'

Ze had Miles geschreven, een paar uur nadat Rob was vertrokken. In haar ochtendjas had ze nog wat fatsoenlijk briefpapier onder in een la gevonden, en een brief geschreven die niets prijsgaf van wat ze wilde, maar die wel de urgentie van haar verzoek duidelijk maakte, in bewoordingen die hij zich zou herinneren. Geliefden gaan uit elkaar, maar de codes die ze hebben gebruikt, blijven bestaan als stukjes van de Rosetta, om op een later tijdstip te worden verklaard. Miles zou uit haar korte, hartelijke boodschap hebben begrepen dat ze hem dringend nodig had. Zijn persoonlijke assistente had haar twee dagen later mobiel gebeld met de mededeling dat de minister haar uitnodigde voor een diner in het Lagerhuis, volgende week donderdag, als het haar schikte. De minister. Miles de minister. Wie had dat ooit gedacht?

Zij natuurlijk wel. Ze had het zelf bedacht. Ze had hem klaargestoomd, opgepoetst, zijn kleding uitgekozen en met hem geslapen. Ooit had ze gedacht dat ze van hem hield. En nu zat ze tegenover haar creatie, de minister, en vroeg ze zich af wat ze moest zeggen. De ober schonk de champagne in om Miles te laten proeven, en liep toen om de tafel heen om haar glas te vullen. Ze vroeg zich af of hij een toast zou uitbrengen, wat altijd een van zijn meer irritante gewoonten was geweest. Maar hij dronk diep in gedachten verzonken. Hij was minstens even nerveus als zij.

'Nou, Miles. Je hebt het ver geschopt. Ik ben trots op je. Echt.'

Hij keek haar over de tafel heen aan. Viel er iets van treurigheid in zijn blik te bespeuren? Hij liet zich zo moeilijk kennen, zo was hij altijd geweest. Hij veegde zijn haar, nog dik en donkerbruin, van zijn voorhoofd weg. Ze herinnerde zich het moedervlekje vlak onder zijn rechteroor. 'Dank je. Ik hoef je niet te zeggen dat ik dit allemaal niet had bereikt als jij niet aan de wieg van mijn carrière had gestaan. Ik bedoel, ik heb aan jou echt een heleboel te danken. Het zou je verbazen hoe vaak, zelfs nu... weet je, er gebeuren soms dingen en dan denk ik aan wat jij ooit hebt gezegd, en hoezeer je gelijk had.'

'Jezus.' Ze kon er niets aan doen dat ze zich koesterde in zijn vleierij. 'Zoals wanneer?'

'Weet je nog dat je zei dat ik Luke niet moest vertrouwen? Weet je nog die avond bij Christopher, toen je boos op me werd? Ik weet het nog tot in de details. Tenenkrommende details. Wat was ik een zak, dat ik niet naar je luisterde.' Luke Robbins' ster was tegelijk met die van Miles gerezen, favoriet van de minister-president en de pers, en een goede vriend van Miles. Jaren daarvoor had een van de broodschrijvers laat op de avond in Stranger's bar aan Mia verteld wat Luke in werkelijkheid vond van Miles, wat zijn strategie was om ervoor te zorgen dat Miles van het toneel zou verdwijnen als toekomstig rivaal. De verslaggever had daarna geprobeerd zijn hand onder haar rokje te wurmen, wat het einde van hun ontmoeting had bespoedigd. Ze had de informatie aan Miles doorgegeven, die zijn schouders had opgehaald en had gezegd dat je die bewuste verslaggever nooit kon vertrouwen, behalve als het ging om zijn handen onder vrouwenrokjes te wurmen.

'Ja. Dat weet ik nog. Wat is dat een tijd geleden. Wat doet Luke nu? Ik hou het niet meer zo bij.'

'Niets, als het aan mij ligt. Nog steeds privé-secretaris op Milieu, en zijn baas wordt bij de volgende ronde ontslagen. Die kleine smeerlap heeft het praatje rondgestrooid dat ik het als campagneleider wel goed deed, maar dat ik verder geen knip voor mijn neus waard was. Bovendien verzon hij allerlei onzin over een afspraak die tussen ons zou bestaan, je weet wel, een non-agressiepact. Met de bedoeling dat het gunstig zou uitpakken voor Luke. Je kent dat wel, van die verdacht op elkaar lijkende regeltjes in hoofdartikelen waarin we bondgenoten leken, maar waarbij hij altijd als de meerdere werd neergezet.'

'Natuurlijk.'

'Nou, ik dacht het niet. Wat Luke namelijk niet weet, is dat de whips nu helemaal op de hoogte zijn van zijn avonturen met de politie in Hampstead Heath, na Oxford. Ze weten alles van hem.' Zijn gezicht betrok. Hij leek ouder. 'Verschrikkelijk, dat ze dit soort dingen te weten komen. Zelfs de rooien weten er niets van, en ook niet dat zijn vader hem van het bureau heeft moeten ophalen. Hoewel, nu ik erover nadenk, wordt het misschien tijd dat ze dat wel weten. In het belang van de transparantie en de publieke verantwoordelijkheid, begrijp je.'

Oppassen, dacht ze. Niet bitter worden, Miles, dat vertroebelt je oordeel. Als je één enkele kogel in je revolver hebt voor Luke, wacht dan tot je die echt moet gebruiken. En die dag zal komen. Op een avond laat, over heel veel jaar, als de buit bijna binnen is en de laatste paar obstakels moeten worden verwijderd. Als je er helemaal alleen voor staat. Dan heb je je zwartste wapens nodig, je geheime arsenaal. Dat is het moment. Maar ik zal er niet zijn om het met je te delen.

'Zullen we bestellen?' vroeg ze. Miles nam selderijsoep en steak, zij koos raketsalade en tong. De champagne werd nog eens bijgeschonken. Ze voelde dat ze enigszins ontspande. Vanaf hun plekje voor het raam zag ze aan de overkant de lichtjes van de aken en de plezierjachten, en daar lag ook County Hall waar met behulp van laserstralen een kunstfestival werd aangekondigd.

'Mijn god, Mia Taylor?' Ze keek op en zag een gezicht waarvan ze wist dat ze het zou moeten kennen, maar wat haar tot haar afschuw niet lukte. 'De laatste keer dat ik jou heb gezien, was in een hotelkamer in Blackpool. Toen zat je op je knieën een apparaat te repareren dat ik in mijn onhandigheid had laten vallen. Het was ook heel aangenaam om te zien. Een engel der barmhartigheid die me was komen redden.' Godzijdank. Toen hij over dat onvergetelijke incident begon, kwamen alle herinneringen terug die ze nodig had om op de lange, grijze, oude man die voor haar stond te kunnen reageren.

'Hallo, Eddy.' Ze schudde hem de hand. Edward Brownlow, 'de minst indrukwekkende minister van Binnenlandse Zaken van de afgelopen dertig jaar', zoals *The Times* hem enigszins goedmoedig had genoemd. Wie was die minister van Binnenlandse Zaken van dertig jaar geleden dan die nóg minder indrukwekkend was geweest? Eddy had gefaald op alle mogelijke punten, behalve als bron voor cartoontekenaars, en hij had in zijn nieuw gecreëerde positie als minister van Europese Ontwikkeling alleen kunnen overleven omdat de vijanden in de partij van de minister-president zo blij waren geweest met zijn vertrek.

Hij grinnikte vreugdeloos. Ze was hem totaal vergeten, en ook hoe incompetent hij was. Dat jaar in Blackpool, na een zomer met gevangenisrellen, controverses over asielbeleid en een mislukt wetsontwerp voor paspoorten, had Eddy de speech van zijn leven moeten schrijven. Hij had Miles' hulp ingeroepen, en om twee uur 's nachts, de dag voor Eddy's grote moment, had Miles naar Mia gebeld die in een bar aan de andere kant van de stad zat. Ze had een storm en een aantal strenge bewakers weten te trotseren om in Eddy's kamer te komen, in het hotel waar de regeringspartij logeerde. Bij haar aankomst was de minister behoorlijk aangeschoten geweest, en ronduit grof. Zijn onderzoekster en vermoedelijke toenmalige maîtresse zat in een hoekje te huilen. Miles zat op de grond en probeerde de computer te repareren die Eddy door de kamer had gesmeten. Mia nam het van hem over en speelde het klaar om de Compaq in een halfuurtje weer aan de praat te krijgen. Haar inspanningen bleken verspilde moeite: de tekst was waardeloos, de slechtst geschreven zelfmoordbrief uit de hele geschiedenis, zoals ze hem later tegenover Miles beschreef. Ze had gehoopt de nacht met hem door te brengen, maar ze besefte dat de behoeften van haar minnaar heel anders waren dan die waarop hij in zijn geschreven boodschap eerder die dag had gezinspeeld. Ze had om een glas wijn gevraagd, was met Eddy aan de tafel gaan zitten en had hem gevraagd welke twee punten hij nu precies duidelijk wilde maken – twee, niet meer. Ze waren allebei even saai geweest. Maar uit zijn gebazel – voornamelijk een zware persoonlijke aanval op de minister van Financiën – kon ze wel opmaken wat hij wilde zeggen. Om halfvier stuurde ze Miles en de onderzoekster weg, en Eddy naar bed, en begon met schrijven. Tegen de tijd dat de minister van Binnenlandse Zaken om halfnegen met een gigantische kater zijn slaapkamer uit kwam strompelen en om een Bloody Mary vroeg, had ze een tamelijk fatsoenlijke speech in elkaar geflanst, met drie passabele kernachtige uitspraken die om zes uur die avond alle drie het nieuws haalden. ('Een volk met een gezond oordeel, niet een volk van veroordeelden' betekende niets, maar had Eddy wel uit de problemen met het gevangeniswezen gered.) Het was typerend dat die ondankbare klootzak zich alleen nog wist te herinneren dat ze die laptop had gerepareerd.

Eddy keek naar Miles, toen weer naar haar. 'Ik ben blij te zien dat je weer contact met deze jongen hier hebt. Hij heeft je gemist. Let op, hij zit voor je het weet in de regering, dus ik zou maar oppassen met wat je zegt. Nietwaar, Miles?'

'Nou, je was een goede leraar, Eddy. Laten we maar zien of Nummer Tien het daarmee eens is.'

Ze wilde dat hij hen met rust liet. 'Eerlijk gezegd is dit maar een gezelligheidsbezoekje. Ik ben nu een gewoon burger, Eddy. Een van de kiezers. Dus moet je nu wel aardig tegen me doen.'

Hij boog en kuste haar hand. 'Liefje, een excuus is niet nodig.' Miles schoof geïrriteerd heen en weer op zijn stoel. 'En dan wens ik jullie nu verder een fijne avond, en ga ik weer terug naar het opwindende gezelschap van mijn Belgische collega. Een heel vermakelijke man.' Hij slofte weg, ongetwijfeld in de waan dat hij op zwierige wijze afscheid had genomen.

'Christus,' zei Miles. 'Hoe eerder hij vertrekt, hoe beter.'

'En hoe eerder hij vertrekt, hoe eerder er weer een zetel vrijkomt in het kabinet. Nietwaar?'

'Juist. Maar hij gaat niet. De minister-president heeft zich er hard voor gemaakt. Niet toegeven aan de pers en zo.'

'Niet toegeven aan de minister van Financiën, bedoel je.'

'Precies. Dus ik denk dat we het nog even moeten uithouden met Eddy.'

Het voorgerecht werd gebracht, en ze kletsten wat over onbelangrijke dingen. Miles had zich bekwaamd in het praten over ditjes en datjes,

waarbij hij de laatste nieuwtjes bracht zonder er iets voor terug te verwachten. Hij vroeg haar een paar keer of ze haar werk interessant vond,
zonder te vragen wat ze precies deed. Ze vroeg hem naar zijn departement, en hij vermaakte haar met beschrijvingen van zijn collega's. Twee
van de staatssecretarissen weigerden samen in dezelfde kamer te werken, wat inhield dat ambtenaren tussen hun respectieve kantoren heen
en weer moesten rennen om ze bij te praten over de ontwikkelingen van
het vredesproces in het Midden-Oosten. De andere staatssecretaris,
technisch gesproken Miles' rivaal, zat het grootste deel van de dag te tu-
ren op de website over Afghaanse honden, een hobby waarmee hij zich
in de weekends bezighield. Miles' baas, Eddy's opvolger, was bijna aan
zijn eind. Hij hield het niet meer vol. Maar als er volgend jaar een nieuwe minister van Binnenlandse Zaken was, zou er meer veranderen in
het kabinet. Het was mogelijk, alleen maar mogelijk, dat Miles zou worden gevraagd, al was het maar voor een klein departement. Hij werd in
mei achtendertig. Hij was niet te jong. Ze keek naar hem en dacht terug
aan de plannen die ze uren en uren in bed hadden gesmeed: zijn plan de
campagne. Hij was niet van de planning afgeweken, nog niet. Hij lag
nog steeds op koers.

Ze dronken bij het hoofdgerecht een goede Pouilly Fumé. Bij zijn
steak had hij het liefst een volle bordeaux gedronken, wist ze. Maar hij
respecteerde haar keus en deed mee met de witte wijn. De wijn was
goed gekozen, fris en fruitig. Ook iets wat ze hem had geleerd. De valk
en de valkenier. Nu had ze hulp van de valk nodig.

'Miles, ik ben hier gekomen met een reden.'

Hij veegde zijn mond af en legde zijn servet op de tafel. 'Ik dacht dat
je mijn aangename gezelschap miste.'

'Miles, ik meen het. Ik moet je om een gunst vragen. Ik zou het niet
vragen als je niet mijn laatste redding was. Nee, zo bedoel ik het niet. Ik
bedoel dat ik je niet zou lastigvallen als ik een andere manier had geweten.'

Hij dacht hier even over na. Ze wist wat hij dacht: hij zou niets te maken willen hebben met iets vervelends, tijdrovends of riskants. Hij had
haar dossier langgeleden gesloten, en hij zou het niet onnodig willen
heropenen. Aan de andere kant zou hij zijn politieke voelsprieten wel
willen uitsteken bij het vooruitzicht dat hij haar gemakkelijk een dienst
kon bewijzen, zodat ze bij hem in het krijt zou staan. Zo waren politici.

Hij zou zowel nieuwsgierig als op zijn hoede zijn.

'Weet je wat?' zei hij, en hij wenkte een ober voor de rekening. 'Ik zou wel een slaapmutsje lusten. Hier kunnen we niet echt goed praten, bedoel ik. Eddy Brownlow en zijn vriendjes duiken overal op. En jij wilt natuurlijk niet worden gestoord – wat ongetwijfeld zal gebeuren als we hier blijven. Laten we naar Selbourne Terrace gaan.'

'Mijn god, heb je die flat nog? Ik dacht dat je nu wel ergens anders zou zitten.'

'Doe ik ook, officieel althans. Een flat in Albert Embankment. Heel aardig. Ik heb er het grootste deel van mijn erfenis aan uitgegeven. Het is dichtbij, wat goed uitkomt voor het werk, en heel fraai versierd door – hoe zal ik ze noemen? – de vriendjes die het in hun hoofd hebben gehaald dat ik risico loop, alleen omdat ik een paar keer op tv ben geweest met de mullahs. Nou ja, dat weet je nog wel. Al die herrie met Saffi en Aziz. Dus hebben ze zes weken besteed aan die flat. Intercoms, alarm, de hele zwik. Heel indrukwekkend, die vriendjes. Ze vroegen nog of ik een kat heb. Blijkbaar hebben ze ook speciale kattenluikjes tegenwoordig.'

'En waarom heb je Selbourne Terrace dan aangehouden?'

'Ach, ik weet niet. Het probleem met die nieuwe flat is dat ik me er niet echt thuis voel. Het is er een beetje sfeerloos. Zo functioneel. Ik hou van mijn oude flat. Daar kan ik me ontspannen. Ik weet waar alles ligt.'

Smerige leugenaar, dacht Mia. Je hebt Selbourne Terrace aangehouden zodat je daar je vriendinnetjes mee naartoe kunt nemen, ver van je kantoor, ver van de pers, ver van de 'vriendjes'. Je wilt nog steeds een liefdesnestje, na al die jaren, stommeling. Ze stelde zich Miles voor die rond het middaguur bij het ministerie in Queen Anne's Gate naar buiten komt en snel in zijn auto stapt, waarop zijn chauffeur knikt en glimlacht als ze wegscheuren naar het flatje in Butler's Wharf, waar ze net op tijd zijn zodat Miles de deur kan opendoen voor een of ander partijgenote, secretaresse of medewerkster, zijn laatste aanwinst. Ze stelde zich de wijn in de koelkast voor, de gehaaste seks, het gemis aan tederheid, Miles onder de douche, de terugtocht naar het kantoor. Ze zag zijn zelfvoldane hoofd bij zijn eerste afspraak die middag voor zich, zijn superieure gedrag tegenover de secretaresse terwijl hij genoot van het gevoel een fris overhemd te hebben aangetrokken. Ze zag het allemaal voor zich. Ze wist het nog.

'Wat dacht je ervan?' Miles glimlachte naar haar. Hij had iets sluws in zijn blik, iets arrogants in de manier waarop zijn vochtige bovenlip trok. Zelfs nu hij vier jaar ouder was, had hij nog steeds iets ontuchtigs. Zijn primitieve drift was kennelijk niet afgenomen. Het effect was niet aangenaam. Ze was getuige van de opkomende wellust van een man van bijna middelbare leeftijd.

Ze was eigenlijk meteen voor hem gevallen toen Kingsley hen aan elkaar had voorgesteld op de jaarlijkse zomerreceptie van Z Robinson. Ze herinnerde zich haar bewondering voor zijn zelfvertrouwen en zijn lef en zijn slanke postuur. Hij had haar zijn nieuwe manchetknopen laten zien, een geschenk van de Japanse ambassadeur. Hij maakte grapjes ten koste van zichzelf. Ze had die avond al met hem naar bed gewild, en het uiteindelijk een week na hun eerste kennismaking gedaan. De seks was heftig, opwindend geweest. Terwijl hij haar in zijn flat op de bank drukte en haar naam schreeuwde, gaf hij haar al meteen het gevoel dat hij niet zonder haar kon. Zijn behoefte aan haar was zo dringend dat het bij een andere man iets zieligs zou hebben gehad, maar bij Miles was het intrigerend. Ze had Tash Chapman een paar dagen later mee uit eten genomen en haar oude vriendin in vertrouwen verteld over haar nieuwe minnaar. De twee vrouwen hadden luidruchtig zitten giechelen aan hun tafeltje in Le Caprice. Ze vertelde Tash toen ze halfdronken was dat ze zich best kon voorstellen dat ze met Miles zou trouwen. Hun liefdesleven had ze perfect gevonden, precies zoals het moest zijn. Pas nu ze er afstand van had genomen, kon ze zien dat het niets meer was dan het verlengde van hun politieke verbintenis. De onstuimige aantrekkingskracht die ze op elkaar uitoefenden, was de aantrekkingskracht van gelijken, de liefde van twee even ambitieuze mensen.

Nu zat ze in een ministersauto, en reed ze langs de politieagenten bij de ingang van het Lagerhuis. Ze sloegen af bij Parliament Square, de brug op. Op dit uur van de avond zouden ze binnen tien minuten bij Selbourne Terrace zijn. Miles begon een kletspraatje met zijn chauffeur, Sam, die op haar aanwezigheid reageerde met een onverschilligheid die ze tekenend vond. Ze betrapte hem erop dat hij tweemaal in zijn spiegeltje naar haar keek, ongetwijfeld om haar te vergelijken met Miles' recente veroveringen. Hij zou het de volgende ochtend met de andere chauffeurs over haar hebben, als ze zich amuseerden over de grillen van hun respectieve ministers. Wat het ook was, de chauffeurs wisten altijd alles het eerst. Dat wist ze nog wel. Ze vroeg zich af hoeveel Sam als kerstbonus had ontvangen, en hoeveel meer de volgende zou moeten worden.

Miles keek op zijn afsprakenbriefje voor de volgende dag en merkte tot zijn genoegen op dat hij pas om elf uur werd verwacht bij Binnenlandse Zaken. 'Weet je wat, Sam?' zei hij. 'Neem jij morgenochtend maar vrijaf, en ga lekker winkelen met Mary. Je weet hoe graag ze wil dat die keuken wordt ingericht.'

'O nee, meneer, dat kan ik niet doen.'

'Ik meen het. Ik red het wel. Geloof me, het zal je huwelijk goed doen.'

'Dat is heel vriendelijk van u, meneer.'

'Geen punt. Haal me om twee uur maar op van kantoor. Ik heb een afspraak met een paar agenten in Southwark.'

Ze reden rond in de wirwar van straten in Butler's Wharf, over weggetjes met omgebouwde zolderetages en chique restaurants. Voor iemand die pas was afgestudeerd, had Miles indertijd veel geld moeten neerleggen voor zijn tweekamerflat in Selbourne Terrace. Zijn vader had hem geholpen en beloofd Miles vijf jaar lang te steunen in zijn politieke ambities. Ze hadden afgesproken dat hij, als hij rond zijn zevenentwintigste nog geen behoorlijke positie had, naar een andere carrière zou gaan uitkijken. Maar de Andertons, vader en zoon, hadden niet lang hoeven wachten. Drie dagen voor zijn zesentwintigste verjaardag was Miles gekozen voor een kiesdistrict, met een meerderheid van tienduizend stemmen, vrijwel uitsluitend dankzij de druk die was uitgeoefend door het partijapparaat. Zijn vader had toegezegd nog eens vijf jaar de hypotheek te betalen. Hij was nu overleden, en had alles aan zijn enige kind nagelaten. Mia betwijfelde of Miles nog wel een hypotheek had.

De flat op de benedenverdieping lag achterin maar had wel een kleine voortuin die veel beter was verzorgd dan ze zich herinnerde. Ze keek toe hoe Sam de auto keerde terwijl Miles zijn sleutels tevoorschijn haalde. 'Geef je hem vaak zomaar vrijaf?' vroeg ze.

Miles probeerde een glimlach te onderdrukken. 'O, nee, niet zo vaak. Het is een fantastische vent. Ik heb echt geluk met hem. Ik moet vaak om hem lachen. Hij weet altijd wat er aan de hand is. Hij vertelde me onlangs nog het grappigste verhaal dat ik ooit heb gehoord over Trish Hughes.'

'Wat doet zij nu?'

'Staatssecretaris op het ministerie van Welzijn. Die wordt beslist klaargestoomd voor het kabinet. Ze schijnt iets te hebben met haar fitnessinstructeur. Zij en haar chauffeur rijden naar die vent in zijn sportschool die, zodra zij binnen is, de tent sluit. Wat maar goed is ook, want Trish is dol op bepaalde trainingsapparaten, als je begrijpt wat ik bedoel. Sam denkt dat haar man van niets weet.'

'Hoe weet Sam dat?'

'Sam weet alles. Hier, kijk dit.'

Mia zag dat het slot van de voordeur was vernieuwd. Er zat nu een grote zware doos met een toetsenpaneel ernaast. Hij toetste een getal van zes cijfers in en het slot ging met een elektronisch piepje open.

'Toen mijn partijgenoten erachter kwamen dat ik deze flat nog steeds gebruik, kregen ze zowat een rolberoerte. Ik kreeg een uitbrander van de vaste secretaris. Een hoop herrie, allemaal gezeur over het belastinggeld dat werd verspild aan een flat aan Albert Embankment, waar was dat nou voor nodig, je kunt het je wel voorstellen. Maar goed, ik moest hen tegemoetkomen en toen hebben ze dit stomme slot aangebracht. Het scheelt wel dat ik de enige in het blok ben die deze ingang gebruikt, dus ik ben ook de enige die de code kent.' Hij duwde de deur voor haar open. 'Ze zeiden dat het geen cijfercombinatie mocht zijn die iets met mij persoonlijk had te maken, dus heb ik jouw geboortedatum gekozen. Hoe vind je dat?'

Ze liepen de gang af. 'Tja, Miles, ik weet niet wat ik daarop moet zeggen. Ik zal me wel gevleid moeten voelen. Onsterfelijk gemaakt als pincode.'

Miles deed de lampen aan en sloot de deur achter hem. De flat was opnieuw gestoffeerd, maar de meubels waren nog hetzelfde: de spullen van een oude vrijgezel. De muren stonden vol met boeken, cartoons – Miles was al eens de hoofdpersoon geweest van Peter Brookes en Garland die hij allebei had gekocht – en foto's. Ze moest denken aan de verzameling memorabilia van wethouder Phil, een zieliger versie van Miles' eerbetoon aan zichzelf. De ereplaats was voorbehouden aan een foto van de president van de Verenigde Staten die Miles de hand drukte bij een niet-officiële gelegenheid in Londen. Hij glimlachte, alsof Miles hem zojuist had meegedeeld dat er een voorstel was aangenomen waardoor hij de gelegenheid kreeg om zich voor een derde termijn kandidaat te stellen. Er was een artistiekere zwartwitfoto van Miles die een vergadering toesprak, met zijn vinger in de lucht. Er hing een foto waarop hij meeliep in de Londense marathon voor zijn favoriete liefdadigheidsdoel: arme kinderen. En er hing een foto van Jean.

Hoe lang was het geleden dat ze aan Jean had gedacht? Er was een tijd geweest dat Mia en Miles' secretaresse in het Lagerhuis elkaar minstens tien keer per dag hadden gesproken, om hem de juiste kant op te sturen, hem op te sporen, om vertrouwelijkheden van vrouwen onder elkaar uit te wisselen. Jean was toen eind vijftig geweest, en ze droeg het soort vesten dat oudere vrouwen dragen. Ze hield van Miles, al zou ze hem dat nooit zeggen, en hij hield op zijn beurt ook van haar. Hij liet zich haar milde verwijten en haar bezorgdheid om hem aanleunen. Ze zorgde voor hem, had Mia vanaf het begin begrepen.

'Jean,' zei ze, bijna in zichzelf. 'Hoe gaat het met Jean?'

Miles gaf haar een glas wijn. 'Met Jean? O god. Dat had ik je eerder moeten vertellen.'

'Wat dan?' Ze liep achter hem aan en ging zitten. 'Wat is er dan, Miles?'

'Het is rotnieuws, vrees ik. Ze heeft kanker – al twee jaar. Ze hebben al het mogelijke geprobeerd, maar uiteindelijk besloten de behandelingen te stoppen. Het maakte haar helemaal kapot. Ze heeft geen haar meer en –' Hij bracht zijn hand naar zijn hoofd en sloot zijn ogen, huiverend bij de woorden die hij moest zeggen, de pijn die ze teweegbrachten. 'Er is niets meer aan te doen. Ze is opgenomen als dagpatiënt in een verzorgingshuis in Bellingham, niet ver van haar eigen huis. Ik ben haar een of twee keer gaan opzoeken. Niet vaak genoeg.'

'Jezus, Miles, wat erg. Ik weet hoeveel ze voor je betekent.'

'Ja,' zei hij. Ze herinnerde zich de bittere toon waarop hij altijd had gesproken als hij het over de dood van zijn moeder had gehad. Zijn vader had hem op school opgebeld om het hem te vertellen. 'Er valt eigenlijk niet veel over te zeggen.'

Daar zit ik dan weer tegenover je, dacht ze. Toen we nog geliefden waren, was de dood slechts een herinnering: de nare droom over een moeder die een jonge jongen alleen achterlaat met zijn vader, en de pijn die de ambitie er bij hem had ingehamerd. Zo was jij toen, Miles. En ik ook. Onsterfelijk in onze eigen ogen, in ons bed. We waren uit op verovering, we zouden alles krijgen wat we wilden, en de rest opzijschuiven. We waren een gouden team, onaantastbaar. Nu zit ik hier bij jou, een kleine vrouw, nog steeds rouwend. En jij bent weer boos, boos omdat Jean je heeft verlaten. We verlaten elkaar allemaal, vroeg of laat.

'Ik zag je pas nog op de televisie,' zei ze. 'College Green. Je maakte je ergens heel kwaad over.'

Hij lachte in zijn glas. 'Waarover ging ik tekeer?'

'Ik weet het niet precies. Je collega had zich "lomp en belachelijk" gedragen, zoiets.'

'Kleine Dave? O, dat moet over het wetsvoorstel voor de activisten zijn gegaan. Dave vindt dat ik te hard optreed tegen de mullahs. Burgerlijke vrijheid en zo.'

'Ben je daar nog mee doorgegaan? Dat wist ik niet.'

Hij fronste. 'Waarom niet? Het is veel erger dan toen jij nog bij me was. De islam, de fundamentalisten, al die dingen. Dokter Mohammed en zijn vriendjes.' Hij trok zijn colbert uit en gooide het over de stoelleuning. 'Het is bijzonder actueel. De actiegroepen gaan er helemaal in op. Je kent het wel, harde standpunten, de terreur bestrijden, niet met je laten sollen door dat stelletje theedoekhoofden. De minister-president zegt dat hij me steunt.'

'En de minister van Binnenlandse Zaken?'

Miles snoof minachtend. 'Dat is een slapjanus. Hij zei dat hij er niet bij betrokken wilde raken, vanwege moslims in zijn kiesdistrict, het gebruikelijke gedoe. Komt mij wel goed uit. Hij heeft me een kans voor open doel gegeven. En als ik de bal helemaal achter in het net schiet, zit ik volgend jaar in het kabinet. Zo simpel is dat.'

Ze accepteerde nog een glas wijn. Ze was door haar gespreksonderwerpen heen en wist dat ze nu met haar vraag op de proppen moest komen voordat hij zijn geduld verloor. 'Miles, je moet iets voor me doen. Daarom heb ik je gebeld. Ik zou je echt niet hebben lastiggevallen als ik het anders had kunnen regelen. Maar jij bent de enige die me kan helpen.'

Ze had zijn aandacht gevangen. Hij knipperde altijd met zijn ogen als hij zich concentreerde. 'Ik dacht al dat het om iets belangrijks ging. Na al die tijd. Je brief... nou, laten we zeggen dat die me vooral boeide door wat je er niet in vermeldde.'

'Ik wist wel dat je het zou begrijpen. Ik wist nog hoe scherp je bent. Het hielp me bij het schrijven.' Ze nipte van haar Sancerre. 'En ik wilde niets op papier zetten dat je in verlegenheid zou kunnen brengen. Die brief was strikt vertrouwelijk, maar hij wordt toch opengemaakt door anderen. Ik ken je code niet – je weet wel, zodat niemand anders hem leest.'

'Die kan ik je wel geven. Maar goed. Wat is er aan de hand dat jij een minister nodig hebt?'

Ze vertelde hem over Ben en Claude, over Micky Hazel en de nasleep van haar bezoek aan Michael Ha Motoren. Zijn ogen werden groot. Ze ging door, legde uit waarvoor ze bang was, hoe Micky Hazel had gereageerd, waarom ze bepaalde dingen wilde weten. Ze zag wel dat dit precies was wat hij niet had willen horen. Een zaak die allang was gesloten, zinloos heropend door een bemoeizuchtige, spionerende Mia. Er kwamen te veel emoties aan te pas. Te veel gevaar. Er was ook geen winst aan te behalen. Niemand zou er iets aan hebben. Wat kon je ermee bereiken? Iedere lijn in zijn gezicht drukte dit uit toen ze aan het eind van haar verhaal kwam.

Hij liep naar de koelkast en trok nog een fles open. 'God, je bent wel bezig geweest, hè?'

'Begrijp je nu waarom ik je heb geschreven? Ik heb je hulp nodig.'

Miles, nog steeds in de keuken, draaide zich met een ruk naar haar toe. 'Wat kan ik daar dan aan doen?'

Ze sloeg haar ogen neer. 'Dat weet ik niet precies.'

Hij schonk de wijn in, zette de fles op de tafel en ging zitten. Zijn stemming was omgeslagen. 'Luister, Mia. Je bent door een hel gegaan. Je bent alles kwijtgeraakt. Alles. En ik ben als gevolg daarvan jou kwijtgeraakt. Weet je hoe dat voor mij was? Je betekende alles voor me. Ik vond het vreselijk dat je op die manier wegging, dat je gewoon verdween. Maar ik had het al half vermoed, en ik moest het accepteren. Dat was verdomd moeilijk. Ik denk nog vaak aan wat er had kunnen gebeuren. Wie weet? Ik zal je dit zeggen: je bent de enige vrouw die ik ooit ten huwelijk heb willen vragen. Ik was er niet ver van af. Weet je nog die nacht in Wenen? Ja, dat weet je nog. Als je niet zo moe was geweest, had ik je toen gevraagd. En toen was het ineens voorbij. Ik moest het accepteren.'

Ze keek hem recht in de ogen om te zien of hij loog. Ze waren ondoordringbaar, hard. 'Ik moest weggaan,' mompelde ze, maar haar woorden zeiden niet genoeg.

'Ik weet het. Waar het om gaat, is dat je niet kunt doen waarmee je nu bezig bent. Dat kan gewoon niet. De zaak van je familie is gesloten, al meer dan drie jaar geleden. Als je nu allerlei mensen gaat beschuldigen, kun je je heel wat narigheid op de hals halen. En dan heb ik het alleen nog maar over de wet die je, eerlijk gezegd, nog de minste ellende zal gaan bezorgen. Luister, wat je vrienden zeggen, is waar. Als Ben er duistere praktijken op nahield – stel dat het zo was – heeft het geen zin om je daarin nu te verdiepen.'

'Ik geloof niet dat die zaak gesloten is. Geloof jij dat? Echt, Miles?'

'Of ik geloof dat je familie het slachtoffer is geworden van een afgrijselijke vergissing? Ja. Ja, dat geloof ik.' Hij zweeg even en boog zich naar voren. 'Ik wist eerst niet precies wat ik ervan moest denken. Maar weet je, het gekke met dit werk is dat je beseft hoe zinloos het menselijk ras bezig is. Ik bedoel, je gaat ervan uit dat er complotten worden gesmeed, en dat allerlei misdaden met een bepaalde bedoeling worden gepleegd. Maar dat is niet waar. Dag na dag moet ik me door dossiers heen worstelen over leed en misdaad en moord, en het meeste ervan is zinloos. Het is gelul. Fouten, willekeurige aanslagen, ruzies die uit de hand lopen. Zinloos gedoe. Ik weet nog dat ik dat dacht toen ik hoorde wat je familie was overkomen. Zulke dingen gebeuren. Ik zou willen dat het niet zo was.'

Nee, dacht ze, je bent blij dat het gebeurt. Daar ben je heel blij om. Het maakt je werk gemakkelijker, en je kunt daardoor vol zelfgenoegzaamheid zeggen dat zulke dingen gebeuren. En mij zeggen dat ik rustig moet blijven, terwijl het enige wat ik wil de waarheid is, of iets dat in de buurt daarvan komt. 'Weet je, Miles? Het heeft me vier jaar gekost om "die zinloze nonsens" zoals jij het noemt een beetje te verwerken. En nu moet ik het feit onder ogen zien dat mijn familie door iets heel anders is omgekomen. Alles wat ik te horen kreeg, al dat gelul in de krant, was een leugen. Dat is geen onbelangrijk detail voor me, dat verzeker ik je. Ik wil niet lastig zijn. Ik wil geen opschudding veroorzaken. Ik wil alleen' – ze hoorde dat haar stem uitschoot, en probeerde haar woede te bedwingen – 'ik wil er alleen achter zien te komen wat er echt is gebeurd. Dat is alles. Is dat zo erg?'

'Natuurlijk niet. Natuurlijk niet.' Hij legde zijn voeten op de tafel. 'Ik ben er alleen niet van overtuigd dat je gelijk hebt. Ik geloof niet dat je familie door zoiets is omgekomen. Het spijt me, maar dat geloof ik niet.

De laatste kans. De laatste kans om hem zijn kaarten open op tafel te laten leggen. Ze haalde diep adem, sloot haar ogen en deed ze weer open. 'Ik vraag het je maar één keer. Daarna val ik je niet meer lastig. Micky Hazel is kennelijk meer dan een autoverkoper. Misschien wil je me dat nageven. En wat ik moet weten – het enige wat ik moet weten – is wie hij vertegenwoordigt. Zijn baas. Zijn echte baas. Voor wie heeft hij me gewaarschuwd? Ik moet die naam hebben. Dat is alles. Het is iets waar jij met één telefoontje achter kunt komen. Eén minuutje van je tijd. Dat weet ik, en jij ook. En je weet heel goed...' Ze ving zijn blik. 'Je bent me verdomme wel wat verschuldigd, Miles. Je bent me echt wat verschuldigd.'

Hij was haar meer verschuldigd dan de gunst waar ze hem nu om vroeg; dat stond als een paal boven water. Toen hij dat schnabbelwerk had gedaan voor Eddy Brownlow had ze verbaasd gestaan door wat gevestigde ministers onder ogen kregen, en hoe gemakkelijk het voor hen was om aan informatie te komen. Zij en Miles hadden eens een vrolijk maar macaber avondje gehad waarop ze, onder het genot van een fles champagne, de gruwelijke details van een van de beruchtste moordzaken van de twintigste eeuw hadden doorgenomen uit een bruin dossier van Whitehall. Ze wist nog dat Miles, naakt, met een flûte in de ene hand en het dossier in de andere, staande op het bed beschreef hoe een stanleymes in het lichaam was gedreven, zoals dat in een rapport van de patholoog-anatoom stond. Ze werd misselijk als ze eraan dacht. Het zou voor Miles een fluitje van een cent zijn om erachter te komen wie precies Micky Hazels werkgever was, wiens pad Ben was gekruist toen hij al te inhalig werd. Minder tijd dan het de minister kostte om een nummer van Hansard te bestellen bij de bibliotheek, of om te klagen over het beleg op zijn broodje.

'Ik ben je inderdaad wat verschuldigd, Mia. Dat klopt. Maar ik wil niet de wet overtreden. Ik help je niet met je kruistocht van verontruste burger. Denk eens terug. Wat zou de Mia van vier jaar geleden me hebben aangeraden?' Hij omklemde de armleuningen van zijn stoel. 'Wat zou zij hebben gezegd?'

Ze stond op en hing haar tas over haar schouder. 'Ik weet het niet. Iets onuitstaanbaar verstandigs, waarschijnlijk. Precies dat wat je wilde horen, denk ik.'

'Waar ga je naartoe?' Nu stond hij ook op.

'Wat denk je? Ik kwam vragen of je me wilde helpen. En jij maakt nu duidelijk dat je dat niet wilt. Dus ga ik weer weg.'

Hij versperde haar de doorgang. Zijn overhemd hing uit zijn broek en twee van de knopen waren al los en onthulden meer vet dan ze vroeger had gezien. Hij keek somber en zwaarmoedig. 'Doe niet zo belachelijk.' Hij glimlachte. 'Kom nou, Mia. We zullen erover praten. Het is nog vroeg. Neem nog een wijntje.'

'Ik heb genoeg gedronken, bedankt. En jij ook, zo te zien. Als je het niet erg vindt...'

Ze probeerde weer langs hem te komen. Tot haar verbazing greep hij haar beet. Ze verzette zich in de veronderstelling dat hij in een reflex handelde, maar besefte toen dat hij wel degelijk wist wat hij deed. 'Kom nou,' zei hij, en zijn greep rond haar arm werd knellender. 'Ik heb je gemist. Ga nou nog niet weg. Je ziet er zo goed uit. Kom mee naar de slaapkamer. Als herinnering aan vroeger. Kom. Ga me niet vertellen dat jij er niet aan hebt gedacht.'

Toen begon ze te trillen, maar niet van angst. Er welde een lach in haar op die haar als een buitenaardse kracht overweldigde en waardoor ze zo begon te schokken dat ze zich uit zijn greep kon bevrijden. Ze kon zich niet bedwingen, ook al wist ze dat hij dit niet leuk zou vinden en dat hij wel eens vervelend kon gaan worden. Hij was ook zo'n zielenpoot. Aan het begin van de avond had ze zich nog de kwetsbare partij gevoeld, maar nu vroeg ze zich af hoe ze ooit had kunnen denken dat zo'n belachelijk figuur haar zou kunnen helpen. Iemand die haar op zo'n manier wilde pakken, als een onnozele, verwende schooljongen. Niet veilig in taxi's. Niet veilig in het kabinet: dat zou zijn straf zijn. Zo inhalig, zo slinks, maar toch ook weer zo dwaas dat het zijn collega's niet zou ontgaan. Ze zouden hem zo nooit een kans geven in de politiek.

Hij riep haar na toen ze de gang door liep, de voordeur uit. Ze was blij dat hij haar niet achternakwam, dat haar een tweede gevecht met deze sukkel werd bespaard. De frisse lucht deed haar goed, en ook de wandeling over de klinkers naar Tower Bridge. Misschien moest ze maar het hele eind naar huis lopen. Ja, dat zou ze doen.

Ze liep langs de rivier naar Bell Street. In de schaduw tegenover Miles' flat meende ze iets te zien bewegen. Niet meer dan een vluchtige aanwijzing van een aanwezigheid, iets of iemand die haar nakeek op haar vlucht. Was daar iemand die zich, als een spook, schuilhield in het duister? Was het de reflectie van een ring of van een spiegel, of was het niets? Ze bleef even staan en keek nog eens. Een kat rende over de klinkers. Ergens krijsten de remmen van een auto. Ze vervolgde haar vlucht, sneller deze keer.

Het was niet zo laat als ze had gedacht, en er kwamen nog aangeschoten stelletjes uit restaurants die zich niet bespied waanden in hun omhelzingen. Door de ramen zag ze obers de deuren sluiten, de barkeeper nog een glas inschenken voor een verbazingwekkend mooi blondje. Het was een behoorlijk vol glas. Vier etages daarboven trotseerde een man de kou door leunend uit zijn raam een sigaar te roken en over de rivier uit te kijken. Een sleepboot kwam dreunend langs, zijn lichten zonden stralenbundels uit die scherp heen en weer flitsten over de nieuwe en oude stenen van de rivieroever. Ze zag iets dat op een menselijke gestalte leek in een slaapzak langs een van de muurtjes liggen, en ze vroeg zich af waar Stomme Tommy was, en of hij nog zou leven. Ze hoorde nog de lange, afkeurende stilte die viel toen ze dokter Armitage had verteld dat zijn patiënt was ontsnapt.

Ze liep de trappen op naar de brug en stak die over. Het was een wandeling waarop ze altijd dol was geweest, vooral als er niet veel mensen op de been waren, met slechts het gezoem van passerende auto's die haar gedachten verstoorden. Ze keek neer op de rivier, in de richting van de knipperende vuurtoren van Canary Wharf. Ik ben eindelijk thuis, dacht ze. Dit is mijn thuis. Niet de buurten met hun hoge muren en roddels en groepscodes, maar de hele stad waar ik 's nachts doorheen wandel en die me langgeleden als haar bezit heeft opgeëist. Ik ben er veilig in het donker, in de lange straten waarop alleen reepjes licht vallen tot de dageraad aanbreekt.

Ze liep verder en haalde intussen haar mobiel uit haar tas. Ze toetste het nummer in. Hij sliep niet.

'Hoi,' zei ze. 'Met mij.'

Hij was even stil. 'Waar ben je? Je klinkt zo ver weg.'

'Ik loop over de Tower Bridge naar huis. Het is zo'n ongelooflijk mooie avond. Ik liep aan je te denken.'

'Echt?'

'Echt. Zullen we nog ergens afspreken? Ik heb geen slaap.'

'Ik kan niet geloven dat je me nog wilt zien. Ik dacht dat ik alles had verpest.'

'Hou toch op, Rob. Kom nou maar naar me toe. Goed?'

'Goed. Waar?'

Ze hield van de klank van zijn stem, de vertrouwdheid. 'Bij die bar in Brick Lane. Die is nog wel open. Ik ben er over een halfuur.' Ze klapte haar mobieltje dicht.

's Ochtends werd ze wakker in zijn armen. Ze zag dat het tien uur was en besefte dat ze door de wekker heen waren geslapen. Er belde iemand aan die steeds ongeduldiger leek te worden. Ze tastte onder de dekens om hem wakker te maken en om te weten hoe hij voelde. Ze kuste hem op zijn mond en besefte dat ze haar make-up niet had verwijderd. Hij werd met knipperende ogen wakker, waarna ze zich op zijn naakte lichaam wierp.

'Jezus. Wat is dat voor herrie?'

Ze rolde van hem af en trok haar badjas aan. 'Ik weet het niet. Iemand die iets van me wil.'

'Ik wil je,' zei hij, en hij probeerde haar te grijpen.

'Nog meer dan jij, jongen,' zei ze, en ze rende naar de deur.

In de portiek stond een eenzame motorkoerier met een klembord die er het liefst vandoor wilde, maar via zijn radio te horen kreeg dat hij beslist moest blijven wachten. Ze hoorde de stem van zijn werkgever krakend door de ether. 'Twee-een, probeer het nog eens. Dit is code blauw. Herhaal, code blauw.'

De koerier sprak in zijn microfoontje. 'Hier twee-een. Eindelijk succes, geloof ik, Steve. Wacht even op bevestiging. Over en uit.' Hij wierp een onderzoekende blik op Mia, met haar warrige haar en in haar badjas. 'Bent u juffrouw Taylor?'

'Ja.'

'Een pakje voor u. Wilt u hier tekenen?' Hij gaf haar het klembord en wees op twee vakjes. 'Graag uw naam en handtekening.'

Ze kriebelde wat in allebei de vakjes en nam de grote bruine envelop aan, waarop stond gestempeld 'Persoonlijk afgeven aan geadresseerde'. Ze deed de deur dicht en liep de keuken in om water op te zetten. Daarna scheurde ze het pakje open en haalde er een zwartwitfoto uit plus drie getypte A4-tjes, een memoblaadje zat vastgeniet. Het was niet ondertekend, maar ze herkende het handschrift. Er stond: 'Niets voor niets. Jij wint.'

De foto, duidelijk genomen met een telelens, liet een man van in de zestig zien, misschien wat ouder, die uit een donkere auto stapte. Hij droeg een zwarte jas, een wit overhemd en een das, waarop nog net een speld was te zien. Hij was mager en zag er moe uit. Maar zijn gezicht straalde een ijzeren wil uit: de lippen gekruld van ongenoegen, en een puntige, gehavende neus midden in het verweerde, gebiedende gezicht. Hij had een kop vol haar, wit met hier en daar wat grijs, tot vlak boven zijn oren die toegetakeld waren in de boksring of misschien ergens anders. Zijn ogen stonden uitdrukkingsloos, de ogen van een valk.

Bijgesloten zat een samizdat dossier, een inderhaast gemaakte fotokopie, minstens derde generatie. Het was gericht aan iemand wiens naam was verwijderd met een witmarker. Het referentienummer was ook weggehaald, evenals een code boven aan elke bladzijde. Er was geen briefhoofd van een afdeling. Maar toen ze verder las, gokte ze dat het om een vertrouwelijk memorandum ging van een politiek adviseur aan een minister. Het was onmogelijk te achterhalen wanneer het was geschreven, of met wat voor reden. Maar het vertelde haar alles wat ze wilde weten.

ALFRED (ook wel 'Freddy') ELLIS

U hebt me gevraagd u voor de vergadering van vandaag basisinformatie over Ellis te verstrekken. U hebt het politiedossier gelezen en weet dus al dat hij twee keer is veroordeeld, de eerste keer voor een gewapende overval, de andere keer voor ernstig lichamelijk letsel, en dat hij in totaal hiervoor zes jaar gevangenisstraf heeft uitgezeten. Hij heeft ook in 1976 al een voorwaardelijke straf gekregen.

Dit is nog maar het topje van de ijsberg, zoals u tijdens de ochtendbespreking vorige week al dacht. Het is geen geheim dat Ellis, die nu 68 (69?) moet zijn, in het verleden verscheidene keren de hand heeft gehad in criminele activiteiten in East End en ook in enkele andere delen van het land. Hij zou zich op grote schaal bezighouden met narcotica, prostitutie en afpersing, hoewel men mij heeft verteld dat we op dit gebied nog 'verre' zijn van een vervolging.

De memo beschreef een afgrijselijk netwerk van criminelen die dertig jaar lang ongestraft hun gang hadden kunnen gaan. Ze herinnerde zich dat Ringo had geroepen dat hij de mannen van Ellis om bewaking zou vragen. Bewaking. Dit was een man met angstaanjagend veel macht, wiens gewelddadigheid slechts werd geëvenaard door zijn ongrijpbaarheid. Iedereen wist wat Ellis uitspookte, maar niemand kon het bewijzen. En daarin, meldde de anonieme schrijver, school het politieke gevaar. Het risico van een algeheel falen.

In het algemeen gelooft men dat Ellis nu zeer vermogend is. 1C4 heeft hiervan echter geen bewijs kunnen vinden in zijn boekhouding. Informatie over bankrekeningen in het buitenland is ook beperkt. We moeten ervan uitgaan dat Ellis stappen heeft ondernomen om zich te kunnen onttrekken aan systematisch onderzoek op dit gebied.

De memo zinspeelde vaag op steekpenningen aan de politie, raadselachtige ingrepen van Ellis, en een achtervolging die waarschijnlijk niet zou lonen.

Na met alle betrokken partijen te hebben gesproken, ben ik ervan overtuigd dat Ellis niet in aanmerking komt voor de acties die u voorstelt. Zijn politiek van succes is overduidelijk: grote triomfen, krantenartikelen enzovoort. Maar een misser brengt aanzienlijke risico's met zich mee. Ellis is een kleurrijke figuur in zijn buurt, hoewel het jaren geleden is dat hij daar woonde (hij schijnt zijn tijd te verdelen tussen Chelmsford en zijn villa in Spanje). Ik zou dringend willen adviseren tégen het ondernemen van acties van het soort dat S.H. voorstelde, hoewel het politiek misschien wel slim is om te doen alsof u er wel voor bent tijdens jullie bespreking, gezien de gevoeligheden die hierbij komen kijken, waarover we het vorige week hebben gehad. Ik heb trouwens gesproken met P.W. en die is het eens met bovenstaande analyse.

'De gevoeligheden die hierbij komen kijken...' Ze vroeg zich af wanneer dit armzalige staaltje van politieke ontwijking was geschreven, aan wie het was gericht, en waar het werd opgeslagen. Het deed er niet toe. Zoals ze al had gedacht, had het Miles enkele minuten gekost om op de proppen te komen met waar zij om had gevraagd. Waarschijnlijk niet meer dan een gemompelde mededeling aan een vertrouweling op zijn privé-kantoor. Nu hoefde ze hem nooit meer te zien. Hij had haar gegeven wat ze wilde. Ze voelde de eenzaamheid van die wetenschap; de laatste barrière om tot actie over te gaan was eindelijk neergehaald. Ze scheurde het document doormidden en gooide het in de vuilnisbak.

Rob liep binnen en nam haar in zijn armen, streelde haar gezicht. 'Wie was dat?'

'O, een aangetekende brief,' zei ze, genietend van zijn aanraking. Ze protesteerde niet toen hij zijn handen onder haar badjas liet glijden.

'Was het iets interessants?'

Ze keek naar hem op. 'Nee, niets bijzonders. Een overmaking op een van mijn rekeningen.'

III

De grijze rijp kraakte onder haar voeten toen ze de afdeling Spoed-opname verliet, de helling af, door het helderwitte licht de straat op. Hoe laat was het? Ze droeg geen horloge en ze wilde het niet vragen aan de portier die voor de deur van de Mexicaanse kroeg stond, vlak naast de Royal London. De vrouw aan de balie had aangeboden een taxi voor haar te bellen, maar ze besloot ondanks de bijtende kou naar huis te lopen. Ze wilde haar hoofd helder hebben en proberen te begrijpen wat er was gebeurd. Ze had tijd nodig om na te denken over alles, na te denken over niets. Ze merkte nu pas dat haar handen nog onder de bloedkorsten zaten van de val. Waarschijnlijk was ze daarmee op de stoeprand terechtgekomen. Zo was het waarschijnlijk gegaan.

Ze liep op Whitechapel langs de currytentjes en de kroegen. Op de brede stoep wankelden groepjes dronken mannen naar het metrostation en riepen elkaar scheldwoorden toe. Ze hield haar hoofd gebogen en schrok af en toe op door een bus die langs denderde, waarbij het licht van zijn koplampen door de bladeren van de bomen flitste. Voor een fried-chickenrestaurant stond een vrouw in een glimmend joggingpak over te geven. Haar vriend, die een voetbalshirt droeg onder zijn leren jasje, stond haar de huid vol te schelden terwijl hij intussen aan een fles stond te lurken. En oude moslim in een dikke bodywarmer, met een volle, grijze baard, keek vol afschuw naar dit profiel van wreed hedonisme. Een politiewagen naderde en het meisje kwam overeind en probeerde zich in te houden. Mia voelde een steek in haar rechterenkel. De pijn was erger dan ze had gedacht, of wilde toegeven.

Het was nog maar twee dagen geleden dat ze Irene had gevonden – Irene die er samen met Ted voor had gezorgd dat Lorenzo bij het Echinacea Centrum was vertrokken – en een kop koffie met haar had gedronken. Irene had gewone instantkoffie gewild, natuurlijk. Ze vertelde

Mia dat ze 'niets ophad' met die nieuwerwetse koffiesoorten met allerlei smaakjes die je tegenwoordig in cafés kon bestellen. Ze zei dat al die drukte nergens voor nodig was, dat het mensen ophield omdat ze het antwoord niet wisten op vragen die hun ineens werden gesteld over dingen die allang duidelijk waren. Waarom moest er zoveel keus zijn? Ze begreep het niet. Irene glimlachte terwijl ze haar tirade hield. Mia vroeg zich af hoe lang het geleden was dat ze ergens een kop koffie had gedronken. Haar uitgebreide klaagzang duidde op eenzaamheid.

Ze had Irene gevonden in het buurtcentrum bij Mare Street dat zeer in trek was bij de ouderen in haar wijk. Ze waren daar Costa-koffie gaan serveren om yuppen te lokken. Desondanks waren de meeste mensen die aan de nieuwe grenen tafels in het cafégedeelte zaten van Irenes leeftijd of ouder, sommigen in pak, meest stilzwijgend. Een stelletje zat in de hoek te dammen. Een zwarte man met een slappe vilthoed at met grote omzichtigheid een broodje ei met tuinkers, alsof zijn gedrag werd beoordeeld door een team van experts. Irene zat er alleen met haar breiwerk en een tijdschrift. Ze keek op toen Mia binnenkwam maar herkende haar niet. Ze boog zich weer over haar tijdschrift en bladerde verder zonder een woord te lezen. Dus dit was de manier waarop Irene de lange middagen doorbracht, als de boodschappen waren gedaan, na een lichte lunch thuis, voor de avond met haar kat voor de televisie, waarna ze om tien uur naar bed ging. Een uitje naar het buurtcentrum, en de schrale troost van anderen om haar heen die op dezelfde manier de uren telden, haar broeders en zusters in eenzaamheid. Mia herinnerde zich dat Irene haar ooit met veel trots had verteld dat ze vijf jaar lang elke week, zonder een keer over te slaan, bloemen was gaan leggen op Regs graf. Dit waren de rituele gedragingen van de weduwe, de plechtige handelingen die de contouren van haar leven vormden.

Het was belangrijk dat Irene niet doorhad dat Mia naar haar had lopen zoeken, dat dit de derde tent was waar ze binnen had gekeken. Om het bedrog niet nog erger te maken, liep ze meteen op haar tafeltje af. 'Hé, hallo, Irene,' zei ze. 'Is dit jouw stamcafétje?'

De oudere vrouw tuurde door haar dikke brillenglazen, haar gezicht trok in duizend plooien samen. Toen ze als teken van herkenning breed glimlachte, liet ze een slecht passend kunstgebit zien. 'Ha, Chels, lieverd. Wat een verrassing. Ben je op weg ergens naartoe?'

'Eigenlijk wel. Ik ben op zoek naar computerspullen voor Sylvia, maar ik snak naar een kop koffie. Ik wist niet dat ze de boel hier zo hadden opgeknapt. Leuk om je weer eens te zien. Woon je hier in de buurt?'

'Een paar minuutjes lopen, lieverd.' Irene gebaarde haar te gaan zitten. 'Ik kom hier graag 's middags even. Gezellig. Ted komt soms ook langs, als zijn moeder een dutje doet.' Ted. Mia vroeg zich af of degene die Lorenzo had weggejaagd nog steeds genoot van zijn overwinning op de ongelukkige Portugese leraar.

'Leuk. Ik ben hier nog nooit eerder geweest.' Ze trok haar handschoenen uit en legde haar sjaal neer. 'Goh, dat ik jou hier tref. Je bent al een hele poos niet in het Centrum geweest. We hebben je gemist.'

'Ach, ja. Je weet hoe dat gaat, Chels. Mijn voet speelt weer op, en als het dat niet is, is het wel wat anders. Druk, druk. Ik was wel van plan langs te komen. Ik vind het enig, die lessen.' Haar glimlach kreeg iets onoprechts alsof ze dacht aan de laatste keer toen er die heibel was geweest. Het stelletje had hun damspel beëindigd en zette de schijven terug in de doos. Ze hadden het over worstjes en avondeten.

Mia ging koffie halen en toen ze terugkwam, zat Irene uit het raam te staren naar een stel kinderen in schooluniform bij het busstation die de enorme hoeveelheden snoep en chips die ze zojuist hadden gekocht met elkaar vergeleken. Een roodharig meisje met de huid en de wenkbrauwen van een albino draaide de arm van een kleinere jongen om zodat hij een grote zak Monster Munch zou loslaten. De jongen gilde van de pijn, schold zijn belaagster uit en gaf haar vervolgens de zak. Toen liep hij naar een jongen die een stripverhaal zat te lezen en schopte hem tegen zijn schenen. De tweede jongen begon meteen te huilen – zijn huid was zeker geschaafd – maar verweerde zich niet en klaagde ook niet over het wrede onrecht dat hem was aangedaan. Zijn tranen vormden een nieuwe bron van vermaak voor de groep. Ze richtten hun aandacht nu op zijn verdriet in plaats van op het snoep – ze wezen naar hem en lachten hem uit.

Irene schudde haar hoofd. 'Die jongeren, Chels. Ik weet het niet. O, dank je wel, lieverd.' Ze pakte de kop koffie aan. 'Ik bedoel, we waren vroeger wel vaak stout. Ik trok altijd mijn zusjes aan hun haar. We waren echt een stel schooiers. Mijn vader kneep er altijd tussenuit. Die vond meisjes maar niks, hij had liever zonen gehad om hem gezelschap te houden. Nou, hij kreeg drie meisjes. Dat is gewoon pech, nietwaar?'

'Dat zal wel.'

'Nou, dat zei mijn moeder in elk geval altijd tegen hem. We waren een lastig stel, hoor. Maar we waren niet zo...' Ze zocht naar een woord, haar jarenlange ervaring aftastend om het verschil tussen toen en nu weer te geven. Ze keek verslagen. 'Ik geloof niet dat wij zo gemeen waren als die jongelui nu. Dat is alles.'

Mia dronk van haar cappuccino zonder cafeïne. Ze had Rob een paar dagen niets laten horen, vooral omdat ze wist dat zijn achterdocht was gewekt door de koerier, maar ook omdat ze niet wist waarnaar ze precies op zoek was. Ze kon aan Rob, Ringo of Sylvia niets kwijt over wat ze had ontdekt. Ze kon hun onmogelijk vertellen dat een zittend minister haar dodelijke informatie had verstrekt, en dat de manier waarop ze die informatie gebruikte direct te maken had met haar overlevingskansen. Het spoor liep niet langer dood. Het leidde nu naar een deur waarachter zich ongekende gruwelen afspeelden.

Freddy Ellis. Waarschijnlijk nu al dik in de zeventig. Een legende, zoals de onbekende memoschrijver zijn werkgever te kennen had gegeven. Misschien nog machtiger dan Jack Dove, en in elk geval gevaarlijker. Niet langer gefotografeerd zoals vroeger wanneer hij aankwam bij exclusieve disco's in West End, of bij de opening van een nieuwe mannenclub. Een kluizenaar was hij tegenwoordig. Maar toch, wist ze nu, een man wiens assistenten zijn belangen beschermden en toezicht hielden op de rest van zijn imperium. Hoeveel Micky Hazels kon Ellis zelfs nu nog commanderen? Waarschijnlijk meer dan degenen die de jacht op hem hadden opgegeven. Waar hij ook zat, Ellis was de bewakers van recht en orde te slim af geweest, hij had hen zo lang voor gek gezet dat hun politieke superieuren opdracht hadden gegeven ermee op te houden. Tussen hem en hen in stonden mannen als Micky lachend de boel op te ruimen, en zij zorgden ervoor dat niemand bij de man achter de schermen, de man die alles mogelijk maakte, in de buurt kon komen. Het was de stem van Ellis die ze in het accent van Micky had gehoord toen hij haar waarschuwde, die dag in Stratford. Het was de stem van kalm, moorddadig vertrouwen. Ellis had gewonnen, en hij wilde de garantie dat het zo bleef. Arme Ben. Arme, slimme Ben, met zijn flitsende computerschermen en zijn plannen en zijn jeugdige gretigheid. Hij had nooit een kans gemaakt tegenover deze veteranen in hebzucht en bloedvergieten.

Maar Mia moest deze man vinden. Ze moest hem vragen stellen, ook al tekende ze daarmee haar eigen doodvonnis. Ellis zou begrijpen waarom ze die moest stellen, waarom dit meer een kwestie was van zelfrespect dan van wraak. Meer dan Micky zou hij bewondering hebben voor de moeite die ze ervoor deed, haar zoektocht naar hem om erachter te komen waarom, en hoe, hij haar broer had gestraft en haar familie had vermoord. Met zijn doodse blik en zijn gemanicuurde handen zou hij knikken en zacht over verschrikkelijke dingen praten. En dan, stelde ze zich voor, zou hij haar volgen: misschien niet diezelfde dag, maar in ieder geval spoedig daarna. Ze zou worden aangereden door een auto, of het koude staal van een mes in haar buik voelen, of misschien zelfs de loop van een pistool. Het einde zou snel zijn. Maar eerst moest ze hem vinden.

In haar frustratie, waarbij ze 's nachts slapeloos op de bank zat, kwam het idee bij haar op: Irene zou het weten. Niet waar Ellis zat, natuurlijk. Maar zij zou weten waar ze moest beginnen met zoeken, de plekken waar de man vroeger kwam toen zij nog een jonge vrouw was, en hij een opvallende verschijning in East End. Ze zou niet veel weten, maar genoeg. Ze zou Mia vertellen wat ze wist, zonder veel vragen te stellen of zich er verder mee te bemoeien. En Irene zou, in tegenstelling tot Ellis, niet zo moeilijk te vinden zijn.

Ze kletsten een tijdje, over het Centrum en de problemen daar, over Ted, en over Rob en hoe hij zijn werk deed. Mia bloosde toen Irene zei dat zij een aardige jongeman nodig had die lief voor haar was. Ze vroeg haar of ze in deze buurt bleef wonen en Mia zei dat ze het niet wist. Ze vroeg hierop snel of de buurt de laatste jaren erg was veranderd.

Irene ging gretig op het onderwerp in. 'Veranderd? Je moest eens weten, kind. Het is een heel ander soort mensen, net of er een – hoe noem je dat? – ja, of hier een soort ruimtewezens zijn geland. Boem, boven op ons. Niemand kan het nog opbrengen om hier te wonen.' Ze schudde haar hoofd en knabbelde aan haar koekje. 'Het is hier nu meer voor mensen als jij, Chels. Niet voor mensen zoals ik. Zo gaan de dingen nu eenmaal.'

Mia ontweek haar blik, maar probeerde haar vraag luchtig te laten klinken. 'En hoe zit het met al die verhalen? Je weet wel, over de schietpartij in de Blind Beggar? Jack Dove en Freddy Ellis? Is dat allemaal onzin?'

'Jack Dove! Wil je wel geloven dat hij me ooit ten dans heeft gevraagd? We hebben het dan wel over minstens dertig jaar geleden. Misschien wel veertig. In een club in South Woodford. Reg ging daar altijd naartoe, en op een avond toen er een band speelde, nam hij me mee. Raad eens wie daar waren? Alleen Dove en zijn maatjes. Allemaal in fraaie pakken, met gepoetste schoenen. Brylcreem in hun haar, natuurlijk. Mannen zagen er in die dagen chic uit, hoor. Maar ik was doodsbang. Ik bedoel, ik wilde niet in dezelfde tent blijven met een kerel als hij.' Irene keek samenzweerderig rond alsof er iemand was die hen zou kunnen afluisteren. 'Ik vroeg Reg of we niet weg konden gaan, maar die zei: "Doe niet zo raar, die tent is hun eigendom, wat geeft dat nou?"'

'En wat deed je toen?'

'Ik nam om te beginnen een stevige borrel, kind. En toen waarschijnlijk nog een, ik weet het niet meer. Toen gingen Reg en ik zo'n beetje dansen. En daarna gingen we even zitten uitpuffen, je kent het wel. Ineens kijk ik op en zie ik daar Jack Dove in hoogsteigen persoon staan. O, o, die arme Reg. Ik geloof dat hij iedere week een paar duiten moest betalen aan de stomerij van een van Doves mannetjes. Godzijdank was hij altijd op tijd met betalen. Maar om met die man zelf te praten! Toen was het Regs beurt om zich rot te schrikken. Ik keek eens goed naar die man, hij was niet zomaar een beetje knap, Chels. Ze moest lachen, en Mia deed mee. 'Een echte hartenbreker, die man. Lang en donker. Net Gary Grant. En hij begroette ons allebei en vroeg of we ons vermaakten, en of hij een drankje voor ons kon halen. En toen zei hij dat het hem niet was ontgaan hoe goed wij dansten, en dat hij het niet half zo goed kon als Reg, maar had Reg er bezwaar tegen als hij een dansje waagde met zijn vrouw? Reg kon geen woord uitbrengen, en hij knikte alleen. Ik keek naar hem en dacht: nee, je kunt geen nee zeggen. Dus ik stond op, doodsbenauwd, natuurlijk. En we wilden net de dansvloer op gaan toen een van Jacks mannen naar hem toe kwam en hem iets in zijn oor fluisterde. Het leek nogal dringend, hij wees naar buiten. En toen zei Jack dat het hem erg speet maar dat er iets tussen was gekomen, en dat hij meteen weg moest, en of ik het hem kon vergeven. Hij gaf mij en Reg een hand, en weg was hij.'

'Heb je hem ooit nog gezien?'

'Nee, hoor. Nooit. Verwachtte ik ook niet. En daarna werd het natuurlijk moeilijk voor mensen zoals hij, met al die publiciteit. Je zag ze hier niet meer in de buurt. Maar ik heb er nog jaren op geteerd, dat kan ik je wel vertellen.'

'En Freddy Ellis? Heeft die je ook wel eens ten dans gevraagd?'

Irene keek haar oplettend aan. Ze leek nu meer op haar hoede. 'O jee nee, lieverd. Niet Freddy Ellis. Daar danste je niet mee. Die man meed je. Dat was een gore klootzak, als ik zo vrij mag zijn. Helemaal geen heer. Hij heeft een hoop mensen pijn gedaan die dat niet verdienden.'

Mia probeerde niet al te opvallend te informeren. 'Hoe bedoel je?'

Irene fronste, alsof die vraag een beetje onfatsoenlijk was. 'O, dat wil je niet weten, Chels. Echt niet. Godzijdank is dat verleden tijd, dat is het enige wat ik erover kan zeggen. Blij dat dat voorbij is. Nu zijn we allemaal beter af.'

'Hoezo?' Mia's lach klonk zelfs in haar eigen oren geforceerd. 'Was het zo erg?'

'Erger nog.' Irene zweeg, alsof ze bij zichzelf zat te overleggen of ze die afschuwelijke feiten wel aan haar moest toevertrouwen. Ze haalde eens diep adem en legde haar breiwerk op tafel. 'Mijn Reg had een vriend, ene Johnny Prentice. Het was een klusjesman in de buurt en hij hield alles bij ons netjes op orde. Hij besteedde wel het grootste deel van zijn weekgeld aan drank, en de rest ging naar de paarden, maar ongevaarlijk. Reg en ik kochten altijd een maaltje vis voor hem als hij krap bij kas zat, wat meestal het geval was. Een schat van een man, en hij en Reg kenden elkaar al vanaf hun diensttijd. Ze waren heel goed met elkaar, op hun manier. Zoals mannen dat kunnen zijn.'

'Ja... En wat gebeurde er toen?'

'Freddy Ellis en zijn mannen zaten tussen de middag meestal in een grote eettent in Dalston, de Jake. Het was Freddy's favoriete stek overdag, weet je wel. Als hij niet 's avonds ergens bier zat te hijsen in West End, zat hij in de Jake. Het was een soort hoofdkwartier van hem. Ze gebruikten het kantoor achter en ze hadden een stel tafels voor henzelf en hun vrienden gereserveerd. Het was geen gelegenheid voor een dame, dat moet ik wel zeggen. Ik ben er maar een of twee keer binnen geweest, en het was verschrikkelijk. Maar Johnny vond het er fijn omdat het vlak bij een klant was waar hij af en toe werk van kreeg. Bovendien zat er een wedkantoor naast.' Irene liet haar ogen rollen. 'Maar goed, Johnny was daar op een keer tussen de middag, dronk er een biertje en bemoeide zich alleen met zijn eigen zaken, toen Ellis en zijn maatjes binnenkwamen. Natuurlijk lette niemand daarop, iedereen ging gewoon door waarmee hij bezig was.'

'Wanneer was dat?'

'O, eeuwen geleden. Eind jaren zestig, denk ik. Niet veel later. Goed, Johnny zit daar met zijn biertje. Dan ontstaat er een enorme ruzie aan Ellis' tafel. Zijn mannen hebben heel wat gedronken, twee van hen raken slaags. De naam van de ene vent was Tony Snell, dat was de lastigste van het stel. Een schoft. Heeft meer vingers van anderen gebroken dan jij kunt tellen. En nog veel ergere dingen heeft hij gedaan. Hij had ruzie met die andere kerel – ik weet zijn naam niet – over een spelletje darts. Over wie de beste speler was. Niks bijzonders. Maar het loopt uit de hand, Tony Snell begint op die ander in te beuken of het niets is, en de hele tent valt stil, behalve Johnny die net in de lach schoot om een grap die de barkeeper hem vertelde. Hij had totaal niet in de gaten wat er aan de hand is. Stel je voor: twee kerels die uit elkaar worden getrokken zodat ze elkaar niet meer de hersens inslaan, en Johnny staat daar te lachen.'

'Dat zal er niet best voor hem hebben uitgezien.'

Irene knikte triest. 'Dat heb je goed gezien, Chels. Het zag er helemaal niet best voor hem uit. En toen gebeurde er het volgende. Ellis fluistert iets in het oor van een van die schurken, en zij grijpen Johnny en nemen hem mee naar hun tafel. En Ellis zegt dat hij niet begrijpt wat Johnny zo leuk aan vechten vindt. Weet hij soms niet dat vechten iets akeligs is, heeft hij soms geen kinderen, en moet hij niet een voorbeeld stellen? Johnny weet niet wat hij daarop moet zeggen. Zo bang is hij. Hij was al nooit zo'n gevatte jongen, en nu weet hij helemaal geen woord uit te brengen. Hij staat daar met zijn mond wijdopen, als een goudvis. En dat maakt Ellis nog kwader. Hij denkt dat Johnny expres zijn mond houdt. Dus vraagt hij hem om te helpen hun probleempje op te lossen.'

'Wat voor probleempje?'

'Bij het darten.'

'Wat kon hij daaraan doen?'

Irene keek haar aan. Deze keer was haar stem vast en duidelijk. 'Twee maten van Freddy hielden Johnny tegen het dartbord geklemd, met zijn gezicht vlak voor de roos, en Tony Snell en die andere vent gingen een spelletje spelen. Een spelletje darts. Ze zijn een halfuur bezig geweest, althans, dat heb ik gehoord. Johnny verloor al heel snel het bewustzijn, maar ze bleven doorgaan. Hij is een oog kwijtgeraakt en hij had honderd hechtingen.' Ze dronk haar koffie op. 'Hij is tien jaar geleden overleden. Arme stakker.'

Mia staarde naar de grenen tafel. Ze herinnerde zich de foto van de oude man, en die uitdrukkingsloze ogen. Ze verwachtte angst te voelen, maar ze voelde eerder iets van verdriet. 'Heeft er niemand ingegrepen?' 'O nee, lieverd. Dat deed je niet. Reg heeft me verteld – hij kende de barkeeper van de Jake – dat Johnny tien minuten lang heeft geschreeuwd zonder dat iemand iets deed. Ofwel ze bestelden nog meer drank, of ze gingen ervandoor.'

'Wat vreselijk.'

'Vreemd, het is al zo lang geleden, en toch lijkt het net of het gisteren is gebeurd. Dat krijg je op mijn leeftijd, Chels. Het maakt niet veel verschil meer of iets gisteren is gebeurd of veertig jaar geleden.'

Mia knikte. Ze wilde niet dat Irene afdwaalde. 'En komen die mannen van Ellis daar nog wel eens? In de Jake?'

Irene keek haar aan met een blik waarin plotseling iets begon te dagen. 'Nou, dat betwijfel ik, liefje. Dat betwijfel ik zeer. Die tent heet al jaren niet meer zo. Die is langgeleden van naam veranderd, geloof ik. De hemel mag weten hoe het er tegenwoordig heet. Vast een onnozele naam.'

'Waarschijnlijk wel. Je zult wel gelijk hebben. Nog koffie, Irene?'

'Nee, dank je, liefje. Ik moest maar eens gaan. Het wordt al laat. Ik moet de kat eten geven en wat aan het huishouden doen. Je weet wel, alles netjes houden. En jij moet je boodschap nog doen.'

'Boodschap? O, ja, natuurlijk. Ja. Voor de computer.'

'Juist, liefje. We mogen Sylvia toch niet boos maken, wel?'

'Nee, je hebt gelijk. Ik moest ook maar eens opstappen.'

Irene pakte haar breiwerk en haar tas, zette haar muts op en trok haar handschoenen aan. Ze leek weer onbeduidend, onbeduidender dan de verhalen die ze had verteld. Mia wilde nog iets tegen haar zeggen, maar kon de juiste woorden niet vinden. Irene tikte even op haar arm en zei gedag. Ze liep naar de deur, en draaide zich toen om. 'Je bent een schat van een meid, Chels. Een schat. En ook nog eens slim. Geen domme dingen doen, goed?' Ze glimlachte nog eens en was weg voordat Mia iets kon zeggen.

Irene had gelijk gehad wat de Jake betrof. De naam was al vijftien jaar niet meer in gebruik. Maar het wedkantoor zat er nog wel naast, en daardoor kon ze het vinden. Volgens de man in de ijzerwinkel een paar straten verderop was de naam eerst Apple and Pear geworden, en een paar jaar geleden weer iets anders. Toen ze doorvroeg, vertelde de winkelier, die overvloedig zweette in zijn overall, dat het nu een stripteasetent was. Niets voor een dame, zei hij. Absoluut niet.

Vanbuiten zag de Spangles Dansclub voor Heren er eerder bespottelijk uit dan gevaarlijk. Een neonlamp in de vorm van een fles champagne hing onverlicht boven de ingang. De ramen waren geblindeerd en plastic bordjes die aan de muur waren vastgeschroefd, toonden de speciale vergunning die ze van de gemeente hadden gekregen, plus de leeftijdsgrens en de kledingvoorschriften die door de directie waren vastgesteld. Een dikke man in een bruine jas en zware schoenen glipte de club binnen terwijl zij wachtte om over te steken. Het was twaalf uur 's middags. Je moest wel heel erg gesteld zijn op dergelijke dansgelegenheden als je er zo vroeg op de dag al naartoe ging.

Ze stak de straat over, ontweek een fietser die door een bus aan het oog onttrokken was geweest, en liep verder. Toen ze bij de ingang kwam, besefte ze hoe misplaatst ze eruitzag in haar oude suède jasje, combatbroek en spierwitte sportschoenen. Ze overtrad vrijwel zeker de kledingvoorschriften van de club, nog afgezien van het feit dat zij, als jonge vrouw, daar niet zou passen, op dit moment, op een saaie winterse dinsdag. Ze was blij dat Rob die middag vrijaf had genomen om met zijn moeder naar de dokter te gaan. Nu hoefde ze niet uit te leggen wat ze aan het doen was, of zich te verontschuldigen voor haar vastberadenheid. Ze had Rob niet nodig om haar te vertellen dat haar gedrag op zijn best buitensporig te noemen was.

Binnen duurde het even voordat haar ogen gewend waren aan het licht. Spangles leek, zelfs op dit uur van de dag, verstard in het schemerlicht dat bij dit soort clubs paste. De spelonkachtige tent die Irene had beschreven, bestond niet meer. Er lag geen zaagsel op de grond, er waren geen gevlekte tafeltjes, en ook geen dartbord. Het interieur werd gedomineerd door de chromen bar en de twinkelende lichtjes die in het metaal waren ingebouwd. De rijen drankflessen waren indrukwekkend, voor het grootste deel gedestilleerd, zag ze, en de overige ingrediënten voor sterke cocktails. Aan de ene kant van de bar stond een man met een sikje glazen op te poetsen die hij naast een stapel ijsemmertjes neerzette. Wat zouden ze vragen voor een fles huismerk belletjeswijn, vroeg ze zich af. Tien pond? Twintig? Afhankelijk van wie er op dat moment op je schoot zat, stelde ze zich voor, en in welk stadium ze waren.

De grote ruimte die ooit het speelterrein was geweest van de mannen van Freddy Ellis stond nu vol met ronde tafeltjes, waarvan de marmeren bladen pasten bij het zwart van de stoelen. De vloer zelf bestond uit een roosterwerk van perspextegels, vanonderen verlicht en opflitsend op het ritme van de muziek die uit boxen aan het plafond kwam. Het was muziek om vrouwen op te laten dansen, met een ritme dat de lustgevoelens van mannen moest prikkelen zodat ze veel geld zouden geven. Er waren aparte nissen die meer privacy boden, iets wat eruitzag als een videojukebox in de hoek, en een kleine dansvloer. Daarnaast zat een uitsmijter, met enorme spierbundels, in een donker kostuum een cola light te drinken en de *Sun* te lezen. Er was niets voor hem te doen in de club, niets dat op problemen of op dreigend gevaar wees. Ongetwijfeld zouden zijn grote handen het op een vrijdagavond druk hebben, als het hier vol zat met drinkende mannen die graaiden en gluurden, met ogen die zich wellustig samenknepen terwijl ze naar het gekronkel van de vrouwenlichamen keken.

Mia meende drie klanten te tellen, hoewel ze dat door de indeling van de club en het schemerachtige licht niet goed kon zien. Een van hen was de man in de bruine jas die daaronder een bijpassend bruin kostuum droeg. Hij zat aan een tafeltje, met een stramme rug en een ongelukkige uitdrukking, een glas champagne te drinken. Op de stoel naast hem zat een blondje die niet eens haar best deed om haar verveling te verbergen, met haar glas onaangeroerd voor zich op de tafel. Ze was eerder mager dan slank, met een slechte huid en zware make-up. Ze droeg een soort onderjurkje over een glitterbikini, kousen en hoge hakken. Ze had een arm rond de schouders van de man geslagen en stelde hem onverschillige vragen die hij met droevig gegrom beantwoordde. Dit meisje kon hem op geen enkele manier geven wat hij wilde, wat het ook was.

Mia liep naar de barkeeper met het sikje. Hij zag haar niet, of deed alsof, druk als hij was met het poetsen en het maken van notities in een klein opschrijfboekje dat hij in de zak van zijn vest bewaarde.

'Neem me niet kwalijk,' zei ze. Hij draaide zich met een ruk om, alsof hij verbaasd was dat er iemand naar de bar kwam.

'Ja, schat. Kom je de weg vragen?'

'De weg?'

'Nou, ik neem aan dat je hier niet als klant komt. Dit is een club voor heren, weet je.'

'Ja, dat weet ik.'

'Wat kan ik dan voor je doen?'

'Ik ben op zoek naar de manager.'

'Derek? Ik weet niet zeker of hij er al is.'

Ze keek om zich heen. De blonde vrouw danste nu voor de man in het bruine pak. Ze draaide zonder overtuiging of ritmegevoel rondjes, en ging even schrijlings op hem zitten op een manier die hem duidelijk geen plezier verschafte. Ze kauwde kauwgom en keek over zijn schouder naar een scherm boven het hoofd van de barkeeper waar een Australische soapserie werd vertoond.

'Juist,' zei Mia. 'Weet je ook wanneer hij er wel is?'

'Niet echt. Del houdt er zo zijn eigen tijden op na. Meestal gaat hij weg om een uurtje of drie, dus soms zien we hem pas laat in de middag. Vooral in het begin van de week, als het nog niet zo storm loopt. Kan ik wat te drinken voor je inschenken?'

'Nee, bedankt. Is er iemand anders die ik kan spreken? Het gaat om iets zakelijks.'

'Als het om iets zakelijks gaat, moet je Del hebben. Je kunt hem het beste bellen voor een afspraak. Hij is vaak de deur uit. Je kunt er geen staat op maken wanneer hij binnen is.'

'Ik ben op zoek naar iemand die hier vroeger vaak kwam.'

De barkeeper trok een grimas bij het idee dat ze verwachtte dat hij de privacy van zijn klanten zomaar zou schenden. 'Zou ik niet weten. We krijgen hier heel wat mensen. Het is een populaire tent. Op een vrijdag-avond staat het hier rijen dik voor de bar.'

'Dat zal best. Luister, ik moet heel snel iemand zien te spreken. Dan ben ik weer weg.'

Hij hield op met glazen poetsen. 'Je wilt zeker geld, hè? Ik dacht al dat ik iets raars aan je zag. Luister –'

Mia werd rood. 'Natuurlijk niet. Ik werk hier in de buurt en ik zoek iemand die hier heel vaak kwam voordat het... Nou, dat doet er nu niet toe. Ik moet alleen iemand spreken die me kan helpen.'

De barkeeper nam wat gas terug. 'Nou, ik weet het niet. Je zou Ray kunnen proberen, onze floormanager. Die houdt de zaak in de gaten. Misschien dat hij je kan helpen. Ik zal eens kijken of ik hem kan vinden. Ga even zitten...'

'De naam is Taylor. Bedankt, ik wacht wel.'

De barkeeper liep naar de telefoon aan de muur en toetste een nummer in. Ze zag dat hij zijn schouders ophaalde en gebaarde. Ray zou wel niet zitten wachten op een blonde vrouw die hem vragen kwam stellen. Hij hield een heel verhaal tegen de barkeeper. Ze ging zitten aan een tafeltje vlak bij de bar en wachtte. In een nis ertegenover zaten drie meisjes in outfits die een variatie waren op wat het eerste blondje droeg te kletsen met een kop thee. Een van hen lachte hysterisch om een verhaal van haar forse, zwarte vriendin, wier lokken glansden in het schaarse licht. Het derde meisje probeerde niet te lachen terwijl ze haar lippen stiftte. Ze hadden niet in de gaten dat een kleine vrouw met sportschoenen hen aan de andere kant van de dansvloer zat op te nemen. Het zou hen ook niets hebben kunnen schelen.

Een deur achter de bar ging open en er kwam een man met een rood gezicht uit die nijdig om zich heen keek. De barkeeper wees naar Mia en de man trok het colbert van zijn kostuum recht, dat te krap was, en haalde zijn vingers nerveus door zijn haar. Hij deed een poging om vriendelijk te kijken en kwam op haar af gebeend, waarbij zijn schouders op zijn corpulente lichaam wiegden. Hij droeg zwarte puntschoenen en geruite sokken. Zijn stropdas had een opvallende kleur, paars, meende ze. Hij had iets clownesks. Zijn handen, zag ze toen hij dichterbij kwam, balde hij snel en veelvuldig tot vuisten. De uitsmijter legde zijn krant neer toen de floormanager binnenkwam.

'Hallo, juffrouw. Ik ben Ray. Ik heb begrepen dat u op zoek bent naar Derek. Kan ik misschien iets voor u doen?"

'Hallo. Ja. Het spijt me dat ik u stoor.'

'Mag ik naast u komen zitten?' Ze knikte, en hij liet zich op een stoel naast haar vallen. Hij draaide zich om naar de barkeeper. 'Barry, je weet wat ik wil. Iets drinken?'

'Nee, bedankt.'

'Zoals u wilt. Goed, wat kan ik voor u doen?'

'Nou, ik weet niet zeker of u iets kunt doen. Het is... Misschien kunt u me wel helemaal niet van dienst zijn. Ik heb een wat ongebruikelijke vraag.'

'Ongebruikelijk?'

'Ja.'

De verwarring stond op Rays gezicht te lezen. Hij ging met de rug van zijn hand langs zijn voorhoofd. Hij wist niet zeker of hij haar goed begreep. 'U weet toch wat voor club dit is, juffrouw? Het is een gelegenheid alleen voor heren. Dat is het. Niet om het een of ander, maar we doen hier geen speciale dingetjes. U weet wel, geen gekke toestanden. Gewoon meisjes met mannen, geen andere combi's. Ik weet niet precies waar u op uit bent, maar –'

Christus. Dachten ze nu echt dat ze op zoiets uit was? 'Nee, daarvoor ben ik hier niet. Helemaal niet. Ik probeer iemand te vinden. Iemand die hier volgens mij vroeger geregeld kwam.'

Ray ontspande zichtbaar. Hij hoefde dus niet iets speciaals te doen. Er werd niet van hem verwacht dat hij een combi regelde. Wat hij niet te stellen had als vrienden van de directie, of mensen die zich daarvoor uitgaven, 's avonds laat om gunsten verzochten, een van de meisjes wilden hebben, of meer dan een van die meisjes! Hij moest in zijn werk voortdurend beslissingen nemen op grond van zijn oordeel. Wie kon hij afwijzen, wie niet? Welke verzoeken moest hij inwilligen, wanneer gooide hij er een klant uit, wanneer moest hij ja zeggen, wanneer moest hij een meisje vertellen te doen wat hij zei of er anders uit te vliegen? Geen wonder dat Ray eruitzag alsof hij kapot ging aan stress, ten onder ging aan drank en slecht eten. Barry kwam met zijn drankje, een ingewikkelde cocktail in een hoog, mat glas. Ray dronk het voor de helft leeg, en wendde zich toen weer tot haar. 'Mooi. En wie zoekt u precies, juffrouw? We krijgen hier heel wat mensen. Dat zal Barry u vast wel hebben verteld.'

'Ja, inderdaad. Maar ik ben niet op zoek naar een klant. De man die ik zoek, is Freddy Ellis.'

Ray wilde net weer een slok van zijn cocktail nemen toen ze dit zei. Wat erop volgde, was een reflex waardoor de spieren in zijn gezicht zenuwachtig begonnen te trekken. Maar ze kon niet zeggen hoe hij precies reageerde. Hij staarde haar aan met ogen vol minachting of razernij of iets ernstigers. Plotseling hing er tussen hen een geladen stilte die moest worden opgevuld met woorden, woorden waarnaar ze alleen maar kon raden. Ze voelde zich ongemakkelijk. De lichten op de bar gingen feller schijnen, alsof ze het ritme van een naderende afstraffing wilden benadrukken.

Rays schouders begonnen op en neer te gaan en zijn gezicht zwol op. Zijn handen lagen op zijn knieën en zijn ogen waren gesloten. Hij zag eruit alsof hij verschrikkelijk veel pijn had. Alleen had hij helemaal geen pijn, merkte ze ineens. Hij lachte, hij lachte zo hard dat hij geen geluid voortbracht. Ze zag de tranen over zijn wangen lopen, de punt van zijn neus werd rood. Zijn oren leken van kleur te veranderen. Hij zag eruit als een verdwaasde waterspuwer op een groot, rundachtig lijf. Daarna brulde hij het eindelijk keihard uit. Hij kon er niets aan doen, hij maakte een gebaar waarmee hij dat tot uitdrukking bracht. Zijn lach kwam diep vanbinnen; hij kon er niets aan doen. Ze bleef stilzwijgend zitten wachten tot er iets gebeurde. Na een poosje kon hij weer praten. Maar hij richtte het woord niet tot haar. 'Barry, Barry! Kom eens hier, kerel. Sorry, meid, maar dit moet hij even horen.'

De barkeeper kwam snel kijken wat er aan de hand was. Uit zijn blik sprak dat hij een uitbrander verwachtte. Zelfs de meisjes, waren afgeleid door het lachsalvo van de floormanager. De uitsmijter keek belangstellend toe terwijl hij van zijn cola dronk.

'Wat is er?' vroeg Barry.

'Vertel hem eens naar wie je op zoek bent, meid. Kom op, zeg het hem.'

Mia keek naar Barry die al glimlachte in afwachting van een grap. Ze wilde het niet zeggen. Ze wilde haar vernedering niet nog erger maken.

'Wie zoek je dan?' vroeg de barkeeper. Ze keek boos en bang tegelijk naar Ray.

Hij trok zijn wenkbrauwen op om aan te geven dat ze het nog eens moest zeggen. 'Ach, kom. Je kunt het Barry best zeggen. Echt.'

De impasse duurde voort. Ze keek naar de deur en vroeg zich af hoeveel passen, hoeveel seconden het haar zou kosten hier weg te komen.

'Wat flauw nou. Ik zal het je dan maar zelf vertellen, Bar.' Ray wenkte de barkeeper dichterbij zodat hij het in zijn oor kon fluisteren. Barry's gezicht verkrampte tot een lach. Daarop begon Ray ook weer. De twee mannen schuddebuikten om haar vraag, om haar stommiteit, om het feit dat zij daar nog steeds was.

'O, ben jij even leuk, zeg! Neem je ons in de maling?' vroeg Barry. Ray schudde zijn hoofd. 'Heb je dat gevraagd? Echt?' Nog steeds zei ze niets. De barkeeper wist niet hoe hij het had. 'Wil je op excursie door de onderwereld of zoiets? Beetje de weg kwijt, meid? Nee, ik weet zeker dat we hem voor je kunnen vinden. Met gemak. Weet je wat? Als jij hier blijft wachten, ga ik meteen ook even Jack the Ripper halen. Die zit achter, een bakkie te doen met Reggie Kray.'

Nu hield Ray het helemaal niet meer. Zijn lach was zo onstuitbaar, zo aanstekelijk dat alleen de aanblik al genoeg was om de meisjes te laten meedoen. Alle drie zaten ze nu te giechelen om de floormanager. De uitsmijter zat te grinniken. De man in het bruine pak had de blondine gevraagd te stoppen met dansen en die stond Mia vol verachting aan te staren. Barry zat nog te gniffelen en klopte Ray speels op de rug, alsof de inspanning hem schade zou kunnen berokkenen als hij niet snel kalmeerde. Maar hij bleef lachen, zo hard dat ze het gevoel had alsof er een spijker in haar hoofd werd getimmerd. Niets kon hem uit zijn gevaarlijke extase halen.

Ze sprong op, waarbij ze het tafeltje omvergooide en het restje dat nog in zijn glas zat eruit liep. Ze rende naar de deur en duwde die open. Hij klemde. In paniek greep ze de deurknop en zwengelde er wanhopig aan. De grendel zat er zeker voor. Nee, nee, dat kon niet. Ze kon hier geen minuut langer gevangenzitten met die mensen. Ze rukte nu uit alle macht aan de knop, de deur schoot los en ineens stond ze buiten in de kou.

Het vroor, maar ze bleef niet staan om haar jasje dicht te knopen. Ze rende totdat ze zulke harde steken in haar zij kreeg dat ze zou moeten overgeven als ze nog verderging. Ze leunde tegen de muur van het postkantoor, snakkend naar adem door haar tranen heen. Kleuren en vormen zwommen door haar blikveld. Haar handen trilden. Haar T-shirt was drijfnat van het zweet. Dit was dus het einde van de zoektocht. Geen confrontatie met Ellis, zelfs niet meer met iemand als Micky Hazel. Een of andere dikke pooier en een barkeeper in een lachstuip om – waarom? Haar lef? Haar stompzinnigheid? Of om iets anders? Zouden ze nu vol walging met elkaar zitten fluisteren, of zou Ray bellen met dezelfde mensen als Micky Hazel na haar bezoekje aan Michael Ha Motoren?

Mia liep een café aan de overkant binnen en bestelde een kop thee. Haar handen trilden nog toen ze de kop naar haar droge lippen bracht, en ze kon aan de blik van de man die de koffie had gebracht, zien dat hij dacht dat ze aan de speed was of dat ze LSD had genomen. Hij draaide zich weer om naar de bar, waarbij hij zijn hoofd schudde. Het duurde een halfuur voordat ze weer rechtop kon staan. Haar ademhaling was nog onregelmatig. De astma-aanval was nog niet helemaal over.

Ze nam een taxi naar huis en meldde zich via de telefoon ziek. Sylvia vroeg of ze haar later op de dag niet wat soep moest komen brengen, maar ze zei dat dat niet nodig was. Ze belde Rob en met veel moeite kon ze hem vragen hoe het met zijn moeder was. Ze wilde helemaal niet met hem praten, maar hij mocht niet achterdochtig worden. Ze zei dat ze zich niet zo lekker voelde, en dat ze hem de volgende ochtend wel in het Centrum zou zien. Ze dronk wat bronwater uit de koelkast, nam drie pillen en ging naar bed. Ze sliep veertien uur achter elkaar en daarna ging ze op de bank televisie liggen kijken tot het licht werd. Een stel dikkerds was naar een soort kamp gestuurd om af te vallen. Er werd tegen ze geschreeuwd door onderofficieren van de parachutisten. Ze sprongen op en neer als puddingen, en werden alleen maar weer toegeschreeuwd als ze op de weegschaal stonden en te horen kregen dat ze geen onsje waren afgevallen. Een vrouw, Rita, vertelde de interviewer dat ze had besloten zelfmoord te plegen als ze in maart niet dertig kilo afgevallen was. De camera liet de interviewer zien die bedroefd zat te knikken, alsof Rita's ultimatum triest maar onafwendbaar was. Deze kwellende beelden hielden Mia bezig tot zonsopgang toen ze uitgebreid in bad ging met veel duur badzout dat ze in Neal's Yard had gekocht en ergens achter in de kast had bewaard.

De stoom steeg op van het water dat blauw was van het kruidenbadzout. Ze strekte haar been in de lucht en zag dat ze zich moest scheren. Maar niet nu. Ze sloot haar ogen en betastte zichzelf gedachteloos. Ze dacht aan Rob. Beetje bij beetje ontdooide haar lichaam en kwam weer tot leven na die lange periode van kou. Ze genoot van hun samenzijn in bed, meer dan ze een paar maanden geleden voor mogelijk had gehouden. Ze lag graag na het vrijen in zijn armen, met haar hoofd op zijn borst. Af en toe weg soezend. Zijn hand tussen haar benen, zachtjes tastend. Het lichte schuren van zijn baard in haar hals als hij op haar rug lag. Dat waren nieuwe, heerlijke ervaringen. Die mocht ze nergens door laten verpesten, niet door waanzin. Ze liet de spons vol water lopen en legde hem op haar gezicht.

Laat maar gaan: dat had Jenny altijd tegen haar gezegd. Ze herinnerde zich dat haar moeder dat vroeger toen ze nog klein was in de keuken tegen haar zei. Mia kwam met een probleem, iets lastigs, iets wat haar vreselijk dwarszat. Ze klaagde dat een vriendinnetje niet langer haar vriendinnetje was, dat Ben stout was, dat ze het deurtje van haar poppenhuis niet kon vinden. Jenny nam haar dan op schoot en streelde haar haar en luisterde naar het onrecht van een kinderleven, de kleine verdrietjes van de kleuterschool en de speelkamer. Mia wilde dan wraak, of een oordeel, of genoegdoening. En soms voorzag Jenny daarin, pakte ze haar dochtertje bij de hand en nam ze haar mee naar de plaats waar een oplossing lag. Maar niet altijd. Er waren ook momenten dat Jenny Mia een kus gaf en haar zei dat ze er niet over moest kniezen en dat ze haar zorgen moest vergeten. Er was geen oplossing. Het lieve, wijze gezicht keek dan op haar neer. Laat maar gaan, lieverd. Laat maar gaan.

Er zou wel weer over haar worden gepraat. Dat was heel waarschijnlijk. Ringo zou het te horen krijgen en haar de les lezen, nog strenger deze keer. Maar ze kon hem nu naar waarheid vertellen dat het voorbij was. In de donkere nissen van Spangles had ze een antwoord gekregen dat geen antwoord was. Er zou geen moment van verlossing komen. Deze keer was ze, toen ze aanklopte, alleen maar begroet door wreed gelach. Micky Hazel had het haar gezegd, en het was waar. Wat zij wilde weten, hoe ze de vragen ook formuleerde, waar ze ook naartoe ging, ze zouden het haar niet vertellen. Ze zouden haar helemaal niets vertellen. Rays lach was het geluid van hun minachting, hun vermaak omdat zij dacht dat ze hun dit soort dingen kon vragen. Net als haar broer kende ze haar plaats niet. Maar nu was alles voorbij.

Ze kleedde zich aan, dronk een glas appelsap en ging op weg naar haar werk. De drie dozen met boeken stonden al in de portiek en Sylvia was bezig een aantal boeken met ezelsoren in te delen. 'Hallo, lieverd,' zei ze. 'Voel je je wat beter?'

'Ja, bedankt. Wat voor boek is dat? Joanna Trollope? Nee, die moet in de doos van een pond. Denk aan het systeem.'

'Hier, doe jij het maar. Ik wil me niet op jouw terrein begeven. Trouwens, ik moet gaan praten met de nieuwe lerares Pilates. Ze is boven – Elly. Een heel aardige vrouw.'

'Mooi. De groep loopt al aardig vol. Bijna helemaal vol. Heb je Rob al gezien?'

'Nee. Die werkt toch niet op woensdag?'

'O god, ja. Mijn hersenen beginnen te verweken.'

'Beetje in de bonen, Chels?' zei Sylvia, en ze veegde haar handen aan haar rok af. 'Nou, nou. Je zou bijna zeggen dat je verliefd bent.' Ze glimlachte in zichzelf en liep naar binnen.

Mia deelde die ochtend de boeken in, werkte alles bij op de computer en maakte Elly wegwijs. De nieuwe lerares was een lange brunette uit Crystal Palace die in alle ernst zei dat Pilates 'haar leven had veranderd – nee, echt!' Mia ging er niet tegenin, maar liet haar in de achterkamer wat formaliteiten invullen. De poster van Tanita Tikaram was op de grond gevallen; na vele jaren had het haakje het begeven. Nadat Sylvia er even over had nagedacht, zei ze dat ze hem maar moest weggooien. Het was alsof een dierbaar familiestuk door houtworm was aangevreten en niet langer kon worden gerepareerd. Mia gooide hem zonder enig berouw weg.

Ze belde Rob, die naar een nieuwe oefenruimte voor zijn band was gaan kijken, en sprak met hem af voor de lunch in Prospero's. Ze zaten daar naast elkaar op een bankje en deelden een broodje. Ze hield af en toe zijn hand vast en lachte toen hij haar vertelde over een dronkemansruzie tussen Steve en Heavy over Neil Young, die ermee was geëindigd dat Steve Heavy half uit het raam had laten bungelen totdat de laatste toegaf dat *Harvest* een fantastische cd was. Dat was de eerste echte ruzie van Thieves in the Night en een bron van zorg voor Rob die een veel groter optreden had weten te regelen in Islington nadat iemand daar had gehoord van hun grote succes in de Four Bells. Ze vertelde hem niet over Freddy Ellis, Spangles, Ray of Barry. Ze lachte om zijn verhalen en sprak met hem af om samen met hem naar Brighton te gaan waar zijn broer een boekwinkel had. Ze zouden op een dag gaan dat het mooi weer was. Ze hield van Brighton, maar ze was er al vijftien jaar niet geweest.

Ze bleven zitten tot vrij laat in de middag, met een glas lager. Toen hij vertrok, ging ze terug naar de winkel om verder te gaan met het papierwerk. Ze moest nog drie offertes bekijken voor het werk aan de funderingen aan Nantes Street 12 dat, dankzij de ontrouw van wethouder Phil, zou worden gesubsidieerd door de gemeente. Na twee uurtjes te hebben gewerkt – waarbij ze herhaaldelijk werd gestoord door Sylvia en Elly – kreeg ze er genoeg van en ging ze even buiten staan. Er waren geen avondlessen, en de twee vrouwen gingen naar huis; Erica was al rond lunchtijd vertrokken na de enige yogales van die dag. Mia had het hele gebouw voor zichzelf. Het was buiten al donker en haar adem vormde wolkjes in de lucht. Een hond – een soort terriër – schoot tussen de geparkeerde auto's door, naarstig zoekend en snuffelend.

Eerst besefte ze niet dat het lawaai dat ze hoorde uit Ringo's winkel afkomstig was. Maar toen ze opkeek en Aasims scooter daar geparkeerd zag staan, begreep ze onmiddellijk wat er aan de hand was. Ze zag Aasim staan; zijn scherpe, soepele silhouet tekende zich af in het licht van Monsoon, waar iets binnen aan de hand leek. Ze liet de deur achter zich open en sloeg haar armen om zich heen tegen de kou toen ze de straat overstak. Ze hoorde een man keihard vloeken. Het was Ringo. Ze ging sneller lopen.

Aasim stond bij de stoeprand, met een hand aan zijn stuur. Hij droeg een dikke Nike sweater met de capuchon omlaag, en een honkbalpet die een paar van zijn oorringetjes bedekte, maar niet allemaal. Hij lachte zachtjes in zichzelf, zijn fijne trekken een en al voldoening. Ze vroeg zich af hoe lang hij daar al stond. Vanuit de winkel kwam het lawaai van iets dat kapot werd gesmeten. Ze hoorde Ringo weer in woede uitbarsten.

'Wat is er aan de hand?' vroeg ze. 'Wat is dat voor herrie? Aasim?'

Hij keek haar aan, maar zei niets, en nam een slok uit een blikje. Hij liep terug naar de platenzaak. Ze stormde langs hem heen en duwde de deur van Monsoon open.

Bij de toonbank stond Aasims broer, Ali, die een greep deed in een stapel platen. Ringo stond vlak achter hem, maar Ali was hem te snel af. Zelfs in zijn zware leren jasje en met zijn gouden kettingen was de jongen pijlsnel en dook voorbij Ringo rond de platenstandaards. Zo wist hij hem steeds te ontglippen. Intussen lachte hij, terwijl hij de platen uit hun plastic hoezen trok en ze op zijn vlucht doormidden brak. De vloer was een glanzend geheel van zwarte brokstukken waar Ali de platen had neergegooid. Hij had ook een toren met cassettes omvergeduwd, en erop staan stampen zodat een hoek van de winkel vol lag met bruine spaghettisliertjes die uit de kapotte cassettes waren getrokken. Het raam van de deur naar het kantoor erachter was kapot gegooid. De jongens hadden Ringo deze keer goed te pakken gehad.

Ze keek naar haar vriend en zag waarom Aasim zo voldaan had staan grijnzen. De tranen liepen Ringo over zijn gezicht. Hij straalde zowel woede als paniek uit, maar zijn verwrongen trekken werden vooral veroorzaakt door verdriet. Alles om hem heen, duizenden uren van liefdevol uitzoeken, verzamelen en koesteren lag in stukken op de grond. Veel van zijn voorraad was zo goed als onvervangbaar. Het was het enige wat hij had, en nu lag het in brokstukken aan zijn voeten. Ali had net zo goed het hart uit zijn lijf kunnen rukken en er voor zijn ogen op gaan staan dansen.

'Hou op!' riep ze. 'Genoeg, Ali! Je hebt genoeg gedaan! En nou weg-wezen!'

Ali, die van het ene pad naar het andere hupte, draaide zich om en snoof verachtelijk toen hij zag wie dat zei. 'Jij? Halfgare teef. Krijg de te-ring.'

Ringo stopte zijn achtervolging en keek haar zwaar hijgend aan. Hij wees naar haar. 'Chels, hou je erbuiten, meid. Ik ga hem afmaken. Ik grijp hem en dan trek ik die verrotte kop van hem eraf. Ik zweer het je.'

Ali sprong op de toonbank. 'O ja? Kom dan! Kom mijn verrotte kop er maar af rukken. Ik schijt in mijn broek.' Hij brak nog meer platen. Nog meer stukken vielen op de grond.

Ze stond nu in de winkel, nog geen meter van de toonbank waarop Ali rondsprong in zijn broek met smalle pijpen en zijn witte sokken. 'Ringo! In godsnaam, hij is buiten zinnen. Laat hem. Ik bel de politie.'

'Waag het niet,' snauwde haar vriend. 'Niet doen, Chels. Ik ga dit nu regelen. Ik ga hem helemaal –'

Voordat hij zijn zin kon afmaken, sprong Ali onder het slaken van een kreet van de toonbank en rende als een gek naar de deur. Ze pro-beerde hem te grijpen, maar Aasims broer was haar te vlug af. Ringo rende luid vloekend achter hem aan het donker in. Ze volgde hen en zag dat Ali naar de overkant was gerend, het Echinacea Centrum in, waar-van hij de deur achter zich had dichtgeslagen. Slimme jongen. Daar-door hield hij Ringo buiten en kon via de achterdeur ontsnappen. Toen ineens lag ze op de grond, Aasim had haar laten struikelen. Ze kwam hard op de grond terecht, haar handen braken haar val tegen de stoep-rand. Voordat ze goed en wel wist wat er gebeurde, rook ze de stank van de goot. Ze was helemaal van slag, alle energie was uit haar verdwenen en ze voelde zich uitgeput. Aasim liep langs haar heen en spuugde op de grond. 'Halfgaar klerewijf,' zei hij, en hij liep de weg over zodat hij goed kon zien wat er gebeurde.

Ze kon nog niet overeind komen, dus zag ze de auto pas toen hij heel dichtbij was. Het was een zwarte Mercedes met geblindeerde ramen die met hoge snelheid Nantes Street in was gereden. Ze hoorde de remmen piepen toen de auto ineens met een slakkengangetje verder reed. Ze meende het zoemen van een raampje dat elektrisch openging te horen, daarna het breken van een ander raam. De auto reed ineens gierend achteruit, en toen ze wilde kijken hoe hij weer de straat uit reed, zag ze aan de rand van haar blikveld ineens iets opvlammen. Een seconde stond alles stil terwijl de tijd besloot of hij verder zou gaan of niet. Toen werd ze verdoofd door een lawaai dat uit de ingewanden van de aarde leek te komen, zowel diep als scherp, het geluid van een schreeuw, van razernij en dood. Ze meende een vuurbal te zien, een plotseling inferno op de plaats waar eerst duister heerste, en de vlammen van honderd nachtmerries leken realiteit geworden: geen herinnering, bleek nu, maar een profetie. De zeurende intuïtie dat er iets afschuwelijks stond te gebeuren. De hele straat baadde in het licht en werd verschroeid door de hitte. Ze voelde de gloed van het vuur op haar wangen en op haar handen van de vlammen die van de overkant van de straat naar haar reikten. Het vuur woedde langer dan ze voor mogelijk had gehouden. Toen was er een regen van as en glas en vonken die uit de lucht kwamen vallen en de weg op duizend plaatsen bespikkelden. Ze hief haar hoofd weer op en bedacht, terwijl ze af en toe even het bewustzijn verloor, dat Aasim waarschijnlijk haar leven had gered.

Aasim. Hij was de eerste die ze hoorde, en de eerste die ze zag toen ze weer iets kon zien. Hij stond te schreeuwen, niet langer vol spot maar met de angst van een kind. Hij riep keihard zijn broer, maar daarop kwam geen andere reactie dan het geluid van gloeiende stukken hout die op de verkoolde resten van de benedenverdieping vielen. Aasim rende het uitgebrande karkas van de Echinaceawinkel in, jankend om genade en wetend dat die hem niet was vergund.

Ze probeerde overeind te komen en voelde weer een golf van hitte toen een volgende houten balk van het gebouw op de stoep in stukken uiteenviel. Ringo lag op zijn knieën, verdwaasd en geschokt, opgelucht dat hij nog leefde en zelfs bij bewustzijn was. Hij knipperde met zijn ogen toen ze langs hem wankelde, en hij hief zijn handen in de lucht die bloedden als uit stigmata. Hij had een wond op zijn voorhoofd en zijn gezicht zag zwart van het roet. Maar hij leek ontsnapt aan het ergste geweld. Zijn mond ging open en dicht, daarna zakte hij weer naar opzij. Hij was nog niet klaar voor de afgrijselijke aanblik die het afgebrande

Centrum bood, of voor het lichaam dat Aasim in zijn armen wiegde, de verkoolde resten van zijn broer die hij huilend tegen zijn borst aan drukte.

Mia stond bij de portiek en vroeg zich af hoe hij het binnen uithield in die hitte. Het was daar ook helemaal niet veilig; ze zag de weggesmolten verf, het bureau dat door de explosie in tweeën was gescheurd en de verzengde bladzijden van de boeken in de dozen. Het achterkantoor had het overleefd, maar het grootste deel van de winkel en de trap naar de eerste verdieping waren verwoest. Kleine vuurtjes brandden nog op de vloer. Ze keek op en zag dat een groot deel van het plafond was weggeslagen en dat de dwarsbalken boven waren verdwenen of aan het zicht werden blootgesteld. Het fragiele karkas van het gebouw kon elk moment in elkaar storten.

Ze riep Aasim, en nog eens, harder deze keer. Ze zag wel dat hij haar had gehoord, maar dat hij verkoos haar te negeren. Hij wiegde heen en weer met zijn broer in zijn armen, en verzette zich tegen haar bemoeienis met zijn verdriet. Ze gooide haar jasje over haar hoofd en rende naar binnen, hoestend toen de rook van het smeulende vuur opsteeg. Toen ze hem bij zijn schouder pakte en schudde, verwachtte ze dat hij zou verstarren en haar zou afsnauwen. Maar zijn lichaam gaf mee, liet zich meevoeren, wilde eindelijk hulp aanvaarden. Toen ze zag hoe Ali's gezicht en lichaam waren verwoest, besefte ze dat Aasim nooit zo met zijn broer naar buiten kon. Ze greep hem bij de pols en zei hem wat ze gingen doen. Hij keek haar aan en knipperde instemmend met zijn ogen. Toen rende ze naar de achterkamer, greep daar de sprei van de bank en ging terug naar de winkel. Dit oude stukje paisley linnen zou Ali's doodskleed worden. Ze gaf het aan Aasim die het op de grond legde. Ze ademde door haar mond, bang voor wat ze zou ruiken als ze dat niet deed. Daarna rolden ze Ali samen op in het kleed. Ze gebaarde naar Aasim, waarna ze Ali de deur uit droegen, de straat op. Terwijl ze naar de stoep schuifelden, viel er nog een lading stucwerk in de kamer. Het hele gebouw stond op instorten.

Buiten had zich nu een groep mensen verzameld, een of twee stonden in mobiele telefoons te schreeuwen. Een oudere vrouw uit een van de huizen uit de zijstraat verleende eerste hulp aan Ringo. Een man in spijkerbroek en een England overhemd schreeuwde in zijn telefoon dat ze 'verdomme moesten opschieten'. Zij en Aasim droegen hun last naar de andere kant van de straat en legde hem daar op het trottoir, vlak bij de plek waar zij was gevallen. Ze gingen elk aan een kant op de stoeprand zitten – hun geïmproviseerde rouwpodium. Geen van beiden zei iets of keek naar de ander. Ze hielden een vreemde wake terwijl de straat zich vulde met mensen en licht.

Het duurde heel wat uren voordat ze in staat was iets tegen Aasim te zeggen. Ze had in de ambulance haar handschoenen weer aangetrokken en niemand had de wondjes op haar handen opgemerkt. Haar gezicht zat vol vuil als gevolg van de explosie, maar na een kort onderzoek, waarin was geconstateerd dat ze geen hersenschudding en geen shock had, was ze alleen gelaten in de hal van de afdeling Spoedopname. Ze keek toe hoe de wachtkamer zich vulde met bange oude mensen, zwervers, kinderen met kleine verwondingen, dronken mensen, een meisje dat zwaar onder invloed van drugs was. Een kleine jongen met een ooglapje voor en een arm in het verband kwam op haar af en zei dat hij David heette. Ze keek op en glimlachte. Toen hij haar een snoepje aanbood, schudde ze haar hoofd. Hij rende terug naar zijn vader, een dikke skinhead in een denim jack die elk kwartier opstond en de eerste de beste verpleegster die hij tegenkwam de huid vol schold. De witte wanden van de kamer drukten op de radeloze wachtenden die ineengedoken op gele plastic stoelen zaten.

Het was bijna elf uur toen Aasim aankwam en even met de receptioniste praatte. Mia wilde naar hem toe gaan, maar hij kwam al op haar af en ging naast haar zitten, waarna hij voor zich uit bleef staren. Ze keek naar hem. Er liep een traan over zijn wang. Het was niet meer het gezicht van een norse straatvechter, maar van een tiener wiens jeugd zojuist verleden tijd was geworden. Hij sloeg zijn handen ineen en wiegde een beetje heen en weer. Toen hij eindelijk begon te praten, was het op fluistertoon.

'Hij is er niet meer,' zei hij. 'Hij is er niet meer.'

'Ik weet het. Het spijt me.' Ze wist niet wat ze moest zeggen. Ze wist niet waar ze moest beginnen, hoe ze hem de verschrikkelijke waarheid moest vertellen. Ze was bang dat hij haar zou vermoorden als ze hem die vertelde. Ze kon het hem niet kwalijk nemen. Maar ze moest het hem vertellen.

Hij draaide zich naar haar toe in een opwelling van deerniswekkende trots. 'Weet je, dit geloof je niet. Hij lééfde nog toen we hier aankwamen. Kun je dat verdomme geloven? Hij leefde nog. Hij was zo'n harde, Ali. Echt een harde gozer. Hij is nog maar een uur dood en –' Zijn stem brak.

'Aasim, ik – wil je dat ik je ouders bel?'

Hij keek haar oprecht geschrokken aan. 'Natuurlijk niet. Ik moet het hun vertellen. Wie anders?' Hij schudde zijn hoofd alsof zij het, zelfs in zijn zwaarste uur, niet kon opbrengen om zich fatsoenlijk te gedragen.

Ze wachtte even. Hij leek geen haast te hebben om weg te komen. Ze vermoedde dat hij wist dat zij eerst iets te regelen hadden. Maar ze wist niet hoe ze moest beginnen. Ze vroeg of hij een kop thee wilde, en hij zei nee. Ze steunde haar hoofd in haar handen.

'Aasim... ik kan niets zeggen wat helpt. Maar ik moet wel iets kwijt voordat ik ga. Ik weet echt niet wat er vanavond is gebeurd. Maar ik weet wel dat het iets met mij te maken had.'

'Ja.'

'Waarom denk jij dat ook?'

'Jij zorgt voor problemen. Dat weet iedereen. Je steekt overal je neus in. Mensen stellen vragen over jou. "Wie is die nieuwsgierige trut?" Dat soort dingen.' Hij haalde zijn schouders op.

'Wie stelt die vragen?'

'Hoe moet ik dat verdomme weten? Jij bent degene die met dat probleem zit. Ik weet alleen maar dát ze vragen stellen. Ik hoor wel eens wat. Dat zijn mijn zaken. Meer niet. De details zijn jouw probleem.'

'Ik weet het, ik weet het. Ik zal je vertellen wat ik weet. Ik heb mijn – een paar jaar geleden is er iets verschrikkelijks gebeurd met mijn familie, en ik dacht dat ik wist waarom dat was gebeurd. Niet zo lang geleden vertelde iemand me dat ik het bij het verkeerde eind had. Er was een heel andere reden voor wat er was gebeurd. En je hebt gelijk: ik heb te veel vragen gesteld. En ik denk –' ze voelde dat haar stem begon te trillen, en schuldgevoel trok pijnlijk door haar lichaam – 'ik denk dat wat er vanavond is gebeurd mijn schuld is. Je moet me wel haten. Ik zou jou erom haten. Maar je hebt er recht op dat ik je vertel wat er is gebeurd.'

Hij keek haar nu met een kille blik aan. Hij trok zijn capuchon recht en streek zijn broek glad. 'En wie heb je dan vragen gesteld, nieuwsgierige trut die je bent? Naar wie was je op zoek die al die rottigheid op zijn geweten heeft?'

'Ik was op zoek naar Freddy Ellis. Hij is degene geweest die de dood van mijn familie op zijn geweten heeft. Vraag me niet hoe ik dat weet, ik weet het. Geloof me, als je wist hoe ik erachter ben gekomen, zou je er niet aan twijfelen. Het was Ellis die mijn broer en de rest van mijn familie vier jaar geleden heeft omgebracht. Ellis.'

Aasim haalde een pakje kauwgom uit zijn zak, haalde de wikkel ervan af en begon te kauwen. Hij bood Mia niets aan. Waarom zou hij? Hij luisterde aandachtig. Ze haalde diep adem. 'Ik ben degene gaan opzoeken die mijn broer ooit in contact heeft gebracht met Ellis. Hij waarschuwde me ermee op te houden. Ik had moeten luisteren. In plaats daarvan ging ik twee dagen geleden naar een club waar Ellis vroeger altijd kwam. Misschien is hij nog steeds wel de eigenaar. Doet er niet toe. Het was fout om daarheen te gaan, een grove vergissing. Ik wilde daarna de hele zaak laten rusten. Maar het was al te laat. Je hebt gelijk: ik ben een nieuwsgierige trut. Vanavond heeft Freddy me dat betaald willen zetten. En ik verwacht dat hij dat nog eens zal proberen.'

Aasim blies een kauwgombel en keek haar aan. Zijn ogen stonden wreed, maar er lag ook iets in dat op meewarigheid leek. 'Je maakt een geintje. Zit je de boel te belazeren?' Hij blies nog een bel. 'Jezus. Je bent knettergek.'

'Wat bedoel je?'

'Dat gedoe over Freddy Ellis. Freddy Ellis? Godsklere, meid, Freddy Ellis is al zeker een jaar of zeven, acht dood. Niet dat er een graf of zo van hem bestaat, maar dood is-ie. Iedereen weet dat. Zelfs die verdomde smerissen weten dat. Ze hebben hem nooit te pakken gekregen. Hij woonde ergens als een halve invalide in Spanje voordat hij ertussenuit kneep.'

'Invalide?'

'Ja. Hij heeft de laatste vijf jaar op bed gelegen. Dat heb ik althans gehoord. Ik heb die lul nooit gekend. Hij is verleden tijd, mens. Al heel lang. Zijn maatjes hadden nog wel een paar van die tenten, snookerclubs en zo, maar niemand besteedde aandacht aan hen. Denk je dat ik me zo zou kunnen gedragen als er nog iemand als hij rondliep? Denk je dat ik geld en wagens en zo kon jatten als er nog zo'n klootzak als hij in de buurt was? Dat is waar het verdomme om gaat. Die zijn vertrokken, zodat er ruimte is voor mij, voor tuig als ik. Echt waar, mens. Je bent knettergek. Freddy Ellis!' Hij schudde zijn hoofd weer om te laten zien

335

hoe stom hij haar vond. Hij kon er niet over uit: zij geloofde echt dat een man die tien, vijftien jaar geleden voor het laatst in dit wereldje actief was geweest uit zijn graf was opgestaan om vuur over hen uit te strooien. Ze merkte dat haar hoofd tolde.

'Maar misschien... misschien heeft iemand uit zijn omgeving het gedaan? Ik weet dat het iets te maken heeft gehad met hem en zijn zaak, ook al is hij dood.'

'Nee.' Aasim schudde zijn hoofd vol overtuiging. Hij draaide zich naar haar toe. 'Luister. Het was niet die klootzak van een Ellis. Het was niet die verrotte zaak van Ellis. Het had niets te maken met Ellis. Denk na. Ik weet dat het dat allemaal niet is geweest.'

'Maar hoe weet je dat dan?'

Hij keek in kille woede van haar weg. 'Omdat ik ze heb gezien, trut. Ik heb ze verdomme gezíen.'

'Heb je de mensen in die auto gezien?'

'Niet langer dan een seconde.'

'Heb je ze herkend?'

'Natuurlijk niet, halve gare. Dacht je dat ik hier dan nog zat?'

'Wat probeer je me dan te vertellen?'

'Wat ik je probeer te vertellen, is dat ik gezichten heb gezien. Het waren Aziaten.'

Aziaten. Hoe konden de mensen in die auto die waren gekomen om haar af te straffen voor haar bezoek aan Spangles, voor het feit dat ze Micky Hazel had lastiggevallen, voor Bens inhaligheid – hoe konden die mannen nou Aziaten zijn? Dat was niet logisch, dat kon toch niet. Misschien had Miles gelijk. Het was allemaal nonsens. Het tartte iedere redelijkheid. Daarom zat ze nu op Spoedopname met de lastigste tiener van de buurt wiens broer zojuist bij een brand was omgekomen. Aziaten.

Aasim stond op. Hij keek haar aan. 'Ik zou je aan reepjes kunnen snijden. Je verdient het, verdomme. Maar ik denk dat ik je nodig heb. Ik denk dat ik alleen iets kan doen via jou. Ja. Dat is de enige manier. Ze zullen terugkomen. Of jij vindt ze. Je bent er gek genoeg voor. En als je dat lukt –' hij sprak nu heel zacht – 'wil ik er verdomme bij zijn. Begrepen?'

Ze knikte.

Hij haalde een kaartje uit zijn achterzak. Het was zo'n visitekaartje dat je in een automaat kunt laten maken, een triest symbool van de manier waarop hij zichzelf zag, van zijn pose. Erop stond 'Aasim', en daarachter, in grotere letters NIXNUT. Zijn mobiele nummer stond eronder. 'Ik spreek je,' zei hij. Toen draaide hij zich om en vertrok.

Een halfuur was verstreken sinds hij naar buiten was gelopen, maar het leek veel langer. De pijn in Mia's enkel kwam terug toen ze langs Whitechapel naar Brick Lane liep. De politiewagen die langzamer was gaan rijden naar aanleiding van de ruzie tussen het dronken meisje en haar vriend passeerde haar. De agent keek naar het menselijk wrak op straat. Ze probeerde zijn blik te ontwijken.

IV

Het familiegraf lag er verwaarloosd bij. Ze had Gus opdracht gegeven om elk jaar een bedrag te reserveren voor de verzorging, omdat ze wist dat ze er zelf niet naartoe zou gaan. Maar het had weinig effect gehad. De grafstenen zelf waren in redelijke staat en niet vuil: het leek erop dat iemand af en toe een doek over de gegraveerde letters haalde. Maar er stonden geen bloemen en de aarde was overwoekerd met onkruid. Ze vroeg zich af of hier de afgelopen vier jaar iemand was geweest, of dat zij de eerste was. De vogelzang op de begraafplaats was aangenaam en kalmerend, en paste niet bij de naargeestige verlatenheid van de laatste rustplaats van haar familieleden.

Er stonden vier grafstenen, die van Jeremy en Jenny was iets groter dan die van de anderen. De grafschriften waren eenvoudig, zoals zij het had gewild: 'beminde echtgenoot van', 'enige zoon van', 'jongste dochter van', in plaats van de bloemrijkere bewoordingen die ze had zien staan op een van de bouwsels met trompetterende engelen en wenende madonna's. Ze wist niet goed wat ze van het bruinachtig marmer van de steen moest vinden. Ze kon zich niet herinneren dat ze die kleur had uitgekozen en vermoedde dat dit, zoals zo veel andere dingen, op de schouders van Gus was neergekomen. Ze stelde zich voor dat hij het eerste vakje had aangekruist in de brochure die hem was voorgelegd door de begrafenisondernemer. Smaakvol marmer? Ja, goed.

De graven lagen in de schaduw van een enorme eik, op een van de duurdere plaatsen. Jeremy en zijn familie werden omringd door juristen, generaals en jonge aristocraten, van wie er een, een vijfentwintigjarige heroïneverslaafde, nog geen jaar geleden was begraven. De meeste van deze graven waren keurig onderhouden en op een paar stonden bloemen die eruitzagen alsof ze die dag nog waren gekocht. Ze knielde neer op het gras voor de graven en legde op elk ervan een roos, twee bij de steen van haar ouders. Ze had verwacht dat ze het als een zware ceremonie zou ervaren, maar het enige wat ze ervoer was een gevoel van gêne. Het plastic waarin ze de rozen had meegebracht, werd door de wind uit haar handen gerukt en klapperde als een doorzichtige vogel door de lucht, totdat het in de takken bleef haken. Door de spijlen van de zware hekken zag ze jongeren op brommers wheelies maken terwijl ze elkaar toeschreeuwden. Aan de andere kant van de eik zat een oude man in een blauw pak en een blauwe jas in diep gepeins verzonken op een bankje. Hij draaide een gele zakdoek rond in zijn handen, en zijn voeten bewogen bijna onmerkbaar. Toen hij klaar was met de zakdoek, begon hij met zijn vingers op de bronzen gedenkplaat naast hem te trommelen, alsof hij op iemand wachtte. Ze vroeg zich af wiens dood de gedenkplaat op de bank vermeldde, en of de man zich het gezicht van die persoon probeerde voor te stellen.

Ze hoorde stemmen en zag een stelletje voorbijlopen, een man van in de veertig, de vrouw wat jonger. De man was opvallend knap om te zien, de vrouw minder. Ze had haar arm door de zijne gestoken en sprak hem troostend toe. 'Echt, Mick, je kunt niet meer doen dan je al doet,' zei ze. Hij keek omlaag naar het grind op het pad en schudde zijn hoofd. De vrouw probeerde het nog eens. 'Als Lydia niet wil komen, is dat haar zaak. Ze deed altijd al een beetje raar over je moeder. Jij hebt het atelier en de kinderen waarvoor je moet zorgen. Ik vind een maandelijks bezoek voldoende. Je moet jezelf niet langer kwellen met schuldgevoelens.' Toen waren ze buiten gehoorsafstand.

Mia had een maand nadat ze naar Camden was verhuisd, besloten naar de begraafplaats te gaan. Haar nieuwe kamer was te klein om er hele dagen door te brengen, dus had ze een aantal plaatsen gevonden waar ze een paar uur kon doorbrengen met lezen, naar voorbijgangers kijken, en thee drinken. Haar favoriete stek was bij Bert, in een café waar je om negen uur 's ochtends ook een kop thee kon kopen, en Bert, een stevige man van in de vijftig met opgerolde mouwen, kwam je bijschenken tot het ver in de middag was. Althans, dat deed hij bij haar. Ze mocht hem en zijn licht flirterige gedrag wel. Hij zei dat, als ze daar nog meer tijd zou doorbrengen, de mensen er wat van zouden gaan zeggen, en dat moeder de vrouw hem ervan langs zou geven. Ze zei dat het haar speet dat hij al getrouwd was, en dat ze nog wat langer zou willen blijven, als hij het goedvond. Hij zei dat ze eruitzag alsof ze wat meer moest eten, en dat hij wel eens een hartig woordje wilde wisselen met haar vriend, als die ooit kwam opdagen. Ze glimlachte naar hem. Hij liet haar met rust. Waarom konden ze haar niet allemaal met rust laten?

De politie was nog het gemakkelijkst af te schudden geweest. Ze wist nog hoe ze met hen moest omgaan, wanneer ze moest knikken en instemmen en luisteren. Ze wisten hoe haar familie was omgekomen, of daar kwamen ze althans snel achter. Daardoor behandelden ze haar omzichtig, alsof ze haar het respect waren verschuldigd van een gewonde oorlogsveteraan. Aasim vertelde hun niets, alleen maar dat hij een auto had gezien en daarna een explosie. Ook hij wist hoe hij met de politie moest omgaan. Ringo kon zich zelfs de explosie niet herinneren, en had alleen een heel vage herinnering aan zijn gevecht met Ali en een schemerige achtervolging. Na de brand had hij zijn winkel 'voor onbepaalde tijd' gesloten en ging hij bij zijn moeder logeren om daar te herstellen. Mia vroeg zich af of hij ooit nog in Nantes Street zou terugkomen. Ze had een keer een ongemakkelijke ontmoeting met hem gehad, drie dagen na de aanslag, toen hij nog op krukken liep. Hij glimlachte en maakte grapjes, alsof er niets was gebeurd, alsof ze samen na het werk een glaasje dronken bij Prospero's. Ze vroeg of ze zijn krukken eens mocht proberen en daarna maakten ze over en weer spottende opmerkingen over hoe ze ermee omsprongen. Maar zijn ogen stonden wild. Ze merkte dat hij zonder meer aannam dat zij verantwoordelijk was geweest voor deze ellende, dat ze een vloek met zich meedroeg. Toen ze hem omhelsde, voelde ze dat hij terugdeinsde. Ze voelde al zijn spieren verstrakken, alsof dit het einde tussen hen was.

Maar hij had de politie niets kunnen vertellen. Ze vroegen hem niet eens naar haar, waarom ze Chels werd genoemd, niets. En toen de beurt aan haar was, merkte ze al snel dat ze niet doorhadden dat zij dood en verderf zaaide, dat zij duisternis over deze plek had gebracht. Hun manier van vragen stellen maakte haar duidelijk dat ze dachten dat de brand te maken had met Aasims vendetta tegen Ringo – meneer Patel, zoals ze hem netjes noemden. Was zij ervan op de hoogte dat die jongeman en meneer Patel in het verleden al vaker onenigheid hadden gehad? Ja, dat was ze. Wist ze dat Aasim probeerde hem zijn winkel uit te treiteren? Ja, dat wist ze. Waren hun confrontaties al eerder gewelddadig geweest? Voorzover zij wist niet. Was de bende van Aasim tot zoiets in staat? Dat betwijfelde ze. Waarom was die aanslag uitgevoerd op het

Echinacea Centrum? Ze had geen idee, behalve dat Ringo – meneer Patel – voor de winkel stond toen de auto Nantes Street in kwam rijden. Ze had het idee dat ze niet wisten waar ze moesten beginnen, en dat ze de pest aan de hele kwestie hadden. Maar voor haar hadden ze niet echt belangstelling. Ze ondervroegen haar drie keer na de avond van de aanslag, maar ze stelden haar weinig vragen over haar verleden, behalve om te zeggen dat ze beseften hoe moeilijk het voor haar moest zijn om nog zoiets eens te moeten meemaken. Ze vroegen haar contact met hen op te nemen als ze iets hoorde dat hen bij het onderzoek zou kunnen helpen. De rechercheur die het onderzoek leidde, liet een telefoonnummer bij haar achter en zei dat ze hem dag en nacht kon bellen.

Sylvia had kalmerende middelen gekregen. Toen Mia haar ging opzoeken, lag ze te slapen op de bank, met Ravi opgekruld op haar borst. Het was een bende in haar flat, en Mia deed de afwas en stofzuigde voordat ze bij haar vriendin ging zitten. Sylvia was nog niet naar de ravage gaan kijken, en had van haar arts te horen gekregen dat ze een paar dagen thuis moest blijven en het rustig aan moest doen. Er zou nog tijd genoeg zijn om met de verzekeringsmaatschappij, met de schade-experts en de gemeente te gaan praten. Eerst moest ze herstellen van de klap dat haar levenswerk in één meedogenloos ogenblik teniet was gedaan.

De kat lag te spinnen toen Mia op de stoel naast de bank ging zitten. Ze streelde zijn lange haren, kriebelde onder zijn kinnetje. Hij stond op en liep naar Mia toe, waarop Sylvia wakker werd. Haar ogen waren rood en lagen diep in hun kassen. Ze herkende Mia en wilde overeind komen, terwijl de tranen in haar ogen sprongen. 'Chels, lieverd, ik –'

'Niet doen,' fluisterde ze. 'Niet doen. Blijf liggen. Ik wilde je niet wakker maken. Mike van hiernaast heeft me binnengelaten.'

'Ik was zo ongerust over je. Ik was zo bang dat ze je van me hadden weggenomen.'

Nee, dacht Mia. Ik heb alles van jou weggenomen. Jij hebt me beschermd en van me gehouden, en dit is je beloning. Ik heb de dood naar je toe gebracht. Ik heb verderf gezaaid, zoals jij dingen hebt gecreëerd. 'Met mij is alles goed. Ik heb alleen een paar sneetjes en blauwe plekken omdat Aasim me had laten struikelen. Ik hoefde alleen maar een tetanusprik.' Ze lachte terwijl ze probeerde haar tranen terug te dringen. Ze pakte Sylvia's hand. 'Ik heb heel veel geluk gehad.'

'Nee,' zei Sylvia, en ze strekte haar hand uit om haar gezicht aan te raken. 'Ik ben degene die geluk heeft. Ik heb jou nog.'

Mia draaide zich om. Ravi snuffelde aan haar gezicht. 'Ik weet niet wat ik tegen je moet zeggen, Sylv, echt niet. Het is niet uit te leggen allemaal. Die waanzin. Het is mijn schuld.'

'Doe niet zo raar. Wat een onzin. Hoe kan het nou jouw schuld zijn? Niemand weet wat er is gebeurd. Het is nog een raadsel. Het is niet de eerste keer dat iemand in dit deel van de stad een huis heeft platgebrand. Misschien heb ik iemand tegen de haren in gestreken. Of heb ik de yogamatjes niet betaald, of zoiets.'

Mia keek naar het trieste gezicht van haar vriendin, en verwonderde zich over haar kracht. Het verlies van het Centrum was voor Sylvia niets vergeleken bij wat ze vond dat ze nog had. Ze wilde niet dat Mia zichzelf er aansprakelijk voor hield. Het beetje energie dat ze nog overhad, gebruikte ze om haar daarvan te overtuigen.

'Gek eigenlijk, vind je niet?' zei Sylvia.

'Wat?'

'Zoals dingen gebeuren. Ik bedoel, de manier waarop jij en ik elkaar hebben ontmoet. Toen vertrok Vic. En toen kwam Rob. En nu dit. Ik geloofde altijd in wanorde, dat alles samenwerkte om ons in de hand te houden. Ik heb me tegen die krachten verzet, echt. En nu vraag ik me af of ze wel echt bestaan. Het lijkt erop – nou ja, het lijkt allemaal wat willekeuriger te verlopen dan ik dacht. Sommige dingen zijn zo goed. Ik ben zo dankbaar voor wat jou op mijn pad heeft gebracht. En verder?' Ze wuifde even. 'Nou, god mag het weten. Hoe kan zoiets gebeuren? Ik moet er bijna om lachen. Als ik erover nadenk dat de gemeente het Centrum heeft willen sluiten, en alles wat jij hebt gedaan om dat te voorkomen... Jij bent zo verrekte slim, Chels. Echt. Misschien kom je daardoor soms in de problemen. Maar ik vind dat niet erg. Voor mijn gevoel ben jij uit de hemel gekomen om ons allemaal te helpen. Om mij te helpen.'

'Nou, de computer is nog in orde. Dat heb ik gecontroleerd. Die hoef je niet nieuw te kopen.'

'Ha, geweldig. Ik heb een computer, dan moet ik alleen nog een nieuw gebouw hebben.' Ze lachten en toen viel er even een ongemakkelijke stilte.

'Luister. Ik ben naar je toe gekomen om te zeggen dat ik een tijdje wegga, oké? Ik moet even weg.' Ze zag aan Sylvia's gezicht dat ze wist wat ze bedoelde.

'Maar je komt wel weer terug. Toch?'

Mia snifte en snoot haar neus. 'Ja, natuurlijk. Al dat papierwerk – dat zou ik niet willen missen.'

Sylvia ging rechtop zitten. Ravi sprong met zijn staart in de lucht weer bij haar op schoot. 'Waar ga je naartoe?'

'Ik weet het nog niet precies. Ergens waar ik een beetje tot mezelf kan komen. Ik moet een poosje alleen zijn.'

'Je bent niet zo goed in alleen zijn als je denkt. Echt niet. Dat weet je toch, of niet?'

'Jawel. Dit – ik ren niet weg voor anderen. Het is alleen niet goed als ik hier blijf.'

'We hebben je meer nodig dan ooit.'

'Probeer het te begrijpen.'

Sylvia keek haar aan en glimlachte. 'Dat doe ik, Chels. Ik begrijp het wel.'

Er viel niets meer te zeggen. Ze kon haar desertie niet aan Sylvia uitleggen zonder een gesprek met haar te hebben dat ze het liefst wilde vermijden. Ze wist niet eens zeker wat ze zou zeggen als ze onder druk werd gezet om haar gedrag te verklaren. Haar eerste impuls was weg te lopen van degenen van wie ze hield, hen te sparen voor het gevaar dat haar omringde als het rouwkleed dat ze rond Ali had gewikkeld. Dit waren geen dingen die ze met Sylvia wilde bespreken. Ze boog zich voorover, gaf haar een kus en zei gedag. Sylvia knikte, sloot haar ogen en hield ze dicht totdat Mia was vertrokken.

Ze ging naar haar flat om te pakken. Er stonden twee oude reistassen in haar kast die ze volpropte met kleren, een waszak, een paar boeken. Ze had alleen het meest essentiële nodig. Ze liep heen en weer tussen haar slaapkamer en de woonkamer, hield belangrijke dingen apart en vulde zwarte vuilniszakken met spullen die ze nooit meer nodig zou hebben. Henty's schaal zou hier moeten blijven. En tientallen andere aandenkens. Maar een paar dingen waren haar te dierbaar. Van haar nachtkastje nam ze een ingelijste foto van haar moeder mee, een losse foto van de hele familie, genomen toen ze twaalf was, en een brief van haar vader. Ze haalde hem uit de envelop en las hem nog eens:

Liefste Mi,

Ik sprak zojuist met Benjamin die zei dat je een week eerder naar India vertrekt dan we dachten. Ben je dan in week acht weg, of reken ik dat verkeerd uit? Je grootvader nam altijd de laatste week van het trimester vrijaf omdat volgens hem de studenten dan zo dronken waren dat het geen zin had om college te geven. Maar dat is een ander verhaal...

Ik dacht eraan een telefonische boodschap voor je achter te laten, maar omdat ik weet dat je onregelmatig thuis bent besloot ik je voor je vertrek een briefje te schrijven. Natuurlijk hopen mam en ik dat je daar een geweldige tijd zult hebben en – pap kan het weer niet laten – dat je voorzichtig en verstandig bent tijdens de reis. Vergeet niet je creditcard voor noodgevallen mee te nemen. Dat Ben de zijne vergeet, is al erg genoeg! Hij is zo'n type dat, als hij zonder geld zit, een overnachting in een derde-wereldbusstation als iets leuks ervaart of als iets dat een 'authentiek' tintje geeft aan de reis. Ik denk dat jij niet aan een dergelijk waanidee lijdt.

Maar goed, al het bovenstaande is een vaderlijk excuus om tot de kern te komen. Ik wil je namelijk zeggen hoe verschrikkelijk trots ik op je ben en op alles wat je hebt bereikt. Ik weet dat jij en de andere kinderen denken dat mam en ik jullie voor de gek houden als we zeggen dat jullie het beste zijn wat ons ooit is overkomen. Maar het is echt waar. Jullie doen zulke fantastische dingen en ik volg jullie vorderingen vol trots. Je bent alles wat een vader kan verwachten van een dochter, en nog veel meer. Dat je het maar weet!

Veel plezier, en bel ons als je bent aangekomen.
Alle liefs van de wereld,
Je vader

Wat had Jeremy ertoe aangezet om zich zo uitvoerig uit te laten? Had hij zich schuldig gevoeld na een middagje met Beatrice? Nee, dit waren geen woorden die voortkwamen uit schuldgevoelens. Ze stelde zich voor hoe hij, meer dan tien jaar geleden, aan zijn bureau zat te spelen met zijn Mont Blanc pen, en ineens zijn dochter miste. Verloren in die kamer, verloren in zichzelf. Misschien voelde hij de eerste tekenen van ouderdom in zijn lichaam, en ging zijn hart uit naar zijn geliefde kind, het kind van wie hij het meest hield, op zoek naar steun terwijl hij die zelf bood. Dat was er in werkelijkheid aan de hand geweest. Jeremy was een eenzaam man geweest.

Er lag een stapeltje rekeningen en folders op de deurmat; dat zou alleen nog maar groter worden. Ze vroeg zich af hoe lang het zou duren voordat er schuldeisers op de stoep stonden als ze niet zou komen opdagen bij het kantongerecht. Zouden ze dan inbreken? Zou dat legaal zijn? En wat zouden ze zeggen als ze de groene boterham in de koelkast aantroffen, totaal beschimmeld, en de beestachtige stank van de maanden oude melk? De enveloppen die aan haar waren geadresseerd, vormden de link met haar normale leven, de bankafschriften gaven prijs wie ze was en wat ze deed. Die banden moest ze nu zien kwijt te raken. Ze zou een ander leven achter zich laten, en kiezen voor iets minder gerieflijks, zonder onverwachte liefde. Verder, op de vlucht voor god weet wat.

'Waarom heb je me niet gebeld?' Rob stond voor de deur die ze open had laten staan toen ze de vuilniszakken buitenzette.

'Sorry.' Ze stond op toen hij de deur achter zich dichtdeed.

'Ik begrijp het niet. Ik begrijp niet waarom je me niet even kon bellen om te zeggen dat alles goed was. Dat was toch wel het minste wat je had kunnen doen.'

'Ik weet het. Het spijt me.'

'Weet je hoe ik het heb moeten horen? Op het nieuws, verdomme. Zo moest ik het horen. En sindsdien heb ik je aldoor lopen zoeken. Ik kon Ringo niet vinden. Ik moest Sylvia thuis bellen om te weten te komen of je niet gewond was. Hier werd niet opgenomen. Ook niet op je mobiele telefoon. Ik wist niet wat ik ervan moest denken. En toen ik ging kijken op de plek waar de straat was afgezet... Jezus, Mia.'

Ze liep naar hem toe en legde haar hoofd tegen zijn borst. Hij was nog koud, het metaal van zijn knopen voelden kil aan tegen haar wang. Hij sloeg zijn armen om haar heen, en hield haar stevig in zijn greep. Ze probeerde zijn omhelzing te beantwoorden, maar merkte dat ze net genoeg kracht had om hem op de rug te kloppen. Ze had hem voor niets in de rats laten zitten. Maar wat had ze moeten doen? Hoe moest ze dit allemaal goedmaken? Ze pakte hem bij de hand en ging met hem naar de keuken waar ze voor hen allebei thee zette. Ze bleven een tijdje staan zonder iets te zeggen. Ze begonnen de gewoonten aan te nemen van een echtpaar – ze hadden niet voortdurend de geruststelling van een gesprek nodig, de opwinding van een woordensteekspel. Die strijd was nu voorbij. Twee identiteiten begonnen in elkaar te haken. Hun stilte was mild, zonder enige wroeging. Zijn spanning nam wat af terwijl ze zijn arm streelde. Ze pasten goed bij elkaar. Maar het was te laat.

'Ga je weg?' Hij keek haar recht aan.

'Ja.'

'Waarom?'

'Het is gevaarlijk om hier te blijven.'

'Ben je weer op zoek gegaan?' Nu vermeed ze zijn blik. 'Zeg het me. Ik moet het weten.'

'Nee – ja, toch wel, maar ik heb niets ontdekt. Het is niet wat je denkt. Het is ook niet wat ik dacht. Ik had het mis wat Ben betreft. Of althans, ik zocht op de verkeerde plaats. Maar er is iemand die het niet erg bevalt dat ik op zoek ben, dat is een ding dat zeker is. En ze komen terug. Dat weet ik.'

'Je kunt niet weglopen, Mia.'

'O nee? Ik doe het al vier jaar. Ik zie niet in waarom ik er nu mee zou moeten ophouden.'

'Je kunt niet zomaar weggaan.'

'Hoe kan ik hier blijven? O, Rob. Lieveling. Je ziet toch waartoe ze in staat zijn? Dit was nog maar een auto die de straat in reed. Het was niets. Alleen maar een waarschuwingsklap. En nu is er iemand dood. Een jonge jongen nog. Als ik blijf, gaan er nog meer mensen aan. Ze zullen jou vermoorden, Sylvia, god weet wie.'

'Dat weet je niet. Je moet naar de politie gaan, ze alles vertellen. Laat me je helpen. Je kunt dit niet alleen af.'

Ze liep weer naar de woonkamer en ging zitten. Ze zag de voeten van kinderen over het trottoir rennen en daarna een vrouw met een kinderwagen. 'De enige manier waarop ik het aankan, is alleen. Ik kan niet voor mezelf zorgen en me tegelijkertijd zorgen maken om wat anderen kan overkomen. Dat is te veel.' Ze steunde haar hoofd in haar handen. 'Te veel.'

Hij ging naast haar zitten en pakte haar hand. 'Je kunt anderen niet zomaar wegduwen. Het is niet alleen aan jou. Snap je dat niet? Je kunt niet op deze manier weggaan.'

'Jawel, dat kan ik wel. Het is het enige wat ik nu kan doen.'

'Zou het verschil maken als ik zeg dat ik van je hou?'

Nu had hij het gezegd, de enige woorden waarvan ze had gehoopt dat hij ze niet zou zeggen, en ze kon er niets mee doen. Ze wist wel raad met woede, verwarring of zelfmedelijden. Maar hierop had ze geen antwoord. Niets kon ze zeggen op zijn woorden. Ze had hem al gekwetst, en nu moest ze hem weer kwetsen. Ze wachtte om zich ervan te overtuigen dat ze gelijk had. Toen schudde ze langzaam haar hoofd, lang genoeg voor hem om het te zien. Ze keek hem in de ogen, terwijl de seconden voorbijgingen, en zag zijn naakte woorden verstommen in een schok, daarna in woede, en vervolgens in iets wat dicht bij wanhoop lag. Ze zag de moeite die het hem had gekost om ze te zeggen, en dat hij het niet zou hebben gedaan als hij had geweten dat ze zo zou reageren. Ze dacht aan de manier waarop hij de eerste nacht die ze samen hadden doorgebracht was weggegaan, de verwarring in zijn ogen. Maar dit was anders. Uiteindelijk zag ze zijn uitputting. Hij had haar alles willen geven, en het was niet genoeg. Hij was niet wat ze wilde of nodig had. Hij had verder niets meer dat hij haar kon geven.

Ze keek toe terwijl hij opstond en zijn blauwe tas pakte. Hij bewoog zich heel bewust, omzichtig, alsof hij zou kunnen vallen. Hij sloeg geen acht op haar blikken, maar concentreerde zich op zijn vertrek. Hij trok zijn jasje aan en liep naar de plek waar zij nog steeds zat. Hij legde zijn hand op haar hoofd en ze voelde zijn vingers die haar haar wilden gaan strelen tot hij zich bedacht. 'Pas goed op jezelf, Mia,' zei hij. Toen was hij verdwenen. Ze krulde zich op de bank op en duwde haar nagels tot bloedens toe in haar hand.

De volgende dag vond ze in de *Standard* een kamer die als volgt werd aangeprezen: een enkele kamer met aangrenzende badkamer en kitchenette in Camden, lage huur, inclusief energiekosten. 's Middags ging ze naar de huisbaas, meneer Hilly. Het huis had zes slaapkamers, het stamde uit de tijd van koning George en verkeerde in sjofele staat: de verf bladderde van de voordeur en er steeg een verontrustende geur uit de kelder op waar meneer Hilly woonde sinds zijn vrouw zes jaar geleden was overleden. Zijn kleding deed haar denken aan die van Ted: de onpersoonlijke monochromie van een alleenstaande man van tegen de zestig, dezelfde plastic schoenen en troosteloze broek. Wolken slechte adem ontsnapten uit zijn mond, maar hij was bijzonder hartelijk. Hij vroeg haar of ze hulp nodig had bij de verhuizing, omdat zijn zoon die dag langskwam met een bestelwagen. Ze bedankte hem en zei dat ze het

wel zou redden. Ze vroeg of hij het goed vond dat ze hem wekelijks contant betaalde, en hij zei: 'Dat lijkt me prettig geregeld', alsof dat het grappigste zinnetje ter wereld was dat hij speciaal voor haar had bedacht.

De kamer zelf was schoon, en groter dan ze had verwacht. Het roze
bloempatroon van de gordijnen paste bij het bankstel en de lampenkap-
pen. Er stond een kleine boekenkast tegen de muur en ertegenover was
een schoorsteen met een gashaard. Het bed stond in de hoek, met een
paar kussens erop, waardoor het overdag moest doorgaan voor een extra
zitbank. Ze keek rond, zei dat ze dringend aan de slag moest en dat ze
hoopte dat het stil in huis was en er niet te veel van haar werd verwacht.
Meneer Hilly zei dat iedereen hier erg op zichzelf was, en legde zijn vinger in een theatraal gebaar tegen zijn lippen. Er waren, zo zei hij, op dit
moment nog drie andere kamerbewoners. Kay, die zei dat ze zangeres
was; Leonard, een student uit Ghana die ook graag rust in huis wilde; en
de mysterieuze mevrouw Arbuthnot die al vier jaar in haar kamer ver-
bleef, haar huur altijd stipt op tijd betaalde en in al die tijd niet meer dan
drie korte gesprekjes had gevoerd met haar huisbaas, waarvan twee over
een kapotte waterleiding tijdens een vorstperiode. Drie nieuwe mensen,
dacht ze, elke nieuwe naam brengt een nieuwe achtergrond en een
nieuwe wereld met zich mee. Alleen zal ik ditmaal geen van hen leren
kennen. Ik zal me afschermen van hun wereld, en hun de ellende be-
sparen die ik met me meedraag. Ik zal nooit weten of Kay echt zangeres
is. Mevrouw Arbuthnot zal een mysterie blijven.

Ze betaalde meneer Hilly meteen een maand huur, wat hem in een
nog beter humeur bracht. Hij zei dat hij ernaar uitkeek haar als bewoon-
ster in huis te hebben. Daarna nam ze de metro naar Aldgate om haar
tassen op te halen en de flat af te sluiten. Ze schreef een briefje naar Gus
die ze vlak na de brand even had gesproken. Ze vertelde hem dat ze een
poosje wegging, en vroeg hem onmiddellijk tienduizend pond naar haar
over te maken, waarbij ze hem nadrukkelijk verzocht haar nergens mee
lastig te vallen. Ze liep de straat op en postte de brief. Toen ging ze terug
naar de flat en inspecteerde alle kamers nog eens om te zien of ze niets
belangrijks had achtergelaten. Ze nam een minitaxi naar Camden en lag
tegen middernacht in bed.

Het duurde niet lang voordat Mia gewend was aan haar nieuwe levens-
stijl. Ze sliep tot negen uur, en ging dan naar Bert of naar de sapbar aan

de overkant. Niemand wist hoe ze heette, omdat niemand ernaar vroeg. Ze was bang geweest dat ze zich zou gaan vervelen zonder gezelschap en zonder dat ze iets te doen had. Maar ze merkte dat de tijd sneller voorbijging dan ze had verwacht. Ze wandelde urenlang, helemaal naar het dorpje Highgate en weer terug. Ze luisterde naar de radio en ontdekte weer het intieme sfeertje dat ontstond als je drie uur achter elkaar naar dezelfde presentator luisterde, in plaats van 's ochtends een paar minuutjes. Ze las met een bezetenheid die ze niet meer had gekend sinds haar tienerjaren toen ze op haar bed lag in de Boltons en elke dag een boek uitlas, zowel flutboekjes als klassieke literatuur. In Oxford was ze het lezen verleerd, had ze zich beperkt tot wat ze moest lezen om een tentamen te halen. De eerste maand in Camden las ze meer dan vijftien romans, te beginnen met *Anna Karenina*, een van de vele klassiekers waaraan ze nooit was toegekomen en waarover ze had moeten doen alsof ze die wel had gelezen. Ze las het in twee dagen uit; ze las steeds vijftig bladzijden om daarna even haar benen strekken terwijl ze het proza verwerkte, totdat Tolstoi's krijsende trein een einde aan het verhaal maakte. Dit was de vreemde paradox van lezen, dacht ze. Pas toen ze zich had teruggetrokken uit de wereld waaraan deze boeken betekenis gaven, had ze tijd om ze naar behoren te lezen.

Ze werd een vertrouwd gezicht in de bibliotheek en in de boekenzaak Pencil in de hoofdstraat die eenzelfde prijzensysteem hanteerde als zij had ingevoerd bij het Echinacea. Mensen behandelden haar anders dan in het verleden, omzichtiger en met meer begrip, alsof ze in hun handen in stukken zou kunnen vallen. Ze besefte dat ze iets vreemds was gaan uitstralen, dat haar omzwervingen in de buurt opvielen bij de mensen die daar woonden en werkten. Ze moesten zich hebben afgevraagd wie die eigenaardige blonde vrouw was, met haar ongewassen haar en haar boekentas. Eerst had ze er geen idee van waarom ze zo leeg naar haar glimlachten als ze een boek leende of kocht, of als ze haar boodschappen bij de supermarkt betaalde, totdat ze zich realiseerde dat ze haar eigen afstandelijkheid spiegelden. Iedere buurt heeft een profeet van het einde der tijden nodig, en ik ben die van hen, dacht ze. Ik ben de vrouw die elk boek dat ooit is geschreven, en alle woorden die voor eeuwig in het duister zijn verborgen, leest voordat de nacht valt.

Maar het was niet genoeg. Hoe zeer ze ook geloofde dat er een soort einde naderde, dat ze niet lang meer hoefde te wachten – er waren nog steeds dingen die ze moest doen, onafgemaakte zaken die ze niet kon regelen als ze in Brick Lane woonde. Op een ochtend legde ze haar boek aan de kant en kwam ze tot het besef dat ze niet eeuwig kon blijven rondzwalken. Ze dacht aan de kleur van de vuurbal, aan Aasims geschreeuw, en alles wat dat inhield. Er was nog een rekening die op een nette manier moest worden vereffend. Dat kon ze nog wel vragen van het lot. Ze besloot dat ze twee dingen moest gaan doen. Ze moest een bezoek brengen aan het kerkhof, en ze moest Jean gaan opzoeken.

De trein naar Bellingham reed langzaam vanwege motorproblemen. Het duurde meer dan een uur vanaf Blackfriars, drie keer zo lang als normaal. Maar het verpleeghuis voor terminale patiënten – St. Francis – lag niet verder dan tien minuten lopen van het station, na een wirwar van gemeentewijken achter een plantsoen met een speelterrein en een verlaten tennisveld. Ze had van tevoren opgebeld om te vragen of mevrouw Jean Moss daar inderdaad extern patiënt was. De verpleegster wilde haar dit soort informatie niet geven, maar toen Mia zei dat ze een oude vriendin van Jean was en haar wilde verrassen, zei de vrouw dat ze een goede kans maakte als ze op een doordeweekse middag kwam tussen een en vijf uur. Ze kon het erop wagen.

Het verpleeghuis lag verscholen achter een hoge bakstenen muur en was omgeven door een bescheiden tuin en een parkeerplaats waarop ambulances en bestelwagens stonden. Het gebouw zag er meer uit als de wetenschappelijke afdeling van een universiteit of een gebouw van de overheid dan als een gewijde plek waar mensen zich wilden verzoenen met God. Mia vond de receptiebalie die onbemand was. Erboven hing een wandtapijt met een afbeelding van de heilige Franciscus, omringd door dieren en een psalm in onhandig geborduurde gotische letters: 'Heer, U bent in alle tijden onze toevlucht.' Met de gebeden aan de muren, de kaarsen en de heiligenbeelden had het geheel iets weg van een kleine, treurige grot. Een vaas met lelies stond op de tafel naast drie telefoons en een leeslamp. De receptioniste had koelkastmagneetjes gebruikt om ansichtkaarten vast te zetten op de zijkant van haar dossierkast – van het Heilige Graf en Lourdes, maar ook van Tenerife en Orlando. Ook hing er een uit de toon vallende foto van Brad Pitt, keurig in pak en wit overhemd.

De receptioniste kwam terug. Het was een kleine, roodharige vrouw met een blauw vest over haar verpleegstersuniform. Ze sprak met een Iers accent als iemand die haar leven lang in zuid-Londen had gewoond.

'Het spijt me dat ik u moest laten wachten,' zei ze. 'Lieve help – we zitten met zo'n personeelsgebrek nu iedereen griep heeft. Dus heb ik de hoofdzuster geholpen met een verjaarspartijtje, ik vlieg steeds heen en weer. Niet ideaal, maar ja. Wat kan ik voor u doen?'

'Ik ben een kennis van mevrouw Moss. Jean Moss. Ik heb begrepen dat ze hier dagpatiënte is. Ze weet niet dat ik kom. Ik hoopte dat ze hier zou zijn, zodat ik haar kan verrassen.'

'Nou, u hebt geluk. Gisteren was ze er niet, toen voelde ze zich niet zo lekker. Maar vandaag is ze er wel. Ik zag haar zojuist in het dagverblijf. Ik zal u even de weg wijzen.'

De receptioniste – of was het een zuster die ook de receptie moest bedienen? – ging haar voor door klapdeuren naar een donkere gang. 'Het is de grote zaal aan het eind. Met mooi uitzicht op de tuinen.' Mia bedankte haar en liep naar de deur die haar was gewezen. De geur van medische hygiëne was overweldigend. Het gaf het gebouw iets deprimerends, wat nog werd versterkt door de iconen aan de muur en de slaphangende planten. Er waren twee zalen aan weerszijden van de gang, en een televisiekamer. Een oude vrouw in een ochtendjas en nachthemd schuifelde in haar roze pantoffels achter haar looprekje zonder dat ze vooruit of achteruit kwam. Mia meende dat ze iemand in een van de naargeestige zaaltjes hoorde zeggen 'ik ben bang', steeds weer opnieuw, maar ze wist het niet zeker. Een man in de televisiekamer riep dat hij een koekje wilde.

Het dagverblijf was minder somber: het linoleum was vrolijker van kleur en de lucht werd er geventileerd. Een van de wanden was van glas, zodat de patiënten vanuit hun stoel over het gras en de bomen konden uitkijken. Twee kinderen, een jongen en een meisje, speelden met een bal op het gras en wuifden naar een oudere vrouw met een hoofddoek die onderuit hing in een leunstoel. Mia zag dat haar hand een beetje bewoog als reactie op de kinderen. Er was een tafel die vol stond met spelletjes en een schaakbord; een klein groepje was onder leiding van een lerares aan het tapijt knopen, en in de hoek stond een wagentje met boeken. Daarnaast stond op een tafel een sissende theepot met een kannetje melk. Gemorste suiker lag over het hele blad.

Er waren een stuk of tien mensen in de zaal, inclusief het personeel en bezoekers. De comfortabele fauteuils stonden in kleine groepjes opgesteld, en een paar stonden apart voor patiënten die zich liever wat wilden afzonderen. Een lange, doorzakkende, stokoude beige bank nam het grootste deel van de rechtermuur in beslag en lag vol met oude kranten en tijdschriften. Een man in pyjama met een wandelstok deed een poging om ze op te ruimen. Er vielen pagina's van de *Mirror* uit zijn handen op de grond.

'Wat wil je?' De vrouw die voor haar stond, was zeker tachtig, ze droeg een peignoir en platte schoenen. Haar gezicht, hard en vol rimpels, was vertrokken van woede. Ze droeg oorbellen en in haar mondhoek zat een veeg lippenstift.

'Neem me niet kwalijk,' zei Mia. 'Ik ben op zoek naar mevrouw Moss. Is zij hier?'

'Wat moet je?'

'Ik ben op zoek naar mevrouw Moss. Ik zie haar hier nergens, vrees ik.'

'Wat moet je?'

'O hemel. Luister, is er hier iemand –'

'Wat moet je?'

Een vrouw die Mia voor een hoofdverpleegster hield, kwam zich ermee bemoeien. Ze had hetzelfde zangerige accent als de receptioniste, maar ze was zeker twintig jaar ouder. Ze nam de vrouw bij de hand en sprak haar vriendelijk toe. 'Kom, Barbara, waar ben je nou mee bezig? Je mag toch geen aardige jongedames lastigvallen met je gebazel? Luister, dit is een heel lieve dame en jij doet helemaal niet aardig tegen haar.'

'Wat moet je?' begon Barbara weer, nu met iets van berouw in haar stem.

'Ik weet zeker dat ze heel goed weet wat ze wil, Barbara, maar waarom zou ze dat aan een dwaze oude dame vertellen die haar bespringt zodra ze de zaal binnenkomt? Waarom zou ze jou dat aan je neus hangen?'

'Wat moet je?' gromde haar patiënte.

'Het spijt me,' zei Mia. 'Ik wil niemand last bezorgen.'

'O, het is geen last,' zei de verpleegster. 'Barbara doet altijd zo tegen bezoekers. Nietwaar, liever?'

'Wat moet je?' knikte Barbara toeschietelijk, terwijl ze haar bezwering herhaalde.

'Haar vriend Ernie houdt de telling bij. Soms zegt ze het volgens hem wel vijf- tot zeshonderd keer op een dag. En dat zijn dan nog de keren dat hij het telt. Het zou nog meer zijn als ze niet zoveel sliep. Die medicijnen houden haar zowat bewusteloos, de arme ziel. Maar wat kan ik voor je doen?'

Mia keek de zaal nog eens rond. 'Ik ben op zoek naar mevrouw Moss. Jean Moss. Maar hier zie ik haar niet. Misschien moet ik een andere keer terugkomen.'

'O, Jean. Die zit daarginds. Ze heeft net nog gin rummy gespeeld, maar ik denk dat ze nu een dutje doet. Pas op dat je haar niet laat schrikken als je haar wakker maakt. Haar zenuwen kunnen niet veel meer hebben.'

Mia bedankte de verpleegster en liep naar de hoek die ze haar had gewezen. Daar zaten twee vrouwen in een stoel te slapen, maar geen van hen was Jean. Mia vroeg zich af waar ze naartoe was gegaan, en hoopte dat ze haar niet had gemist. Het verpleeghuis zou haar vast niet haar woonadres geven. Misschien wisten die vrouwen wanneer ze was weggegaan – als ze toen tenminste nog wakker waren. Mia zag dat een van hen bewoog, een nietig mensje, verloren in de gekreukte kussens van de fauteuil en haar deken, waarop de naam van de instelling stond. Ze droeg een geel vest en een snoer parels. Haar haar had een vreemde, robijnrode kleur, met onnatuurlijk uitziende, strakke krulletjes: een pruik. Mia zag de voeten heen en weer gaan toen de vrouw uit haar sluimer ontwaakte. Haar gezicht had de kraaienpootjes die op een verleden vol pijn wezen, en haar huid had iets geligs. Maar ze had ook iets ondeugends in haar trekken, iets veerkrachtigs nog. Dit was een vrouw, dacht Mia, die zou lachen om haar eigen trage, openlijke verval. Een vrouw die ze jaren geleden had horen lachen om veel minder ergere dingen. Ze was nauwelijks te herkennen. Maar het was onmiskenbaar Jean.

Mia trok een krukje bij en ging naast haar zitten. Jeans ogen gingen knipperend open, maar Mia kon zien dat ze nog niet helemaal wakker was. Slaap gedraagt zich anders als je ernstig ziek bent. Hij overvalt je, hij besluipt je. Ze herinnerde zich dat haar moeder haar vertelde, jaren na haar langste verblijf in het ziekenhuis, dat ze vaak had gedacht dat ze doodging. De slaap, zei Jenny, was veel intenser wanneer je lichaam werd geteisterd door ziekte. Als je wakker werd, dacht je dat je nog droomde of dat je ergens anders naartoe was gegaan. Het oude ritme van slapen en waken liep door elkaar als je heen en weer werd geslingerd op de getijden van ziekte.

Mia glimlachte, maar zei niets totdat de vrouw zorgelijk met haar ogen begon te knipperen. 'Hallo, Jean,' fluisterde ze. 'Ik ben het, Mia Taylor. De vriendin van Miles. Ik kom je opzoeken. Ken je me nog? We hebben elkaar een hele tijd niet gezien.'

Jeans verwarring werd niet minder. Haar mond ging open en ze probeerde iets te zeggen. Mia kon haar niet verstaan, en boog zich naar haar toe. Ze meende te horen dat ze om drinken vroeg. Er stonden een fles mineraalwater en een glas op de tafel, en Mia schonk wat in. Jeans handen reikten trillend naar het glas, dus bracht Mia het naar haar droge lippen en keek toe terwijl ze dronk, waarbij het meeste water langs haar kin omlaag drupte.

Ze knapte er wel van op. Ze glimlachte naar Mia en tuurde op haar horloge. 'Dank je, lieverd. Kom je hier om me naar huis te brengen? Het is nog wel vroeg.'

'Nee, Jean. Ik ben niet gekomen om je naar huis te brengen. Ik ben Mia. Weet je nog dat ik vroeger bij Miles werkte? Meneer Anderton?'

De vrouw keek geschokt, alsof er een te hoge eis aan haar werd gesteld. Terwijl ze Mia vanuit haar ooghoek aankeek, leek ze het als een beledigende opmerking op te vatten, maar bij nader inzien viel het haar toch mee. Ze keek Mia weer aan. 'Mia? Ben jij het echt?'

Ze glimlachte en pakte Jeans hand. 'Ja. Ik kom je opzoeken. Bij wijze van verrassing. Miles heeft me verteld waar ik je kon vinden.' Dit was bijna de waarheid. Hij had haar verteld dat ze in een verpleeghuis voor terminale patiënten in Bellingham zat, wat voor zijn doen bijzonder correct was.

Jeans grijns was breed en vol herkenning. Ze rolde met haar ogen. 'Die jongen toch. Als hij weet waar ik zit, waarom komt hij me dan zelf niet af en toe opzoeken?' Ze schoten in de lach, meteen weer met die intimiteit van vroeger die was gebaseerd op samenzweerderigheid tegenover Miles, hun afspraak om hem op de juiste koers te houden. 'Weet je dat ik zelfs zijn verjaardag nog weet? Dan stuur ik hem een kaart en een cadeautje. En hij vergeet die van mij nog steeds, totdat hij er veertien dagen later aan denkt en dan stuurt hij me bloemen ter waarde van honderd pond. Wat een geldverspilling. Ik zei tegen de verpleegster: "Waarom koopt die sufferd niet een verjaarskalender?"'

Mia hielp haar met het een en ander. Ze moest haar medicijnen innemen, en ze wilde naar de wc. Dat vroeg allemaal tijd. Daarna wilde ze graag een kop thee, sterke thee, met melk en twee klontjes suiker. Mia zette het kopje voor haar neer en ging er toen een voor haarzelf halen. Toen ze terugkwam, vroeg ze: 'Hoe vind je het hier? Het personeel lijkt me heel vriendelijk.'

'O, dat gaat best, lieverd,' zei Jean. 'Hier heb ik wat afleiding. Opgesloten in huis hou ik het niet lang uit, vooral niet omdat ik mijn eigen tuin niet meer kan verzorgen. Er is een aardige man die er af en toe naar omkijkt. Hij blijft soms een kop koffie drinken, dat verdrijft de tijd een beetje.'

'Hoe zijn de andere patiënten?'

Jean snoof. 'Het is een stelletje idioten, de meesten dan. De helft is hier achtergelaten door familieleden die er niet meer tegen konden, begrijp je wel? Het is triest. Maar een of twee vind ik wel aardig. Pearl, hier' – ze wees naar de slapende vrouw tegenover haar – 'is een schat, en ze heeft een fantastische kleinzoon die haar komt opzoeken, en dan brengt hij ook iets voor mij mee. En ik kaart met een paar kerels hier. Daarmee kom ik de middagen door. En ik kan hier zonder zorgen slapen. Ze zorgen voor je als je... nou ja, als er iets met je gebeurt.'

'Ik ben blij dat je het hier prettig vindt. En je familie, komt die nog bij je op bezoek?'

'Ach, ik ben nu al zeven jaar weduwe, kun je dat geloven? Ik heb alleen mijn zoon nog, Ian. Ik geloof wel dat hij zijn best doet, maar hij woont nu in Ashford, en Suzi – dat is zijn vrouw – maakt niet graag de reis hiernaartoe. Volgens mij zien ze ernaar uit dat ik het loodje leg, zodat zij het huis krijgen. Kijk maar niet zo geschokt. Je weet toch nog wel wat ik je vroeger over hem vertelde? Laatst vertelde hij me dat er een of andere belastingconstructie bestaat, zodat ze niet zoveel successierechten hoeven te betalen. Kun je het je voorstellen? Hier zit ik, ik doe mijn best om er op een waardige manier tussenuit te knijpen, en dan komt mijn zoon met een boekhoudkundige truc waardoor hij er zoveel mogelijk uit kan slepen als het zover is.'

Mia lachte weer. Ze herinnerde zich dit soort gesprekjes aan de telefoon in het Lagerhuis, die ze ooit dagelijks met haar had gevoerd. Eenmaal op dreef was Jean geweldig, een legende voor haar werkomgeving en ver daarbuiten. Iedereen vond dat Miles geluk had met zo'n secretaresse, hoewel hij dat zelden echt erkende. Ze had een even groot aandeel als Mia gehad in het hem klaarstomen voor de politiek, ze was zijn bewaakster geweest, ze had gelogen tegen de pers en collega's over waar hij uithing, ze had hem gewezen op onbetamelijkheden in zijn toespraken als ze die uittypte.

'Je bent magerder geworden,' zei Jean.

'Jij ook.' Ze zei het zonder erbij na te denken en schrok er zelf van, totdat ze zag dat Jean moest glimlachen om haar tactloosheid. Ze bloosde.

'Vertel me eens hoe je me hebt gevonden, lieverd.'

'O, ik kwam Miles tegen, en toen hebben we samen gegeten. Het gaat goed met hem. Het was echt fijn om hem te zien. En hij vertelde me toen dat het met jou niet zo best ging. Dus dacht ik: kom, ik ga je eens opzoeken.'

'Wat lief van je. Hoe lang is het nu geleden? Ik denk wel vijf jaar.'

'Vier ongeveer, dacht ik.'

'Heb je al een baan gevonden?'

'O, Jean, hou op met dat geplaag. Natuurlijk heb ik een baan gevonden. Ik ben niet helemaal achterlijk.' Ja, dacht ze. Ik werkte in een gezondheidscentrum, en nadat dat met de grond gelijk werd gemaakt door een bomaanslag, besloot ik door Camden te gaan zwerven. Nu lees ik klassieke literatuur en praat in mezelf.

'Maar gaat het wel goed met je?'

'Ach, je weet wel. Soms wel, soms niet. Maar het gaat wel, hoor.'

'Is er iemand, een speciaal persoon?'

Ja, ja die is er. Maar die heb ik weggebonjourd, met een enkele handbeweging. 'Niet echt,' zei ze. 'Ik ga af en toe wel met iemand uit.'

Jean schudde haar hoofd. Dit beviel haar niet, helemaal niet. Ze keek verontwaardigd. 'Ik ben nog steeds boos op Miles, weet je.'

'Waarom?'

'Nou ja, het is nu eenmaal een verwend jong. Hij had met jou moeten trouwen toen hij de kans had. Jij was het beste wat hem ooit is overkomen, dat was zo duidelijk als wat. Het beste wat hem ooit nog kan overkomen, dat ook. Dat heb ik hem gezegd. Hij zat niet meer achter de meiden aan, hij had iemand gevonden die hem gelukkig kon maken. Die zijn klasse had. En toen liet hij je zomaar gaan, Mia. Hij had je achterna moeten gaan toen je vertrok. Maar... je weet hoe hij is. De waarheid is dat hij er geen raad mee wist, lieverd.'

'Het was ook mijn schuld. Ik bedoel, ik heb hem buitengesloten.'

'Nou ja, begrijpelijk, toch? En wat dan nog. Hij had het moeten blijven proberen.'

'Nee, ik was zo verdomde kwaad, Jean. Ik wilde het niet weten. Ik kon niet geloven wat hij had gedaan. Het leek zo grof, gezien de omstandigheden.'

Jean keek weer verward. 'Waarom was je zo kwaad, lieverd? Wat had hij dan gedaan?'

'Nou, dat weet je toch. Hij had me nooit op dat vliegveld mogen laten staan. Moet je je voorstellen hoe ik me voelde. Hij had misschien wel pech die avond. Maar het was de verkeerde avond om alleen aan zichzelf te denken.'

'Aan zichzelf? Dat is wel een beetje hard, lieverd. Ik weet dat hij die avond op je wilde wachten. Zoiets vertelde hij me, dat hij zich rot had gevoeld. Maar hij had toch geen keuze?'

'Ik zie niet in waarom niet. Hij had toch wel even kunnen wachten?'

'O jee, nee. Die politieagent liet zich niet vermurwen. Hij zei tegen Miles dat hij meteen mee moest naar de uitgang. Ze waren natuurlijk heel gespannen. Over die agenda. Je weet hoe dat gaat.'

'Wat bedoel je, Jean? Wat voor agenda?'

'Je weet wel, van die inbraak? Hemel, wat een drukte om niets was dat. Maar ik denk dat ze gewoon hun werk deden.'

'Ik heb geen flauw benul waarover je het hebt, Jean.'

Jean keek Mia aan en trok een wenkbrauw op. 'Miles heeft je dat toch zeker wel verteld? Ach, kom. Hij was er helemaal door van de kaart, dat kan ik je wel vertellen.'

'Waardoor was hij van de kaart?'

'Omdat er zoveel privé-dingen in stonden. Je weet wel, mobiele nummers van ministers, persoonlijke details. Allemaal snel neergekrabbeld, natuurlijk, maar nog wel leesbaar.'

'Waarin?'

'In Miles' agenda, lieverd. Die hij voor zichzelf bijhield, meer een dagboekje eigenlijk. Hij lag in mijn bureau, en tijdens die inbraak was dat het enige vertrouwelijke stuk dat was verdwenen. Nog wat contant geld ook, en een camera. Maar die agenda was de reden waarom de politie in actie kwam.'

357

'Waarom?'

'Miles werd aldoor bedreigd. Meestal door halvegaren, natuurlijk, maar een paar van die lui begonnen ze toch serieus te nemen. Hij was ook zo duidelijk in zijn meningen. Veel te, als je het mij vraagt. Hij kon erop wachten dat er problemen kwamen met die moslimgroeperingen. En wat dat betreft hebben ze hem niet teleurgesteld. Het was voor hem een soort spel, denk ik. Maar toen hoorden ze dat die groep van Saffi – niet de officiële organisatie, maar de mensen die hij vertegenwoordigt – achter hem aan zat. Ze verhoogden het prijzengeld, om een prominent figuur tot voorbeeld te kunnen stellen. Althans, zoiets had de politie te horen gekregen.'

'Saffi Mohammed?'

'Ja. Je herinnert je hem toch nog wel, lieverd?'

En of ze zich Saffi herinnerde. Ze had memo's over Saffi geschreven voor Miles, en ook over alle andere fundamentalistische leiders over wie hij tekeerging. Er waren er genoeg, variërend van gangsters met een voorkeur voor vurige retoriek tot niet-begrepen godvrezenden. Maar Saffi was anders dan de anderen, ongrijpbaarder, met betere connecties, en met meer geld. Hij was nooit ergens voor gepakt, had zelfs nooit in voorarrest gezeten. Hij was een goed redenaar, beter dan Miles, en hij was diens grootste tegenstander op televisie. Zijn connecties met extremistische groeperingen in Engeland en het buitenland waren algemeen bekend, en dat was ook de reden waarom Miles achter hem aan zat. In het openbaar wist Saffi altijd het juiste te zeggen, stelde hij 'het geweld van het Amerikaanse imperialisme' aan de kaak en de medeplichtigheid van 'die poedel van een minister-president'. Maar hij zorgde er wel voor dat hij vaag bleef over de vorm van vergelding die zijn bondgenoten mochten kiezen. Hij veroordeelde geen terreurdaden, maar juichte ze ook niet toe. Hij sprak over 'de krachten die de islam over de hele wereld vervolgen', maar hij riep nooit op tot een 'heilige oorlog'. Hij haatte Amerika, maar hij was er wel afgestudeerd. Hij reed eigenhandig door Londen, zonder lijfwacht. Hij leek onkwetsbaar. Ze herinnerde zich nog dat ze achter de coulissen in een studio van de BBC stond te kijken terwijl Miles met Saffi debatteerde over burgervrijheden. Saffi die op zachte toon sprak en tot in de puntjes verzorgd was. Hij had Miles met gemak verslagen, hoewel ze daarover later tegenover haar minnaar had gelogen. Ze had hem toen geweldig gevonden.

'Ja. Ja, die herinner ik me wel. Wat heeft hij hiermee te maken?'

Jean ging rechtop zitten. 'Nou, ze hebben toen van een of andere louche figuur te horen gekregen dat Saffi, of misschien een van zijn mensen, kwade plannen had. En daarmee was Miles wel even druk, dat kan ik je wel vertellen. Het gebeurde in die week van de inbraak, maar pas toen hij in Frankfurt was, merkte ik dat er dingen waren verdwenen. Ik was op kantoor om iets op te halen, toen ik besefte wat er was gebeurd. God weet wanneer ze binnen waren geweest, en ik moet zeggen dat het niet bepaald geweldige inbrekers waren. Maar goed, ik heb hem toen meteen gebeld, en ook de beveiliging. De agent die hem opwachtte op het vliegveld was heel volhardend. Ik wist dat jij volgens plan met Miles naar Selbourne Terrace zou gaan om te werken, maar de agent zei dat hij direct mee moest.'

Maar dat was het plan niet geweest. Dat was het plan helemaal niet geweest. Mia onderbrak haar: 'Heeft hij die agent niet verteld dat hij op mij wachtte?'

'Zeker niet. Hij wilde niet dat jij erin betrokken raakte. En achteraf bleek dat jij genoeg aan je hoofd had.'

'Dus Miles heeft tegen jou gezegd dat hij van plan was met mij naar Selbourne Terrace te gaan?'

'Dat klopt. En die agent zei dat ze hem direct naar huis brachten, om hem te beschermen. Niet meer dan een voorzorgsmaatregel, terwijl zij erachter probeerden te komen wat er was gebeurd. Een week lang werd hij bewaakt. En toen liep de zaak met een sisser af. Een storm in een glas water, als je het mij vraagt. Het was maar een diefstalletje. Er lagen stapels vertrouwelijke brieven en documenten die ze niet hadden aangeraakt. Het was echt niet de zwaarste diefstal die ik in al die jaren heb meegemaakt, bij lange na niet, met al die mensen die daar rondzwalken, met deuren open, overwerk, en dingen die voortdurend zoek zijn. Maar ik veronderstel dat de politie alle noodzakelijke maatregelen moest treffen. Miles maakte hen een tikje nerveus met al zijn strapatsen.'

Mia probeerde alle informatie tot zich te laten doordringen, maar ze merkte dat het haar duizelde. 'En die agenda, is die weer boven water gekomen?'

'O jee nee, lieverd. Evenmin als die vijftig pond of de camera. Daarvan zouden we nooit meer iets zien. En daarna raakte de zaak algauw in vergetelheid. De politie kwam haar lichte paniekaanval te boven. En alles ging weer zijn gangetje. Ik bedoel, Miles was nadat jij verdween wel een tijdlang wat tammer. Hij was zelf af en toe ook uit beeld, eerlijk gezegd. En ik heb er daarna niet veel meer over nagedacht. Ik was te druk bezig hem weer op te monteren, dingen te regelen om hem van jou af te leiden. Het verbaast me dat je dat allemaal niet meer weet, kind. Maar ja, je had waarschijnlijk andere dingen aan je hoofd.'

'Ik heb hier nooit iets van geweten. Het is allemaal nieuw voor me.'

'Echt waar? Vreemd, nietwaar?' Jean likte langs haar lippen. 'Zou je zo lief willen zijn om nog een kop thee voor me te halen? Fijn.'

Mia treuzelde bij de theepot, probeerde zich te concentreren en de misselijkheid die in haar opkwam te bedwingen. Dit was het dus. Was het altijd al zo duidelijk geweest, en had zij het niet willen zien? Had er iets logisch gezeten in de pelgrimstocht waar Claude haar op uit had gestuurd, of was het ergste dat ze hier per toeval achter moest komen, nadat ze haar zoektocht had gestaakt? Al die tijd had ze geweten dat iemand de waarheid voor haar verzweeg. Er was altijd die stank van leugens geweest die ergens vandaan moest komen. Maar zij had op de verkeerde plaats naar de verraders gezocht. Verraders hadden haar gesust, haar weer nieuwe leugens op de mouw gespeld om niet ontdekt te worden. Freddy Ellis? De data op de memo waren uitgewist: het document was al jaren oud. Maar dat had ze nooit kunnen weten. Ze had hem te goed geïnstrueerd. Hij was te goed geworden in het verhullen van de waarheid, in het creëren van leugens, en in het terugdringen van degenen die te dichtbij kwamen. Hij had hen allemaal voor de gek gehouden. Hij had zelfs tegen Jean gelogen over de plek waar hij die avond naartoe zou gaan.

Ze zette Jeans kopje neer en luisterde naar haar gebabbel terwijl ze tussendoor slokjes van haar thee nam. De zusters, vertelde Jean, namen haar niet serieus. Ze knikten als ze het over de politici had voor wie ze had gewerkt, maar ze wist dat ze niet echt naar haar luisterden en haar niet geloofden. Maar het onderbrak haar dagelijkse sleur en ze zou hier blijven komen tot de dag dat ze haar als blijvende patiënt naar een van de zalen zouden brengen, omdat ze niet langer alleen kon thuisblijven. Ze wist niet wanneer dat zou zijn. Ze had nu een van haar goede dagen, maar gisteren was een hel geweest. Over een week was er een bazaar in het verpleeghuis: zou Mia met haar willen meegaan? Ze wist niet zeker of Ian het zou redden. Ze wilde graag met iemand samen gaan. Mia zei dat het haar speet, maar dat ze niet kon. Jean leek niet verbaasd. Een ander keertje dan maar, zei ze. Ja, zei Mia. Ze zou haar, als ze kon, nog eens komen opzoeken.

Na een poosje kwam de hoofdverpleegster vragen of haar patiënt haar medicijnen al had ingenomen.

'Zo, Jean. Leuk dat je bezoek hebt. En een heel aardige dame ook.'

'O, het is zo fijn. Heerlijk. Weet je dat ik Mia vier jaar niet heb gezien? En daar is ze nu. Echt een verrassing, vind ik het.'

'Dat begrijp ik. Je moet mevrouw Moss dat plezier nog maar eens doen, Mia. Met het soort leven dat zij heeft geleid, kunnen wij haar niet veel interessants meer bieden. Ze is een slim dametje. Ze kent heel wat mensen die op de televisie zijn. Nietwaar, Jean?'

Jeans gezicht betrok. Mia begreep dat Jean voelde dat ze niet voor vol werd aangezien en dat ze daar niets tegen kon doen. 'O, ik kom gauw weer eens. Bedankt dat u me zojuist de weg hebt gewezen.'

'Met alle plezier, kind. Kom gerust nog eens terug.'

De verpleegster vertrok. Mia boog zich naar Jean en kuste haar op het voorhoofd. Ze zei dat ze binnenkort zou terugkomen, maar toen Jean haar telefoonnummer vroeg en Mia zei dat ze net was verhuisd, kon ze zien dat Jean wist dat ze hierover loog. Ze kneep even in Jeans hand en ging weg.

Miles. Miles, eindelijk was zijn verradersmasker gevallen. Zijn walgelijke daad lag na al die jaren open en bloot voor haar. Maar nee, dat was niet alles. Dat was niet eens het belangrijkste. Want zij was het, niet Miles, die de dood naar haar familie had gelokt en die verderf had gezaaid op de plek waar zij zaten te wachten. Zij was het die hun lot had bepaald. Zij was het die ervoor had gezorgd dat Miles het adres van Ben en de gegevens van het verjaardagsfeestje in zijn agenda had opgeschreven. Zij had er giechelend op aangedrongen dat hij alles tot in detail opschreef zodat hij het niet zou vergeten. Allemaal in die agenda die gestolen, en daarna vergeten was.

Barbara stond haar bij de deur op te wachten. 'Wat moet je?' vroeg ze. Maar Mia had niet eens tijd om te glimlachen.

V

Het stof op Holloway Road steeg op in een wolk en verspreidde zich over het trottoir. Vrachtwagens en bussen denderden langs haar heentoen ze langs de oude meubelzaken en de tweedehandswinkels liep. Hoewel het had geregend, had niemand de moeite genomen om de bureaus en de dossierkasten binnen te halen of te bedekken. De spaanplaten tafels, reeds kromgetrokken, glommen van het water, en straalden zinloosheid uit. Dit waren winkels die niets verkochten, waar niemand kwam. Slechts een paar passen scheidden de boekwinkels en restaurants van Islington van de grijze hopeloosheid van Holloway. De weg strekte zich uit als een dode ader van de N1 naar Archway. Dit was de plek waar vroeger de galgen hadden gestaan. Waar de dieven en de moordenaars de *ale* dronken die hun werd aangereikt door de menigte voordat ze onder luid gejuich aan Engelands doodsboom bungelden.

Ze kende deze wandeling nu heel goed, van het metrostation langs Highbury Fields naar Seven Sisters. Het was een hele tocht die ze drie weken lang had uitgeprobeerd. Op en neer, heen en terug, ze had alle details overwogen en aangepast. Nu was het zover, er was niets meer voor te bereiden. Tommy had gelijk gehad. Er was inderdaad iets wat ze kon doen, een taak waarop ze zich onbewust al die tijd had voorbereid. Ze was er nu klaar voor, gezuiverd door het vuur en bevrijd van alle andere zorgen. Ze had Sylvia en Rob verlaten. Ze had een plek achter zich gelaten waarvan ze hield, en ook de naam die ze haar daar hadden gegeven. Al die dingen waren nu een deel van het verleden. En in het verpleeghuis voor terminale patiënten was ze erachter gekomen waaruit haar taak bestond.

Er bevonden zich op haar weg tien kroegen die ze volgens haar gewoonte in drie categorieën had verdeeld. Er waren erbij zoals de Devonshire Arms, die niemand bij zijn volle verstand zou binnengaan: stille, foute kroegen waarin de lastigste kerels uit Finsbury Park zopen om dronken te worden, terwijl hun buldoggen aan hun voeten lagen te slapen. Dan had je nog de gevaarlijke tenten, zoals de Overspill, waar jongemannen met Arsenal-shirtjes aan de gokapparaten stonden en elkaar af en toe een stomp gaven. En dan nog de smerige tentjes die nieuwsgierige klanten van Upper Street probeerde te trekken, met schoolborden buiten waarop goedkope wijncocktails werden aangeprezen en, met iets onnozels, 'Pimm's voor een spotprijs'. Ze hoefde zich nooit te vervelen tijdens de wandeling.

Het duurde twintig minuten voordat ze bij de bocht naar Monk Street was. Ze was er al zo vaak geweest dat ze zich afvroeg of de buurtbewoners haar niet herkenden. Waarschijnlijk niet: ze kwam er altijd na het donker en ze deed haar best om onopgemerkt te blijven. Ze stond bij de bushalte of in het café met haar capuchon of haar honkbalpet op, en vermeed kost wat koste ieder oogcontact. Er waren een krantenkiosk, een wasserette en een café dat langgeleden was gesloten, met dichtgetimmerde ramen die volgeplakt waren met posters. Aan het eind van de straat was een lagere school met een speelplaats met kippengaas eromheen. De hekken waren altijd al dicht tegen de tijd dat Mia er kwam. Er waren een paar voorbijgangers in Monk Street.

Het Islamitisch Wijkcentrum was een hoog, bakstenen gebouw, niet ver van het café en de telefooncel. Het lag ingeklemd tussen de oude pub en een Quaker kerk, en kon gemakkelijk worden aangezien voor een verwaarloosd woonhuis als je het kleine plastic bord aan het hek met een opschrift in vier talen over het hoofd zag. Links van het gebouw was een parkeerplaats voor twee auto's, achter een hoog traliehek met een dubbel hangslot. Het centrum werd door dr. Saffi Mohammed gebruikt als een openbaar kantoor en Mia had ontdekt dat hij hier het einde van elke werkdag doorbracht. Hij reed om een uur of vier zijn BMW de steeg in, sloot het hek achter hem en ging door een zijdeur het pand binnen. Dit had ze ontdekt toen het licht in het trapportaal onder invloed van een tijdklok bij zijn binnenkomst aan- en uitging. Hij bracht dan drie – soms meer, soms minder – uur in deze ruimte door. Daarna gingen de lichten uit en kwam hij naar buiten, legde zijn aktetas op de achterbank van zijn auto, trok zijn das recht, deed het hek open en reed achterwaarts naar buiten. In het centrum was volgens de brochure dagelijks spreekuur van halfvijf tot halfzes met dr. Mohammed – mits hij niet voor zaken in het buitenland was – en er was bepaald geen gebrek aan klagers die hulp en een oordeel aan deze man kwamen vragen. Ze keek elke dag toe hoe de teleurgestelde gezinnen die hem niet te spreken hadden kunnen krijgen mopperend en hoofdschuddend het gebouw weer verlieten. Later zag ze sommigen van hen bij de bushalte staan, op weg naar oost-Londen of verder noordelijk. Mensen reisden kilometers ver om dr. Mohammed te spreken. Ze verwachtten dat hij hun verlossing gaf.

Hij was niet zo lang als ze had gedacht. Maar dat kwam doordat ze zich in gedachten een grotere voorstelling van hem had gemaakt. Saffi had iets traags in zijn bewegingen, wat haar in de studio nooit was opgevallen: een aristocratische weigering zich te haasten, en misschien een behoedzaamheid als gevolg van langdurige bedreiging. Toch had hij niets oppassends of angstigs over zich. Hij schreed van het huis naar de auto met de aura van onoverwinnelijkheid die ze zich van hem herinnerde. Hij leek in die vijf jaar nauwelijks veranderd, zijn haar was nog diepzwart en achterovergekamd, zijn huid was glad en zijn trekken waren verfijnd. Als hij met bezoekers voor het gebouw praatte, zag ze dat ze onmiddellijk respect voor hem hadden. Hun lichaamstaal gaf aan dat ze zijn gezag onvoorwaardelijk erkenden. Hij glimlachte en sprak op zachte toon met hen. Er zou recht geschieden: zo niet nu, dan toch binnenkort. Dat kon hij wel beloven.

Ze had Saffi enkele weken gevolgd, en ze was nu zover dat ze al wist wat hij ging doen voordat hij het daadwerkelijk in praktijk bracht. Ze wist dat hij altijd een donkergrijs pak droeg. Ze wist dat hij met zijn vinger langs zijn neus wreef als hij afgeleid was. Ze wist dat hij soms na zijn werk tien minuten in zijn auto bleef zitten, alsof hij zich de lessen van die dag inprentte, zat te dommelen of te bidden. Ze wist dat iemand van het personeel – er waren er niet meer dan drie – hem om halfzes thee en een hapje van de bakker om de hoek bracht. En ze wist dat hij elke avond om tien over zes iedereen die nog in het gebouw was naar huis stuurde. Hij bleef dan altijd nog een halfuur achter om alleen te werken. Zo regelde hij dat.

Ze verborg zich in het donker en zag alles, noteerde het, en verwerkte de informatie die ze nodig had. Ze deed dit met een doelgerichte toewijding die ze niet voor mogelijk had gehouden. Haar ouders hadden haar een gevoel voor orde en methodiek bijgebracht, ze wist zich snel vaardigheden eigen te maken en ze kon zin geven aan de dingen die ze op zich nam. Maar Jeremy en Jenny hadden haar geen fanatisme bijgebracht. Dat had ze zichzelf geleerd, in vier jaar ballingschap en een paar maanden gekte. Ze liet zich nergens door weerhouden en haar afkeer van onredelijkheid was ze kwijtgeraakt. Ze had deze reserves in zichzelf ontdekt zonder dat ze ernaar op zoek was. Ze waren haar bijgebracht, opgedrongen. Tussen Camden en Holloway werkte ze dag na dag haar plannen bij, overwoog ze haar handelingen, perfectioneerde ze haar besluiten. Er was niets dat haar kon afleiden.

Ze keek omhoog naar de eerste verdieping en daarna op haar horloge. Het was tien over zes. Het licht was aan, en de auto stond in het steegje geparkeerd. Ze stak de weg over en liep snel de Quaker kerk binnen. Het was er warm en de banken in de voorste ruimte zagen er uitnodigend uit. Het zou prettig zijn om even een paar minuten te zitten. Maar dat zou haar plannen in de war schoppen.

'Ik ga over vijf minuten sluiten. Sorry, meid.' De beheerder, wiens avondritueel ze al vele malen had gevolgd, deed de deur op slot. Nu zou hij naar achteren gaan, wist ze, daarna de lichten uitdoen, een uitermate onreligieus praatje met zijn vriendin houden aan de telefoon in het kantoor, en het pand verlaten. Hij was al dik in de vijftig, hij had een nozemkuif en bijpassende bordeelsluipers. Op een insigne op zijn mouwloze shirt stond RIP THE KING – Elvis, waarschijnlijk niet Jezus. Hij glimlachte verontschuldigend.

'Geeft niet.' Ze haalde diep adem. 'Maar ik ben zo weg, hoor. Ik wilde alleen even snel een blik naar binnen werpen.'

'Nou, ik weet niet of...'

'Maak u geen zorgen. Gaat u maar gewoon door met uw werk. Ik doe de deur wel achter me dicht. U hoort hem wel dichtslaan.'

'Oké. Maar ik meen het, van die vijf minuten.'

'Bedankt.' Ze stelde de volgende vraag zo terloops mogelijk: 'O ja, kan ik hier ook gebruikmaken van het toilet?'

'O, ja hoor. Daarachter vindt u de dames.'

Ze bedankte hem en liep naar de toiletruimte die ze al bij vier vorige gelegenheden had bekeken. Ze sloot de deur achter zich en telde tot twintig. Toen rende ze terug naar de grote hal, greep de knop van de voordeur en sloeg de deur zo hard dicht als ze kon. Ze liep snel terug naar het toilet en sloot haar ogen, biddend dat de beheerder daar niet ging controleren. Ze hoorde hem de achterste kamer in lopen, zijn sleutels rammelden. 'Jezus christus,' zei hij. 'Je hoeft toch niet zo'n teringherrie te maken. Ik ben verdomme niet doof. Stom wijf.'

Een paar minuten verstreken. De hal werd in duisternis gehuld. Ze hoorde gefluister – de man sprak met zijn vriendin. De woorden droegen niet ver, maar ze kon aan de wellustige toon horen wat hij haar voorstelde. Het gesprek duurde niet lang. De voordeur ging dicht, en ze was alleen in het gebouw. Een Quaker graf in stilte, zonder herkenningspunten. Geen plek om de nacht door te brengen.

Ze knipperde met haar ogen om aan het donker te wennen, deed de klep van de wc omlaag en klom erop. Voor het eerst die dag merkte ze dat haar hart tekeerging, dat haar handen trilden. Een duizeling beving haar. Nee, niet nu. Ze mocht nu niet onderuitgaan. Ze haalde drie keer diep adem, door haar neus in en door haar mond uit, sloot haar ogen en probeerde alle gedachten uit te bannen. Het eerste waarop ze zich moest richten, was het raam. Ze draaide het slot los en hoopte dat ze het kon openduwen. Het zat klem. Snel, dacht ze, ik moet snel handelen. Als het dicht geschilderd zat, zou ze het met haar zakmes moeten openwrikken, en de zijkanten moeten afsteken zodat het raam loskwam uit de lijst, een klusje dat wel eens lang kon gaan duren. Maar ze kon niet geloven dat het raam niet openging. Het was binnen niet benauwd, het stonk er niet, en een andere ventilatie was er ook niet. Ze probeerde het nog eens, met een gezicht verwrongen van de inspanning. Geen beweging. Ze leunde zwaar transpirerend tegen de betegelde muur om weer op adem te komen. De laatste kans. Ze trok uit alle macht aan het raam. Het sprong open en een ijzige vlaag kou sloeg naar binnen. Ze duwde het verder open, sprong omhoog en klauterde erdoorheen.

De steeg was verlaten, op de auto na. Ze keek door het hek en zag dat er niemand op straat was, zelfs niet in de telefooncel. Ze rekte zich uit om het raam met haar vingers dicht te drukken. Het ging gemakkelijk. Ze keek door de zijdeur naar het wijkcentrum, en zag door het bovenraampje dat het donker was in het trapportaal. Er was geen teken van leven te bekennen op de bovenverdiepingen. Het was vijf voor halfzeven. Hij zou nu alleen zijn.

De voorkant van de auto gaf haar dekking toen ze ineengedoken naar de zijdeur aan de andere kant van de steeg rende. Weer keek ze door het hek. Als er nu eens een sensor was die op beweging reageerde met een lamp? Nee, als er zoiets was, zou ze zich dat herinneren. Althans, dat dacht ze. Ze leunde tegen de auto; ze schrok van de ijzige kou. Ze moest snel zijn. Ze kon zich niet veroorloven te treuzelen op een plek waar iedereen haar kon zien binnendringen – een absurd gezicht: een jonge vrouw die zich verborg achter een BMW die voor een wijkcentrum geparkeerd stond.

Ze liep gebukt van de auto naar de deur, en ging rechtovereind staan. Nu of nooit. Als hij op slot zat, zou ze moeten wegrennen, over het hek heen klimmen – was ze lenig genoeg? – en maar hopen dat niemand haar zou zien als ze de straat af holde. Er was geen brievenbus, dus het was niet mogelijk om haar hand naar binnen te steken om te voelen of ze de deur op die manier open kon krijgen. Maar Saffi moest de deur altijd achter zich op slot doen als hij wegging. Een enkel slot. Dat wist ze heel zeker. Dat herinnerde ze zich. Maar als ze het nu eens mis had? Nee, dat was onmogelijk. Ze greep de deurknop en draaide hem zo langzaam mogelijk om. De deur ging open.

Er was geen licht in het portaal toen ze de deur achter zich had dichtgedaan. Ze zag niets, hoorde niets. Het rook er naar schoenen en vaag naar specerijen. Maar ze kon niet het trapportaal zien waarin toch minstens wat licht van de straat zou moeten vallen. Ze besefte dat er nog een deur aan haar linkerhand moest zijn. Ze tastte met haar hand tot ze de stof aanraakte van een gabardine jas, waarvan de doordringende geur het bewijs leverde dat er pas nog mee in de regen was gelopen. Ze ging met haar hand opzij van de jas en voelde een gladde verflaag op een deur. Nog iets lager vond ze een deurknop die ze voorzichtig omdraaide. De deur bleef gesloten. Er moest een sleutel zijn. Ja. Ja, die was er. Vlak daaronder. Ze haalde diep adem en draaide hem om, bang dat het geluid tot boven te horen zou zijn. De deur ging open, en licht stroomde door het raam van de overloop het portaal binnen.

De traptreden waren van hout, met een loper in het midden. De vraag was hoe ze het minste lawaai zou kunnen maken. Het leek het meest logisch dat ze over de loper zou gaan. Maar ze wist nog uit haar kinderjaren dat treden van een trap aan de zijkanten het minste kraken omdat die minder te lijden hebben gehad. Ze schuifelde naar de muur en zette heel voorzichtig haar linkervoet op de zijkant van de eerste tree. Het maakte bijna geen geluid toen ze de zool van haar sportschoen afwikkelde. Toen zette ze, met haar rug naar de trapleuning, haar volle gewicht op het hout. De eerste stap. Daarna de tweede. Elke keer dat ze zich bewoog, kreunde het hout een beetje. Maar niet erg. Nee, niet erg. Niet genoeg om iemand op te vallen die er niet op bedacht was. Die niet in stilte op de verdieping erboven op haar komst wachtte.

Er waren achttien treden, met een kleine overloop ertussen. Ze behandelde elk ervan als een project, een discrete taak die efficiënt moest worden uitgevoerd. Ze bleef met haar gezicht naar de muur omhoog lopen, voet voor voet. Ze telde tot tien, luisterde of ze boven iets hoorde, en ging dan weer verder. Haar hart ging als een razende tekeer, maar ze hield haar ademhaling in bedwang.

De grote overloop was op dezelfde manier bekleed als de trap, met een loper, en aan het eind van de gang flikkerde een gebrekkig nachtlampje aan de muur. Vanaf de plek waar ze stond zag ze zijn kantoor. Er waren drie deuren, maar slechts onder één ervan scheen licht. Ze meende dat ze vanbinnen een rustige bariton kon horen. De laatste telefoontjes van de dag. Of was het het gedruis van verkeer in de verte? In het gebouw, waar het overdag gonsde van de activiteiten, was het stil. 'Sommige gebouwen praten,' zei Jenny vroeger altijd. 'Ze fluisteren je hun geheimen toe.' Maar dit gebouw niet. Dit gebouw gaf zijn geheimen niet prijs. Het verwelkomde vreemden niet met vertrouwelijkheden.

Nu moest ze tot actie overgaan. Ze was binnen. Zijn deur was zes passen van haar vandaan, zeven op zijn hoogst. Nu moest ze naar binnen, hem confronteren. Er was geen weg terug, geen ontsnapping meer mogelijk. Een paniekgolf sloeg door haar heen, maar ze wist hem te weerstaan. Dit was wat ze wilde, wat ze had gepland. Ze had geen keuze meer. Wat zou Ben hebben gezegd? Dit was het einde van de rivier.

'Blijf staan, niet bewegen.' Ze voelde iets kouds in haar nek. 'Niet bewegen.'

'Goed,' zei ze, niet in staat om iets beters te bedenken. Ze snakte naar adem toen een hand haar voorkant aftastte en routineus haar broekzakken doorzocht. Het koude metaal week niet. Een vinger drong zich in haar sportschoenen, op zoek naar een mes of een ander wapen.

'Loop naar die deur,' zei de stem. 'Niet omkijken.' Ze liep naar zijn kantoor. 'Nee, niet die. Die daarvoor.'

Ze liepen samen op, met elkaar verbonden door de loop van het pistool waarmee hij haar in bedwang hield. Hij stak zijn vrije hand uit naar de deur, duwde die open en deed het licht aan. De kamer was kaal, met witte muren, en een kaal peertje aan het plafond. Het enige meubilair bestond uit een bureau met aan weerszijden een stoel. In de hoek stond iets dat eruitzag als een gereedschapskist, vol verfspatten. Verder was er niets.

'Ga zitten.' De stem klonk vriendelijk, alsof de mogelijkheid dat ze zou tegenwerken niet eens bestond. Het was een stem met een natuurlijke, onbetwiste autoriteit. 'Niets zeggen, alstublieft.'

Hij kwam nu pas in beeld, nog steeds met het pistool op haar gericht. Hij zag er van dichtbij ouder uit, de wallen onder zijn ogen waren dieper dan ze zich herinnerde, zijn huid was pokdaliger dan je op een afstand kon zien. Zijn ogen waren zacht en bruin, maar nog steeds heel dreigend. Hij knipperde niet terwijl hij haar opnam; hij knipperde helemaal niet. Er was niets waaruit bleek dat hij haar herkende of dat ze zijn interesse opwekte. Dankzij het pistool straalde hij eerder geïrriteerdheid uit dan angst. Het geïrriteerde van een gerespecteerd leider van een gemeenschap die een indringster, ongetwijfeld psychotisch en op zoek naar geld voor drugs, te grazen heeft genomen.

'Geef me één goede reden waarom ik niet meteen de politie zou bellen.'

Ze bleef zwijgend zitten.

'U kunt nu wel iets zeggen als u wilt. Eén goede reden.'

'Herinnert u zich mij nog, dr. Mohammed?'

'Natuurlijk niet. Waarom zou ik?'

'We hebben elkaar een paar jaar geleden ontmoet. Bij de BBC.'

'Ik kom wel honderd keer per jaar op televisie. Ik kan me echt niet iedereen die ik daar ontmoet voor de geest halen.'

'Dat zal best. Maar u herinnert zich vast nog wel die uitzendingen met meneer Anderton? Nietwaar?'

Hij ging zitten. Ze kon zien dat hij nadacht. Ze wist dat hij zich die ontmoeting zou herinneren. En er waren nog meer redenen waarom hij haar zou moeten herkennen. Waarom zou hij blijven doen alsof dat niet zo was? Hij blies zijn adem uit door zijn neus en krabde aan zijn kin. 'Wat doet u hier, juffrouw Taylor?'

'Dat zou u moeten weten.'

'Ik begrijp niet wat u bedoelt. Maar ik geloof dat we het erover eens kunnen zijn dat uw aanwezigheid hier – de manier waarop u hier bent binnengedrongen – een dwaasheid is. Ik zou denken dat juist u wel zou weten wat voor risico u daarmee loopt. Kunnen we het daarover eens zijn?'

'U hebt me niet laten uitpraten.'

Het pistool was nog steeds op haar gericht. Onder het kale peertje zag ze wat het was: een Brits legerpistool, zo een als haar vader in zijn verzameling had gehad. 'Waarom denkt u dat ik belangstelling zou hebben voor wat u me te zeggen hebt?'

'Ik ben hier niet om beschuldigingen te uiten.'

'Mooi zo. Dat zou ik u ook niet adviseren.'

'Ik ben hier om het op een akkoordje met u te gooien, dr. Mohammed.'

'Een akkoordje? U maakt zeker een grapje.'

'Helemaal niet. U hebt iets wat ik wil hebben. En ík heb iets waarvan ik denk dat u het wilt hebben. Ik stel voor dat we ruilen.'

Hij kon zijn minachting niet voor zich houden. 'Wat kunt u nou hebben dat interessant is voor mij?'

'Vergeef me dat ik hier zonder uitnodiging ben gekomen. Laten we zeggen dat ik uw onverdeelde aandacht wilde. Ik denk niet dat u zult zeggen dat ik uw tijd verspil. In mijn borstzakje heb ik iets voor u. Ik zou het er zelf wel willen uithalen, maar ik weet dat u niet wilt dat ik me verroer.'

Voor de eerste keer begon er een spiertje in zijn gezicht te trekken. De blik van afkeer maakte plaats voor een blik vol berekening. 'Als dit een truc is, moet ik u waarschuwen dat u dat ernstig zal berouwen.'

'Geen truc.'

Het pistool was vlak bij haar gezicht, een paar centimeter van haar oog, toen hij zich naar haar toe boog en in het zakje van haar jas zocht. Ze rook hem. Wat was het? Sandelhout? Hij griste het papiertje eruit en trok zich weer terug achter het bureau zonder haar ook maar een moment uit het oog te verliezen. Hij ging zitten, vouwde het velletje open en keek wat erop geschreven stond. Geen reactie, niets. Hij vouwde het weer dicht en stopte het in zijn eigen zak.

'Ja,' zei hij. 'Ja, u hebt gelijk. Dit is waardevol. Dat geef ik toe, juffrouw Taylor. Wat wilt u hiervoor hebben?'

'Ik wil dat u me vertelt wat er werkelijk is gebeurd. Met mijn familie. Het enige wat ik wil horen, is de waarheid. Ik ga niet naar de politie. Die hebben deze zaak al jaren geleden gesloten. En, zoals u ziet, ben ik ongewapend. U zou me nu kunnen doodschieten en mijn lijk zonder problemen ergens kunnen dumpen.'

Hij schudde zijn hoofd. 'U slaat me te hoog aan, juffrouw Taylor. En te laag. Denkt u nu echt dat ik het leuk vind om dat pistool op u te richten? Zie ik eruit als een man die graag wapens hanteert? Niet echt. U kent mijn academische achtergrond. Ik draag dit wapen uit bittere noodzaak. Gelegenheden als deze doen zich, gelukkig, maar zelden voor. Vergeet niet dat u hebt ingebroken.'

'Maar u moet toch toegeven –'

'Ik moet niets toegeven. Voor iemand in mijn positie is er geen "moeten". In tegenstelling tot u.'

Ze bleef even zwijgen. 'Ja. Dat accepteer ik. Maar we zouden niet meer in gesprek zijn als u niet bereid was iets tegen me te zeggen. Ik denk niet dat u wat ik u heb gegeven, aanneemt zonder er iets tegenover te stellen.'

'U lijkt daarvan wel erg overtuigd.'

'Laten we zeggen dat ik het idee heb dat u over enig eergevoel beschikt, dr. Mohammed. Laat ik het dus zeggen op een manier die u waarschijnlijk niet als beledigend ervaart: is er iets wat u me kunt vertellen?'

Hij legde het pistool op het bureau en zuchtte. Plotseling zag hij eruit als een man die een zware last had te dragen en die voortdurend moest omgaan met mensen aan wie hij die last onmogelijk kon uitleggen. 'Als u die vraag stelt, vraag ik me af hoe u denkt dat ik te werk ga. Hoe wij te werk gaan. Ik heb vele vrienden die zijn betrokken bij vele vormen van activiteiten. Sommigen zijn leraar, jongerenwerker, mensen die bij liefdadigheidsinstellingen werken. Religieuzen. Ik richt me tot mensen in het hele land. En ook daarbuiten. Mijn broeders, voor wie het dagelijks leven anders is. Wij zijn allemaal betrokken bij verschillende soorten strijd, maar we hebben door de jaren heen, in vele landen, geleerd dat we alleen elkaar als vriend hebben. Er is geen compromis meer mogelijk. De andere kant is niet geïnteresseerd in onderhandeling of coexistentie. Dit is de basis van onze hele strijd. Tegen ziekte, tegen armoede, tegen onwetendheid, tegen onderdrukking, tegen imperialisme. We beantwoorden geen vragen van het soort dat u stelt, omdat dat geen zin heeft. Dat is iets wat jullie niet kunnen, niet willen, begrijpen. Het heeft domweg geen zin.'

'Juist. Nou, laat ik het dan anders vragen. Waarom denkt u dat uw broeders Miles Anderton die avond hebben willen vermoorden?'

Hij stond zichzelf een lachje toe, een gespannen grom. 'Als ik op die vraag het antwoord al wist, waarom zou ik u dat dan vertellen?'

'Omdat u, dr. Mohammed, zoals u waarschijnlijk wel onder ogen wilt zien, bij mij in het krijt staat. Of u ervoor kiest om die schuld te vereffenen is – daarin hebt u gelijk – helemaal uw zaak. Het is een kwestie van eer.'

Hij gromde weer en trok zijn stropdas recht. 'Hoe zal ik u dit zeggen? Laat ik u vertellen hoe ik meneer Anderton zou zien als ik betrokken was bij de strijd die mijn broeders elke dag moeten leveren. Bedenk wel, dit is louter hypothetisch. Ik zie moslimkinderen over de hele wereld lijden omdat ze geen medicijnen krijgen. Ik zie moslims over de hele wereld die uit hun huizen worden verdreven, met medeweten van het Westen, soms met meer dan medeweten. Ik zie vuur uit de hemel neerdalen op die huizen, op scholen, op ziekenhuizen, op moskeeën. En dan zie ik hier, in uw comfortabele, decadente land, een jonge schreeuwlelijk, verafgood door jullie media, die gif verspreidt, die onschuldige mensen laat opsluiten, die de wet verandert om dat te bewerkstelligen. Geen gewone vijand. Een man die mijn volk als doelwit heeft uitgekozen, niet eens als noodzakelijke slachtoffers van een verdedigbaar doel, maar met kwade opzet, als mensen die hij bewust heeft uitgekozen om pijn te doen. Om verder te komen in zijn politieke carrière. Nou, juffrouw Taylor, u bent, als ik het me goed herinner, een intelligente vrouw. Stel u voor hoe u daarop zou reageren.'

Ze fixeerde hem met haar blik. 'En als een onschuldige familie omkomt? Mensen die daarmee totaal niets hadden te maken. Mensen die toevallig in het huis waren waar hij naartoe zou gaan, maar waar hij helemaal niet naartoe ging. Wat hebben uw broeders daarop te zeggen?'

Hij sloeg hard met zijn vlakke hand op het bureau, zodat ze schrok. 'Onschuldig? Waarom denkt u dat jullie onschuldig zijn? Laat me u eens wat vertellen over schuld en onschuld. Ik kijk elke dag televisie, en zie de lichamen van onschuldige moslimkinderen die onder de puinhopen vandaan worden getrokken: in Libanon, Soedan, Gaza, Sarajevo, Kandahar, overal hetzelfde. En dat heet dan "collaterale schade". Dat krijg ik te horen van die glimlachende politici van jullie. Ik hoor generaals hetzelfde zeggen. Altijd weer. Collaterale schade. De aanvaardbare prijs van een conflict. Ziet u, juffrouw Taylor, we leven in een nieuw tijdperk. Er zijn geen onschuldigen meer. Er zullen nooit meer onschuldigen zijn.'

Haar hart bonsde in haar keel. Ze concentreerde zich op haar gedachten. 'Maar goed, jullie hebben hem niet te pakken gekregen, wel? Hij is ontsnapt. Wat voor zin had het dan om vijf anderen te vermoorden? Jullie hebben niet eens de verantwoordelijkheid opgeëist. Jullie hebben er een onbeduidend Iers groepje voor laten opdraaien.'

Hij zwaaide met een vinger naar haar. 'Een onhandige poging om me zover te krijgen dat ik zou toegeven dat ik er iets mee te maken heb gehad. Dat doe ik niet. Maar ik zeg u dit. Er zijn operaties die slagen en operaties die mislukken. Zo gaat dat nu eenmaal. Denkt u dat mijn broeders ooit de moed zouden verliezen? Denkt u dat ze hun geloof kwijtraken? Het tegenovergestelde is waar, juffrouw Taylor. Het tegenovergestelde. Het sterkt hen alleen nog maar meer. Ze worden er alleen maar vastberadener door.'

Ze voelde langzaam kramp in haar been omhoog kruipen en verschoof voorzichtig in haar stoel. 'En dan worden ze kwaad, neem ik aan? Als iemand vragen gaat stellen? Zoals ik, bedoel ik.'

'Ik heb geen idee. Dat is een vraag die alleen zij kunnen beantwoorden. Maar ook hierbij doe ik een beroep op uw gezonde verstand. Zelfs ik heb iets gehoord over uw klunzige onderzoek, over de mensen die u hebt lastiggevallen. Het zijn van die dingen die mij ter ore komen. U bent niet iemand die de zaken voorzichtig aanpakt, juffrouw Taylor, helemaal niet. U hebt het verleden opgerakeld, wat volgens mij nooit verstandig is. In het verleden spitten, om u heen slaan. Ik vermoed dat u met uw gedrag mensen boos hebt gemaakt. Ik vermoed dat zij dachten dat u zo dom was om weer met meneer Anderton in zee te gaan, en dat ze daardoor waren gekrenkt. Ik vermoed dat sommige mensen vonden dat u een sta-in-de-weg werd. Dat lijkt me een heel redelijke veronderstelling.'

'Heel redelijk, ja hoor. Maar die mensen hebben ook weer misgeschoten, nietwaar? Een jonge moslim kwam deze keer om. Verbrand voor de ogen van zijn broer. Ik was erbij.'

'Ja, dat was niet de bedoeling. Van geen van ons. Mijn hart was vol verdriet. Maar zo gaat het in de wereld waarin we moeten leven. Zo gaan die dingen.'

'O ja? Ik ben er niet zo zeker van dat de dingen zo gaan, dr. Mohammed. Bij u misschien.'

Hij duwde het pistool over het bureau naar haar toe. 'Ik wil u iets laten zien. Ik wil u laten zien waarover ik het heb. Een experiment, zo u wilt. Om uw verwarde geest ergens op te wijzen. Luistert u heel goed naar me. Pak het pistool – ja, zo. Hou het vast – precies zo – en schiet me dood.'

Ze bracht het pistool op de hoogte van zijn gezicht en keek toen omlaag. Haar hand trilde, maar de schietafstand was zo klein dat zo onmogelijk kon missen. Een schot in het voorhoofd, een enkel gaatje, een laatste knal in de kleine kamer: een einde aan de bloedvete. Dat vroeg hij haar nu te doen. Een smeerboel van botjes en bloed tegen de muur die de rekening voorgoed zou vereffenen: dat was zijn aanbod. Ze dacht aan Ben, Ben met Claude, haar vader, Beatrice, haar moeder met de tweeling in haar armen, de eenzaamheid, het plotselinge gemis van liefde. De gouden draad, doorgebrand, tot as verworden. Ze keek omlaag en liet haar arm zakken. Nee, ze kon het niet. Ze speelde onder het bureau met het pistool in haar handen. Ze vroeg zich af wat hij nu zou doen.

Hij sloeg weer met zijn hand op het bureau, nu triomfantelijk. 'Dat bedoel ik. Dat bedoel ik nu precies. Ziet u wel? U hebt erover gedacht, natuurlijk. Maar niet lang. U had al besloten de opdracht niet uit te voeren, nog voor u had gericht. En dat wist ik. Dat is de waarheid. U bent vervuld van woede, maar u bent ook zwak. U bent erin geslaagd hier binnen te komen, maar u hebt niet de kracht om de taak te volvoeren. Altijd hetzelfde. Jullie hebben het vermogen om mijn volk te vernederen. Maar op het laatst trekken jullie je altijd terug, meegevoerd door een golf van twijfel. Dat is de les die de geschiedenis leert. Dat is de reden waarom wij zullen winnen. Dat is waarom ik staande blijf. O, ik weet heel goed wat er zal gebeuren. Op een dag komen hier mensen om me te vermoorden of weg te halen, en ze zetten me in een cel waar ik wegrot en blind word. Dat is precies wat meneer Anderton wil. En het zal ook gebeuren, daar twijfel ik niet aan. Maar als het gebeurt, neemt een ander mijn plaats in. En dan weer een ander. En weer een ander. Totdat de strijd is gewonnen.'

Ze legde het pistool terug op het bureau. Hij stond op. 'U hebt er geen idee van waarop u bent gestuit. Het is niet uw schuld. U bent het slachtoffer van uw cultuur, uw opvoeding. U bent verleid door luxe, door de illusie schuldeloos te zijn. Het is u met de paplepel ingegoten. Plus het geloof dat de overwinning jullie toekomt. Maar u hebt het mis. De ongelukkige voorvallen in uw leven hebben je een glimp laten zien van hoe het leven eruitziet voor het grootste deel van de wereldbevolking, juffrouw Taylor. Hoe onzeker dat is, en hoe pijnlijk. Een glimpje maar. U hebt niet gezien hoe besluitvaardig mensen worden als dit het enige is wat ze kennen. Dat moet u nog gaan inzien, jullie allemaal. Dat wij uiteindelijk zullen zegevieren, omdat we het recht aan onze kant hebben. We hebben God aan onze kant. Uw vriend meneer Anderton speelt met vuur. Hij keert zich zo tegen ons om indruk te maken op de mensen, als onderdeel van een of andere politieke strijd. Zielig. Voor ons is er geen andere strijd. Alleen de strijd om te overleven.'

Nee, dacht ze. Jij bent degene die het bij het verkeerde eind heeft. Er is meer dan jij zegt. Er is de geteisterde liefde die nog steeds stand houdt. Er is de woede op mijn vader en mijn adoratie voor hem. Er is de herinnering aan mijn moeder, aan Ben, de tweeling. Rob. Het lijkt misschien weinig, vergeleken bij jouw muur van zekerheid. Maar je kunt het niet wegwensen omdat je je misdeeld voelt, omdat miljarden kwade stemmen in je opkomen. In mij komen ook stemmen op.

'En nu,' zei hij, 'stel ik voor dat u vertrekt voordat ik mijn zelfbeheersing verlies. Ik stel voor dat u op dezelfde manier weggaat als u bent gekomen. En ik stel voor dat u het snel doet.'

Ze stond op en draaide zich naar de deur. Het pistool lag nog voor hem op het bureau, binnen zijn bereik. Overwoog hij nu of hij haar in de rug zou schieten?

'Juffrouw Taylor,' zei hij. Ze keek om. 'Dit zal de laatste keer zijn dat we elkaar hebben ontmoet. Daar ben ik zeker van.'

Ze verliet de kamer en liep de trap af met twee treden tegelijk. De eerste deur door, daarna de volgende. In de steeg voelde ze de inhoud van haar maag omhoogkomen, en ze spuugde gal in haar hand. Ze veegde haar handschoen af aan haar trui en haalde diep adem. Ze wilde huilen. Het zou niet lang duren voordat haar krachten het begaven, als de laatste stoot adrenaline was uitgewerkt en haar lichaam wraak nam voor het onderdrukken van zijn reflexen. Maar eerst moest ze zien hoe ze hier wegkwam. Daar was het hek, maar daar zou ze overheen moeten klimmen, wat lastig zou zijn en lawaai zou maken. Nee, Saffi had gelijk. Ze moest weer terug zoals ze was gekomen. Het raam van de Quaker kerk zat nog los. Ze zette haar vingers tegen het glas, duwde het raam open en klom naar binnen. De straat was nog steeds leeg. Ze had geluk.

Toen ze binnen was, liet ze zich weer op de toiletzitting zakken en sloot het raam achter zich. Toen sprong ze op de grond en liep de gang in. Terwijl ze de voordeur op een kier opende, zag ze buiten een man in zijn telefoon staan praten. Ze keek door de kier en zag alleen zijn rug: kort zwart haar en een denim jack. Hij sprak fel en kwaad – in het Italiaans. Ze wenste vurig dat het snel was afgelopen, maar de man leek wel vastgelijmd op die plek. Een minuut ging voorbij, nog een. Ten slotte klapte hij zijn mobieltje dicht, vloekte in zichzelf, spuugde op de grond en liep weg. Ze wachtte tot hij uit het zicht was verdwenen en glipte naar buiten.

Haar gesprek in de telefooncel duurde korter dan een minuut. Daarna liep ze het café in, recht op de bar af. De man erachter stond te rommelen aan het koffieapparaat dat ongezond veel stoom uitblies.

'Hallo,' zei ze. Hij draaide zich om, verhit en geërgerd. 'Mag ik alstublieft een kop thee? En weet u ook hoe laat het is?'

De man onderbrak zijn werkzaamheden en veegde zijn handen af aan een doek. 'Daar hangt een klok, meisje. Ga maar kijken.' Hij wees naar de muur.

'O, zeven uur. Ik dacht dat het al later was.' Ze deed haar capuchon af en glimlachte naar hem zodat hij haar gezicht zou zien. Met een beetje geluk zat Saffi Mohammed nog telefoontjes te plegen waarvan het tijdstip later te achterhalen zou zijn. Dit was haar alibi, een beter kon ze niet bemachtigen.

'Ach ja,' zei de man, en hij veegde de bar schoon terwijl hij haar bekeek alsof ze niet helemaal spoorde. 'Het is meestal later dan je denkt. Zei je thee?'

Ze keek hem weer recht aan om hem een onbehaaglijk gevoel te geven, zodat hij zich haar later zou herinneren. 'Ja, thee graag. Als dat kan. Thee.'

Hij bekeek haar nog eens, er blijkbaar van overtuigd dat ze stapelgek was, en gooide de doek over zijn schouder. 'Komt eraan. Ga maar zitten.'

De bar met zijn raam was een goede uitkijkpost. Ze kon vandaar het wijkcentrum zien dat zo'n vijftig meter verderop aan de rechterkant lag. In zijn kantoor brandde nog licht. De auto stond nog in de steeg geparkeerd. Meestal was dit het tijdstip waarop dr. Mohammed zijn stropdas rechttrok, of verzonken in gepeins achter het stuur van zijn auto zat, of de hangsloten openmaakte. Maar vanavond had ze hem extra werk gegeven. Hij zou laat zijn. Maar niet heel laat. Ze hoopte dat ze snel genoeg was geweest, dat er nog genoeg tijd was.

Het duurde twintig minuten voordat ze de scooter zag aankomen. Hij parkeerde hem aan het eind van de straat, een heel eind van het wijkcentrum. Ze zag hem lopen. Met zijn soepele, onopvallende tred was het alsof hij een deel werd van zijn omgeving. Hij was net een geestverschijning, een wezen dat niet kon worden gezien. Zijn kleren – van top tot teen zwart, met uitzondering van zijn witte sportschoenen – waren onderdeel van zijn camouflage. Maar er was nog meer. Hij leek te versmelten met het beton, met het trottoir, met de planken waarmee de vervallen huizen waren betimmerd. Hij was een kind van de stad, voortkomend uit het duistere hart, die zich meester maakte van het gebied. Ze zag hoe hij over het hek klom, soepel als een kat, en door de zijdeur naar binnenging zoals ze hem had uitgelegd. Daarna zag ze tien minuten niets. Toen hij weer naar buiten kwam, stak hij zijn handen in zijn zakken. Weer het hek over en de straat op. Wankelde hij een beetje? Nee, dat was haar verbeelding. Hij wist precies wat hij deed. Het duurde nog dertig seconden voor hij was verdwenen, de banden van zijn scooter gingen krijsend over het asfalt de nacht in.

Het was haar taak geweest om dr. Saffi Mohammed te vinden, en Aasims taak om te doen wat hij zojuist had gedaan. Ze had de man ook zelf kunnen vermoorden. Hij had haar de kans gegeven. Maar dat had hij gedaan in de wetenschap dat ze het niet zou doen, niet zou kunnen. Was hij direct verantwoordelijk geweest voor de dood van haar familie? Ze wist het niet zeker. Niet zeker genoeg om de trekker over te halen. Maar hij had wel toegegeven dat hij verantwoordelijk was geweest voor Ali. Dat had hij op zijn geweten. En dat had betekend dat het tijd was om het nummer op Aasims visitekaartje te bellen, en hem te vertellen wat hij wilde weten. Aasim had die nacht in het ziekenhuis gelijk gehad toen hij had gezegd: 'Het kan alleen via jou. Ze zullen terugkomen. Of je moet hen gaan zoeken.' Zij had hen eerst gevonden. En ze had haar belofte aan hem gehouden.

Natuurlijk had ze meer dan dat gedaan. Ze had ervoor gezorgd dat Aasim in het voordeel was toen hij de trap naar het kamertje beklom. Ze probeerde zich Saffi's gezicht voor te stellen toen hij besefte wat zij had gedaan. Nee, ze kon zich geen angst voorstellen op dat harde gezicht. Ze haalde de kogels uit haar zak en telde ze. Ze waren compleet. Alle zes. O, papa, dacht ze. Wat absurd. Dat van alle lessen die je me in je studeerkamer hebt geleerd dit de belangrijkste zou zijn. Het was toen niet meer dan een spelletje dat we geheimhielden voor mama. Maar nu niet. Het was zo gemakkelijk, nog gemakkelijker dan ik had gedacht. Terwijl hij nota bene de spot dreef met mijn zwakheid, haalde ik de kogels eruit, hij praatte zo hard dat hij de klikjes niet hoorde. Een, twee, drie, vier... Hij pakte het pistool niet meer op, pap. Hij wist niet wat ik had gedaan. De val die ik voor hem zette.

Ze keek in haar thee naar het kolkje schuim dat ze erin roerde. Ja, ze had Saffi genoeg tijd gegeven voordat Aasim was gekomen. Hij zou snel actie hebben genomen; dat wist ze. Hij zou meteen het nieuws over het onverwachte meevallertje van die avond hebben doorgebeld, om instructies te geven of te ontvangen. Haar bezoek was natuurlijk vervelend. Het verhitte de gemoederen. Stel dat ze iemand had verteld waar ze naartoe was? Dat betekende dat hij haar daar niet kon doodschieten, maar dat hij dat absoluut binnenkort zou moeten doen. Hij zou haar moeten vinden, haar achtervolgen, haar uit zijn verleden schrappen voordat ze nog meer schade aanrichtte.

Gewoon een handeling die moest worden uitgevoerd in naam van de grote strijd. Maar haar bezoek was geen tijdverspilling voor hem geweest. Verre van dat. Dat zou hij allemaal door de telefoon hebben gefluisterd. Hij had meteen door wat ze hem op dat stukje papier had gegeven, en dat hij nu snel moest handelen. Het was iets waarnaar hij op zoek was geweest, iets wat een hele tijd aan zijn neus was voorbijgegaan. O, er was geen twijfel aan. Zes cijfers. Niet veel, eigenlijk, maar genoeg. Zes getallen, met zwarte pen genoteerd. Dat was alles. Het zescijferige getal waarmee het slot van Miles Andertons flat openging. Haar geboortedatum, getransformeerd in een pincode. Ze herinnerde zich de bewegingen in de schaduw van Selbourne Terrace, het glanzende metaal, het geluid van een auto die wegreed. Ja, wat ze Saffi had gegeven, zou hem goed van pas komen. Het was in alle opzichten een edelmoedig geschenk.

Nu was ze uitgeput. Ze voelde alleen nog vermoeidheid die via haar ledematen diep in haar kroop. Ze moest slapen. De misselijkheid was verdwenen; de paniek die ze verwachtte, moest nog in haar botten doordringen. Tijd om te vertrekken, om alles achter te laten en te gaan slapen. Ze wenste dat ze daar ter plekke kon slapen. Een paar minuten maar. Haar hoofd laten vallen, haar ogen sluiten en zich overgeven aan het niets. Niet lang. Even maar. Was dat zoveel gevraagd?

'Nog thee, meissie?' De man stond naast haar. Hij keek bezorgd en ze vroeg zich af hoe ze eruitzag. Een vreemd kaboutermeisje. Geen make-up, sluik haar. In haar eentje in een café in Holloway. Nergens op weg naartoe, eigenlijk.

'Nee, bedankt. Hoeveel is het?' Ze betaalde hem en gleed van haar kruk.

Hij wees naar de klok. 'Kijk, nu is het later. Je had gelijk. Althans, nu wel.'

Ze glimlachte. Hij zou zich haar herinneren. 'Bedankt. Tot ziens.'

Toen was ze weer in Monk Street, ze liep snel en trok haar jas dicht om zich heen. Het was nog kouder geworden. De lucht smaakte naar ijs en uitlaatgassen. Ze keek omlaag en probeerde over de naden tussen de tegels van de stoep te stappen. Van tijd tot tijd sloot ze haar ogen, zag ze vuur, vlammen die oplaaiden, gezichten van verlorenen, het woud dat tot de grond toe afbrandde, in stilte. Ze liep almaar door, hoeken om, links, rechts, links, niet langer op haar normale route maar kriskras over straat, in zichzelf gekeerd, ineengedoken en angstig. Ze hoorde voetstappen achter zich. Ja, daar waren ze weer. Duidelijk, onvermijdelijk, vlak achter haar, net om de hoek.

Nu was de achtervolging ingezet, zo zou het voortaan altijd zijn. Je wist dat dit zou gebeuren, zei ze in zichzelf. Je hebt altijd geweten dat dit moment zou komen. Dat dit het laatste ogenblik zou zijn. Ze versnelde haar pas en keek om. Niets. Nog niet. Voor haar begon zich mist te vormen. Een dikke mist daalde plotseling neer over de straat, maakte ogen van de lantaarns. Ze kon de naden tussen de tegels niet meer zien, ze kon niet zien waar haar voeten terechtkwamen toen ze op een sukkeldrafje begon te rennen. Ze hijgde nu zwaar, uitgeput en niet opgewassen tegen deze laatste uitdaging. Het begon te branden in haar borst, haar benen wankelden. Deze keer zou ze vallen.

Ze draaide zich weer om en zag de gestalte. Slank als een mes, langzamer dan zij, maar wel terrein winnend. Donker als de nachtmerries die ze had gehad, was de persoon wiens gezicht ze nooit echt had gezien, het laatste gezicht op de wereld. Ja, dit was hem. Ze herkende hem meteen. Ze herkende het afspraakje dat ze hadden gemaakt, langgeleden. Ze draaide zich om en zette het op een lopen. De mist steeg op en omhelsde haar. Nu zag ze niets, en alles. Niet iets dat hier aanwezig was. Het enige dat aan haar geestesoog voorbijtrok, was het verleden. Claude, huilend en gebroken. Lucian Carver, opgelucht omdat ze haar straf kreeg. Sylvia achter haar bureau aan het werk in de uitgebrande puinhopen. Ray en Barry, nog steeds lachend. Haar moeder, met een glimlach, die haar vrede wenste. Haar trouweloze vader. Ben, die gedag zei. Gedag zei. Geen tijd voor een afscheid. Geen tijd om hun te zeggen dat het allemaal haar schuld was. Nergens tijd voor. Een paar passen nog naar het licht. De gestalte rende nu ook. Sneller dan zij. De voetstappen klonken harder, dichterbij. Op enkele seconden van haar vandaan. En toen viel ze. Eindelijk viel ze. De grond kwam omhoog en verzwolg haar, toen was alles stil.

Ze zweefde in het luchtledige. Niets wees erop waar ze was, ze had geen gevoel van tijd of plaats. Het was één grote poel van stilte. Ze lag op haar rug en zag de sterren een voor een vervagen. Daarna voelde ze iets aan haar pols, de druk van een duim en een vinger. Het oppervlak van de poel werd verstoord. Geluiden drongen zich met geweld onder de deur van de kamer door. Sterren schitterden boven haar hoofd. De hand bleef even op haar pols liggen. Toen ze weer langzaam bij haar positieven kwam, met knipperende ogen, besefte ze dat iemand haar hartslag opnam. Koele vingers tastten terwijl hij telde. Ze voelde nu de hand op haar voorhoofd. Hij voelde of ze verhoging had. Haar hoofd lag op zijn schoot. Ze waren nog op dezelfde plek. Ze zag de mist, de banden van de geparkeerde auto's, het gras rond de boom. Ze lag op een paar centimeter van een plas waarin het licht van de straatlantaarn werd weerkaatst.

'Het is goed,' zei hij. 'Rustig maar. Je bent gevallen. Je rende zo hard, en toen ben je gevallen.'

Ze herkende die stem. Maar ze kon het niet verklaren. Zo zou het toch niet gaan? Dit was niet waarop ze zich had voorbereid. Het gezicht in de droom was van iemand anders. Of niet?

De woorden begonnen zich tot zinnen aaneen te rijgen. 'Je hebt een lelijke smak gemaakt,' zei hij. 'Het verbaast me niet dat je je wat duizelig voelt. Blijf nog maar even tegen me aan zitten.'

Ze probeerde iets te zeggen, maar het lukte niet. Ze schraapte haar keel. Haar mond was droog. 'Wat doe jij hier?'

Rob lachte. 'Ik kon toch niet wegblijven? Ik wist dat je me nodig had.'

Ze kuchte weer en spuugde nog wat gal uit. Ze snakte naar adem. 'Shit. Wat voel ik me rot. Waarom kwam je achter me aan, halvegare die je bent?'

'Waarom rende jij alsof iemand je op de hielen zat? Ik dacht echt dat je werd gevolgd. En toen maakte je die smak.'

'Nou, bedankt. Blijf de volgende keer maar thuis.'

Hij hielp haar overeind. Ze had schaafwonden en ze stond te trillen op haar benen, maar ze kon lopen. Rob zei dat zijn auto een paar straten verderop stond. Ze was te moe om hem tegen te spreken en liet zich door hem meenemen, waarbij ze af en toe even tegen de schouder van zijn leren jasje leunde.

Na een poosje begon ze te praten. 'Hoe heb je me gevonden?'

'Dat was niet zo moeilijk. Ik kwam naar je toe op de avond dat je verhuisde, net toen je in die minitaxi stapte. Dus reed ik erachteraan, helemaal naar Camden. Leuk optrekje, trouwens. Net een kraakpand.'

'Bedankt. Maar hoe wist je dat ik hier zou zijn?'

'Dat wist ik niet. Na die eerste avond begreep ik dat je met rust gelaten wilde worden. Ik bedoel, dat je het meende.'

'Maar?'

'Maar – nou ja, ik miste je. En ik wist dat je stommiteiten ging uithalen. Ik wilde je op een avond eens flink de les komen lezen, en toen kwam je het huis uit, en ben ik je tot hier gevolgd. Ik begreep niet wat je in Holloway te zoeken had, nog steeds niet trouwens. Maar goed, ik raapte de moed bij elkaar om het vandaag nog eens te proberen. Ik ging naar het huis, daar was je niet. Toen vermoedde ik dat je hier ergens zou zijn. En dat klopte.'

'Dus je bent me eigenlijk gevolgd?'

'Niet echt. Een paar keer maar. Je zou je gevleid moeten voelen.'

'Nou, heel vleiend. Wat een griezel ben jij. Dat is tegen de wet, weet je.'

'Is dat zo? Tja, dat zul jij wel weten.'

Hij deed het portier van de auto voor haar open. Ze stapte in en wachtte tot hij naast haar zat. Hij draaide het sleuteltje om en deed de verwarming aan. Ze bleven een poosje zwijgend zitten. Ze kwam weer op adem. Hij blies op zijn vingers.

'Heb je me echt gemist?' vroeg ze.

'Natuurlijk. Wat dacht je dan?'

'Ik weet niet. Ik ben er een tijdje uit geweest.'

'Je meent het.'

Ze vroeg zich af hoe boos hij in werkelijkheid was. Ze wachtte even.

'Luister, Rob –'

'Nu niet. Je moet eerst uitrusten. Morgen kun je me alles vertellen.'

'Nee, een paar dingen moet je nu weten.'

Ze vertelde hem het verhaal in grote lijnen. Hij luisterde, knikte, liet haar uitpraten. Als hij al geschokt was, liet hij daarvan niets merken. Toen ze alles had verteld, zei hij dat hij moest nadenken. Hij legde zijn hoofd op het stuur en dacht na over wat hun te doen stond.

Hij draaide zich om en greep zijn tas. Hij liet haar de kogels erin stoppen en al het andere waar ze van af wilde. Aasims visitekaartje. De brochure van het wijkcentrum. Alles. Ze zouden naar Brighton gaan, zei hij, zoals ze al van plan waren geweest. Ze zouden de volgende ochtend naar zijn broer gaan, daar konden ze wel een paar dagen logeren. Dat was beter. Het was niet goed dat ze nu in Londen bleef. Ze moest er een tijdje uit. Ze moesten er allebei even tussenuit.

Ze pakte zijn hand en wilde iets zeggen. Maar hij legde zijn vinger tegen zijn lippen. Ze hadden nu genoeg gezegd. Het was tijd om te gaan rijden.

De lunch in de pub is goed, en dat is meer dan Lenny kan zeggen over de rest van zijn dag. Het schilderwerk gaat hem en Bob eeuwen kosten, veel langer dan ze eerst hadden gedacht. Het is veel en lastig werk. Geen van hen twee is goed in schilderen, hoewel ze dat nooit zouden toegeven. Als ze tegen Reg zeggen dat ze meer hulp nodig hebben, haalt hij zijn schouders op en zegt hij: 'Jullie moeten het maar zien te redden, maten.'

Het zal wel beter gaan, nu hij een paar biertjes en een stuk pastei op heeft. Bob loopt nog met zijn hoofd te schudden als ze teruglopen naar de pier. 'Ze zouden ons niet zo mogen behandelen, Len,' zegt hij. 'Ze maken misbruik van ons. Dat is het. Gewoon misbruik.' Lenny knikt instemmend, en ze steken over. De dubbeldekker dendert langs, schommelt in de wind, gezichten achter de raampjes. Alweer een massa mensen die in de stad worden uitgeladen, die vis en patat kopen en een rondje lopen bij het Pavillion. Het is nu beter weer, maar veel warmer is het nog niet. Het zal vanmiddag niet druk worden op de pier. Gewoon een normale dag.

Bob moet zijn vrouw bellen, dus loopt Lenny alleen verder naar de plek waar ze aan het werk zijn. Zijn overall zit al vol verfspatten, en hij zal aan het eind van de dag zijn handen met terpentine moeten wassen. Hij zal ze flink moeten afschrobben. Het blijft zitten als een schimmel, die verf. Het duurt uren om het eraf te krijgen, zelfs met kokend heet water. Ze durven verdomme wel, om hem dit te laten doen, zodat ze niet voor vaklui hoeven te dokken. Bob heeft gelijk: ze maken misbruik van hen.

Hij blijft even tegen de reling aan staan. Hij hoort de kinderen in de achtbaan schreeuwen als ze over de kop gaan. Jammer van het spookhuis. Het is gesloten wegens herstelwerkzaamheden. Tegenover de plek waar hij staat, probeert een tienerjongen op een stootkussen indruk te maken op zijn vriendin. Hij rent eropaf en brult als een waanzinnige. Hij raakt hem wel, maar niet vol in het midden, waarschijnlijk heeft hij zijn pols bezeerd, zo'n slechte klap was het. Boven hem flitsen letters op: SLAPPELING staat er. Zij vindt het een giller. Ze ligt dubbel van het lachen, alle piercings in haar gezicht trekken samen, haar haren waaien op. De jongen ziet er de grap niet van in. Hij kijkt alsof hij best nog eens wil rammen, maar deze keer niet op het stootkussen.

Verderop op de bankjes ziet Lenny het stelletje dat hij al eerder heeft opgemerkt: de kleine blonde vrouw en haar vriend in zijn leren jasje. Ze zitten daar al uren. Urenlang. Waarschijnlijk liggen ze hoofdzakelijk te slapen. Vlak in de buurt is een warme luchtstroom van een van de generatoren. Heel geruststellend, aangenaam en knus. Je bent voor je het weet in dromenland terwijl je naar de golven staart, met die warme wind over je wangen. Je kunt er echt even bij wegdommelen. Het is hun taak om daklozen van die bankjes weg te houden. Anders zouden die daar elke ochtend op gaan liggen slapen. En dat kun je niet toelaten. Zelfs Bob, de aardigste kerel die hij kent, zegt dat je dat niet kunt toelaten.

De man ligt nu met zijn hoofd op de schoot van de vrouw te slapen. Hij ziet eruit alsof hij het nodig heeft, alsof hij de afgelopen nacht niet veel rust heeft gehad. Hij lijkt uitgeteld. Lenny dacht eerst dat het feestgangers waren die na een heftig nachtje naar de pier waren geslenterd, maar nu denkt hij dat niet meer. Ze zien eruit alsof ze pas in de stad zijn gearriveerd en hier even op adem komen. Waarschijnlijk zit daar een verhaal achter. Dat is vaak zo. De vrouw is wakker. Ze kijkt uit over de zee, net als eerst. Mijlenver is ze. Lenny kijkt een tijdje naar haar. Ja, ze is een schoonheid. Maar ver weg.

Het is een opvallende schoonheid, hoe langer je naar haar kijkt. Perfect ovaal gezicht, schitterende ogen. Ze ziet bleek, maar daarmee is niet alles gezegd. Bij lange na niet. Je ziet liefde in dat gezicht, of althans een spoor van liefde. Vage tekenen van hoop. En iets sombers. Het is alsof leven en dood in die vrouw bij elkaar komen. Het is alsof er krachten in haar bovenkomen, getijdenstromen die ze niet kan bedwingen: herinneringen en andere dingen. Het is het soort gezicht waarin je je kunt verliezen. Het doet hem aan iets denken, maar hij kan het niet helemaal plaatsen. Eerst vindt hij het een gezicht dat vredigheid laat zien, dan verandert hij van gedachte. Misschien is het een gezicht dat berouw uitstraalt. Ja, dat is het. Dat denkt hij. Maar zeker weet hij het niet.